El último gudari

LA TRAMA

El último gudari

José María Nacarino

B

Papel certificado por el Forest Stewardship Council®

MIXTO
Papel procedente de fuentes responsables
FSC® C117695

Penguin Random House Grupo Editorial

Primera edición: febrero de 2022
Primera reimpresión: abril de 2022

Printed in Spain – Impreso en España

ISBN: 978-84-666-7084-5
Depósito legal: B-18.824-2021

Compuesto en Llibresimes

Impreso en Rodesa
Villatuerta (Navarra)

BS 7 0 8 4 5

A los que ya no están

Acaso un país sea lo contrario de una marca: una amalgama de contradicciones, matices y vidas imposibles de reducir a un producto uniforme.

ANDRÉS NEUMAN

Nota del autor

Corre el año 2005.

Las operaciones policiales, la ilegalización de las organizaciones del entorno *abertzale* y la irrupción del yihadismo golpean a una ETA en horas bajas.

A pesar del aparente declive de la banda, el abandono de las armas parece una utopía. El miedo continúa, el goteo de víctimas no cesa y todo lo que queda es una sociedad en guerra consigo misma...

Primera parte

Amaba todo eso y mucho más

1

El esmalte rosa había visto días mejores

La madrugada en que todo acabó, Lierni llevaba una hora en vela por culpa de los ladridos que llegaban de la calle. «No debí dejar las ventanas abiertas», pensó mientras daba la enésima vuelta en la cama, empapada de sudor.

Había sido uno de esos atardeceres perezosos y el calor de la vega granadina se había eternizado hasta bien entrada la noche. Y ahí estaba ella, desquiciada por las luces de los coches que trepaban por las paredes del dormitorio, consciente de que la paciencia no era una de sus virtudes y sintiendo que no aguantaba más. Quizá por eso alargó el brazo y echó mano de la semiautomática de acción simple con la que dormía bajo la almohada, se incorporó en silencio y se marchó a investigar.

El reverbero de la Alhambra aclaraba la oscuridad del salón, pero eso era todo. Lierni se asomó a la ventana y no vio un alma en la calle; sin embargo, los ladridos seguían rasgando la noche y algo tenso, como una respiración contenida, flotaba en el ambiente.

Dejó la pistola sobre el poyete, encendió un cigarrillo y se puso a contemplar el monumento andalusí entre las volutas de humo. La

Alhambra estaba hermosa e iluminada, todo lo contrario que ella. Se fijó en la ventana abatida y en el reflejo que le devolvía: una cara mustia bajo un pelo rubio con evidentes raíces negras. Las uñas de sus manos no tenían mejor aspecto; de hecho, el esmalte rosa había visto días mejores. Quiso resistirse, pero los recuerdos la llevaron a los últimos momentos que disfrutó a escondidas con Valentín, antes de que todo se fuera al traste, y cuando quiso darse cuenta ya se había dejado atrapar.

«Chiqui, ten cuidado —se dijo—; «ten cuidado porque lo que hoy es melancolía, mañana puede convertirse en depresión». Se llevó el cigarrillo a la boca y el tintineo metálico de sus pulseras pareció ahuyentar los malos espíritus. «Eso es, lo sabes. Cada día que pasas en la lucha es una victoria, eso no te lo pueden arrebatar».

Y era cierto. El *talde* había protagonizado una campaña de *ekintzas* sin parangón. Se habían mantenido copando portadas y abriendo telediarios durante año y medio, y tan solo los malos recuerdos de la última etapa eran capaces de rebajarle el puntito de orgullo. «Porque cuando la piedra sale disparada de la mano, pertenece al diablo, y al final todo lo que puede salir mal, adivínalo, chiqui, acaba saliendo mal».

Tres años en la clandestinidad desgastaban como si fueran décadas, pero ella no estaba para esas cosas. La experiencia le había enseñado que no tenía sentido obsesionarse en buscar culpas si la vida no había salido como una soñaba. Le dio por pensar que sus divagaciones se asemejaban a un aforismo de Coelho, y tuvo que ahogar una risita.

Del cigarrillo solo quedaba la colilla. Lierni la estrujó contra el ladrillo del poyete y echó un vistazo en torno al salón.

Era grande, como el resto de la vivienda; un piso antiguo con techos altos. Su *ama* —la misma a la que ni siquiera dejó una carta de despedida, como hacían muchos otros— lo habría calificado de cuchitril, y no le faltaría razón. Sofás viejos, aparadores antiguos y cuadros de caza eran las únicas concesiones al mobiliario. El orden y la limpieza brillaban por su ausencia. En la sala de estar convivían la pila de ropa sucia del rincón con los restos de pan desperdigados sobre la mesita central. Y allá en la cocina, el fregadero estaba hasta arriba de platos sucios. En fin, ni los inquilinos ni el alquiler daban para más.

Apartó la mirada y sus ojos encontraron el cuerpo rotundo del Maguila. «Otro al que la clandestinidad ha hecho un flaco favor». Su compañero dormía sobre el sofá, con una camiseta demasiado estrecha y una panza que subía y bajaba al compás de los ronquidos. El Maguila nunca había sido un adonis, pero en los últimos tiempos se había echado a perder. «El estrés o lo que tú quieras, pero esa barriga no la tenía antes, y ese nombre de guerra no ayuda. Si hasta inspira ternura. Maguila, el gorila, con su bombín y pajarita, tan patoso como simpático».

El Maguila se había dejado ir, en todos los sentidos, y la propia Lierni se sentía cansada y veía cada vez más cerca la fecha de caducidad. Los descuidos y automatismos que podían conducirlos a la cárcel se repetían con una insistencia alarmante. A la hora de la verdad, a pesar de las obsesivas medidas de seguridad, acababan cometiendo errores básicos.

Sobre todo el Maguila, que se vanagloriaba de haber echado a fulano y a mengano del comando arguyendo que ponían en riesgo la seguridad de los demás. El mismo Maguila que tenía la feliz costumbre de trasnochar por los bares de la calle Elvira de Granada a pecho descubierto, sabiendo que su cara colgaba de carteles en estaciones y aeropuertos de toda España.

Y qué decir de Txester, durmiendo como un bendito allá en su dormitorio tras fumarse un par de porros. Seis meses atrás había alquilado una furgoneta en Málaga con su propio carnet de identidad, lo que los obligó a salir huyendo de la ciudad para evitar que los pringara.

En el fondo, la muerte les pisaba los talones como una mala detective y en cualquier momento les iba a llegar su hora. La desidia iba a hacer que cayeran, y ni siquiera se consolaba pensando que el enemigo estaba cansado, porque no lo estaba. Era una falacia que la lucha prolongada debilitara al Estado. Esa guerra que vivían hacía limpieza y erradicaba a los débiles, sí, pero también hacía al enemigo más fuerte.

Y en ese coqueteo paranoico andaba su mente cuando una intuición le golpeó las tripas. Fue algo repentino, como un calambre en el subconsciente. Da igual, el caso es que se apartó de la ventana y esperó. Luego chasqueó la lengua una, dos veces, hasta que el Maguila dejó de roncar. Eso le permitió afinar los sentidos. Oyó el roce de la tela de las cortinas, y cuando posó la mirada en la entrada del piso, vio que un par de sombras se movían en la franja de luz bajo la puerta.

Procuró no parpadear siquiera, pero lo hizo.

Transcurrieron unos segundos y el rellano quedó a oscuras.

Y en ese preciso instante se dio cuenta.

El perro llevaba un tiempo sin ladrar.

2

Asalto

—Por fin —mascullo Luis Alkorta— alguien calla al puto perro.

Apoyado en la pared de papel maché del rellano y sudando la tensa espera, el subinspector de la Policía Nacional se había desgañitado a susurros hasta que la orden se transmitió escaleras abajo.

Sin embargo, ahora que un agente apostado en la calle se había llevado al animal lejos de allí, Alkorta no tenía claro que tanta tranquilidad fuera a beneficiarlos. Es más, el silencio que envolvía el ramal de la escalera, doblaba la esquina y se propagaba por el largo pasillo hasta el rellano de la puerta del piso franco era un silencio que le incomodaba.

—Verás tú —murmuró entre dientes.

Se pasó su arma reglamentaria de una mano a la otra para limpiarse el sudor de las palmas en su cazadora de cuero desgastada, y se acomodó la placa de policía que le colgaba del cuello. A continuación, se asomó a la oscuridad del pasillo y vio la avanzadilla de geos que regresaba de puentear los cables del cajetín del registro situado en una de las paredes, siguiendo así el procedimiento estándar para evitar que la luz a las espaldas convirtiera en un blanco fácil a los asaltantes.

Alkorta abandonó la esquina del pasillo y volvió la vista a la docena de agentes del Grupo Especial de Operaciones con los que compartía el rellano. Iban pertrechados con subfusiles, chalecos kevlar y demás parafernalia. A pesar de la penumbra, se veía que les iba la marcha, pero al mismo tiempo sus caras transmitían cierto agotamiento y sus posturas denotaban un punto adicional de rigidez. Cargaban con veinte horas seguidas de servicio a las espaldas, las normales más las extras, y aunque solo fuera por eso, Alkorta los acompañaba en el sentimiento.

Rodeada de testosterona y de aquellos hombres fuertes y experimentados que le sacaban una cabeza, destacaba la figura menuda de la oficial Reyes Bravo. Con apenas treinta años, la joven vestía de paisano, como Alkorta; llevaba el pelo recogido en una coleta tan severa como su expresión y unos vaqueros ajustados que delataban su pasado de triatleta. Mascaba chicle de forma compulsiva y, viendo la forma en que manoseaba la mano de Fátima que colgaba de su cuello, Alkorta intuyó el nudo que tendría en el estómago y sus ganas de entrar en acción.

La realidad era que muchos en el cuerpo veían en Reyes una apariencia delicada que solían comparar con la de una flor, y eso que la oficial llevaba varios años como agente operativo. Alkorta, que no se dejaba engañar, sabía mejor que nadie que su supuesta fragilidad era la de una bomba. No había más que observarla en los momentos tensos como ese. Los ojos de su compañera brillaban con una fortaleza rayana en la obsesión, y Alkorta reconocía en ella a esa *rara avis*, el poli vocacional dispuesto a todo. Le recordaba a sí mismo, al joven que fue, henchido de fe y creyéndose capaz de cambiar el mundo antes de que el mundo acabara cambiándole a él.

—En mi oficio he visto de todo —susurró una voz ronca—, así que espero que hayáis hecho de vientre.

El hilo de voz que transportaba la arenga de Calderón, o lo que el geo responsable del operativo entendía como tal, sacó a Alkorta de sus pensamientos. El hombre era un extremeño tosco que parecía el primo del que inventó el fuego, y apenas unas horas antes Alkorta había tenido que emplearse a fondo para que admitiera su presencia y la de Reyes durante el asalto. Como cualquiera en su posición, Calderón no veía con buenos ojos que los agentes responsables de la investigación se inmiscuyeran en los operativos de desarticulación de los comandos, aunque fuera en la retaguardia, y por esa razón fue necesario un rudo tira y afloja hasta que acabó dando su brazo a torcer. Al fin y al cabo, el trabajo de seguimiento desempeñado durante meses por Alkorta y Reyes —arriesgando el pellejo, viviendo en una furgoneta camuflada, alimentándose de comida basura y meando en botellas de plástico— bien merecía una pequeña recompensa o, cuando menos, hacer la vista gorda.

—Dios no lo quiera —prosiguió Calderón, mirando uno a uno a sus hombres—, pero si un balazo se cuela bajo el chaleco, empieza a rebotar ahí dentro y arma una pelotera del copón. La mierda se junta con la sangre, y si sobrevive uno a la herida, después la palma de septicemia. Lo importante es tener la menor cantidad de bacterias ahí abajo, así que espero que hayáis plantado un pino como es debido.

Los geos asintieron. Daban la sensación de estar acostumbrados a Calderón y a sus peculiares discursos motivacionales.

Alkorta y Reyes no. Los dos cruzaron una mirada. Él le hizo un gesto para que se ajustara el chaleco antibalas y ella respondió con una mueca de enfado. Aquello derivó en un enfrentamiento gestual entre los dos, un «No me jodas» mímico por parte de él y un «Tranquilo» por parte de ella, hasta que Reyes cedió y se ajustó el chaleco con un gesto final. «¿Contento?». «Sí, contento».

Mientras tanto, Calderón seguía a lo suyo.

— ... y actuad con decisión, pero que nadie se coloque con la adrenalina. Cuando terminemos, yo me vuelvo a casa con mi santa y mis niñas, y vosotros hacéis lo que os salga del carajo. —Divisó a Reyes, allá al final de la fila entre aquellos gigantes—. Con perdón.

Reyes forzó una sonrisa tensa y Alkorta hizo un esfuerzo para no poner los ojos en blanco.

Los geos se afanaron en ajustarse las máscaras y los visores nocturnos y se acomodaron los subfusiles, en silencio y coordinados.

Calderón gesticuló «Adelante», y abandonó el rellano.

Sus hombres le siguieron y avanzaron con sigilo por el pasillo, a paso rápido y en fila de a uno. Alkorta y Reyes iban detrás, con precaución y la pistola en la mano. Pasaron por una puerta tras la que se oía flamenco fusión y junto a otra que dejaba escapar un sabroso olor a cuscús. De repente se oyó el quejido de unas bisagras a sus espaldas.

—Reyes —susurró Alkorta, pero ella ya se había dado la vuelta.

Una vecina se asomaba por el resquicio de la cadena de seguridad de una de las puertas. Iba en camisón y se tocaba la redecilla que le cubría el pelo.

—Pero, bueno... —exclamó—. Pero ¿esto qué es?

Reyes se llevó el dedo a los labios e hizo dos ademanes bruscos con la pistola. Aquello bastó para que la mujer, asustada y de mala gana, se encerrara en su apartamento, y seguramente se pusiera a espiar por la mirilla.

Siguieron recorriendo el pasillo y se colocaron tras los geos, que ya se habían parapetado a un lado y a otro del piso franco. Alkorta flexionó las piernas y sostuvo con ambas manos la pistola. Reyes adoptó la postura de los libros de texto de la academia. Colocándose el arma junto a la pierna, quitó el seguro y se limpió el sudor de la cara.

Ni un solo ruido parecía turbar la tranquilidad al otro lado.

Calderón acopló una carga del tamaño de un mechero en el pomo de la puerta y verificó que el explosivo estaba bien cebado. A continuación, sacó un pequeño aparato electrónico, miró a sus hombres, alzó la mano y formó un círculo con el índice y el pulgar.

Todos se separaron un palmo del quicio de la puerta.

Sin más preámbulos, Calderón apretó el botón del control remoto de la carga explosiva y se produjo un estampido seco e instantáneo.

Piezas de la cerradura y astillas de madera se esparcieron en todas las direcciones en medio de una gran humareda, pero enseguida se dieron cuenta de que la explosión había sido insuficiente. La puerta estaba desarbolada y permanecía atrancada, dejando un espacio muy estrecho entre ella y el propio marco.

Por segunda vez, Alkorta temió que algo se torciera.

Calderón pegó una patada a la puerta, empujó, se apretó como pudo contra ella y a base de pundonor entró con todo por la pequeña apertura.

Un geo enfiló detrás. Y otro. Y otro más, pegado a sus talones.

—¡Vamos, vamos, vamos!

Los geos se colaron en tromba, animándose unos a otros e irrumpiendo como un vendaval, visores activados, subfusiles en alto, perforando la oscuridad con sus luces infrarrojas.

Alkorta se apresuró tras el equipo de apertura. Al acceder al interior del apartamento se vio envuelto por el humo y un silencio que le desconcertó. No veía a nadie, pero en poquísimos segundos alguien gritó:

—¡Aquí hay uno!

Alkorta avanzó un par de metros y vio al Maguila, que, en

shock a causa de la explosión, había basculado sobre el borde del sofá y se había dejado caer al suelo.

—¡Quieto, hijoputa! —gritaron dos geos mientras se le echaban encima.

Uno de ellos le puso la bota en la cabeza y otro, la rodilla en la espalda, pero casi no hacía falta; el Maguila ya se había colocado boca abajo con las manos en la nuca.

Alkorta entornó los ojos; el humo le molestaba cada vez más.

Reyes apareció a su lado.

Alkorta le hizo un gesto para que revisase la puerta de la sala de estar. Reyes se asomó y creyó ver a una figura femenina cruzando por en medio del largo pasillo que dividía el piso.

Alkorta también la vio.

Reyes desvió la pistola rápidamente hacia ella.

—¡Alto! —gritó.

Pero Lierni no parecía dispuesta a ponerlo tan fácil. Echó a correr hacia la parte trasera del apartamento y desapareció. Sabía adónde iba.

Reyes salió tras ella y se adentró en la humareda.

Alkorta no tuvo más remedio que esprintar tras las dos. Apenas había recorrido unos metros cuando oyó:

—¡Al suelo! ¡A ver las manos!

Se topó de bruces con Reyes, que se había parado y encañonaba a Txester, un joven que salía somnoliento y desorientado de su dormitorio y miraba a todos como si no entendiera nada.

—¡Las manos, cabronazo! —repitió Reyes.

Sacudió la pistola delante de sus narices y Txester la siguió con la mirada, hasta que se echó al suelo y se abrió de brazos sin titubear.

Un geo que salía de otro dormitorio cayó sobre él.

—¡Eh, mierda! —se quejó Txester entre dientes.

Oyeron un portazo al fondo del apartamento.

Alkorta apartó al geo, saltó sobre Reyes y corrió por el pasillo en dirección al lugar de donde provenía el sonido.

Enseguida llegó a una puerta cerrada y oyó el sonido de un pestillo intentando encajar en el cierre. No se lo pensó dos veces. Encogió el hombro y percutió contra la hoja de madera. Fue capaz de abrirla de par en par, dejando parte del marco carcomido colgando del travesaño superior, y, además, con la inercia de la carrera embistió a Lierni sin contemplaciones, empujándola a través de una estancia que resultó ser el cuarto de baño de la vivienda.

Los dos cayeron sobre la bañera enredándose en las cortinillas de plástico. El arma de Lierni se le escurrió de las manos, voló por los aires y acabó deslizándose sobre el suelo de mármol descascarillado. Ambos empezaron a forcejear; Alkorta se dio en la cabeza con el pico de una estantería, y al sacar la pierna de la bañera, Lierni se golpeó la espinilla con el bidé. Alkorta se echó sobre ella, pero Lierni consiguió patearle y quitárselo de encima, liberó un brazo y lo alargó hacia la pistola que yacía en el suelo.

Justo en el instante en que la rozaba, se encontró a dos palmos de la cara el cañón de otra arma, y a Reyes detrás, empuñándola.

—Anda, cógela —le retó la oficial.

Durante lo que pareció una eternidad, ninguno de los tres se movió; ni Alkorta, ni Lierni, ni Reyes. Luego, se oyeron en rápida sucesión las voces de los geos.

—¡Limpio!

—¡Está habitación también!

—¡Limpio!

Lierni apretó los labios y, con cuidado, alejó la mano del arma.

Alkorta terminó de inmovilizarla, la colocó boca abajo y le puso las esposas. Reyes procedió a cachearla. Terminaron el protocolo y la levantaron sin miramientos. La entregaron a dos geos que aparecieron por el pasillo, y se quedaron mirando a la etarra mientras se la llevaban.

Poco a poco, con más dificultad de la que deseara, Alkorta fue recuperando la respiración.

—Se te ve cascado, Luis.

Alkorta le dedicó una mirada cansada y se rascó el chichón que ya empezaba a notar en la coronilla.

—Estoy de lujo —consiguió articular.

—Menos mal, por un momento creí que te estabas haciendo viejo.

Una sonrisa asomó entre los labios de Reyes, como si fuera una niña traviesa con un problema de disciplina.

Alkorta pensó que le recordaba a esa chica pequeña nacida para ser salvaje, como aullaban los Steppenwolf en su canción. Una chica que solo sabía ir a tumba abierta. Sin saber por qué, aquel pensamiento le hizo sentirse mayor. Frisaba los cuarenta y llevaba ya demasiados porrazos y demasiados bares a cuestas. Creía estar de vuelta de todo, y no es que empezara a añorar el mundo de antes, sino que añoraba su juventud de antes. Le dolía hasta el alma, pero luego, enseguida, pensó: «Qué cojones, todavía queda algún baile en este cuerpo».

3

Crees que eres mejor que yo, pero no lo eres

La caja de material incautado que venía cargando pesaba tanto que Reyes se detuvo en el salón y la dejó descansar sobre su cadera, frente a los hombres de Calderón que custodiaban a los detenidos. Lierni, el Maguila y Txester permanecían sentados en el suelo; estaban magullados, esposados y cabizbajos, como si les hubieran robado la dignidad.

Reyes señaló un corte en la mejilla de la etarra.

—Límpiasela. No queremos que el juez la vea así, ¿no?

Hubo un par de miradas hostiles. La primera procedía de Lierni; la segunda, del geo al que iban dirigidas sus palabras. Era un joven de físico trabajado y actitud arrogante, y parecía dispuesto a mantener su subfusil cruzado en prevenga, sin la menor intención de moverse.

Para Reyes, la reacción de la etarra venía de serie. La expresión del geo, en cambio, le parecía un producto de la rivalidad entre policías de distintas unidades, y por ahí no pasaba.

Quizá porque todavía quedaba mucho trabajo por delante, Reyes se acercó hasta el geo y, sonriéndole con dulzura, le espetó:

—Compi, tanto gimnasio y tantas pesas y no tienes dos dedos de frente. Haz lo que te digo y no me jodas, que conmigo te la juegas.

El geo inclinó la cabeza, como si no estuviera seguro de lo que acababa de oír, pero Reyes apretó la mandíbula y usó esa mirada suya tantas veces ensayada a lo largo de su vida profesional.

Debió de surtir efecto, porque el geo apartó los ojos y, a regañadientes, se puso a rebuscar un pañuelo en el bolsillo mientras Reyes cogía su caja llena de cachivaches y se alejaba con ella bajo el brazo.

El registro del domicilio estaba en plena efervescencia y no tardó en cruzarse con varios especialistas de la Policía Científica. Iban a la búsqueda de huellas dactilares con sus kits, enfundados en buzos blancos, guantes y fundas de zapatos. Reyes tuvo que echarse a un lado para dejarlos pasar antes de proseguir y llegar hasta el dormitorio situado al fondo del apartamento. Allí, otros agentes de paisano se movían de un lado a otro, intercambiaban información, tomaban notas, sacaban fotografías, abrían cajones y miraban papel por papel, libro por libro.

Reyes encontró a Alkorta junto a una repisa. Estaba examinando una carpeta entre las manos.

—¿Qué me traes? —gruñó al verla.

La oficial dejó descansar la caja de cartón sobre la cama. En su interior había un envase de ColaCao. Alkorta sacó un bolígrafo y, ayudándose de este, inspeccionó su contenido. Era una mezcla cristalina de color blanquecino que poco tenía de cacao en polvo.

—Pentrita —apuntó Reyes—. Cuidado.

—No es mucho. Da para incendiar el piso y borrar rastros.

Reyes introdujo la mano en la caja y le mostró un par de aparatos electrónicos.

—Sistemas antibaliza.

Alkorta los sopesó y los devolvió a la caja sin decir nada.

—Y dos pipas en la cocina —añadió Reyes, sintiendo la necesidad de dar más datos—. Sig Sauer y nueve milímetros. Lo habitual.

—Que Balística compruebe los números de serie para ver si coinciden con las del robo de Cahiers. Mira esto.

Reyes se acercó. Alkorta abrió la carpeta y le mostró un cuadernillo de espiral con anotaciones y otros documentos.

—Es todo un poco confuso, pero puede haber algo —le explicó Alkorta mientras empezaba a pasar recortes de periódicos, fotos tomadas con teleobjetivo, rutas marcadas en un callejero y planos de varios edificios—. Aquí, los nuevos juzgados de la Caleta... Este, la comisaría de la plaza de los Campos... Aquí, el ayuntamiento en la plaza del Carmen...

Reyes escuchaba mientras Alkorta desgranaba los detalles en un tono directo, sin rodeos, de profesional consumado. Le hacía gracia cómo arrastraba ese deje callejero que revelaba sus orígenes humildes sin traicionar un lenguaje preciso, cartesiano, como el de un ingeniero. Siempre le había parecido un tipo gallardo y descreído, con una cara amable marcada de arrugas, fruto tal vez de muchas decepciones. La barba anárquica que le caía en cascada tapándole el tatuaje del cuello y la chaqueta de cuero a la que jamás renunciaba le hacían parecer un rocanrolero paramilitar; mitad guerrero, mitad poeta.

—¿Qué estarían organizando? —preguntó Reyes.

Las cejas de Alkorta se alzaron con malicia.

—Estos no organizan ya ni una despedida de soltero —dijo, y tras introducir la carpeta y otras evidencias en una bolsa de plástico con cierre hermético indicó a Reyes que le siguiera.

Atravesaron juntos el apartamento, y al entrar en la sala de estar Alkorta se paró a saludar al juez que instruía el caso. El magistrado se había presentado con su séquito, un forense y la secretaria judicial. Acababa de llegar y llevaba cara de pocos amigos, como si alguien le hubiera obligado a madrugar. Mientras echaba un vistazo alrededor y se limpiaba el sudor de los carrillos con un pañuelo bordado, se puso a conferenciar en voz baja con la secretaria. Ella se movía sobre los cristales rotos del suelo como una funambulista y transcribía en un bloc de notas lo que el juez le trasladaba.

El juez informó a los detenidos de sus derechos y les aclaró que habría un interrogatorio posterior en dependencias policiales. Lierni y sus compañeros escucharon en silencio y con expresión desconfiada.

Alkorta esperó, prudente, a que el juez terminase para intervenir.

—Solo unas preguntas, señoría.

—Pocas y cortitas —respondió el magistrado de forma tajante.

En ese momento sonó un móvil. La secretaria respondió y se lo pasó al juez, que, buscando cierta privacidad, se disculpó, navegó a través de la multitud de policías y se marchó a la entrada de la vivienda para atender la llamada.

Alkorta ignoró a Txester y al Maguila y se acuclilló frente a Lierni. Alargó el brazo y señaló las esposas que engrilletaban a la etarra.

—Son nuevas, por eso aprietan. No gires las muñecas y bajará la hinchazón.

El tono era amable, pero no se podía discernir si era una pose o había sinceridad en sus palabras.

Lierni escudriñó el rostro de Alkorta con cautela.

Reyes se apoyó en la pared, y sin conciliar su antipatía por la joven entrecruzó los brazos sobre el pecho y se dispuso a observar en silencio.

—Te seguimos desde hace tiempo —prosiguió Alkorta—, desde el atentado a la casa cuartel. Sabemos que eras la dinamizadora del comando, que te hacías pasar por estudiante de Ciencias Ambientales y que teníais varios objetivos. —Hizo una pausa para marcar que había llegado a donde quería llegar—. Solo nos queda por saber qué estabais tramando.

—No sé de qué me hablas.

Alkorta se irguió, recuperando toda su envergadura.

—Es extraño —dijo mientras la miraba hacia abajo—. Verás, la explosión del coche bomba de la casa cuartel lanzó por los aires el reposacabezas de un asiento y, fíjate qué mala suerte, nuestros especialistas encontraron en él restos de tu ADN.

Era la técnica favorita de Alkorta. Usar la fuerza de su oponente contra sí mismo, como en el judo.

—Mala suerte, amiga —dijo Reyes—. Ahí te ha pillado.

Por un segundo se pudo apreciar un leve titubeo en la etarra, como si se preguntara qué otros detalles de su periplo vital conocían aquellos dos policías. Sin embargo, aquella expresión no tardó en disiparse. Lierni adoptó un retraimiento absoluto y devolvió una mirada de ojos oscuros y desafiantes.

—Los *txakurras* no os enteráis —murmuró—. Si Franco no pudo con ETA, ¿qué coño vais a poder vosotros?

Reyes descruzó los brazos.

—Hay mucho poli gilipollas, no seré yo quien diga otra cosa. —Señaló las esposas que sujetaban las muñecas de Lierni—. Pero, desde luego, viendo cómo habéis acabado vosotros, los gudaris tenéis que ser torpes de cojones.

Lierni tensó el cuello y su mirada tropezó con la de Alkorta. Este lanzó el pulgar hacia Reyes y añadió:

—A mí no me mires; yo la tengo que aguantar todos los días.

Reyes balanceó su peso de un pie al otro y volvió a atacar.

—Lierni, a estas alturas, que colabores solo te puede ayudar.

—No vamos a colaborar con los cuerpos represivos de un Estado que oprime a Euskal Herria y niega sus derechos.

La voz de la etarra era monótona y arrastraba un sonsonete cansado.

—Ya veremos —dijo Reyes—. Con cubatas y un porrito, seguro que cantas *La Traviata.*

Lierni clavó la mirada en la agente.

—Seguro que te lo pasarías muy bien conmigo —replicó—. A solas, así esposada, torturándome en una habitación sin ventanas.

—Yo jamás haría eso, mujer —repuso Reyes con sarcasmo.

—Sí que lo harías; crees que eres mejor que yo, pero no lo eres.

—No me creo mejor que nadie; no tengo Rh mágico como tú.

—Lo harías. Lo llevas escrito en la mirada.

Quizá fuera la velada acusación, o la calma con la que la había ejercido, pero Reyes era consciente de que Lierni le estaba tomando la matrícula. Y eso no le sentó nada bien.

—Valiente desgraciada —murmuró, y dio un paso al frente hasta cortar distancias y pegar la cara con la de la detenida.

Alkorta miró hacia el pasillo, temiendo que el responsable judicial reapareciera en cualquier momento.

—Reyes... —mascculló en tono de advertencia.

Pero fue inútil. El destello en los ojos de Reyes no presagiaba nada bueno, y ella misma no se dio cuenta de que se había movido hasta que agarró a Lierni de la oreja y empezó a gritarle:

—Vergüenza debería darte, con todo el dolor que has causado. Escúchame, ¿me escuchas? ¡Barato te va a salir, hija de...!

Unos geos miraban al techo como si buscaran telarañas y otros desviaban la mirada hacia la entrada. Alkorta rodeó a Reyes con los brazos y la separó de la detenida. Lierni se llevó las manos esposadas a la oreja que empezaba a enrojecerse y ahogó una mueca de dolor.

Justo en ese momento, el juez regresó al salón.

—¿Qué significa esto? —preguntó boquiabierto.

Estaba con el móvil en la mano y una expresión extraña en la cara, como si le hubieran estafado. No tardó en percatarse de la situación.

—Se acabó —ordenó el juez—. Alkorta, saca a tu gente de aquí.

—Ya habéis oído —dijo Alkorta.

Los geos pusieron en pie a los detenidos, y Alkorta asió a Reyes del codo y la arrastró hacia el pasillo de la vivienda. Cuando dejaron atrás la sala de estar, Alkorta soltó a su compañera y se encaró con ella.

—Lo que has hecho ahí dentro es de ser un puto pepinillo.

—No me pongas en duda; soy una profesional.

—¡Pues compórtate como tal!

Reyes se echó hacia atrás con las manos en alto.

—Vale, vale. Lo siento, Luis.

—¿Lo siento?

Aquella disculpa no era suficiente para Alkorta, y Reyes abandonó su gesto de fingida inocencia, dispuesta a presentar batalla. Sin embargo, el conato de enfrentamiento fue interrumpido por Calderón.

—¡Eh, parejita!

El extremeño descorrió la cortina de una ventana que daba a la calle.

Allá fuera el cielo ya empezaba a clarear, y como si hubieran estado esperando a la vuelta de la esquina, varios reporteros y un equipo de televisión plantaban sus cámaras sobre la acera.

—Ya tenemos aquí a los «periolistos» —anunció Calderón.

Alkorta soltó un bufido.

—¿Cómo es posible?

—Alguien ha soltado hasta la talla de faja de la madre que lo parió —respondió Calderón con toda naturalidad.

La cara de Alkorta era todo un poema.

—Con el tinglado todavía en marcha... Hay que joderse.

Calderón se encogió de hombros y Reyes tiró a Alkorta de la manga.

—Déjalo, Luis —le dijo ella en un tono amable que buscaba hacer las paces—. Ven, quiero que veas algo.

Alkorta meneó la cabeza y la siguió, refunfuñando entre dientes.

Reyes le llevó hasta el cuarto de baño. Era un aseo amplio y antiguo, como el resto del piso. Sin embargo, a pesar de disponer de lavabo y de una mesita tocador con armaritos, carecía de ventanas.

—Adivina qué es lo que no cuadra aquí —dijo Reyes.

—Me rindo —gruñó Alkorta.

Reyes le dedicó un cansado arqueo de cejas.

—Soy poli, no astrólogo —se disculpó Alkorta.

—Luis, en serio. Mira, ponte en su piel. No tengo escapatoria y corro a encerrarme aquí, un sitio sin ventanas donde uno no se hace fuerte.

Alkorta examinó durante unos segundos el espacio a su alrededor.

—No tiene sentido a no ser que busques algo —aventuró.

—Eso es. Algo que destruir.

—Te recuerdo que la cacheamos y estaba limpia.

—Tal vez no le diéramos tiempo a encontrar lo que buscaba.

—No es mala idea. Encaja.

Alkorta pareció olvidar su cabreo y los dos se pusieron a rebuscar. Escudriñaron cada palmo del cuarto de baño. Quitaron el espejo y sacaron la tapa del estanque del váter. Alkorta usó las llaves de casa para hurgar entre las baldosas del suelo. Reyes se ayudó con la culata de su pistola y comenzó a golpear sobre la cerámica de las paredes.

Tras una búsqueda tan concienzuda como infructuosa, Alkorta agachó la cabeza y se dejó caer sobre la mesita tocador. Reyes, absorta en sus pensamientos, se puso a tamborilear con las uñas de los dedos sobre el quicio de la puerta. Estaban a punto de darse por vencidos cuando Alkorta apreció unas hendiduras en el suelo. Se acuclilló y acarició los arañazos sobre la baldosa en la que se apoyaba el pie del tocador.

—Alguien ha arrastrado este armatoste —murmuró.

—Son recientes —dijo Reyes, y su voz sonaba excitada.

Alkorta movió la mesita tocador y ella se asomó tras el mueble, pero el revestimiento de la pared del baño estaba impoluto, sin marcas. Reyes golpeó con el puño buscando alguna oquedad y no halló nada. Se incorporó y vio que Alkorta estaba mirando el sucio techo de fibrocemento y la rejilla de ventilación que caía justo sobre ellos.

—Ojito —la alertó Alkorta.

Reyes se apoyó en el hombro de Alkorta y se aupó sobre la mesita tocador. Echó un vistazo a la rejilla y reparó en las marcas de unos dedos sobre el polvo del borde metálico. Sacó una moneda del bolsillo y procedió a desenroscar los tornillos que unían la placa de la rejilla al listón del techo. A continuación, aceptó la linterna que le tendía Alkorta, se puso de puntillas y alumbró con su haz de luz el interior del tubo.

—Veo algo.

Reyes sujetó la linterna con la boca e introdujo todo el brazo en el conducto. Palpó en la oscuridad. Sintió el frío del latón y las virutas metálicas hasta tocar un cartón. Alargó aún más el brazo, acabó extrayendo una caja de zapatos y se la entregó a su compañero.

—Cuidado, mucho cuidado —le advirtió Alkorta mientras depositaba la caja con precaución sobre la tapa del váter.

Reyes descendió del mueble, cogió el bolígrafo del bolsillo de la cazadora de Alkorta —un gesto íntimo— y, como le había visto hacer en innumerables ocasiones, lo usó para levantar la tapa del cartón.

En el interior de la caja había un objeto envuelto en una bolsa de plástico. Reyes abrió la bolsa con cuidado y descubrió un disco duro con una pegatina del escudo de la Sociedad Deportiva Eibar. Se veía antiguo, pero daba la sensación de estar en perfecto estado.

Los dos levantaron la vista de la caja y cruzaron una mirada.

—Champán para todos —dijo Reyes.

Parecía sentirse como una niña no ya con zapatos nuevos, sino con sus primeros zapatos.

4

Contamos contigo

A unos ochocientos kilómetros de Granada, en ese preciso instante, Jone Larrucea hacía café para dos en la cocina de su piso de Mondragón. Por la ventana podía ver las primeras luces del alba asomando entre las calles y los bloques de viviendas del barrio de Makatzena, donde un par de almas pululaban aquí y allá, tanto o más vespertinas que ella.

Jone se anudó el albornoz que le cubría el pijama y se atusó el pelo. Los cabellos aplastados en la coronilla no favorecían su corte a lo *garçon*, pero a ella le importaba bien poco que Ramón Gamboa la viera de esa guisa. Al fin y al cabo, había sido el propio Gamboa, sentado en ese momento frente a la mesita blanca de su cocina, releyendo las notas manuscritas en su libreta Moleskine, quien se había presentado en la casa a horas intempestivas. Tampoco era la primera vez que aquello sucedía.

El café gorgoteó.

Jone sirvió un par de tazas y entregó una a Gamboa.

—Con dos azucarillos, como a ti te gusta.

—*Eskerrik asko.*

—Para que veas lo bien que te trato.

Gamboa hizo una ligera inclinación de cabeza; pero, al removerse en la silla, una mueca de dolor traicionó su gesto de gratitud.

—La próstata —ofreció como explicación—. Da gracias a Dios de que ahí tienes una preocupación menos.

Apoyada en la encimera, Jone le dedicó una sonrisa desigual y se quedó observándole mientras Gamboa continuaba enfrascado en su lectura. Con ese bigotón a punto de barrer el suelo y sus gafas de montura, su visitante irradiaba una bonhomía sin igual. Su camisa a cuadros y su chaleco Lacoste remataban su apariencia de septuagenario afable. Jone le conocía desde que tenía uso de razón y siempre había sido así; un joven añoso al que ya parecía estar rondando la muerte. Siempre serio, con su cuaderno y sus cuentas; siempre preocupado por las labores que desempeñaba en la Organización; siempre vigilante.

Incluso en ese momento, como si de un tic nervioso se tratara, Gamboa echaba de vez en cuando una ojeada bajo la mesita para comprobar que la mochila veraniega que había llevado consigo seguía descansando a sus pies y no había echado a andar por su propia voluntad. Era una de esas mochilas de propaganda con asas de cuero, adornada con un bordado de la Consejería de Turismo que rezaba EUSKADI: VEN Y CUÉNTALO.

Jone no pudo evitar anotar en un resquicio de su mente la ironía que ocultaba aquel eslogan y dio un primer sorbo a su café.

—Ramón —dijo enseguida—, más te vale que sea importante.

Pero Gamboa seguía enfrascado en sus apuntes.

—Déjame un momento que lea esto —contestó.

Jone se puso de puntillas y se asomó sobre la libreta, como si pretendiera atisbar algo en aquellas notas misteriosas.

—¿Dice ahí algo de cuándo vais a llevar al Estado a la negociación? —preguntó con sarcasmo.

Exasperado, Gamboa cerró la Moleskine y se entretuvo en acariciar el cierre elástico de las tapas color marfil. Quizá lo hiciera con el afán de ganar tiempo, pero enseguida notó el gesto impaciente de su anfitriona y se centró.

—Hemos tenido otra caída, Jone.

—No podéis decir que sea una sorpresa.

En un gesto muy suyo, Gamboa se llevó los dedos bajo las gafas y se pinzó el puente de la nariz en un esfuerzo por aumentar su concentración.

—Nos llamaron del periódico para avisarnos, no hará más de un par de horas... ¡Me cago en Sos y en la madre que los parió!

Jone endureció las facciones del rostro.

—Tranquilízate, Ramón, que tengo a mi hijo durmiendo.

—Es que no me lo explico, Jone; pero no podemos seguir así.

—¿Qué esperas? Los tienen cogidos de los hilos; la Organización está comida.

Gamboa asintió, aceptando con pesar semejante diagnóstico.

—Lo está, lo está. Putos topos, tenemos a los *txakurras* todo el día encima, parece que tengan un GPS metido en el culo. Habría que preparar una encerrona para destaparlos a todos. A todos.

Su voz era rasposa, como piedras rodando montaña abajo, y sus palabras contrastaban con su apariencia de ciudadano ejemplar.

Con la tranquilidad de la que carecía Gamboa, Jone dio un nuevo trago al café. Su mirada no cambió en lo más mínimo; ni siquiera se inmutó, quizá porque era poco dada a sentimentalismos y postureos.

—El otro día en el juzgado escuché un chiste. Te va a encantar cuando lo oigas. El final de la Organización serán dos *txakurras* decretando el final de la Organización.

Gamboa le lanzó una mirada.

—Eres la hostia, Jone.

—¿Qué quieres que haga? ¿Os aplaudo?

—Coño, no lo sé, pero parece que disfrutas.

Jone se sentó al otro lado de la mesita.

—En vez de venir a llorarme deberíais ir a Francia y decirles a nuestros mayores que se miren las tripas de una puñetera vez.

—Lo haremos a su debido tiempo.

El viejo agachó la cabeza y refugió la mirada en su taza.

Jugó con la cucharita durante un rato y alzó la cabeza para mirar a Jone por encima de las gafas con fuerzas renovadas.

—¿Qué me dirías si te propongo llevar la defensa de los últimos activistas que han caído?

Jone se echó a reír.

—Diría que estáis muy desesperados.

—Contamos contigo, Jone.

—Prueba otra vez; con esa frase no vas a llegar muy lejos.

Gamboa resopló, un bufido corto y seco.

—Jone, te conozco. Durante el fiasco de Galdumar en el ochenta y nueve, ahí estuviste. Y también en plena crisis del sindicato cuatro años después. Sin ti no habríamos solventado todo aquello.

—Sigue intentándolo.

—Eres de las que no fallan. Eres una militante de las de verdad.

El rostro de Gamboa mostraba tal sensación de desamparo que motivó un resoplido, esta vez por parte de Jone.

—No entiendo por qué siempre recurrís a mí.

—Porque eres la mejor.

Jone no se molestó en esconder su contrariedad. Por más que intentara apartarse, siempre acababan enredándola. Sentía que había vendido su alma para obtener el estatus del que disfrutaba en el movimiento. Y eso era lo malo que tenía el venderle el alma a alguien: que ese alguien nunca se olvidaba de pasar a cobrarse sus servicios. Esa era su tragedia, y lo peor era que ni ella misma sabía si tenía fuerzas para escapar. Al abrir la boca para dar una respuesta, su propia voz le pareció muy débil, como si viniera de lejos.

—Es importante saber quién ha judicializado las detenciones.

Gamboa, entendiendo que aceptaba su petición, esbozó una sonrisa satisfecha y abrió de un golpe su libreta de tapa de marfil.

—Todavía no lo sabemos, pero lo sabremos. —Sacó una estilográfica Montblanc y empezó a anotar en una de sus páginas, arañando el papel con la pluma como si fuera una pequeña zarpa—. ¿Tal vez el Garzón? —aventuró.

Jone negó con la cabeza.

—No es él; no está de guardia esta semana. —La mente de la abogada se había puesto a trabajar a toda máquina y su voz adquirió un nuevo brío—. Da igual. Reserva billetes y hotel en Madrid. Quiero la fecha de entrega de los nuestros en la Audiencia. Hay que averiguar el equipo que manda la Fiscalía. Llama a Paco Rey, que seguramente sabrá más cosas a lo largo de la mañana. Y otra cosa, la rueda de prensa tiene que estar convocada para hoy a mediodía.

Gamboa terminó de tomar sus notas y alzó la vista.

—En cuanto esto se sepa, las familias van a freírnos a llamadas.

Jone encogió sus hombros puntiagudos.

—Aquí somos todos mayorcitos; ya sabían en lo que andaban sus hijos. —Golpeó un par de veces con el dedo sobre la mesa—. Anticípate a la jugada. Llama a la gente y empieza a organizar las concentraciones.

Gamboa asintió y cerró la Moleskine. Hizo una inhalación profunda y, con cierta dificultad, se puso en pie.

—Me marcho. Menuda semanita me espera.

Jone echó un vistazo furtivo a la mochila que, como el gran elefante en la habitación, descansaba en el suelo de su cocina. Se preguntó por el número de billetes que contendría. Gamboa podía haberse labrado una imagen de persona sencilla, alejada del boato, pero Jone le había visto manejar grandes cantidades de dinero en el pasado.

—¿Piensas desaparecer, Ramón?

—Tan solo unos días.

—En ese caso, saluda de mi parte a nuestros exiliados franceses.

El viejo alcanzó la mochila y se la cargó al hombro, como si quisiera dar por finalizado el encuentro sin entrar en más detalles.

—¿Sabes por qué nos llevamos tan bien tú y yo, Jone? Porque nos une nuestro amor por el trabajo. Tú no te metes en mis asuntos y yo no me meto en los tuyos.

Con Gamboa, Jone tenía la sensación constante de que faltaba por explicar lo más importante, quizá lo más comprometedor. Siempre había algo elusivo en él, como si no terminara de estar allí.

Gamboa sonrió y la cara se le llenó de arrugas.

—Sí, Jone. Si todos actuaran como nosotros, la Organización lo agradecería. Si todos mantuvieran sus funciones compartimentadas, ya verías tú que habría menos caídas cada vez que se produjera una cantada.

—Venga, Ramón, no me cuentes historias.

Jone empezó a recoger las tazas de la mesa, pero el viejo permaneció en la cocina. Parecía entretenerse sacando brillo a los cristales de sus gafas y, por segunda vez, a Jone se le antojó como un anciano vulnerable y quebradizo.

—Hay algo más —dijo Jone—. Algo que no me has contado.

Gamboa levantó la cabeza y lanzó una mirada avergonzada.

—La Dirección quiere colocarte a un novato, un tal Asier Ezkieta.

—No me suena.

—Es uno de los chavales de Usabiaga.

—No necesito que me endilguéis a un enchufado.

—Estuvo en Ikasle Abertzaleak y en Segi, antes de la ilegalización, y salió escupido de allí. No se hablaba ni con unos ni con otros. Ahora, también te digo, cuando todos son tan malos y yo soy tan bueno, algo huele mal. Tendrá lo suyo el chaval.

—¿Ves?

—No, no veo. Usabiaga lleva dándome el coñazo con esto desde tiempo inmemorial, y yo no hago más que mandarle a tomar por culo.

—Vaya, es reconfortante saber que tratas a Usabiaga como a todos los demás.

—La cuestión es que ya no puedo darle más largas y tú tienes mucho trabajo. Así que, por favor, no seas obtusa.

—Esa palabra te viene grande, Ramón.

—Y a ti no te vendría mal un poco de ayuda. —Gamboa bajó una marcha adoptando un tono conciliador—. Se trata de que el chaval te ayude y de que tú le enseñes el tejemaneje. Ya sabes, déjate llevar.

—¿Tiene experiencia?

Gamboa se encogió de hombros.

Jone suspiró otra vez.

—O sea, que no puede estar más verde.

—Esto viene de arriba y es un tío espabilado, no va a darte muchos quebraderos de cabeza. Así que aplícate el cuento.

Jone se quedó mirando a su viejo amigo. Luego se apretó de nuevo el cinturón del albornoz y, a regañadientes, acabó asintiendo.

Ante todo, era una militante.

5

Un ángel caído del cielo

Apenas eran las ocho de la mañana y Felisa, que ya había tenido tiempo de ir a misa y al mercado, regresaba cargada con las bolsas de la compra a su piso en la barriada de San Andrés, en Mondragón. Caminaba con un trote brioso, pues era un poco paticorta, y mientras pasaba frente a tiendas de barrio estrechas y pequeños parques, no dejaba de pensar en las cosas que le preocupaban.

La cola que se había encontrado esa mañana en el mercado había sido de aúpa, y las setas, que últimamente le daban la sensación de ser un poco *siquiñas*, desaparecían cada vez más temprano del puesto de doña Manolita. La leche y la miel con las que se había pertrechado, en cambio, tenían buena pinta, y decidió que le iba a preparar una buena *mamía* a esa vecina del tercero que iba a casa a hacerle compañía muchas tardes.

Felisa dobló la esquina y llegó a una calle flanqueada por casas grises de protección oficial, hechas en serie y tan uniformes como las celdillas de una colmena. Su Fermín, que cuando quería se las daba de poeta, solía decir que se notaba en las caras y en los acentos que San Andrés tenía alma emigrante. Felisa solía llevarle la contraria siempre que podía, porque disfrutaba con ello, pero en ese asunto se inclinaba por darle la razón.

Cada vecino del barrio que saludaba parecía un familiar lejano de aquel tropel de, como dirían algunos, maquetos bien integrados con sus modismos del euskera adaptados al castellano. Extremeños, gallegos y andaluces; todos ellos habían llegado en los años sesenta atraídos por la acelerada industrialización y habían sido ubicados en ese barrio obrero construido, de la noche a la mañana, para acogerlos. Aunque la gran mayoría había acudido buscándose el pan en las diversas cooperativas de Mondragón, no todos habían emigrado por razones prosaicas. De hecho, Felisa, nacida en Jaén hacía ya más de cincuenta años, había acabado en aquel lugar por amor. Así de cursi, y así de cierto.

No pensaba en eso cuando llegó con sus bolsas al portal. El ascensor llevaba estropeado más de una semana, y sin visos de que vinieran a arreglarlo. Tuvo que subir los escalones de uno en uno hasta la cuarta planta y llegó sin resuello a casa. Su piso rezumaba humildad; el linóleo podía presentar fisuras; los apliques, ser muy antiguos, y la formica, estar rayada, pero todo estaba más limpio que una patena. Como decía el cura de la parroquia donde Felisa solía ayudar con las clases de catequesis, su hogar estaba impregnado de una estética que ya anunciaba por sí sola decencia y valores cristianos.

Felisa dejó las bolsas sobre la encimera de la cocina y metió las cosas en la nevera. Saludó al periquito en su jaula y repartió dos besos; uno para la estampa de la Virgen de Linarejos pegada en la pared y otro, igual de sentido, para la fotografía enmarcada con crespón del Fermín. Entró en el dormitorio, se puso la bata de guata y salió a un balconcito que se había quedado estrecho y por el que apenas cabía desde que el Fermín cubriera una parte con mamparas para aumentar así el tamaño del pequeño salón familiar.

El vecino se asomó a la ventana de al lado. Era un hombre del sur que fumaba su primer Farias de la mañana.

—A los buenos días, Felisa. Mira que es temprano.

—A los buenos días. Anda y no tires la ceniza en el balcón que luego lo tiene que recoger tu mujer.

—Es temprano y tú ya andas zascandileando en tus menesteres.

—El día tiene prisas y la noche, tardanzas, Manuel.

—Cagüen la mar serena.

Tras regar las macetas y recoger las sábanas tendidas, Felisa regresó al salón y se sentó en el sofá, se plantó sus enormes gafas de lupa cabalgando en la nariz, cogió hilo y aguja y se dispuso a empezar la jornada. Lo mismo hacía costura sencilla que ornamental, y lo mismo adaptaba delicados vestidos a sus clientas que remendaba deshilaches de tejidos o fijaba cinturones. Era un trabajo del que disfrutaba, y como todo lo que se hace con amor, era capaz de elevarlo a la categoría de arte. Había aprendido hacía ya muchos años en un taller de costura cuya propietaria era una señora de Tarragona que había trabajado como composturera. Luego, en la crisis de mediados de los ochenta, el banco se quedó con el taller, la señora volvió a Tarragona y Felisa pudo seguir trabajando por su cuenta para un puñado de fieles clientas.

Le gustaba coser mientras veía el programa de las mañanas en la vieja televisión de tubo gordo que tenía sobre el aparador. El Fermín jamás pudo entender qué podía ver su mujer en esos tertulianos que pretendían saber de todo cuando en el fondo no sabían de nada, y Felisa siempre le respondía lo mismo: «A ver, ¿qué quieres?, pues me distrae y me alivia, que esta labor es muy solitaria».

Así estaba, pues, cosiendo una cremallera de nailon centrada en una costura, cuando en la televisión la reina de las mañanas miró gravemente a cámara y anunció una noticia de última hora. Sus palabras dieron paso a unas imágenes algo confusas, y Felisa empezó a ver policías en monos blancos, que más parecían astronautas; unidades móviles aparcadas en las aceras; vecinos y curiosos asomados a las ventanas; cámaras alineadas frente a un cordón policial; fotógrafos imaginando encuadres y un vaivén de periodistas a la búsqueda de testimonios.

Y por fin un rótulo bajo las imágenes: DETENCIÓN EN GRANADA DEL COMANDO ANDALUCÍA.

Y sin saber por qué, o más bien sabiéndolo muy bien, pues llevaba ya más de tres años haciendo lo mismo cada vez que daban una noticia parecida, Felisa dejó en su regazo la aguja, el rollo de hilo y el dedal, y subió el volumen del televisor.

En las imágenes, los policías extraían a varias personas detenidas de un portal y los flashes de los fotógrafos empezaban a disparar. Los vecinos agolpados en la calle gritaban acelerados, y entonces uno de los detenidos —oh, parecía que era una chica— asomó la cabeza bajo la chaqueta que la cubría. La joven aulló los *goras* de rigor, vociferando y lanzando proclamas como una posesa, y enseguida la introdujeron en un coche patrulla.

Felisa intentó darle sentido a lo que acababan de ver sus ojos. Solo tardó un instante en adquirir una dolorosa conciencia, y ya no le hizo falta nada más, porque esta vez no era una cara desconocida en el telediario. Su corazón empezó a latir con más fuerza y la respiración se le entrecortó. Apartó la mirada de las imágenes de la televisión y la dirigió hacia la fotografía que descansaba en el mueble antiguo del salón.

Estaba alojada en un marco de plata, perdida entre retratos amarilleados por el tiempo de ella y del Fermín, y junto al cuadro que bordó cuando llegaron a aquella casa y que decía, con letras en un estilo naif: JESÚS Y COMAMOS, QUE NO VENGAN MÁS, QUE BASTANTES ESTAMOS.

La imagen del marco de plata era la de una niña de nueve años, con sus mofletes sonrosados, un vestido blanco virginal y el pelo oscuro recogido en una preciosa diadema de flores. Sonreía mostrando sus dientes mellados y tenía las manitas presionadas desde la base de las palmas hasta la punta de los dedos.

Parecía un ángel caído del cielo.

Felisa bajó la vista y, mientras miraba el hilo y la aguja que sostenía en la mano, estuvo a punto de decir en voz alta:

«¡Madre del amor hermoso, mi Lierni!».

6

La cuadrilla del *gaztetxe*

A sus diecisiete años, Pipe Larrucea siempre andaba con prisas. Aquella mañana tardó unos segundos en colocarse el arete en la oreja y despeinarse esa melena de corte agresivo que disgustaba a su *ama*. Ella solía decirle que le endurecía sus rasgos adolescentes, pero él no sabía de qué hablaba. Pipe se enfundó su camiseta a rayas de manga sisa y agarró su monopatín. Se colgó a la espalda su mochila favorita —esa que tenía un pin bien grande de una oveja lacha embistiendo al toro de Osborne— y se escabulló a la calle.

Al salir del portal, alzó la mirada para apuntar al balcón, donde Jone, como era habitual, asomaba vigilante. Menudo coñazo. Pipe se despidió de ella con un vago gesto de la mano, dejó caer el monopatín al suelo y echó a rodar en dirección a la parada del bus.

No entendía por qué su *ama* se había empeñado en matricularle en una ikastola en Aretxabaleta. No tenía sentido, a no ser que tuviera en mente alejarle de su cuadrilla. Pipe sintió una pizca de compasión. Su *ama*, tan lista para unas cosas y tan crédula para otras. Como si eso fuera a servir para alejarle de sus amigos del alma.

Habría recorrido unos metros cuando echó la vista atrás. Comprobó que Jone se había retirado del balcón y, realizando un *ollie* con la tabla, se desvió por una bocacalle y empezó a patinar en dirección contraria.

Se sentía el puto Che Guevara de Makatzena, su pelo despeinado al viento, las ruedas de la tabla repiqueteando sobre el asfalto y las aceras agrietadas. Esquivaba a los peatones e ignoraba las bocinas de los coches. Saltaba sobre bancos públicos y sobre pasamanos, barandillas y escalinatas, y en apenas diez minutos había llegado al *gaztetxe* ubicado en el viejo inmueble okupado.

El centro juvenil había sido un instituto de formación profesional en sus orígenes, hasta que en los ochenta, abandonado ya por la Administración de turno, sirvió de refugio temporal para metaleros, satánicos, jóvenes antisistema y patinadores amantes del bakalao, que de todo había en aquella época en Mondragón. Llegados los noventa, los yonquis que lo ocupaban acabarían huyendo para dejar el lugar repleto de jeringuillas, papel de plata y una cuarta de polvo. Pipe y su cuadrilla aprovecharon aquel *impasse* y tomaron posesión del ala que acogía la sala del profesorado. La limpiaron y volvieron a hacerla habitable, y cuando la voz corrió por el barrio ya nadie más volvió a reclamar aquel lugar ni molestar a sus nuevos propietarios.

El pequeño vestíbulo conducía a un patio interior y Pipe apareció con el monopatín bajo el brazo. En una de las esquinas sorprendió a Eneko y a Kepa, los críos de Herminia, la de la cristalería, decorando la pared con un grafiti de rojos caracteres que decían: ETA, HERRIA ZUREKIN. (ETA, EL PUEBLO ESTÁ CONTIGO).

—¡Aúpa, Pipe!

Los críos corrieron hacia él como si fuera su ídolo, y Pipe los despachó con un choque de manos y una patada en el culo. Ninguno llegaba a los doce años y ya empezaba a cambiarles la voz, y Pipe pensó en qué haría sentir eso a su padre cada mes que le visitaban en la cárcel.

Pipe se perdió por la escalera que subía a la segunda planta del inmueble, siguió por un pasillo y se detuvo ante una puerta metálica. Tarareando los acordes de la música que se oía amortiguada desde el interior, sacó un juego de llaves que llevaba atado a la hebilla del cinturón y abrió los dos cerrojos de la puerta. Caminó por un angosto pasillo con filas de litronas apiladas en una de las paredes y llegó hasta una vasta estancia rectangular donde la música de Su Ta Gar atronaba desde los altavoces de una minicadena tan antigua que todavía tenía casetes.

La sala albergaba una estufa de leña y varios colchones apilados, una hamaca colgada entre dos columnas, tres butacones y dos sofás que debían de proceder de algún contenedor de basura cercano. Una pared estaba ocupada por una gran estantería repleta de panfletos antifascistas, revistas de *Elkarri* y varios ejemplares del *Gara*. Bajo ella había varias latas de gasolina y unos cuantos botes de aceite de motor.

Las otras tres paredes estaban llenas de pintadas y carteles. Lo empapelaban todo, lo que daba la sensación de estar en una burbuja aislada del mundo exterior. Un póster anunciaba el título de una asamblea estudiantil: IZQUIERDA ABERTZALE, LA LUCHA DE UN PUEBLO HACIA LA LIBERTAD. Una serie de caricaturas caracterizaba al juez Garzón con un bigote de Hitler. Una foto gigante del general Galindo estaba maquillada con un par de cuernos y un rabo. Dos murales decoraban las dos paredes principales: la silueta de *El grito* de Munch, expeliendo un ruidoso *Demokrazia zero*, y un póster de Lenin con pendiente de arete y cresta punk.

Pipe encontró a dos chavales envueltos en el humo de los porros. Jugaban a la consola recostados en un sofá lleno de quemaduras, bajo una pintada en la pared en la que alguien, en una mezcla de rabia y compasión, había escrito LA ÚNICA HEROÍNA, AGUS-

TINA DE ARAGÓN como hipotético aviso a navegantes toxicómanos.

El chaval más grandote respondía al nombre de Ibon y proyectaba una presencia formidable, mitad ser humano y mitad cosa repleta de mala hostia. Se puso en pie e hizo una exagerada reverencia con esa especie de chuletón de carne que él llamaba mano.

—¡Pipe, el puto amo!

Pipe chocó aquella mano gigante.

—*Apa!* Vaya fumadero tenéis aquí montado.

El otro chico se llamaba Santi y era bonachón y algo apocado. Solía actuar como la mascota del grupo, todo le parecía bien y siempre buscaba agradar. Saludó a Pipe con una sonrisa y le preguntó:

—¿Te hace un triturbo?

El porro con el que andaba bregando era un petardo colosal, teniendo en cuenta que era primera hora de la mañana.

—Dale, te calma los nervios —comentó Ibon de pasada.

Pipe tomó el porro entre los dedos y le dio una calada.

—Llegas un poco tarde, ¿no?

La voz, chillona, pertenecía a un tercer chaval, un chico bajito que se hallaba encaramado en el poyete de la única ventana.

Tras calmarse unos nervios que no sentía especialmente, Pipe devolvió el porro a Santi y se dirigió hacia el joven que acababa de hablar.

—No me vengas con prisas, Txiki —dijo Pipe—. Que sepas que tendría que estar en clase y aquí me tienes, haciendo *pira*.

Txiki leía el *Ardi Beltza* con una pierna colgando por la fachada, y aunque más de diez metros le separaban del suelo de la calle, el riesgo parecía importarle bien poco. Su apodo hacía honor a su corta estatura, y puede que resultara un tapón al lado del forzudo de Ibon, pero algo en él indicaba que era el doble de peligroso. Era algo intangible que había en su mirada, algo que acechaba y que apenas podía ser contenido, algo que le seguía a uno sigilosamente detrás de los barrotes de una jaula.

—No me seas llorón —repuso Txiki mientras se bajaba de la ventana—. Yo anoche estuve de *gaupasa*, haciendo *tipi tapa* hasta las tantas, y hoy estaba aquí como un reloj, chaval.

Txiki arrojó el *Ardi Beltza* sobre una mesa y se acercó hasta Pipe. Los dos se fundieron en un abrazo y se pusieron a forcejear agarrándose el uno al otro de la nuca. Tardaron un rato en separarse, y cuando lo hicieron estaban desaliñados, despeinados y partiéndose de risa.

—Te veo en baja forma.

—Más quisieras, si voy a medio gas.

—Te veo de suplente.

—Y yo a ti, en la grada.

Aquel numerito que se traían les encantaba por mucho que lo vinieran repitiendo desde que eran unos críos. Pipe nunca sabría explicar la razón, pero siempre acababa rendido ante la actitud bravucona y chaplinesca de su compañero de fechorías. Txiki tenía un talento oculto, tanto para meterse en líos como para salir de ellos, y esa cualidad, a sus ojos y a los ojos del resto de la cuadrilla, le convertía en todo un líder.

Quizá por eso los otros no tardaron en arremolinarse en torno a Txiki cuando este les hizo un gesto con la mano para que se acercaran.

—Bueno, ya sabéis lo de Lierni, ¿no? Por lo visto la han trincado junto a otros por dar *txumba* por ahí abajo para liberar a Euskal Herria.

—Me parece una auténtica vergüenza —intervino Santi.

—Una putada, eso es lo que es —añadió Ibon.

—Felisa no tiene que estar pasándolo bien —dijo Pipe.

—¿Y esa quién es? —preguntó Santi.

—Su *ama*, *espabilao* —respondió Ibon.

—No es de por aquí, ¿no? —preguntó Txiki.

—No, pero es *jatorra* la mujer, siempre de corazón —explicó Pipe.

Ibon, que no parecía pasar nada por alto, añadió:

—Vive de coser vestidos a las ricachonas esas de Zamudio que van por ahí con sus nanas filipinas.

—Bueno, dejaos de hostias, que parecéis unas viejas —los cortó Txiki, y dispuesto a poner orden, apoyó la mano en el hombro de Pipe—. A ver, Pipe, tu *ama*, ¿qué? ¿Está metida en el ajo?

—Eso, danos el parte —dijo Ibon.

—Gamboa estuvo en casa esta mañana —contestó Pipe—. Pero ya sabéis cómo es ella, no ha dicho ni mu.

—Entonces, ¿qué hacemos? —preguntó Santi.

Todos los ojos se dirigieron hacia Txiki.

—Lo que debemos tener claro es que Lierni es del pueblo y siempre fue una *neska* comprometida con la causa. Así que, como hay Dios, se merece que nos vayamos al Bule esta tarde a pegar hostias como panes.

Y todos parecieron acoger la idea con alegría. Todos, menos Pipe.

—¿No te motiva o qué te pasa? —le preguntó Txiki, molesto porque su mejor amigo pareciera querer borrarse del plan.

—Me pasa que se me ocurre una idea mejor —contestó Pipe.

—Ya estamos —dijo Ibon.

—Ya estamos no —repuso Pipe—. A ver si usáis la cabeza para algo más que para pensar todo el día en haceros pajas.

Santi hizo el gesto masturbatorio universal con la mano cerrada. Pipe e Ibon se quedaron mirándole unos segundos y se echaron a reír.

Txiki meneó la cabeza, exasperado, y se volvió hacia Pipe.

—Venga, Pipe, desembucha. ¿Qué idea es esa?

Este se inclinó hacia sus amigos.

—Oídme bien, la protesta tiene que ser un altavoz, y allí en Donosti con los *jarraitxus* no pintamos nada. Hay que armarla aquí, en el pueblo. Seguro que convocan un pleno en el ayuntamiento, y no se me ocurre mejor lugar para dar caña.

Ibon se rascó el cogote con su manaza y puso cara de malestar.

—A mí lo que me toca los cojones, y lo digo así, es que nos perdamos la manifa que se va a montar en Donosti.

Santi se unió a la queja.

—Qué menos que vayamos los del pueblo; lo otro es quedar mal.

Txiki clavó en ellos la mirada.

—Vosotros dejáis de enredar y os quedáis calladitos.

Y Santi e Ibon le hicieron caso.

Pipe retomó el hilo de su discurso.

—Preparamos carteles y unos panfletos. Hay que currarse algo que llame a las cosas por su nombre, que capte la atención, porque la gente lo va a leer mientras camina, entra en el coche o sube en ascensor.

Ibon señaló uno de los carteles que poblaban la sala.

—Podemos preparar uno como esos.

—Apaga y vámonos —dijo Txiki—. Esos carteles son una mierda.

—Joder, tampoco está tan mal —replicó Ibon.

—A mí me parecen una mierda y punto —sentenció Txiki.

—No te pongas así, Txiki —le pidió Santi con expresión dolida.

—Les falta el sello —insistió Txiki—. A ver, ¿quién ha sido el desgraciado que los ha puesto ahí sin sello? ¿Eh? ¿Quién?

—Quédate en paz, Txiki —terció Pipe—. Les pondremos el sello.

7

Amaba todo eso y mucho más

Montando ferralla y martilleando, encofrando y trasladando escombros. Así, ocho horas en el tajo hasta que el encargado dio por finalizada la jornada y los obreros se despidieron de las carretillas y los morteros, y bajaron de los andamios.

Ahí se los veía, la cuadrilla de albañiles saliendo del edificio en obras de la nueva promoción de viviendas de Aretxabaleta. Con sus neveras portátiles y sus riñones molidos, con las bocas secas y las frentes chorreando, gastando bromas y lanzando quejas laborales sin parar.

Xabier Iraola iba entre ellos, envuelto en el humo de un tabaco barato que le supo a gloria mientras llegaba al aparcamiento y se despedía de sus compañeros de fatiga.

—Ahí os quedáis, mingafrías.

—¡*Agur*, Rubio!

Xabi abrió el maletero de un Ford Fiesta destartalado e introdujo en su interior el casco y los guantes. Sacó una camisa limpia de un petate y se la cambió por la que llevaba. Se echó desodorante y subió al coche.

El interior no desentonaba con la carrocería y abundaban las latas vacías de cerveza. Un banderín del Athletic colgaba del retrovisor interior. Xabi comprobó su aspecto en el espejo y asintió satisfecho. Se limpió las ásperas manazas con unas toallitas, arrancó el motor y el utilitario salió quemando llantas del aparcamiento.

Mientras conducía, Xabi sacó de la neverita, que viajaba en el asiento del pasajero, una lata de cerveza y un bocadillo de chistorra bien cargado y envuelto en papel de plata, cortesía de su mujer. Encendió la radio del coche y metió un viejo CD, y, ya más despreocupado, se puso a dar buena cuenta de su merienda escuchando el rasgueo de guitarras de The Jesus & The Mary Chain.

No tardó en coger la comarcal que acompañaba al río Deba en dirección a Mondragón, y al ver en su reloj que marcaban las seis se dijo que iba bien de tiempo. Cruzaba un paisaje de vacas pastando y de naves industriales aquí y allá, como si las dos caras de Euskadi, la tradicional y la moderna, se superpusieran. Bajó la ventanilla y, mientras la brisa fresca de la tarde le golpeaba en la cara, se preguntó cómo acababa metido en tantos líos como se traía entre manos.

Entró tarde en política, a los treinta. Algunos pensaron que era para no pegar un palo al agua, aunque nunca abandonó la paleta y la carretilla. La verdad es que lo que se dice «ser político» él no era. Si se metió en eso fue por amor a su tierra, y no era un amor ciego o filtrado por alguna lente de color rosa, no; era un amor muy consciente de los pecados de sus habitantes. Los suyos, los primeros.

Y, aun así, Dios, cómo amaba su tierra. Amaba su mar y sus montes tan verdes, los *irrintzis* entre pastores y la lluvia de la que no se libraban ni en agosto. Amaba el euskera y el tono melódico de sus oraciones, y le divertía la forma en que los *botxeros* de Bilbao le echaban en cara que no entendían su dialecto de *cashero* guipuzcoano. Amaba el carácter emprendedor de sus paisanos y esa capacidad para la amistad que se cocía a fuego lento. Amaba que un vasco pudiera nacer donde le saliera de los cojones. Amaba sus semanas grandes y que siempre hubiera una excusa para beber en sus calles empedradas. Y amaba, no en menor medida, la historia contradictoria que arrastraban, quizá porque le hacía entender el pragmatismo de sus gentes y eso, ante sus ojos, los redimía. Amaba todo eso y mucho más, y por eso intentaba aportar su granito de arena para ayudar en lo que fuera. Cuando conseguía contribuir al bienestar de sus vecinos, Xabi se sentía realizado. Llegar a acuerdos o poner ladrillos, se trataba de echarle horas, y para ello se tomaba su oficio de concejal con la misma estricta filosofía que la de albañil.

Condujo hasta el centro de Mondragón, aparcó el coche no muy lejos de la plaza de la casa consistorial y, antes de dirigirse al ayuntamiento, se acercó a un quiosco a comprar el periódico.

—¿El de siempre, Xabi? —le preguntó el quiosquero.

—El que menos mienta, Txapu.

Mientras el quiosquero rebuscaba entre la remesa de periódicos, pilas, chicles y crucigramas que tenía sobre la repisa, Xabi se entretuvo en echar un vistazo al expositor en el que descansaban las principales portadas de prensa.

Algunos diarios habían sacado una nueva edición a lo largo del día para incluir la noticia de las detenciones de aquella mañana, pero la mayoría de las cabeceras todavía lanzaban titulares como 100 DÍAS SIN JOXE MARI ARIZAGA o LA FAMILIA DEL EMPRESARIO DE MONDRAGÓN NIEGA RUMORES DE PAGO. De entre todas las portadas, la mirada de Xabi se detuvo en la del periódico *Gara*. La fotografía a toda plana mostraba a un tipo demacrado al que le costó identificar como Joxe Mari Arizaga. Sostenía el *Gara* del día anterior, la fecha visible frente a un fondo borroso imposible de identificar, como si aquello fuera un enfermizo juego de muñecas *matrioskas*.

—Hoy vais tener a jaleo —le advirtió el quiosquero mientras le entregaba un ejemplar del *Diario Vasco.*

Xabi se colocó el periódico bajo el brazo, alzó la vista y divisó el gentío agolpado a las puertas del edificio de piedra caliza situado al otro lado de la plaza.

—Eso parece.

—Pleno abierto, para que os retratéis.

Xabi rebuscó en su monedero y pagó el periódico.

—Este país es muy pequeño, aquí nos conocemos todos.

Se despidió con un gesto de la cabeza y enfiló hacia el ayuntamiento. A mitad de la plaza le interceptaron un par de vecinos. Uno era un cincuentón con una chapela de Elósegui enroscada a la cabeza. El otro, un octogenario con un cigarrillo que le colgaba del labio. El primero le saludó con una subida de ceja. El otro, con un aúpa.

—Xabier, faltan papeleras en las calles —dijo el de la chapela.

—Estamos en ello.

—Y hay que añadir colilleros —apuntó el del cigarrillo—, que en lo relativo a colillas Arrasate parece China. Supongo que los técnicos municipales son capaces de diseñar colilleros, digo yo.

Xabi se quedó mirándole.

—Florencio, lo que tienes que hacer es dejar de fumar —le aconsejó.

—Hay que joderse.

—¿Echaron brea en los baches de tu calle?

El octogenario sacudió la ceniza de su cigarrillo.

—Algo echaron, al menos ya no te dejas los bajos del coche.

—Pues dilo, que no todo van a ser malas noticias —contestó Xabi, y se dispuso a seguir su camino.

Pero el de la chapela le detuvo diciéndole:

—Que sepas que el alcalde tiene ganas de caldear los ánimos. El muy zorro os la lía hoy, ya verás.

El del cigarrillo se apartó el humo de la cara y añadió:

—Un vecino secuestrado y una vecina en la cárcel, empate a uno.

Xabi miró a uno; luego, al otro, y les preguntó:

—¿Ahora os dedicáis a dar minuto y resultado?

—El conflicto es lo que tiene —repuso el octogenario, y su compañero de la chapela se encogió de hombros dando muestras de no tener opinión en todo aquello.

Xabi dejó atrás a la pareja de vecinos y sus disquisiciones semánticas, y no tardó en llegar a la concentración que se agolpaba bajo el arco de sillar que soportaba el escudo de armas del municipio. La marea humana aguardaba con expectación, observados de cerca por una dotación de fornidos *ertzainas* con los cascos y las porras bien dispuestos. Se respiraba la tensión, y algunos de los congregados miraban aquí y allá de forma claramente hostil.

Dos ancianas, manos finas y frágiles, cogidas del brazo la una con la otra, se atrevieron a acercarse.

—Ánimo, Xabi.

—Cuidado, que están con la escopeta cargada.

Se expresaban de forma efusiva, pero en susurros, y en cuanto pudieron, se quitaron de en medio con discreción.

—¡Rubio! —gritó a todo esto una voz.

Xabi vio a un tipo vestido con americana y la corbata bien anudada que se le acercaba entre la multitud. Se llamaba Juanmari Aguirre, y su pose estudiada y su manera de moverse trasladaban un claro mensaje de político eficiente y trabajador. Todo en él contrastaba con Xabi y sus señas de identidad; contrastaba con sus pantalones caídos y sus faldones de la camisa por fuera, con sus maneras relajadas; contrastaba con su despreocupación y hasta con su naturalidad.

—Tus admiradoras se vuelven a las catacumbas —bromeó Juanmari cuando se paró a su lado.

—Nos ha jodido —contestó Xabi—. Como si hacer público el voto por aquí no *perjudicaría* seriamente la salud.

—No te pongas tan exquisito, anda, que no hay quien te aguante.

Los dos permanecieron un rato en silencio, observando el panorama que empezaba a formarse a su alrededor, hasta que Juanmari mascullό:

—Menudo *fregao* se va a montar.

—Tiene toda la pinta.

—Solo falta que hagas de pirómano.

—¿Quién, yo? —repuso Xabi mientras se señalaba el pecho con el dedo—. Si me junto con todo dios por los bares.

—Sí, en eso no te gana nadie.

—Quiero decir que soy la mar de accesible.

—Bueno, hoy procura no pasarte con las cuestiones extramunicipales.

—Me paso si aparece la bronca; no soy de piedra.

Juanmari resopló y se miró la punta de los zapatos.

—Solo te digo que es mejor callar y parecer tonto que abrir la boca y confirmarlo.

—Anda tú este...

—Anda tú no. Que parece que hablamos idiomas distintos.

—Eso seguro, Juanmari, pero no son euskera y castellano.

Juanmari se mordió el labio y meneó la cabeza en un gesto que igual podía expresar acuerdo que desaprobación, pero ni el uno ni el otro añadió más y, unos segundos después, ya estaban enfilando juntos hacia el interior del consistorio mientras la tarde se iba enfriando.

Los concejales se hallaban sentados en torno a una mesa elevada sobre un estrado, con la impresionante pared de madera tallada a sus espaldas. Los *ertzainas* y sus cascos rojos se iban interponiendo entre los ediles y los vecinos que terminaban de abarrotar el salón de plenos.

Sonaron aplausos, tibios, e Iñaki Soto, el alcalde, tomó la palabra. El alcalde era de los que siempre miraban para otro lado o nunca sabían lo que pasaba, lo que constituía, en opinión de Xabi, un claro ejemplo de panfilismo con el bolsillo lleno; sin embargo, en ese preciso momento parecía haberse impregnado de la tensión del ambiente. Cogía el micrófono con fuerza, y su cuerpo parecía tan rígido que podría estar hecho de madera en vez de carne.

—Vamos a ir directos al grano —dijo, proyectando su voz entre los presentes—. El orden del día incluirá una votación para aprobar una primera moción de condena a la detención de Lierni Gil, que, como todos sabéis, es una vecina muy querida de esta localidad. A continuación, votaremos una segunda moción de exigencia al Estado para que acabe con la actitud represiva de sus fuerzas de seguridad.

Tras aquello, el alcalde cedió la palabra al resto de los concejales.

El primer turno fue para un tipo con cara de escolano. Se llamaba Jokin Chamizo y transmitía la curiosa sensación de estar encantado de haberse conocido. Lucía un brillante en la oreja y nunca prescindía de su camiseta chillona de cuello redondo bajo la chaqueta, cultivando una coquetería muy personal que, desde luego, debía de tener su público.

—¿Está encendido esto? —preguntó, dando un par de toquecitos a su micrófono.

Era evidente que sí. Chamizo continuó:

—En primer lugar, dejadme enviar un caluroso abrazo a nuestra vecina Lierni Gil. Los mayores del lugar la hemos visto crecer y corretear por las calles, y los jóvenes la han tenido de monitora en el club de senderismo y como profesora en el taller de *bertsolaris*. —Hizo una pausa y carraspeó—. Su único delito, y el de los otros jóvenes detenidos, es pensar en clave independentista. Solo por eso están en riesgo de ser torturados, porque para Madrid solo vale la vieja receta de la represión y dar palos a todo lo que huela a *abertzale*...

Mientras Chamizo proseguía con su panegírico, avanzando a golpe de exégesis históricas y lecciones de ética, Xabi echó un vistazo al frente y reparó en la presencia de una cuadrilla de chavales.

Pipe. Txiki. Ibon. Santi.

Los cuatro magníficos se abrían paso desde el fondo de la sala, y la gente se apartaba porque sabía quiénes eran y de lo que eran capaces. La cuadrilla llegó al cordón policial que protegía a los cargos electos, y Txiki, que iba el primero y parecía Moisés atravesando el mar Rojo, se alzó de puntillas para mirar más allá de los cascos de los *ertzainas* mientras Chamizo finalizaba.

—... por eso pedimos al ayuntamiento que convoque una manifestación de denuncia y que destine una partida presupuestaria de treinta y siete mil euros para los costes de la defensa.

Ibon y Santi alzaron unos carteles con el lema BIZIARTEKO ZIGORRIK EZ!, y Pipe y Txiki, otros en castellano en los que se leía ¡NO A LA CADENA PERPETUA!

El alcalde se cubrió la boca con la mano para toser. Parecía buscar un sitio donde esconderse y, al no encontrarlo, cedió la palabra a Juanmari, que era el siguiente concejal que tenía a su vera.

—Nuestro grupo no apoya la moción —comenzó Juanmari sin más preámbulos y mirando de frente al respetable—. Aun así, nos solidarizamos con la familia de nuestra convecina y rechazamos todas las violencias, vengan de donde vengan. —Su voz sonaba amable y fuerte, como acostumbrada a cultivar innumerables oratorias públicas—. No olvidemos que estas detenciones son consecuencia del conflicto que solo se resolverá cuando el Estado deje de ilegalizar ideas y acepte las decisiones de los vascos sin ningún límite.

Xabi meneó la cabeza. Aunque se sabía de memoria el discurso de su amigo, no dejaba de asombrarle esa semántica rebuscada, esa facilidad para el regateo y la ambigüedad. Se trataba de su principal aval, y su mejor virtud.

Juanmari dio por finalizada su intervención y el alcalde se volvió a remover con incomodidad en su asiento. Miró más allá de Juanmari, y viendo que el siguiente turno de palabra correspondía a Xabi, hizo un gesto pusilánime y le concedió la palabra.

—Entiendo la preocupación de algunos de los presentes —dijo Xabi tras aclararse la voz—. Los detenidos tienen familias y uno no debe pitorrearse del sufrimiento ajeno. Lo que ya entiendo menos es que los vecinos lleven meses pidiendo que adecentemos las humedades en el Uarkapela y nosotros no hagamos más que decirles que no hay dinero. También tenemos el parque infantil de San Andrés hecho un cristo y un día vamos a tener alguna avería con los niños. ¿Y ahora nos vienen con que aprobemos un gasto para pagar a los presos sus facturas de móvil y sus pantalones de marca? ¡Esto es para descojonarse o echar a correr!

La reacción entre el público se podría calificar, cuando menos, de rumor incómodo. Algunos vecinos se atrevían a asentir para expresar su acuerdo, pero no eran muchos.

Xabi se percató de que Juanmari le miraba y de que ahora era su amigo quien meneaba la cabeza lentamente, como si le hubiera decepcionado, mientras a sus pies, bajo el estrado, los *ertzainas* se miraban unos a otros y empezaban a ponerse tensos.

—Y otra cosa más —atacó Xabi sin importarle el cuchicheo entre los presentes—. Tiene bemoles decir que ETA es una consecuencia del conflicto que solo desaparecerá cuando desaparezca el conflicto. Eso es como justificar que peguen a la mujer porque existe un conflicto de pareja, o aceptar la tortura porque existe el terrorismo...

Esta vez se produjeron discusiones entre los vecinos, y algunos entre el público parecían estar a punto de llegar a las manos. Los ánimos se caldeaban y los chicos de la cuadrilla, ya de por sí sobreexcitados, señalaban con el dedo y gritaban a los *ertzainas*, y los agentes respondían a su vez clavándoles las porras en las costillas.

Uno de los *beltzas* empujó a Txiki hacia atrás. Eso le calmó, aunque no mucho, y cuando parecía que le iba a caer un porrazo, Pipe se interpuso entre su amigo y los antidisturbios para evitarlo.

—Dejadle, hostias.

—Tú, ¿qué? —preguntó un *beltza*—. ¿También quieres?

Los agentes le miraban encabronados, y los codazos y empujones arreciaban. Los uniformados empezaron a echar mano de los escudos.

—Que te muevas hacia atrás.

—Que no me empujes.

Los ojos glaciales bajo los verduguillos, las maneras que Pipe sentía desafiantes, los dedos de los chicos en el rostro de los *beltzas*, las porras de estos en alto dispuestas a golpearlos...

La tensión crecía y crecía.

—Tío duro, que te apartes o te la vas a llevar.

—Ven tú a darme si te crees tan fuerte, cipayo de los cojones.

Algunos vecinos empezaron a coger posiciones de huida ante las carreras que preveían.

A todo esto, Xabi intentaba hacerse oír a través del alboroto:

—Lo primero es acabar con la violencia, no darle excusas. Y después abordaremos juntos los demás problemas, con la palabra. Porque es verdad que aquí vive gente con sentimientos diferentes, pero es gente decente que se levanta temprano cada mañana y trabaja duro y que nunca asesinó a nadie...

Y esa fue la chispa que prendió la mecha. Sin mediar aviso, Txiki se abalanzó sobre la barrera de *ertzainas* para intentar llegar hasta Xabi.

—*Alde hemendik!* —le increpó—. ¡Deja que te coja, traidor!

En segundos, la sala se convirtió en el camarote de los Hermanos

Marx. Pipe, Ibon y Santi decidieron unirse a la fiesta, y los *ertzainas* se las veían y se las deseaban para reducirles a base de porrazos.

—¡Fuera! ¡Atrás!

Los gritos involucionaron y se convirtieron en rugidos, y Xabi cejó en su intento de seguir exponiendo sus argumentos cuando era obvio que su voz se perdía entre el ruido.

Txiki estaba afónico de tanto gritar y daba la sensación de estar a punto de desgañitarse. Al mismo tiempo, Pipe, Ibon y Santi cargaban contra los agentes en medio de un coro de gritos perdidos.

—¡Hoy vosotros de negro, cabronazos...!

—¡... mañana vuestras familias!

La sala entera había explotado en un pandemonio y todos los intentos del alcalde por poner orden se revelaban estériles.

—¡Calma! ¡Mantengamos la calma!

Y de repente, algo mágico.

Pipe lanzó su mochila abierta al aire y una lluvia de octavillas de colores empezó a planear entre los presentes. Parecían confetis, y algunos se detuvieron y alzaron la cabeza para admirar su belleza.

El momento duró solo un instante, porque dos *ertzainas* se echaron sobre Pipe y le derribaron. Uno usó la porra para aplastarle la cara contra el suelo y otro le agarró de las manos para reducirle. Estaba claro que no iban a concederle nada. Los dos le apretaban con fuerza, pero Pipe sintió que le dolía más la rabia que le atoraba el pecho que el peso de la rodilla del agente sobre la espalda.

Mientras tanto, sobre la tarima, los últimos panfletos volaban y caían planeando sobre los concejales. Xabi, que observaba con un sentimiento de culpa y algo de vergüenza el desastre que habían provocado sus palabras, agarró una de las cuartillas que le sobrevolaban y se puso a inspeccionarla.

Era un texto reivindicativo, y un sello estampado lo adornaba.

Era el anagrama de la serpiente enroscada en torno al hacha.

8

Como si os habéis cepillado al lucero del alba

Tres días después del desmantelamiento del comando en Granada, Alkorta y Reyes debían regresar a la brigada antiterrorista de San Sebastián y al grupo AT en el que estaban incardinados. Sin embargo, en vez de viajar directamente al norte, una llamada de su superior los citó para una reunión urgente obligándolos a hacer parada en Madrid.

Llegaron temprano, a eso de las nueve, y atravesaron la planta que albergaba las oficinas de la Comisaría General de Información en medio de un caos febril. El lugar era un maremágnum de papeles desordenados, teléfonos ardiendo y tazas de café frío. Decenas de agentes tecleaban informes en los ordenadores, analizaban información, investigaban atentados sin resolver o trabajaban en la detección de nuevos procesos de radicalización. Eran una mezcla de «caimanes» de colmillo retorcido con muchos trienios a las espaldas y «pepinillos» recién llegados, hombres y mujeres más jóvenes que los propios etarras a los que perseguían.

Todos iban de paisano y no había una corbata a la vista, y todos querían saludarlos e intercambiar impresiones. El operativo de

Granada llevaba toda la semana apareciendo en los medios de comunicación, y aunque Alkorta y Reyes pretendieran lo contrario, su visita no podía pasar desapercibida.

—¡Reyes! —exclamó un agente—. ¡Cómo das en pantalla!

Y Reyes le dedicó una sonrisa al autor del piropo.

—¡Alkorta, la tele engorda! —gritó otro.

Y Alkorta le dedicó un corte de mangas.

Reyes se acercó a un cartel del Ministerio de Interior con las fotos de los etarras más buscados y, a modo de barrotes, trazó con rotulador varias líneas verticales sobre las fotos de Lierni, Txester y Maguila. La *performance* provocó una ronda de silbidos y aplausos entre los policías.

—¡Otros tres «cagaris» a la trena!

—¡Así aprenderán!

Sin embargo, poco a poco, el ambiente festivo fue acallado por el sonido de varios teléfonos. Se produjo una oleada de murmullos y un corro de agentes se agolpó en torno al televisor que colgaba de una esquina.

—¿Habéis visto?

—¡Subid el volumen!

Un agente se subió a una silla y aumentó el sonido del aparato. Los comentarios empezaron a sucederse en un *crescendo* disparatado y alguien mandó callar al personal. Poco a poco, las sonrisas empezaron a borrarse de las caras.

—¡Dios, otra vez!

La televisión mostraba imágenes de humo y fuego y de un amasijo de hierros, de gente ensangrentada en ropa de verano y de turistas en estado de shock sentados en las aceras. Se trataba de un nuevo atentado, y en el rótulo del faldón en la pantalla podía leerse SANTA POLA.

—«Es muy pronto para hablar de autoría —declaró la voz del

locutor sobre las imágenes—, pero fuentes del ministerio responsabilizan al comando Ularra de la colocación de un coche bomba cargado con metralla junto a una glorieta muy concurrida de la localidad».

Las tomas a pie de calle dieron paso a un plano del estudio, y un locutor con el rostro desencajado pasó a glosar las acciones que habían convertido al comando Ularra en el más activo de la banda desde que comenzaran su campaña de asesinatos hacía ya más de un año.

—«Se trata —concluyó el locutor— del principal objetivo de las fuerzas y cuerpos de seguridad del Estado».

Reyes, que se había agolpado junto al resto de los agentes en torno al televisor, tuvo un sentimiento repentino de culpa que le resultaba familiar. Mientras el locutor cedía su turno a una compañera de la mesa de redacción y la periodista procedía a comentar la noticia con diversos tertulianos, Reyes se imaginó a los muertos echándole en cara que no hubiera sido capaz de evitar la masacre y a sus seres queridos jodidos de por vida. Y, después de la culpa, venía la oleada de impotencia. Podía engañarse todo lo que quisiera, pero en el fondo se veía a sí misma como una hámster en una rueda que, pese a correr sin parar, se veía arrastrada al mismo bucle infernal que acababa devolviéndola a la casilla de salida.

La mayoría de los presentes debía de experimentar algo semejante, porque la oficina parecía haberse puesto boca abajo. Los rostros de los policías se veían tensos y la agitación inicial había mutado en un ambiente preñado de fatalismo.

Reyes sintió una suave presión en el hombro. Era la mano de Alkorta, que inclinó la cabeza hacia un lado para indicarle la presencia de un hombre asomado a la puerta de un despacho. Era Paco Camaño, el responsable de la Unidad Central de Información. Los estaba esperando.

Las cortinas venecianas sumían el despacho en sombras y apenas se apreciaban las paredes cubiertas de placas y diplomas. En una fotografía enmarcada se adivinaba a Camaño siendo condecorado por Zapatero, y en otra, más oculta y antigua, se le veía estrechando la mano de Aznar.

Alkorta y Reyes se sentaban en torno a una mesa situada en el centro del despacho, junto a otros agentes y un funcionario de Interior cuyo nombre Alkorta desconocía. Entre los presentes se hallaban Jaime Capote y Laura Cruchet, con los que Alkorta ya había trabajado en el pasado. Capote tenía la complexión de un jabato, recio y chaparro, y hacía su trabajo sin hacerse preguntas: fichaba, cenaba en casa, cumplía en la cama con la mujer y se dormía como un tronco para estar fresco al día siguiente. Cruchet era una rubia diminuta y una profesional de los pies a la cabeza. Tan pronto desmantelaba un comando terrorista como hacía la mejor tortilla de patatas del mundo. «Es verdad que me sale buena», solía decir cada vez que alguien alababa sus dotes culinarias.

Rechoncho y ancho de hombros, con un peinado tipo cortinilla que no le ocultaba la calva y le hacía parecer más ridículo, el comisario Camaño presidía la mesa con un estilo zafio y coloquial. Hablaba como si tuviera un palillo en la boca y no era fácil cogerle el punto. De hecho, nada más comenzar la reunión, preguntó:

—¿Os han lamido el culo a vuestra entera satisfacción?

Alkorta suspiró y Reyes agachó la cabeza. Camaño tenía la desconcertante virtud de que todos le escucharan sin pestañear.

—No sé, a lo mejor alguno de los aquí presentes pensaba que iba a ser felicitado por las últimas detenciones, o que su carrera se iba a beneficiar, que caería alguna medallita... —Dio una palmada contundente sobre la mesa—. ¡Pues no, queridos!

Tras un momento de silencio, el comisario procedió a desgranar la escasa información de la que se disponía. Se sabía que había varios muertos y decenas de heridos y que el explosivo utilizado podía ser Titadine, pero poco más.

Camaño hablaba e iba enganchando un Ducados tras otro y paseaba en torno a la mesa que ocupaba el centro del despacho, y Alkorta pensó que no aguantaba ese deje de irritación moral que destilaba su superior y que solía caracterizar a los trileros que pululaban por el Ministerio de Interior. Jamás se había dejado engañar por él. Por mucho que el viejo comisario disimulara la sangre y la suciedad bajo las uñas, Alkorta aborrecía su patriotismo barato, su pulserita con los colores de la bandera y su cuenta en Suiza. Desde luego era un superviviente; pocos sabían de su connivencia en los ochenta con un oscuro episodio de la guerra sucia en Francia. Dos simpatizantes *abertzales* habían sido asesinados por el GAL y, sin embargo, ahí seguía Camaño, veinte años y tres gobiernos después, por encima de la espuma sucia del terrorismo antiterrorista, sin que nadie hubiera conseguido probar su implicación en el crimen de Estado. Era, sin duda, un hombre que sabía a qué jefes desafiar y a qué jefes hacer favores; un hombre leal al partido, siempre que el partido estuviera en el gobierno.

—Bombazos en el Levante, tiros en la nuca en Hernani, y la oposición con el Gobierno cogido de los huevos —prosiguió el comisario—. Como si tuviéramos poco desde que los islamistas se apuntaron a la fiesta... No hay país que aguante esto, y menos con la dichosa crisis.

A pesar de las expresiones contritas de sus compañeros, Alkorta se atrevió a contradecirle.

—Nuestros plazos no son los de los políticos, comisario; tú lo sabes mejor que nadie.

Camaño clavó en Alkorta una mirada llena de sarcasmo.

—¿Pensáis que a alguien le importa que hayáis desarticulado un comando en Granada que llevaba meses inactivo? ¡Como si os habéis cepillado al lucero del alba! Lo importante no son los resultados, sino la percepción de que se obtienen resultados. Y la imagen que el Gobierno quiere dar de eficacia no se corresponde con comandos saliendo de Francia, cometiendo atentados y yendo libres de un lado para otro. Necesitamos detenciones en cascada, y por eso hay que ir a la raíz.

Camaño hizo un gesto y el funcionario de Interior activó un proyector de diapositivas. A través de la atmósfera que empezaba a llenarse del humo de tabaco, la única pared desnuda del despacho se iluminó con la imagen de una pirámide organizativa acompañada de las fotografías de varios etarras. Una tipografía simple informaba del alias de cada uno. Todos debían de andar en la treintena. Los rostros eran de tipos duros y airados, tenían la cabeza echada hacia atrás y los labios fruncidos.

El comisario se puso en pie, se acercó a la pared y, con un dedo amarillento por la nicotina, señaló de forma sucesiva dos imágenes cerca de la cúspide de la pirámide. La primera imagen era una fotografía de una ficha policial que mostraba a un joven de occipital pronunciado, mirada fría y pelo largo. En la segunda, una foto en blanco y negro, granulosa y captada con teleobjetivo, se veía al mismo joven en la distancia y se apreciaba su complexión seca y espigada.

Bajo ambas imágenes figuraba un único alias: Arrano.

—El comando de Granada, como el comando Ularra, como el siguiente que vendrá, todos, reciben instrucciones de la misma persona. Arrano, el cabecilla del aparato militar. El puto Jefe Comanche.

Camaño paseó la mirada entre sus agentes para rematar el efecto. Luego hizo un gesto al funcionario de Interior y este tomó la palabra.

—Tenemos información operativa actualizada. Arrano organiza, da adiestramiento, proporciona armas e integra los atentados en la estrategia política de la banda. Sin esa estructura, los etarras son náufragos en el mar de la violencia, si me permiten la licencia poética.

Camaño, que no era muy de licencias poéticas, apagó el cigarrillo en un cenicero y concluyó:

—Hay que cerrar el cerco y echarle el guante, esto tiene prioridad absoluta. Alkorta, Bravo. Vosotros os quedáis en Madrid.

Reyes le dio a Alkorta una patadita bajo la mesa y Alkorta tosió.

—¿Qué? Pero, comisario... —se quejaron los dos a la vez.

—Lo que oís —dijo Camaño—. Echaréis una mano con el análisis del material incautado en Granada. El objetivo es abrir una nueva línea de investigación que nos lleve a Arrano.

El tipo de Interior repartió varios portafolios con el logo del CNP.

—Aquí tenéis el primer informe de nuestros analistas.

Los agentes empezaron a echar un vistazo al legajo de papeles.

—Aquí hay plancha —dijo Cruchet—. ¿Hablamos con los picoletos?

—Ya sabes el pique que nos traemos —le advirtió Capote.

—Amén —sentenció Camaño—. Los picoletos llevan tiempo jodiéndonos la marrana, así que vamos a aguantar la información y ya veremos cuándo la pasamos.

Alkorta, que estaba releyendo su informe, soltó:

—Podríamos criticar menos y reconocer más los logros ajenos.

Las reacciones de los demás, sobre todo la mirada afilada de Camaño, hicieron que Alkorta se viera inclinado a explicarse.

—Joder, de vez en cuando los picoletos nos solucionan alguna papeleta, que parece que se nos abren las carnes por reconocerlo.

—Hoy tienes ganas de tocarme los huevos, ¿no es así? —replicó Camaño sin esforzarse por disimular su desagrado.

Alkorta forzó una sonrisa estúpida y se encogió de hombros.

—Dime una cosa, Alkorta —prosiguió Camaño—. ¿Quiénes cargaron con un operativo largo y costoso con el comando Nafarroa? Ya te lo digo yo: nosotros. ¿Quiénes llegaron luego con codazos y zancadillas y acabaron colgándose la medallita?

Alkorta se quedó mirándole, pero no dijo nada.

—Pues eso —sentenció Camaño mientras hacía un ademán con la mano, dando a entender que daba por concluida la reunión—. Esto viene de muy arriba, queridos, así que, venga, menos especular y a currar.

El comisario volvió a sus papeles y los agentes abandonaron el despacho con las carpetas bajo el brazo. Alkorta hizo un gesto a Reyes para que le esperara fuera mientras él se quedaba rezagado.

—Aparca el culo —dijo Camaño una vez se hallaron a solas.

—No hace falta, comisario, seré breve.

—Tú dirás.

—Es por la prensa; no se puede largar tan rápido.

Solo Alkorta podía hablarle así, sin medir sus palabras.

Camaño forzó una sonrisa sibilina y frunció el ceño de tal forma que pareció querer condensar su mirada en la cara de su subordinando.

—¿Crees que soy capaz de venderos por un minuto de telediario?

Sus palabras, cargadas de un paternalismo que detestaba, hicieron que Alkorta tensara los músculos de su anguloso rostro.

—Solo digo lo que vi —afirmó sin titubear.

—No me calientes, ya sabes que es mal negocio.

—Comisario, llevábamos una hora de operativo, ni siquiera sabíamos si había otro comando de apoyo y las teles ya estaban allí. A este paso van a acabar llegando antes que nosotros.

—Relájate, Alkorta, hay que desmoralizar a los malos. Una

cosa es el trabajo oscuro de inteligencia y otra son las relaciones públicas. —Alzó unas cejas que podrían echar a volar—. Y las dos se complementan.

Sin más, descorrió las cortinas del despacho, zanjando la discusión.

Decidiendo que había agotado su suerte por ese día, Alkorta se encaminó hacia la puerta. Antes de franquear el umbral se detuvo y contempló la imagen que el proyector plasmaba sobre la pared. Fue tan solo una efímera impresión, pero el rostro de Arrano parecía sonreírle.

9

El Jefe Comanche

En la localidad francesa de Bayona, a las ocho de la tarde de aquel mismo día, Arrano tal vez no sonriera, pero se sentía satisfecho. Su apariencia era bien distinta de la de las fotografías que obraban en poder de la policía, y además se cuidaba bien de ocultarla. Iba tocado con un sombrero trilby y llevaba gafas de sol, a pesar de que ya era última hora de la tarde y allá fuera las nubes cubrían gran parte del cielo. Tan solo se le distinguía una barba minuciosamente recortada.

Ocupaba uno de los locutorios del cibercafé, uno más entre la decena de estudiantes y emigrantes que chateaban frente a los ordenadores. Daba la impresión de ser un hombre completamente relajado en su entorno. Es más, se acariciaba la barbilla con el muñón de los dedos índice y pulgar, y se deleitaba en una noción que tenía por cierta: el enemigo sufría la resaca de Santa Pola tras la borrachera policial de las detenciones de Granada.

Llevaba ya una década en la clandestinidad y Arrano jamás repetía una cita en el mismo cibercafé. Siempre estudiaba cada local, sus entradas principales y salidas traseras, antes de citarse con sus interlocutores. Solía acudir a esos establecimientos para navegar por la red a la búsqueda de noticias, como los recientes titulares que le relacionaban con la *ekintza* de Santa Pola. Había descubierto que los políticos españoles gustaban de irse de la lengua, daban información, desinformación, sabían que el rumor se extendía con más facilidad cuanto más ambiguo era el tema, pero en el fondo no tenían ni puta idea.

Antes de abandonar la sesión, Arrano borró el historial de navegación. Se cuidaba mucho de no abrir ninguna de sus cuentas de correo electrónico para evitar que rastrearan la IP de su última conexión, y solo enviaba correos desde bibliotecas. Se puso en pie, y antes de abandonar el locutorio limpió el teclado y la mesa con un pañuelo. Jamás se permitía el lujo de dejar atrás sus huellas. Tampoco colillas en el suelo ni escupitajos en los lavabos. Si usaba vasos en los bares, limpiaba los bordes con un pañuelo después de tomar la consumición. Toda precaución era poca. Cualquier muestra biológica podía ser cotejada con un archivo policial, y no estaba dispuesto a ello. No estaba dispuesto a que le colgaran algún muerto, aunque fuera suyo. No estaba dispuesto a acabar pasando treinta años entre rejas.

Arrano se dirigió a la entrada del local y divisó a Gamboa. El viejo, que no le había visto, cargaba con una pequeña mochila al hombro y agarraba las asas con ambas manos. Se asemejaba a un náufrago sujeto a su tabla de salvación, perdido y confuso, cansado de esperarle en aquel cuchitril frente a un ordenador que seguramente no sabía ni utilizar. Arrano no se acercó de inmediato a él. Permaneció un rato en silencio observándole, quizá con el mero ánimo de divertirse. Le había citado por teléfono, siguiendo las claves habituales de la sección de «Anuncios» del *Merkatu*, y aquel era el tercer día consecutivo que Gamboa acudía a la cita sin que el jefe militar se presentara. Tres días en los que el viejo había hecho vida de turista por Bayona mientras Arrano le hacía contravigilancias para verificar que no le habían seguido los *txakurras*.

Tres días que eran más que suficientes para estar tranquilo, y con ese convencimiento Arrano marchó al mostrador.

—*Combien?*

—*Deux euros treinte centimes.*

A pesar de llevar pocos años en Francia, Arrano manejaba el idioma con soltura y ese era un recurso inestimable. De hecho, el encargado pakistaní hablaba un francés más precario que el suyo, y eso le agradó.

—*Comment tu t'appel?* —le preguntó el Jefe Comanche mientras pagaba el servicio de internet que había consumido.

—*Amine.*

—*Amine, le toilette s'il tu plais?*

El encargado señaló hacia el fondo, Arrano dio las gracias y enfiló por fin hasta Gamboa.

—*Lasaitu* —susurró al pasar a su lado.

Al reconocerle, Gamboa sintió ganas de sonreírle, pero se guardó muy bien de hacerlo. El gesto de Arrano no inducía a la sonrisa.

Arrano se adentró en el local y Gamboa, con su mochila a cuestas, le siguió. Recorrieron un estrecho pasillo, pasaron de largo frente al aseo y, tras abrir una puerta de metal con un letrero que decía ACCÈS INTERDIT – PERSONNEL AUTORISÉ SEULEMENT, entraron en un cuartucho donde había dos jóvenes argelinos seleccionando carcasas y reparando móviles.

Arrano les dijo:

—*Amine dit qu'on peut sortir par ici.*

Los jóvenes se miraron el uno al otro sin comprender hasta que, por fin, uno de ellos señaló a su espalda.

Arrano y Gamboa atravesaron la puerta y no tardaron en llegar a un muelle de carga. Se hallaban en la zona trasera del puerto, frente a un callejón de casas marineras y reducidos soportales, y no se divisaba un alma.

Arrano saltó ágilmente al callejón y Gamboa lo hizo de forma más torpe. Continuaron la marcha por un callejón oscuro y angosto, y se toparon con una camada de gatos encelados que estaban dándose un festín de raspas. Siguieron andando y pasaron frente a una taberna. El local iluminaba el oscuro callejón con su panza, y un marinero borracho dormía junto a su puerta, quizá descansando antes de embarcar.

Al final llegaron a un aparcamiento y Arrano señaló un coche aparcado en la zona de descarga. Era el Peugeot 207 con matrícula doblada que llevaba usando desde hacía un par de meses. Subieron al coche, las luces de freno se encendieron, y en unos pocos segundos el vehículo ya había abandonado el lugar.

Mientras se incorporaba al tráfico de una calle principal, Arrano se agachó bajo el salpicadero y encendió el escáner de ondas de radio. Se quitó las gafas de sol y se puso a escuchar, y Gamboa creyó apreciar un brillo extraño en las cuencas de sus ojos. Las luces de las farolas atravesaban el parabrisas y se reflejaban de forma nítida sobre su cara pétrea, llena de aristas, como una cantera recién dinamitada. Gamboa dejó de observarle cuando Arrano comprobó que la cháchara de la policía local era inane y apagó la emisora.

Arrano condujo con prudencia y en silencio por las calles de edificios coloridos con entramados de madera típicos de Bayona. Aquella era su forma de vivir, siempre alerta y en movimiento, y el viejo, que volvió a observarle con el rabillo del ojo desde el asiento del pasajero, pensó en ese instante que el joven le recordaba a un depredador, una fiera que cazaba y evitaba ser cazada.

Pasaron los minutos y el trayecto parecía no llegar a su fin.

El viejo tabernero se incomodaba con tanto silencio y, aun a sabiendas de que podía tratarse de una mala idea, se puso a hablar.

—La *ekintza* de Santa Pola nos da un respiro, pero va a costar hacer frente a la represión. —Vio que Arrano ni se inmutaba—. Nos íbamos a comer el mundo con el esfuerzo de reclutamiento que hicimos tras la última tregua y ya ves que nos han desmantelado un tercio de los *taldes*. —Volvió a mirarle y nada: el mismo rostro inescrutable—. Ni siquiera hemos valorado la incapacidad de funcionamiento plena que tenéis ahora mismo. —Se interrumpió un segundo para recuperar el resuello—. Con todo el respeto, creo que deberíamos pensar en ello.

Las piernas del viejo se movían con un ligero temblor y Arrano, demostrando que sabía sonreír cuando quería, sonrió al darse cuenta. Sin embargo, algo fallaba en esa mueca, como en esos electrodomésticos que salen de fábrica sin ciertos complementos.

—Ten cuidado, Ramón —dijo Arrano—, no vayas a tener una erección de la felicidad.

Gamboa hizo una inhalación que no fue del todo natural, y Arrano continuó conduciendo con una media sonrisa en la cara y ya no hubo más charla ni conversación.

Tras media hora dando vueltas por las afueras de Bayona, el Peugeot 207 se adentró en el barrio de Saint-Esprit y acabó estacionándose en una calle desierta. Los dos hombres se bajaron del vehículo y caminaron un par de manzanas. Arrano tenía por costumbre aparcar lejos de donde dormía, y no se quedaba tranquilo hasta pasar revista a los otros coches de la acera a la búsqueda de algún turismo que levantara sus sospechas.

Llegaron a la calle Brigadier Muscar y entraron en el portal de un edificio de seis plantas con ventanas de doble hoja hacia el exterior. Tomaron el ascensor, se bajaron en la quinta planta y recorrieron un largo pasillo en el que se amontonaban decenas de puertas hasta llegar al apartamento situado al fondo del inmueble.

Arrano hizo sonar tres veces el timbre. Dos de forma suave y una sostenida. Pasaron unos segundos y un joven con un trapo en la mano les abrió la puerta, y el olor acre y viciado de la convivencia abofeteó a Gamboa en la cara.

El joven los condujo por un pasillo oscuro hasta llegar al salón del apartamento. Allí había tres hombres, y Arrano mencionó sus nombres de pasada:

—Gorka, Brujilla, Zapa. Y ese que nos ha abierto, Dienteputo.

Uno de ellos se limitó a saludar a Gamboa alzando la ceja.

Los otros tres le ignoraron.

Gorka y Brujilla jugaban a las cartas. El primero era bajo y de complexión fuerte, con un pelo negro en el que empezaban a asomar canas. El segundo camuflaba su incipiente calva con una gorra de béisbol.

Zapa acababa de regresar de hacer una compra abundante. Vestía ropa deportiva y andaba colocando verduras, huevos, carne, pescado congelado y barras de pan sobre la encimera de la cocina.

Dienteputo tenía perilla y llevaba una sudadera demasiado grande. Se puso a limpiar el polvo de un rincón con el trapo que llevaba cuando les abrió la puerta, y Gamboa vio que en la sala de estar se acumulaban baterías de móviles, un pack de botellas de agua, un fajo de periódicos franceses y otro tipo de lectura: *zutabes* y otros boletines internos de la banda.

A pesar de que podrían pasar por cuatro amigos que andaban de viaje por el sur de Francia, a Gamboa le transmitieron una sensación de profesionales disciplinados.

Olían a salitre y a muerte. Olían a Santa Pola.

Los miembros del comando miraron expectantes cuando

Arrano agarró la mochila de manos de Gamboa y la plantó sobre una mesa redonda de cristal. Luego golpeó la mochila un par de veces para nivelar la carga y descorrió la cremallera. Echó un vistazo en el interior y su rostro delató un fugaz destello, pero nada más.

Arrano fue a sentarse frente a una mesita en una esquina y los otros se asomaron a inspeccionar el contenido de la mochila. Uno a uno hundían las manos en el dinero y sopesaban los fajos de billetes con curiosidad.

A Gamboa no le hacía falta curiosear: sabía hasta el último céntimo del dinero que había recaudado. El viejo apartó la mirada y se cruzó con los ojos impenetrables de Arrano. El cabecilla de los comandos asintió y le hizo un gesto para que se acercara.

Gamboa ocupó la silla que le indicaba, sacó su Moleskine y se quedó mirando al hombre que tenía enfrente. Ambos tenían por delante una noche larga, debían despachar sobre varios temas, intercambiar información y programar las próximas entregas.

Sin embargo, Arrano parecía no tener prisa. Se levantó la camisa y sacó una Beretta del 22 de la parte trasera del pantalón.

—Ya va a poner el hierro en aceite —bromeó uno de los etarras.

Arrano ni se inmutó.

Desmontó la pistola, mojó un paño en aceite y empezó a limpiar el peine metálico que contenía los proyectiles. Se aplicaba a ello con meticulosidad, de una manera íntima e intimidatoria, y solo una vez alzó la vista para contemplar a su camada. Arrano sonrió, aunque sus ojos no lo hacían, y, por enésima vez en lo que iba de noche, Gamboa sintió la boca seca y tragó saliva.

Segunda parte

Fuego de San Juan

10

Un cactus para todos

El Volkswagen GT de Jone atravesaba a toda velocidad el paisaje de colores ocres y rojizos a su paso por Burgos. Asier Ezkieta iba al volante y ella, sentada en el asiento del pasajero, subrayaba entradas en su libro de teoría constitucional y escribía notas en su libreta de apuntes.

—Quiero agradecerte estos ocho meses —dijo el joven.

—No me hagas la pelota.

—De verdad, he aprendido mucho de ti.

Jone se volvió hacia él.

—¿Ocho meses ya?

—El tiempo pasa volando.

Asier debía de andar más cerca de los treinta que de los veinte, y su proyecto de barba sin bigote cuidadosamente desaliñada y el nacimiento de un pelo que ya reculaba acentuaban la redondez de su rostro. Aun así, era imposible negar que tenía pinta de enrollado.

—Es mi primera vez —dijo el joven.

—Tu primera vez —respondió Jone.

—En la Audiencia Nacional.

Jone volvió la vista a los documentos en su regazo.

—No te preocupes, no se comen a nadie.

El comentario había sonado a exabrupto, y ambos se quedaron escuchando el runrún del motor del coche, como si la oportunidad de establecer una conversación genuina hubiera quedado atrás, abandonada en la carretera.

Aunque Jone se negara a reconocerlo, no era culpa de Asier. Era ella, que gastaba un humor de perros. Durante los últimos meses se había centrado en la preparación de aquella defensa, y mientras ella trabajaba, 2005 se había marchado como vino. Mucho hablar de la propuesta para la «superación del conflicto» del velódromo de Anoeta, pero el goteo de bombas había continuado sin que nadie en el movimiento lo condenara. Y 2006 había llegado igual, con el anuncio de la banda manteniendo sus *ekintzas* contra los cargos políticos con responsabilidades de gobierno, y con el Gobierno aplaudiendo la doctrina Parot establecida como jurisprudencia por el Tribunal Supremo. Los políticos y los periodistas escribían y hablaban y hablaban en los periódicos, las radios y las televisiones; pero la realidad era que todo seguía igual. Los mismos movimientos de unos y otros, adelante y hacia atrás. La misma palabrería. La misma vacuidad pomposa.

Y Jone, como le pasaba cada vez que se entregaba al trabajo y a la causa, sentía que tanto tiempo en la brecha hacía mella en ella, en sus relaciones afectivas y en su vida sentimental. Quizá fuera el paisaje bucólico de viñedos que discurrían por su ventanilla, que la empujaba a ponerse nostálgica, pero en ese momento se puso a pensar en los amoríos de su vida y en aquella época de su vida en la que se desvivió por encontrar a alguien con el que encajar sus piezas rotas.

El primero fue un gaditano, con el que, siendo muy jovencita, vivió un tórrido romance para quedar después desilusionada. A partir de entonces adquirió la sana costumbre de regalar un bonito cactus a sus parejas cada vez que una relación se terminaba. Luego vendría un surfista de Zarautz con el que llegó a fijar fecha de boda; no tardó en cansarse de él y dejarle plantado. Hubo también un tipo de la industria discográfica, con sus cenas románticas y sus viajes a destinos exóticos. Acabó dejándola por un hombre; probablemente siempre fue gay y ella nunca quiso verlo. Hubo otras parejas, y otras razones, y ninguna de aquellas relaciones fraguó. Ni que decir tiene que todas ellas recibieron su cactus correspondiente. El último en probar su rueda de la fortuna fue un atractivo escritor, un Arthur Miller montañés. La magia duró hasta que «Arthur» le reprochó que defendiera a asesinos y a gente de esa calaña, y Jone no tardó en mandarle de vuelta a Cantabria con su cactus bajo el brazo. A la postre, el momento resultó de lo más inoportuno: una semana después descubriría que estaba embarazada. Tras la correspondiente llamada telefónica, cordial, en la que incluso llegaron a fumar la pipa de la paz, el montañés se desentendió y Jone tomó su decisión. El montañés se fue por su lado, y ella y su futuro bebé por el suyo. Aquella fue su última relación sentimental y jamás se arrepintió. Pipe llegó a su vida para enseñarle lo que era un amor sin contraprestaciones, y Jone decidió que lo que le quedara por vivir no lo iba a gastar en ningún otro hombre.

—¿Qué tal es el fiscal? —preguntó, de nuevo, Asier.

—Es muy bueno, no perdona una.

—Tenían que haber huido a Francia.

—¿Quiénes? —preguntó Jone tras soltar un suspiro cansado.

Asier hizo un ademán con la mano y volvió a agarrar el volante.

—Ya sabes. Lierni, Txester y el Maguila. Tenían que haber huido. En Francia los habrían tratado de otra forma. Aquello es una democracia de verdad.

Asier miró a Jone de reojo, como si esperara una confirmación, quizá una validación.

—La juventud es muy atrevida —repuso la abogada.

—¿Perdona?

—Asier, al último condenado en Francia le han caído veinte años, con un cumplimiento asegurado de catorce. Pasará más tiempo en prisión por secuestrar allí a una familia que otros por matar a tres personas en el Estado español. —Hizo una pausa y decidió que no iba a tolerar más interrupciones—. Mira, hoy es un día importante. Necesito apuntalar los detalles y observar los formalismos. El juez y el fiscal no van a regalarnos nada, así que debemos hacerlo bien. Si haces lo que yo te diga, con un poco de suerte puede que aprendas algo.

Asier forzó una sonrisa para ocultar la expresión de enfado que le cruzó la cara, pero la abogada ya no le prestaba atención, enfocada como estaba en las notas y los apuntes que tenía en el regazo.

Y mientras el joven borraba su sonrisa y se preparaba para conducir el resto del viaje sin abrir la boca, Jone pensó que a veces le gustaría tener un cactus para todos.

11

Bruce Lee en la pecera

En el traspaso de la lechera de la Policía Nacional a las dependencias de la Audiencia Nacional, Lierni atisbó un perímetro vallado, gran número de agentes y el coro habitual de periodistas y locutores que cubrían el juicio. Ya tenían su circo montado.

El cabreo se le pasó al encontrarse con sus compañeros de comando en un pasillo aledaño a la sala donde tendría lugar la vista. El Maguila estaba mucho más delgado y Txester tenía oscuros surcos bajo los ojos. Ella tampoco debía de tener mejor aspecto, aunque últimamente no se miraba demasiado al espejo. Los saludó con cariño, a pesar de que los tres se hallaban esposados y vigilados por varios agentes de policía.

Habían sido tiempos difíciles. La última vez que los vio fue en la comisaría a la que fueron conducidos tras el registro, hacía ya más seis meses. Quizá fuera en Madrid; quizá, en algún otro sitio a medio camino desde Granada. Estaba desorientada y había perdido la noción del tiempo. Durante el trayecto, la tuvieron con la cabeza gacha entre las piernas hasta que se atrevió a balbucir que hacía mucho calor y que no podía respirar. Entonces descubrió que uno de los policías era una mujer, porque sintió una fuerte colleja que le volvió a bajar la cabeza entre las piernas y casi le echa los dientes abajo, y oyó una voz femenina que le susurró:

—No tienes derecho a respirar.

En la comisaría le quitaron la chaqueta que tenía sobre la cabeza, y cuando pudo ajustar la vista a la luz se vio en un calabozo, separada de la zona común por barrotes y un plexiglás. Allí la dejaron un rato, mientras los policías y delincuentes comunes la miraban con curiosidad, hasta que dos policías de paisano se le acercaron.

—Tres consejos de amigo —le dijo uno de ellos—. Obedece, no hagas contacto visual con los agentes y, si te cruzas con algún otro detenido, ni le mires.

A continuación, la cogieron de las axilas y la llevaron por un pasillo. Anduvieron unos metros y en una bifurcación vio a Txester; le llevaban dos policías de paisano, dos armarios empotrados de dos por dos. Lierni gritó llamándole por su nombre y Txester gritó también, desgañitándose, pero enseguida lo metieron tras una puerta y no volvió a verlo más. A ella la introdujeron en otra sala con sillas de plástico bajo una luz de neón que no dejaba de parpadear. Allí le pidieron por las buenas que colaborara. No lo hizo. Le estuvieron preguntando durante días, alternando momentos en que la asustaban y la atosigaban a preguntas con otros en que la dejaban a solas, rumiando su desesperación en compañía de un sándwich manido y una botella de plástico con agua que sabía a cloaca.

Al cuarto día apareció una secretaria del juzgado y le leyó sus derechos, y Lierni la interrumpió diciendo:

—Quiero ver a mi abogado.

Y así apareció Jone Larrucea en su vida.

No había una razón en especial, ni la conocía. Simplemente era el nombre que alguien, alguna vez, hacía mucho tiempo, casi en otra vida, le hizo memorizar en caso de ser detenida. Más tarde descubriría que, aunque no hubiera recordado su nombre, ese alguien ya había movido los hilos para que sus caminos se cruzaran.

Después de aquello, Lierni fue ingresada como presa preventiva en Alcalá Meco. En los meses que siguieron, Jone la llevó de la mano, preparando su defensa y haciéndole de lazarillo para sortear los obstáculos kafkianos que les ponía por delante la maquinaria del Estado. En todo ese tiempo, la abogada, las cartas de los viejos amigos y las llamadas telefónicas de Valentín habían sido su único contacto con el exterior.

Y por fin, minutos antes de la vista, ahí estaba, de reencuentro con Txester y el Maguila. Pero la excitación y el atropello de sus conversaciones se habían ido desvaneciendo y ahora estaban en silencio, y cada uno andaba pensando en sus cosas mientras los policías custodios los llevaban por un pasillo al salón de lo penal y los introducían en la sala acristalada.

—¡Cuidaos, aguantad!

Lierni fue la primera en oír los vítores al entrar. Tras la pequeña valla que albergaba al público y los medios de comunicación asomaban muchos rostros conocidos, y Lierni corrió loca de alegría a pegarse al cristal del cubículo que los separaba de la sala. Allí estaban los amigos con camisetas de denuncia y familiares de los otros presos, todos recibiéndolos con sonrisas y gestos de cariño.

Aquello le levantó el ánimo; pero, como antes, el chute de moral también se acabó apagando y los policías la obligaron a sentarse en una banqueta en el centro de la pecera. Paseando la mirada por la sala, Lierni divisó a periodistas garabateando sus notas, a fotógrafos disparando sus cámaras, a policías procesales dirigiendo al público de vuelta a sus asientos y a un juez de barba cana, muy digno y solemne con su toga, ocupando su asiento.

Lo que ellos llamaban «justicia». Otra vez su circo.

Saludó a Jone y a Asier, que estaban ocupando su lugar en la mesa de la defensa, y Lierni se percató de que su abogada no compartía el entusiasmo del resto de los simpatizantes mientras el juez rogaba buen comportamiento a los asistentes y la vista comenzaba sin más.

El fiscal empezó argumentando la solidez de su caso, relató los testimonios incriminatorios de los propios detenidos y enumeró la supuesta orgía de pruebas de las que disponía.

—No reconozco la legitimidad de este tribunal y no voy a participar en el proceso —declaró Lierni cuando le llegó su turno para decir algo.

Y de nuevo tomó la palabra el fiscal. A Lierni le indignaban esos gestos con los que se adornaba, un «señor presidente» por aquí, un golpe al pecho teatral sobre la toga por allá.

—Al fin y al cabo, los detenidos integraban un comando responsable de media docena de atentados —concluyó el fiscal—, entre ellos el anteriormente mencionado que provocó la masacre de la casa cuartel, con niños de siete, nueve y diez años entre las víctimas.

Esas últimas palabras flotaron como un leve halo tóxico, y por la cara que pusieron algunos asistentes, hicieron algo más que daño.

«Hijo de puta», pensó Lierni mientras miraba a sus compañeros de banquillo; pero parecía que la película no iba con ellos: el Maguila bromeaba y Txester se reía.

Llegó el turno de Jone y la abogada basó su defensa en el clavo ardiendo al que pensaba agarrarse: los testimonios de sus clientes habían sido obtenidos mediante torturas.

—Es la hipocresía del todo vale —arguyó— en busca de autoinculpaciones de jóvenes inocentes por medio de torturas. Por no hablar del médico forense, que se inhibió de sus responsabilidades cuando los detenidos aparecieron ante él con síntomas de haber recibido fuertes golpes en el período de detención. Tampoco ayudó el juez instructor, que, ante la queja de los detenidos, contestó con un «Aquí no toca. Presente la denuncia correspondiente en el juzgado».

A Lierni todo aquello le sonaba a discurso convincente, pero no tardó en llegar la réplica de la acusación.

—Torturas —contraatacó el fiscal— que no se denunciaron, extrañamente, ni a solas con el forense ni con el juez. Se reconoció médicamente a los detenidos, según recogen las diligencias y el dictamen firmado por los forenses adscritos al juzgado. El comité, señor presidente, se entrevistó con los detenidos y dio carpetazo al asunto porque la denuncia no se tenía en pie.

«Otro "señor presidente" y le salto a la yugular», se dijo Lierni.

Sintió que el fiscal la miraba de forma curiosa e inquisitorial a través del cristal, como un niño cruel miraría a un pez en su pecera. Se acordó de Bruce Lee, el pez molly que su *ama* le regaló cuando era una niña y al que habían bautizado de semejante manera por culpa del *aita* y de su amor por las películas de artes marciales del videoclub. Y entre el *aita* y Lierni lo habían cuidado, alimentándolo a su hora y limpiando su pecera, hasta que el pez se murió una semana después de llegar a la casa y el *aita* no supo explicarle el porqué.

«Pobre Bruce Lee, con su aleta inferior rozando las rocas del fondo de su hogar —pensó Lierni, mientras se sentía mecerse bajo el agua, adelante, atrás, adelante, atrás, mirando al resto del mundo a través del cristal—. Y pobre *aita*, si me viera...».

A Jone le concedieron de nuevo la palabra, y su voz cargaba con cierto agobio, como si intentara salir de entre las cuerdas mientras se esforzaba en concretar su defensa.

—No, no, no. Eso no garantiza nada. Para que España deje de ser el paraíso de la tortura debe cesar la incomunicación. Y no lo digo yo, lo dice Amnistía Internacional, que confirma que los informes forenses son superficiales si no hay fotografías ni análisis radiológicos.

Varias voces entre el público jalearon a los detenidos y el juez los mandó callar.

Lierni observó al fiscal enfrascado en la lectura de varios documentos en su mesa, y, al reconocer un fanzine entre ellos, tuvo un mal presagio.

—La realidad —alegó el fiscal— es que sus clientes no tuvieron resistencia dialéctica y abrieron el grifo de los datos, y ese cante hay que vestirlo ante ETA. Así que se recurre al viejo truco de inventar malos tratos, truco que tenían muy bien aprendido como muestra el manual de denuncia incautado en el piso franco de Granada. —El fiscal enarboló en alto el fanzine—. En el manual, que lleva por título *Atxiloketari Aurre Eginez*, podemos encontrar instrucciones como las siguientes, y cito, señor presidente. —Se puso unas gafas de montura fina, extendió el brazo para alejarse el fanzine de la cara y empezó a leer—: «Es una obligación negar los marrones ante el juez y denunciar las torturas. Preparad juntos la cantada y repetidla. Échale imaginación, tú eres el actor principal, sin ti, no hay película».

Se hizo un silencio en la sala difícil de interpretar.

El fiscal dejó el fanzine sobre su mesa y se quitó las gafas.

—Como verá, señor presidente, esto... —comenzó a decir.

—¡Te voy a dar siete tiros! —le interrumpió una voz entre gritos.

Era Lierni, que señalaba con el dedo al fiscal porque, al parecer, ya no aguantaba un «señor presidente» más.

—¡Sí, a ti, fascista de mierda!

El juez se quedó con la boca abierta y la sala se vino arriba. Los familiares entre el público empezaron a vitorearla; pero Lierni, espoleada por una rabia dirigida contra el juez, su cohorte de payasos y el mundo que conspiraba contra ella, seguía dando puñetazos y patadas contra el cristal y ni se daba cuenta.

—¡Te voy a arrancar la piel a tiras! ¿Me oyes?

El fiscal se volvió hacia el juez.

—Señor presidente —comentó en tono de fatiga—, así no se puede trabajar.

El juez hizo un gesto a los agentes custodios y estos empezaron a reducir a Lierni con desgana. Mientras la obligaban a sentarse en la banqueta de los acusados, Lierni vio que Jone tiraba el bolígrafo sobre su mesa y apoyaba la espalda contra el respaldo de la silla. Su gesto exasperado lo decía todo.

Lierni apartó los ojos y paseó la mirada entre el público, y de repente localizó una cara que hacía siglos que no veía.

Era Felisa.

Debía de haber ido por su cuenta, con una rebeca negra y su mejor vestido, lo cual no era mucho decir porque era el mismo que solía ponerse los domingos para ir a misa. Estaba algo apartada de los otros familiares, entre extraños. Miraba desorientada desde la última fila y sus ojos parecían correr en pos de respuestas imposibles de hallar.

Sus miradas se encontraron y Lierni sintió un revoltijo de sentimientos encontrados: ilusión por el reencuentro con su *ama* y una sombría incertidumbre ante lo que se les venía encima.

12

La llamada

Xabi esperaba entre la amalgama de padres que se agolpaban a las puertas de la ikastola. Fue descubrir a su hijo, arrastrando su pesada mochila entre la marabunta de críos, y le salió una sonrisa natural que no le cabía en la cara.

—¡Unai!

Echaron a andar hacia la casa, los dos cogidos de la mano, y Unai no tardó en comentarle algo que parecía rondarle por la cabeza:

—El *aita* de Ander dice que Yeste es muy malo.

—¿Yeste malo?

—Y que ahora no somos ni leones ni corderos, y que por su culpa nos vamos a segunda.

No se percató, como sí lo hizo Xabi, de que pasaban por la calle con más visibilidad del pueblo, junto a una pared empapelada con carteles de fiestas, el anuncio de una academia de inglés y una ristra de fotos de etarras bajo las que se glosaba su compromiso político y su sufrimiento en las cárceles del Estado español.

Xabi se volvió hacia su hijo y le preguntó con naturalidad:

—¿Cómo va a ser eso, hombre?

—Pues dice que porque no defiende y no le echa huevos.

—¿Que no le echa...? Mira, dile a tu amiguito Ander que le diga a su *aita* que Yeste es un tío fino y que, si no fuese por sus destellos de calidad, tendríamos más descensos que un buzo.

El crío le agarró la mano con fuerza y un punto de desesperación.

—¿A que a Yeste no se la quitan nunca o casi nunca?

—Pues claro. Mira, no es su estilo defender, tampoco tiene cuerpo para ello. Cada persona es diferente, Unai. Cada uno tiene sus virtudes.

El niño se quedó más tranquilo, y Xabi sonrió satisfecho. Para él, ser padre no consistía en ir por ahí soltando grandes discursitos, que a veces también. Ser padre estaba en los pequeños detalles, en traer al hijo y llevarle a las clases de inglés o en acompañarle al entrenamiento del fútbol infantil en el campo de Mojategi. Era estar en los momentos en los que el crío decía algo profundo o hablaba sobre cómo se sentía realmente. Ahí era donde tocaba, ahí era donde tenía la suerte de hacer de padre, con su júbilo, su alegría y su incertidumbre. Y tenía claro que era algo que no pensaba perderse.

Nada más llegar al barrio de San Andrés, se cruzaron con el vecino del segundo que había sacado el perrito a pasear. Unai se puso a hacerle carantoñas al animal y Xabi tuvo que pararse a hablar del tiempo con el dueño. El barrendero pasó de largo y los saludó, y también Paqui, la propietaria de la floristería frente a su casa. Todos allí le conocían. Después de todo, Xabi había nacido en el número 4 de la calle Aramaio hacía ya cuarenta años y había vivido en la calle de al lado, la paralela, desde el día en que se casó.

Al subir a casa y hurgar con la llave en la cerradura, el olor familiar de la comida les dio la bienvenida. Encontraron a Elena en la cocina, con los ruidos de fondo de la campana extractora y las noticias que escupía la radio de la encimera, sazonando y removiendo con un cucharón el *sukalki* para la cena.

Unai se echó en brazos de su madre y se dejó achuchar por ella.

—¿Y para mí no hay? —preguntó Xabi.

Elena le dio un fugaz beso y le quitó una pelusa del polo.

—Siempre quejándote —replicó ella—. ¿Cómo te ha ido hoy?

—Pues ahí, peleando con la vida.

Ella se puso a preparar un tazón de ColaCao para Unai.

—No me digas. ¿Y quién gana?

Xabi le devolvió una mirada sarcástica.

—Que sepas que, gracias a este fiel servidor público, por fin se van a poner rampas de acceso y barandillas en todas las zonas del hospital.

—Pues ya que estáis, a ver si metéis mano al aparcamiento, que siempre que paso hay coches en el aparcamiento reservado para discapacitados sin tarjeta de discapacitados.

—Tomo nota.

Elena entregó el ColaCao a Unai y el niño se fue con el tazón a la sala de estar, encendió la tele y se puso a ver los dibujos animados de *Bola de Dragón* como un zombi embobado. Elena regresó al *sukalki* y, mientras bregaba con el cucharón, comentó en tono distraído:

—Desde luego, el día que te falte el ayuntamiento no sé con qué te vas a entretener.

—¿Quieres que lo deje?

—Yo no he dicho eso.

Decir que su mujer no aprobaba que estuviera metido en política era quedarse corto, así que Xabi agarró un cuscurro de pan de la encimera y decidió evitar la discusión. Con aire despreocupado se acercó a olisquear el *sukalki* de la cazuela y preguntó:

—Oye, ¿y tu guardia?

—Pues no ha dejado de aparecer gente —contestó ella mientras se pasaba la mano por la frente—. Toda la noche a pie de cama. Dos coches se chocaron en la avenida Araba y uno se cayó al río. Iban dos chicas y un chico dentro, y el chico casi se ahoga. Menos mal que lo estabilizamos y... ¡eh!

Pero ya era demasiado tarde. Xabi había mojado el trozo de pan en la salsa y se lo había echado a la boca. Elena intentó soltarle un manotazo, pero él la esquivó a tiempo y sonrió como un niño travieso.

—Deja de mangonearme la cena —repuso ella.

—Oye, esto está muy bueno —contestó él con la boca llena.

Elena alargó la mano y señaló el fregadero con el cucharón.

—¿Por qué no haces algo de provecho?

Xabi obedeció y abrió el grifo.

—¿Otra vez? —preguntó al ver que el agua se quedaba estancada.

—Ya lo estás viendo.

—¿Has probado con el desatascador?

—¿Qué te crees que he hecho?

—¿Llamo a un manitas?

—Será broma.

—Pues claro, mujer. El hombre de la casa está para ayudar y para lo que haga falta.

Elena rehogaba las verduras con un chorrito de aceite.

—No, no me ayudas. Esto es responsabilidad de los dos. Tú comes como yo, tú ensucias como yo, y el niño es de los dos.

—Que sí, que todo es de los dos.

—Eso es, hombre de la casa. Todo, entre todos, es más fácil y llevadero.

Xabi salió de la cocina y regresó con su caja de herramientas, y mientras escuchaba en la radio que había sido un buen fin de semana para los equipos vascos de fútbol se puso manos a la obra. Despejó el armario bajo el fregadero y colocó un barreño debajo del tubo sifónico. Desmontó el sifón, y cuando el agua terminó de caer a borbotones dentro del barreño, cogió un estropajo y empezó a frotar el interior de la pieza hasta que el estropajo se le quedó dentro.

—*Kabenzotz!* —exclamó con rabia.

Tuvo que coger un ganchito de la caja de herramientas y lo introdujo en el sifón. Empezó a girarlo hasta conseguir sacar el estropajo y también restos de una pasta ennegrecida mezcla de arroz, lentejas y fideos. Aclaró las piezas con agua caliente y líquido desengrasante, las secó y volvió a montarlas en el orden correcto. Tras comprobar que el fregadero volvía a desaguar, se limpió el sudor de la frente y anunció:

—Listo.

Elena ni se lo agradeció, concentrada como estaba en seguir dorando el guiso.

Sin que ella se percatara, Xabi se quedó mirándola. Tantos años después, le seguía volviendo loco. La cantidad de horas de guardia que se pasaba en Urgencias no podían combatir su belleza de morena pecosa y peleona, siempre risueña. Tampoco el desgaste de lo cotidiano y de las obligaciones. La realidad era que Xabi seguía tan enamorado de ella como el primer día. «Dios me tiene que querer», se decía. Y eso que él era ateo y solo creía en la música de The Jesus & Mary Chain.

En la radio, la voz nasal del locutor adoptó otro tono al recordar que se cumplían trescientos cincuenta y dos días del secuestro del empresario guipuzcoano Joxe Mari Arizaga. El locutor explicó que la banda exigía el acercamiento de los presos a las cárceles vascas para su liberación y luego se extendió en un pequeño editorial en el que criticaba que los políticos discutieran sobre cómo responder al chantaje mientras defendían las estrategias de sus respectivos partidos.

—En este país no cabe un tonto más —soltó Xabi—; el próximo se cae al agua.

—No seas tan duro con la gente.

—No soy duro, digo lo que pienso.

Elena salpimentaba el zancarrón en trozos.

—Oye, ¿sabes que el niño tiene deberes?

—Pues no me ha dicho nada.

Elena se volvió hacia Unai.

—¡Unai, los deberes!

El crío seguía pegado a la pantalla del televisor.

—¡Ahora no, que estoy viendo al maestro Duende Tortuga! —gritó Unai con un poderío que traicionaba su vocecita.

Elena fue a contestar, pero Xabi alzó la mano y la detuvo con un gesto.

—Ahorra fuerzas —le dijo—; yo me ocupo.

Xabi apagó la tele y se llevó al niño y a su pataleta infantil al cuarto. Allí se sentó con Unai en un pequeño escritorio y se pusieron a hacer los deberes. Xabi enseñaba a su hijo a coger bien el lápiz con sus menudos dedos mientras él sujetaba el cuadernillo con sus manazas cuarteadas llenas de callos. Deseaba para el niño lo que cualquier padre desea para su hijo: que estudie, que prospere y que se eleve por encima de su progenitor, aunque Xabi ya no sabía si creer en la existencia del proverbial ascensor social.

—Jo, no me caben más números en la cabeza.

—Venga, sigue.

Debían de llevar unos quince minutos de sumas y restas cuando se produjo la llamada.

Xabi salió al pasillo y cogió el teléfono fijo. Al otro lado del hilo había una voz que no conocía. Su interlocutor se identificó y Xabi pensó que Elena podía estar escuchando, así que hurtó una mirada hacia la cocina y tiró del cable rizado para situarse tras un mueble. Adoptó un falso tono despreocupado, con respuestas escuetas: «sí», «no», «ajá». La voz le transmitió los datos, solo los imprescindibles, incluido el mazazo con todas sus letras, y sin conceder tiempo a más dramas, colgó.

Xabi se quedó en el pasillo muy quieto, con el teléfono acomodado entre hombro y oreja. Pensaba, entre otras cosas, en que hacía un instante estaba haciendo los deberes con su hijo y de repente una mano invisible le había soltado un hostión que le había sacado de su sitio.

Se dio cuenta de que seguía con el auricular pegado a la oreja como un idiota, y colgó.

Oyó a Elena desde la cocina.

—¿Quién era?

—El ayuntamiento.

—¿Todo bien?

—Todo bien.

Lo había dicho con un tono relajado, pero el propio Xabi notó que algo le malograba la respuesta. Bajó la vista y se encontró la mirada curiosa de Unai, observándole desde su dormitorio como si fuera capaz de ver a través de su fachada de mentiras.

13

Sin un hilo del que tirar

Para muchos, la banda estaba en fase terminal. Por esa razón, cada vez más y más efectivos procedentes de la lucha contra ETA se reorientaban hacia los departamentos que combatían el terrorismo islamista, con lo que dejaban a los grupos de Información, como el que operaba a las órdenes de Camaño, con un menor número de agentes para continuar con los flecos pendientes de la lucha etarra.

Alkorta y Reyes eran conscientes de esa situación mientras pasaban día y noche rodeados de decenas de cajas con informes apilados en grandes fardos. Llevaban meses enclaustrados en una sala fría y utilitaria en las oficinas que la Comisaría General de Información tenía en el acorazado complejo policial de Canillas. Allí habían habilitado un par de escritorios, un gigantesco tablón de corcho que ocupaba toda una pared y varios caballetes y paneles de madera que se vieron obligados a colocar porque no había mesas suficientes para desplegar toda la información.

«La Biblia». Así llamaba Alkorta al gran tablón de corcho.

Como un «pozo sin fondo» prefería calificarlo Reyes.

El tablón albergaba un *collage* de fotografías y textos en cartulinas que conformaban un diagrama claro y preciso de las distintas células terroristas con las que podría tener relación Arrano. Sobre el corcho del tablón habían pinchado todos y cada uno de los avances —y retrocesos— de la investigación. Era el resultado de seis meses de análisis del material incautado en el piso franco de Granada a la búsqueda de una pista que pudiera conducirlos al paradero del jefe militar. Estaba siendo una investigación costosa, en tiempo y recursos, y no ayudaba sentir el aliento de los jefes en el cogote ni la presión sobre las conciencias a cuentas de los posibles movimientos que pudiera estar tramando la banda. A medida que se sucedían los meses, Alkorta y Reyes sentían una tensión familiar sobre los hombros que se iba acumulando en las cervicales y subía hasta atorarles el cuello. Era un síntoma inequívoco de las investigaciones que languidecían en el tiempo para acabar muriendo sin obtener resultados.

Y con todo, al principio, el material incautado resultó ser una mina, y el primer hito en la investigación no tardó en llegar. Se examinó el cordón y la pentrita incautados en Granada y se halló una traza biológica que no pertenecía a Lierni, a Txester o al Maguila. Se cotejó la muestra desconocida con los perfiles genéticos del fichero CODIS y el ordenador escupió la ficha policial de la persona a la que pertenecía:

Arrano.

El segundo avance ocurrió gracias al volcado del material informático. El disco duro encontrado en los aseos del piso de Granada contenía una serie de archivos encriptados, y Ferreira, el perito informático de la Policía Científica adscrito a la investigación, se empleó en ellos a fondo.

Ferreira tenía cara de duende y la piel extremadamente blanquecina. Era una mera cuestión genética, pero uno podía pensar que se había pasado media vida en la habitación sin ventanas poblada de ordenadores, cableado y *hardware* en la que Reyes y

Alkorta lo encontraron la mañana en la que acudieron a él. Cuando le pidieron que tuviera los archivos desencriptados en el plazo de unas semanas, Ferreira se quedó mirándolos y se echó a reír con una sonrisa estridente.

—Imposible —les explicó—. Estoy con un tema de blanqueo para los pijos de Delincuencia Económica y Fiscal.

—Esto tiene prioridad —respondió Alkorta.

—¿Por qué? Todo tiene prioridad y yo estoy hasta arriba.

—¿Cómo que por qué? El director manda en el comisario, el comisario manda en mí, yo mando en el informático; todos mandamos aquí.

—¡Alkorta, no jodas, eso ni siquiera tiene sentido!

—Que te pongas las pilas y vamos con ello.

—Un momento, un momento. Escuchadme, el tanteo de una criptografía asimétrica testando millones de combinaciones, todas ellas hipotéticas, llevará meses, cuando no años.

—¿Y si reducimos el campo de búsqueda? —preguntó Reyes.

Ferreira dudaba de cualquier idea que no surgiera de su privilegiada mente.

—Ponerte a debatir sobre si Linux es un sistema operativo o un kernel con alguien que solo conoce Windows, pues...

—Reyes lleva años en los ambientes *abertzales* —intercedió Alkorta—. Ha estudiado a conciencia a militares y a activistas, sus entornos y hasta sus boletines escolares. Dale cancha.

—Le doy cancha, pero la contraseña puede ser inescrutable.

—Créeme —atajó Reyes—, al final todos echamos mano de algo personal para recordar.

—Al menos, esa es la idea —añadió Alkorta.

Bajo la batuta de Reyes, Ferreira probó con eslóganes, consignas, apodos y fechas de nacimiento de militantes, nombres asociados a sus infancias, direcciones de ikastolas y hasta gustos musicales. Tanteó letras de canciones, de Berri Txarrak a Negu Gorriak pasando por Eskorbuto y Fermín Muguruza, hasta que una noche a solas con Reyes, después de tres meses de extenuante trabajo, consiguió dar con la clave.

El resplandor verde de la pantalla iluminaba sus caras y se podía oír de fondo el ronroneo de los ordenadores funcionando a marchas forzadas. Ferreira dejó de picotear el teclado, extendió ambos brazos hacia la pantalla y, como si entonara una plegaria, anunció:

—Gran Intel que estás en el Server / Indescifrable sea tu *password* / Venga a nosotros tu desencriptación.

Reyes se abrazó a Ferreira y el perito duende se ruborizó.

Mientras los archivos se abrían uno tras otro, Ferreira consiguió que su piel blanquecina recuperara su color, se atusó su perilla de informático virgen y señaló los comandos en una esquina de la pantalla, donde se leía: «*Hego Haizea*».

—Esa es la clave. ¿Qué significa?

—Es una canción. Habla de los vientos del sur.

—¿En serio?

Reyes ya estaba sacando el móvil para llamar a Alkorta.

—Sí, entre los etarras y nosotros, somos todos unos poetas.

Los archivos desencriptados revelaron un torrente de información. Listados, instrucciones y agendas que hacían menciones en clave a citas para entregas de dinero o de explosivos: entre Tug y Arn, entre Arn y Ulr, entre Tug y Pxo. A pesar del galimatías, no había que ser un lince para deducir que Arn era Arrano y Ulr, el comando Ularra. Sin embargo, los otros dos acrónimos, Tug y Pxo, resultaban imposibles de descifrar. Podían hacer referencia a captadores, colaboradores o gente ya integrada en comandos. Podían ser lugares, asociaciones o hasta un grupo de personas, como el colectivo Artapalo.

Así, tras la euforia que brindaba semejante descubrimiento, los agentes se habían dado de bruces con una pared. Habían pasado seis meses intentando desentrañar algún vínculo y, hasta ese momento, no habían sido capaces de descubrir una relación. Estaban encallados, deseando volver al terreno de juego, pero sin un solo hilo del que tirar.

Con el fin de ahorrarse las dietas, Reyes dormía de lunes a viernes en un piso de Getafe con una hermana que trabajaba de dependienta en una tienda de decoración. Subía todos los fines de semana a San Sebastián, y los lunes aparecía de vuelta por la oficina, quejándose porque se le habían hecho cortísimos los dos días. La realidad era que le dolía estar tanto tiempo alejada de su marido y de su hija de tres años, aunque jamás lo verbalizaba.

Alkorta, por su parte, había alquilado un apartamento en Chamberí en una calle libre del torrente turístico del centro de Madrid. Para relajarse, pasaba el poco tiempo libre que le dejaba el trabajo dando paseos y admirando las construcciones modernistas de Gaztambide, leyendo en algún banco frente al Frontón Beti-Jai o visitando a conocidos en la Asociación Cultural Navarra. Los fines de semana, si había suerte, ligaba con alguna chica en las tabernas de barras de acero y azulejos blancos en las que solía tapear, y se las llevaba a casa. Eso sí, una noche a la semana la tenía reservada. Reyes se dejaba caer por su apartamento con una botella de vino y él se esmeraba en cocinar algo que le gustara. Ella se mofaba de sus dotes de donjuán cuando veía alguna prenda femenina olvidada, y los dos hablaban de sus cosas y escuchaban algún disco hasta las tantas. Todo, con tal de evitar obsesionarse con una investigación que no avanzaba y que empezaba a pesarles.

14

Del mismo tronco que surgisteis, vendrán otros

Pipe tuvo la idea, para recordar los seis meses que Lierni llevaba en prisión. Convencer a Txiki no costó demasiado esfuerzo, habida cuenta de que se apuntaba a un bombardeo si hiciera falta. Así, se pasaron toda la tarde en el *gaztetxe* preparando los textos sobre las sábanas con el espray y compartiendo un par de porros mientras mandaban a Ibon y Santi a la papelería de un simpatizante para imprimir las fotografías en gran tamaño.

—¿Te acuerdas —preguntó Txiki— cuando tu *osaba* Txarli nos imprimía las camisetas de apoyo a los presos?

Pipe dio una calada al porro y expulsó el humo antes de volver a pasárselo a su amigo.

—Joder que si me acuerdo.

—¡Qué tiempos aquellos!

—Aparecí en clase con una de ellas y, de carambola, expulsión.

—Es que aquel profe era un puto facha.

—Vaya que sí lo era. Menos mal que acabó marchándose.

Txiki le dio una calada tan fuerte al porro que se le enrojecieron los ojos, y le devolvió el canuto a Pipe.

—Quien ríe el último, ríe mejor.

—Recuerdo que no paraba de dar por culo. Se quejaba como un *sinsorgo* y decía que los violentos le hacían la vida imposible.

—Todavía me acuerdo de su cara de asco, se le veía amargado.

— Ojalá le enterraran boca abajo cuando se muriera; seguro que llegaría a Australia escarbando.

—No hay más que decir, su señoría.

Pipe agitó el bote de espray y dibujo un par de letras sobre la sábana. Luego dio una buena calada, disfrutó el momento y exhaló una espiral de humo.

—La maría es la felicidad del mundo —enunció.

—Hace que todo dios sonría y enseñe los dientes —dijo Txiki.

—Ya te digo.

Txiki le arrebató el canuto a su amigo.

—Y, encima, es afrodisíaca.

—Eso ya me lo creo menos.

—Pues tú ten cuidado, que andas sin moza.

—No hables de lo que no sabes.

—A ver si me he perdido algo.

—La *neska* de Málaga es medio novieta, que lo sepas.

—Si apenas bajas a hacerle la visitilla del doctor.

Pipe le quitó el porro de la mano, le dio una calada y miró a su amigo por encima de la brasa brillante.

—Cada dos o tres meses, *mutil.*

—Mil kilómetros para darse un revolcón con una *maketa* ¡Tienes que estar muy desesperado!

—Es lo que tiene el amor, Txiki.

—Sí, claro.

—Qué sabrás tú, si no tienes donde caerte muerto.

Txiki se encogió de hombros.

—No es para tanto, Pipe. Si no hay lavadora, se lava a mano.

Y los dos se echaron a reír durante un buen rato.

Cuando terminaron, cosieron las sábanas blancas, prepararon los contrapesos y se enfundaron las pancartas bajo el brazo, prestos a dirigirse a la plaza del pueblo. Allí estaba la fachada de la oficina de seguros, que era el sitio adecuado para que el mensaje fuera visto por todos en el pueblo.

Los empleados de la oficina, que a esa hora de la tarde estaban pendientes de apagar los ordenadores, alzaron la vista desde sus puestos y se echaron a temblar. La cuadrilla, con la mochila a cuestas y las proclamas plasmadas en la sudadera, había entrado en la sucursal como si fuera su casa.

Pipe permaneció aguantando la sábana enrollada sobre el hombro mientras Ibon y Santi se movían por la oficina. Uno a uno, fueron pegando carteles en todas las ventanas con un mensaje que decía: ENCIERRO EN LA PARROQUIA DE SAN JUAN BAUTISTA. POR LOS JÓVENES VASCOS SECUESTRADOS EN CÁRCELES DE EXTERMINIO ESPAÑOLAS. ¡YA HAN SIDO TORTURADOS!

La gente los miraba con perplejidad y resignación, pero todos callaban, como si conocieran su papel en aquel espectáculo.

Pipe oyó una conversación en voz baja a su espalda:

—Los que van a liberar Euskadi.

—Eso dicen.

—*Arreaos* vamos.

Eran dos empleados que compartían cubículo.

Pipe se volvió hacia ellos y los silenció con la mirada. Tras guiñarles un ojo, atravesó la oficina y llegó junto a Txiki, que charlaba con un tipo calvo en traje y corbata: el director de la sucursal.

—Mira —le explicaba Txiki de forma amistosa—, tal como está la cosa, creo que no hace falta que te hable de los presos, la represión y la necesidad de condenar la ley de partidos.

—Claro, claro. —El hombre se ahuecó el cuello de la camisa y se pasó un pañuelo por la calva, aunque no hacía calor—. No hace falta.

Txiki azuzó al director para que echara a andar.

—Te lo agradecemos, oye —le soltó Pipe al pasar.

El director los condujo hasta una sala de reuniones situada en la primera planta del edificio. Abrió las puertas del balcón y observó con expresión grave mientras Ibon y Santi desenrollaban la gran sábana y Pipe, junto a Txiki, se encaramaba con ella al balcón. La gran pancarta se desplegó por la fachada y mostró una leyenda reivindicativa: DEL MISMO TRONCO QUE SURGISTEIS, VENDRÁN OTROS. LA LUCHA ES EL CAMINO.

Debajo se podían ver una serie de fotos, a tamaño gigante, de Lierni y sus compañeros de comando, todos ellos posando como jóvenes amables y risueños; los semblantes tan distintos de los rostros fríos y duros de los carteles policiales. Bajo cada fotografía figuraba un apodo. MAGUILA. TXESTER. Y el de Lierni, fuerte y vibrante: *TXALAPARTA*.

La cuadrilla decidió acabar el día en la *herriko* de Gamboa. La taberna hacía esquina entre dos calles y tenía junto a su puerta un par de barriles de cerveza que hacían las veces de mesas altas, una pizarra con el menú del día y el escudo de un águila negra sobre fondo amarillo. Era un bar tradicional, famoso por sus pinchos sustanciosos, su cordero somontano y la tortilla de patatas de Avelina, la mujer de Gamboa.

Al entrar en el local, los chicos fueron saludando uno a uno a Gamboa, que se hallaba tras la barra.

—*Apa*, Ramón... ¿Qué pasa, Ramón?... *Kaixo*, Ramón... *Aupa hi*, Ramón.

La cuadrilla pasó bajo una pancarta con la leyenda EUSKAL PRESOAK EUSKAL HERRIA y una profusión de fotos en blanco y negro de los presos bajo la palabra AMNISTIA que ocupaba toda la pared. Uno de los rincones estaba ocupado por un discreto santuario que consistía en una bandera del *Arrano Beltza* y un televisor que emitía un vídeo con rostros de presos bajo rótulos como CÁNCER, CONVULSIONES o EPILEPSIA. Ese altar y la televisión con los deportes en la esquina opuesta eran las únicas concesiones tecnológicas del local.

Separada del bar por un mural que recreaba el bombardeo de Gernika por parte de la aviación nazi, la pequeña zona del comedor de la taberna estaba en plena animación, con un runrún de conversaciones y cubiertos que Avelina atendía con eficiencia y alegría. Los parroquianos habituales eran una mezcla de jubilados cabales y *borrokas* adolescentes que campaban a sus anchas. Algunos jugaban al dominó o a las máquinas tragaperras, otros bebían sin parar y los menos esperaban al anochecer en silencio envueltos en el humo de los cigarrillos. Era un lugar abierto para el poteo como tantos otros, pero también un centro del activismo. Un sitio agradable en el que solo se admitían *abertzales*.

Gamboa andaba por allí, moviéndose entre la caja registradora, situada junto a la barra, y la trastienda. De vez en cuando se detenía a meter botellas en una de las neveras, o colocaba un cenicero sobre el *Gara* de una mesa para evitar que el ventilador fuera pasando sus páginas. Aquella era su taberna, pero él no se daba aires de potentado. Se limitaba a moverse fuera de los focos como un tramoyista en el teatro.

Txiki anunció:

—¡Vamos a agarrarnos una borrachera del copón!

La cuadrilla se acodó en su esquina favorita, entre el expositor con los pinchos y la hucha de los presos. Estaban alejados de la puerta y rodeados por el ruido de las conversaciones que resonaban entre el bajo techo y las paredes de piedra.

Txiki se pasó al otro lado de la barra, pegajosa como ella sola a cuenta de las cervezas derramadas y de las cenizas de los cigarrillos absorbidas durante décadas, y en poco rato el chacolí y los zuritos corrían como si no hubiera un mañana.

—Una cosa os digo —expuso Txiki cuando ya llevaban tres rondas—: Dice mi vecino que fue salir de viaje con la mujer y poner la radio pasado Burgos, y no hacían más que coger la palabra «libertad» y dividirnos en *abertzales* malos y españolistas buenos.

—Y luego que todo dios condene —añadió Pipe—, porque «condenar» es la palabra mágica.

—Eso por descontado —dijo Santi.

—Pues les pueden ir dando por... —Txiki sintió que Ibon le propinaba un par de codazos en el costado—. ¿Qué quieres?

—Mira qué perdido anda ese —comentó Ibon.

Pipe y los otros miraron hacia la entrada, donde un bangladesí despistado intentaba vender rosas a los clientes sin demasiado éxito.

—¿Quién? —preguntó Txiki—. ¿El moro ese?

—Es un indio —le corrigió Santi.

Txiki se quedó mirando a Santi, y repitió:

—Un indio.

Bebió un trago, y pareció quedarse pensativo. O el comentario no le había sentado bien, o algo le rondaba la cabeza.

—Oye, Santi, tu *aita* sigue con la retro en la obra esa del tren, ¿no?

—Sí, por ahí andan ahora.

—Por ahí, ¿dónde?

—Por Elorrio, creo.

—¿Y qué hace allí?

—Currando con la excavadora.

—Dejando una cicatriz de cemento de la hostia, ¿no?

Santi estaba acercándose el vaso a la boca para echar un trago, pero se quedó a medio camino.

—Pues..., no sé.

—No sé. Tú a lo tuyo, di que sí. Y los de siempre, a embolsarse el dinero. Pero claro, tú de eso ni puta idea.

—Joder, Txiki.

—Espera, que estoy hablando yo.

Txiki dio otro trago y permaneció extrañamente erguido.

—A ver, si puede saberse, ¿qué cojones dice tu *aita* de esa salvajada de andar dejando por ahí una cicatriz de cemento de la hostia?

Santi buscó refugio en la mirada de Pipe, pero este se encogió de hombros. Santi se volvió hacia Txiki y, algo timorato, contestó:

—Pues... pues que de algo hay que comer.

—De algo hay que comer... Tu *aita* no es de por aquí, ¿no?

—¿Mi *aita*?

—No, el mío.

—Es... es de un pueblo pequeño, no lo conoces.

—Prueba a ver.

—Es que es muy pequeño.

—Que pruebes, cojones.

Santi se pasó la lengua por el labio superior y titubeó:

—El... El Carrascalejo.

Txiki ahuecó la mano y se la colocó detrás de la oreja.

—Carrasca... ¿qué?

—Carrascalejo.

—¿Y eso por dónde cae?

—Pues..., por ahí abajo.

Txiki le miró como un entomólogo miraría a un insecto.

Santi apartó la vista. Se llevó el puño a la boca y tosió.

Txiki seguía mirándole.

—Tu *aita* no será moro, ¿no?

Santi apartó la vista y musitó:

—Qué moro ni qué hostias, mi *aita* es de Badajoz.

—Pues eso, medio moro.

Ibon se echó a reír a carcajadas. Pipe, que estaba dando un trago a su vaso, escupió la cerveza entre risas.

Txiki se volvió hacia ellos.

—¿De qué os reís, cabronazos? —les recriminó.

Pipe hinchó el pecho y extendió los brazos.

—Txiki, si es que eres un puto loco.

Ibon señaló a Santi con la mano con la que sostenía el vaso y, sin aguantar la risa, exclamó:

—¡Mira qué cara!

Y Txiki no pudo más. Dejó caer su expresión de póquer y, lanzando una risotada, se echó sobre Santi y le rodeó con el brazo. A continuación, le agarró de la mandíbula y, tras estamparle un sonoro beso en la mejilla, declaró:

—Te quiero, hostias.

Santi se echó a reír y se abrazó a Txiki.

Txiki se volvió hacia los otros clientes con una sonrisa radiante.

—¡Y la próxima ronda la paga Gamboa en el *putetxe, eo eo e*!

Las carcajadas se extendieron por el bar.

Pipe vio que Gamboa abandonaba la caja registradora y se perdía en la trastienda. Meneaba la cabeza como si le hubiera disgustado el jolgorio que se había montado a su costa.

A Pipe eso le hizo mucha gracia y no pudo dejar de reír.

15

Mantente fuerte

Tras el juicio llegó el previsible dictamen del tribunal, su nuevo estatus como presa con sentencia firme por delito de terrorismo, y la apertura de un fichero FIES de especial seguimiento en el banco de datos del Ministerio de Interior. Un funcionario le enseñó una hoja con su liquidación. En ella se desglosaba el recuento de días que había cumplido y lo que le quedaba por cumplir, y a Lierni le pareció que el documento se asemejaba a un extracto de banco que le robara sus días de vida como quien arrancaba las hojas del calendario.

—Ciento treinta y dos años, que se quedan en veintidós —le explicó Jone.

Para añadir inquina, y en una ironía más de la política de dispersión, la trasladaron desde Alcalá Meco a su destino definitivo: la cárcel provincial de Jaén II, no muy lejos de Granada.

Pasó su primera noche en «la Escuela» durmiendo como una bendita, y tras el primer recuento se quedó un rato tumbada en el camastro. Cuando le dio por ponerse en pie, se sentó en la taza del váter sin tapa del fondo de la celda y se quedó cavilando que se estaba tomando todo aquello con cierta dosis de aceptación. Usó el lavabo metálico para asearse, cogió la ropa de la balda de hormigón, se cambió, se puso de puntillas para mirar por la ventana enrejada que daba a ningún lado, y se sintió con fuerzas para abandonar su celda.

Lierni atravesó las tres puertas corredizas, y el bramido mecánico y sordo que hacían al abrir y cerrarse le produjo un sarpullido mental. Llegó a la puerta que daba al patio, y un par de funcionarias vestidas con polo rancio y pantalón gris la miraron un momento antes de continuar charlando sobre sus cosas. Echó un vistazo a la torre de vigilancia y a los muros coronados de concertinas afiladas como cuchillas de afeitar, y más arriba avistó una bandada de grajillas sobrevolando el cielo de la prisión. Se pasó el antebrazo por la frente y comprobó que estaba sudando. El sol jienense era despiadado.

Por un momento no se atrevió a caminar. Temía lo que se pudiera encontrara allá fuera. Necesitó unos minutos para motivarse, pero luego apretó los dientes y salió al patio.

Las canchas de deporte que conformaban la zona común del módulo de mujeres estaban atestadas, y entre el maremágnum de humanidad, Lierni no tardó en percatarse de la presencia de dos presas con apariencia peligrosa que no dejaban de mirarla. Las venía oliendo desde lejos y su lenguaje corporal le decía que la estaban calibrando, como si esperarán a ver si tenía lo que había que tener.

—¿Quién es la nueva *gualtrapa*?

—Esa es de las otras. ¡Eh, tú! ¿Te crees que *güeles* mejor o qué?

—Mira como mueve el *buyate*.

—¡Eh, tú! ¡Sí, tú, la que se campanea como si cagara rosas!

Dejó atrás las burlas y huyó de las miradas, haciendo un esfuerzo por asimilar que aquella iba a ser su casa durante muchos

muchos años. Siguió caminando entre presas y sus conversaciones, mirando de reojo a la búsqueda de una cara amiga mientras intentaba pasar desapercibida. Vio a un par de chicas de palidez enfermiza que no paraban de trapichear. Más allá, varias mujeres de cierta edad se miraban unas a otras con aire ausente, como si sus ojos no estuvieran acostumbradas a enfocar más allá del par de metros de sus celdas. En una esquina junto a las canastas, una reclusa que parecía hallarse bajo los efectos de una medicación antipsicótica surfeaba entre las olas de su imaginación.

Tras recorrerse medio patio, Lierni divisó un trío de reclusas sentadas en unos escalones. Las tres mujeres le hicieron señales con las manos y una sonrisa de alivio apareció en el rostro de Lierni.

Eran de las suyas. Eran presas etarras.

Llegó la hora de comer y Lierni pudo comprobar que el comedor de la prisión era un microcosmos de mesas, como islas de un archipiélago. Las internas, por un lado. Las preventivas, por otro. Las recién llegadas, más allá. Otras, con condenas largas. Toxicómanas. Esforzadas en la rehabilitación. Todas segregadas de mutuo acuerdo por nacionalidades, etnias o intereses comunes.

Se sentó a comer con su bandeja y sus tres nuevas compañeras en una mesa bien separada de las presas comunes. La etarra más veterana, Carmen, se precipitaba ya por el lado más desfavorable de los cuarenta. Tenía un tatuaje de un *lauburu* bien visible en el hombro desnudo y un rictus de amargura, fiel reflejo de los años envejecidos en prisión. Lierni la miraba de vez en cuando, pero Carmen no le prestaba demasiada atención. Las dos más jóvenes, Idoia y Soledad, debían de andar por la treintena y vestían unas mallas de rayas apretadas. Una llevaba el pelo recogido en un moño y a la otra el flequillo le colgaba de forma graciosa sobre la frente.

Parecían disfrutar haciendo de cicerones y conversando con una cara nueva.

—Ni caso a las comunes —le advirtió Soledad—. No nos tragan.

—Les cuesta más trapichear por nuestra culpa —aclaró Idoia—. Hay más controles y sus familias ya no pueden colarles de todo.

—Tú no te metas con ellas y ellas no se meterán contigo —recomendó Soledad.

Lierni asintió algo más tranquila.

—Aquí también luchamos, a nuestra manera —comentó Soledad—. Siempre estamos reivindicando el acercamiento y demás.

—Lo que no es poco en esta mierda —apuntó Idoia.

—Lo que hay que reivindicar es más feminismo —declaró Soledad—, que a los hombres bien que les mandan chicas a los vises.

—¿De verdad? —preguntó Lierni.

—Chica, pues claro —respondió Soledad—. Tienen *neskas* que les escriben, vienen a verlos y se los cepillan.

—Y nosotras, a dos velas —añadió Idoia.

—En la Organización hay mucho machismo —afirmó Soledad.

—Es injusto —agregó Idoia—, nosotras también necesitamos aliviar la tensión sexual.

—Que también somos gudaris, qué leches —dijo Soledad.

Hasta Carmen esbozó una mueca que se podía confundir con una sonrisa. Lierni sonrió. Se sentía como una niña nueva en la escuela fascinada por los secretos de las chicas más grandes.

Soledad se puso en pie y abrió una riñonera con forma de arcoíris que llevaba atada a la cintura.

—¿Quién quiere tabaco? —preguntó mientras contaba varias monedas—. Invita la Eusko Jaurlaritza.

Lierni dejó el tenedor en la bandeja y las miró sorprendida.

Soledad se volvió hacia ella y le dedicó una mirada burlona.

—¿No lo sabías? Nuestro querido gobierno autonómico, en

su inmensa generosidad, nos hace llegar ciento veinticinco euros cada mes.

Lierni puso mala cara. Ese tipo de ayudas no eran de su agrado.

—Que se los metan por el culo.

Soledad pareció ofenderse.

—Mira, ya sé que es una miseria, pero algo es algo.

—No es por eso, es porque viene de los putos *jeltzales*.

Idoia intervino.

—¿Y qué?

Lierni se volvió hacia ella.

—¿Cómo que «y qué»? Solo saben enriquecerse en sus poltronas a costa del pueblo y tienen a sus hijos enchufados en Petronor o el BBK. No solo eso, votan con los españolistas cuando les conviene y actúan de cómplices de la política penitenciaria que tortura a nuestras familias.

Soledad e Idoia se quedaron quietas sin saber qué decir, hasta que Carmen se las quitó de encima con un gesto de la mano.

—Id a comprar tabaco, anda.

Aquella tarde, cuando ya había pocas presas en el patio, Lierni se sentó a la sombra de un muro y se puso a contemplar la escasa línea de horizonte que dejaban ver las torres de vigilancia. Solo era capaz de atisbar una colina desértica cubierta de polvo, cardos y olivos en medio de ninguna parte.

Permaneció así un rato, esperando la puesta de sol, hasta que Carmen apareció junto a ella y, acuclillándose con un crujido de rodillas, se sentó a su lado. La veterana no abrió la boca, pero se quedó mirando a Lierni de forma diferente, quizá porque el episodio anterior le había hecho ver que se hallaba en presencia de una verdadera creyente.

—Aquí soy yo la *arduraduna* —dijo Carmen en tono pausado al cabo de un rato—, la responsable de la ortodoxia de la Organización. Mi cometido consiste en daros las consignas de actuación para que todas sigamos la línea oficial. ¿Hay algo que deba saber?

Lierni asintió y se tomó unos segundos antes de hablar.

—He escrito un pequeño documento recogiendo mi *kantada*. He conseguido pasarla al exterior a través de Jone.

—¿Quién?

—Jone Larrucea. Mi abogada.

—La conozco; es de fiar. Sigue.

—Hice una autocrítica detallando todo lo que pudo haber fallado para que se produjera la caída de nuestro *talde* y analizando las posibles consecuencias. Escribí todo lo que podría resultar útil a la Organización. Me preocupa el disco duro que los *txakurras* encontraron en el piso de Granada... Verás, allí había de todo...; me da miedo que descifren los documentos y que eso provoque detenciones en cascada.

Lierni agachó la cabeza, pero Carmen la cogió son suavidad de la barbilla y la obligó a mirarla. Luego le soltó la barbilla y, con la máxima calidez que le permitía su frío carácter, la tranquilizó.

—Los de allá fuera se harán cargo de la protección de nuestros activistas. No te preocupes, chiqui.

A continuación, se metió la mano en las bragas, sacó un diminuto rollo de papel cebolla y se lo pasó con disimulo a Lierni.

—El *Ekia* —le dijo— es el boletín interno que nos hace llegar la Organización. Te recomiendo que eches un vistazo a la última ponencia.

Lierni se guardó el diminuto documento en el sostén.

—¿Un boletín? ¿En esto?

—Microfotocopian cada hoja con alta resolución.

—Tendré que leerlo con lupa.

Carmen hizo una mueca.

—Espero que lo valores. Para poder tenerlo aquí alguien tuvo que traérselo metido por el culo o en otra parte más íntima.

Lierni no pudo evitar preguntarse en qué parte íntima del cuerpo habría llegado el canutillo que se acaba de esconder en el sujetador.

—Escucha atentamente —añadió Carmen—. Aquí dentro es donde de verdad se pone a prueba la lealtad a la causa. La lucha continúa y solo existen dos valores: o el *mako* destruye tus convicciones, o te hace madurar para comerte los años que sea.

Le apretó el brazo de forma cariñosa y se sacó del bolsillo un trozo de papel de periódico doblado en varios pliegues. Se lo entregó a Lierni, esta vez sin disimulo, y añadió:

—*Eutsi gogor.*

Carmen se levantó con un nuevo crujido de rodillas y se alejó.

Lierni desplegó el trozo de papel.

Era una página interior del *Gara*. Un artículo acompañaba una fotografía de la gran pancarta con las caras de Lierni, de Txester y del Maguila sobre la fachada de la oficina de seguros de la plaza del pueblo.

Lierni se sintió conmovida. Los suyos no la olvidaban, y aquello le daba fuerzas.

Se puso en pie y regresó a su chabolo. Allí se sacó el diminuto *Ekia* del sujetador, estiró el fino papel y se puso a leer el denso texto de letra minúscula con ayuda de una lupa y la luz de un pequeño flexo.

Poco a poco la fue invadiendo la certeza de que no estaba sola. Que tenía la ayuda de sus compañeras y que la lucha proseguía, aunque fuera allí encerrada. Ese pensamiento cálido la arropó de forma confortable y sucumbió al sueño.

Carmen tenía razón. *Eutsi gogor.* Mantente fuerte.

16

Una vez en su lista, nunca se sale de ella

Ginés Sigüenza, dueño de una panza generosa que tensaba los botones de su uniforme de sargento mayor de la Ertzaintza, se hallaba sentado en la sala de reuniones de un discreto edificio de Vitoria propiedad de la Consejería de Interior. Su bolígrafo de punta fina había sangrado hasta morir y él se hallaba ocupado en retirar, mediante toquecitos de algodón empapado, la mancha de tinta bajo el bolsillo de su uniforme. Así se entretuvo hasta comprobar que la mancha estaba bien humedecida. A continuación, abrió el portafolio voluminoso que había sobre la mesa, pasó varias páginas de fotocopias plastificadas hasta llegar a una de ellas, se rascó la calva y asintió satisfecho.

Luego se puso en pie y desplazó toda su humanidad hasta la puerta de la sala. Abrió la puerta y accedió a otra estancia que parecía una sala de espera. En ella aguardaban sentados en pequeñas sillas de plástico una docena de ciudadanos anónimos. Todos tenían una tarjeta de visita colgada de la blusa o del bolsillo del polo. Se miraban unos a otros de soslayo, como pacientes aquejados de alguna enfermedad contagiosa que esperasen en una consulta de médico pésimamente decorada.

Con aplomo funcionarial, Ginés enunció:

—Xabier Iraola.

Uno de los presentes se puso en pie y entró en la sala de reuniones.

Era Xabi.

Ginés cerró la puerta y le estrechó la mano.

—*Egun on*, por decir algo —dijo Xabi.

—*Egun on* —le contestó el *ertzaina*—. Siéntese, por favor.

La habitación contaba con una pequeña mesa central y dos sillas, una *alboka* tallada colgada en la pared y una foto institucional del lendakari que le hacía resaltar aún más sus orejas puntiagudas. Se sentaron cada uno a un lado de la mesa y Ginés observó a Xabi durante unos segundos. Era el tercer amenazado, tras un juez y un periodista, con el que iba a entrevistarse en lo que llevaba de mañana. Todos ellos habían visionado previamente el vídeo informativo que la Eusko Jaurlaritza ponía a su disposición. La cinta les permitía familiarizarse con los riesgos y con las nuevas medidas de autoprotección, aunque algunos se lo tomaban como una pesadilla que daba forma a las diferentes maneras de morir en un atentado. Para Ginés no pasaba de ser un proceso rutinario, pero entendía que para el amenazado no lo fuera, y por eso tenía por norma intentar hacer más llevadero el mal trago. Al menos, en la medida de lo posible.

—Son hojas fotocopiadas. —Ginés deslizó el portafolio hacia Xabi y, con un gesto de la mano, le invitó a leer—. Los originales provienen de notas y archivos en soporte informático encontrados entre el material incautado hace meses en una operación policial en Granada.

Xabi empezó a leer en silencio. Eran anotaciones sobre sus rutinas, horarios e itinerarios. También figuraban las entradas y salidas de su domicilio. En el ayuntamiento. En los bares. En el frontón. Todo muy detallado. Pasó la página del portafolio y vio un par de fotografías tomadas de manera furtiva. En una salía paseando con su mujer e hijo. En la otra se le veía borracho y sonriente, en compañía de Juanmari y Severino Castillo, otro concejal del ayuntamiento, a las puertas de una sociedad gastronómica.

—Pues si quieren ir a por mí —dijo Xabi—, ya saben dónde encontrarme.

Ginés apoyó los codos sobre la mesa. El pobre diablo que tenía enfrente no parecía haber encajado demasiado mal el golpe. Una cosa era intuir la espada de Damocles, y otra muy distinta, que le pusieran a una persona por delante las pruebas de un plan para acabar con su existencia. Xabi Iraola no había perdido la compostura y, mentalmente, Ginés le concedió puntos por ello.

—No estoy aquí para joderle el día —aclaró Ginés—, pero debe ser consciente del peligro que corre. Tienen su domicilio, la ventana de su dormitorio, sus hábitos, su forma de desplazamiento. Cuentan con información elaborada. Lo tienen todo.

Xabi se inclinó sobre la mesa, descansó los antebrazos sobre las rodillas y entrelazó las manos. Tras hacer un barrido mental en su cabeza, preguntó:

—¿Elaborada? ¿Elaborada por quién?

—Vaya usted a saber. Un vecino con el que discutió el año pasado a cuenta de las humedades del techo.

—¿Un vecino?

—Quizá un compañero de trabajo con el que no se lleva bien.

—¿Un compañero...?

—La cuestión es que han pasado sus datos, así que veremos el diseño de protección que se le asigna a su caso en particular. Probablemente le pongamos una escolta y asunto solucionado.

Ginés se dispuso a cerrar el portafolio y a dar carpetazo al asunto, pero Xabi se puso en pie y comenzó a pasear de un lado a otro.

—Solucionado —dijo con la cabeza gacha, como mascullando para sí—, a cambio de perder mi intimidad.

Ginés seguía su paseo por la sala con la mirada.

—Mejor, digo yo, que perder la vida. La escolta es tan solo una medida disuasoria, pero si ven que usted presenta más dificultades porque toma precauciones, quizá pasen a otro que se lo ponga más fácil. Además, no depende de usted. Se ponga como se ponga, el jefe de seguridad de su partido le va a obligar a aceptar algún tipo de protección.

—No soy de ningún partido; voy de independiente en las listas.

Estaba claro que Xabier Iraola no iba a poner las cosas fáciles. Ginés suspiró de forma comprensiva y señaló con un gesto su silla.

—Siéntese, por favor —le pidió.

Xabi regresó a regañadientes a su silla y Ginés se enderezó en la suya, como haciendo palanca para contraatacar.

—Verá, nosotros analizamos con minuciosidad y detectamos niveles de amenaza real en función de los datos. En estas anotaciones figura información muy detallada y eso es porque han puesto el ojo en usted. Van a dar matarile al más fácil para lanzar su mensaje, y usted está en su lista. Y tanto usted como yo sabemos que una vez uno está en su lista, nunca se sale de ella.

Ginés se apoyó en el respaldo de su silla y guardó silencio, dando tiempo a su interlocutor para que asimilara la situación en la que se hallaba.

Xabi apoyó el codo en el brazo de su asiento y se llevó la mano a la cara, un dedo en la frente y otro en el pómulo, concentrado en su miseria. Era el momento de la aceptación, el momento de decirse a uno mismo que no había otras opciones.

—No solo usted está en peligro —añadió Ginés, como para ayudar—, también lo está su familia.

Pero Xabi ni le escuchaba. Con la mirada fija en su dosier, musitó:

—Uno conoce a gente que le ha pasado, pero en el fondo nunca cree que le va a tocar a él.

Permanecía absorto, su mirada detenida en una de las páginas.

De forma paulatina, la tensión en su rostro se fue aflojando y se echó a reír. Era una risa incrédula y algo trastornada.

Ginés permaneció inmóvil, observándole confundido. Empezó a cuestionarse la cordura del hombre que tenía enfrente y alargó el brazo. Se acercó el portafolio hacia sí y se puso a estudiar el documento con el ánimo de entender qué podía haber desencadenado aquella reacción.

Xabi seguía riéndose desde el otro lado de la mesa.

—Verá, me hace gracia —explicó—. Siempre fui un *kaskariña*; pero, la verdad, nunca pensé que eso disgustara a los gudaris.

Ginés miraba el dosier, pero solo veía, entre otras anotaciones, una frase garabateada con una caligrafía esmerada y casi infantil que decía: OJO, EL OBJETIVO ES UN JUERGUISTA DE CUIDADO. Tardó unos segundos en alzar la cabeza, y cuando lo hizo tenía las cejas levantadas y parecía desconcertado.

—¿Cómo dice?

—El comentario. —La risa de Xabi se fue sofocando lentamente, y las facciones de su rostro fueron adoptando un tono bestial de cansancio y soledad—. Parece un comentario de madre, no de un asesino.

17

La bolsa de *perretxicos*

Aquella mañana llovía, y Felisa rezó, como todos los días, junto a la estampa de la Virgen de Linarejos. Luego cogió el lápiz que tenía en la cocina para hacer la lista de la compra y garabateó bajo la imagen doliente una consigna: *AMNISTIA OSOA*.

«Yo ya me entiendo», pensó.

Era como si en un momento de arrebato su mano hubiera tratado de lidiar con la congoja que la atenazaba conjurando aquel mantra callejero. Pero la realidad era que nada bastaba para disolver la pesadumbre que exudaban las paredes de su casa ni la tristeza que la envolvía cada vez que pasaba junto a las fotografías de su marido y de su hija, los dos grandes ausentes.

Quizá por esa razón agarró su paraguas negro y se echó a la calle. Compró una bolsa de *perretxicos* en el mercado y marchó, por primera vez, a ver en qué consistía una de esas reuniones de las que tanto había oído hablar.

Al llegar a la sede del colectivo, una chica muy simpática con unos pendientes de plumas la invitó a sentarse en una silla de plástico junto al resto de los familiares. Felisa vio algunas caras conocidas, saludó y fue saludada, y habló del tiempo con un señor que tenía al lado, hasta que Asier apareció en escena.

El joven se subió a un pequeño estrado junto a una mujer con una rebeca de angora y un pañuelo al cuello y, en tono triunfante, declaró:

—Gracias por haceros madres palestinas o afganas, madres de todos los oprimidos. Gracias por denunciar a los que nos criminalizan con la fórmula mágica de «condenar el terrorismo», gracias por entender que Garzón no merece el Nobel.

Asier entregó una placa de homenaje a la mujer de la rebeca de angora, que aceptó la distinción con gesto resignado y cara de haberse olvidado las llaves en casa. Asier le cogió la mano y la invitó a alzar el puño al cielo. Hubo algunos aplausos, tímidos, y la señora, Asier y la chica de los pendientes de plumas descendieron de la tarima.

Jone ocupó el espacio vacante y paseó la mirada entre el público.

—Aquí hay gente de todo pelaje —dijo con un tono seco y abrupto—, desde socialistas hasta *jeltzales*, desde *abertzales* hasta peperos. A todos vosotros os une la misma desgracia y sufrís la misma injusticia. El Estado tiene a vuestros seres queridos en su poder. Son piezas en su tablero de ajedrez, y tened claro que los utilizará cuanto y como quiera para doblegaros en la lucha y hacer que nos rindamos.

Felisa contempló las caras a su alrededor y solo veía rostros descontentos y gestos hoscos, como si los ánimos estuvieran revueltos.

—Habéis recurrido a nosotros —continuó Jone— porque sabéis que actuamos en vuestro interés. Confiáis en nuestra honestidad en la denuncia de la represión y en nuestra forma de canalizar la solidaridad con los presos y refugiados, con vuestros hijos, novios y hermanos.

Un anciano se levantó de golpe de la silla, como si hubiera sentido una chincheta en ella.

—¡A ver si dejáis la propaganda para los mítines! —exclamó—. ¡Cuando nos afecta a los militantes de base decís una cosa; pero cuando le toca a los de la Mesa Nacional, otra bien distinta!

—Xabi, no montes el numerito —le reconvino una voz desde la última fila—, que aquí sufrimos todos, no solo tú.

Un hombre robusto, con cara de perro sabueso, se volvió desde la primera fila y se dirigió al público en general.

—¡Nos quieren de rodillas, pero no lo van a conseguir!

Algunos asintieron con la misma desgana con la que habían aplaudido momentos antes.

Felisa creyó ver en los ojos de Jone cierto temor a que la situación se desbandara, pero la abogada alzó las manos y consiguió templar los ánimos del respetable.

—Está bien, está bien —declaró—. Entiendo vuestra decepción. Es cierto que la dispersión y la nueva doctrina Parot nos hacen mucho daño.

Una señora levantó la mano y se aclaró la voz.

—Jone, según a quien toque, se pierde el culo para ir a pagar los miles de euros de fianza o se aceptan pensiones del Estado español, y aquí no pasa nada. Pero cuando les toca a nuestros hijos, no nos dejáis mendigar uno solo de los beneficios penitenciarios.

—Eso, eso —porfió el mismo anciano que se había puesto de pie en primer lugar—. Bien que usan nuestro dinero, esos salvapatrias, para volver a sus caseríos de ricachones.

Junto a Felisa, una mujer se puso a murmurar:

—Huy, huy, huy... No me creo que haya dicho eso.

—Pues lo ha dicho —comentó en voz baja otra señora que tenía al lado.

Los cuchicheos crecieron. Se había tocado un nervio colectivo.

Jone se aclaró la garganta y alzó la voz.

—Sabéis que la política de la Organización no permite peticiones de libertad condicional. Sabéis que no permite aceptar el tercer grado ni pedir permisos de fines de semana ni aceptar reinserciones. Lo sabéis igual que yo. No está en mi mano cambiar eso. Si tenéis alguna pega, ya sabéis a quién reclamar. ¿Lo vas a hacer tú, Mariano? ¿O tú, Vicente?

Se hizo un silencio sepulcral.

Muchas de las caras circunspectas empezaron a agachar la mirada, y Felisa comprendió enseguida el dilema. Por mucho descontento, por mucha crítica en privado que se hiciera, nadie se iba a atrever a ponerle el cascabel al gato y enfrentarse a la jerarquía dominante.

—Estamos de acuerdo —concluyó Jone—. Mañana empezaremos a estudiar caso por caso. Para los que os toca viajar la semana que viene, Asier ha dejado los horarios de los autobuses ahí fuera.

Entre murmullos y quejas en voz baja, los familiares se pusieron en pie y empezaron a desalojar la sala.

Felisa intentó acercarse a Jone, pero la misma chica de los pendientes que antes la había recibido con una sonrisa se colocó frente a ella y le impidió acercarse a la abogada. Aquello no bastó para desalentar a Felisa, que empezó a abanicar las manos por encima de ella y exclamó:

—¡Jone! ¡Jone! ¡Soy yo, Felisa! ¿Me recuerdas?

Jone se fijó en aquella mujer y creyó reconocerla. Parecía dura y, al mismo tiempo, desvalida. No pudo evitar pensar en su madre y en todas las madres de esa generación que parecían ancladas en ese «solo me hacéis sufrir, con lo que yo os quiero». Madres sufrientes antes, incluso, de que las cosas empezaran a ir mal.

Asier se acercó a Jone y le susurró al oído:

—Digo yo que no querrás verla ahora, ¿verdad?

Jone no contestó. Hurgó en su bolso y extrajo de él una tarjeta de visita de Amnistía Internacional. Se quedó mirándola un segundo, pero luego desechó la idea. Volvió a meterla en el bolso, descendió de la tarima y acudió al encuentro de Felisa.

Felisa le dio un abrazo y la estrujó contra su pecho. Luego se separó de la abogada y, sin soltarle las manos, se quedó mirándola.

—*Eskerrik asko* —le dijo—. Mi niña es una chica estupenda, Jone, es incapaz de hacer daño a nadie, de verdad. —Felisa parecía sentirse incómoda de tan orgullosa que estaba, pero luego bajó la voz, como si quisiera confiarle algo—. El malo es su noviete, ¿sabes?, el Valentín, que le metió todas esas cosas en la *gambara*. Desde que le puse el ojo encima, supe que nos traería problemas.

Jone asintió comprensiva, pero había escuchado esa historia tantas veces que se veía incapaz de seguir alimentando el relato. Era mejor darles cuanto antes el baño de realidad. Era mejor para las familias, y también para los seres queridos que tenían en la cárcel, para que asimilaran entre todos cuanto antes el largo camino que les esperaba.

—Felisa —dijo Jone cuando se liberó del abrazo—, tú sabías hace tiempo que algo había. ¿No registró la Guardia Civil tu piso una vez?

Felisa arrugó la cara.

—Hace años. Cuando le dio por irse de casa.

—Cuando huyó, querrás decir.

—Mujer, la niña no iba a esperarse a que los civiles la prendieran, digo yo.

Jone la miró fijamente, y sus ojos estaban llenos de simpatía.

—Tu hija se fue a Francia hace tres años y no ha estado todo este tiempo en la vendimia. Ahora le esperan muchos años de cárcel. Cuanto antes lo asumas, mejor, porque tienes que concentrarte en ayudarla.

Felisa agachó la cabeza.

—Eso iba a decir. *Ponerse* a ayudarla, por favor.

Asier, cuya cara reflejaba cierta impaciencia, decidió intervenir.

—El acercamiento de nuestros presos —apuntó— es nuestro campo de denuncia más importante, Felisa, y tú puedes aportar mucho a la causa. Hay que ir a las manifestaciones y acudir a los homenajes. La semana que viene, por ejemplo, las familias se encierran en San Juan Bautista como protesta.

—Te vendrá bien comprobar que no estás sola en esto —dijo Jone dulcemente.

—Con tu ayuda y la de otros padres —añadió Asier—, vamos a traer la paz a este jodido país.

Felisa asintió, agradecida, durante unos segundos. Luego pareció recordar algo y entregó a Jone la bolsa de *perretxicos*.

—Toma, para ti. Límpialos, los escaldas dos minutos en agua hirviendo y vinagre blanco y los dejas enfriarse.

—Pero Felisa, esto...

—Calla, calla, verás qué manjar.

Durante un momento, nadie supo qué más añadir. Permanecieron allí, incómodos y violentos. Felisa no paraba de estirarse los dedos, como si deseara arrancárselos de los nudillos, y finalmente acertó a decir:

—Me la tienen presa en Jaén, ¿sabéis lo lejos que está eso?

18

El destino

Era de noche en Cauterets cuando Arrano salió del dúplex que venía ocupando los últimos meses y se echó a la calle.

Marchó por las aceras llenas de nieve de la estación de esquí, con las manos en los bolsillos y el cuello de la cazadora levantado, y se detuvo en una cabina de teléfonos llena de grafitis. Marcó el número del piso franco en la calle Brigadier Muscar de Bayona, y, cuando Dienteputo se puso al aparato, preguntó por Sophie. Dienteputo le dijo secamente que allí no vivía ninguna Sophie. Arrano se disculpó y colgó.

A continuación, marcó el número gratuito de Allo Service Public y simuló mantener una agradable conversación con una grabación que ofrecía información sobre la caja de subsidios familiares. Solía hacer la pantomima para evitar la imagen sospechosa de un tipo en una cabina esperando a hacer una llamada a horas intempestivas. Cuando calculó que Dienteputo ya habría tenido tiempo de abandonar el piso y llegar a la cabina de teléfonos situada a cinco minutos a pie, Arrano colgó el aparato y marcó el nuevo número.

Dienteputo no tardó en responder, y Arrano procedió a trasladarle de forma tajante y sencilla las instrucciones que tenía en mente. Lo hizo sin miedo a las posibles escuchas, ya que ni sus compañeros de la cúpula ni sus lugartenientes conocían la ubicación de su refugio en Cauterets.

—Os hacéis con un Peugeot 307 y una Berlingo o furgoneta similar. El coche es muy común en Iparralde y la furgoneta es discreta. Además, en la frontera se aburren de ella y en la zona de carga tiene gran capacidad de almacenaje para las ollas, los explosivos y la metralla.

Arrano se apartó el auricular del teléfono de la boca, tosió un par de veces y volvió a acercárselo para añadir:

—Cada uno lleváis un móvil desechable, sin números grabados en la memoria por si acabaran en manos extrañas. Os deshacéis de ellos al finalizar la faena. Debéis buscar por suburbios o polígonos industriales, en una zona que no haya testigos. Zapa y Gorka, que vigilen. Tú y Brujilla trabajáis con la ganzúa y levantáis los coches. Ya sabéis, forzáis la caja del volante, puenteáis el contacto y vuelta a casa. Buena suerte y *gero arte*.

Colgó sin más y vio a una anciana junto a la cabina. Su cara le resultaba vagamente familiar. La mujer estaba esperando para llamar y temblaba de frío, y en un alarde de simpatía Arrano le facilitó el acceso a la cabina mientras él la abandonaba.

—*S'il vous plaît, madame* —dijo mientras le sostenía la puerta.

La anciana le respondió con una vocecita:

—*Merci, monsieur. Les jeunes qui auparavant étaient éduqués chrétiennement, ne le sont plus aujourd'hui.*

—*C'est ça, madame, c'est ça.*

El frío arreciaba durante el camino de vuelta al dúplex, pero a Arrano no pareció importarle. Iba trazando en su mente los pasos que sus cuatro gudaris ejecutarían esa noche. Se los sabía de memoria porque él mismo había realizado la operación en innumerables ocasiones.

Cuando llegó al apartamento, sacó una cerveza de la nevera. Se la bebió sentado en la encimera de la cocina y disfrutó del silencio. Prefería vivir solo desde que adquirió galones de general porque le facilitaba la logística y la movilidad. Hubo épocas en las que tuvo compañeras, todas ellas activistas de la Organización. Algunas buscaban cobijo en Francia y otras iban camino de incorporarse a algún comando. Las convivencias no duraban más de unos meses, y aquello no le desagradaba. No entendía el apetito de los demás por tejer relaciones afectivas. Con el modo de vida que había elegido, lo consideraba un lastre.

Luego marchó al dormitorio, extrajo el falso cajón del mueble y sacó su agenda. Aquella preciada libreta contenía la contabilidad del dinero que recibía de Gamboa y, además, informes operativos, notas con autocríticas, apuntes sobre las medidas de seguridad de la Organización, citas y varios listados de posibles aspirantes para el Arrantza, el aparato de captación. Era consciente del riesgo que suponía tener tantos datos comprometedores en su poder, pero prefería acaparar toda la información. Le gustaba depender de sí mismo. Así evitaba posibles filtraciones y garantizaba su propia supervivencia.

Con la agenda en la mano, se tumbó en la cama y se armó de un bolígrafo. A pesar del principio de jaqueca que, se temía, iría a visitarle aquella noche en todo su esplendor, pasó varias páginas y se puso a trabajar en la contabilidad. No tardó en concentrarse en las cifras y en el balance entre las columnas del debe y el haber. Gastos en manutención y logística de los liberados que integraban los comandos. Pagos por adelantado del alquiler de pisos francos. Más pagos de alquiler de garajes para cebar los coches. Compras de troqueladoras para doblar matrículas. Polvo de aluminio. Explosivos. Con dinero, todo era más fácil, pero hasta el dinero de Gamboa se esfumaba con facilidad.

Aunque su existencia dependiera de ello, se sorprendía a sí mismo viéndose tan aplicado, y en ese momento pensó que la anciana a la que había cedido la cabina de teléfonos le recordaba a Gotzone, aquella profesora de secundaria que tanto cariño le tenía y que se empeñaba en que aprendiera matemáticas. Al Arrano de aquella época, un chico de Santutxe que se mezclaba con otros jóvenes que trapicheaban por el barrio, no le interesaban las matemáticas. Ni las matemáticas ni los estudios en general, porque lo suyo no era estudiar. Y de ahí a portero de discoteca. Recordaba el disgusto de su *aita*, electricista, y de su *ama*, dependienta en un comercio. Ambos soñaban con que se hiciera un hombre de provecho: abogado, médico, tal vez profesor de educación física. En cuanto a Gotzone, cuando supo de su marcha forzada de Euskal Herria, Arrano no sintió nada. La parte de su cerebro que regía los afectos ya andaba por entonces desaparecida, como aquel chico al que Gotzone pretendía ayudar. Si acaso, se preguntó quién habría sido el compañero que habría puesto a su antigua profesora en la diana y, enseguida, él mismo se contestó: «Algo habrá hecho».

El manejo de tanto número aumentó su dolor de cabeza y dejó las cuentas. Se puso una toallita húmeda sobre la frente y trató de relajarse. No le costó mucho esfuerzo. Le gustaba filosofar y perderse en sus ensoñaciones, y a veces se preguntaba cómo le recordarían las generaciones venideras. Algunos pensarían que era un aventurero romántico e idealista. Otros, que se trataba de un psicópata vocacional, alguien que había encontrado en la violencia grupal un terreno abonado para dar rienda suelta a su pasión oculta. Pero no era lo uno ni lo otro, tan solo un joven euskaldún que quería hacer de su tierra un mundo mejor, aunque para ello hubiera que regarla de sangre. No disfrutó cuando tuvo que apretar el gatillo, y tampoco ahora que se había convertido en eso que llamaban un autor intelectual. Simplemente se dedicaba a señalar cómo, dónde y a quién había que ejecutar, ya fueran *txakurras*, cipayos, jueces, políticos, profesores, periodistas a sueldo o civiles colaboracionistas. Para él no eran seres de carne y hueso, tan solo objetivos que abatir. No eran personas, sino blancos necesarios de una estrategia que funcionaba.

Nada peor hay en la vida que no saber qué ha venido a hacer uno en ella, y Arrano, aunque no fuera creyente, tenía el convencimiento de que el destino velaba para que siguiera luchando y llevando a cabo aquella estrategia hasta el final.

La primera vez que el destino hizo acto de presencia en su vida fue en Santutxe, tras un control de alcoholemia en el que le hicieron soplar. Por aquel entonces ya andaba en el radar de los cipayos, que venían aplicando una estrategia de persecución selectiva contra jóvenes implicados en la *kale borroka*. Le habían detenido con anterioridad, cuando tenía veinte años, aunque no llegó a entrar en la cárcel porque su abogada le salvó el culo. Aquello no le amedrentó, más bien al contrario, y el joven Arrano continuó dedicándose a participar en las batallas campales contra los *beltzas* que se montaban de forma habitual, hasta que tuvo un desliz con un cóctel molotov y unos petardos. Se hirió en la mano y perdió dos dedos para siempre, junto con una capucha y unos guantes que alguien encontró en un contenedor. Aquella noche, a la vuelta del hospital, tuvo un sueño extraño, avivado por las pastillas y la fiebre. Y en el sueño, el destino le susurró: «Corre, sálvate, porque ya no eres dueño de tu sangre». Y en efecto, a los pocos días los cipayos, que ya habían cotejado su ADN gracias a aquel control de tráfico, se presentaron en su casa con la orden de detención. Para entonces, afortunadamente, Arrano ya había huido a Francia.

No fue esa la única vez que el destino le salvó. Años después, en un sucio calabozo, el destino se le volvió a aparecer. Venía de comprar hierba en un barrio poco recomendable de Burdeos, y le detuvieron en un control de drogas. Mientras comprobaban su identidad, los gendarmes le encerraron en una celda de comisaría sin vigilancia ni cámaras de vídeo. Una celda que el destino había dotado, caprichoso él, con un conducto de ventilación de unos cincuenta centímetros de diámetro. Un conducto por el que se arrastró sobre heces de termitas y caspa de ratones hasta llegar a la libertad y huir lejos de allí.

El destino, pues, velaba por él para que pudiera lograr la liberación de su tierra, a pesar de que el telediario dijera que «las últimas *ekintzas* han sido frustradas». «Están débiles», cantaba la prensa a los cuatro vientos. Arrano sabía que toda aquella cantinela formaba parte de una táctica para conducirlos en peores condiciones a una nueva negociación, pero lo único que se había demostrado frustrado y estéril eran la estrategia represiva y las vías policiales.

Todavía tenían mucho que ganar. Y, como prueba, tenía en mente un nuevo plan: golpear a plena luz en el corazón de Euskal Herria.

La migraña remitía y se sintió mejor. Oyó el mensaje entrante en su móvil y leyó el texto en clave. La furgoneta y el coche robados ya descansaban en un garaje en Bayona. Todo marchaba según lo previsto.

19

Ratones de biblioteca

Aquella mañana en la oficina, encaramado como estaba en el borde de su escritorio, Alkorta sentía que el hastío se reflejaba en todo lo que le rodeaba: en la papelera con restos de comida barata, en el desorden del papeleo frente a él, en su propia cara cansada...

Reyes no parecía sentirse mejor. En ese momento tenía las zapatillas de deporte apoyadas sobre el escritorio y se hallaba con el teléfono pegado a la oreja en medio de una llamada.

—Estoy que no puedo más —anunció tras acabar la llamada y colgar el teléfono.

Sobre su mesa había una montaña de informes de registros, de grafología, de balística, de escuchas telefónicas y de declaraciones de detenidos.

—¿Tu marido? —preguntó Alkorta.

Reyes asintió, desenredó la goma elástica que agrupaba un paquete de documentos y se puso a estirarla; era su manera de lidiar con el estrés.

—Parece que se me atasca, el pobre.

El pobre se atascaba, sí. Le acababa de oír preguntándole a Reyes acerca del menú que debía cocinar en casa y sobre que día debía llevar a su hija al logopeda. Alkorta había conocido al marido en una cena de entrega de medallas, hacía ya unos cuantos años. Resultó ser un consultor gris y aburrido, que no le llegaba a su mujer ni a la suela de los zapatos. Pensó que era un tonto con suerte, aunque quizá fuera la envidia. Y ahora se lo podía imaginar hacía unos instantes, al otro lado del teléfono con una niña de tres años en brazos y el auricular acoplado al hombro, totalmente superado por los acontecimientos mientras Reyes hacía frente a su propio trabajo y a la carga mental de los pequeños dramas domésticos.

—Deberías pedirte unos días libres —sugirió Alkorta.

—No te preocupes, sobrevivirán.

—Tu niña seguro. Tu marido, eso ya es otra historia.

—Muy gracioso. De todas formas, el otro día le pedí unos moscosos a Camaño y no me los concedió.

—Qué cabronazo.

—Parece que no le conozcas. Por lo visto, el pelota de Arango fue arrastrándose como el que más y a él se los firmó sin ningún problema.

—En ese caso, despídete. No he visto persona que haga la pelota peor que tú.

Reyes le lanzó la goma elástica a la cara y Alkorta la cogió al vuelo.

—Ni que tenga peor puntería —añadió con una sonrisa burlona.

—No he querido darte —se defendió ella.

Alkorta se incorporó del escritorio y se situó frente a la pared. Luego dio un paso atrás, como para tomar perspectiva, y se puso a estudiar una vez más el tablón de corcho, aunque se lo sabía de memoria. La Biblia de la investigación era una compleja maraña de información organizada en un mural lleno de diagramas y de posibles relaciones jerárquicas. Arn en el aparato militar, Tug y Pxo con un signo de interrogación, y el comando Ulr con las fotografías de sus miembros fichados: Zapa, Dienteputo, Brujilla y Gorka.

—Oye, Luis —dijo Reyes.

—¿Qué?

Ella alzó la cabeza y se apartó de la cara unos mechones de pelo.

—¿Crees que Camaño tiene razón?

—¿En qué?

—En lo de centrarnos en Arrano en vez de seguir a los comandos.

Alkorta se encogió de hombros.

—No lo sé, Reyes.

—Yo tampoco, la verdad. Acuérdate de cómo se equivocó en el 11-M.

—Se equivocó porque es más político que policía.

—No estaba tan claro, Luis. No en ese momento.

—Sí que lo estaba.

—Joder, si hasta el lendakari dijo en su comparecencia oficial que ETA había pretendido dinamitar la democracia y no sé qué más.

—En cuanto Otegi salió por la radio exculpando a la banda, sabíamos lo que había.

—Aun así. Muchos pensaban que trataban de ganar tiempo.

Alkorta dejó de contemplar el tablón de corcho y se volvió hacia Reyes.

—Reyes, a media mañana ya lo teníamos clarísimo. Habíamos sondeado a todos los *confites* habidos y por haber, y teníamos a todos los etarras bajo vigilancia controlados y en su sitio. No podían ser ellos, ni un comando surgido de la nada.

Reyes se quedó mirando al vacío y sintió un pequeño escalofrío. Por un momento, su mente volvió a aquella mañana de marzo de hacía un par de años, cuando se enfrentaron a un nuevo tipo de horror que no se parecía a nada de lo que habían visto antes.

—Todavía se me pone la carne de gallina —susurró—. ¿Te acuerdas? Había sido un atentado como tantas otras veces. Se hablaba de muertos, como tantas otras veces. Pero luego... —Se volvió hacia Alkorta—. Aquello, Luis... —Y no fue capaz de terminar.

—Sí —reconoció Alkorta—, aquello nos desbordó a todos.

Se quedaron un rato así, sin decir palabra.

Finalmente, Alkorta decidió reconducir la conversación hacia el tema que la había originado.

—En respuesta a tu pregunta, creo que Camaño tiene razón. Arrano es la clave, pero no tenemos nada.

—¿Cómo que nada? Es verdad que es un diagrama que va creciendo y a veces te conduce a un callejón sin salida, pero, a veces, sacas petróleo.

—Me jode ser un aguafiestas, pero me jode aún más engañarme a mí mismo. Arrano sabe lo que se hace.

—Anda, ¿y nosotros no? —Reyes hizo girar su silla y levantó los pies del escritorio—. Veamos lo que sabemos y lo que no.

—Va a haber más de lo segundo que de lo primero, ya verás.

—No seas tan listillo.

Reyes se acercó al tablón y, golpeando con los nudillos en el corcho, empezó a enumerar una a una todas las certezas de las que disponían.

—Mira, conocemos el *modus operandi* de Arrano, sabemos que se siente cómodo moviéndose por el sur de Francia, que es un general tropero y que le gusta estar en contacto con pistoleros y comandos. Es decir, es un tío que organiza y transmite las órdenes en persona, que prepara la logística de los atentados. Joder, si hasta acude a las entregas de dinero y se deja ver en los cursillos de armas y explosivos.

—¿Y? Seguimos sin conocer su paradero.

Reyes volvió la vista hacia el tablón de la pared. Tenía forma de pirámide y en su cúspide figuraba la fotografía de Arrano.

—Sigamos concentrados en él. ¿Qué más sabemos?

—Lo que dicen los expedientes.

—Me refiero al personaje. ¿Qué perfil tiene?

Alkorta se frotó los ojos para ahuyentar el cansancio.

—No se conoce mucho. Ya en sus tiempos de lugarteniente le gustaba ir por libre. —Se puso a juguetear con la goma elástica que seguía en sus manos—. Una vez intentó dar un golpe y hacerse con el poder dentro de la banda. Criticaba mucho a la anterior Dirección. Decía que eran unos blandos porque no apretaban más a la izquierda *abertzale*.

—Vaya.

—Luego se oyeron rumores de que le habían expulsado.

—Pobrecito.

—Bueno, al final las circunstancias jugaron a su favor. Los que querían echarle o verle muerto cayeron en un golpe policial.

—Y Arrano vio su ventana de oportunidad.

Alkorta entrelazó los dedos, elevó los brazos por encima de la cabeza y estiró los músculos como si intentara alcanzar el techo.

—Afirmativo. Cruzó la frontera y se cargó a dos concejales. Luego debió de pillarle el gusto y acabó con un fiscal y un periodista.

—Todo un especialista del tiro en la nuca —comentó Reyes.

—Siempre fue de gatillo fácil. El resto fue coser y cantar.

—ETA decretó su tregua tras el Pacto de Lizarra...

—... Arrano volvió a Francia...

—... y, con ese historial de sangre, se aupó a lo más alto del escalafón.

—Jefe de todos los comandos. Ni más ni menos.

—Mi madre siempre me dijo: «Dedícate a lo que se te dé bien».

De nuevo, Alkorta se vio obligado a asentir.

Reyes puso los brazos en jarras.

—¿Qué te parece si buscamos otro ángulo de ataque?

Alzó el mentón y señaló el rincón del tablón donde estaban pinchadas las fotografías de los miembros del comando Ularra: Zapa, Dienteputo, Brujilla y Gorka.

—Tenemos a estos miembros liberados.

—Sabemos quiénes son, sí. Pero no sabemos dónde están.

—Podríamos poner bajo vigilancia a sus familias. Podrían llevarnos a ellos, y ellos, a Arrano.

Alkorta meneó la cabeza.

—Son pistoleros a sueldo de la banda. A ese nivel no tienen ya contacto con sus familiares.

—¿Y si nos centramos en averiguar quiénes son Tug o Pxo?

—No sé. ¿Hemos probado con los sospechosos habituales?

Reyes resopló.

—Hemos estado como ratones de biblioteca, Luis, cotejando con nombres y motes de miembros conocidos, escudriñando las operaciones anteriores para tratar de descifrar alguna pista, y no hay coincidencias.

Alkorta asintió con la cabeza.

—Porque Pxo o Tug pueden ser gente imbricada en comandos de apoyo, o gente del aparato de recaudación, incluso de información. En cualquier caso, serán miembros no fichados, personas infiltradas en la sociedad que compatibilizan su vida normal en el trabajo o en su casa, a la vista de todos, con una actividad terrorista oculta. Ya te digo yo que no va a ser fácil dar con ellos.

—Chico, pues habrá que pensar en algo.

—No hacemos más que dar vueltas. Tengo el cerebro frito y esto es como buscar una aguja en un pajar.

—¿Se te ocurre algo mejor?

Alkorta tamborileó con los dedos sobre su boca. Miraba al infinito, como si buscara algo más allá del tablón, y tuvo que pasar un buen rato hasta que bajó a tierra y miró a su compañera.

—Estamos enfocando esto mal, Reyes. Pásame la fotocopia de la agenda donde aparecen los nombres en clave.

Reyes rebuscó entre los papeles de su mesa y le entregó un impreso.

—¿Qué vas a hacer?

—Necesitamos ayuda, y aquí no la vamos a encontrar.

Reyes se puso en alerta.

—¿No estarás pensando en...?

—Eso mismo estoy pensando.

—Venga ya. Camaño dijo que no compartiéramos información.

Alkorta dobló la hoja de papel y se la metió en el bolsillo.

—Camaño solo se mueve por dos cosas: porque quiere colgarse la medalla, o porque se la tiene jurada a algún jefazo hijo de puta de otro cuerpo, que todo puede ser.

—Luis, solo te pido que no nos metas en un lío.

Alkorta se acercó al perchero y agarró su cazadora.

—No te preocupes. El comisario dijo que no compartiéramos con los picoletos, y no vamos a hacerlo. ¿Satisfecha?

—Para nada.

—Coge tus cosas, anda.

Reyes le reclamó sensatez con la mirada, pero Alkorta sacó el móvil del bolsillo y marcó un número y, antes de que Reyes iniciara un nuevo amago de protesta, levantó el dedo silenciándola.

—Tú y yo nos vamos a ver a un amigo —sentenció Alkorta.

20

Un hombre globo machacado

—En el calabozo me desnudaron, me ordenaron hacer flexiones, de pie, en cuclillas, otra vez de pie... A eso le llamaban «el ascensor»...

El joven hablaba con la suave inclinación y el tono de murmullo de un chico tímido. Estaba sentado junto al concejal Chamizo en la escalinata que conducía al púlpito, y a pesar de los nervios mantenía la mirada serena. Su presencia era el centro de atención de todos los que estaban congregados en la iglesia, y los asistentes al encierro le escuchaban con un silencio tan reverencial que podría oírse el sonido de una aguja al caer sobre el suelo de mosaicos. Más arriba, sentado en su silla de madera a un lado del presbiterio, el párroco se había remangado una cuarta la sotana y observaba a sus feligreses con ojos beatíficos.

Pipe, que nunca había sido de ir a misa, admiraba el resplandor de las velas sobre los frescos de Pablo Uranga y las vidrieras multicolores, olía el aroma del incienso y se sentía en armonía con el lugar. A esas horas de la tarde, la iglesia de San Juan estaba repleta y, mirara donde mirase, Pipe solo veía caras amables y conocidas.

Las madres del colectivo de presos habían repartido mantas, termos con café y sándwiches entre los amigos y familiares que por allí pululaban desde primera hora. Los familiares se habían sentado en los bancos de la iglesia, y Pipe, Txiki, Ibon y Santi habían ocupado su sitio entre sacos de dormir y barajas de cartas, dispuestos a pasar la noche. Pipe había estado conversando con Felisa y, en nombre de la cuadrilla, le había entregado un paquete con fotos, cartones de tabaco y una colección de cartas con remite de Valentín para hacérselo llegar a Lierni cuando la visitara en la cárcel.

—No podía ni respirar —continuó el joven desde la escalinata—, me habían puesto un pasamontañas y no paraba de sudar la gota gorda. Enseguida me golpearon con unos palos forrados con cinta aislante o espuma, no lo sé bien. Que si conocía a no sé quién, que si iba a potear a no sé dónde de la parte vieja... En cuanto lo negaba, se ponían a gritarme como locos y a golpearme con los palos hasta dejarme grogui.

Un murmullo de indignación pareció extenderse por el templo, y Pipe apartó la mirada del joven y echó otro vistazo al folleto que se había repartido entre los asistentes.

Precisamente, dos fotografías del joven orador comandaban su atención desde el papel satinado, y bajo ellas había un poderoso texto denunciando las torturas sufridas en comisaría. La imagen de la izquierda mostraba un primer plano de su rostro actual, imberbe e inocente. La de la derecha databa de unos meses atrás y era otro primer plano del joven. Sin embargo nadie lo diría, porque aparecía totalmente desfigurado. Miraba a cámara como si intentara ver en qué parte del oscuro hospital se hallaba, y sus ojos dolientes de venillas reventadas pugnaban por salirse de las órbitas. Su cara era una masa tumefacta repleta de hematomas, y tenía el cuello encastrado en un collarín ortopédico. Parecía un hombre globo machacado hasta decir basta.

Poco a poco el bisbiseo fue menguando, y, si llegó a haber alguien con dudas, en ese instante todos estaban convertidos.

El joven prosiguió con su relato.

—Me dieron agua y empezaron de nuevo. Esta vez me colocaron una bolsa en la cabeza y la cerraron, aguantándola hasta que me tambaleé y, estando atontado, otra vez, más preguntas, y más agua y más golpes y vuelta a empezar. También oía gritos de dolor de otra gente, no sé de quiénes, pero eran espeluznantes. Se iban cansando y se turnaban para decirme de todo. Que si era el único hijo puta que no había hablado, que como no les dijera nada iba a salir como el Lasa ese...

El joven se interrumpió y la piel de la garganta empezó a temblarle. Parecía no poder con los recuerdos. Chamizo le apoyó la cálida mano en el hombro y el gesto pareció tener un efecto balsámico.

—Oí unos chasquidos —continuó el joven—. Me dijeron: «Venga, dinos algo, lo que sea, que nuestros jefes nos presionan». Entonces me pusieron los electrodos con una porra eléctrica en los... en los huevos... Se metían en mi cabeza, que si habían detenido a mi madre y que la tenían en el pantano y que le habían atado los pies, y entonces uno de ellos me dijo: «Lo siento, tu madre ha fallecido».

Pipe oyó el sollozo amortiguado de una madre y, un par de banquitos más allá, el murmullo de otra, diciendo:

—No hay derecho, por el amor de Dios..., no hay derecho.

Se volvió hacia Felisa y vio que tenía la piel de color ceniza y que se santiguaba con la señal de la cruz.

En la escalinata, el joven miraba al frente con ojos vidriosos.

—Después de aquello —dijo— vieron cómo me habían dejado y me llevaron a la médica forense. La mujer se asustó mucho. Pidió un coche urgente y me llevaron al hospital, y por el camino me dijo que no me preocupara, que había llamado al juez y que mi madre estaba bien..., y me cogió la mano.

El joven contrajo los músculos de la espalda, y se quedó en silencio.

Pipe miró a su alrededor y vio a los más jóvenes murmurando con rabia; a las madres, sobrecogidas e indignadas, que no encontraban las palabras. Pipe podía sentir los corazones encogidos latiendo al mismo tiempo, con una indignación y una rabia colectivas totalmente justificadas.

Chamizo apoyó de nuevo la mano en el hombro del joven, se puso en pie y comenzó a desgranar su discurso.

—Ya veis —dijo con voz queda—, todos somos testigos de la impunidad, de las cosas atroces que ocurren en nuestra tierra. —Abandonó el altar, descendió la escalinata y empezó a pasear entre madres y chavales—. Vivimos en un sistema en el que apalear a gudaris está bien pagado y la verdad es siempre la que nos venden los torturadores. Pero la historia nos enseña que la libertad se consigue por los que están sufriendo, y no por los gerifaltes que andan por ahí en coche oficial.

Sus gestos, teatrales pero sinceros, no desentonaban con el lugar.

—Cuando yo era niño —prosiguió—, mi aldea estaba llena de falangistas y solo tres nobles eran propietarios de todas las tierras. Todos ellos foráneos. Todos ellos imponiendo por la fuerza unas leyes, unas formas de hablar y de sentir que no son las nuestras.

Pipe y Txiki escuchaban con expresión seria y respetuosa mientras la voz de Chamizo, potente y magnética, reverberaba en la pequeña iglesia como si cada palabra suya fuera capaz de moldear la realidad.

—Que no os engañen, la lucha armada es la única respuesta frente a la agresión que una mayoría, la que representa el Estado español y sus fuerzas de ocupación, ejerce contra una minoría que es el pueblo vasco. Es la única forma de luchar contra los que agreden nuestra cultura, nos robaron los fueros, cierran nuestros periódicos, ilegalizan nuestras ideas y nos torturan. Es la única forma de luchar contra los que nos quieren comprar y prostituir, contra los que quieren someter nuestro espíritu.

Aunque ya había escuchado otras veces ese discurso, Pipe sintió que la ternura y compasión que transmitía Chamizo le afectaban profundamente. El concejal hacía contacto visual con cada chaval mientras caminaba, y sus palabras parecían resonar con una hipnótica cadencia.

—ETA nace del pueblo. Nunca acabará. La rendición por la rendición, va a ser que no. Y como no se resuelva el problema de fondo, siempre habrá jóvenes como vosotros dispuestos a seguir, porque el sentimiento lo supera todo y porque de vuestra lucha depende la supervivencia de este pueblo.

La mirada simpática de Chamizo recayó sobre Pipe.

—*Lasai egon.* Estad tranquilos. No vamos a abandonaros a vuestra suerte. ETA pervivirá entre nosotros. Para siempre.

Pipe se fijó en el sacerdote allá en el presbiterio. Tenía las manos entrelazadas sobre la sotana y asentía sin perturbar su pose de aflicción y profundo recogimiento. Pipe dejó de mirarle y volvió la cabeza hacia Txiki. Su amigo, que escuchaba con una expresión entregada que no debía de ser muy distinta de la suya, le devolvió la mirada y asintió. Pipe le pasó el brazo por el hombro, y los dos siguieron devorando las palabras del concejal como si fueran maná caído del cielo.

21

Groucho y Karl

Ginés Sigüenza miró el reloj de su despacho. Su viejo amigo debía de estar a punto de llegar, así que se acercó hasta una pequeña nevera que tenía situada al lado del perchero y sacó un táper con comida. Envolvió unos cubiertos de plástico en una servilleta, metió todo en una bolsa con esmero y lanzó un beso mental a la fotografía de su mujer y sus seis hijos que descansaba en su escritorio junto a la banderita del SIPE.

«Ginés es del Opus» era la broma que solía recibir por parte de sus compañeros a cuentas de la desatada fecundidad que compartía con su esposa. «Que no soy del Opus, lo que pasa es que soy más fértil que un saco de abono», les contestaba él sin problemas para sacudirse todos los sambenitos que le quisieran colgar. Una de esas etiquetas le dibujaba como un tipo bobalicón y sin complejos que adoraba a sus hijos, y él se empeñaba en seguir al pie de la letra semejante descripción.

Al salir de la sede territorial de la Unidad de Investigación y Análisis, Ginés saludó a los agentes que protegían la entrada, cruzó la calle y se puso a esperar en la acera bajo el chirimiri que caía a aquellas horas en Mondragón.

A los cinco minutos, un Renault Mégane sin distintivos se detuvo junto a él. El chirimiri había dejado de ser chirimiri para comenzar a jarrear, y Ginés tuvo que entornar los ojos para distinguir a los ocupantes del vehículo entre los barridos del limpiaparabrisas. Satisfecho, introdujo su oronda figura y su calva mojada en el asiento trasero del coche y saludó a Alkorta estrechándole la mano de manera un tanto teatral.

—Don Luis, qué sorpresa. Veo que sigues con esa mata de pelo.

—Y tú sigues igual de gordo, Ginés.

—Eso es acoso, pero no te lo tendré en cuenta.

Al ver el destello de una sonrisa cálida en el rostro duro de su amigo, Ginés se sorprendió sintiendo una punzada de nostalgia que intentó ocultar por todos los medios. Se pasó un pañuelo por la calva para secarse las gotas de lluvia y dijo:

—Te aviso, solo tengo diez minutos.

—Diez minutos y te liberamos.

Alkorta apoyó el codo en el respaldo de su asiento y señaló a Reyes, que se aferraba al volante y miraba a Ginés a través del espejo retrovisor.

—Ginés, Reyes. Reyes, Ginés.

Reyes saludó al *ertzaina* con frialdad y metió una marcha. Mientras el coche empezaba a circular, la lluvia arreció y las gotas reventaron con más fuerza contra la carrocería.

Ginés se colocó la servilleta al cuello. Abrió el táper de comida y al probar el primer bocado de caballa con ajo confitado supo que su mujer, una vez más, se había superado. Ofreció un trozo pinchado en el tenedor a los otros, pero estos negaron con la cabeza y él se encogió de hombros.

—Tú dirás, Luis. ¿A qué se deben tantas ganas de ponerte peliculero con estas citas misteriosas?

—Te echaba de menos.

—No te lo crees ni tú.

—Está bien. Necesitamos que eches mano de tu legendaria memoria. ¿Te suena el concepto de «listado con apodos etarras»?

Ginés lució una media sonrisa.

—Creo que estoy familiarizado con el tema.

Alkorta sacó el papel del bolsillo de su cazadora y se lo entregó.

—Aquí tienes unos cuantos «akas». Debe de tratarse de apodos en clave, porque no somos capaces de identificarlos. Adivina, adivinanza, a ver quiénes cojones son.

Ginés escudriñó el papel entre bocado y bocado de forma distraída. Al cabo de unos segundos empezó a masticar de forma más pausada, luego su mandíbula se detuvo en seco y él acabó por alzar la vista.

—Desde luego, aquí mencionan a Arrano con total claridad.

Reyes y Alkorta intercambiaron una mirada fugaz que no pasó desapercibida para Ginés.

—¿Pensáis echar el anzuelo al *number one*? —les preguntó.

—Es la idea —confirmó Alkorta.

—Si es así, deberíamos usar los cauces reglamentarios —contestó Ginés.

Alkorta desechó la sugerencia con un ademán de la mano.

—Llevan demasiado tiempo y ponen a mucha gente al corriente.

Ginés endureció los rasgos de su rostro.

—Mira, Luis, tú puedes divertirte lo que quieras, pero yo tengo mujer y seis hijos y no me voy a comer un marrón por hacerte a ti un favor. Espero que lo entiendas.

Alkorta le sostuvo la mirada.

—Amigo mío, en este país nuestro cada uno investiga a su aire, y la lucha antiterrorista es un puto patio de colegio...

—¿Me lo dices o me lo cuentas?

—Te lo digo, pero también te digo que el hecho de que nuestros jefes sean gilipollas no quiere decir que nosotros tengamos que comportarnos como tales. ¿No estás de acuerdo?

Ginés no dio muestras de estar de acuerdo. Tampoco de estar en desacuerdo. Simplemente se quedó inmóvil, mirando y no mirando a Alkorta. Luego volvió sus ojos a la fotocopia, pareció examinarla de nuevo y, ondeándola, preguntó:

—¿De dónde habéis sacado esto?

Alkorta acomodó el brazo sobre su reposacabezas.

—Es de una agenda incautada al comando en Granada.

Ginés se zampó otro bocado. Echó un nuevo vistazo al papel y entornó los ojos. Se pasó así más de un minuto, concentrado, rebuscando en la neblina de su memoria.

—Tug, ni idea —dijo, por fin—. Pxo podría ser Pelopintxo.

—¿Pelopintxo? —repitió Reyes.

Ginés blandió un trozo de caballa pinchado en el tenedor.

—Es el apodo de un tipo al que enganchamos por colaboración. Era un «pianista», un informador que pasaba datos a la banda.

—¿Hace cuánto? —quiso saber Alkorta.

—Cinco años por lo menos —respondió Ginés—. No recuerdo vida y pasión del sujeto, pero si no me falla la memoria se llamaba... —Se pinzó el ceño con sus dedos robustos—. ¡Borrego!

—Borrego —repitió Reyes.

—Sí, eso es, Borrego. Jorge Borrego Bengoetxea. Seguro. Desconozco su paradero actual, pero no debería ser difícil localizarle.

Alkorta sonrió de forma espontánea.

—Eres un espectáculo, Ginés, una puta leyenda. —Se volvió hacia Reyes y le propinó un codazo—. ¿Qué te decía yo? ¿Es bueno o no es bueno?

Reyes mantenía la vista en la conducción.

—Sí, una cosa loca —replicó sin compartir el entusiasmo de Alkorta.

Ajeno a la admiración que despertaban sus habilidades, Ginés apuró un último bocado y, con los carrillos llenos de comida, añadió:

—Por otro lado, no tendría sentido que Pxo fuera Borrego.

El gesto alegre de Alkorta se tiñó de contrariedad.

—No me jodas. ¿Por qué no?

—En el pueblo hay muchos que aún se hacen cruces. Nadie pensaba que un tío con tan pocas luces pudiera ser enlace de la banda.

—Eso no quiere decir nada —repuso Alkorta.

Ginés guardó el táper en la bolsa y se limpió las manos.

—No es lógico que mencionen su nombre junto al de Arrano. Al Pelopintxo que arrestamos nunca le dejarían codearse con los pistoleros importantes. Creedme, no son tan tontos.

—Ni que para entrar en ETA hubiera que ser Einstein... —comentó Reyes, que no perdía ripio por el espejo retrovisor.

—Reyes tiene razón, Ginés —dijo Alkorta—. Los viejos cuidaban esas cosas; los de ahora apenas tienen preparación.

Allá fuera el jarreo amenazaba con tornarse en diluvio. Las gotas de lluvia sobre el cristal deformaban el paisaje y algo en el ambiente hizo que el tono de Ginés se ensombreciera.

—Puede que no distingan a Groucho Marx de Karl Marx, pero por eso mismo están más radicalizados. Han mamado la doctrina Oldartzen, la socialización del sufrimiento y toda esa mierda. Nos tienen más ganas a nosotros y a los periodistas que Ternera y compañía le tenían a la Guardia Civil. Vienen con más odio y más rabia, porque por lo visto lo anterior les parece poco.

Por un momento se hizo el silencio y solo se oía el ruido de las gomas del limpiaparabrisas frotando el cristal.

—Joder —sentenció Reyes.

Alkorta se echó a reír.

—¡Ginés! ¿Es que quieres asustarme a mi compañera?

—¡No es mi intención! —exclamó Ginés, haciendo aspavientos.

—Sabemos lo que nos traemos entre manos, hombre —insistió Alkorta.

Reyes empezó a reducir marchas y detuvo el Mégane de nuevo frente a la comisaria. Habían estado dando vueltas a la manzana.

Ginés apretó el hombro de Alkorta y estrechó la mano que Reyes le ofrecía. Bajó del coche y, desafiando la lluvia que empezaba a empaparle de nuevo, se inclinó sobre la puerta delantera del Mégane. Golpeó con los nudillos en la ventanilla y Alkorta tuvo que bajar el cristal.

—Solo una cosa —dijo Ginés—. Este Arrano es un mal bicho y ha hecho carrera de ello. —Hubo algo que vaciló en su voz—. Hacedme el favor y tened mucho cuidado si os cruzáis con él.

Dio una última palmada sobre el techo del vehículo y, con sus andares tranquilos y su cara de perro pachón, se alejó bajo la lluvia.

Mientras Ginés se perdía tras los muros blindados de la comisaría y los agentes con arma larga que custodiaban la entrada, Reyes se volvió hacia Alkorta y le dijo:

—Hazme un favor, no vuelvas a presentarme a más amigos.

22

Ese bosque envuelto en la niebla

El bufete de Jone se ubicaba en un edificio solemne con un portal amplio y antiguo. El logotipo lo conformaban sus propias iniciales, y cada vez que atravesaba sus puertas, Jone tenía la ligera impresión de haber ascendido, tras muchos años de trabajo y lucha, al nivel que se merecía. El mobiliario de su interior era elegante y noble, y las mesas de Treku, originales de un pequeño taller de carpintería de Zarautz. Había una biblioteca con tochos de jurisprudencia, y unas figurillas alegóricas de la Justicia descansaban sobre la mesa de su despacho.

Jone se había pasado todo el día trabajando junto a Asier. Andaban ocupados con un escrito de acusación para un caso mediático que tenía a todo el bufete patas arriba. Un joven aficionado del Athletic había fallecido tras recibir un pelotazo de goma disparado por los *beltzas*, y Jone iba a ejercer la acusación particular contra los cuatro agentes responsables del homicidio por imprudencia. Los *ertzainas* no habían dudado en emplear material antidisturbios en un lugar que era una ratonera, y la cabeza del joven recibió un pelotazo a más de trescientos kilómetros por hora. Había muerto en el hospital de Basurto a las pocas horas, dejando a una familia rota y clamando justicia, y Jone había decidido que, si de ella dependía, la iban a tener.

Era ya de noche y las ventanas estaban abiertas. Había dejado de llover y la fragancia metálica que había quedado en la atmósfera invitaba a reflexionar.

—Ya está bien por hoy —dijo Jone, satisfecha con el borrador.

Asier respiró aliviado. Jamás se quejaba, y Jone no quería abusar. El estruendo del tráfico y de las multitudes habían ido adquiriendo un tono mortecino y ella misma se sentía cansada. Las luces de la ciudad iluminaban la noche reflejándose a través de la ventana y, mientras cerraba su maletín de fuelles, Jone tuvo el súbito deseo de llegar a casa. Solo quería quitarse los tacones y tumbarse en el sofá con los pies en alto para disfrutar de una buena copa de vino. Aun así, abrigaba la sospecha de que nada bastaría para hacer escurrir el hastío que le producía la rutina de su trabajo.

No se trataba del caso del hincha. Para ella, esa era la razón por la que Dios la había puesto en este mundo. Eso era hacer justicia. Se trataba del hartazgo que le producía la lucha, de la impotencia que le ocasionaban la denuncia continua y el victimismo *ad aeternum*. Era un sentimiento que se había acentuado en los últimos tiempos, y que cada vez le pesaba más.

Todo se había precipitado desde el encuentro con Felisa. Jone se sentía hermanada con su desesperación, y temía convertirse algún día en ella. Pensaba en su hijo, Pipe, y en la deriva que estaba tomando. Había sido permisiva con el adoctrinamiento y el fanatismo que los rodeaba y tenía miedo de que una persona idealista y afectuosa como él se convirtiera en un cruel ejecutor. Eran tantos los indicios que habían ido moldeándole poco a poco durante todos esos años... Era obvio para todo aquel que quisiera verlo. Esa forma sectaria de simplificar las cosas, de ver su cultura de manera esencialista. Esa forma de considerarse víctima de terribles injusticias, de deshumanizar a los demás. Con diecisiete años decía y pensaba cosas que ya no se podían cambiar, y a Jone solo le quedaba verle adentrarse cada vez más en ese bosque envuelto en la niebla en el que se hallaban todos, incluida ella misma. Y una idea rebotaba en su cabeza flagelándola: «No, no quiero otro Txarli».

—No te culpes, Jone.

Jone alzó la vista y se topó con la mirada de Asier, que debía de haberle leído la preocupación en la cara.

—Estos días hemos hecho lo que hemos podido —añadió el joven.

Ya era demasiado tarde para ocultarlo, pero Jone se sintió cohibida. No le gustaba ser un libro abierto. Al mismo tiempo, y por alguna razón que desconocía, se sentía cada vez más cómoda con Asier y empezaba a apreciar algo más en él que su capacidad de trabajo.

—A veces me dan ganas de apuntarme a la lista del paro —contestó ella.

Asier sonrió.

—Es normal. De una forma u otra, la lucha nos desgasta a todos.

Jone se encogió de hombros.

—Ya no sé. Empecé en esto por defender a mis clientes y fíjate cómo estoy: siguiendo órdenes y controlando a la gente.

—Hacer rondas por las cárceles, pulsar el sentir de nuestros presos, recoger sus inquietudes... Es una labor loable.

—Eso sería cierto, Asier, si el verdadero propósito detrás de toda nuestra actividad no fuera otro.

—Que es...

—Impedir que nuestros presos se acojan a las medidas de reinserción y hacer que se mantengan dentro de las directrices que marca la Organización. Todo, con tal de que no traspasen las dos líneas rojas. Que no haya arrepentimiento, ni delación. Es lo único que les importa.

Asier permaneció pensativo unos segundos.

—Puede ser.

Sus ojos brillaban con más intensidad y pareció sondear la psique de Jone cuando le preguntó:

—¿Sabes cuántos presos tenemos ya?

—¿Es una pregunta retórica?

—No.

—Más de setecientos —contestó Jone.

—Se dice pronto.

—Se dice pronto —repitió Jone con tristeza.

—Una democracia no puede tener tantos ciudadanos en la cárcel por un conflicto político. El Estado tiene un problema.

La abogada hizo una mueca al coger su pesado maletín.

—Créeme, el Estado no tiene ningún problema.

—A una organización con tantos presos le tienes que buscar una salida política —insistió Asier.

—Asier, a la gente los presos le dan igual. El problema lo tienen los presos y sus familias, y la Organización es la que los ha metido en él.

Jone pudo ver la incredulidad reflejada en la cara de Asier. Era demasiado joven, no era consciente de la historia ni de las innumerables veces que habían presionado el botón de posponer. Habían aceptado cosas que nunca debían haber permitido, justificándolo todo durante décadas a cuentas del sacrosanto conflicto. Por cada error que habían intentado remediar, habían cometido otros cuatro. Habían dicho mentiras, y para apoyarlas habían creado más mentiras. Podían haberlo dejado tras la VI Asamblea, cuando se disolvieron los poli-milis con la democracia. Pero no, había que seguir matando. Podían haberlo dejado cuando cayó el colectivo

Artapalo, con todas y cada una de las treguas, con el asesinato de Miguel Ángel Blanco. Pero no, el momento nunca llegaba. Siempre había razones para seguir, y si no se racionalizaba lo irracional. Podían haberlo dejado, pero no lo hicieron, demostrando que les movía menos la defensa de unos ideales que la necesidad de acabar con todos los que no pensaran como ellos, como el dictador había intentado hacer tantos años atrás. Cuanta más gente se mataba, más ganas se tenían de matar. Pero los jóvenes no querían saber nada de eso y ya todo era un sinsentido. Jone tenía ya una cierta edad y sabía que aunque barrieran las cosas debajo de la alfombra estas permanecían siempre ahí, y el día que alguien la levantara todo lo que iban a sentir era vergüenza.

—Dime qué tenemos la semana que viene.

Asier se sorprendió, pero sacó la agenda y leyó de modo diligente.

—En orden de importancia. Reunión en el sindi el jueves y con el responsable del Proyecto Udaletxe el martes. Paco Rey quiere que te pases por la revista esta misma semana, el día da igual.

—Llámalos y cancela todo —dijo Jone.

Las pupilas le brillaban como luciérnagas, y su rostro parecía moldeado por una nueva determinación.

—Si nadie se atreve, Asier, tendremos que hacerlo nosotros.

23

Tengamos la comida en paz

Aquel día, como tantos otros sábados, tocaba almuerzo en la sociedad gastronómica. Xabi solía compartir mantel con Juanmari y Severino, amigo de ambos y veterano concejal del ayuntamiento. Era aquella una costumbre que los tres mantenían desde tiempo inmemorial, una forma de dar culto a la amistad y, sobre todo, a Severino, que había ejercido de mentor de Juanmari y de Xabi en sus comienzos en el consistorio.

Sin embargo, aquel día iba a ser especial. Juanmari había insistido en que Chamizo los acompañara.

—A ver si así limamos asperezas —fueron sus palabras.

—No tengo ningún problema —le contestó Xabi.

Chamizo aportó una buena chistorra y Xabi, carne de un caserío de la localidad. Juanmari remató la jugada llevando nata, bizcocho emborrachado y crema pastelera para hacer *goxua*. Severino preparó todo aquello en una cocina grande y bien equipada, y los cuatro se sentaron a comer a una mesa de bancos corridos rodeada de otras mesas repletas de otras cuadrillas de comensales y del ruido de charlas, de risas y del golpeteo de las fichas de dominó. Disfrutaban del segundo plato y todavía les quedaba por delante la sobremesa —trago largo, cantar canciones, y un buen mus—, cuando Juanmari preguntó a Chamizo por los rumores que le colocaban representando a su partido en el Parlamento vasco.

—Habladurías —cortó de raíz el *abertzale*—, me quedo en Arrasate, que me da el mismo sol y la misma lluvia que a los demás. Yo soy del pueblo y estoy con el pueblo, no con las poltronas...

Xabi se echó a reír, descolocando a Chamizo e interrumpiendo el hilo de su discurso. Juanmari y Severino, por su parte, se quedaron mirándole con expresión perpleja y sin saber bien cómo reaccionar.

—Lo siento —se excusó Xabi.

Pero estaba claro que no lo sentía en absoluto.

—¿Dije algo gracioso, quizá? —preguntó Chamizo con frialdad.

Xabi esperó a tragar un buen trozo de chuletón.

—No, hombre, no. Tan solo me preguntaba si consideras parte del pueblo al vecino secuestrado que lleva más de un año pudriéndose en algún zulo vete a saber dónde.

Chamizo meneó lentamente la cabeza, se limpió con la servilleta y miró a Xabi con expresión hierática.

—Estoy más pendiente de otras víctimas del conflicto, Xabier. Las que están en prisión o han sido torturadas.

—Las torturas hay que investigarlas, eso vaya por delante. Pero cuando hablas de prisión, parece que los muertos y los que matan son todos víctimas. Tengo que reconocer que es un buen latiguillo. Así no hay culpables. Hace que la gente lo entienda a la primera.

—Venga, venga —terció Juanmari—. Tengamos la comida en paz.

—Eso, eso —convino Severino, que tampoco estaba por la labor de ver arruinada la tarde—. Que nos caen las piedras a los del medio y...

Se interrumpió al percatarse del revuelo que se armaba en el local.

—¡Pero, Andoni! ¿Adónde vas? —gritó una voz cerca de la entrada.

Los cuatro vieron como los otros comensales dejaban de comer o de jugar al dominó y seguían con sus miradas a un hombre de unos cincuenta años que sorteaba las mesas a todo trapo hasta llegar hasta ellos. El hombre tenía un jersey por los hombros con las mangas anudadas sobre el pecho y lucía un bigote que apuntaba hacia arriba. En condiciones normales debía de presentar un buen porte, pero parecía presa de la angustia cuando se plantó ante Juanmari y anunció:

—¡Son personas sin corazón!

Juanmari se puso en pie y tomó al recién llegado del brazo.

—Andoni —le dijo—. ¿Qué te pasa? A ver, tranquilízate.

Pero Andoni no parecía muy dispuesto a tranquilizarse.

—¿Cómo quieres que lo haga, si me ha llegado otra carta?

Chamizo se puso en pie con discreción, se situó frente a Andoni y le apoyó la gruesa mano en el hombro.

Andoni se volvió hacia él y se lamentó de nuevo, diciendo:

—Y encima la han visto el hijo y la mujer. ¿Cómo me hacen esto?

Chamizo y Juanmari cruzaron una mirada. Uno cogió a Andoni del codo y el otro le rodeó con el brazo. Entre los dos se le fueron llevando y se alejaron hasta encontrar refugio en un rincón del local. Allí se pusieron a cuchichear entre los tres y, al cabo de unos segundos, el resto de la sala ya los había olvidado para volver a sus propios asuntos.

En la mesa, Severino se volvió con brusquedad hacia Xabi.

—Por Dios, Xabi —le reconvino en voz baja.

—Por Dios, Xabi, ¿qué?

—¿Cómo montas el numerito de antes?

—Alguien tendrá que dar la cara, digo yo.

—Sí, para que se la partan.

Pero Xabi no le estaba prestando atención.

Estaba más pendiente del extraño cuadro que conformaban Juanmari, Chamizo y Andoni, a salvo de oídos curiosos en el rincón al otro lado del comedor. Chamizo se limitaba a escuchar de brazos cruzados y con la barbilla alzada. En cuanto a Juanmari, había algo jabonoso, como de soltero busca pareja, en sus palmaditas de ánimo en la espalda de Andoni.

Severino se volvió hacia este último y le señaló con un golpe de cabeza.

—El otro día estuvimos en su restaurante —susurró—. El estrella Michelin, el de Guetaria, no el de Madrid.

—No me digas —dijo Xabi.

—Me llevaron el hijo y la nuera —prosiguió Severino—. Cenamos unas berenjenas a la brasa con anchoas que ni te cuento.

—Ya, los precios tampoco me los cuentes. —Xabi señaló con el tenedor hacia Andoni—. Oye, ¿sabías tú algo de eso?

Severino bajó el tono de voz por lo menos una octava.

—Ya sabes cómo funciona, Xabier: te ponen en el punto de mira y no hay escapatoria. Pagas o pagas. Fíjate el mayor de los Goikoetxea, qué tranquilo va por la calle. Será porque habrá pagado, digo yo.

Xabi meneó la cabeza.

—Esto es la hostia.

Severino se encogió de hombros. Pareció que iba a añadir algo más, pero se calló cuando vio que los otros ya habían despachado al cocinero con alguna vaga promesa y que este abandonaba el local.

—Disculpad —dijo Juanmari en cuanto regresó a la mesa y ocupó su asiento.

—Vamos, vamos —animó Chamizo, y dio unas palmaditas en el hombro de Severino mientras se sentaba—. Sigamos con la comida.

Los dos se colocaron la servilleta en el regazo y enseguida se hizo evidente que ninguno tenía intención de mencionar el episodio que acababan de protagonizar.

—¿Por dónde íbamos? —preguntó Chamizo con un repentino buen humor.

—Por el conflicto —contestó Xabi con retranca.

Chamizo dio un bocado a la carne, y mientras masticaba declaró:

—Pues eso, que aquí hay un conflicto y que la lucha armada no va a desaparecer hasta que antes no se arreglen ciertas cosas.

—Ahí te doy la razón —le concedió Xabi.

—Vaya, por fin —dijo Juanmari mientras alzaba una ceja y miraba a su amigo con cierta desconfianza.

—Ya era hora —agregó Severino, más comedido.

—Xabi ha visto la luz —proclamó Chamizo, y lanzó una risotada.

Severino y Juanmari le acompañaron sonriendo con alivio.

—Ciertas cosas —puntualizó Xabi—, como que no puedan tomarse un solo pincho ni comprar una sola bala con nuestro dinero. Ya *verías* tú qué pronto se acababa el problema.

Se hizo el silencio en la mesa.

Ese comentario era una acusación velada, y además esas cosas no se decían en público. Chamizo fulminó a Xabi con la mirada y Juanmari le hizo un gesto que decía: «Ya hablaremos, tú y yo».

Xabi se limitó a llevarse un trozo de carne a la boca.

—Esta chistorra está buenísima —comentó con fingida inocencia.

24

Corre, *petite*, corre

La visitaban su abogada, sus amigos y su madre. Jone siempre encontraba un hueco para interesarse por ella. Pipe y Txiki se esforzaban en sacarle una sonrisa. En cuanto a Felisa, Lierni y ella bailaban una danza torpe, la una en torno a la otra, intentando recomponer los trocitos de una relación que llevaba ya mucho tiempo hecha añicos.

Las cartas de Valentín eran otra fuente de alegría. Lierni las leía con avidez y nunca la decepcionaban. Los párrafos apasionados la hacían ruborizarse y sus metáforas sobre el socialismo y la revolución la hacían sonreír. En la última misiva la sorprendió con una fotografía en la que los dos aparecían abrazados sobre un peñasco en lo alto del Udalaitz. Era una postal muy bella, y Lierni corrió a pegarla en la pared más visible de su chabolo, junto a un *lauburu*, la foto de su *ama* y el mapa de Euskal Herria.

Sentía que era alguien especial en su vida. Así, sin más. Y cuando Valentín se lamentaba por haberla arrastrado a todo aquello, ella le respondía que no había nada que lamentar. Estaba firmemente convencida de estar luchando por una sociedad mejor y por buscar la paz con un final justo para todos.

Pero ni su madre, ni sus amigos, ni su abogada estaban a la altura de lo que suponía Carmen, el pilar más importante en su nueva vida. Con su gesto hosco y andares estirados, la *arduraduna* contaba con galones y suscitaba admiración entre las presas de la banda. Por algo era de las míticas: se le atribuían diversos delitos de sangre y había hecho turismo por toda la geografía carcelaria. Sin embargo, escarbando bajo esa apariencia de mujer dura, Lierni había descubierto a una persona sensible y vulnerable que, como tantas otras, cargaba a la espalda con la mochila de un pasado lleno de dificultades.

—Me detuvieron en Burdeos, junto a mi marido —le contó Carmen un día—. ¡Cómo llovía! Íbamos paseando con Pierre en el carrito, bajo un paraguas, y los gendarmes nos pusieron las esposas delante de nuestro hijo.

—Qué desgraciados —comentó Lierni.

—Jamás se lo perdonaré. Me rompieron la familia. A mí me trasladaron a territorio español y mi marido se quedó en Francia, encarcelado porque tenía cuentas pendientes con los tribunales de allí.

—¿Y tu chiqui?

—Al cuidado de su *aitaita* y su *amona*. No le falta de nada.

Y Lierni daba fe de que Carmen hacía lo posible por seguir estando presente en su vida. La correspondencia entre madre e hijo destilaba amor y emocionaban a Lierni cada vez que Carmen le leía en voz alta alguna de las cartas. Cuando regresaba de los vis a vis de convivencia, Lierni veía en su compañera la forma en que el recuerdo de un gesto, una mirada, una caricia de su hijo la llenaban de fuerzas hasta el mes siguiente. Su trofeo más preciado era un dibujo de Pierre que Carmen guardaba con orgullo de madre en su chabolo. El bosquejo infantil representaba un paisaje con un cielo azul claro lleno de aviones con ikurriñas en la cola y en las alas, y un mar aún más claro, casi celeste, repleto de barcos de la Marina española siendo bombardeados.

A Carmen le gustaba decir que llevaba la militancia etarra en la sangre. Su familia tenía pedigrí y su árbol genealógico contaba con nombres que habían protagonizado la historia de la Organización. Su padre, Julen, fue uno de los fundadores de la época en la que aún no se ponían bombas, su prima Casilda estaba exiliada en Francia y era jefa de *mugalaris*, y su tío Clemente, preso en Huelva, había ocupado un alto cargo en la Organización cuando ETA ya ponía bombas a base de bien.

También había un hermano pequeño, Aritz, del que Carmen apenas habló durante los primeros meses. Su tragedia estaba demasiado reciente y había cosas que era mejor no remover. Lierni se enteró de su historia en una tarde de cotilleos con Soledad e Idoia, aprovechando una visita de Carmen a la enfermería para examinarse la rodilla.

—El chico siempre tuvo mucha imaginación —explicó Idoia mientras se tapaba los ojos con la mano para que no le cegara el sol y buscaba refugió a la sombra de un muro—. Dicen por ahí que era amante de la ufología y de los extraterrestres. Vete tú a saber.

—Eso no le impidió integrarse en un *talde* y participar en una *ekintza* contra un concejal —aclaró Soledad.

—Por lo visto, ni siquiera apretó el gatillo —añadió Idoia—. Se limitó a sujetar la nuca del objetivo para asegurar el impacto de la bala.

Soledad se recogió el pelo en un moño antes de seguir.

—La cuestión es que, uno a uno, los miembros del *talde* fueron cayendo en manos de la *txakurrada*, y Aritz se creyó Alicia en el país de las alcantarillas. Se sentía vigilado, y en su delirio tecnológico decía que le perseguían unos hombres con anoraks naranjas que le habían implantado un microchip o no sé qué en una muela. Imagínate.

Idoia meneó la cabeza, consternada.

—La mente se le dio la vuelta como un calcetín.

Soledad se apartó un mechón de pelo tras la oreja y continuó:

—Pidió ayuda a simpatizantes, pero fíjate que le tomaron por loco y nadie le hizo caso. Al tercer día de huida, un amigo se ofreció a llevarle en coche a casa de un dentista y, al tomar una curva, Aritz saltó en marcha gritando que estaban todos en el ajo. Desapareció en medio de la noche y no apareció hasta el día siguiente. Encontraron el cuerpo tirado en un colchón mugriento en medio del monte, junto a su hierro y un par de alicates con restos de sangre. Tenía veintiséis años, un tiro en la cabeza y tres muelas arrancadas.

La sombra del muro de la cárcel caía ya sobre ellas, oscureciéndolas. Lierni les ofreció una mirada de estupor y las tres se quedaron así, en silencio, ponderando quizá los insondables misterios de la psique humana, hasta que Carmen regresó de la enfermería.

A la semana siguiente, paseando las dos solas por el patio de la cárcel, Carmen le contó su versión de los hechos.

—Le extrajeron las muelas a martillazos.

Lierni le aferró la mano con una mezcla de rabia y compasión.

—Lo siento mucho. Tu hermano fue otra víctima de la guerra sucia.

—De eso no tengo ninguna duda. Después de morir, uno no se pega martillazos en la boca...

Carmen redujo la marcha y caminaron más lentas, y se le abrieron mucho los ojos y pareció titubear unos instantes antes de añadir:

—Sin embargo, no dejo de preguntarme... Mi hermano era una persona muy sensible. Era un ser de luz. Quizá esa sensibilidad le traicionó de alguna forma, le nubló la razón..., no sé...

Se volvió hacia Lierni y, por un instante, sus ojos se vieron extrañamente desolados.

—Porque lo cierto es que, para esta lucha, no todos valen.

Esos paseos a solas también servían para que la *arduraduna* instruyera a la novata en la disciplina impuesta por la banda tras los barrotes.

—Huelgas de hambre, *txapeos*, protestas contra cacheos de los funcionarios, contra los registros a familiares que acudan a vernos, contra la calidad de las comidas... Todo cuenta.

—Todo cuenta, ¿para qué?

—Para seguir jodiendo al enemigo, Lierni.

Carmen le enseñó a ignorar a los funcionarios y vigilantes y a tirar de papel y bolígrafo, siempre que pudiera, para agobiar con escritos al juez de vigilancia penitenciaria. Todo eso la ayudaba a mantenerse activa, pero había otras obligaciones que no le agradaban tanto. Las directrices de la Organización prohibían participar en la vida común de la prisión, en los talleres o en las clases de formación. Lierni no podía matricularse en la universidad a distancia, ni jugar al vóley en equipo con los miembros de la junta de tratamiento.

—Es el peaje que hay que pagar —le dijo Carmen.

Y Lierni, la soldado ejemplar, acataba.

A veces se sentía optimista. La lucha continuaba allí dentro, solo que de distinta forma.

Otras veces se sentía un cero a la izquierda, porque la realidad era que las decisiones se tomaban allá fuera y ellas ya no pintaban nada.

Solo quedaba pasar el tiempo en el chabolo, fumando, esperando o escribiendo cartas, leyendo el *Gara* o los *zutabes* que le proporcionaba Carmen, o de tertulia con las otras etarras. Eso, y contar el tiempo; los días, las semanas, los meses.

Lierni agradecía la compañía de Soledad e Idoia, pero a veces sus compañeras se pasaban el día viendo la tele o tumbadas en la cama, y eso ella no era capaz de aguantarlo. Para descansar la mente necesitaba castigar el cuerpo, y por eso escapaba al gimnasio, donde disfrutaba del ejercicio y de la desnudez desoladora de la sala, aunque oliera a desinfectante y sudor.

Allí solía coincidir con otras dos presas comunes. Una era una antigua boxeadora que había recuperado el amor por su antigua afición tras caer en la heroína. Se pasaba todo el día con un balón, un saco de boxeo y una cuerda para saltar, ejercitándose sin hablar con nadie. Lierni la ignoraba sin problemas. La otra presa era la Negra, e intentar ignorarla resultaba una tarea mucho más complicada.

—¡Bienvenida a Marina d'Or, *chérie*! —exclamó la Negra el día que la conoció—. ¡Bienvenida al hotel de cinco estrellas, uuuh!

La Negra, como la llamaban las residentes del talego en un alarde de originalidad, se llamaba en realidad Edith Nzang y era de Gabón, un país que Lierni no sabría ubicar en el mapa, aunque la obligaran. Tenía la mirada limpia y la frente despejada, vestía con colores vivos y nadie sabía con certeza su edad. Su piel era de ébano; y sus ojos, de color caramelo, sabios y tristes como los de un alma vieja, se veían traicionados cada dos por tres por una risa efervescente que llegaba al corazón.

La Negra era una charlatana lúcida y genial, y siempre explicaba a quien la quisiera escuchar que su tierra había sido la Suiza de África, un país próspero y seguro hasta que fue esquilmado sin compasión. El hombre blanco bombeó su petróleo, los chinos cargaron sus *grumiers* con la madera de la *forêt* y el dictador en el gobierno enviaba todos los meses aviones cargados de lingotes de oro rumbo a un banco de París.

Siempre risueña, la Negra hablaba sin parar. Daba igual que estuviera levantando un par de viejas botellas de plástico llenas de arena con fortuna desigual, o resoplando mientras descansaba sobre una bancada herrumbrosa atornillada al suelo como la cama de un camarote. Su español con acento afrancesado era un delicioso popurrí, una mezcla de las telenovelas latinoamericanas que veía de pequeña y de los libros de la biblioteca de la cárcel que devoraba con fruición.

Lierni no entraba al trapo ni respondía a sus bromas, pero la Negra no se rendía. Una y otra vez intentaba sacarle conversación, como cierto día que se presentó en el gimnasio embutida en un mono azul.

—Ya soy experta en limpieza. Fíjate, parezco un pitufo con diploma y todo.

Lierni hacía oídos sordos a sus comentarios y se concentraba en sus obstinados ejercicios con unas pesas ancladas con arneses a la pared.

La Negra no pareció ofenderse, se acomodó las rastas del pelo y se echó a reír. Sus dientes eran blancos como perlas.

—¿Te crees que había alguna de las veteranas en el taller ocupacional? Ni una. Solo yo, la más tonta. *Bordel de merde!*

Se quitó el mono, y se quedó en braguitas y camiseta.

—Me han colocado para limpiar la puta cárcel gratis —continuó, perseverante—. Vaya negocio, ¿eh? ¿Qué te parece?

Y en ese momento, aunque seguía con sus ejercicios en silencio, Lierni no pudo evitar mirar de soslayo hacia la Negra, y vio que sus muslos y sus brazos estaban llenos de cicatrices. Eran marcas hechas a cuchillo, como mementos de su biografía carcelaria.

La Negra se dio cuenta del escrutinio y sonrió.

—No te asustes, *chérie* —dijo mientras se enfundaba unas mallas.

Lierni disimuló y apartó la vista.

La Negra se montó en la bicicleta estática y comenzó a pedalear.

—Lo entenderás cuando lleves aquí un tiempo —ofreció como explicación.

Lierni no pudo reprimir la curiosidad y le contestó:

—No entiendo cómo alguien puede hacerle eso a su propio cuerpo.

—Ayuda a recordar las fatiguitas de la vida, las buenas y las malas.

Y aquello hizo pensar a Lierni, que no quería recordar los conciertos de Kortatu, ni las noches en el monte con Valentín y su furgoneta, aquella que tenía cama. Porque le dolía. Ahora solo había vida carcelaria y rutina, el eco de las charlas de las presas y las voces de los funcionarios cantando el cierre de las puertas.

La puerta del gimnasio se abrió con un quejido y la silueta de Carmen apareció en el umbral.

—Tú —dijo dirigiéndose a Lierni—, toca *txapeo.*

Lierni dejó las pesas y acudió hasta ella.

—¿Qué hay? —preguntó mientras se secaba el sudor del cuerpo.

—Recoge. El frente de *makos* ha convocado jornada de protesta.

Y, sin más, Carmen abandonó la sala.

Lierni recogió sus cosas, y ya estaba saliendo por la puerta cuando oyó una carcajada burlona a su espalda.

—Corre, *petite*, corre, no te vayan a regañar.

Lierni puso mala cara y le dedicó una mirada muy poco agradable. Luego salió al patio y allí se encontró con Carmen, que la esperaba.

—No debes acercarte tanto a las otras —le afeó la *arduraduna* mientras echaban a andar hacia su módulo—. Ellas son presas sociales y nosotras, prisioneras de guerra. Hay que marcar distancias.

Lierni asintió y siguió sin rechistar.

Continuó asintiendo mentalmente al echarse en la cama de su

celda y entrelazar las manos bajo la cabeza. Mientras contemplaba el techo, se dijo a sí misma que Carmen tenía razón. Ellas eran distintas, y en ese momento se prometió a sí misma que no volvería a tratar con la Negra o con cualquier otra presa común.

No tenía ni idea de lo poco que tardaría en faltar a su promesa.

25

El pianista

La casa, situada a las afueras de Mondragón, junto a la margen del río Deba, contaba con elegantes herrajes en las ventanas y un raseado tirolés. Elevada sobre un garaje subterráneo, era la vivienda más humilde en una zona residencial dominada por casas de estilo *art déco* con cochazos de la marca Volvo o Audi aparcados en las puertas.

Alkorta y Reyes vigilaban desde un Renault Mégane sin distintivos aparcado a un centenar de metros de distancia. Llevaban apostados desde primera hora de la mañana, y hasta entonces, a excepción del cartero y de la parada de una furgoneta de reparto, apenas habían divisado una actividad que les interesara.

Alkorta apagó las noticias de la radio y apoyó un bloc con anotaciones sobre el volante.

—«Jorge Borrego Bengoetxea —leyó en voz alta—. Soltero. Cuarenta y cinco tacos. Vive con su madre de noventa años, que está impedida, y la casa está a su nombre».

Reyes se recostó en el asiento del pasajero, dejó caer la cabeza contra el frío cristal de la ventanilla y se acomodó para espiar mejor por el espejo retrovisor.

—¿De quién?

—De la madre.

—Me lo figuraba.

Alkorta volvió a consultar su cuaderno.

—Opositó sin éxito a bombero en la Diputación y a celador para el Servicio Vasco de Salud. En ninguno de los casos obtuvo la plaza.

—¿Este tío ha trabajado en su puñetera vida?

Alkorta dejó su libreta en la guantera y se encogió de hombros.

—En una residencia de ancianos, y aquí es donde se pone interesante. Cuidaba del padre de un picoleto, pasó sus datos a la cúpula y al picoleto le dieron pasaporte. Se comió ocho años en el talego por colaboración. Desde que salió cuida de la madre y no tiene trabajo conocido.

—Qué buen hijo.

—Debe de tener un corazón que no le cabe en el pecho.

A media mañana vieron a un cuarentón anodino y desgarbado saliendo de la casa con unas bolsas del Eroski. No le acompañaba la gracia, tenía aspecto de *mutilzarra* penitente y su pelambrera encrespada y ya encanecida hacía honor a su apodo. Tenía que ser él.

Pelopintxo abrió la verja de hierro con motivos florales que protegía la casa del exterior y bajó los escalones que conducían a la rampa del garaje. Oyeron ladridos y un perro perdiguero salió a recibirle. Correteaba de un lado a otro e intentaba llamar su atención. Pelopintxo sacó un muslo de pollo de la bolsa y el perro, alborozado, volvió con su dueño al interior del garaje. Allí permanecieron media hora, hasta que Pelopintxo regresó a la calle sin el perro y se alejó por la acera.

En cuanto dobló la esquina, Reyes y Alkorta bajaron del coche y le siguieron.

El objetivo dio un paseo hasta el centro de Mondragón y los

policías le vigilaron a distancia, practicando un seguimiento cruzado. Reyes seguía por delante a la marca, y Alkorta iba por detrás de forma natural. A veces, Alkorta soltaba a Pelopintxo y Reyes se detenía a mirar el escaparate de una tienda y le reemplazaba. Otras veces, si Pelopintxo se detenía de forma abrupta, Alkorta se veía obligado a pasarle de largo y se lo comunicaba a Reyes por el *pocket*. Iban con cuidado y usaban gestos cada vez que pasaban cerca el uno del otro por si llevaban a su vez a alguien sospechoso detrás. Los movimientos repentinos eran lo primero que notaban los etarras paranoicos entre una multitud, así que no era cuestión de hacerse notar.

Así pasaron la mañana, haciendo apoyos y barridos sin perder de vista a su objetivo mientras este hacía la compra en una ferretería y en el supermercado.

A mediodía, Pelopintxo regresó al hogar y los policías le siguieron.

Localizaron una loma cercana con vistas a la casa y tomaron un par de prismáticos del coche. Reyes y Alkorta se parapetaron en lo alto de la loma, y se turnaron para observar desde la lejanía las actividades del sospechoso, hasta que los codos se le desgastaron de tanto apoyarse en la hierba.

Pelopintxo permaneció en casa el resto del día y dos veces le vieron a través de las amplias ventanas de la fachada lateral. En una ocasión, dando de comer a la madre en la cocina; en otra, tumbado en un sofá del salón viendo la televisión. Continuaron la vigilancia hasta que el cielo se tiñó de un tono ocre oscuro, llegó la fría noche y las luces de la casa se apagaron. Solo entonces regresaron al coche, dando por finalizado el servicio del día.

A la mañana siguiente se familiarizaron con el entorno y decidieron montar un operativo discreto. Se trataba de delimitar la zona en la que presuntamente se movía Pelopintxo y detectar colaboradores, si es que los había. Reconocieron a sus vecinos y seleccionaron buenos puntos de vigilancia. Y continuaron haciendo seguimientos.

Lo importante era pasar desapercibidos, tener mucha paciencia y no cometer errores infantiles. Los días se sucedían plagados de momentos interminables a la intemperie, bajo un sol inclemente por el día o un frío cortante por la noche, haciendo guardia en el coche frente a la puerta de la casa o dando vueltas por Mondragón.

Con Pelopintxo, dos semanas bastaron para establecer su rutina. Las tardes en casa eran aburridas. El objetivo se limitaba a cuidar a su madre, a estar en el garaje en compañía del perro o a solas recogiendo las hortalizas de un pequeño huerto que tenía en la parte trasera de la casa. Lo interesante eran los paseos matinales por el pueblo, durante los cuales Pelopintxo se mostraba muy ocupado pese a no tener trabajo conocido. El hombre se dejaba caer frente al ayuntamiento y tomaba notas en una libreta mientras los funcionarios del edificio público entraban y salían a fumar. Otras veces rebuscaba facturas en la basura de alguna empresa, abría buzones de correos o se veía con gente que trabajaba en hospitales, cajas de ahorros o instituciones.

Aunque probarlo llevaría tiempo, tanto Alkorta como Reyes tenían claro que aquel ciudadano presuntamente ejemplar, en vez de rehabilitarse tras su paso por prisión o hacerse devoto de la Virgen de Begoña nada más pisar la calle, seguía dedicándose a las mismas labores de información que le habían conducido al trullo en primer lugar. A ninguno sorprendió semejante decisión vital. Llevaban demasiado tiempo en eso y no se olvidaban de que los etarras eran gente como cualquier hijo de vecino, ni más listos ni más tontos que los demás.

—Las personas —filosofó Alkorta—, sean o no criminales, hacen cosas estúpidas y crueles guiadas por los más bajos instintos y pasiones. Es normal tropezar por segunda vez con la misma piedra, por muchas segundas oportunidades que nos de la vida.

—Es la naturaleza humana —resumió Reyes.

Estuviera o no en su naturaleza, Pelopintxo era otro engranaje más de toda esa estructura de apoyo imprescindible para que la maquinaria etarra funcionara. Como los activistas que pedían el impuesto revolucionario, como los contables, como los que lavaban el dinero y los que alquilaban apartamentos y garajes, los confidentes que recababan datos jamás se ensuciarían las manos con la violencia. De hecho, seguramente muchos serían incapaces de dañar a una mosca. Pero la realidad era que la mayoría de las veces el pistolero que disparaba no elegía a la víctima, la había elegido antes el pianista que había informado de sus costumbres a la banda o el soplón que aportaba la documentación sobre sus rutinas, su centro de trabajo o el colegio de los hijos. Serían otros los que disparasen, sí, pero el chivato lo habría hecho posible.

Llevaban dos semanas acostándose y levantándose con Pelopintxo, como pescadores en lánguidas jornadas sin pesca, y empezaban a pensar que aquello no daba para más. Se plantearon detenerle y apretarle las clavijas, incluso pensaron en abandonar esa línea de investigación.

La cuestión es que compartían la sensación de estar perdiendo el tiempo.

Entonces, por primera vez, el objetivo rompió su rutina.

Fue un viernes. Después de dar la cena a su madre, Pelopintxo la dejó acostada y salió a la calle. Anduvo hasta el casco histórico y atravesó la entrada más antigua, la de Zurgin Kantoi. Recorrió un dédalo de calles estrechas con su andar cansino y al final de su periplo se dejó caer por una *herriko taberna* con un águila en el escudo de la entrada.

Alkorta y Reyes le siguieron y ocuparon una mesa en la terraza de un bar cercano. Desde allí pasaban desapercibidos entre parejas y grupos de amigos y, envueltos por las risas y conversaciones de una noche de viernes, se pusieron a observar a través del ventanal de la *herriko*.

En el interior del bar, Pelopintxo fue recibido por un viejo con bigotón que vestía un chaleco Lacoste. Parecía el dueño del local, porque tras acomodar a Pelopintxo en una mesa dio órdenes a dos jóvenes camareros que andaban por ahí para que atendieran al recién llegado.

Reyes ahogó un bostezo y le dio un trago a su refresco.

—Perdemos el tiempo, Luis.

—Paciencia, podría llevarnos a algo.

—Sí, al comando poteador.

Pelopintxo dio buena cuenta del chuletón que le habían plantado en la mesa y regó la cena con abundante vino de una botella que no parecía barata. El viejo se sentó junto a él y le vio disfrutar de la comida como un padre orgulloso miraría a su hijo, mientras ambos mantenían una conversación de lo más animada. En un momento dado, el viejo desapareció en la trastienda y regresó con un sobre abultado, y el sobre pasó rápidamente de sus manos a las de Pelopintxo y de estas, al bolsillo del pantalón.

Fue visto y no visto. No se dijeron una palabra, ni se miraron.

Alkorta asintió para sí mismo. La maniobra le recordaba las transacciones de droga bajo la mesa que solía presenciar en su época en la brigada de estupefacientes, antes de su traslado a los grupos AT.

—El comando poteador, ¿eh? —gruñó.

Reyes no contestó, estando atenta como estaba a lo que se cocía entre aquellos dos hombres.

Se hizo tarde y los transeúntes más jóvenes abandonaron la calle para dirigirse a la zona más ambientada del casco antiguo. La tapadera en la terraza ya no era tan segura y Alkorta regresó a por el coche mientras Reyes se quedaba a vigilar. Aparcó a media manzana de la *herriko*, al otro lado de la calle, y como ni Pelopintxo ni su anfitrión se habían movido del bar, los dos policías se subieron al vehículo y continuaron vigilando desde su interior.

Pasaba el tiempo, la manecilla del reloj alcanzaba en caída libre la una y media de la madrugada y Pelopintxo seguía bebiendo en la taberna como si nada.

—Llevamos una vida de pringados —dijo Reyes.

—Es que lo somos —contestó Alkorta.

—Dándolo todo en un trabajo sacrificado y mal pagado.

—Y mendigando dietas, que no se te olvide.

—Que muchas veces se cobran con no sé cuántos meses de retraso.

—Vete tú a saber por qué seguimos en esto.

—No sé tú, yo tengo una niña y una hipoteca.

—Hay otros trabajos, con menos riesgos y responsabilidad.

Reyes se quedó mirando a través de la ventanilla del coche.

—Yo qué sé, Luis. Una cosa es segura: por los jefes no es.

—Esa es buena.

—Solo saben despotricar contra los de abajo. Y cuando surge algún problema, ya sabes: «Búscate la vida» o «Actúa según proceda».

Alkorta sonrió, le hacían gracia Reyes y sus reflexiones. Quizá por eso decidió levantarle el ánimo pinchándola, que era una forma de levantar el ánimo como otra cualquiera.

—Cuál será tu patito de goma —se preguntó en voz alta.

—¿Mi patito de goma? —repitió Reyes.

—Sí, algo que pasó en tu vida, algo que explique por qué te

hiciste poli, por qué sigues haciendo lo que haces, y no eres, qué sé yo, maestra.

—¿Me estás tomando el pelo?

—¿Es que no ves películas?

—La verdad, últimamente no tengo mucho tiempo.

—No te hagas la tonta. Seguro que sabes de lo que hablo. Es la típica escena de película en la que el psiquiatra explica que el psicópata es como es porque le robaron el patito de goma cuando era un bebé.

—No me jodas, Luis.

—Esto no se elige al azar ni porque sí; es vocacional.

Reyes se pasó la mano por el pelo y se lo echó para atrás. Se sentía inclinada a reconocer que aquello tenía cierto sentido.

—Qué quieres que te diga. No sé. Me gustaba ser poli, me gustaba Información. Era el destino con mayúsculas.

—Ya, pero ¿por qué?

—Pensé que se me daría bien. Y tú también debiste de pensarlo, al fin y al cabo fuiste tú quien apostate por mí en Ávila.

—Creí que tendrías madera de investigadora. Y no me equivoqué.

Reyes sonrió orgullosa, pero no añadió más detalles.

—Venga —insistió Alkorta—. ¿Qué fue?

—No lo sé. Déjame en paz.

—Está bien.

Los dos permanecieron en silencio, mirando la taberna y la luz de su interior proyectándose hacia la oscuridad de la calle.

—La mala suerte, supongo —dijo Reyes en voz baja.

—¿La mala suerte?

Reyes asintió. Su mirada parecía volar más allá de la *herriko*.

—La mala suerte de que el chico que me robó mi primer beso pasara por allí a esa hora.

Alkorta le dedicó una sonrisa incrédula.

—No me pongas esa cara —dijo Reyes mientras le miraba momentáneamente y volvía a mirar otra vez por la ventana—. Alguien alertó de que un yonqui estaba amenazando a la gente en la calle con una jeringuilla. En nuestro barrio la policía ni entraba, así que era raro que alguien hiciera caso al aviso. Pero hicieron caso, y mandaron una patrulla. En realidad, la llamada la habían hecho los etarras. Tenían un coche bomba preparado que accionaron al paso de los policías... —Dejó de hablar y meneó la cabeza—. Mi amigo volvía de nuestro club de atletismo. Tenía catorce años.

—Joder, Reyes, si lo sé no te pregunto.

—No pasa nada. Ocurrió hace ya mucho.

—Aun así. No creí que te fueras a poner tan sentimental.

—Pues si me vieras en el entierro. Me hinché a llorar. Iba diciendo a todo el mundo que iba a acabar con los responsables de todo aquello.

—La pequeña Reyes.

—Era muy cabezona. La gente se echaba a reír.

Alkorta creyó oír un ruido y echó otro vistazo por el parabrisas. A pesar de la distancia, la luz que emanaba de la taberna bañaba el coche de un color perla.

—Bueno —dijo mientras comprobaba que no era nada—, te aseguro que los terroristas que has enchironado no se ríen tanto.

Reyes ahogó una risita ronca.

—Supongo. ¿Y tú?

—Yo, ¿qué?

—Tu patito de goma.

Alkorta desechó el tema con un gesto de la mano.

—No. Eso me lo guardo para mí.

—¡Vete a tomar por culo!

—Sé que me lo dices con todo el cariño del mundo.

Reyes le sacó la lengua, pero Alkorta dejó de hacerle caso y alzó la mano para señalar a través del parabrisas.

—Mira, mira. Ahí salen.

El tabernero y Pelopintxo estaban en la puerta de la *herriko*. El más viejo regañaba al más joven. Uno hacía aspavientos, el otro agachaba la cabeza. Al final, la sangre no llegó al río. Los dos hombres se abrazaron y se dieron unas palmaditas en la espalda.

—Viva el amor —exclamó Alkorta.

Pelopintxo parecía bastante perjudicado. Antes de perderse en el interior de su negocio, el tabernero le enfiló calle arriba, y aquel se alejó haciendo eses por la acera previsiblemente camino a su casa.

—Se ha bebido el mapa de La Rioja —sentenció Reyes.

Fue decirlo y Pelopintxo se detuvo, echó el ancla y encendió un cigarrillo bajo una farola. Sus manos debían de ser de mantequilla porque dejó caer el paquete de tabaco al suelo. Al agacharse a recogerlo le vieron la raja del culo y algo más, algo metálico y brillante sobresaliendo de la parte posterior de su cintura.

Era la culata de una pistola.

—¿La has visto? —inquirió Reyes.

—La he visto —contestó Alkorta.

Pelopintxo se incorporó, se ajustó la pistola tras el cinturón y permaneció quieto durante unos segundos, arqueando imperceptiblemente el cuerpo como si intentara encontrar un equilibrio improbable. Luego se acercó a un vehículo estacionado en la calle, se bajó la bragueta del pantalón y empezó a orinar sobre el tapacubos de uno de los neumáticos.

—Pis caliente en una noche fría —comentó Alkorta.

—Menudo dechado de elegancia —agregó Reyes.

En ese momento, una pareja de policías municipales en su ronda nocturna apareció en el campo de visión de los agentes.

—La cosa se pone interesante —dijo Reyes, y entrecerró sus grandes ojos almendrados.

—Y más que se va a poner —agregó Alkorta.

Los patrulleros, veteranos de muchas rondas por el barrio, divisaron la figura de aquel borracho aliviándose con descaro junto al coche de algún vecino, y se dirigieron hacia él.

—¿Qué hacemos? —preguntó Reyes—. Como le encuentren la pipa, se nos viene abajo la investigación

—Puede ser peor, puede darle por usarla —contestó Alkorta.

—¿Como el *cashero* de Itsasondo?

—Como ese. Y luego, que cuente que iba borracho.

Los dos tenían en mente a un tipo que había asesinado a dos *ertzainas* con una escopeta unos años atrás mientras iba hasta arriba de *katxis*. A alguien se le ocurrió la brillante idea de que el delito fuera juzgado por un jurado popular, y en medio del terror que se respiraba en Euskadi, los ciudadanos ejemplares que componían el jurado debieron de pensar que los muertos ya estaban muertos, así que mejor ocuparse de los vivos y a ver cómo salían ellos del lío. Y salieron alegando que el acusado no era dueño de sus actos. Y le absolvieron. Tras el veredicto, el *cashero*, que hasta entonces ni siquiera era miembro de ETA, huyó a Francia, y sus nuevos camaradas le recibieron con los brazos abiertos y palmaditas en la espalda. Cosas como esa habían pasado. Cosas más extrañas, desde luego. Cosas surreales.

—Pues si no hacemos nada —dijo Reyes—, se va a armar follón.

Y, en efecto, vieron cómo se armaba.

Desde donde estaban aparcados no podían captar todo lo que se decían Pelopintxo y los municipales, pero oyendo gritar expresiones como «¡Sinvergüenza!» y «¡A tu edad!», se lo podían imaginar. Pelopintxo gritaba y los municipales gesticulaban e intentaban agarrarle del brazo. En un momento dado, para horror de Alkorta y Reyes, Pelopintxo se revolvió con actitud desafiante y empezó a cantarles en voz tan alta que llegaron a entender la letra:

—*A la Virgen de Begoña / le vamos a preguntar: / los* maketos *que han venido / ¿cuándo se van a marchar?*

La situación podría calificarse de hilarante si no fuera por la tensión que se respiraba. Pelopintxo cantaba y cantaba mientras se iba llevando la mano al costado, muy cerca de donde llevaba el arma.

—Lo que me está haciendo sufrir... —dijo Reyes—. ¿Por qué no se va?

Alkorta seguía mostrándose indeciso.

—Y yo qué sé. ¿Has visto alguna vez un borracho que razone?

Reyes decidió que ya había tenido suficiente. Se quitó el jersey y dejó al descubierto una camiseta ajustada.

—¿Qué cojones haces? —preguntó Alkorta.

Reyes se soltó el coletero con el que se sujetaba el pelo.

—No sé. Improviso sobre la marcha.

—Espera, espera, vamos a contar hasta tres.

Reyes abrió la puerta del coche.

—Luis, no se me dan bien las matemáticas.

—¡Reyes! —susurró Alkorta.

Para cuando él intentó agarrarla, ella ya había echado a correr.

Reyes cruzó la calle y en menos de medio minuto ya se había plantado ante los municipales. Desde su posición, Alkorta pudo apreciar la manera en que su compañera lidiaba con la situación. Reyes deslizó el brazo por la cintura de Pelopintxo como si le conociera de toda la vida y empezó a mediar ante los patrulleros. Pelopintxo se dejó caer en brazos de aquella desconocida y se puso a sonreír con descaro, como si estuviera encantado de ser el objeto de atención de ella y de su escote. Mientras cargaba con el peso tambaleante del borracho, Reyes continuó dando explicaciones y los municipales, que a lo largo de su carrera debían de haber oído cualquier excusa imaginable, la miraban con rostros serios. No dudaron en leerle la cartilla, y Reyes asintió varias veces. Al terminar el sermoneo, los agentes se llevaron la mano a la gorra, se despidieron y siguieron con su ronda.

Alkorta se quedó con la boca abierta durante unos segundos.

—No me lo puedo creer —murmuró—, se ha salido con la suya.

Reyes no se quedó a comprobarlo; se alejó arrastrando a Pelopintxo en la dirección contraria a la que habían tomado los municipales y, tras doblar la esquina, se perdió de vista.

Alkorta se puso a esperarla.

Trascurrieron los minutos.

Diez.

Alkorta mascculló entre dientes y miró por el espejo retrovisor, aunque todavía no era momento de preocuparse.

Quince.

Alkorta consultó su reloj. Empezaba a pensar que Reyes ya había gozado de tiempo suficiente para alejar a Pelopintxo de allí o, cuando menos, para haberlo dejado tirado en cualquier portal.

Veinte.

Alkorta empezaba a desquiciarse. ¿Estaría metida Reyes en algún lío? Se hizo esa pregunta mientras miraba de nuevo el reloj, y de nuevo su cerebro registró el paso del tiempo. No podía ser que Pelopintxo hubiera descubierto a su compañera. Observó la calle de esquina a esquina y su preocupación aumentó.

Veinticinco. Algo debía de haber ido mal.

Se imaginaba que Pelopintxo se había dado cuenta de lo que pasaba, quizá se hubiera puesto nervioso y después de todo pensara que era buena idea usar la pistola esa misma noche.

Ya habían pasado treinta minutos; Alkorta se disponía a salir del coche y en ese momento...

—Reconoce que me echabas de menos.

Era Reyes.

Ahí estaba, asomada tan tranquila a la ventanilla del Mégane.

—Sube al coche.

—¿Qué?

Alkorta no estaba para bromas.

—Que subas al coche, joder.

Reyes abrió la puerta y ocupó el asiento del pasajero. Debía de haber regresado al trote porque estaba sudando y tenía las mejillas tersas y coloradas. Se enfundó el jersey y aguantó la mirada de Alkorta.

—¿A qué viene ahora esa cara? —le preguntó ella.

—¿Quieres que te maten?

—¿Qué? Querías al angelito fuera de juego y está fuera de juego.

—Muy bonito. ¿Qué ha pasado con los munipas?

Reyes le devolvió la mirada con una sonrisita en los labios.

—Les dije que era mi cuñado y que le iba a caer una buena cuando se lo dejara a mi hermana en su casa.

Alkorta resopló, pero tenía que reconocer que la excusa era buena.

—¿Y Pelopintxo?

Reyes lanzó el pulgar hacia atrás señalando por encima del hombro.

—Le dejé durmiendo como un tronco. Está en un banco del parque que hay un par de manzanas más allá.

—Aun así.

—Aun así, ¿qué?

—Que no has resuelto nada.

Reyes se echó hacia atrás en su asiento y se puso cómoda.

—Ah, ¿no?

—No. Imagínate que se levanta en un rato de mala hostia o con resaca. Podría liarse a tiros.

Reyes abrió la palma de la mano y mostró en ella cuatro cartuchos del calibre 9 mm.

—No creo.

Alkorta cogió uno de los proyectiles y lo examinó entre los dedos.

—Espero que no sospeche que una poli le ha robado las balas.

—¡Por el amor de Dios, Luis! Se ha pasado el camino sobándome las tetas y diciendo que quería regalarme bombones. Con la mona que lleva, mañana ni se acordará de que alguien le limpió el cargador.

Alkorta se quedó mirándola, quién sabe si admirándola.

Reyes le arrebató el proyectil de la mano.

—¿Se puede saber por qué me miras así?

—Porque estás como una puta cabra.

—Sé que me lo dices con todo el cariño del mundo —sonrió ella.

A las dos y media de la madrugada, los últimos clientes de la *herriko* ya se habían marchado. Las sillas del local descansaban sobre las mesas y las luces llevaban un rato apagadas. La cocinera y su pinche habían abandonado el local y también los dos jóvenes camareros.

Alkorta y Reyes vieron desde su coche como el tabernero salía y echaba la persiana metálica del establecimiento. Iba acompañado de una mujer de unos sesenta años —con aspecto de matrona, posiblemente su esposa— y los dos se dirigieron juntos hasta un Mercedes de alta gama con las lunas tintadas aparcado no muy lejos de la taberna. La mujer se montó en el asiento del pasajero, con el bolso en el regazo y cierta expresión de hartazgo.

Sin embargo, el tabernero, en vez de subir al coche, empezó a comportarse de forma extraña. Se puso a abrir la puerta del conductor y a mirar bajo el asiento; dio una vuelta al vehículo e inspeccionó las aletas y los faros; luego alzó el capó y por último se asomó al motor.

Alkorta y Reyes asistían atónitos a la operación.

—Mira, mira, mira.

—¿Qué coño hace?

—Parece que busca un chip de radio, o una chicharra.

—Joder, joder, ¡joder!

De repente, el viejo dio un hachazo brusco con la cabeza y echó un vistazo rápido a uno y otro lado de la calle.

Los policías se agacharon bajo el salpicadero del coche.

—Mierda. ¿Nos ha visto?

—Creo que no.

Alkorta acopló el espejo retrovisor de la puerta hasta encuadrar en el reflejo la imagen del viejo montándose en el Mercedes.

Reyes cogió un bolígrafo, le quitó el capuchón con los dientes y apuntó la matrícula del vehículo en su puño.

—Este tío está muy en guardia —dijo mientras se resguardaba aún más en su asiento.

Oyeron el motor arrancando y una ráfaga de faros les iluminó el rostro. El Mercedes pasó de largo y dobló la esquina.

Los agentes se incorporaron en los asientos y cruzaron una mirada. Parecían dos tiburones excitados que acabaran de oler la sangre de su presa.

26

Ni soy taxista, ni soy mayordomo

Eran cerca de las once de un sábado noche y Salva Guerrero estaba viendo una película en la televisión. El protagonista, un tipo duro con el pelo cortado a cepillo, rescataba a una cantante del escenario en medio de un concierto lleno de fans enloquecidos. Ella hundía el rostro en su hombro y él la llevaba en brazos mientras se alejaba entre el humo de bastidores.

En ese momento, el teléfono móvil empezó a sonar.

Salva echó un vistazo a la pantallita y comprobó que se trataba de su jefe. Hizo una mueca de desagrado. Bajó el volumen del televisor y se pegó al móvil a la oreja.

—*Bai?*

—¿Iñaki?

Salva levantó su físico corpulento del sofá y se rascó la cabeza. Con su metro noventa y sus noventa y dos kilos de peso era un chicarrón del norte en todo su apogeo físico y mental.

—No, no soy Iñaki. Soy Salva. Por cierto, *arratsalde on.*

—*Arratsalde on* —contestó su jefe sin darse por aludido.

Estando fuera de servicio y en fin de semana, Salva no sabía si le molestaba más que su superior no se supiera su nombre cuando se sabía de memoria la alineación de la Real, o la normalidad con la que había asumido las llamadas a horas intempestivas.

—El lunes tienes una nueva celebridad —prosiguió su jefe.

—¿Es famoso o qué?

—No, yo a todos los llamo así. Óyeme bien, el tipo responde al nombre de Xabi Iraola. Te tocará hacer binomio con Iñaki.

—¿Iñaki Bierzo?

—El mismo. ¿Le conoces?

—Le conozco.

—Estupendo. Ahora te mando los datos con un mensaje. ¿Te encargas tú de llamarle?

Salva se encargó de llamarle y se vieron al día siguiente. Su compañero Iñaki Bierzo era de estatura media, ancho de hombros y grueso de cuello. Tenía el pelo ligeramente pelirrojo, gastaba los mismos andares osunos de Salva y también llevaba una riñonera colgada al pecho. Los dos escoltas almorzaron juntos y estuvieron recordando anécdotas de trabajos anteriores y, tras la preceptiva llamada telefónica, se presentaron en la puerta de Xabi Iraola esgrimiendo un amemazador apretón de manos un domingo por la tarde.

Mientras Xabi y Elena los conducían al salón de la casa, Salva no tardó en percatarse de que él estaba de un humor de perros y de que ella era todo nervios y amabilidad, pero se abstuvo de decir nada. Los escoltas se acomodaron en sendos sillones orejeros y el matrimonio, en un sofá. Mientras Salva e Iñaki tomaban café y unos bollitos dulces que Elena se preocupó de servirles en una bandejita, los cuatro conversaron sobre el tiempo y otros temas intrascendentes como si quisieran evitar el motivo real que los había reunido allí.

—Agradecemos mucho el trabajo que hacen —dijo ella en un momento dado.

Iñaki asintió.

—No hay que dar las gracias, señora. La gente debe seguir haciendo su trabajo, y nosotros, garantizar que eso siga siendo así.

Salva hizo otro gesto de asentimiento y tomó la voz cantante.

—No nos gusta andarnos por las ramas, así que lo primero es aclarar que el escolta está para proteger, ni más ni menos. Cualquier tarea que nos distraiga resta eficacia a nuestra función. Por eso, no debemos cargar con maletas ni con bolsas de la compra.

Xabi le lanzó una mirada de pocos amigos, pero Salva no se arredró. Se dirigió directamente hacia él y agregó:

—Usted parece un tío *jatorra*, pero no todos los vips son iguales. Hay algunos por ahí que se creen ministros o estrellas del fútbol. Así que, con todo el respeto, le diré que ni soy taxista, ni soy mayordomo.

Xabi enarcó ligeramente una ceja. Debía de andar irascible y algo justo de paciencia, porque no se molestó en bajar la voz.

—Santo Dios —dijo con irritación.

Elena apoyó la mano en la rodilla de su marido y se volvió hacia los escoltas para dedicarles una mirada comprensiva.

—Lo entendemos —terció—. Sigan, por favor.

Salva bebió un sorbo de su café y se inclinó hacia delante.

—Toda precaución es poca, y es importante conocer bien el entorno. ¿Tienen vecinos con algún familiar preso?

—No —dijo Elena.

—Sí —la contradijo Xabi.

El matrimonio cruzó una mirada.

—El sobrino de la vecina del tercero está preso por colaboración —ofreció Xabi como explicación.

Estaba claro que Elena no lo sabía, y Salva creyó detectar en la pareja cierta tensión que no iba a ser fácil de disipar.

—Pero a ella —se apresuró a puntualizar Elena— la conocemos de toda la vida y es una bellísima persona.

—Da igual —replicó Salva—. Con esa vecina, conversaciones triviales. Si nos tiran de la lengua, mejor no profundizar.

—Así se evitan preguntas, señora —matizó Iñaki.

Elena, todavía confundida, hizo un gesto de asentimiento.

Salva carraspeó y volvió a tomar el hilo de la conversación.

—Hay que tener ojos hasta en la nuca. No lo digo yo, lo dice el manual. — Se quedó pensativo unos segundos y se volvió hacia su compañero, Iñaki—. Aunque a veces me pregunto si el que escribió el manual salió alguna vez a la calle.

Iñaki se limitó a encogerse de hombros, y en cuanto Salva vio que su compañero no tenía más que aportar, se volvió hacia Xabi y añadió:

—En definitiva, que es fundamental tomar precauciones y no repetir rutinas.

—Al último amenazado le mataron cuando salía de su casa, como todos los días —informó Iñaki—. Y al anterior, en la puerta del restaurante donde acudía, como todos los días.

—Los mató la rutina —resumió Salva.

Xabi y Elena se quedaron mudos, mirando los bollitos y las tazas de café como si fueran a decirles algo.

Salva les dedicó una mirada que intentaba ser tranquilizadora.

—Miren, somos profesionales, sabemos que este es un trabajo sin segundas oportunidades y no pensamos fallar.

Xabi meneó la cabeza con cierto aire de abatimiento.

—Eso espero.

Elena asintió, y con voz un tanto temblorosa corroboró:

—Nosotros pondremos todo de nuestra parte.

—Sí, aunque esto nos cambie la vida —añadió Xabi.

Elena se ovilló en el sofá y abrió los ojos un poco más. Su aspecto revelaba lo preocupada que estaba y lo precarias que debían de antojársele ahora muchas de las cosas cotidianas que había dado por hecho.

—Xabi, ya nos la han cambiado —le susurró a su marido.

Y no hubo más que hablar. Salva e Iñaki se despidieron del matrimonio hasta el día siguiente y salieron a la calle. El invierno esquizofrénico había convertido una mañana fea en una tarde gloriosa, y mientras regresaban paseando, Iñaki comentó:

—La mujer está buena.

Salva le censuró el comentario con una mirada.

—Están todavía muy verdes; tendrán que ir acostumbrándose.

—Lo que tú digas. ¿Echamos un poteo?

—Creí que hoy te tocaba el niño.

—Qué va, le toca a mi ex.

—En ese caso, de acuerdo. Tú pagas.

—Yo pagué el otro día.

—No te jode, en el bar de tu cuñado.

En el bar, se tomaron un par de *txikitos* que acabaron siendo diez, y tras salir del local, a las tantas con el gusto de las cervezas pegado al paladar, cada uno acabó marchándose a su casa.

Al entrar en su piso vetusto en las profundidades de Musakola, Salva echó las llaves en el cuenco metálico que tenía en el aparador de la entrada y se detuvo a escuchar el eco de su tintineo. A continuación, creyó distinguir, como siempre, el estruendo del silencio que empapaba su hogar. Se fue al dormitorio y se puso el pijama pensando en que le correspondía el primer turno del día siguiente y en el madrugón que le esperaba. Aun así, era hombre meticuloso. Por ello se apoyó contra el cabecero de la cama y se entretuvo en leer el informe que acababan de facilitarle desde la central.

La lectura del dosier le descubrió que Xabier Iraola era un protegido de segunda clase, como los escoltas llamaban a los concejales de asuntos sociales u otras carteras de poca importancia. Su protegido no era un político liberado, sino que tenía su profesión, albañil en este caso, y, salvo las ocasiones en que acudiera al ayuntamiento o a algún acto oficial, la labor de Salva se realizaría fuera de ambientes oficiales. Se había previsto un diseño de protección que cubriría todos los días de la semana, desde que el protegido saliera de casa hasta que volviera a ella para dormir. Solo cuando aumentara el grado de amenaza, la dotación doble compuesta por Iñaki y Salva actuaría como dupla durante el mismo turno. El resto de los días, solo un escolta acompañaría al político.

Tras desentrañar todo aquello, Salva se sintió más familiarizado con Xabi Iraola y su situación. Siempre trataba de mantener una relación fluida y correcta con los protegidos, pero nunca se hacía compadre de nadie porque consideraba que eso distraía la capacidad para proteger. Su trabajo requería asumir la parte gris del servicio. No hacía falta brillar; se trataba de no intervenir hasta el día en que hiciera falta, en el instante justo en que los terroristas intentaran ejecutar el atentado.

Le dio otra vuelta al informe y se fue a la cama, aunque de un tiempo a esa parte le costaba dormir. Era aquel suelo cubierto con la moqueta beige, las paredes de gotelé, el mobiliario espartano, fiel reflejo de su espíritu. Era el olor que venía respirando desde la primera vez que durmió allí, un olor viciado, como el de una habitación de hostal. Era la soledad.

A sus treinta y muchos, Salva era consciente de haberse perdido muchas cosas —una mujer, un hijo—, quizá porque no era fácil aguantar la vida que llevaba. Desde luego, no la aguantó su última pareja. Ella llevaba un bar y Salva era un cliente más. Si se iban a pasar el día fuera, ella cogía el autobús hasta otra zona y él la recogía lejos de casa. Y a la vuelta, tres cuartos de lo mismo. Aunque llegaron a compartir piso, nadie podía verlos juntos. Cuando ella le presentó a la familia y a los amigos, él tuvo que explicar que era vendedor de coches, para evitar preguntas indiscretas sobre por qué cambiaba tan a menudo de vehículo oficial. En realidad, Salva reconocía que ella aguantó todo lo que pudo viviendo entre tantas mentiras. Un día se echó a llorar y así estuvo, llorando durante semanas, hasta que la tristeza pudo con todo y tuvieron que dejar la relación.

Y no era solo Salva y sus circunstancias particulares. Su compañero Iñaki, sin ir más lejos, andaba divorciado y luchando por la custodia del hijo porque su mujer, cansada de pasar miedo y compartir su vida con alguien que se despedía cada mañana con un «si no vuelvo, no vuelvo», había preferido marcharse con un empleado de banca. ¿Quién podía culparla?

Salva, desde luego, no. Sabía que había renunciado a una vida. Era consciente de ello. Pero lo había hecho por elegir su camino, una profesión en la que creía y con la que se sentía útil. O al menos eso era lo que se decía a sí mismo mientras intentaba conciliar el sueño.

27

Txalaparta

EUSKAL PRESOAK. Felisa tenía la pancarta atada a las rejas de su balcón. Cuando bajó a la calle aquella mañana con el carrito de la compra, vio que esta tremolaba al viento y parecía saludarla mientras exigía la repatriación de los presos a Euskal Herria.

Un matrimonio mayor paseaba del brazo por la acera. Alzaron la cabeza para mirar la pancarta y luego la bajaron para mirar a Felisa. Se dijeron algo en voz baja y aceleraron el paso calle abajo.

En el mercado fue recibida con sonrisas y gestos de cariños, algo raro, porque tampoco era lo habitual a esas horas de la mañana. Felisa intentó pagar las lubinas, pero el pescadero se negó en redondo.

—¿Al *ama* de *Txalaparta* le voy a cobrar yo? Ni pensarlo ni imaginarlo.

Felisa no entendía nada y siguió insistiendo con el monedero en la mano, pero el pescadero no dio su brazo a torcer.

—Le das un *musu* y un buen achuchón —le dijo, obligándola a meterse el monedero en el bolso— y le dices de mi parte que todos andamos por aquí muy orgullosos de ella.

La señora de la frutería cruzó desde su puesto y le metió varias bolsas de fruta en el carrito mientras le decía:

—¿A este se las aceptas y a mí no? ¡Hasta ahí podíamos llegar!

Todavía sorprendida por aquel derroche de amabilidad, Felisa salió del mercado y fue al cajero a poner al día la cartilla del banco. Hizo un par de recados más que le quedaban pendientes y al final acabó pasándose por la farmacia para comprar las pastillas para sus achaques.

Mientras el mancebo iba a por su pedido a la rebotica, un hombre entró en el local. Debía de tener unos cincuenta años, pero aparentaba diez más. Las ojeras le llegaban hasta la boca y tenía la cara tan alargada que parecía que se le había derretido o que acababa de salir de un microondas.

Felisa notó un cambio en la conducta del boticario, como si le hubiera dado un calambre.

—Hombre, Jesús María, cuánto tiempo —dijo el boticario, ni sonriendo ni con la cara seria, sino todo lo contrario.

—Pues ya ves —respondió el hombre.

Se estrecharon la mano.

—¿Qué tal va todo? —preguntó el boticario.

—Va bien.

—¿Y el trabajo?

—Ahí vamos, haciendo prácticas de fontanero.

—Qué bien.

—Venía a por unas tiritas.

—Ahora mismo te las pongo.

El boticario se puso a despachar al hombre sus tiritas mientras continuaba en su intento poco entusiasta de charla trivial.

—¿Cómo has encontrado el barrio después de tanto tiempo?

—Imagínate. Han sido veinte años.

—Me imagino.

El hombre pagó y se marchó con sus tiritas. Cuando se quedaron a solas, el boticario notó que Felisa se le había quedado mirando.

—No me diga que no le conoce —dijo el boticario.

—Pues no —respondió Felisa.

—Acaba de salir.

—¿De dónde?

—¿De dónde va a ser, mujer? De prisión.

Felisa seguía sin reconocerle. El boticario se acodó con dificultad en el mostrador, cerró un ojo y se puso a hablar en voz baja:

—Es el que puso la bomba aquí mismo, en el barrio.

—¿Qué bomba?

—Sí, la que mató a aquel niño que se puso a jugar con una mochila, hace ya la tira de años.

—¿Y le dejan andar por aquí?

—¿Pues usted que cree?

—Pensé que les ponían orden de alejamiento o algo así. Por si se lo cruzaba la familia de la víctima, se me figuraba a mí.

—¿Qué familia, si ya no queda nadie?

Felisa abrió aún más los ojos.

—Sí, mujer —prosiguió el boticario—. La madre murió de un cáncer y, seguramente también, un poco de la pena. Y al hermano, que estaba enganchado a la heroína, me dijeron que se lo llevó el sida.

Felisa asintió educadamente, sin saber bien por qué lo hacía.

El boticario enarcó las cejas hacia la puerta y añadió:

—Y ese matando por Euskal Herria. En fin, esto no hay dios que lo entienda.

Felisa sintió una súbita punzada de angustia y horror justo bajo el tórax. El dolor se alejó tan rápido como había llegado, pero la tristeza se le instaló permanentemente en las articulaciones.

Recobró la fuerza necesaria para pagar al boticario y salió de la farmacia. Caminó por las calles y llegó a la plaza arrastrando su carrito. Allí, mientras pisaba alguna de las baldosas sueltas y recibía el inevitable salpicón de agua, recordó los paseos que daba con Lierni de la mano, cuando ella era pequeña, y con su querido Fermín.

Seguía lidiando con esos recuerdos al pasar frente al edificio de la plaza adornado con la gran fotografía de su hija junto a las efigies de los otros presos.

Lierni la contemplaba desde lo más alto de aquella gran pancarta en la fachada.

Felisa no se había fijado antes, pero esta vez entornó los ojos, porque no veía bien de lejos, e hizo un esfuerzo por leer los nombres de guerra escritos bajo cada fotografía.

—«Txa-la-par-ta» —acertó a leer bajo el retrato de su hija.

28

Ser militante es un marrón

Pipe y Txiki habían terminado de limpiar el altar dedicado a los presos enfermos que figuraba de forma prominente en un rincón de la *herriko*. Como era temprano, no había clientes a la vista y Avelina estaba en la cocina pelando patatas para su famosa tortilla; Pipe hizo un gesto a Txiki para que dejara el trapo y salieron juntos al callejón de la parte de atrás.

Se apoyaron en la pared junto a una torre de cajas de botellas y cascos vacíos, y Txiki se puso a liar el porro mientras continuaba con la conversación que arrastraban desde hacía un rato.

—La Real es un equipo vasco porque es de Donosti, y punto.

—Mira, Txiki, un equipo con la corona del puto rey en el escudo tiene de euskaldún lo que yo de mormón

—No me jodas. El día que un jugador de la Real diga que se siente español, ese mismo día hay que fusilarlo.

Pipe meneó la cabeza. Solo Txiki podía ponerse tan pesado. A veces le desagradaba ese afán infantil de Txiki por reivindicar que era el más vasco entre los vascos a pesar de haber nacido en La Rioja, haberse criado en Pamplona y no vivir en Arrasate hasta que había cumplido los doce años. A esa edad habían trasladado a su padre a una planta de fijaciones del ferrocarril en el Alto Deba, donde el hombre se partiría el lomo hasta que consumiera los años que le quedaran de vida o, con un poco de suerte, le llegara una merecida jubilación.

—Mira que eres bruto —contestó Pipe, consciente de que decía eso, sobre todo, para fastidiarle.

—Vamos, de hecho, yo ya tengo la escopeta preparada, porque hay alguno por ahí del que no me fío.

Pipe recogió el canuto de manos de Txiki, le dio una larga calada e hizo anillos de humo que fueron elevándose y abandonando el callejón mientras se disolvían en al aire.

—¿Te has enterado de lo de Koldo? —preguntó Txiki.

—¿Le ha pasado algo?

—Le ha pasado que no le dejan ni a sol ni a sombra desde que denunció. Por lo visto, vaya a donde vaya, los cipayos van detrás.

Pipe asintió y apoyó un pie contra la pared.

—Un acoso en toda regla.

—Por denunciar, fíjate tú. Parece que solo existe una violencia y que se puede recordar a unas personas, pero no a otras.

—Lo que pasa es que quieren enviar el mensaje de que el que denuncie va a la cárcel. Así de claro.

—Y mejor no hablar de las fianzas de miles de euros.

—Barra libre.

Txiki meneó la cabeza.

—Vaya puto chantaje. Joder, si es que están en esa línea represiva de meter miedo, para que solidarizarse con los represaliados se vea como un compromiso que sale caro.

Pipe asintió otra vez con calma y su semblante se ensombreció.

—¿Qué pasa? —le preguntó Txiki.

Pipe le cogió el canuto a Txiki y le dio un par de caladas.

—Nada, que me acuerdo de Lierni.

—¿Hablaste con ella?

—El otro día. En una llamada.

—¿Cómo va?

—Me preguntó todo el rato por el Valentín de los cojones.

—Está encoñada.

—No veas cómo.

—¿Y qué le dijiste?

Pipe hizo un ademán esquivo con la mano.

—¿Qué quieres que le dijera? Le dije que no sabía nada.

—El Valentín tiene que estar por ahí cepillándose a todo lo que se mueve.

Pipe asintió y dijo en voz baja:

—Debe de ser duro el trullo, y los veinte años no se los quita nadie.

Txiki se quedó mirando al vacío.

—Veinte años, para que veas. Y el Galindo en su casa y lleno de medallas.

Se sumió en un silencio repentino. Conforme la conversación se teñía de luto, sus ojillos menguaban y su rostro se había ido arrugando. Solo le quedaba explotar, y eso es lo que hizo.

—¿Sabes qué te digo, Pipe? ¡Que se metan su puta democracia por el culo! Estoy hasta los huevos de que aquí nadie diga nada. Ni del Galindo, ni de Intxaurrondo, ni de Lasa y Zabala, ni de su puta madre. Estamos rodeados de tribunales de excepción y de torturadores, y todos callados como putas. ¿Te das cuenta? Que me lo expliquen porque no lo entiendo. ¿Te he dicho que estoy hasta los huevos? ¡Pues estoy hasta los huevos!

Txiki soltó una patada a una lata que había sobre el empedrado, y la lata se alejó tintineando por el callejón.

Pipe le devolvió el porro a su amigo.

—Mátalo tú.

Txiki le dio dos caladas rápidas, pero seguía sin tranquilizarse.

—Te lo juro, no sé cómo la gente aguanta sin luchar.

—La peña no quiere luchar, Txiki

—¿Con la que está cayendo?

—El caserío y la novia tiran mucho.

—¿Con la bronca que tenemos? ¿Con los presos y la puta ilegalización?

Pipe se encogió de hombros.

Txiki agachó los hombros y pareció serenarse.

—No hay lucha por culpa de Iraola y las actitudes hitlerianas de esos fachas del ayuntamiento. —Solo quedaba la chusta y Txiki la aplastó contra la pared—. Se dedican a joder y están consiguiendo que ser militante se convierta en un marrón.

29

Aquí se pide permiso hasta para ir a mear

—Los *txakurras* los tienen machacados y los que quedan son de chiste. Se acabó el hacerse trampas al solitario; el ciclo de lucha armada está agotado. Debemos tener claro que la estrategia político-militar ha sido superada por la represión del enemigo y que no podemos seguir así, teniendo la situación que tenemos en las cárceles y con los refugiados en Francia. Esto se tiene que acabar. No puede ser que unos hagan política y otros sigan haciendo el bestia.

Jone llevaba más de media hora exponiendo su narrativa ante Gamboa y Asier, envuelta en una lógica que ella consideraba aplastante. Paseaba de un lado a otro de la oficina situada en una bacaladera cerca de Zumaya, y por el ventanal que daba a la nave industrial se podía divisar a las mujeres afanadas limpiando y salando los bacalaos.

Asier y Gamboa la escuchaban sentados en un par de sillas frente a un gran ventanal con vistas a la nave industrial. El viejo, con gesto de preocupación. El joven, incómodo con el olor penetrante del pescado.

—¿Y qué propones? —preguntó Gamboa.

—Hay que enfrentarse al Estado con la palabra —contestó Jone—. Hay que condenar la violencia y dejárselo clarito, y ellos tienen que parar.

El viejo tabernero se puso a contemplar el campanario que había formado con sus propias manos entrelazadas.

—Tienen miedo a que sin hierros no se les tenga en cuenta, Jone. A que los liquiden como a los polimilis con la reinserción y ya está, sin contrapartidas políticas. Tienen miedo a que el Estado se ría de ellos.

—A todos nos da vértigo —concedió Jone—. Pero debemos hacerles ver que toca enfrentarse al enemigo en las instituciones, con la palabra. Ahí nos los comemos, porque ellos de argumentos ideológicos andan escasos. —Se detuvo un momento a estudiar la reacción de Gamboa, pero no la hubo; el viejo parecía una estatua—. Los nuestros tienen dos posibilidades, Ramón; o se suman a la procesión o se suicidan.

Gamboa alzó la mano y se mesó los ordenados cabellos plateados. Si antes no le gustaban los derroteros de la conversación, ahora poco menos que los deploraba.

—Jone, con ese talante tuyo vas a joder a los del cojonímetro.

—Pues si los jodo —replicó Jone—, los jodo de una vez. A ver, ¿qué podemos esperar de esa gente? Solo saben decir «Dale que te pego, hasta ganar» o «*Batzuek borrokarako griña galdu dute*», y de ahí no los saques. Son unos dinosaurios. Se creen fuera de la sociedad porque los años de clandestinidad que cargan a la espalda los han apartado del sentir de la sociedad. Son una caricatura, Ramón. Si hasta todo dios se descojona de sus chapelas y sus capuchas en los programas de la tele. ¿O no has visto *Vaya semanita*? Un reloj parado da la hora dos veces al día. Ellos, ni eso.

Gamboa parecía sentirse muy incómodo con la temeridad de

aquellos planteamientos. Se revolvió en la silla, y volviéndose hacia Asier le preguntó:

—¿Estás tú de acuerdo con esto?

—Pues verás, yo creo que... —empezó Asier.

Pero Gamboa no le dejó continuar.

—Esto es la hostia —le interrumpió.

El viejo se puso en pie, caminó hasta el ventanal de la oficina y les dio la espalda. Jone jamás le había visto. Gamboa miraba al frente con expresión grave, como un hombre al que acabaran de diagnosticar un cáncer incurable. En un momento dado abrió la boca para decir algo, pero enseguida desistió en su intento de dar con la frase adecuada y se sumió en el silencio.

La abogada se acercó y se situó junto a él, frente a la ventana que daba a la nave industrial. Los dos permanecieron con los brazos entrecruzados sobre el pecho, contemplando a las trabajadoras allá abajo.

Trabajaban en torno a las mesas de acero inoxidable, apartando las piezas de bacalao podridas y las que posteriormente serían aprovechadas para hacer harina de pescado; y a Jone se le ocurrió que aquel proceso bien podría ser una metáfora visual de lo que allí se estaba cociendo.

—Somos minoría, Jone —aseveró, por fin, el viejo.

—Quítate ese complejo. Hacen más ruido, pero no son más.

—Pues que arriesguen otros. No vamos a hacer nada que no hayan asumido antes los demás.

Jone se giró a su espalda y miró a su pupilo.

La fuerza en su mirada hizo que Asier se levantara de su asiento.

—Ah, sí —dijo Asier, y se acercó hasta Gamboa—. Eh, Ramón, verás, creo que Jone tiene razón.

Jone notó como el viejo Gamboa se estremecía levemente.

—Las leyes españolistas y Estrasburgo —prosiguió Asier—, nos han puesto fuera de las instituciones y nosotros, después de mucho predicar que somos antisistema, resulta que tenemos vocación de poder. Si nos echan de los ayuntamientos, vamos a pasar mucho mucho frío.

Gamboa se quitó las gafas y limpió la montura en su chaleco, como hacía tantas veces cuando necesitaba ganar tiempo.

—Es verdad que la lucha armada nos hace ya más daño a nosotros que al enemigo —admitió mientras se colocaba las gafas sobre la nariz.

—Viendo el ritmo de caídas que tenemos —agregó Jone—, no pasa nada por plantearles que hagan una tregua.

—Que ellos la vistan como quieran —intervino Asier.

—Eso es —convino Jone—, así respiramos todos un poco y nos da tiempo a preparar un borrador de ponencia y contrastarlo con el *mako*.

Gamboa descruzó los brazos y se metió las manos en los bolsillos.

Jone movió lentamente la cabeza para mirarle.

—Ramón, si queremos que esto funcione, no podemos movernos sin el apoyo de los presos. Una iniciativa así les devolvería la ilusión, te lo digo yo.

Gamboa cerró los ojos, como si perfilara un plan en su mente, y cuando los abrió, solo acertó a mascullar:

—Menuda trampa me habéis tendido.

—No es para tanto —replicó Jone.

—Está bien. Supón que consigo poner algo en marcha. El primer paso es convocar al Zuba-Hitu.

Jone frunció el ceño.

—¿El Zuba-Hitu?

Gamboa alzó una ceja.

—Sí, ¿qué pasa?

—Que son la voz de su amo.

—Son igual de presos que los demás.

—Escucha, no son representativos de la mayoría. Van a salir pronto de la cárcel y solo quieren ganar puntos con los jefes.

—Ni escucha ni nada. Tienen el visto bueno de la troika y ahora mismo es lo que nos vale.

Jone respiró un par de veces por la nariz, sostuvo la mirada del viejo y dudó unos instantes antes de soltar lo que venía rondándole por la mente desde un tiempo atrás:

—¿Por qué no echamos mano de Santamaría?

Gamboa soltó un bufido y se tambaleó.

La sola mención de aquel nombre pareció provocar en él un efecto electrizante.

—¿Santamaría? ¿Estamos locos? ¡Ni harto de chacolí!

Jone alzó las manos para pedirle calma.

—Puede ayudarnos y tiene mucha ascendencia sobre los presos.

Gamboa volvió a mesarse los cabellos, a pesar de que la hebra más fina de su pelambrera estaba en su sitio.

—¡Ni se te ocurra! ¡Olvídate de ese chamán!

—Ramón, ese chamán representa muchas cosas para mucha gente.

—Me importa un carajo lo que represente. —Gamboa señaló a Jone con el dedo como si la aleccionara—. Tengo una edad en la que ya no veo las letras de cerca, pero a los traidores los veo de lejos.

—¡Eres la hostia liquidando los debates a golpe de simplismos!

El viejo tesorero alzó la mano para cerrar de forma contundente cualquier posibilidad al diálogo.

—Óyeme bien, Santamaría no pinta nada, está conspirando

con los posibilistas y ha sido expulsado. No hay más que hablar. ¿Me oyes?

Jone puso cara de haberse tragado un sapo.

—Te oigo —suspiró.

—Pues apechuga.

Jone frunció los labios y negó con la cabeza varias veces, como si haciéndolo fuera capaz de obligarse a renunciar a sus pretensiones.

—Está bien, Ramón, está bien. Anda, sé amable y ponme en contacto con los del Zuba.

Gamboa soltó un gruñido.

—No tan rápido.

Jone se quedó mirándole sin ocultar su desconcierto.

—¿A qué te refieres?

—Aquí se pide permiso hasta para ir a mear.

—¿Y en qué se traduce eso? —preguntó Asier, que aunque llevaba un tiempo sin hablar seguía la conversación con sumo interés.

Jone se volvió hacia él.

—Alguien tiene que hablar con la Organización.

—¿Quién? —volvió a pregunta Asier.

Jone se volvió hacia Gamboa, buscando una respuesta.

Este sonrió, y esa sonrisa se ensanchó en su cara. Se ensanchó tanto que parecía colgar de forma extraña e inquietante en las motas de la luz del sol que se colaban en la nave a través del ventanal.

A Jone, aquella sonrisa no le hizo ninguna gracia.

30

Dadle carrete y a ver adónde nos lleva

Alkorta y Reyes no tardaron en investigar al dueño de la *herriko taberna*. Respondía al nombre de Ramón Gamboa y el negocio era regentado a medias entre él y su mujer. Los dos carecían de ficha policial, así que los agentes decidieron dejarse caer por el barrio para vigilar el bar, familiarizarse con las caras habituales y con la calle donde se ubicaba.

A pocos metros de la *herriko* había una caja de ahorros, y no tardaron en comprobar que la fachada contaba con un par de cámaras de videovigilancia cuyo campo de visión abarcaba toda la acera.

Alkorta y Reyes decidieron visitar la sucursal, y tras sufrir una larga cola accedieron a la ventanilla. La cajera era una mujer chapada a la antigua y daba golpecitos a las teclas de su ordenador con un bolígrafo, quizá con la única intención de darse importancia. Al verlos con el rabillo del ojo, se dirigió a ellos sin levantar la vista de la pantalla.

—Para crédito hipotecario, el formulario de la segunda bandeja.

Reyes se apoyó en el mostrador.

—¿Podemos hablar con el director, por favor?

La mujer alzó la vista por encima de las gafas con cristal de medialuna, y la mejor de las sonrisas de Reyes no pareció surtir efecto. Los miró detenidamente con suspicacia y no debieron de gustarle Alkorta y su cazadora raída ni Reyes con su coleta y pantalones ajustados.

—¿Para qué desean hablar con él?

—Necesitamos echar un vistazo a las cámaras de la calle.

—No nos dedicamos a espiar a nuestros clientes.

—Nos gustaría ver las cintas.

—¿Se puede saber a quién le gustaría verlas?

Reyes golpeó con su placa de policía sobre el mostrador y le mostró los dientes.

—A Carlos Arguiñano.

La cajera le lanzó una mirada altiva y apretó el interruptor que tenía bajo la mesa. Pasaron a la oficina del director y solicitaron su amable colaboración. No revelaron que carecían de una orden judicial que respaldara cualquier petición oficial, pero para Reyes eso no suponía un problema. Si hacía falta incurrir en una ilegalidad, estaba dispuesta a cometer un mal menor para combatir un mal mayor, y no se iba a andar con remilgos, no en ese trabajo. Consiguieron el acceso al archivo de cintas grabadas de las últimas dos semanas y se pasaron la tarde visionando las imágenes de la entrada a la taberna de Gamboa. Los vídeos mostraban a una variopinta clientela entrando con sobres o paquetes en el bar y saliendo al poco tiempo con las manos vacías. Aunque eran lejanas y en blanco y negro, una cosa estaba clara: aquella era una taberna muy visitada que pedía a gritos una vigilancia.

Camaño aprobó la incorporación de Capote y Cruchet para desdoblar el operativo en dos equipos, y durante tres semanas Capote y Cruchet se encargaron de vigilar a Pelopintxo y el garaje mientras Alkorta y Reyes se centraban en Gamboa y su taberna.

Al cabo de ese tiempo, los cuatro agentes se reunieron con Camaño en Madrid para hacer una puesta en común y analizar la situación. Se sentaron en torno a la mesa redonda del despacho del comisario, con sus libretas de notas e informes abiertos, y Camaño los escuchó con las piernas apoyadas sobre su escritorio y las manos entrecruzadas bajo el mentón.

Cruchet y Capote fueron los primeros en hablar. Primero ella, y luego él, expusieron de forma pormenorizada sus pesquisas. Como Alkorta y Reyes ya habían constatado en sus seguimientos previos, Pelopintxo se pasaba media jornada cuidando a la madre, holgazaneando en casa o trabajando en el garaje. La otra media la dedicaba a reunirse con gente del entorno *abertzale*. También recababa información y realizaba actividades que podrían ser indiciarias de colaboración con la banda. Sus idas y venidas eran a todas luces compatibles con algún tipo de actividad ilícita, pero, por el momento, los agentes no eran capaces de concretar lo que fuera que se traía entre manos.

Cuando Capote y Cruchet finalizaron, Camaño se volvió hacia Alkorta y Reyes para que tomaran la palabra.

—Gamboa y Pelopintxo —comenzó Reyes— se ven a menudo en el bar, pero no hay constancia de nuevas entregas de sobres.

—¿No hay constancia? —preguntó Camaño.

—El tipo va allí y se emborracha, nada más —contestó Alkorta.

—Muy interesante —repuso Camaño.

—Dicho esto —prosiguió Reyes—, hemos presenciado algo que nos ha llamado más la atención. El bar es visitado por muchos empresarios y propietarios de pequeños negocios de Eibar o Bergara, y todos ellos van única y exclusivamente para verse con Gamboa.

Alkorta aprovechó para entregar a Camaño un fajo de fotografías furtivas de gente entrando y saliendo de la taberna. Eran borrosas y estaban tomadas con teleobjetivo.

—Parece un centro de encuentro. Tenemos fotos de todo quisqui.

El comisario bajó los pies de la mesa y echó un vistazo a las imágenes que sostenía entre las manos.

—Pueden ser reuniones de negocio relacionadas con el bar —aventuró.

Reyes miró a Alkorta y luego a Camaño.

—La mayoría de los empresarios no son hosteleros —replicó.

—Gamboa lleva dos negocios en paralelo —puntualizó Alkorta—. Los dos en el bar, pero solo uno de ellos es legal.

—Puede ser —concedió Camaño—. ¿Qué hipótesis barajáis?

Reyes juntó las hojas de su informe para indicar que había terminado, y declaró con aplomo:

—El tal Gamboa forma parte del aparato de recaudación y extorsión de la banda. Es el recaudador y ese bar, su oficina de cobro.

—Esa taberna es un punto caliente —corroboró Alkorta—. Los extorsionados acuden allí para saldar el tributo en metálico. —Movió los dedos de la mano como si estuviera espolvoreando unos polvos mágicos—. Y lo más probable es que, a continuación, este tipo reparta el dinero recaudado entre las causas benéficas que más convengan.

—¿Y qué causas benéficas pueden ser esas? —preguntó Camaño.

—Vete a saber —contestó Alkorta—. Sostener a las Gestoras pro-Amnistía, a medios de comunicación afines, incluso pagar los gastos de campañas electorales.

—O, en el caso de que tuviéramos algo de suerte —agregó Reyes—, el dinero podría ser destinado a financiar los comandos.

—Y ahí es donde entramos nosotros —añadió Alkorta.

Camaño se recostó en la silla y adoptó una pose pensativa.

—Tal como lo veo —declaró—, tenemos pruebas para detenerle. Si se asustara, podría cantar algo. Ahora bien, por otro lado, creo que es mejor darle carrete y a ver adónde nos lleva. —Meditó durante unos instantes mientras se rascaba el cuello—. Eso es lo que haremos. Continuad con una vigilancia exhaustiva sobre la taberna. Seguid extrayendo información al máximo. Quizá podamos enlazar una nueva investigación y más detenciones. Vamos a seguir el dinero y a ver adónde nos conduce.

Los cuatro agentes asintieron. Mensaje recibido.

—¿Qué hacemos con Pelopintxo? —preguntó Cruchet.

—¿Qué vais a hacer? —repuso Camaño—. Nada.

—Su detención levantaría las sospechas del tabernero —añadió Capote.

—La verdad es que ese tío es una mina —dijo Cruchet—. No habría que detenerle nunca.

—Entonces, ¿seguimos sobre él? —quiso saber Capote.

Camaño sorprendió a todos al negar con un lento movimiento de cabeza.

—Dejadlo aparcado.

—Pero, comisario... —comenzó a protestar Reyes.

Camaño se inclinó y apoyó los codos en su escritorio.

—Voy a ser claro. No tenemos medios para mantener abiertos dos operativos relacionados con una misma línea de investigación.

Hubo un coro de gruñidos expresando su desacuerdo.

—Llevamos toda la puta vida faltos de personal —remarcó Capote en un gesto inusual en él, porque a él todo le resbalaba—. Tiramos para adelante por inercia y porque la gente tiene ganas de hacer bien su trabajo. Si no, ¿de qué?

—El sindicato ya lo ha denunciado —apoyó Cruchet informando a los demás.

—¿Y? —quiso saber Alkorta.

—Hasta ahora, solo vanas promesas —admitió Cruchet.

—¿Desde cuándo hacen algo por nosotros? —preguntó Capote.

—Lo mismo que los demás —contestó Alkorta.

—Pues eso —respondió Capote.

—A ver si un día se equivocan y nos llega un parche —dijo Reyes.

Camaño se encendió un cigarrillo e interrumpió el conato de rebelión entre sus subordinados.

—¿Habéis acabado *prime donne*?

Los agentes soltaron algún otro improperio y se callaron.

El comisario paseó la mirada entre ellos y apoyó los codos sobre la mesa.

—¿Qué os creéis que es esto? —preguntó mientras movía el cigarrillo en círculos un par de veces—. Aquí se viene de casa llorados. ¿O cuántas veces os tengo que decir que desde el 11-M ya no somos la niña bonita? Ahora son otros los que cuentan con prioridad absoluta. Además, necesitamos efectivos para otros seguimientos en Valencia. Así pues, ¿la *herriko* o Pelopinxto?

Los cuatro agentes se miraron y asintieron de uno en uno.

Alkorta, ejerciendo de portavoz, declaró:

—La *herriko*.

—Sabia decisión —contestó Camaño.

31

El salvaje Oeste

Llovía esa mañana, el primer día de servicio con su nuevo protegido, y Salva se despertó con la radio. Lo primero era informarse: sobre el tiempo, el estado de las carreteras o posibles manifestaciones. Comprobó su teléfono móvil a la búsqueda de algún mensaje de texto de la central que recomendara cambios de itinerarios o aconsejara extremar las precauciones, y tras la ducha y un buen afeitado, tomó un café recalentado y salió de casa con su riñonera atada a la cintura.

En el garaje miró los bajos del coche, un Seat Córdoba de alquiler. Dejó en el maletero una pequeña bolsa con ropa para cambiarse, por si tenía que hacer noche sin previo aviso, y colocó una antena nueva para aumentar la potencia del inhibidor de frecuencias.

Se montó en el coche, sacó un paquete de toallitas húmedas y el cargador del teléfono móvil de la riñonera y los dejó junto al freno de mano. Conectó la emisora de servicio y cumplimentó el formulario preceptivo. Pese a la lluvia, dejó en la guantera las gafas de sol marca «Roy Ban» que le había comprado a un senegalés en la plaza Nagusia y comprobó que llevaba a su «amiga», una semiautomática pequeña y fácilmente disimulable, bien enfundada bajo la axila. Muchos de sus compañeros preferían una pistola más robusta, pero para Salva primaba la ligereza el día que tuviese que usarla, porque que él supiera, a menos de diez metros y con el blanco en movimiento ningún terrorista se quedaba quieto en medio de un tiroteo.

Salió del garaje y condujo por las calles bajo la lluvia, escuchando por la radio que la gasolina, los tipos de interés del Banco Central Europeo y la vida misma habían subido. Llegó al domicilio del protegido y comprobó su reloj. La cita con el escoltado era a las siete y cuarenta y cinco de la mañana y todavía faltaba un cuarto de hora, así que aparcó en doble fila a unos metros del portal. Aprovechó la espera, como tenía por costumbre, para comprobar los alrededores de la casa y los vehículos habituales de la zona, y cambió de nuevo la emisora a la radio del servicio de guardia permanente a la búsqueda de incidencias.

No tardó en escuchar los sonidos de claxon y los improperios de los otros conductores que tenían que maniobrar al pasar junto a él.

—¡Pasa, hombre, pasa! —dijo Salva, sacando la mano fuera del vehículo y animando a que le adelantaran—. ¡Qué prisas, por Dios!

Las gotas repiqueteaban sobre el techo del coche con más fuerza y las sábanas de agua empezaron a barrer la calle. El calefactor no funcionaba y Salva empezó a frotarse las manos para entrar en calor.

Siguió oteando a un lado y a otro y escudriñando por el espejo retrovisor, y justo cuando distinguía por segunda vez a un joven con chubasquero rojo rondando por la calle, dejó de ver el portal por culpa de las ventanillas empañadas.

No sabía si era realidad o sugestión, pero Salva juraría que la actitud de aquel tipo era sospechosa. Bajó la ventanilla y usó el codo para limpiar la condensación en el cristal del retrovisor. La imagen reflejada de la calle se veía borrosa y diluida, pero el tipo llevaba las manos en los bolsillos y caminaba demasiado despistado como para no infundir sospechas. Salva se volvió para mirar a su espalda y un coche se le pegó detrás, apenas a un pelillo del parachoques. Vio a un señor que echaba a correr al cruzar la calle, pero era solo porque el semáforo del paso de cebra se había puesto en ámbar. Y otra vez el tipo del chubasquero, dando vueltas. Le daba mala espina.

En ese momento, Xabi salió del portal y echó a andar por la acera, y el tipo de la sudadera roja cruzó la calle y pareció dirigirse hacia él.

Salva no lo pensó dos veces, descendió del coche y echó a correr con todo lo que daban sus musculosas piernas. Iba con una mano en la sobaquera y llevaba la otra alzada para indicar a Xabi que se detuviera. En unos instantes se interpuso entre Xabi y el sospechoso, pero en realidad ya no hacía falta porque el tipo de la sudadera roja no mostraba interés por ellos, estando como estaba ocupado en fundirse en un beso apasionado con una chica que había salido del portal de al lado. La pareja de enamorados se alejó de la mano y Salva, tras recuperar el aliento, esquivó la mirada curiosa de Xabi y le acompañó al coche regresando sobre sus pasos.

—Llego tarde —se quejó Xabi nada más sentarse en el asiento delantero del pasajero.

Salva se puso al volante, le lanzó una mirada y decidió no responder. Comprobó que el inhibidor de frecuencias estaba en funcionamiento y comunicó la salida e inicio de servicio a la central. Metió primera y se incorporó a la circulación, mientras pensaba para sus adentros que los protegidos nunca querían saber los problemas que sus caprichos generaban a los escoltas. Querían siempre el coche en la puerta cuando salían. O manifestaban la extraña creencia de que los radares no funcionaban cuando conducía el escolta. Aunque ellos salieran tarde, si no llegaban, la culpa era del escolta. Decidió no pensar más en ello.

—¿Qué pasa? —preguntó Salva.

Xabi le miraba de reojo.

—El cinturón. No lo lleva puesto.

Salva se miró el cinturón de seguridad: efectivamente, lo llevaba desabrochado y colgando sobre el pecho.

—Nunca lo llevo en ciudad.

Y mirando al frente, siguió concentrado en una conducción de seguridad manteniendo la distancia con el vehículo precedente.

—¿Se cree usted más ringorrango, quizá? —le preguntó Xabi.

—No es por capricho, eso se lo aseguro.

—¿Y las multas?

—Entre comerme una multa o una bomba, me como la multa.

Xabi, descontento con la respuesta y con los aires que se gastaba Salva, hizo una mueca y ya no dijo nada más.

Salva siguió conduciendo hasta llegar a un semáforo en rojo. Mientras esperaban detenidos, suspiró y se volvió hacia Xabi.

—Está bien —le dijo—. Mire, no me considero ni más listo ni más tonto que nadie. Todo tiene una razón, y en este caso la realidad es que es imposible desenfundar con el cinturón puesto. La capacidad de reacción se vería mermada. Es más, el último compañero que sufrió una bomba se produjo las peores quemaduras en las manos por tener que quitarse el cinturón. Ahora le agradecería que no me cuestionara más.

Xabi se limitó a mirarle sin decir nada, y el semáforo se puso en verde. Salva puso el coche en marcha y el resto del viaje hasta llegar al ayuntamiento lo hicieron en un silencio tan agresivo que parecía que iba a arder Troya.

—Saldré en una hora —dijo Xabi después de que Salva aparcara en una de las plazas reservadas.

Mientras Xabi asistía a su reunión para aprobar unos presupuestos, Salva se ajustó a su agenda y se tomó un café en el bar de enfrente. Cuando terminó, se apostó a la entrada del consistorio y se puso a leer el periódico.

Llevaba poco más de media hora matando el tiempo, a media lectura de un artículo sobre un lendakari al que no había votado la última vez ni pensaba votar en la siguiente, cuando sintió algo frío, duro y punzante que se le apoyaba en la nuca.

—Segurata —le dijo una voz, justo detrás de él—, date la vuelta que tengo algo para ti.

Salva miró a su alrededor. Vio que la gente seguía a sus cosas, como si nada, y eso hizo que se le aflojara la tensión del rostro. Se dio la vuelta y se encontró cara a cara con un hombre bajito y de nariz ganchuda sobre la que descansaba una abultada sobreceja. El tipo llevaba una riñonera muy parecida a la suya, unas gafas de sol que le ocultaban la mirada y un manojo de llaves con el que le había presionado en la nuca.

—Serás cabrón —le espetó Salva.

El otro apartó las llaves y se echó a reír.

—*Aspaldiko!* —exclamó, y le estampó tal abrazo que estrechó su cara contra el pecho de Salva sin que este pudiera hacer nada, teniendo como tenía los brazos atrapados a ambos lados del cuerpo.

Cuando Salva consiguió liberarse del abrazo, miró de arriba abajo al pequeñajo y le dijo:

—Sarabia, quién te ha visto y quién te ve.

—Ahí ando, como siempre.

—¿Qué te cuentas?

—Poca cosa. Me dedico a salir todos los días a las seis de la mañana y no aparezco por casa hasta la medianoche. Así que imagínate.

—Pues no sé a qué juegas. Haces el cálculo y te sale a tres euros la hora.

—¿Qué quieres que te diga? La ley de Murphy debería llevar mi nombre.

Los dos se echaron a reír.

Sarabia señaló a su espalda, a la puerta del ayuntamiento, donde una mujer rechoncha, de aires impacientes y que vestía con traje de chaqueta clásico, conversaba con un grupo de trabajadores.

—Estoy con la vip, que necesita hacer unas gestiones. ¿Y tú?

—Tres cuartos de lo mismo. ¿Por dónde andas ahora?

—¿No te dije? Me mudé a Donosti.

—¿A «Ñoñosti»? Pero si eso es Babel con chancletas.

Sarabia asintió para sí y se quedó mirando sus zapatos gastados. Luego alzó la vista y su expresión parecía haberse apagado un poco.

—Lo prefiero así.

Salva hizo caso omiso a esa repentina tristeza e insistió:

—No hay más que guiris sacándose fotos con las anchoas. Te estarás aburriendo.

—Es que aquí no aguantaba más, Salva; necesitaba respirar.

Salva resopló y apretó el hombro de Sarabia, como para darle ánimos.

—Tú siempre quejándote, hombre. Aúpa la moral.

—Tienes razón. Al menos, trabajo no falta.

—Pues claro, peor se está en el paro.

Sarabia asintió un par de veces y pareció desprenderse de su angustia. Ya más aliviado, se inclinó hacia Salva con gesto cómplice y le dijo:

—Oye, ¿te acuerdas de aquel concejal chanchullero que estuviste escoltando hace un par de años?

—De esos tuve unos cuantos. Como no me refresques la memoria...

—Sí, hombre, aquel que solo fue a un pleno en todo el tiempo que pasaste con él y que te llevaba a pillar farlopa los viernes sin falta.

Salva tan solo necesitó un segundo para situarlo.

—¿Ese? Joder, ni me lo recuerdes. Menudo pájaro. Cómo se notaba que los kilómetros los pagaba la consejería. Venga a tirar millas. «¿Comemos en Pamplona?», me decía el muy cabronazo. ¡Vamos! Me acuerdo la noche que se la pasó borracho en un hotel, y yo en la puerta, esperando como un pringado.

—Pues le vi en Donosti, en La Kabutzia, hará cosa de dos semanas. No veas cómo estaba la discoteca a las tres de la mañana.

—No sé cómo sigues yendo a esos garitos.

Sarabia abrió un poco más lo ojos.

—Había de todo, Salva, como en botica. Guardias civiles, *ertzainas*, narcos, algún delincuente habitual, y nosotros.

—Y todos amigos, claro.

—Amigos es poco. Fíjate cómo acabaríamos, entre copa y copa, que bromeábamos diciendo que debían poner un arco de metales en la entrada, pero ¡para prohibir que pasara quien no fuera con un arma!

Y otra vez se echaron a reír.

—Lo raro es que no se líe más a menudo —comentó Salva.

—Ya te digo. Calculo yo que Euskadi debe de tener por lo menos una media de veinte pistolas por metro cuadrado.

—Y te quedas corto.

—Esto es el salvaje Oeste.

A pesar de estar inmersos como estaban en la sesuda discusión, Salva se percató de que la mujer a la que debía escoltar su amigo había dejado de charlar con los otros trabajadores y miraba a Sarabia con mala cara.

— Tu vip te reclama —le avisó Salva.

Sarabia intentó ponerse serio, pero ya era demasiado tarde.

La mujer se acercó con unos pasitos cortos y rápidos. Llevaba un perfume de los caros que olía desde Sebastopol y no perdió un segundo en enmendarle la plana a Sarabia sin percatarse, al parecer, de la presencia de Salva.

—¿Qué te tengo dicho? Todos los días igual. Tienes que estar más atento. Ahora llegamos tarde a la reunión. Venga, que me tienes...

La protegida se dio la media vuelta y entró en el ayuntamiento. Sarabia, que había aguantado como pudo el chaparrón de reproches, miró a Salva con cara de hartazgo y se marchó tras ella.

—¡Cuídate! —le gritó este.

Sarabia alzó la mano sin mirarle, y con gesto airado y un cabeceo premioso, que hizo sonreír a Salva, entró en el consistorio.

Xabi acabó la reunión y, otra vez con prisas, se montaron en el coche.

—¿Y ahora adónde?

—A la obra.

Salva, que llevaba estudiado el destino y el recorrido que habían de seguir desde la noche anterior, condujo hasta Aretxabaleta.

Dejó el Seat Córdoba aparcado en el aparcamiento frente a una parada de autobuses y recorrieron juntos el centenar de metros que los separaban hasta la obra.

Salva dejaba que Xabi caminara por delante mientras él le seguía por su costado derecho, estudiando los alrededores y el cruce de las calles, analizando el lenguaje corporal de la gente que los rodeaba. No le gustaba caminar o mezclarse entre la multitud. Sentía que los hacía más vulnerables. Era un verdadero río de piernas y brazos, de gestos y aspavientos, de pares de ojos que parecían vigilar desde portales y aceras, de gente que no conocía, pero cuyas caras le resultaban familiares.

En la caseta junto al portón que sellaba el perímetro del edificio en obras, Xabi informó al capataz de la presencia de su acompañante.

—Verá, es que me han puesto escolta.

Salva pudo ver al jefe de obra rascándose la cabeza bajo el casco, como si el gesto le ayudara a digerir la situación que le planteaba uno de sus albañiles.

Xabi se incorporó al tajo con el resto de sus compañeros y Salva se puso a vigilar un par de contenedores cercanos. Así pasó lo que quedaba del día, entre esa y otras comprobaciones de seguridad, pegado al protegido y ponderando lo surrealista de la situación. A mediodía le tocó almorzar un bocadillo, mal y rápido, y mientras se echaba al cuerpo un enésimo café, le dio por añorar los días de traje almorzando en sitios caros y esperando en sofás a la puerta de despachos.

Sin embargo, conforme avanzaba la tarde y las sombras se alargaban, mientras contemplaba a su protegido ganándose el pan con el sudor de su frente, cargando tablones a la espalda o atando barras de hierro con sus compañeros de curro, Salva sintió que le invadía una oleada de respeto. Hacia su protegido y, por extensión, hacia la mujer bajita y regordeta que había gastado tan mal humor con su compañero Sarabia aquella mañana.

¿Sería una concejala? ¿Una periodista? ¿Una magistrada, tal vez? Salva lo desconocía, pero le daba igual. Eran dos más de la especie de los amenazados, un grupo social al que no era difícil ver en los tiempos que corrían; siempre que se quisiera ver, porque también estaba la opción de mirar para otro lado. En el fondo, todos los concejales cocainómanos y todos los políticos de tres al cuarto que solo sabían vivir del cuento en aquel país eran incapaces de empañar esa otra realidad que Salva presenciaba todos los días. En su tierra había escritores que iban a comprar el pan escoltados;

instaladores de telefonía fija que iban a trabajar escoltados; jueces con toga y escolta; agricultores que iban a labrar con el tractor, escoltados; libreros que abrían las persianas de las librerías, escoltados; profesores en las ikastolas o en las universidades, con escolta también; basureros a los que los escoltas controlaban mientras recogían la basura o barrían las calles; jardineros que empezaban su trabajo una vez que los perros adiestrados descartaban la presencia de explosivos entre las flores; incluso conductores de autobuses con sus escoltas camuflados entre los pasajeros. En la atribulada Euskadi de esos días existía un amplio abanico de gentes con el orgullo de la clase trabajadora que no estaban en el equipo de gobierno de sus ayuntamientos, que no vivían en exclusiva de la política y que seguían en sus trabajos día a día dando lo mejor de sí mismos. Para algunos eran vascos de segunda, hombres y mujeres impuros que merecían un tiro en la nuca o una bomba bajo el asiento por ser culpables, al parecer, de un crimen atroz y execrable: expresar sus ideas en voz alta. Y a Salva, que le daba igual la política y que quizá algún día estaría a favor de la independencia, todo eso le producía vértigo y también, por qué no decirlo, un poco de vergüenza.

El protegido terminó la jornada y Salva le acompañó de vuelta a casa. Una vez a solas, llamó a la central para informar de su llegada y del fin del servicio. Luego permaneció en el coche rellenando el parte mientras escuchaba música de Delorean de fondo en la radio. Anotó los kilómetros reales y mintió sobre el recorrido. Siempre hacía un listado de bares y comercios de la zona y falseaba sistemáticamente los partes, indicando que había desayunado en una cafetería tres calles más abajo cuando en realidad habían estado en un bar dos calles más arriba. Sabía que las minutas acababan en los servicios del Gobierno vasco y no se fiaba de nada ni de nadie, porque ETA podía tener chivatos en todos lados.

Cuando finalizó la tarea y regresó a casa, eran ya más de las ocho. Daba igual, con los años se había convertido en un lobo solitario. Cenó frío, como era habitual, se metió en la cama e intentó conciliar el sueño. Otro día en la oficina. Salir a primera hora y no volver hasta la noche.

32

Una magnífica *soirée*

El señor Benoît Delvaux, orgulloso gerente de una fábrica de productos químicos, pasó la tarde paseando por la rue des Mrtyrs de Vingré en compañía de su mujer y sus dos hijos adolescentes. Más tarde, la familia al completo se divirtió jugando a los bolos en una de las pistas de la bolera del boulevar Jules Janin y, para terminar, padres e hijos disfrutaron de las deliciosas pizzas del Monsieur Moustache. Se podía decir, pues, que el señor Delvaux había gozado de una magnífica *soirée* hasta el instante en el que puso el pie de vuelta en su bonito chalet ubicado a las afueras de Saint-Étienne.

El primer detalle que le descolocó fue que el gato de su hija no los recibiera en la entrada como hacía siempre que llegaban, pero tampoco le concedió excesiva importancia a ese suceso. Su mujer fue directa al baño y sus hijos se peleaban por la tarrina de helado del frigorífico, así que el señor Delvaux se encaminó por el pasillo hacia la parte trasera de la casa.

—*Minette? T'est où, Minette?*

Seguía llamando al minino cuando intentó encender la lámpara sobre el sifonier de su dormitorio y vio que esta no funcionaba.

Dejó su chaqueta sobre el galán de noche y comprobó que alguien había desenchufado el cable eléctrico, y entonces sintió la brisa moviéndose a través de la estancia y pisó sin querer los cristales esparcidos sobre la moqueta. Miró hacia la ventana y vio que estaba rota.

Supo que algo terrible había sucedido, pero se quedó inmóvil en medio de la habitación sin saber qué hacer. Presintió que había alguien allí dentro, con él. En silencio. Observándole. De hecho, podía ubicarle al oír su respiración. Estaba a su espalda, sentado en la cama.

Delvaux se había olvidado de cómo se respira, pero el maullido del gato hizo que saliera de su trance. Se volvió lentamente, y al hacerlo el pulso se le aceleró de tal manera que notó el zumbido en la yema de los dedos.

El intruso le observaba sentado en el borde de su cama de matrimonio, y parecía sentirse muy cómodo allí, envuelto en la oscuridad. Con una mano enguantada agarraba lo que parecía una pistola y con la otra sujetaba en su regazo al gato de la casa. Vestía de negro, y las suelas de sus botas manchaban la alfombra que la mujer de Delvaux había comprado en un viaje a Marrakech.

Sin mediar palabra, el extraño se puso en pie. Era alto y delgado.

El gato aterrizó sobre el suelo y salió despavorido de la habitación.

El señor Delvaux trastabilló al retroceder un pasito hacia atrás.

El extraño habló desde la oscuridad:

—*Calmez-vous, monsieur Delvaux.*

Su voz era pausada, sin inflexiones, con un acento difícil de ubicar.

—*Vous êtes Benoît Delvaux* —dijo de nuevo el desconocido—. *Hochez la tête pour dire oui ou non.*

Delvaux parecía deslumbrado.

—*Répondez* —repitió el desconocido.

Delvaux asintió, pero no se movió.

El extraño sostenía el arma pegada a la pierna, sin hacer ostentación de ello.

—*Quoi qu'il arrive* —susurró—, *ne bougez pas.*

En ese instante se oyó un estrépito procedente de la sala de estar, y una sucesión de ruidos a cada cual más perturbador llegó a oídos de Delvaux. Pisadas corriendo, alguien resbalando en el parquet, el inconfundible sonido de los muebles al ser arrastrados. Y lo más estremecedor: los gritos de su mujer y sus hijos y los gruñidos de otras voces, desconocidas, masculinas, haciéndolos callar.

El señor Delvaux quiso correr en auxilio de sus seres queridos, pero el extraño alzó el brazo y apoyó cuidadosamente el cañón de su pistola contra la mejilla del gerente, justo debajo del ojo izquierdo. Aquello hizo que este desistiera de realizar cualquier movimiento.

—*S'il vous plaît* —dijo el desconocido—. *Faites ce que je vous dis.*

El intruso le apartó la pistola de la cara y le cogió del brazo.

Como pudo, Delvaux se sobrepuso al impacto inicial.

—*Vous, monsieur..., ne pouvez pas être ici* —balbució.

—*Ne me le dis pas* —contestó el extraño—. *Êtes-vous sûr de ça?*

El señor Delvaux no supo qué decir.

El ruido al otro lado de la casa había ido menguando, y ahora tan solo se oían sollozos y gemidos sofocados.

—*Votre usine est à dix kilomètres d'ici* —dijo de nuevo el desconocido—. *Hochez la tête pour dire oui ou non.*

El señor Delvaux asintió de nuevo, preguntándose por enésima vez qué tipo de ladrones eran aquellos que parecían saberlo todo sobre él.

El intruso extendió la mano invitándole a pasar y Delvaux recorrió el pasillo delante de él hasta llegar al salón. Allí, las rodillas del señor Delvaux parecieron fallar y el color desapareció de su cara. Lo que veían sus ojos era una escena nacida de la más terrible de sus pesadillas.

Su mujer y sus hijos estaban tumbados en el suelo, mirándole muertos de miedo mientras cuatro hombres los maniataban y amordazaban con cinta americana. Los compinches del desconocido vestían de negro y tenían las caras cubiertas con unas medias de nailon. Parecían máscaras que distorsionaran sus rasgos de forma macabra.

Uno de los intrusos encendió la televisión, y los aplausos del público de un concurso contrastaron con los lamentos de la familia Delvaux.

El extraño levantó la pistola y les apuntó.

—*S'il vous plait..., s'il vous plait...* —gimoteó el gerente al mismo tiempo que los quejidos de su mujer y sus hijos aumentaban.

—*Allez, Benoît* —dijo el extraño, como si degustara su superioridad sobre el señor Delvaux—. *Comportez-vous bien.*

Este se pasó la mano por la frente.

—*Restez calme...* —acertó a decir a su familia, tal vez a sí mismo.

—*C'est ça l'attitude!* —convino el extraño, y le dio unas palmaditas en el hombro al gerente.

—*Il y a de l'argent* —dijo Delvaux—. *Aussi des bijoux dans le coffre-fort.*

El extraño se situó detrás del señor Delvaux.

—*Nous ne voulons pas de bijoux, nous ne voulons pas d'argent.*

Rodeó con un brazo el cuello del gerente y con una mano se agarró el bíceps de su otro brazo, inmovilizándole.

Al mismo tiempo, entre nuevos gritos y forcejeos, un asaltante remolcó a su mujer hasta el sofá y los otros tres compinches arrastraron a sus hijos por el suelo. Cruzaron toda la sala de estar con ellos hasta llevarlos junto al radiador de la calefacción situado en la pared.

El señor Delvaux vio a su mujer sollozar, a sus hijos pataleando e intentando gritar bajo la cinta que les tapaba la boca, pero no pudo hacer nada. El desconocido le apretó tan fuerte que la lengua le asomó ligeramente por entre los labios y se sintió desfallecer.

El intruso gritó:

—*Fermez-la!*

Y su voz consiguió que todos obedecieran.

El intruso aflojó los músculos que asfixiaban a su presa y el señor Delvaux empezó a recuperarse.

—*Fermez-la* —repitió el extraño—, *parce que je ne suis pas Dieu et je ne sais pas ce qui peut arriver.* —Gesticuló unos segundos con el arma en la mano—. *Nous allons faire un petit tour à votre usine.*

El señor Delvaux acertó a tartamudear:

—*Qu'est-ce... qu'est-ce que vous voulez?*

—*Les clés.*

El señor Delvaux asintió. Por fin reconocía el acento español, por fin se hacía una composición de lugar y empezaba a entender de qué podía ir todo aquello.

Como si le leyera la mente, el extraño se quedó mirándole.

—*Obéissez ce soir* —le dijo muy despacio— *et revenez sain et sauf dans votre famille. Ne vous sentez pas comme un héros, ce rôle est trop grand pour vous. Concentrez-vous sur ce que je vous dis et tout ira bien.*

—*Oui.*

—*Prenez votre manteau.*

El señor Delvaux volvió a asentir. Su tez colorada se había vuelto gris. Cogió el abrigo y una bufanda del perchero y se los puso. Luego se acercó a una cómoda y abrió uno de sus cajones. Sacó un manojo de llaves con manos temblorosas y se las entregó al extraño.

El extraño se guardó las llaves en el bolsillo, cogió del brazo al señor Delvaux y le condujo hasta la puerta principal.

El gerente echó la vista atrás y vio que solo dos asaltantes los acompañaban. Los otros dos permanecían con su familia. Uno se había sentado en el sofá junto a su mujer y había puesto las piernas en alto sobre una mesita. El otro se puso a vigilar a sus hijos, a los que había atado con bridas de plástico al radiador, mientras se aplicaba en rebañar el helado que había quedado fuera de la nevera. Esas dos imágenes acompañaron al señor Delvaux mientras abandonaba su casa y se adentraba con sus acompañantes en la oscuridad de la noche.

Arrano conducía la Berlingo con el gerente agarrotado de pies a cabeza y amontonado como si fuera un bulto entre él y Gorka. Zapa viajaba en la parte de atrás y todo el mundo permanecía atento y en silencio.

Era una operación arriesgada y Arrano lo sabía, pero las circunstancias le habían obligado. Llevaba dándole vueltas al problema del nitrometano desde la primera vez que el Rizos, el experto en explosivos de la Organización, le hablara de aquel potenciador químico.

—Nitrometano —dijo el Rizos.

—Cuéntame más —le ordenó Arrano.

—Corta el hormigón como si fuera mantequilla.

Y ya no hizo falta que el Rizos le contara más.

Arrano se pasó las primeras semanas visitando las tiendas de aeromodelismo del departamento de los Pirineos Atlánticos. Fingía ser un aficionado entusiasta que compraba combustible al por mayor para una flotilla de aviones de juguete. En cada lugar usaba un carnet de identidad distinto y pagaba en efectivo, pero aquello no podía durar. Las compras implicaban papeleo y eran rastreables, y la gestión levantaba demasiadas sospechas. No podía pasarse los días recorriéndose el sur de Francia, intentando vaciar el mar con pequeños vasos de agua. Debía pensar a lo grande, y no había fábrica de productos químicos más grande en la zona que la que el señor Delvaux gestionaba.

Arrano condujo hasta la fábrica y el resto de la noche transcurrió sin sobresaltos. Accedieron al almacén y cargaron los bidones de nitrometano en la furgoneta. Al terminar la operación, limpiaron con pañuelos las posibles huellas y se marcharon de allí sin contratiempos.

El señor Delvaux colaboró en todo momento.

Era bretón, pero de los blandos, no de los que luchan, y seguía tan asustado como para mearse en los pantalones. Arrano detestaba a los hombres así, tan pusilánimes. Aunque era la primera vez que le veía, era como si le conociese de toda la vida. El gerente pertenecía a esa raza de hombres a quienes la vida había regalado tanto que carecían de agallas para luchar, aunque su existencia estuviera en juego.

Antes de recoger a Dienteputo y a Brujilla, el *talde* dejó al señor Delvaux en un pastizal bordeado de cedros. Estaba solo, a varios kilómetros de su casa, y era noche cerrada.

Arrano le ordenó que no denunciase los hechos hasta que acudiese a trabajar a la empresa dos días más tarde.

—*Souviens-toi que je sais où tu habites* —le tuteó—. *Toi et ta famille.*

Estaba seguro de que le haría caso.

33

Por no aprender a callarme

—¿Dónde comemos?

—Donde quieras, a mí me da igual. ¿Qué te apetece?

Ginés no esperaba gran cosa del bar de carretera a pie de asfalto, a las afueras de Mondragón, en el que Alkorta le había citado. No le convencían las mesas con butacones de plástico rosa, ni el letrero que anunciaba el plato del día, ni tan siquiera los cuadros con motivos pesqueros.

Sin embargo, degustaron unas croquetas de bacalao estupendas y unas manitas de las de echar el freno de mano. Estuvieron hablando de la mujer y los seis hijos de Ginés y de la maravillosa soltería de Alkorta, y por fin llegaron a los postres y se lanzaron a discutir el tema que tenían entre manos.

—Entonces —planteó Ginés—, ¿qué te ronda por la cabeza?

—A mí nada. ¿Por qué?

—Tú no eres de mucha cháchara, Luis.

—Joder, Ginés, a lo mejor este es mi nuevo yo.

—No lo creo, eres un puñetero y siempre lo has sido.

Alkorta sonrió y deslizó hacia Ginés la carpeta que descansaba sobre la mesa y a la que ninguno había hecho mención desde que ocuparan sus asientos para almorzar.

—Échale un vistazo —dijo Alkorta.

Ginés se limpió las manos con la servilleta, abrió la carpeta y lo primero que vio fue el logo del CNP en lo alto del informe. No le hizo falta mucho tiempo para entender de qué se trataba y, enseguida, empezó a lamentarse en silencio por haber levantado la liebre sobre Pelopintxo.

—Esto me pasa por no aprender a callarme.

—Esto es una buena oportunidad —le contestó Alkorta.

—Me extraña tanta amabilidad, viniendo de ti.

—Me ofendes, Ginés.

—Tampoco me lo creo; tú siempre has sido de piel gruesa.

La fina ironía estaba empezando a convertirse en trazo grueso.

—Estoy devolviéndote el favor —gruñó Alkorta—. Nosotros vamos con la lengua fuera y no damos abasto...

Ginés alzó la mano para interrumpirle.

—Espera un momento, ¿cómo te crees que estamos nosotros? El mío también es un cuerpo mal financiado, mal organizado, con escasez de recursos humanos y de formación.

—Vosotros estáis más pegados al terreno, conocéis mejor a la población.

Ginés le miró fijamente con unos ojos duros que contrastaban con la endeblez aparente de su orondo cuerpo.

—Estamos totalmente sobrepasados por el escenario de violencia que vivimos aquí. ¿No lo ves?

Luego bajó la voz y añadió:

—Luis, hay compañeros, como los *beltzas* de antidisturbios, a los que tienen ganas y dan fuerte. En las algaradas lo mínimo que se lanzan son botellas.

—Ya sé —repuso Alkorta sarcástico—. «Terrorismo de baja intensidad» lo llaman ahora vuestros políticos, ¿no?

—Sí, una baja intensidad que estuvo a punto de quemar vivos a dos compañeros la semana pasada en Portugalete.

—Entiendo.

—No, no puedes entenderlo. —Ginés se quedó mirando a Alkorta durante unos segundos—. Hace poco recibimos una circular que recomendaba a los nuestros que no desayunaran en las comisarías de los azules.

—¿Con nosotros?

—Con vosotros.

Alkorta, impertérrito, se quedó mirando al *ertzaina*.

—Me la trae al pairo, Ginés; no soy político.

Luego golpeó con el dedo sobre el informe que Ginés había devuelto a la mesa, y añadió:

—Esta línea de investigación, esta, es buena. Conviene dar hilo a esa cometa y a ver hacia dónde os lleva.

Ginés apartó la vista y dejó vagar su atención entre el murmullo de los conductores, la expresión taciturna de los camioneros y las conversaciones de una familia marroquí cargada de regalos para sus familiares de paso en su largo camino hacia Algeciras. Luego volvió a coger el informe entre las manos. Un solo vistazo y supo que Alkorta tenía razón. Pelopintxo pedía a gritos continuar el operativo de vigilancia. Tantas idas y venidas, tanta reunión con gente del entorno, tantas visitas al garaje. Algo tramaba. Aun con todo, Ginés no estaba dispuesto a jugársela. No, así como así.

Terminaron cada uno el postre en silencio, y al despedirse a las puertas del bar, Ginés estrechó la mano de Alkorta.

—No te prometo nada.

—Me conformo con que lo pienses, Ginés.

—*Agur* —contestó Ginés, y se despidió con un torpe aspaviento.

Ginés condujo de vuelta a la comisaría dándole vueltas a la cabeza y mirando de reojo el informe en el asiento de su derecha como si fuera a morderle. Corrían nuevos aires y se hablaba de reforzar la cooperación policial, pero eso no cambiaba el hecho de que su amigo le había pasado información a espaldas de sus superiores. La experiencia le había enseñado a distinguir entre los momentos en los que tocaba iniciar una investigación y los momentos en los que tocaba respetar la cadena de mando. Y ese era un arte que requería cierta destreza. En los años que llevaba en la Ertzaintza, Ginés jamás había recibido órdenes de no actuar, pero sí que había visto trabajos que se ralentizaban, informaciones desaprovechadas e investigaciones que no avanzaban o se abandonaban. Era la misma desidia de la que se quejaban los compañeros patrulleros cuando eran asignados a controles de alcoholemia porque tocaba y venía bien estadísticamente, mientras a unos kilómetros del lugar estaba a punto de comenzar la batalla de los viernes por la *kale borroka*.

Cada uno podía pensar lo que quisiera, pero si Ginés tenía algo medianamente claro era que sus compañeros *ertzainas* no eran unos incompetentes. La política lo salpicaba todo de mierda y el problema del país era que se les había hecho ver como normales cosas que en otro lugar serían detestables. Cuando las personas convivían durante mucho tiempo con esa situación, quisieran o no, acababan acostumbrándose.

Ginés aguantó con la cuestión de Pelopintxo en sus pensamientos durante varios días, esperando a tomar una decisión que no se atrevía a tomar. Al cabo de una semana, llegó a la conclusión de que no tenía elección. Las pruebas estaban ahí para quien quisiera verlas, y el informe que Alkorta le había pasado revelaba una serie de indicios ante los cuales uno no podía dejar de investigar.

De ese modo, usando la excusa del confidente habitual para echar la bola a rodar, Ginés se dejó caer por el despacho de Josu

Fernández, su superior, y le entregó un informe que había elaborado basándose a su vez en el dosier de Alkorta.

—¿Un confidente? —comentó Fernández mientras releía el informe.

—Eso es —mintió Ginés—. Como usted sabe, hace unos cuantos años tuvimos varias explosiones con artefactos en las afueras, en la zona de cooperativas entre concesionarios.

—¿Y?

—Nunca se resolvieron.

—Ya, pero luego pararon y no se supo más.

—Bueno, siempre hemos tenido la sospecha de que en Arrasate había un comando dormido.

Fernández tenía el cabello ralo y se sentaba muy tieso, como si estuviera congestionado. Leyó el informe durante unos minutos más, y cuando alzó la vista miró a Ginés de arriba abajo como intentando decidir si le seguía escuchando o le expulsaba directamente.

—¿Y qué tiene que ver eso con este individuo? —preguntó.

—El cese en esas acciones coincide con el tiempo que Pelopintxo estuvo en la cárcel.

—Sí, pero ya no se han vuelto a dar desde que salió a la calle.

—Quizá porque ETA le ordenó que dejara de actuar y que se dedicara a proporcionar infraestructura o apoyo logístico para cometer atentados.

Fernández hizo una mueca de desaprobación, pero Ginés siguió exponiendo su teoría:

—Pelopintxo va a trabajar a ese garaje todos los días. Sospecho que esté dedicado a labores de logística para la banda, trabajando en material para algún comando: pistolas, placa de matrículas...

—O quizá simplemente esté dándole uso a las máquinas que haya allí y haciendo sus chapuzas con el metal.

—Puede ser, eso sería una cobertura muy consolidada. La cuestión es que no lo sabremos si no investigamos.

Fernández se encogió de hombros y le dirigió una mirada de hartazgo.

—Como usted vea —comentó secamente—. Se le asignará un pequeño equipo para realizar la vigilancia. Cuatro hombres. No más.

—*Eskerrik asko.*

—Tiene tres meses. Si no hay resultados, se da carpetazo al asunto.

—De acuerdo.

Ginés se puso en pie.

—Espere —dijo Fernández—. Aún hay más. Usted liderará la investigación a pie de campo.

Ginés no pudo evitar hacer una mueca de disgusto.

—¿Yo? —se quejó—. Pero si estoy hasta arriba de trabajo.

—No es mi problema.

Ginés empezó a pensar que todo aquello había sido una mala idea.

—Verá —dijo—, no me preocupa la sobrecarga de trabajo.

Mostrando su desinterés en la conversación, Fernández dejó el dosier sobre su escritorio y encendió su ordenador.

—¿Entonces? —preguntó sin mirarle.

—Pues..., no sabría cómo explicarle a mi mujer y a mis hijos que, hasta nueva orden, volveré todos los días tarde a casa.

—Su mujer. —Fernández pareció pensar durante unos segundos—. Eso va a ser un hueso duro de roer, sí, pero ahí yo ya no le puedo ayudar. —Achicó lo ojos y le miró con interés—. ¿Puedo preguntarle algo?

—Por supuesto.

—¿Cuántos hijos tiene?

—Seis.

—Eso había oído. —Fernández permaneció mirándole con los ojos entornados—. ¿Es usted del Opus?

—Pues no.

Fernández asintió, aunque no parecía enteramente satisfecho. Acto seguido se volvió hacia la pantalla del ordenador y pretendió hallarse ocupado mientras le decía:

—Puede retirarse.

Ginés se quedó mirándole sin poder contener su enfado.

—Sí, mejor voy a llamar a mi mujer para darle las buenas noticias.

Fernández alzó la vista y una ceja, pero no dijo nada.

Ginés lo tomó como una señal para que se marchara de una puñetera vez y, mientras regresaba a su escritorio, se puso a pensar que la mierda siempre escurría hacia abajo, y que por interesarse por las cosas cuando no tocaba, iba a ver sus días unidos al pelmazo de Pelopintxo.

Había pasado un mes desde la madrugada en la que Pelopintxo despertó sobre el banco del parque, borracho y sin saber qué hacía allí. En el banco de enfrente había una pareja de adolescentes entregándose a la pasión. Vestían a juego, con unos plumíferos chillones, y Pelopintxo no pudo apartar los ojos de aquella escena, no pudo apartar la mirada de la forma en la que se besaban y magreaban sin parar.

Hasta que el chico se percató de su presencia.

—Eh, tú, desgraciado.

La chica intento disuadir a su novio, pero el chico parecía sentirse obligado a armar jaleo.

—Sí, tú, viejo verde. ¿Qué miras?

En un primer momento, Pelopintxo se dio el gusto de preguntarse qué aspecto tendría aquel adolescente recalcitrante al otro lado del cañón de su pistola. Sin embargo, el chico se puso en pie e hizo un gesto amenazante, y su expresión tan poco razonable hizo que Pelopintxo desechara aquella fantasía.

—Tampoco hay que ponerse así —murmuró, y azorado, y de forma un tanto cómica, se marchó de allí.

De camino a casa se detuvo una vez y se palpó el cuerpo. Respiró aliviado al comprobar que la cartera, el sobre que le había entregado Gamboa y la pistola que tenía agarrada entre el pantalón y la correa permanecían en su sitio. Siguió andando e hizo un esfuerzo por recordar cómo había llegado hasta aquel parque, y se dio cuenta de que no era capaz de plasmar en su mente los rasgos de la mujer que le había llevado al banco.

Se acordaba de su perfume y de sus formas sinuosas, pero de ningún otro detalle. Una buena samaritana no debía de ser. Sería una fulana, pensó, lo que siempre pensaba, porque solo sabía ver a las mujeres bajo una única dicotomía: o putas, o santas. Las deseaba cuando le parecían degradadas, y le producían rechazo cuando parecían respetables. Donde amaba no sentía deseo y donde deseaba no podía amar. Tampoco era que ellas le amaran especialmente. A lo largo de su vida se habían mostrado incapaces de apreciar su valía. Nunca las había comprendido, ni ellas a él. Pelopintxo parecía no cumplir los requisitos que exigían las chicas que solo buscaban divertirse, ni tampoco los de aquellas que anhelaban una relación estable. Unas pensaban que era un tipo demasiado tímido y se reían a su costa; las otras veían cierto halo siniestro que parecía cernirse sobre él y, directamente, no se fiaban.

Pelopintxo llegó a casa como pudo, sacó el fajo de billetes del sobre de Gamboa y calculó que tendría para unos tres meses. Se echó en la cama y ni se desvistió. Al sacar la pistola del pantalón, la notó más ligera y se extrañó al comprobar que tenía la recámara vacía. Habría olvidado cargarla, pensó, y sabiendo que contaba con un cartón repleto de cartuchos en el garaje, no concedió mayor importancia al asunto y se durmió como un bendito.

A la mañana siguiente se despertó con la resaca y el cerebro estrujado y, como siempre, se prometió no volver a beber nunca más. Tenía la lengua de trapo y el alcohol parecía supurar por todos los poros imaginables de su cuerpo. En momentos así se sentía acabado, como si a lo largo de su existencia hubiera perdido todo lo habido y por haber. Debido a su apariencia ordinaria, sabía que proyectaba ante la gente una imagen de ser humano pálido e invisible. Era su forma de ser y estar, tan anodina, la que hacía que quienes le trataban le calificaran de tímido y apocado, y ni siquiera lo hacían a sus espaldas. Aunque bien pensado, quizá fuera esa la razón por la que sus jefes le habían vuelto a encomendar una tarea de vital importancia. Quizá no fuera tan malo pasar desapercibido ante los demás, ni que nadie se imaginase a qué se dedicaba. Porque Pelopintxo sabía que él mismo no tenía nada de estúpido y que cuando se lo proponía sabía estar a la altura de las circunstancias.

Con esa caricia a su autoestima fue a sacar a su madre de la cama. La mujer llevaba años en ese estado a causa de un ictus sufrido el año posterior a su salida de la cárcel. La mano derecha se había transformado en una garra y ella, que siempre había sido tan activa y pizpireta, se había quedado paralizada y envejecida de forma prematura. Pelopintxo la aseo y la vistió, y con paciencia y una cucharilla le fue dando el yogur y la fruta licuada que tomaba por desayuno.

Poco a poco, a lo largo de esa misma mañana, Pelopintxo y su espíritu resiliente fueron cobrando una fuerza renovada. Empezaba un nuevo día, sabía quién era y lo que tenía que hacer.

34

Ellos son los culpables

El autobús fletado por el colectivo de familiares de presos salía al amanecer, entre nubes de humo que tosía a los barrenderos que aún limpiaban las calles. Felisa, con su vestido barato de señora mayor de los domingos, pasaba las incontables horas de trayecto divisando en silencio el paisaje de campos verdes a través de la ventanilla, conversando con los familiares o leyendo algún libro de Corín Tellado.

Mireia y su bebé ocupaban el asiento de al lado. La criatura agarraba los dedos regordetes de Felisa y no dejaba de juguetear con ellos, y Felisa se pasó todo el rato haciéndole carantoñas mientras Mireia se desahogaba.

—Y nos casamos en la cárcel —le contaba la joven—. No veas la llantina que me pegué.

—Normal, niña. Tantas emociones encontradas...

Mireia acarició el pelo de su pequeña, y se quedó mirándola.

—Luego llegó Laida. En uno de los vises la concebimos, fíjate tú qué cosas. Y este es su tercer viaje ya.

Felisa miró a la bebé y le sonrió de tal forma que las comisuras casi le llegaban hasta los ojos.

—Mira qué carita. Ojalá pueda ver pronto fuera a su *aita*.

Mireia asintió con tristeza.

—Pues por sus leyes tenía que haber salido ya hace un año, y eso que lo metieron dentro solo por presunto. Y ahí que le tienen todavía, con lo bueno que es. Un pedazo de pan.

Esa expresión de amor incondicional recordó a Felisa la frase con la que ella misma se había referido a su hija en no pocas ocasiones. «Un pedazo de pan». ¿Sería posible que una hija no fuera, para una madre, más buena que un pan? Por mucho que se hubiera equivocado, por muchas cosas malas que hubiera hecho, una hija siempre iba a ser una hija.

Sin embargo, había algo más, un pensamiento con el que todavía no había hecho las paces. Desde que conoció los cargos que pesaban sobre Lierni, Felisa siempre tuvo sus dudas sobre el asunto ese de los niños. Se preguntaba si sería cierto que su hija había tenido algo que ver con todo aquello y decidió que no acabaría la visita sin averiguarlo. Estaba segura de que la verdad la tranquilizaría, su hija la iba a mirar a los ojos y le iba a decir que no había tenido nada que ver, y en ese mismo instante Felisa la iba a creer, porque al final todo se reducía al amor de una madre por su hija.

Mireia seguía con ganas de compartir, y tras coger a Felisa con ternura de la muñeca le dijo:

—Y claro que al principio te cuestionas cosas. Y además la tele con la cantinela de que son terroristas, pues eso hace mella... Pero en una persona tan cariñosa te das cuenta de que lo que ha hecho no lo ha hecho porque sí, tiene que haber una razón muy fuerte detrás. Lo sabes, igual que sabes que su militancia te tiene que hacer evolucionar, hacerte más comprometida con su lucha.

Felisa se quedó ponderando sus palabras mientras acariciaba a la bebé y la pequeña la miraba con ojos curiosos.

Cuatrocientos kilómetros después, el trayecto se hacía notar y Felisa no tenía ni el ánimo ni las articulaciones para muchos trotes. El autobús paró en una estación de servicio y los pasajeros bajaron a estirar las piernas.

Un anciano estaba dando una vuelta en torno a la gasolinera, y Felisa se unió al paseo. El hombre se llamaba Eugenio y tenía unas orejas muy grandes, comía un bocadillo y no dejaba de subirse unos pantalones de pana que ya llevaba de por sí muy subidos por encima de la cintura. Era una de los habituales en el autobús, y le gustaba hablar de su nieto, preso en Jaén, como si estuviera hablando ante el juez.

—Él sabrá lo que ha hecho, si es que lo ha hecho, claro. —Hizo una pausa para subirse el pantalón y no continuó hasta masticar un buen bocado de ternera con pimientos—. Según tengo entendido, está dentro por matar a un señor en Zaragoza o no sé dónde. Él no niega que sea miembro de ETA, y a mucha honra, y la verdad es que yo estoy muy orgulloso de él. Es un chico muy majo que lucha por unos ideales y encima le tienen humillado en las celdas de castigo y con la dispersión.

El sonido de un claxon rasgó el aire interrumpiendo sus reflexiones y los familiares empezaron a regresar al autobús. Eugenio se limpió las migajas del pantalón e hizo un gesto con el mentón, señalando a una señora de avanzada edad que marchaba con pasos cansinos.

—Mírala, ochenta años que tiene.

Felisa miró a la mujer, que precisaba de ayuda para subir las escalerillas del vehículo, y dijo:

—No hay derecho.

Eugenio se rascó los lóbulos de las orejas, curvados hacia fuera como si anunciaran su fin, y remarcó:

—Nosotros nos quedamos en Jaén, pero esa pobre mujer no

para hasta llegar al Puerto de Santa María. Un mes y otro y otro. Y todo por un error de juventud de su nieto. Si los que tienen delito ya están pagando, ¿por qué castigan a las familias?

—Más razón que un santo, Eugenio.

Eugenio dio un último mordisco al bocadillo antes de volver a meditar en voz alta:

—Lo que te digo: lo de la dispersión es pura venganza.

—A mí solo me consuela que en este lado del conflicto podamos ver al menos a nuestros hijos.

Eugenio se volvió muy serio hacia ella, y por enésima vez se subió los pantalones.

—¿Cómo? —inquirió.

—Pues... —titubeó Felisa—, que el único consuelo que me llevo al cuerpo es poder ver a mi hija.

—Qué consuelo es ese, ¿eh? A ver, ¿qué consuelo es ese, mujer?

Una ráfaga de determinación atravesó la cara de Felisa.

—Lo es. Otros solo pueden ir al cementerio a ver una piedra.

Eugenio entornó los ojos y sacó la voz como del fondo de un pozo.

—Muchos de los que han puesto patas arriba eran opresores, chivatos y traficantes, gentuza de esa calaña. Igual se lo tenían merecido.

Y dicho aquello, Eugenio echó a andar hacia el autobús. Estaba apoyando su mano nervuda en el batiente de la puerta cuando Felisa, aun sabiendo que no debía hacerlo, se atrevió a preguntarle:

—¿Y si no todos se lo merecían?

Eugenio se volvió imperceptiblemente.

—Pues ajo y agua; tampoco nosotros nos merecíamos muchas de las cosas que nos han sucedido.

El hombre subió las escalerillas y se perdió en el interior del autobús, dejando a Felisa a solas con sus pensamientos mientras contemplaba el dorado horizonte de la meseta castellana.

La prisión provincial de Jaén II era un edificio austero hecho de ladrillo naranja, hormigón y alambradas. Más allá, en lo alto de una colina, se veía una pedanía, y Felisa se percató de que el pueblo en el que vivió su infancia y juventud no debía de andar muy lejos.

En el *hall* de entrada, los funcionarios la tuvieron esperando en la cola de visitantes, entre familiares humildes y carteles que poblaban las paredes con eslóganes anunciando que aquella era una ZONA LIBRE DE PENA DE MUERTE y reclamando un DERECHO A VIVIR.

Por un instante, Felisa temió no llevar los papeles en regla y que los funcionarios fueran capaces de mandarla de vuelta a casa sin poder ver a su hija, como había escuchado que habían hecho no pocas veces con otros familiares. Sin embargo, llevaba los papeles y la hicieron firmar el libro de visitas en la ventanilla de secretaría. Una funcionaria que no paraba de bostezar examinó su carnet de identidad y la obligó a vaciar el contenido de unas bolsas que llevaba. Felisa dejó un jersey, comida y los cartones de tabaco sobre una amplia mesa y, a continuación, depositó su bolso en un contenedor de plástico. Pasó por el detector de metales y, ya al otro lado, un funcionario con cara de aburrido la condujo por el pasillo hasta llegar a una estancia fría que reverberaba con el murmullo de las conversaciones entre los presos y sus seres queridos.

Allí, siguiendo las indicaciones y la mirada indiferente de un último burócrata, Felisa ocupó su sitio en un locutorio y se dispuso a esperar bajo la mala iluminación de unos halógenos que parpadeaban.

Lierni no tardó en aparecer.

Parecía más pálida, delgada y ojerosa que la última vez que se habían visto. Hubo un intercambio de miradas con el grueso cristal de por medio, y, enseguida, las dos se pusieron el telefonillo pegado a la oreja. Lierni le preguntó por su cuadrilla y la gente del barrio, las chicas del club de senderismo y los amigos de la plaza. Felisa le contó que todos le mandaban *musus* y recuerdos, y que Pipe y los otros le habían dejado libros, cedés y cartones de tabaco de la marca que ella fumaba.

—Y a la protesta, ¿fue la gente? —preguntó Lierni con ansiedad.

—¡Uy, mucha gente! El cura estaba allí. Y Pipe, Txiki y todos los demás. Armaron una bulla que *pa* qué. Y la foto tuya en la plaza, si la *verías*, ¡grandísima!

Lierni sonrió aliviada.

Se hizo un silencio, como si no tuvieran nada más que hablar o hubiera cosas que no querían decirse, y Felisa aprovechó para preguntarle, de forma un tanto abrupta:

—¿Y qué es eso de *Txalaparta* ni *Txalaparta*, hija?

—*Ama*, son cosas de la cuadrilla. Oye, qué elegante estás. Parece que vas a una boda.

Felisa se tocó el collar y se alisó su vestido con estampado floral.

—Pues tú estás flacucha. ¿No te dan de comer bien estos señores?

—¿Qué señores, *ama*? Son carceleros. A ver si te enteras, que soy presa del Estado.

—Está bien, pero tú no seas *saboría* y come todo lo que te pongan.

Lierni no sabía si reír o llorar. Se limitó a menear la cabeza y dijo:

—Oye, y el Valentín, ¿te ha dado algo para mí?

El rostro de Felisa se crispó.

—No me hables de ese, no me hables.

—*Ama*...

—Se me hierve la sangre, niña. Por su culpa estamos como estamos. Ya lo decía tu *aita*, cuidado dónde te metes, no te dejes engatusar. Pero, claro, tú siempre has sido muy propensa a los amoríos.

—*Ama*, no empieces.

— En cuanto le vi, lo tuve claro: vamos a emparentar hasta con los ratones.

—Mira, si vamos a estar discutiendo el poco tiempo que tenemos, mejor coges y te das la vuelta.

Felisa decidió callarse y se alisó de nuevo el vestido.

—Tu amigo Pipe me ha dejado unas cartas suyas —reconoció.

—¿De Valentín?

—Sí, del innombrable.

La cara de Lierni se iluminó como un árbol de Navidad.

La expresión de Felisa se suavizó un poco.

—Son libros de esos que os gustan a vosotros, y algunas fotos. Te las he dejado con las bolsas que he traído, y también un jerselillo de lana que te he tejido, que seguro que aquí hay mucha humedad cuando llueve. Ah, y un calendario con el Sagrado Corazón. Y ahí llevas los táperes de porrusalda, y tu favorito...

—Merluza koshkera —añadió Lierni, y esbozó una sonrisa.

—Y doscientos euros para el economato —finalizó Felisa.

Lierni siguió sonriendo, pero la sonrisa no tenía la misma fuerza.

Felisa se dio cuenta.

—¿Qué te pasa, niña? —preguntó—. A ver, siento no poder llegar a más, es que ando algo achuchada.

Lierni cerró los ojos y respiró profundamente.

—No es eso, *ama*, es que me jode ser una carga.

—Tú qué vas a ser una carga.

Pero Felisa, quizá contagiada por la pena que transmitía Lierni, recurrió a un pañuelo antes de que apareciera alguna lágrima.

—*Ama*, ¿qué te pasa?

—Si es que la libertad es tan bonita, niña.

—Bueno, ya está.

—Verte así me trae por la calle de la amargura, y encima pensando que ahora yo me marcho y te dejo aquí sola. Si te viera el *aita*, que en paz descanse...

La voz de Lierni adoptó un tono de dureza.

—Pues bien orgulloso estaría de mí.

—Niña, no sé yo...

—También lucho por lo que le hicieron a tanta gente como él. ¿O ya no te acuerdas de por qué andaba sordo de un oído el pobre hombre?

—Se quedó sordo de pequeño —respondió Felisa.

—Por el sopapo que le arreó un maestro.

Se notaba que Felisa no se sentía cómoda precisamente con los derroteros que estaba tomando la conversación.

—Él nunca me quiso decir... —dijo tras aclararse la garganta—, y yo, venga a preguntarle, y venga, pero nada..., que eran malos recuerdos. Y ya, pues le dejé tranquilo.

—Ocho añitos tenía, *ama*. Y el puto maestro falangista de los cojones le dejó sordo para el resto de su vida. ¿Y sabes por qué? ¿Lo sabes? Por eso, por hablar euskera.

Felisa no supo qué le dolió más, si la imagen de su marido siendo violentado atrozmente de pequeño o la forma en la que su hija le escupía el trauma a la cara.

—Todo eso está muy mal, y habría que coger a ese maestro de los pelos y hacerle lo que yo me sé, pero... ¿Y los niños del cuartel? ¿Qué culpa tenían de todo esto?

Lierni clavó en su madre una mirada que refulgía.

—*Ama*, no sigas por ahí... —le advirtió.

—¿Cómo no voy a seguir? Si no se me van de la cabeza...

—No hagas caso de las habladurías.

—A ver qué culpa tenían las pobres criaturas...

Lierni apretó el telefonillo con fuerza y su rostro se crispó en una expresión salvaje.

—¡La culpa la tienen sus padres, por meter a las familias en los cuarteles en medio de un conflicto armado! —El pelo le cubría los ojos y al acercarse al cristal su voz desencajada adoptó un tono bronco—. ¿Tú crees que lo que hacemos lo hacemos por placer? Lo que hay detrás de nuestras *ekintzas* es mucho más importante que nuestra forma de ser; lo hacemos por un sentido patriótico del deber. El enemigo nos obliga a hacerlo, ellos son quienes se empeñan en prolongar el sufrimiento y el conflicto ahí fuera. ¡Ellos son los culpables!

Felisa miró a su hija sin saber qué contestar, y el consiguiente abismo de silencio que se produjo entre ambas perduró hasta ser interrumpido por una voz masculina.

—Se les ha acabado el tiempo —dijo el funcionario de servicio.

Lierni regresó a su chabolo con la cabeza gacha. La visita de su madre la había dejado con un mal sabor, y andaba pensando en ello al pasar junto a una ventana que daba a una habitación con sillas de plástico, dibujos colgados de las paredes y un pequeño parque de juegos. Era el módulo de la Unidad de Madres, y por allí asomaban varias reclusas con sus hijos. Una joven con el pelo teñido de color fresa jugaba con una niña colgada del cuello; una mulata enseñaba a su retoño de pelos rizados a pintar un papel de colores; y varios niños de entre dos y cinco años correteaban como locos, tirándose del pelo, chillando, riendo y llorando.

Era un estruendo del que daban ganas de huir, y Lierni, con toda su frustración y toda su rabia, siguió su camino hasta llegar a su celda y echarse en su colchón.

35

Rodeado de fachas

Era primera hora de la mañana y Pipe no había dormido en casa. Jone se hallaba en la cocina, cortando verdura para la comida y macerando un cabreo sordo. La tarde anterior había recibido una llamada telefónica del jefe de estudios de la ikastola, y lo que había escuchado de su boca no le había gustado nada.

Oyó la llave hurgando en la cerradura y el monopatín de Pipe deslizándose al dejarlo junto al paragüero, rayándole el suelo de la entrada.

«Mira que se lo tengo dicho».

Decidió respirar hondo y se prometió a sí misma llevar el asunto de forma pacífica y con calma.

—¿Pipe? —preguntó Jone—. ¿Eres tú?

—¡Somos unos ladrones! —oyó gritar a Pipe desde la puerta.

—¡Venimos a hacerte un favor! —dijo otra voz.

Jone reconoció de inmediato la voz que acompañaba a la de Pipe, y más cuando llegaron las risas de los dos chavales llenando el piso de energía adolescente. Txiki no era una influencia que ella aprobara, pero era el mejor amigo de su hijo, y ante la fuerza de la amistad, Jone había descubierto que una madre no podía hacer nada.

Tac, tac, tac. Jone seguía cortando y el ritmo del cuchillo reflejaba su cabreo. Armándose de paciencia, respondió en voz alta:

—No me digas.

—¡Vamos a llevarnos los conejitos de cerámica de la entrada y la cómoda hortera del salón!

—Venid aquí, que hablemos antes de que me desmanteléis la casa.

Los dos amigos aparecieron por la cocina con sus bobas sonrisas. Pipe y Txiki. Txiki y Pipe.

—¡*Apa*, Jone!

Pero la mirada de Jone borró pronto esas sonrisas de sus caras.

—El retorno del hijo pródigo —entonó esta en un tono estudiadamente relajado—. ¿Se puede saber dónde has pasado la noche?

Pipe señaló a Txiki con un arqueo de ceja.

—Ya te dije, en casa de este.

—Es verdad, me dijiste. Y la clase de ayer, ¿qué tal?

Pipe abrió la nevera y bebió a morro de un cartón de leche.

—Bien, bien —contestó.

—¿Bien? ¿Seguro? No es lo que he oído.

Pipe y Txiki cruzaron una mirada de preocupación.

—Pues no sé qué has podido oír —dijo Pipe.

—Que te has pasado toda la semana haciendo *pira*. Pero, claro, debes de pensar, y con razón, que me chupo el dedo.

Jone observó el rostro de su hijo. Tenía la palabra «culpable» escrita en la frente. Volvió a emplearse en la verdura y el rítmico sonido del cuchillo sobre la tabla apuntilló su silencio reprobador.

Txiki abrió la boca para resolver la situación.

—Verás, Jone... —empezó.

Pero Pipe cortó a su amigo de un codazo.

Tac, tac, tac. Jone siguió cortando y levantó la vista para preguntar:

—¿A qué os dedicáis últimamente? Y no me vengas con historias.

—Jone, estuvimos... —comenzó Txiki de nuevo.

—No estoy hablando contigo, Txiki —le interrumpió Jone.

Era como si Txiki no estuviera allí o no mereciera más atención que la que ya le había prestado. De hecho, Jone ni siquiera había apartado los ojos de Pipe para dirigirse a él.

Así que Txiki se calló por el momento.

Pipe tomó la voz cantante.

—Estuvimos en unas jornadas de encierro. Los estudiantes de Ikasle Abertzleak nos dieron unas charlas de arraigamiento y...

Tac, tac... El golpeteo del cuchillo se interrumpió y Jone señaló a Pipe con su punta afilada.

—¡Como si dan cursos de ganchillo! Que sea la última vez que faltas a clase. ¿Me oyes?

Pipe miró a su madre sin acobardarse.

—No te entiendo —repuso—. Cuando vivía el *osaba* Txarli bien que nos animabas a participar.

Jone dejó el cuchillo sobre la encimera y miró a su hijo con cierta amargura.

—Esos eran otros tiempos.

—Sí, otros tiempos en los que la gente no se rendía —replicó Pipe.

Jone se mordió la lengua y se hizo el silencio.

Viendo la tensión que se respiraba entre madre e hijo, a Txiki no se le ocurrió mejor idea que aportar su granito de arena.

—Jone, el curso fue la hostia de interesante.

Jone se volvió hacia él.

—Txiki, ¿a ti nunca te echan de menos en tu casa?

Txiki tomó la sabia decisión de hacerse invisible y se calló definitivamente.

—*Ama*, fue toda la cuadrilla —insistió Pipe.

—Y donde va el rebaño vas tú. A ver si te enteras de que reivindicar la independencia no vale de nada...

—... si antes no eres independiente como persona —la cortó Pipe.

Txiki ahogó una risita.

Jone, muy seria, se quedó mirando a los dos chavales.

—No sois unos críos, a ver si pensáis ya por vosotros mismos.

—Lo que tú digas, *ama*. —Pipe se volvió hacia Txiki—. Vamos.

—Oye... —empezó Jone.

Los dos chavales se volvieron para enfilar hacia la salida de la cocina, pero Jone asió a Pipe del brazo y le hizo girarse.

—Haz el favor de mirarme cuando te hablo. ¿Adónde crees que vas?

—Pues a dar una vuelta.

—¿Cómo? Ni lo pienses. Te vas a clase ahora mismo.

—Pero si no tengo hasta dentro de un par de horas.

—El jefe de estudios me ha dicho que a primera hora también hay clases de refuerzo.

—Pero... ¡Venga ya!

—Ni peros ni gaitas. ¡Coge tu mochila, y a clase!

Pipe miró a Txiki pidiendo ayuda, pero su amigo contrajo los músculos de la espalda, como diciendo: «A mí no me mires».

A Jone se le estaba agotando la paciencia.

—¿A qué esperas?

Pipe se volvió hacia su madre, y en tono glacial le soltó:

—Por eso estas siempre sola, porque no hay quien te aguante.

Jone ocultó el dolor que aquellas palabras le producían.

—Me lo dicen a menudo —contestó ella—. A clase.

Pipe cogió el autobús, se sentó en un asiento y dejó la mochila con los libros y su monopatín descansando a sus pies. Mecido por el vaivén, se enfundó los cascos, se aisló del mundo y se puso a escuchar a Berri Txarrak en el *walkman*. Se sentía frustrado e incomprendido, preso de su rebeldía adolescente y de sus propias hormonas en ebullición. Era como si sus órganos reverberaran dentro de él, bailando sin ton ni son, chocando contra las paredes internas de su cuerpo adolescente.

Pensaba en su madre y, sobre todo, en cómo había cambiado. Cuando era pequeño, Jone le había llevado a menudo a la cárcel a ver al *osaba* Txarli. Se pasaban todo el tiempo conversando, y el *osaba* le contaba unas historias fascinantes sobre la fuga de Segovia y le preguntaba si ya iba correteando detrás de las *neskas*. Sin embargo, conforme fue creciendo, su madre cambió de actitud. Las excusas para no cumplir con las visitas fueron en aumento y estas se espaciaron más y más. Con el paso de los años su madre se había vuelto una blanda, o quizá simplemente quiso evitarle la imagen de azucarillo deshecho del *osaba* Txarli, cuando la hepatitis y el principio de cáncer empezaron a hacer mella, lo que provocó que se deslizara en una carrera sin frenos cuesta abajo, hacia ninguna parte.

Como para ahuyentar los malos pensamientos, Pipe se puso a tararear al ritmo de la música y, casi sin darse cuenta, se dedicó a observar con desinterés al resto de los pasajeros que iban en el autobús.

La mayoría eran de fuera de Arrasate. Había un grupo de currantes en monos azules con el logo de una empresa de montaje eléctrico. Bromeaban entre ellos, eran anchos y fornidos y reían como unos críos. A su espalda, una madre con sus dos chiquillos era capaz de acunar al más pequeño mientras reñía al mayor. Este era un niño rollizo y estaba enfrascado en algún juego imaginario con las manos. Y al otro lado del pasillo, un consultor —al menos, eso parecía con su traje y corbata y su cartera de documentos— leía *El País* y miraba a Pipe de vez en cuando con el rabillo del ojo.

Pipe decidió que había algo en la actitud sumisa de este último que no le gustaba, y dedujo que, leyendo lo que leía, debía de tratarse de un puto facha. Al sentirse observado, el oficinista refugió la mirada en el periódico, pero para Pipe la situación ya era un reto. Subió el volumen del *walkman* y, dirigiéndose al consultor como si le dedicara la canción, empezó a cantar en voz alta y desafiante:

—*... dar la espalda a la realidad /conducta de avestruz / cerremos Egin / con este sistema / Una, grande, libre / La policía y toda esa mierda / el cáncer de este puto pueblo...*

El consultor no aguantó más allá del estribillo y abandonó asustado su asiento. Acabó refugiándose en la zona cercana al conductor, y Pipe, satisfecho y ufano, se puso cómodo y se pasó el resto del viaje contemplando el paisaje por la ventanilla.

El autobús se detuvo con una ligera sacudida. Habían llegado a la parada en Aretxabaleta situada junto al aparcamiento público lleno de coches. Las puertas se abrieron con un siseo y los trabajadores, la madre con sus hijos, el consultor y el propio Pipe se apearon y se dispersaron con paso rápido por la acera.

Pipe echó el monopatín al suelo y empezó a patinar por el aparcamiento en dirección a la ikastola.

—¡Cuidado! —gritó una mujer.

Era la señora con los dos niños, que gritaba al ver que Pipe y un Seat Córdoba que había aparecido frente a él estaban a punto de colisionar. El conductor del vehículo pegó un frenazo tan brusco que casi lanza al hombre que iba en el asiento del pasajero a través de la luneta frontal, y Pipe tuvo que echar mano de su pericia para pisar la cola de la tabla y esquivarlos.

Los dos hombres que iban en el coche, sorprendidos y asustados por el percance, le miraban a través del parabrisas.

Pipe reconoció a uno de ellos.

El tipo era ese concejal gordo y españolista. Y Pipe estaba seguro de que el conductor, que tenía pinta de *txakurra*, debía de ser su escolta.

El hombre al volante se asomó por su ventanilla.

—A ver si vamos con cuidado, chaval.

—Que te den.

—¿A que te suelto una hostia?

El concejal, más calmado, decidió intervenir:

—¿Te importa dejarnos pasar?

Pipe paseó la mirada del uno al otro, pero no hubo que decírselo dos veces. Se echó a un lado con desgana y permaneció allí quieto. Sin embargo, mientras el coche pasaba junto a él, Pipe cerró la mano y levantó el dedo corazón para despedirse del conductor con una peineta.

El escolta alargó una mano e intentó soltarle una colleja, pero Pipe fue más rápido y le esquivó.

—¡Fallaste, maricón!

El escolta se quedó con ganas de detener el vehículo, pero el concejal le azuzó y al final acabaron aparcando a un centenar de metros. Bajaron del coche, se alejaron del aparcamiento y se perdieron tras la valla promocional que sellaba las obras del edificio en construcción.

Pipe escupió al suelo. Se sentía rodeado de putos fachas.

Malhumorado, se montó en el monopatín y se alejó de allí deslizándose sobre la tabla.

36

Rituales monótonos

Una semana después del encuentro con Pipe, Salva se encontraba en la cocina de su protegido dando buena cuenta de un trozo de *pantxineta*. A golpe de insistencia, Elena había conseguido que el escolta se animara a entrar en casa mientras esperaba a su marido, y aquella mañana a primera hora Salva disfrutaba del pastel y de la conversación, a pesar de que, en cierto modo, se sabía examinado. Mientras metía el busca y el pijama de enfermera en el bolso y se disponía a marchar al hospital, Elena le observaba con unos ojos que expresaban resignación, pero también una tranquila intensidad que no se tambaleaba.

—... así que terminé magisterio, pero no me ponía a trabajar, iba dando tumbos de un lado para otro y... ¡Oiga, esto está muy bueno!

Elena hizo un gesto para dar a entender que el pastel no merecía tantas alabanzas.

—Total... —prosiguió Salva mientras se le quedaba medio bocado de pastel fuera de la boca y tenía que introducírselo con el dedo— que no conseguía sacarme las oposiciones, así que me homologué para trabajar como personal de seguridad, y el resto es historia.

—Y se convirtió en ángel de la guarda.

—¿Perdone? —le costó un segundo pillarlo, pero cuando lo hizo Salva no pudo evitar sonreír—. Pues sí, se podría decir que sí.

Elena asintió y se quedó callada. Luego miró su reloj y dijo:

—Lo siento, mi marido es un desastre. No sabe ser puntual.

El escolta se limpió la boca con una servilleta de papel y, sin saber por qué, se sintió en la obligación de defender a su protegido.

—Es un desastre, desde luego, pero tiene que estar orgullosa de él.

—No sé yo.

—Le está echando tres pares, con la que está cayendo.

Elena asintió de forma distante y pareció querer cambiar de tema.

—Unai dice que no se llevan muy bien, mi marido y usted.

Salva se frotó el cogote.

—No es cuestión de llevarse bien o dejar de llevarse —confesó.

—Me imagino. Su *aita* intentó explicarle..., es difícil explicar todo esto a un niño. Para él, usted es... como un vaquero de las películas.

Salva asintió como si entendiera por dónde quería ir Elena.

—Puede ser, pero, verá, no conviene implicarse con los hijos de los vips. Y no conviene porque lo diga yo, sino porque lo dice...

—... el manual, ya lo sé —espetó ella.

Elena empezó a cruzar los brazos, como para abrazarse a sí misma, pero pareció cambiar de idea y dejó los brazos a los lados.

—Sin embargo —dijo—, ¿no se ha parado a pensar una cosa?

—¿El qué?

—Que quizá el que escribió el manual nunca salió a la calle.

Ambos sonrieron, y pareció que la amable conversación hacía que Elena olvidara, aunque fuera efímeramente, el peligro que los rondaba.

—¿De qué os reís? —preguntó Xabi.

Había aparecido con el niño en la cocina.

—De ti, de quién va a ser —le soltó su mujer, y su sonrisa se desvaneció lentamente.

—Pues estupendo —dijo Xabi mientras sentaba al niño a la mesa.

A pesar de todo, Salva se dio cuenta de que Xabi se había debido de alegrar al oír el tono jocoso de Elena. Con toda esa vida que se traían, ella debía de encontrar cada vez menos motivos para sonreír.

Xabi empezó a tomar su café en silencio, Unai sorbía su tazón con leche y cereales y Elena se empleaba en cortar algo de fruta sin demasiada convicción que luego metía en una tartera para su hijo.

Salva se percató de la ligera tirantez que se establecía entre el matrimonio y se sintió un intruso en el seno de esa familia.

—Si no me necesitan, los espero abajo —anunció con cierto pudor, y dejó su plato sin una migaja de pastel sobre la encimera.

Xabi dio un último sorbo a su café, aprisa y corriendo, y dijo:

—No, no, voy con usted.

—Sí, eso, id bajando —se apresuró a decir Elena—, que yo no tardo en llevaros al niño.

Xabi se despidió de Elena con un beso rápido, quizá para evitar males mayores, y el rostro de ella registró, de nuevo, cierta pena.

Ya en la calle, Salva decidió centrarse en su labor mientras llegaban hasta el Seat Córdoba que los esperaba aparcado en la acera.

—Conviene repasar algunas nociones de protección.

—De acuerdo —convino Xabi.

—La semana pasada en Basauri, un policía vio una bolsa de

basura pegada a la rueda de su coche. Le extrañó, pero no la tocó. Se limitó a mirar debajo, por si acaso, y allí estaba.

—Allí estaba, ¿qué?

—La bomba lapa, lista para matarle. Estaba preparada de tal manera que, si quitaba la bolsa, explotaba. Y si arrancaba, también.

Se detuvieron junto al coche y Salva hincó la rodilla, agachó su musculoso cuerpo e hizo un gesto para que Xabi hiciera lo mismo.

Xabi volvió la cabeza y vio a su mujer en el portal. Agarraba a Unai de la mano y tenía una expresión de angustia en la cara. Xabi esquivó su mirada, y también las miradas de los transeúntes que paseaban a esa hora de la mañana, se arrodilló sobre el pavimento y, en un ejercicio de contorsión, acabó bajo el coche con el culo en alto mirando al cielo.

Salva señaló entre la suciedad y corrosión del bastidor.

—La bomba lapa se suele colocar aquí o aquí. ¿Ve?

—No lo veo.

—Hágame caso, la verá.

—No sé cómo narices voy a distinguir yo una bomba, la verdad.

—Aquí, en este hueco junto a la suspensión. Canta mucho.

Xabi miraba sin verlo claro hasta que unas pequeñas zapatillas se plantaron frente a su lado en la acera. A continuación, la cara traviesa y los mechones rubios de Unai se asomaron bajo el coche y el niño, frotando los dedos índice y pulgar, empezó a sisear con su voz infantil.

—Misi, misi, misi..., miau.

Los dos hombres cruzaron una mirada de circunstancia y se pusieron en pie.

—Lo siento, hijo —dijo Xabi—, no hemos encontrado al gatito.

Salva se limpió la pernera del pantalón y Xabi tomó a Unai en brazos, abrió la puerta del coche y lo colocó en el asiento de atrás.

—Sitúese al volante —le pidió Salva.

Xabi rodeó el coche y se sentó donde este le indicaba.

Salva ocupó el asiento del pasajero y golpeó con el dedo sobre un bloc de notas y un bolígrafo pegados con velcro al salpicadero.

—Si algo no cuadra, una matrícula, lo que sea, lo apuntamos aquí.

Xabi asintió y se recolocó en el asiento.

Pudo ver, a través del parabrisas, al vecino del segundo paseando al perro y mirándole con cara de bobo.

Xabi tuvo un súbito remordimiento de conciencia, por si pasaba algo, y le hizo un tímido gesto con la mano para que se apartara.

El vecino, que había presenciado todos los prolegómenos, tiró de la correa del perro y se alejó a paso ligero sin perder tiempo.

—Otro consejo antes de arrancar —dijo Salva—. La bomba lapa no suele matar al conductor. Lo hacen las llamas que le están quemando las pelotas y el no poder salir porque la explosión ha combado la estructura. Por eso hay que facilitar que la onda se disipe.

Y bajó un palmo el cristal de su ventanilla.

—Entendido —asintió Xabi.

Unai asomó la cabeza entre los dos reposacabezas delanteros y anunció con gesto fastidiado:

—*Aita*, llegamos tarde.

Xabi se maldijo entre dientes. Casi se habían olvidado del niño.

—Ya vamos, hijo, ya vamos.

Xabi agarró la llave en el contacto y volvió la vista hacia el portal. Su mujer estaba allí, y Xabi la saludó a modo de despedida, pero ella no se movió del lugar. Los espiaba con tanto desgarro que Xabi casi podía percibir la manera en la que contenía la respiración.

«Tranquila, gordi, no pasa nada», le dijo mentalmente.

Xabi giró la muñeca y el motor arrancó sin problemas. Al ver que los tres seguían allí, respiró aliviado y bajó del vehículo para dejar que Salva ocupara el asiento del conductor. Mientras ambos rodeaban el coche para ir a sentarse en sus asientos respectivos, Xabi volvió a mirar hacia Elena y le guiñó un ojo a modo de despedida.

Ella le mandó un beso poco sentido y, sin más, echó a andar por la acera y desapareció entre el río matutino de personas que se dirigían a sus respectivos trabajos vacíos de entusiasmo y llenos de incertidumbre.

Xabi ocupó el asiento del pasajero y Salva se incorporó al tráfico. Giraron por la primera bocacalle, y no había pasado más de un minuto y a Xabi ya se le había olvidado el mal rato. Volvía a pensar en sus cosas, en su normalidad, sin ningún énfasis existencial.

—¿Eres amigo de mi *aita*?

La cara de Unai volvió a aparecer entre los reposacabezas.

Salva le miró a través del espejo retrovisor.

—Eso que te lo conteste tu *aita*.

Xabi se volvió hacia su hijo.

—¿Tú qué crees?

—Que no.

—¿Y eso?

—Siempre andáis peleando.

Xabi frunció el ceño y Salva ahogó una risita.

—Mira, la realidad es que yo cuido de tu *aita* —dijo Salva.

—¿Como su secretaria?

Ahora fue Salva el que frunció el ceño y Xabi se apresuró a intervenir.

—Pero, ¿cómo que su secretaria, Unai? ¿Dónde has aprendido tú eso? Mira, Salva es... A ver, tú ves a los futbolistas cuando salen del autobús en la tele antes de jugar el partido, ¿no?... Bueno, da igual, quien sea. Pues como los que salen en la tele y llevan guardaespaldas, igual está Salva.

—¿Y la pistola —preguntó Unai— dónde la lleva?

Salva parpadeó un par de veces.

—No hay pistola.

—¿Me la dejas ver? —insistió Unai.

—Que no hay pistola, Unai, no seas pesado —repuso Xabi.

Unai alzó el brazo y señaló con el dedo la sobaquera de Salva.

—¡Mira, se le nota el bulto!

Como si le hubieran pillado cantando desnudo, Salva se ruborizó, se ajustó la chaqueta y apretó con fuerza el volante.

Xabi se volvió hacia atrás y colocó a su hijo contra el asiento.

—A callar —le ordenó mientras le apretaba el cinturón.

Gracias a Dios, el trayecto era corto y no tardaron en dejar a Unai a la puerta de la ikastola, entre una amalgama de niños y padres agolpados a las verjas de la entrada. Aquello no dejaba de ser un circo, con el coche aparcado de forma poco discreta en segunda fila y el escolta acompañando al protegido.

—Qué follón de niños —dijo un padre—. Oye, ¿y este quién es?

Salva se parapetaba tras sus gafas de sol «Roy Ban» y mantenía el tipo a escasos metros, y Xabi se vio obligado a responder a todas las preguntas que suscitaba la presencia de su nuevo acompañante.

Cuando regresaron al coche, Xabi anunció:

—Vamos al ayuntamiento. Y luego, a la concentración.

—¿Es por el empresario?

—Sí, es por Arizaga. ¿Le conoce?

Salva asintió mientras se incorporaba a la circulación.

—¿Quién no le conoce? Es el dueño de la empresa de autobuses. Fue botillero del pelotari del pueblo. ¿Se sabe algo nuevo?

—Que va para largo. —Xabi suspiró y miró por su ventanilla—. Por lo visto, algún espabilado ha confundido la facturación de la empresa con los beneficios, y la familia no tiene tanto dinero como les piden.

—Pues si no pagan, ese no vuelve vivo a casa.

—No diga eso —repuso Xabi—, siempre se puede... siempre...

Y no siguió. Cerró la boca y siguió mirando por la ventanilla, sin fuerzas quizá para agarrarse a algo parecido a la esperanza.

Dejaron el coche no muy lejos, y a medida que se acercaban a la plaza divisaron a los concentrados que, con lazos azules en las solapas, reivindicaban la libertad de Arizaga en las escalinatas del quiosco de música. Xabi se fundió en un abrazo cariñoso con la mujer y los hijos del secuestrado y saludó a varios vecinos, amas de casa, pacifistas de Elkarri y trabajadores de la empresa de Arizaga que los acompañaban.

Su amigo Juanmari, que estaba entre los presentes, se apartó para hacerle un hueco tras una pancarta que decía ARIZAGA ASKATU. MÁS DE 300 DÍAS SIN JOXE MARI. Salva, con su rostro de palo y sus gafas de sol, se cuadró junto a ellos. Juanmari le miró detenidamente y, tras abrocharse la chaqueta, se inclinó hacia Xabi y le susurró:

—Parece majete tu acompañante.

Xabi miraba al frente y sostenía con fuerza la pancarta.

—Juanmari —repuso—, no seas brasas.

Y los dos se quedaron mirando hacia el otro lado de la plaza donde, como una imagen especular, se estaba desplegando otra concentración.

Se trataba de Pipe, Txiki y de otros vecinos. Comían pipas y los observaban con expresiones que variaban del cabreo a la más absoluta indiferencia. Portaban lazos verdes en las sudaderas y pancartas en las manos que proclamaban GUTUNAK IDATZI e INDEPENDENTZIA.

Las campanas del reloj de la plaza empezaron a repicar, y mientras Xabi y sus concentrados guardaban silencio, los vecinos del grupo de enfrente alzaron los puños al aire y empezaron a corear:

—¡Los asesinos llevan lazo azul! ¡Arizaga, calla y paga!

Nadie se sobresaltaba. Todo era rutina y normalidad. El pueblo había quedado en aquel pulso y en aquellos rituales monótonos, como cuando Xabi había comprobado los bajos del coche aquella mañana.

37

María de Otxarcoaga

Tras recibir la confirmación por parte de Ginés de que Pelopintxo había sido puesto bajo la vigilancia de la Ertzaintza, Alkorta y Reyes se concentraron en Gamboa con el apoyo de Capote y Cruchet. Se repartieron la tarea de tal forma que estos seguían los movimientos que Gamboa realizaba fuera del bar, y Alkorta y Reyes vigilaban la *herriko*. Pronto llegaron al convencimiento de que una vigilancia a distancia sobre la taberna no iba a arrojar resultados. Estaban obligados a dar un paso al frente si querían avanzar, y para ello necesitaban vigilar desde dentro de la forma más casual posible. Necesitaban entrar en la taberna.

Alkorta fue el primero en dejarse caer por el bar.

—*Apa, garagardo bat, mesedez!* —saludó nada más llegar, y enseguida se ganó a todos y ya estaba acodado en la barra junto al resto de los parroquianos.

En unos días se labró una tapadera de currito que alternaba etapas de paro con chapuzas puntuales, y cuando alguien se interesaba por sus circunstancias, le contaba que se hallaba trabajando en la obra de una vivienda cercana. Avelina, la mujer de Gamboa, era un dechado de sonrisas y amabilidad, y al segundo día de comer allí, ya andaba asegurándose de que no le faltara de nada.

Los dos chavales que trabajaban de camareros en el local no eran tan confiados, y congraciarse con ellos le costó un cierto esfuerzo. Los chicos eran buenos en lo suyo, se turnaban la barra y las mesas sin hacerse los despistados y se conocían la carta al dedillo. Uno era alto, parecía tener la cabeza bien amueblada y se llamaba Pipe. El otro era bajito, se veía a la legua que era un bala perdida y respondía al apodo de Txiki. Pipe seguía yendo a la ikastola y trabajaba en el bar a tiempo parcial. Txiki, que era mayor y tenía pinta de no haber visto un libro ni por el forro desde hacía tiempo, se pasaba todo el día en la taberna.

Alkorta comprobó que solían salir al callejón de atrás con papel de liar en las manos cuando se tomaban un descanso, y a las dos semanas halló la manera de abordarlos en voz baja a través de la barra.

—Psst.

—¿Qué?

—¿Me podéis decir quién pasa por aquí?

Pipe lo miró con desconfianza, pero Txiki se puso el trapo de limpiar al hombro y se acercó hasta él sin pensárselo dos veces.

—¿Qué es lo que quieres? Tengo lo que quieras.

—¿Tienes maría de la buena?

Pipe alzó la mano a modo de advertencia.

—Espera, no tan rápido.

—¿Pasa algo? —preguntó Alkorta.

—¿Cómo sabemos que no eres un *txakurra*?

—Eso —se apresuró a decir Txiki.

Alkorta se señaló el pecho con el dedo índice.

—¿Un *txakurra*? ¿Yo?

—Puedes ser uno de esos que va de incógnito —soltó Pipe.

—Que sepas que solo por el simple hecho de no decírnoslo nos estás tendiendo una trampa, y eso es ilegal —añadió Txiki.

—Joder, os veo muy familiarizados con la ley.

—A ver —dijo Txiki—, di «No soy policía».

—*Mutil*, tú has visto muchas películas —contestó Alkorta, pero enseguida entonó con fingido cansancio—: «No soy policía».

—No sé si me fío —dijo Pipe.

—Tiene pinta de picoleto —comentó Txiki.

—Huele a madero, sí —afirmó Pipe.

Pero estaba claro que estaban vacilándole, o quizá no.

—A ver —dijo Alkorta—, ¿cómo queréis que os lo demuestre?

—Danos un rato y quedamos en el callejón de atrás —contestó Txiki.

Cinco minutos después, Alkorta se fumaba un porro en la parte de atrás de la *herriko* ante la atenta mirada de los dos chavales.

—Tienes que aguantar la hierba más tiempo en los pulmones —observó Pipe en tono de experto.

Alkorta tosió un par de veces.

—El consejo es gratis —añadió Txiki—. La maría te va a salir a diez euros el cogollo.

—¿Precio de amigo? —inquirió Alkorta con retranca.

—Lo sería si te conociéramos, pero no te conocemos —repuso Txiki.

—¿De dónde eres, Luis? —terció Pipe.

—De Iruña —contestó Alkorta mientras soltaba el humo.

—¿De la Estafeta? —volvió a preguntar Pipe.

—¿Y qué lees? —quiso saber Txiki—. ¿*Diario de Noticias* o el *Diario de Navarra*?

Alkorta los miró y dio un par de caladas al porro antes de hablar.

—Para empezar, Iruña es mucho más que San Fermín y la Estafeta. Para seguir, no me toquéis los cojones con preguntitas.

Soy de la Txantrea y me pasé mi juventud en una bajera bebiendo, fumando y llevándome a la moza. Echo de menos la chistorra porque los carniceros que tenéis aquí no la saben hacer y me molesta que digáis el Osasuna porque es Osasuna a secas. ¿Queréis saber algo más? ¿No? ¡Pues que os den!

Alkorta se quedó mirando a los chavales con una mezcla de cólera y picardía, y estos cruzaron una mirada y asintieron satisfechos.

—Eso sí —dijo Alkorta mientras suavizaba las facciones de su cara—, reconozco que esto que movéis por aquí tiene su aquel.

—¿Se siente el cliente satisfecho? —le preguntó Txiki.

—Como cuando uno recibe la frase «Hacienda te devuelve».

—Venga, suelta la pasta —intervino Pipe.

Alkorta se dejó el porro entre los labios y sacó la cartera con premeditada lentitud. Buscó entre sus billetes y sacó treinta euros.

—Dame tres.

Txiki rebuscó en el bolsillo y eligió entre varias bolsitas con cogollos y el dinero y el producto no tardaron en intercambiar de manos.

—Es de un colega argelino —añadió Txiki mientras se metía los billetes en el bolsillo—. Se dedica a la venta ambulante de colchones.

Alkorta se guardó la bolsita en el bolsillo trasero del vaquero.

—No me digas. ¿De dónde la ha sacado?

—De Otxarcoaga —dijo Pipe.

—Amonal o metralleta... —añadió Txiki.

—... ¡traficante a la cuneta! —sentenciaron los dos chavales a la vez, y sus risas juveniles en el callejón sonaron a felicidad.

Después de aquello, Alkorta, que consumía de forma habitual desde sus tiempos en la brigada de estupefacientes, empezó a comprarle marihuana a Txiki. Procuraba pasarse todos los días por la taberna a la hora del almuerzo y de la cena. Comía el menú del día, jugaba a la máquina tragaperras o tomaba botellines de cerveza acodado en la barra.

El roce hace el cariño, y Alkorta se dio cuenta de lo mucho que disfrutaba en compañía de los dos chavales. Con Pipe y Txiki, unos días se hablaba del sorteo de la Copa del Rey o de la sorpresa por los positivos por nandrolona en el levantamiento de piedra. Otros se discutía sobre el efecto del chirimiri, que volvía taciturna a la gente, justificaba el verde fosforito de los montes y, por supuesto, la extraordinaria calidad de la marihuana de Otxarcoaga. Una vez charlaron sobre el tiempo que habían tenido desde principios de año, porque a veces se pasaba la semana sin un solo día de lluvia que llevarse al cuerpo, y Pipe les explicó que el hombre no cuidaba la naturaleza y que el tiempo no es que se hubiera vuelto loco, es que lo estaban volviendo loco entre todos. Y, cómo no, hablaban de mujeres y reconocían que ellos eran unos gilipollas porque no sabían apreciarlas; todo porque se podía estar comiendo todos los días bacalao al pil pil y entonces a uno le apetecía cambiar a tortilla de patatas, y los tres se echaban a reír porque ya se habían perdido con tanta metáfora.

Alkorta tuvo la certeza de que su tapadera era sólida cuando sus nuevos amigos empezaron a hablar sin tapujos sobre la represión y las torturas. Como si fuera un turista al que se debía informar sobre el martirologio de la juventud *abertzale*, no había día en que Pipe y Txiki no le contaran que fulanita había denunciado violaciones con un palo o que a menganito le habían introducido una pistola por aquella parte.

Alkorta hacía esfuerzos por disimularlo, pero todas aquellas historias le desconcertaban. Las torturas policiales habían existido hasta bien entrados los años ochenta y no sería él quien blanqueara esos años. Esas torturas, reales, ciertas, vergonzosas, eran una de las razones que explicaban el arraigo de la banda en parte de la sociedad vasca, y, desde luego, suponía uno de los principales banderines a los que se enganchaba el mundo *abertzale*. Pero igual que era capaz de reconocer aquello, estaba convencido de que las cosas habían cambiado, y una conspiración de médicos, forenses y jueces que le fueran lavando la cara a cualquier policía torturador en esta democracia nuestra en la que cada uno iba a su aire se le antojaba altamente improbable.

La verdad sobre los malos tratos era resbaladiza, pero salvo casos aislados, Alkorta no creía que la tortura fuera una práctica sistemática. En su opinión, la mayoría de las denuncias eran una gran mentira dirigida por ETA para que sus abogados se lanzaran a la carrera del relato con cada detención. De hecho, lo hacían con tanto entusiasmo que se pasaban de frenada y acusaban a la Guardia Civil, a la Policía Nacional y a la Ertzaintza. ¿Qué pasaba? ¿Que en Euskadi todo dios torturaba? ¿O esa era la imagen que se quería vender, para que aquello se asemejara al Ulster? No, no podía ser. La verdad, al menos para Alkorta, era que los policías como él se lo tenían bien trabajado antes de practicar una detención y no iban por ahí dando palizas ni rompiendo caras.

A pesar de todo, una cosa era no creerse sus historias porque eran las patrañas de siempre con los clichés de siempre, y otra, no reconocer que disfrutaba de la compañía de aquellos chavales. El hecho de compartir esos momentos desenfadados, sin actuaciones forzadas o pretensiones de agente doble, le hacía reafirmarse en su creencia de que muchas veces las personas tenían más cosas en común de lo que ellas mismas sospechaban. Quién sabe, en otras circunstancias podía haber sido el hermano mayor de aquellos dos adolescentes testarudos que creían que el mundo era suyo y que tenían toda la vida por delante.

En cuanto a Gamboa, Alkorta jamás le perdía la pista. Le tenía entre ceja y ceja, día tras día en sus idas y venidas por el bar. El tabernero se dejaba ver por la barra, pero su verdadera actividad la realizaba en la trastienda. De vez en cuando entraba alguna persona con el gesto contrariado, con un sobre o paquete disimulado en periódicos o bajo el brazo, y se encerraba a despachar con Gamboa. Siempre salía con peor cara y las manos vacías, como si viniera de una mala tarde en el dentista.

Reyes se hacía pasar por una opositora que acababa de mudarse al barrio. Era su tapadera más socorrida. Daba la imagen de estudiante vividora a costa de un papá que le pagaba todo; la vida que nunca tuvo. Llevaba sus libros consigo y se tomaba en la *herriko* el café con churros de la mañana. Había cambiado su look. Usaba gafas y se había teñido el pelo para disimular su aspecto. Fingía leer mientras oteaba a su alrededor y hacía un esfuerzo por escuchar las conversaciones de Gamboa con sus visitantes. Solía espiar las idas y venidas a la trastienda situada a su espalda con la ayuda del cristal de su reloj de pulsera, colocado estratégicamente sobre su mesa, o fijándose en las imágenes reflejadas en el frente niquelado de la máquina cafetera.

En un par de ocasiones llegó a coincidir con Pelopintxo, pero este no pareció reconocerla. Siempre andaba anclado a la barra, incluso a primera hora de la mañana. Algunas veces intentaba cortejar a alguna mujer con demasiado maquillaje y tan pocas luces como para sentarse junto a él, pero al final todas se marchaban dejándole agarrado a su *txikito* con la misma fe que un converso se abraza a una religión.

Reyes jamás coincidía con Alkorta. Evitaban ser relacionados y así cubrían, con sus respectivos servicios, el mayor número de horas de vigilancia dentro del bar. Alkorta dominaba ese tipo de seguimientos solitarios; tenía un talento innato para vigilar mientras se reía a carcajadas con los chavales en la barra. Reyes, en cambio, se sentía una forastera en tierra extraña. Echaba de menos los seguimientos conjuntos, como cuando recurrían al viejo truco de la pareja de enamorados. Deslizaban un brazo sobre la cintura del otro, y la gente les sonreía divertida, sin saber que eran agentes y que estaban siendo objeto de una vigilancia. Era curioso que muchas veces uno pasara desapercibido de forma más fácil en pareja que en solitario, pensaba Reyes. Por alguna razón, una pareja de novios era tolerada cuando una persona solitaria era mirada con desconfianza.

En el fondo se sentía sola, y en momentos como aquellos le preocupaba no estar a la altura. Arrastraba la molesta sensación de que debía desempeñar su trabajo mejor que un hombre porque iba a ser juzgada de forma más severa. También temía que el trabajo la estuviera desgastando poco a poco. No quería acabar como uno de aquellos policías de los años de plomo, alcoholizada con el síndrome del norte en las venas. A veces se planteaba con tristeza si su único objetivo en la vida era terminar con el enemigo, ganar a toda costa, y si para eso era capaz de sacrificar lo que más quería. Había trabajado en operativos exponiéndose hasta el quinto mes de embarazo, y aunque asumió con resignación una tarea de oficina, en cuanto su pequeña cumplió dos años, decidió reincorporarse y volver a las andadas.

Desde entonces le había tocado perderse fiestas, algún cumpleaños, unas Navidades y un sarampión. Mamá nunca estaba allí para curarle las heridas a su pequeña, y eso era lo que más le dolía. Tantas renuncias y tantas mentiras. Como cuando las madres de la guardería se enteraban de que era policía y ella se burlaba de sí misma contando que se pasaba los días aburrida expidiendo DNI. Tantas noches fuera de casa, con la soledad que implicaba no poder compartir con su marido los avances de las investigaciones, los sinsabores, las inquietudes o las alegrías.

Reyes tenía miedos, sí, aunque no los exteriorizara.

38

Aquí dentro el pez chico eres tú

Estaba en la cola de la ventanilla del economato junto a Idoia y Soledad. Eran las últimas en una fila de presas a la espera de su pan y circo: el cartón de tabaco, las galletas, el ColaCao o la tarjeta de teléfono. Cualquier capricho servía para aliviar las penas.

Para Lierni, la vida en la cárcel comenzaba a adquirir sus propias rimas. Daba igual que estuviera a solas en el chabolo; o en el comedor en compañía de Idoia y Soledad; durante los paseos y conversaciones con Carmen; o incluso en el gimnasio, con la Negra hablando por los codos y ella fría como el hielo, sin concederle una pizca de complicidad. Todo ocurría al mismo ritmo lánguido. Con la misma monotonía.

—Oye, tú, *gualtrapa* —dijo una voz con una irritación de garganta que cantaba a la legua.

La voz pertenecía a una interna de unos cuarenta años, una antigua belleza ahora desdentada, que se acercaba a Lierni sonriente y muy acelerada, posiblemente con el mono. Ya le habían hablado antes de Geles, la Tripona. «Esa es peligrosa», le advirtió Carmen un día.

La Tripona cargaba con grandes penas a la espalda, había concebido a un par de críos en los vis a vis y prácticamente había quemado su juventud entre rejas. Entre esos muros se había reenganchado a la heroína y se había contagiado de VIH. La suya era toda una carrera en un presidio que había sido su escuela.

No había funcionarias a la vista y Lierni la miró de soslayo, insegura de sus intenciones y de lo que pudiera ocultar esa sonrisa nerviosa.

—Tú, sí, tú —insistió la toxicómana mientras se sorbía los mocos y se tiraba del jersey—. Hace unos años tenía novio, ¿sabes?

—No me digas.

—Nos habíamos mudado juntos, pero me quedé en el paro y empezaron los problemas y volví rapidito al redil.

—Ya veo, ya.

—Porque en cuanto lo dejo y empiezo a estar bien, vuelvo, ¿sabes?

—Lo siento —respondió Lierni, sin tener la más mínima idea de hacia dónde podía conducir tan extraña conversación.

—Empecé a drogarme con mi padre a los dieciséis —prosiguió la Tripona, extendiendo las manos—. Esta es la vida que conozco.

Lierni alzó la mano para advertir a la Tripona que no se acercara más a ella, y en ese preciso instante se desencadenó la agresión.

Con una rapidez que traicionaba su aparente debilidad, la Tripona se echó al cuello de Lierni y, de un manotazo, le arrebató el monedero donde tenía los doscientos euros que Felisa le había enviado para el mes.

Lierni sintió que la pared del pasillo se estampaba contra su cara, oyó un chasquido y supo que se había partido la ceja. Un pequeño hilillo de sangre empezó a chorrearle por la cara y aquello la sacó de su estupor. Consiguió empujar a la Tripona con todas sus fuerzas, se quitó sus garras del pescuezo y gravedad e inercia se conjugaron haciendo que las dos cayeran por tierra. Allí empezaron a intercambiar arañazos y tirones de pelo mientras el resto de las internas, al olor del espectáculo, convergían sobre ellas, jaleando y calentando a la Tripona.

—¡Mátala! ¡Mátala! —apostillaban algunas.

La pelea era fea, torpe y caótica, y muchos de los puñetazos se lanzaban sin alcanzar su objetivo. Lierni llevaba las de perder, y la Tripona, más avezada y escurridiza, no tardó en sentarse a horcajadas sobre ella. En un tris se llevó la mano al bolsillo y, como un mago que sacara un as de la chistera, hizo aparecer algo brillante en su puño. Era un rudimentario cepillo de dientes aderezado con una cuchilla muy afilada.

La Tripona blandió el instrumento peligrosamente cerca de Lierni y su carótida, mientras se inclinaba sobre ella y la olfateaba.

—Chist —susurró—, que huelo a hija de puta y voy empalmada.

Soledad e Idoia, que seguían allí, se habían quedado paralizadas ante el despliegue de violencia y malicia por parte de la Tripona.

—¡Suéltala! —grito Soledad sin demasiada convicción.

Al escucharla, la Tripona se volvió y describió un arco con el pincho.

—Cuidado, que tiene el bicho —recordó una de las presas.

Eso hizo retroceder a Soledad, porque todas sabían que la Tripona era portadora y eso daba mucho respeto, por no decir un miedo atroz.

La Tripona se volvió hacia Lierni. Con una mano le apretó la garganta y con la otra le plantificó la afilada hoja en la mejilla.

—Te voy a rajar los ojos, payasa —le anunció.

Sonreía como una niña y en su voz había un punto de excitación.

Lierni podía oler su aliento dulzón, veía su vientre hinchado y sus brazos como palillos surcados de pinchazos que parecían picaduras de abeja. En su cara había una expresión vacía, y en sus ojos, el vértigo de una vida ganándose el respeto, siendo más temible que nadie, viviendo en un bucle de delirios de grandeza con un único proyecto de vida: la siguiente cárcel.

La punta del pincho estaba a punto de romperle la tersura de la piel y Lierni pensó que sería horrible morir allí y de aquella forma.

—Geles, ¿a dónde vas con eso, mujer?

La voz tenía un acento francés, y cargaba con una modulación tan melosa que podría dormir a una serpiente.

La Negra apareció entre el corro de reclusas y se abrió hueco entre ellas. Comandaba la atención de todas con su sola presencia.

—Esto no va contigo, Negra —le contestó la Tripona sin alejar ni un milímetro la cuchilla del ojo de Lierni—. No te metas.

Idoia se volvió para echar a correr, pero la Negra la agarró del brazo.

—¿Adónde vas?

—A pedir ayuda —dijo Idoia como si fuera evidente.

—Aquí nadie va a llamar a las boqueras —zanjó la Negra.

Idoia entendió que era una orden y se quedó donde estaba.

Mientras Idoia y Soledad miraban a Lierni con aprensión, la Negra se acuclilló junto a la Tripona. Lo hizo con cautela, como si fuera a tirar un trozo de carne a una leona.

—Esto lo arreglamos nosotras —declaró—. ¿A que sí, Geles? Anda, dime qué te pasa.

—Nada —dijo la Tripona—, solo que voy a rajar a la machaca esta.

La Negra alargó los brazos con las palmas hacia arriba.

—Anda ya, si no te ha hecho *na*.

—No me habrá hecho *na*, pero ya estoy harta. Cuanto antes acabe esto, mejor. Y mientras tanto, me llevo por delante a la que sea.

—Pero esta no tiene culpa, Tripona.

La Tripona se echó a reír.

—Míralas —dijo, señalando con el pincho a Idoia y Soledad, y de nuevo a Lierni—. Van de duras, pero no tienen carne de talego. Habrán matado, pero se achantan y todavía le temen a la muerte.

Lierni tenía la mirada puesta en la afilada punta de la cuchilla, y pensó que la Tripona no estaba faltando a la verdad. Se notaba el vello de punta, y que sus labios temblaban. Sí, tenía miedo a morir.

—Geles, tú eres una *kíe*, y una *kíe* no hace esto —repuso la Negra.

La Tripona asintió y su risa empezó a tornarse en un ligero sollozo.

—Pregunta a cualquiera —continuó la Negra—. Todas dirán lo mismo: «Tiene más cornadas que nadie, pero es justa».

—Déjame en paz, Negra.

—Tú no quieres esto —dijo la Negra, y extendió la mano hasta tocar el hombro de la Tripona—. Anda, suéltalo, *chérie*.

La Tripona había enmudecido y su respiración se iba acompasando.

La Negra le quitó el pincho de la mano con mucha suavidad y lo arrojó a una esquina. Al mismo tiempo, y para sorpresa de todas, la Tripona se disolvió en sus brazos y rompió a llorar.

—¡Me han *arruinao* la vida, Negra! —comenzó a lamentarse.

—Tranquila, tranquila...

La Negra acarició el pelo frito de la Tripona y le besó la cabeza.

—¡Kuki! —exclamó la Negra—. ¿Qué dice esta?

La Kuki, una reclusa muy alta y ligeramente encogida, que siempre iba con la Tripona, se adelantó desde el fondo del grupo de espectadoras.

—Se lo han dicho esta mañana, Negra. Lo de su hijo, el Migue.

—¿Qué pasa con el Migue?

—Que se ha caído de la moto y se le ha matado.

La Tripona aumentó el ritmo de sus sollozos y se oyó un cuchicheo entre el coro de reclusas.

—Hace un mes se le murió de frío el novio en un portal...

—Vaya rachita que lleva.

La tormenta había amainado y la reyerta había concluido con un final decepcionante, así que las presentes empezaron a dispersarse y cada una regresó a sus quehaceres.

Idoia ayudó a Lierni a ponerse en pie y Soledad le entregó el monedero de la discordia, que había acabado por el suelo.

Lierni se llevó la mano a la cara. La ceja seguía sangrando, pero ya en menor cantidad. Enseguida notó el sudor que le empapaba la ropa y vio que su jersey tenía desgarrones por todos lados. Se apoyó con la mano en la pared del pasillo y vio que la Negra seguía arrodillada en el suelo, acunando a la Tripona como si fuera un bebé desvalido.

—Gracias por tu ayuda —dijo Lierni—. De verdad.

La Negra alzó la mirada y la observó. Se encogió de hombros y se quedó mirando a Lierni con esa mirada afectuosa de color caramelo.

—La mujer que baila con cocodrilos solo baila una vez.

—¿Cómo?

—Déjalo, es un *proverbe* —añadió la Negra, y se echó a reír a carcajadas.

Sin embargo, la risa le duró poco y la bondad de sus ojos fue reemplazada por la tristeza y algo más, inescrutable, que solía caracterizarlos.

—No te confundas, *chérie* —dijo a continuación—. Esto es otro mundo, otras leyes. En la calle puedes ser una matarife de puta madre, pero aquí dentro el pez chico eres tú.

La Negra bajó la mirada y siguió abrazada a la Tripona, dejando que sus palabras se clavaran en Lierni como puñales. Aquella fue la primera de muchas veces en las que la Negra sabría tocarle la fibra sensible.

Cuando el episodio con la Tripona llegó a oídos de Carmen, la *arduraduna* puso el grito en el cielo.

—¡Pero qué se creen! Una agresión tan flagrante... Vamos a ahogar con cartas de protestas al juez de vigilancia y a instituciones penitenciarias —daba vueltas en su chabolo y se iba cabreando cada vez más a medida que hablaba—. No, no, no, espera, voy a pedir a los jefes en Francia que emitan un comunicado. Los funcionarios no han sabido defender la integridad de una presa etarra, ¡que se vayan preparando!

Pero nada de eso ocurrió. Lierni intercedió ante Carmen y, restando importancia a las secuelas de la trifulca, consiguió que la veterana se quitara de la cabeza emprender cualquier acción, por el bien de todas.

Al cabo de unos días, Lierni se recuperó y tuvo fuerzas para aparecer por el gimnasio. La Negra la recibió entre bromas y volvieron a retomar su rutina como si nada hubiera pasado entre ellas.

Pero la realidad era que algo había sucedido.

La Negra hablaba por los codos y Lierni se sorprendió disfrutando, por primera vez, de sus historias y de su compañía. Durante las sesiones compartidas en el gimnasio, entre series de flexiones y pedaleos sobre la bicicleta, ambas mujeres fueron abriéndose y contándose su vida. La Negra le desveló que trabajaba en la panadería de la cárcel, y que enviaba su salario a la familia en Libreville por Moneygram. Trabajaba por el dinero, sí, y por mantener la mente ocupada. Los libros también la ayudaban, y cuando no estaba en el gimnasio o trabajando se pasaba las horas leyendo o en la biblioteca de la cárcel.

Poco a poco, Lierni fue reconociendo en las vivencias de la Negra la experiencia de una mujer peleada con un sistema que la había masticado y escupido, pero que no iba a conseguir que se arrodillara. Era la suya una situación con la que no podía dejar de empatizar.

Cierto día, la Negra confirmó lo que Lierni ya había oído en la cárcel: estaba en prisión por *bolillera*.

—Doscientas bellotas de hachís tuvieron la culpa —le dijo la Negra—. No se veían en la *rayografía*, pero una se me quedó atascada en la boca del estómago y por eso me pillaron. O eso creía yo. Luego supe que los narcos me habían usado como gancho y que los maderos me esperaban en la aduana. «Tú eres el último mono, sin ánimo de ser racista», me dijo el que me detuvo. Lo peor vino después. —Sin perder la sonrisa se levantó la camisa mostrando la fea cicatriz que le atravesaba el vientre—. La *pepa* no salía ni con laxantes, y para que no reventara me tuvieron que abrir en un hospital de Algeciras.

Lierni se asombraba con la Negra y su maravillosa capacidad para aceptar los golpes de la vida. ¿Cómo podía mostrarse tan libre de odio? Pero así era ella. No había tenido una vida fácil, pero siempre tenía una sonrisa dispuesta. A pesar de encontrarse sin libertad en otro país, en otro continente, para siete años ya en el talego, y otros dos que le quedaban por delante.

Cuando la Negra hizo las preguntas que todas acababan formulando, Lierni no tuvo reparos en contarle su vida y milagros. Con orgullo y sin remordimientos, Lierni le habló de la lucha del pueblo vasco, de que querían la libertad y de que la querían ya. Le contó que allá en Euskal Herria, su gente los consideraba héroes; que ella asumía todas sus acciones, incluso las perpetradas por la Organización desde antes de que ella naciera, por una razón muy simple, y a la vez muy compleja: el amor tan profundo que sentía por su tierra.

La Negra la escuchó en silencio y le dijo al acabar:

—Cada una contó su historia, cada una escuchó atentamente. Si algo aprendimos, ahora las dos historias nos pertenecen.

—¿Sabes lo que me gusta de ti? —le preguntó Lierni.

—¿Qué?

—Que no me juzgas.

La Negra abrió los ojos y la miró fijamente.

—No sé de qué va tu viaje, *chérie*, pero llorar con alguien es mejor que llorar sola. Haz las paces con tu pasado, para que no joda tu presente.

Lierni sonrió y pensó que la Negra le había salido más redicha que su madre.

39

La cara amable

Tras la reunión en la bacaladera, Jone se había afanado en redactar un documento claro y conciso, bien armado y con argumentos, que pudiera presentar a la cúpula de la Organización. Estaba harta de vocingleros y correveidiles; deseaba verse cara a cara con los jefes de Francia, pero llevaba semanas sin saber de Gamboa y eso le hacía temer que la reunión prevista en Francia nunca llegara a celebrarse. Era una pena y un fracaso, porque sentía que aquel era su momento y debían aprovecharlo.

Aquella noche, todos esos pensamientos estaban muy lejos. Había salido del trabajo y se había pasado por el supermercado, y cuando entró en casa llevaba consigo ventresca, tomate y chipirón en abundancia para hacerle a Pipe su cena favorita.

Antes de emplearse en la cocina se asomó al dormitorio de su enemigo íntimo, y con el tono más neutro del que fue capaz anunció:

—Voy a cambiarme y preparo la cena.

Pipe, en su línea de los últimos días, ni siquiera se dignó a mirarla. Se hallaba recostado en su silla, con los pies encima de su escritorio y un libro de texto de bachillerato en euskera abierto en el regazo. Estudiaba o hacía como que estudiaba, dejando claro con su gesto hosco que no estaba dispuesto a ceder ni un palmo de terreno en esa guerra particular y encubierta que se traían.

Jone volvió a la carga, todavía con un pie en el pasillo y otro en el dormitorio.

—Oye, a ver si hablamos, que últimamente no sé nada de tu vida.

Pipe la miró de soslayo y volvió de nuevo la mirada al libro.

—Vengo de buenas —insistió Jone en tono suave—. ¿Me crees?

Pipe acertó a musitar algo y a asentir con la cabeza, y Jone lo tomó como una pequeña victoria y se adentró en el cuarto.

—Estaba pensando... —Se quedó unos segundos mirando las dos fotografías que descansaban sobre una estantería—. ¿Y si me cojo unos días cuando sean las vacaciones y nos hacernos un viaje tú y yo juntos?

Pipe se encogió de hombros.

—Si voy a gastos pagados...

—¿Qué te parece la India?

—Yoguis desfasados y comida picante. ¿Qué puede salir mal?

Jone sonrió mientras se acercaba a la estantería y tomaba entre las manos la primera de las fotografías. En ella se veía a Jone de joven, con el pelo cardado por el exceso de laca y vistiendo de forma impecable un traje con hombreras. En una mano llevaba un maletín portatogas y con la otra mano sujetaba a Pipe, apenas un bebé, en brazos.

—Mira qué pintas. Aquí estaba recién salida de Deusto.

Pipe apartó la vista del libro, y miró por primera vez a su madre.

—¿Cómo eras?

—¿Cómo era?

—Sí, ¿eras buena?

—¿Quieres saber?

—Si me quieres contar...

Su voz sonaba más amable y menos cruel, y eso hizo pensar a Jone que iba por el buen camino.

—Tenía una cartera de clientes consolidada —empezó diciendo ella—, y buena publicidad por el boca a boca.

—Habría que verte.

—No me iba mal. —Jone le guiñó un ojo—. En dos años empecé a tener pasantes. Arriesgaba lo justo en la estrategia procesal, aunque a veces sorprendía con conjeturas originales que me salían bien.

—¿Siempre defendiste a activistas?

Jone dejó la primera fotografía en su sitio, y sus ojos se posaron en la segunda, una magnífica estampa en la que se veían tres figuras en una playa de arena fina y oscura, rodeada de dunas y de grandes acantilados.

—No siempre —contestó Jone distraída.

—¿Cómo empezaste?

—No sé, todo ocurrió muy deprisa, supongo. Fue tras defender al *osaba* Txarli y conseguir reducirle en un tercio la condena previsible.

—Qué máquina.

—Tampoco sirvió de mucho —dijo Jone, mirando la fotografía—. No tardaron en detectarle el linfoma... Al menos la Audiencia decretó el tercer grado por razones humanitarias.

En la foto se veía a un Pipe de unos diez años y a una Jone con el pelo ya corto junto a un hombre en silla de ruedas. Debía de ser invierno porque los tres iban abrigados y el viento les removía el pelo. El hombre era un saco de huesos y una sonda le perforaba la nariz. Los tres sonreían, y la tristeza de sus ojos no conseguía empañar la belleza del momento.

Jone mantuvo la boca abierta, presa de unos recuerdos en los que seguía viendo a la gente de su entorno, a la que poco importaba cómo estuviera su hermano, celebrando su excarcelación como un éxito sin precedentes de la lucha contra el Estado opresor.

—Al poco de morir —se aclaró la voz— empezaron a contactarme personas con problemas parecidos, gente que por hache o por be eran acusados de colaboración...

—La mercromina marca «Todo es la ETA» —murmuró Pipe.

—Supongo. Y bueno..., así es como empezó todo.

Jone miró a su hijo e hizo un esfuerzo por sonreír.

Era una sonrisa extraña.

—*Ama*..., lo que dije el otro día...

—Lo sé, no pasa nada —dijo Jone, y dejó de prestarle atención porque su móvil comenzó a sonar y la pantallita se iluminó revelando la identidad de la llamada entrante.

—Dime —dijo Jone tras descolgar.

Sin más preámbulos, la voz rasposa de Gamboa al otro lado de la línea le preguntó:

—¿Te acuerdas de aquello que hablamos?

—*Bai*.

—¿Estás lista?

—¿Tú qué crees?

—Pues que sepas que va para adelante.

—¿Cuándo?

—Esta noche, así que tenlo todo preparado que llegas tarde.

Gamboa colgó, dejando a Jone absorta en sus pensamientos hasta que la voz de su hijo la sacó de su ensimismamiento.

—Supongo que ya no cenamos juntos —dijo Pipe.

Jone alzó la vista y se quedó mirando a su hijo con una pizca de remordimientos. ¿Cuántas conversaciones comprometidas habría oído o habría dejado de oír en esa casa a lo largo de los años? Se fijó en su perilla de apenas cuatro pelos, en esos ojos azules que revelaban una madurez más allá de sus años, en esa pose fanfarrona que ocultaba a un chico introvertido y sensible. Había crecido tan rápido... Dios, ¡cómo pasaba el tiempo! A veces se preguntaba, como muchos otros padres en una pesadilla recurrente, quién era su hijo en realidad.

—Lo siento, Pipe.

—¿Cuándo vuelves?

—Mañana, espero.

Pipe asintió, como si supiera que no debía hacer más preguntas. Jone se acercó hasta él.

—Te dejo preparado algo rápido para la cena.

—No hace falta, ya me haré algo.

—Que no sea a base de Nocilla con chorizo de Pamplona, ¿eh?

Ella le miró como diciendo: «Que nos conocemos», y Pipe sonrió.

—No te preocupes por mí —dijo él.

—Cómo no me voy a preocupar.

En un súbito impulso, Jone le removió la mata de pelo salvaje que lucía sobre la cabeza y le cogió la cara con ternura.

—Y no te aproveches. Mañana no me faltes a clase.

—Mañana empiezan las fiestas, *ama*. *Sanjuanak*. *Errementari dantza*, tamborrada, encierros..., tú ya sabes.

Jone se llevó la mano a la frente y forzó una sonrisa. Luego besó a su hijo en la mejilla, y sintió que todo volvía a estar bien entre ellos.

—Pórtate bien hasta que vuelva.

Jone dejó a Pipe con su libro, se cambió de ropa y se calzó unas cómodas zapatillas de deporte. No tardó en coger el coche y salir a la calle, y quince minutos después ya estaba en el bufete de abogados.

Entró en su despacho, cerró la puerta y se acercó a la estantería llena de libros. Abrió una cajita oculta entre un atlas con los bombardeos en Euskadi durante la Guerra Civil y un libro sobre danza y arte euskalduna, sacó un *pendrive* y lo guardó en su bolso. Luego colocó una silla de oficina boca abajo sobre el escritorio. Desenroscó el soporte giratorio de su estructura y extrajo de su interior una serie de documentos envueltos en plástico a modo de canutillos. Procedió a desenrollarlos, los introdujo en una carpeta y la guardó en su maletín.

Al salir del despacho, vio una luz encendida en la sala de los pasantes. Se acercó y se asomó a la puerta. Asier estaba solo y rodeado de libros, sentado frente a un escritorio, traspasando las notas manuscritas de una libreta al ordenador.

Jone golpeó con los nudillos en el marco de la puerta.

Asier alzó la cabeza de su trabajo.

—Eh, *Kaixo*, Jone.

—¿Qué haces aquí?

—Pasando a limpio un tema del hincha del Athletic.

—Estás perdiendo dinero. No pienso pagarte las horas extras.

Asier sonrió y se puso a rebuscar entre sus notas.

—Escucha esto, he localizado a un nuevo testigo para el caso y me ha facilitado su declaración. Resulta que la víctima estaba tratando de ayudar a una chica que andaba histérica con tanta bronca. Por eso se desprotegió. Fue entonces cuando le alcanzó el pelotazo que le mató. Si no hubiera defendido a la chica, el hincha se habría salvado.

Jone se acercó hasta Asier y echó un vistazo a la pantalla del ordenador.

—¿Está dispuesta a testificar?

—Lo está.

La noticia era música para sus oídos. Jone le dio un par de palmaditas en la espalda.

—Buen trabajo, Asier.

—¿Significa esto que ahora tendré un aumento de sueldo?

—No te pases.

Aun así, sus palabras reflejaban un agradecimiento genuino. Asier se estaba implicando a conciencia. Recababa pruebas y localizaba a los testigos, y de camino le había enseñado lo equivocada que estaba por haberle juzgado de forma apresurada.

Asier señaló con un gesto el maletín de trabajo Jone.

—Ya veo que no soy el único tonto.

Jone miró su reloj de pulsera.

—Estoy esperando una llamada.

—¿Se cuece algo importante?

—Puede ser.

—¿Puede ser? Nunca me cuentas nada.

—¿Cómo que no?

—Nada interesante —atajó Asier—. ¿Te esperan en Francia?

Jone se quedó mirándole. No se le escapaba una. Después de un tiempo, había empezado a aceptarle como era, un *enfant terrible* culto y estudiadamente escandaloso. Tenía sus defectos de carácter, pero nunca se mostraba deliberadamente cruel cuando gran parte del mundo del que provenía lo era. Aprendía rápido, y ella, en su rol de mentora, también había aprendido a tratarle con más paciencia.

—Es confidencial —contestó Jone—. Y deja ya esto, mañana seguirás. ¿O es que no tienes vida nocturna?

Asier asintió y arqueó la espalda en la silla.

—He quedado con la gente de Usabiaga, vamos a *txikitear* por ahí.

Jone se puso a ojear el móvil a la búsqueda de un mensaje de Gamboa que no llegaba, y con tono despistado preguntó:

—¿Te puedo hacer una pregunta, Asier?

—Claro.

Jone alzó la vista y se quedó mirándole.

—Eres uno de los protegidos de Usabiaga y, para lo joven que eres, cuentas ya con una trayectoria importante. —Hizo una pequeña pausa y entornó los ojos—. Teniendo en cuenta que podías haber elegido cualquier otro sitio con más proyección de futuro... ¿se puede saber cómo demonios has acabado aquí?

Asier le aguantó la mirada. Se notaba que era un tema que le incomodaba, pero acabó asintiendo y la expresión de su cara se suavizó.

—¿Qué tiene de malo?

—Asier, no eres un «tercera fila».

—Lo importante es ayudar, da igual dónde sea.

—Venga ya, eres demasiado ambicioso.

—¿Tanto se nota?

—Lo llevas tatuado en la frente.

Asier hizo un gesto fatalista con las manos.

—Usabiaga es un gerifalte, pero no quería que me regalara nada, quería demostrarle que sé valerme por mí mismo. De hecho, fui yo quien insistió en que me dejara trabajar contigo.

—¿Y eso?

Asier hinchó pecho y se puso muy solemne.

—Creo firmemente que la resolución del conflicto pasa por saber cuidar de nuestros presos. Creo que la política penitenciaria no es más que una vía diseñada para la destrucción de la persona y pienso que debemos estar al lado de los presos para ayudarlos en todo lo que podamos.

Jone se aguantó la risa. No sabía si era lo que Asier sentía o si lo había dicho porque era lo que ella quería oír, pero no era mala respuesta.

Asier la miró con ojos traviesos.

—¿Te puedo hacer una pregunta, Jone?

Jone tuvo que sonreír.

—Claro.

—¿Quién es ese tal Santamaría al que Gamboa teme tanto?

—¿De verdad no le recuerdas?

—Pues no.

Jone meneó la cabeza en un gesto fatalista.

—Cómo sois los jóvenes.

—Sé que es un exjefe y que le defenestraron. Y que, en la Organización, estás con él o contra él, sin concesiones.

—Antes de eso fue una de las cabezas de ETA político-militar.

—¿Y ahora?

—Ahora es un converso devoto de principios evangélicos, un contrario a la lucha armada.

Asier esbozó una sonrisa.

—Menuda evolución.

—Algunos la califican de huida hacia delante.

—Y tú, ¿confías en él?

Pero Jone ya no le prestaba atención. Su móvil por fin había vibrado y la pantallita reflejaba el escueto mensaje que Gamboa le acababa de enviar:

En media hora. Mismo sitio que la otra vez.

—*Agur*, Asier —dijo Jone sin mirarle.

—¿Ves cómo nunca me cuentas nada?

Jone se despidió con una sonrisa y le dejó con sus libros, como había dejado a su hijo poco antes.

Minutos después, ya estaba inmersa en el tráfico del centro de Mondragón al volante de su Volkswagen GT. Comprobaba una y otra vez por el espejo retrovisor que nadie la seguía. Llegó a un túnel de lavado que todavía estaba abierto situado en una zona a las afueras. Aparcó, apagó las luces y se puso a esperar junto a la garita de pago.

Se puso a pensar en Pipe y en Asier, y en cómo se había convencido de que no precisaba de los hombres en su vida pese a que su hijo y su protegido se empeñaban en recordarle la cara amable del otro género. Las luces de un coche la deslumbraron apartándola de sus pensamientos, y el señorial Mercedes de Gamboa apareció ante ella, circuló despacio y aparcó a una veintena de metros de su Volkswagen GT.

40

Poli bueno, poli malo

Con el fin de no levantar sospechas, Alkorta y Reyes aparcaron al otro lado del túnel de lavado, junto a una hilera de coches y un camión de reparto que los ocultaba del Mercedes de Gamboa.

Los policías descendieron de su Mégane camuflado, caminaron unos pasos y abrieron las puertas traseras de un Audi 80 de color gris metalizado que también acababa de aparcar en batería.

Capote y Cruchet esperaban en los asientos delanteros. Él tenía el gesto cansado y ella sostenía una sonrisa pequeña y dulce.

—¿Qué tenéis? —preguntó Alkorta.

Capote se volvió hacia atrás en el asiento del conductor y masculló:

—Gracias por preguntar por nosotros, Luis. Estamos bien.

Alkorta le saludó alzando un sombrero imaginario de su cabeza.

—Perdone. ¿Ha tenido usted un buen día? ¿Todo a su gusto?

Capote hizo un gesto con la mano para que le dejaran en paz.

—A ver —continuó Alkorta—. ¿Para qué nos habéis llamado?

Cruchet tomó la voz cantante.

—Gamboa siempre hace las mismas cosas. Le tenemos tan cogido que a veces le damos su espacio y le retomamos en otro punto.

—Somos su sombra —añadió Capote—. Vamos, yo le veo los gestos matutinos y ya sé si va a tener un buen día.

—Al grano, Capote, al grano —replicó Alkorta.

—Pues eso —dijo Cruchet—, que nos ha extrañado que actúe de forma recelosa toda la mañana.

—¿Cómo de recelosa? —preguntó Reyes.

—Ostensiblemente, diría yo —contestó Capote, y se puso a enumerar con los dedos de la mano—. Ha estado todo el día fuera del bar viéndose con gente de los círculos *abertzales*. No ha dejado de hacer paradas injustificadas para observar a vehículos y personas a su espalda. Se ha preocupado de hacer cambios del sentido de la marcha, modificaciones imprevistas en la velocidad...

—Y todo después de recoger el coche en el taller —añadió Cruchet.

Reyes espiaba a través de la luneta central del parabrisas.

—¿Qué cojones estará tramando el viejo? —se preguntó.

Los otros guardaron silencio y todos se pusieron a observar el vehículo de Gamboa junto al túnel de lavado.

El Mercedes, que llevaba un minuto aparcado con el motor al ralentí, hizo destellar su intermitente izquierdo una sola vez y a esto le siguió la respuesta del Volkswagen GT, cuyo intermitente derecho se puso a parpadear.

Pasaron unos segundos, interminables, y finalmente Jone se apeó del vehículo y cruzó hasta el Mercedes de Gamboa.

—Mira a quién tenemos aquí —dijo Cruchet.

—Esa tía me suena —intervino Capote—. La he visto por la tele.

—Es la abogada —dijo Reyes—. Joder, no recuerdo su nombre.

—Jone Larrucea —informó Alkorta.

—¡Esa! —exclamó Capote.

Vieron como Jone departía con Gamboa a través de la ventanilla, abría la puerta del pasajero y se subía al Mercedes.

—Creía que era de los posibilistas —añadió Alkorta.

—No seas ingenuo, Luis —le contestó Reyes.

—No soy ingenuo.

—Pues a ver si lo demuestras de vez en cuando.

—A lo mejor a ti no tengo que demostrarte nada.

Reyes se dio cuenta de que Capote y Cruchet se lo pasaban en grande con el rollo folletinesco que se traía con Alkorta, así que se puso a mirar de nuevo por la ventanilla y repiqueteó con las uñas sobre el cristal.

—La abogada es del entorno —comentó al cabo de un rato—. A esa gente se le da muy bien hacer el numerito de poli bueno, poli malo con la banda.

—¿Como en las películas? —preguntó Capote.

—Como en las películas —respondió Reyes.

—Chica, no te sigo —dijo Alkorta.

—Es muy fácil —respondió Reyes—. El entorno *abertzale* llega y hace su propuesta política y, si no la aceptas, la banda te suelta la hostia. Y así, si les das lo que quieren y se salen con la suya, se van al bar a emborracharse y celebrarlo, y tú te quedas con la hostia y la cara de gilipollas.

Reyes miró a sus compañeros como si acabara de demostrar un teorema. Los otros tres se quedaron sopesando aquella reflexión.

—Esa es tu teoría, ¿eh? —dijo Alkorta.

—Una teoría muy sólida —contestó Reyes.

Los dos bajaron del Audi 80 tras decirle a Capote y Cruchet que estuvieran atentos al *pocket*, y regresaron a su coche.

Del asiento de atrás rescataron un estuche y una cámara de fotos. Alkorta sacó el teleobjetivo de la cámara de la guantera, lo ajustó y empezó a tomar una serie de fotos del Mercedes, intentando enfocar a Jone y a Gamboa a través de las ventanillas.

—Vamos, vamos, vamos —se animó.

Reyes ensambló las piezas del estuche, el cañón y el *deadcat*, se colocó unos auriculares en los oídos y apuntó el micrófono direccional hacia el túnel de lavado, justo cuando el Mercedes de Gamboa desaparecía en su interior.

Alkorta se volvió hacia ella.

—¿Oyes algo?

Reyes se quitó los cascos de las orejas.

—Nada. Solo ruido de fondo muy molesto, como un crujido.

Arrojó el micrófono en el asiento de atrás y se volvió a mirar por el parabrisas.

—¿Qué se cocerá ahí dentro? —susurró.

Alkorta soltó un soplido.

—Daría lo mismo que tú por saberlo.

Los rodillos frotaban las ventanillas del Mercedes dentro del túnel de lavado, como una cápsula dentro de otra cápsula que aislaba a Jone y Gamboa del mundo exterior.

—La *zuba* es esta noche —explicaba el tabernero—. Yo iré por mi cuenta y tú, por la tuya. Asegúrate de que nadie te sigue y cambia de coche. —Sacó un sobre color manila y se lo entregó—. Sigue las instrucciones y ándate con cuidado. Nos vemos al otro lado.

Jone vació el contenido del sobre encima de la mano: un teléfono móvil, la tarjeta de una cafetería y un mapa de carreteras con anotaciones en los bordes. Luego miró a Gamboa y creyó intuir un amago de preocupación en su rostro. Eso hizo que se pusiera en tensión y le preguntara:

—¿Pasa algo?

—La *txakurrada* está encima.

—¿Te tienen marcado?

—Suelen husmear, pero no tienen nada.

—¿Seguro, Ramón? Mira que, si estás marcado, lo estamos todos.

—Tranquila, Jone. Tomo medidas a diario y anoto los «mosqueos» de matrículas de coches que pudieran seguirme. Si te digo que no hay nada, es que no hay nada. A los *txakurras* los traigo locos desde hace años. Si hubieran podido engancharme, ya lo habrían hecho.

Jone se quedó mirando a Gamboa, preguntándose si debía depositar su confianza en las entendederas del viejo tabernero.

Los policías vieron salir el Mercedes resplandeciente del túnel de lavado. Jone descendió del vehículo y caminó hasta el suyo. Gamboa no perdió tiempo y aceleró enérgicamente hasta desaparecer por la rampa de salida hacia la autopista. Jone subió a su Volkswagen GT, reculó el vehículo para dar la vuelta y enfiló en dirección contraria.

—Cabronazos —soltó Alkorta.

Enseguida sonó la voz de Capote por el *pocket* de transmisiones.

—Aquí corzo uno. ¿Qué hacemos?

—Dejadme pensar —contestó Alkorta.

—Pues piensa deprisa —le instó Reyes—. Antes de que los perdamos.

Alkorta frunció el ceño.

—Aquí corzo uno-uno —dijo tras acercarse el *pocket* a la boca—. Vosotros el salsero, nosotros la abogada. ¿Recibido?

—Roger. Sierra. Vamos con ello.

Reyes puso el coche en marcha y alcanzó al Volkswagen GT

cuando este circulaba ya por la N-636. La siguió a distancia durante unos minutos, y cuando Jone utilizó el carril derecho para incorporarse a la A-1 por una rampa, Reyes hizo lo mismo.

A los pocos kilómetros los dos coches se detuvieron en un peaje. Jone arrojó monedas al cobrador automático, la valla se alzó y el GT dejó el peaje atrás.

Los policías hicieron lo propio medio minuto después. Se mantenían a una distancia prudencial, procurando dejar siempre un par de coches entre ellos y su perseguida.

Jone avanzaba a una velocidad discreta, sin usar los frenos a no ser que hubiera necesidad. Dejaron atrás Zarautz, y al ver que el Volkswagen pasaba de largo por Rentería, Reyes comentó:

—Vamos a Francia, Luis, me juego la extraordinaria.

—Mantén la distancia —replicó Alkorta.

—Estoy nerviosa —confesó Reyes, más tensa que nerviosa.

—Tranquila. —Alkorta también lo estaba, pero le costaba admitirlo—. Los seguimientos son así. Puedes pasarte días pringando sin resultado y, de repente, das con algo. Venga, sigue.

Siguieron al Volkswagen por el torrente de tráfico de la A-1, hasta que después de una hora larga de viaje, antes de llegar a Irún, vieron que se desviaba por una vía lateral. El GT se adentró en la zona menos iluminada de un área de descanso y estacionó en un aparcamiento con tejavanas metálicas situado entre una estación de servicio y una cafetería.

Reyes detuvo el Mégane junto a uno de los surtidores de la gasolinera. El aparcamiento estaba poco poblado, tan solo algún turismo aquí y allá, una autocaravana solitaria y, fuera de la zona cubierta, dos camiones con sus respectivos conductores echando una cabezada en la cabina. Cerca se divisaba una zona recreativa con merenderos, pero a esas horas no se veía a nadie. Había una pequeña tienda de alimentación y prensa, pero estaba cerrada.

Alkorta y Reyes descendieron del Mégane. Alkorta se puso a repostar combustible. Reyes simuló que estiraba las piernas y se dirigió a la cafetería para echar un vistazo.

A todo esto, la silueta de Jone permanecía inmóvil en el interior de su Volkswagen.

Reyes regresó al cabo de un rato, cuando Alkorta ya había pagado la gasolina del depósito en la ventanilla de la estación.

—Dentro solo hay familias —informó Reyes.

—¿Y los aseos?

Reyes negó con la cabeza.

—He echado un vistazo, y nada.

Los dos cruzaron una fugaz mirada tras comprobar que Jone seguía en el coche, con la luz interior del vehículo encendida y la cabeza agachada, como si leyera algo. Los segundos transcurrían con pereza y el cielo, ya completamente oscurecido, se teñía de un tono negro cobalto.

—¿Crees que se huele algo? —inquirió Reyes.

—No sé, pero estamos a pecho descubierto. —Alkorta se metió las manos en los bolsillos y se inclinó hacia delante, pensativo—. No podemos quedarnos aquí, porque nos va a calar. Y seguir a alguien que sabe que le siguen es una pérdida de tiempo.

Jone esperó a que aquella pareja que acababa de repostar abandonara la gasolinera con su turismo. Vio como arrancaban el coche y se incorporaban a la autopista. Luego bajó la mirada y echó un vistazo a la tarjeta de la cafetería bajo la luz interior del techo del habitáculo. Sobre ella figuraba el nombre, DÉLICES, y una dirección de Burdeos. Dejó la tarjeta sobre el salpicadero, desplegó el mapa de carreteras en su regazo y se puso a leer las anotaciones. En uno de sus bordes alguien había escrito: OPEL AZUL. 8000-BZW.

Jone miró por el parabrisas. No tardó en localizar un Opel azul con los cristales tintados con esa misma matrícula al otro lado del aparcamiento. Estaba bien aparcado, enfilado hacia una de las salidas.

La abogada salió de su Volkswagen y cruzó el aparcamiento hasta el Opel azul. Se inclinó junto a una rueda, rescató las llaves escondidas encima del neumático y abrió la puerta del vehículo.

Alkorta y Reyes habían recorrido tan solo unos kilómetros en la autopista cuando se echaron a un lado sobre el arcén. Pusieron las luces de *warning* y fingieron una avería.

Bajaron del coche, abrieron el capó del motor y se pusieron a observar el tráfico de coches que no cesaba de circular. Permanecieron así durante media hora, sin reparar en el Opel azul de cristales tintados que pasaba de largo frente a sus narices, uno más entre la marejada de vehículos circulando con sus luces encendidas en medio de la noche.

Reyes miraba a Alkorta sin atreverse a expresar lo evidente, hasta que recibieron la llamada de Capote y Cruchet por el radiotransmisor.

—Aquí corzo uno.

—Aquí corzo uno-uno —contestó Reyes. En su voz había un punto de desesperación—. Dime que tenéis a Gamboa.

—Negativo —dijo Cruchet—. Lo perdimos cerca de Hernani. Creemos que nos mordió y cambió de vehículo.

Reyes apretó los dientes y cerró los ojos.

—Roger. Sierra.

Era evidente lo que había sucedido. Los objetivos no solo habían sido capaces de darles esquinazo, si no que se habían escabullido en la noche para hacer lo que fuera que iban a hacer.

Reyes miró a Alkorta.

Su compañero era presa de un cabreo sordo difícil de digerir. Durante un instante pareció que iba a pegar un puñetazo sobre la carrocería. Pero no lo hizo. En vez de eso movió la mano con suavidad hasta el gancho de cierre y cerró el capó.

—Nos la han jugado, Reyes. Nos la han jugado, pero bien.

41

Maquiavelos de taberna

Jone llegó a Burdeos a eso de las once de la noche. Aparcó el Opel en el núcleo urbano y caminó por las calles cercanas a la abadía de la Santa Cruz. Cuando entró en la cafetería Délices, el tintineo de la campanilla de la puerta del establecimiento anunció su llegada. El único cliente era un hombre con camisa de franela y gorra siciliana, acodado en la barra. Se giró para mirarla detenidamente y luego volvió su atención a un vasito de pastís que tenía frente a él.

Jone pidió un café y se lo llevó a la mesa del fondo, donde se sentó para espiar la entrada con cierta ventaja.

Tuvieron que pasar cinco minutos hasta que el hombre de la camisa de franela se levantó de su taburete y se acercó hasta ella.

—*Excusez-moi, madame* —dijo en voz baja mientras levantaba su gorra para saludarla—. *Est-ce que vous connaissez quelqu'un à Belfast?*

Jone se quedó mirando al tipo y respondió con el mismo tono de voz, pero con contundencia, con la contraseña acordada.

—*Oui, monsieur, à Gerry Adams.*

El francés la condujo fuera del local y caminaron un par de manzanas hasta llegar a un Citroën BX aparcado en un callejón. En el interior del vehículo, sentado en el asiento del pasajero, Gamboa los esperaba.

—Esto es para ti —dijo Gamboa, y entregó a Jone unas gafas con las lentes pintadas de negro cuando esta ocupó el asiento trasero.

Jone meneó la cabeza y se puso las gafas.

—¿En serio?

—Gendarmes aquí, *txakurras* allá. Cada excursión es un riesgo.

—Ramón, cualquier idiota sabe que vamos a las Landas.

Jone oyó un gruñido y sonrió bajo las gafas al imaginarse a Gamboa frunciendo el ceño.

Oyó al francés arrancar el coche, y luego, durante una hora, el ruido de neumáticos sobre asfalto. Al cabo de ese tiempo debieron de desviarse por una pista forestal, porque Jone empezó a distinguir el ruido de la grava bajo los neumáticos. De vez en cuando, las ramas de los árboles arañaban la carrocería del coche por los laterales y las ventanillas.

Tras veinte minutos de conducción por aquel camino, llegaron al final del trayecto. Gamboa dio permiso a Jone para que se quitara las gafas y la abogada pudo, por fin, echar un vistazo a los alrededores.

Se hallaban a la entrada de una gran casa de piedra situada en el mismísimo corazón de un imponente y frondoso bosque. Estaban rodeados de pinos por todos lados. Había varios coches aparcados en la entrada de gravilla, y dos hombres con escopetas de caza al hombro fumaban y charlaban entre ellos. Un tercer hombre sujetaba de la correa a un dóberman inquieto mientras recorría el perímetro y paseaba entre las hamacas y la barbacoa de una terraza lateral.

Entraron en la casa y otro tipo condujo a Gamboa y Jone a una antesala iluminada por una luz muy tenue. Sentados en un sofá en torno a una mesa baja y envueltos en las sombras de un rincón, no tardaron en reconocer a tres activistas —una chica, un chico y un hombre de mediana edad— que conversaban entre susurros.

Jone hizo un esfuerzo por ocultar un repentino nerviosismo, porque se supo en presencia de tres personalidades importantes. Los tres componían la hermética troika que controlaba la cúpula etarra.

El más veterano se llamaba Cubero. Vestía pantalones claros y su tez bronceada presentaba tantas arrugas que parecía una mojama puesta al sol durante demasiado tiempo.

La joven respondía al nombre de Izaskun y vestía una blusa blanca. Llevaba gafas, tenía cierto aspecto monjil y un bonito cabello rizado perjudicado por un corte de pelo que no le hacía ningún favor.

Sergio, el tercero en discordia, era muy joven y adolecía de un decidido aire de seminarista vanidoso, sin carisma suficiente como para quedarse en la memoria de alguien. Aun así, se trataba del rostro y de la voz sin inflexiones que se ocultaba bajo una capucha en los comunicados oficiales en vídeo de la Organización. Su juventud y la de Izaskun llamaron la atención de Jone, por no decir que le causaban cierta alarma. Su posición en lo más alto de la jerarquía era achacable a las sucesivas caídas. Los ascensos se producían cada vez más rápido y suponían, una vez más, una forma de fracasar hacia arriba.

Gamboa hizo las presentaciones y todos se saludaron haciendo un gesto con la cabeza. Jone miró a los tres miembros de la troika con la misma extrañeza con la que ellos la miraban, pero enseguida dejaron de prestarle atención y volvieron a la charla apagada que mantenían.

Jone y Gamboa se apartaron hasta la esquina opuesta de la sala.

—¿Qué hace aquí la momia de los rayos UVA? —susurró Jone

mientras observaba los gestos de Cubero—. Creía que ya estaba fuera.

Gamboa, que había abierto su libreta y estaba repasando sus anotaciones, se inclinó hacia Jone y le susurró al oído:

—Le han repescado de Venezuela. Se supone que viene a asesorar y a ver si se puede refundir esto.

Oyeron el ruido del motor de un coche acercándose y deteniéndose, y el golpe de puertas abriéndose y cerrándose. Al poco, un tipo de mediana edad, bajito y rechoncho, entró en la antesala y abrazó efusivamente a los tres miembros del triunvirato. Todos le llamaban Henry, pero se apellidaba López, según le contaría más tarde Gamboa a Jone.

Gamboa apagó su móvil e indicó a Jone que hiciera lo propio.

—Nadie asegura que los yanquis no tengan los satélites apuntando.

Jone procedió a sacar la tarjeta SIM de su propio móvil cuando dos nuevas presencias aparecieron en la estancia. No había oído el motor del coche y ni siquiera los había visto entrar. Uno era un hombre corpulento y tenía la nariz en forma de alcachofa. Se llamaba Baldo y Jone había oído que era el lugarteniente del jefe del aparato militar. El joven al que Baldo acompañaba se quitó el sombrero trilby que le cubría la cabeza. Lucía una barba perfectamente recortada. Era Arrano.

Las fotos que por ahí circulaban eran antiguas, pero Jone lo reconoció, y el reconocimiento llevó parejo una sorprendente aflicción que le invadió el cuerpo, como si el cordón umbilical que unía su pasado al de Arrano se hubiera vuelto tangible y con él, los remordimientos.

Jone perdió el contacto visual cuando los demás se interpusieron y Arrano le dio la espalda. Todos le agasajaban y querían hablar con él. Era aquel un extraño corro de enemigos íntimos.

A excepción de Gamboa y de la propia Jone, todos allí eran clandestinos, y se notaba. De un vistazo, se notaba. Quizá eran los ojos que no paraban de moverse o la tensión en los hombros que a duras penas parecían tolerar. Se intercambiaban abrazos fraternales y palmaditas en la espalda y todo eran sonrisas, pero también había miradas esquivas.

—Esos de allí —susurró Gamboa— parecen muy amigos, pero el verano pasado andaban expulsándose el uno al otro de la Organización.

—Otro signo de debilidad, Ramón —repuso Jone—. Eso pasa en los ochenta y a más de uno ya le habrían dado matarile.

Por fin se hizo un hueco. Los ojos de Arrano se posaron en ella y, al mismo tiempo, su boca se estiró dedicándole una sonrisa espectral.

Jone le devolvió una sonrisa leve. Sonreía porque le temía, porque sabía de su historial y porque intuía algo despiadado en su celebrado carácter de sociópata obediente. Con el transcurso de los años, el jefe militar había ido ascendiendo en el escalafón, la obediencia había ido quedando atrás y la sociopatía se había acrecentado.

Arrano atravesó la estancia y se acercó hasta ella.

Gamboa se apresuró a estrecharle la mano. Luego extendió el brazo para abarcar a Jone, y dijo:

—Te presento a...

—Jone Larrucea —dijo Arrano—. *Kaixo*, Jone.

Parecía estudiarla.

—*Kaixo* —respondió Jone.

Gamboa se mostró confuso.

—¿Os conocéis? —preguntó.

—Somos viejos amigos —dijo Arrano, y se acarició la barbilla con la parte que le quedaba de los dedos amputados de la mano izquierda, un muñón que no se molestaba en ocultar—. Hará ya... ¿Cuánto, Jone?

—Unos quince años —respondió ella.

—¡Quince años! —sonrió Arrano—. Cómo pasa el tiempo.

—Para unos más que para otros —repuso Jone muy seria.

Arrano la miraba como si no existieran los demás, como si el espacio entre ellos zumbara con algún tipo de tensión dispuesta a saltar. Su presencia desprendía un cierto magnetismo, y el aire que se daba exudaba un tufillo a peligro que, se imaginaba Jone, excitaría a los hombres que le seguían sin rechistar y que podía atraer a tantas mujeres como repelía.

—En cualquier caso —añadió Arrano—, me alegro de verte.

Se despidió con un saludo y se alejó con su séquito hasta el otro extremo de la sala para continuar siendo adulado por unos y otros.

En la mente de Jone circulaba el recuerdo de aquella otra despedida, hacía ya mucho tiempo, cuando ella era joven y Arrano, apenas un adolescente al que deseó suerte sin imaginar que, durante los años posteriores, se dedicaría a matar y a ordenar muertes.

—¿A qué vino eso? —preguntó Gamboa.

Jone no apartaba la mirada de él.

—Ya le has oído. Llevé su defensa. Un asunto de *kale borroka*.

—Parecía guardar buen recuerdo de ti.

—Debería —contestó Jone, y se volvió por fin hacia Gamboa—. Alcancé un pacto con la Fiscalía y se libró de la cárcel.

Gamboa esbozó una sonrisa porque uno de los antiguos camaradas le saludaba desde el otro lado de la habitación. Luego se volvió hacia Jone y se tocó la nariz, pensativo.

—Bueno, eso da igual. La reunión va a empezar y el ambiente está raro. Así que, por favor, no menciones a Aralar ni a los otros conversos.

—Tranquilo, Ramón, que parece que te va a dar algo.

Pero Gamboa, el eterno preocupado, no estaba nada tranquilo.

—Y nada de cuestionar las *ekintzas*. Solo traemos una propuesta para saber qué piensan los presos. Nada más, Jone. Nada más.

La reunión comenzó minutos después, y desde los primeros compases se respiraba un aire de crisis. Todos se hallaban sentados alrededor de una larga mesa en el salón de la casa, con cara de mosqueo y envueltos en el humo de los cigarrillos, y para darle un carácter más oficial a aquello, alguien había colgado una austera sábana con el anagrama de la serpiente y el hacha en una pared decorada con varias piezas de caza.

Un tipo que se había agregado en el último momento, el Mudo, transcribía sobre una libreta todo lo que allí se hablaba, y Jone no pudo evitar pensar que ese tipo de actas se convertían en una mina de oro cada vez que caían en manos del Estado.

Como en cualquier organización lo primero eran las finanzas, y Gamboa llevó la voz cantante durante la primera media hora. Metódicamente, con precaución, realizó una larga exposición detallando los ingresos, tan constantes como deseaban; la tesorería, en la que se gozaba de cierta liquidez; y las inversiones, estas sí, problemáticas hasta decir basta a causa de una pésima operación de cambio de divisas cuando peor estaba la bolsa.

—... y bueno, poco más que añadir —remató el tabernero—. Con el impuesto y lo que puedan desviar los otros de fondos políticos por la presencia de los nuestros en las instituciones, podemos llenar el cerdito para lo que queda de año.

Cubero se recostó en su asiento y preguntó:

—¿Cerramos el curso sin problemas?

—Sí —contestó Gamboa—. Salvo que nos cortaran el grifo; en ese caso, digo, podríamos tener falta de liquidez. La maquinaria está engrasada, pero es mejor no pillarse los dedos. Ya os imagináis que estos asuntos no viven de amor y besos.

Varias cabezas asintieron gravemente. La preocupación era palpable.

—Gastamos más de la cuenta —puntualizó Cubero.

Baldo, el lugarteniente de Arrano, emitió un leve silbido.

—Si os parece, comemos solo arroz blanco.

—Conviene apretarse el cinturón —medió Gamboa.

Los siete oyentes guardaron silencio y se sumieron en sus reflexiones. Cubero, que presidía la reunión, agradeció a Gamboa su intervención, se aclaró la voz y paseó la mirada entre los presentes.

—Lo importante es que la situación política no está clara. Nos están dando de hostias y el enemigo se regocija en nuestra debilidad. Me preocupa la confianza de nuestras bases.

Gamboa carraspeó y, con falsa indiferencia, declaró:

—Jone trata a diario con las familias y durante años ha llevado la defensa de los detenidos. Si os parece, nos va a ofrecer su punto de vista.

Cubero hizo un gesto de asentimiento y Jone entendió que le otorgaba la palabra. Vio que Gamboa le advertía con la mirada que tuviera cuidado, pero Jone, siendo Jone, tomó aire y entró a degüello.

—Nuestra gente ya está desmoralizada —comenzó—; estamos perdiendo la calle. Antes éramos doscientos detrás de una pancarta, ahora está la pancarta y dos vigilando para que no nos la tiren.

Aquello pareció no gustar al respetable.

—Por eso mismo, una *ekintza* vendría ahora mejor que bien —masculló Izaskun.

—¿Tenemos capacidad operativa? —se interesó Cubero.

Desde fuera llegaron unos ladridos y todos se pusieron tensos. El momento se fue tal como llegó, y Cubero se dirigió a Arrano.

—¿Tenemos? —volvió a preguntar.

A Jone no le gustaba el derrotero que estaba tomando la reunión, pero a nadie pareció importarle porque todas las miradas estaban posadas sobre el jefe de los comandos.

Arrano, un témpano de hielo, asintió.

—Se puede dar *txumba*.

—¿Tienes algún objetivo en mente? —quiso saber Cubero.

—Hay un concejal. Sería fácil y la *ekintza* está lista.

Los demás se sumaron a la fiesta.

—A mí me parece bien seguir con ese frente —dijo Baldo—. Concejales, periodistas, jueces..., todos son responsables.

—Eso —agregó Izaskun—. Ir taca, taca. Darles, cortarles de cuajo.

—Antes de abrir el abanico deberíamos esperar, que no estamos en Irlanda —advirtió Cubero.

—Ni en la selva sudamericana —replicó Gamboa.

Henry hizo una mueca histriónica.

—Por lo que he oído, la última *ekintza* tuvo un impacto social duro.

Sergio exhaló el humo de su cigarrillo.

—¿Esperar a qué? —se preguntó en voz alta—. Se trata de acelerar la resolución del conflicto. Cuando un político o un periodista va al funeral de un *txakurra* no se ve en peligro. Sin embargo, el día que vaya al de un compañero de gremio o de partido, entonces sí que va a empezar a pensar que es hora de encontrar soluciones.

—Eso es —intervino Baldo excitado—. Porque, si no, le tocará estar en el lugar del otro: en caja de pino y con los pies por delante.

—¿Y si dinamizamos la *kale borroka*? —Henry chasqueó los dedos—. En tiempos de debilidad son los chicos los que nos salvan la cara.

A Jone no le gustaba el cariz que estaba tomando aquello y meneó la cabeza de forma visible. Vio como Izaskun deslizaba una nota a Cubero y que este se tomaba unos segundos para leerla.

Cubero asintió para sí mismo y se dirigió a los demás.

—La cuestión es si podemos sentarlos a negociar otra vez.

Arrano alzó la voz de forma inesperada.

—Solo los llevaremos a la mesa de negociación poniendo muertos sobre ella. Hay que levantar al concejal, antes de que...

—¡No tenéis ni puta idea! —exclamó Jone.

El silencio llenó la estancia y todos se volvieron hacia ella.

Nadie interrumpía así al jefe militar, y menos aún con esa pasión. Por un segundo, el propio Arrano pareció descolocado con ese patinazo a su ego, pero enseguida se recompuso y borró la expresión de sorpresa de su rostro.

Jone notó la mano de Gamboa apretándole la rodilla bajo la mesa. El tabernero se volvió hacia ella y habló en voz alta, más para beneficio del resto de los asistentes que de Jone.

—Jone, ten en cuenta que Arrano es el responsable de los *taldes* y del núcleo de la logística. Sabe bien de lo que habla.

Pero Jone se sentía la única cuerda en el manicomio.

—Vuestro diagnóstico está a años luz de la realidad —declaró.

Gamboa puso los ojos en blanco y elevó la mirada al techo.

Jone paseó la mirada a lo largo y ancho de la mesa y prosiguió:

—El Estado no va a volver a negociar, por lo menos no como querríamos. El que quiera algo, que retuerza las pistolas. Entendedlo de una puta vez, porque, si no, no los van a hacer entender a la fuerza.

Durante un instante casi se podía oír la Tierra girando alrededor de su eje. Hasta el Mudo, boquiabierto, había dejado de escribir.

Sin embargo, el mutismo fue muriendo lentamente, casi al poco de nacer, y entonces los presentes empezaron a lanzarse reproches sobre cuestiones pendientes que, Jone intuía, databan de mucho tiempo atrás.

—Tiene razón, la última negociación se os fue de las manos.

—¿De las manos? Se la cargó el Gobierno, como siempre.

—Nos la cargamos nosotros, por no parar a tiempo.

—¡Claro, a por las siete provincias y su puta madre en verso!

—¡El miedo a la cárcel os ha vencido!

—¡Te reto a ver quién aguanta más en la cárcel!

—Jamás se os ha escuchado una autocrítica.

—¡Y vosotros no tenéis los cojones que hay que tener!

Sergio dio un golpe en la mesa, interrumpiendo el guirigay.

—¡Dejaos de mamoneos, que parecéis maquiavelos de taberna!

El joven miembro de la troika esperó a que los ánimos se calmaran, volvió la cabeza muy despacio hacia Jone y la señaló con el dedo.

—Bien —dijo—. Según la narrativa que has expuesto, nos dedicamos a congelar las *ekintzas*, a mantener los *taldes* durmientes y... luego, ¿qué? ¿Nos cruzamos de brazos y nos ponemos a silbar cara al viento?

Jone soslayó su cinismo y las miradas que notaba sobre ella.

—Empecemos por abrir unas asambleas no presenciales entre los nuestros —dijo mientras echaba mano de su maletín y escarbaba entre sus documentos—. Busquemos la manera de que todos aporten por escrito qué vías quieren apoyar. De hecho, me gustaría enseñaros una posible hoja de ruta. —Extrajo del maletín la memoria que había redactado y la dejó sobre la mesa—. Es tan solo una propuesta para ...

Arrano arrastró su silla para levantarse, interrumpiendo su discurso con un agudo chirrido. Se acercó al triunvirato, intercambió unas palabras con ellos y los otros tres asintieron. Parecía que aquello era todo lo que Arrano necesitaba. A continuación, dirigió una mirada a Jone que le decía que no merecía su atención, por ahora, pero que algún día trataría con ella, y abandonó la sala.

Jone notó que los demás la miraban con cautela y luego se miraban entre ellos con una progresiva comprensión que se le escapaba. Aun así, decidió continuar, aunque su tono ya no era tan seguro.

—Bien, como decía... una propuesta para involucrar a bases, presos y refugiados...

Izaskun puso la mano boca arriba sobre la mesa y la interrumpió.

—Déjalo, Jone.

—Pero...

—Ya echaremos un vistazo a tu aportación en su debido momento.

Jone se quedó sin saber qué hacer, agachó la cabeza y su mirada se posó en su documento sobre la mesa. Le dio por pensar que ahí quedaba su aportación, muerta incluso antes de nacer.

Sergio encendió otro cigarrillo y se dirigió al resto:

—Escuchadme. Toca cerrar filas y acallar críticas. Hace tiempo que no tiramos a nadie y una *ekintza* nos dará fuerza. Hay que demostrar a los nuestros que todavía podemos poner al Estado de rodillas.

La reunión acabó una hora más tarde. Los asistentes se levantaron de las sillas y empezaron a conversar en un tono más distendido. Parecían colegas de oficina en un día cualquiera, haciendo un descanso para tomar café y fumarse un cigarrillo, preguntarse por las familias o hablar de sus *hobbies*.

Jone los observaba desde la distancia, con una sensación de

náuseas e impotencia rebotándole en la boca del estómago. Podía regodearse en su miseria cuanto deseara, pero los que se envestían a sí mismos con el poder sobre la vida y la muerte habían vuelto a decidir. Después aparecerían en vídeo embozados en sus pasamontañas y lanzando sus enrevesadas justificaciones, y los medios de comunicación, afines o no, darían amplio eco, y sesudos analistas tratarían de explicar o refutar las razones ancladas en un conflicto centenario. Pero la realidad era que los presentes en aquella reunión, dioses en su olimpo particular, habían decidido quitar al hijo de alguien, al padre de alguien, al hermano de alguien, la oportunidad de envejecer junto a sus seres queridos. Y ella, una vez más, no había hecho nada por evitarlo. Nada.

Izaskun conversaba con Gamboa junto a una cafetera. Sin pensárselo dos veces, Jone sacó un nuevo documento de su maletín y decidió acercarse con él hasta ellos.

Baldo, el de la nariz de alcachofa, se interpuso.

—Tengo algo para Izaskun —dijo Jone.

—Me alegro —repuso Baldo—. Dámelo y yo se lo entrego.

—Prefiero dárselo yo —insistió la abogada.

Baldo aguantó el tipo y permaneció impasible durante unos segundos, pero viendo que Jone no aflojaba el duelo de miradas, acabó haciendo una mueca de desagrado y la dejó pasar.

Al llegar junto a Gamboa e Izaskun, Jone pudo captar fragmentos de una conversación en voz baja:

—Y no solo diarreas, también hongos...

—¿Hongos?

—Por la humedad. Dice que le ve muy bajo de moral...

—Si muere, mal asunto, antes o después esa familia va a pagar...

Izaskun se percató de la presencia de Jone y se interrumpió.

—Jone, ¿qué se te ofrece?

Jone empleó su mejor tono de súplica.

—Por favor, Izaskun, solo te pido que me escuches. La Organización podría dar un paso atrás y permitir un nuevo proceso democrático.

Izaskun le dedicó una sonrisa condescendiente.

—La Organización siempre ha sido vanguardia, Jone. Somos el canario en la mina; nunca hemos delegado en otros y no vamos a empezar a hacerlo en este momento. —Le pidió paso con un gesto—. Ahora, si me disculpas, tengo trabajo por delante.

Pero Jone no estaba dispuesta a transigir.

Siguió obstaculizando la marcha de Izaskun y, con un quiebro de muñeca, le soltó el documento en el pecho.

—¿Qué tal si facilitáis el mío? —le preguntó.

Izaskun acertó a sostener el documento entre las manos.

—¿Qué es esto?

—Vuestro manual de denuncia de torturas. Si no preparaseis tanto las *kantadas* quizá yo tendría alguna oportunidad en los tribunales.

Izaskun ni se inmutó, no movió un solo músculo de la cara. Se limitó a dar un paso al lado para rodear a Jone y abandonó la sala con el documento bajo el brazo.

Jone y Gamboa la vieron partir.

—Esto es como la prehistoria —se lamentó Jone.

El viejo tabernero sostenía una taza en la mano. Llenó otra taza de café para Jone y, con una sonrisa entrañable bajo el bigote, se la entregó.

—Es el debate, Jone.

—¿A esto le llamas tú debate? Aquí el más salvaje se hace jefe.

—Bueno —dijo Gamboa—, es lo que tenemos.

Parecía feliz por el simple hecho de haber sobrevivido a la reunión.

—Esta gente es de chiste, Ramón. Es demencial.

—Anda, tómate el café.

Después del café, Gamboa y Jone se marcharon del lugar. Antes de salir de la casa, Gamboa le colocó las gafas con los cristales pintados de negro y caminaron en dirección al coche.

Jone iba guiada por la mano de Gamboa. Al recorrer el trecho del camino sobre la entrada de gravilla, oyó los sonidos nocturnos —el ulular de un búho, los grillos estridulando— y, sobre todo, sintió el frescor del bosque y la brisa que mecía con suavidad la gigantesca pared de pinos que debía de alzarse a su alrededor en toda su majestuosidad.

El camino de regreso lo hicieron a solas y sin niñera.

El tabernero condujo durante todo el trayecto y Jone viajó a oscuras tras las gafas, refugiada en su propio mundo.

Después de una hora aproximada de viaje, tras dejar atrás las Landas y sus caminos vecinales, Gamboa permitió que Jone se quitara las gafas. Era noche cerrada y ya no debía de quedar mucho para llegar a Burdeos.

Transcurrieron varios kilómetros, y cuando Jone vio las luces de la ciudad formando un arco a través de la profunda oscuridad de la carretera, se volvió hacia Gamboa y le dijo:

—Anoche tuve una pesadilla.

El tabernero conducía en silencio.

—Estaba en el mar —prosiguió ella en tono evocador—, agarrada a una tabla de madera. Sentía bajo mí un océano oscuro, y algo acechaba en las profundidades. Quizá era algo nuevo, quizá algo ancestral, no lo recuerdo, pero sentía que lo habíamos despertado entre todos.

Gamboa se removió incómodo en el asiento.

—Vamos, Jone.

Jone se volvió para mirar por la ventanilla, pero siguió hablando.

—Era una criatura extraña, Ramón, y no podía verla bien. No

podía verla, pero intuía que la criatura no se iba a detener al borde del agua. No, esa criatura iba a salir del océano con sus dos piernas para devorar todo lo que se encontrara en su camino, sin importarle quién o qué fuera.

Gamboa siguió conduciendo con la mirada puesta en la carretera.

—Jone —dijo al cabo de unos segundos—. Ya no eres una niña.

42

Capacitados para liberar

Por fin llegaron los Sanjuanes. La gente solía aparcar los ritmos cotidianos de sus quehaceres, se sumergía de lleno en las fiestas patronales y la locura se desataba durante esos seis días de verano. Para Pipe, eran fechas como aquellas las que hacían que le gustara tanto vivir allí, y el primer día de fiesta pensaba pasárselo en grande junto a la cuadrilla.

A primera hora de la mañana, Pipe, Txiki, Ibon y Santi se echaron a la calle para ver a los gigantes bailando al son del *txistu* y la dulzaina. Los escopeteros pasaban revista disparando bajo la señal del maestro y todos miraron al cielo emocionados. Luego disfrutaron de una proyección de cortometrajes con chocolatada en el frontón, y cuando se acercaron a ver la competición de los recortadores en la plaza de toros, Txiki se empeñó en saltar al ruedo y casi lo corren a gorrazos.

A mediodía, cuando el lanzamiento del chupinazo anunció la apertura, la cuadrilla se marchó a las *txosnas* del colectivo instaladas en la calle. Aquello estaba atestado; Felisa y otras madres de los presos cocinando en medio del delicioso olor a carne asada y a brasas fuertes; abuelos jugando al mus; antiguos exiliados contando batallitas; niños, muchos niños, luciendo pegatinas con fotos de los encarcelados; y chicas recogiendo firmas contra la dispersión. Así eran ellos. Así de orgullosos. Aunque les arruinara la vida, Pipe adoraba ese espíritu de pueblo, de comunidad. Se ayudaban unos a otros sin importar las viejas rencillas, las quejas vecinales o los problemas con la justicia. Se estaba con ellos o contra ellos, y los que estuvieran enfrente, ¡que se fueran preparando!

Más tarde, Pipe y Txiki colgaron las proclamas en favor de los presos, con sus banderolas y pegatinas. Luego se pusieron a vender mecheros, camisetas y llaveros. Si alguno de los presentes se despistaba, siempre había alguien como Txiki dispuesto a agitar la hucha de los presos frente a sus narices.

—¿Es que no la ves? —solía soltar Txiki a todo aquel que no colaborara—. ¿Le tengo que poner un letrerito o qué?

Y al final todos depositaban dinero, aunque fuera a regañadientes.

Aquella tarde, como tantas otras, todos se arremangaron para colaborar. Ibon se colgó el gorro y Santi se ató un delantal, y los dos sudaron mientras ayudaban al concejal Chamizo y a las madres a preparar un cordero lechal al *burduntzi* con el que todos se chuparían los dedos.

Chamizo era de los que siempre estaban allí. No se perdía una, y quizá por eso todos le querían. Por eso y porque siempre iba con un enorme fajo de billetes que metía en el bolsillo de Pipe y de los demás chavales al tiempo que sonreía y susurraba:

—Ya sabéis en lo que os lo tenéis que gastar.

Por la tarde, disfrutaron de los *bertsolaris* y siguieron poteando amenizados por las charangas, hasta que el chorizo a la sidra y la olla de zurracapote llegaron a su fin. Todos se sentían familia y los embargaba una alegría tan profunda que Pipe sacó a bailar a Felisa al son de los *txistularis* y gaiteros entre las risas y los aplausos del respetable.

Y así, todo fue bien hasta que dejó de ir bien.

El jaleo empezó por la noche, cuando Pipe divisó al opresor entre la gente. El concejal estaba presenciando el espectáculo de payasos que deleitaban a la audiencia de niños y mayores sobre una tarima de madera. Parecía feliz. Es más, iba con su chulería y su familia, restregándoles por la cara la escolta de dos hombres que le acompañaba.

Pipe le soltó un codazo a Txiki y señaló entre la multitud.

—Mira quién anda ahí.

Txiki enarcó las cejas y la cara se le puso lívida.

—Joder, me pone enfermo. Parece que solo sabe provocar.

—Yo, solo de verlo, sudo.

—Es que me da una patada en mis putos huevos.

—¿Qué hacemos, tú?

—Mandarle a su casa a hostias. Gratis y sin facturar.

Salva detectó al grupo de jóvenes con proclamas radicales en las camisetas, riéndose de forma estridente a la entrada de una *txosna* al otro lado de la calle. Lo vio claro, vio la amenaza, y en ese momento decidió que lo mejor era marcharse de allí.

Hizo un gesto a Iñaki, y este se acercó con cautela hasta él.

—¿Los ves?

Los jóvenes se limitaban a mirar de forma hostil, desde la distancia.

—Hostia que si los veo —exclamó Iñaki.

—Estate ojo avizor.

—Putos niñatos. Como les pille el día atravesado...

—Tranquilo.

—Estos se ven capacitados para liberar al pueblo vasco, Salva, y encima se quedan tan panchos.

Salva notó el nerviosismo de Iñaki y le cogió del brazo.

—Por mí estupendo, como si se la machacan. Tranquilízate. Conocemos las calles, solo van a actuar cuando estén seguros.

Salva se acercó con cautela hasta Xabi.

El concejal llevaba a Unai a hombros y seguía las andanzas de los payasos ajeno a cualquier contrariedad. Salva le apretó el hombro y le susurró algo al oído. Xabi le miró cariacontecido, pero no tardó en bajar a Unai al suelo y en coger a Elena de la mano. Sus miradas se cruzaron y ella supo que algo violento vibraba en el ambiente. Los problemas estaban a punto de echarse encima, como la noche.

Abandonaron la zona del escenario, alejándose de las *txosnas*. Los escoltados llevaban a su hijo en volandas y el pequeño lloraba porque los mayores se alejaban de sus queridos payasos.

Aunque no quisieran, llamaban la atención.

Iñaki cerraba el grupo, por detrás, y Salva se abría paso entre la masa de gente, su mirada saltando por la cabeza de las personas, empujándose entre la multitud, molestando — «¿Qué hace este?»—, moviéndose a empellones. De repente se dio de bruces con los cachorros, y sintió que uno de los chicos se chocaba contra sus riñones con interés, como queriendo comprobar si llevaba algo duro.

En eso, la voz de Iñaki, ronca y fuerte, resonó desde la retaguardia:

—¡Salva, territorio comanche!

Los radicales les impedían el paso. Eran cuatro.

—Aquí estamos vendidos —afirmó Salva—. Tira por el costado.

Salva se percató de que Elena miraba a su marido con una mezcla de nervios y congoja, y de que Xabi tenía los puños apretados y ponía una cara de furia contenida que podía sacar lo peor de él.

Uno de los radicales dijo algo a los suyos y todos se echaron a reír.

—Salva —dijo Iñaki—, que están muy creciditos.

Sin pestañear, Salva escaneó entre la multitud que se agolpaba en la calle, buscando un posible repliegue.

—Tranquilo, estamos para solucionar problemas, no para crearlos.

—Que nos mean en los pantalones —insistió Iñaki.

—Controla y contén, hostias —le soltó Salva.

Xabi veía toda esa actividad a su alrededor, pero era como si no viera nada. A través del gentío su mirada había encontrado una cara familiar. El concejal Jokin Chamizo estaba plantado de brazos cruzados a la entrada de una *txosna*, al otro lado de la calle, tan reluciente como el mismísimo sol. Le sonreía con inquina, aunque quizá tan solo fuera su imaginación. Lo cierto es que se limitaba a mirar como tantos otros entre la multitud, como si aquello no tuviera nada que ver con él, como si lo que estaba a punto de ocurrir fuera un accidente de tráfico inevitable. Era un claro ejemplo de miopía social que solía darse por esos lares.

A todo esto, los jóvenes radicales los rodearon.

El más bajito alzó la mano, y apuntando hacia Xabi con el dedo índice y con el pulgar ladeado como si fuera el percutor de una pistola, dejó caer el pulgar y disparó en su imaginación.

—¡Tú, Iraola! —gritó—. ¡Te quedan cuatro días!

Xabi estaba tan alterado que parecía capaz de encararse con los violentos. Lejos de acobardarse, apretó los dientes y les gritó:

—¡Con mi familia delante! ¡No tenéis vergüenza!

Elena miraba a todos lados y Unai se agarraba a ella con una expresión de miedo y confusión.

Salva se llevó la mano al costado y se palpó de forma ostensible la sobaquera. Lo hizo para dar a entender que iba armado, y también para comprobar que la funda tapaba el guardamonte como era debido, no fuera a caérsele el arma al suelo y que lo que iba mal fuera a peor.

En vez de retroceder, los chavales empezaron a silbar y a chasquear los dedos, vociferando como si llamaran a un perro.

—*Joan zaitez etxera! Zipaioak, entzun, pim pam pum!*

De repente, la gente se apartó.

Algo silbó en el aire y una litrona voló por encima de las cabezas estrellándose a los pies de Xabi y salpicando el húmedo asfalto de esquirlas de vidrio.

Salva había tenido suficiente. Se acercó hasta Xabi y lo cubrió con sus musculosos brazos, sujetándole con fuerza y, mientras lo hacía, se volvió hacia Iñaki y señaló su flanco izquierdo con un golpe de cabeza.

—¡Coge al vip y hacia allá! —le ordenó.

Aprovechando un hueco en medio del tumulto, Iñaki tiró de Xabi, de Elena y del niño, y los cuatro avanzaron a través de la gente hasta salir de la encerrona y alejarse de allí.

Salva se plantó frente a los violentos, haciendo de parapeto sin perderles la cara, aguantando los insultos y los escupitajos, y poco a poco fue retrocediendo hasta que pudo abandonar la plaza por donde habían huido Iñaki y sus escoltados.

—¡Fascista, vete a tu casa! —le gritaban los radicales, al parecer satisfechos con su huida, mientras se llevaban la mano a la entrepierna y le dedicaban cortes de manga.

Salva dejó de oír sus voces mientras enfilaba por una bocacalle y trotaba al encuentro de sus protegidos, pero a medio camino se dio cuenta de que las manos le temblaban y se detuvo. Se quedó así durante un rato, mirándolas como si pertenecieran a otra persona.

No era la primera vez que vivía situaciones de esa índole, pero la encerrona de la que acababan de escapar era otra cosa. Los chavales de esa noche parecían ser depositarios de una rabia más allá de todo límite, de toda razón. El odio de esa noche era un monstruo diferente.

43

Fuego de San Juan

Esa misma noche, acabada la algarada, el fervor etílico y cuasi místico, condujo a la cuadrilla al *gaztetxe*.

—Esto no puede quedar así —dijo Txiki—. Estamos en guerra.

—Incluso en fiestas —añadió Santi con su entusiasmo de siempre.

—Aquí nadie es inocente —explicó Txiki—, unos por hacer y otros por no arrimar el hombro y dejar que el conflicto se prolongue.

—A la gente así no hay que dejarlas vivir con normalidad, hay que darle un buen susto —concluyó Ibon con voz decidida.

Vaciaron el contenido de varias cajas sobre la mesa, y había botes de espray, desodorantes, petardos de feria, pólvora envuelta en papel de plata, varios cigarrillos sin filtro y un paquete de chicles. Empezaron a envolverse los dedos con tiritas y las manos en guantes de látex, porque para hacer lo que tenían que hacer no podían dejar huellas. Alguien llevó unas litronas vacías, y otro iba cargado con un par de latas de gasolina.

Txiki abrió un bote de plástico de aceite de motor y recogió un embudo que encontró Ibon. Vertieron la gasolina y el aceite de motor en las botellas. Las agitaron y enroscaron los tapones. Las metieron llenas en unas mochilas y también varios jirones de camisetas para usarlas como mechas.

Cuando finalizaron, Txiki hizo un gesto para que todos se acercaran, y Pipe creyó ver un relampagueo oscuro en sus ojos.

—O sacan sus manos de aquí —dijo Txiki—, o se quedan sin ellas.

Pipe, que había guardado silencio hasta entonces, musitó:

—*Jo ta ke irabazi arte.*

—¡Dale que te pego hasta ganar! —corearon los demás.

Llevaban las mochilas a cuestas y los rostros ocultos bajo las capuchas y los pañuelos palestinos. Caminaron varias manzanas por las calles desiertas a esas horas de la madrugada y llegaron al edificio en cuestión. Se guarecieron tras un contenedor de vidrios en un rincón oscuro alejado del alumbrado público y empezaron a preparar el material.

Txiki echó mano de su mochila.

—El sello, Pipe, el sello.

—Que sí, Txiki, no seas coñazo. Ya voy con el puto sello.

Pipe se acercó al portal, extrajo de su mochila una pieza de acero y la pegó contra el mármol de la fachada. Usándola a modo de plantilla, pintó con un bote de espray rojo un estarcido con la silueta de una serpiente en torno a un hacha. Después decoró la pared con un grafiti furioso que decía FATXISTA + ESCOLTA = ETA MÁTALOS. Para rematar el odio, acompañó el rótulo con una diana y la cruz filar, y regresó corriendo junto a la cuadrilla dejando atrás su obra de arte callejera.

Ibón se hallaba atareado embutiendo los jirones de tela en los cuellos de las botellas.

Txiki chasqueó los dedos y Santi le lanzó un encendedor.

Txiki lo cazó al vuelo y contempló el mechero en su mano.

—Su puta madre —susurró.

Tenía los ojos bien abiertos, y le miraba con horror.

—¿Qué pasa? —preguntó Pipe.

Txiki le mostró el mechero; era un chisquero barato decorado con el escudo de la selección española de fútbol.

—Me lo regalaron en una gasolinera —se defendió Santi.

—Ya te daré yo a ti... —le amenazó Txiki.

Ibon terminó de componer el último cóctel molotov.

—¡Dejaos de hostias! —gruñó.

Pipe señaló hacia uno de los balcones del edificio.

—Es ahí —dijo.

Txiki agarró una de las botellas. Sin más dilación prendió la mecha, tomó carrerilla hasta media calle y la lanzó.

El artefacto incendiario describió un arco en la noche y estalló contra el balcón señalado. El líquido en llamas bañó parte de la fachada y la noche se iluminó con un naranja deslumbrante.

Unai había intentado dormirse —de veras que lo había intentado—, pero la emoción de lo vivido no le abandonaba. Seguía despierto, y eso que hacía ya más de dos horas que estaba en la cama. Tras comprobar que todo estaba en orden, Salva e Iñaki habían deseado buenas noches a sus padres y se habían marchado. Su madre le había preparado una leche caliente y su padre le había arropado. Unai nunca los había visto así. Él parecía agotado y ella suspiraba sin parar.

Tras el ruido de cristales del balcón, un fulgor muy grande se reflejó en la ventana de su dormitorio. Unai se levantó a oscuras, caminó descalzo hasta ella y se quedó rascándose el culo bajo el pijama. Podía ver las evoluciones de los encapuchados allá abajo. No sentía miedo, tan solo curiosidad. Permaneció allí hasta que un segundo resplandor y un nuevo botellazo contra la fachada le hicieron retroceder, y justo entonces su padre apareció en el umbral de la puerta como un torbellino.

Unai señaló emocionado hacia la ventana y exclamó:

—¡Mira, *aita*!

Pero a esas alturas de la noche, su padre ya sabía qué pasaba.

Por segunda vez en el día, le cogió en volandas y corrió cargando con él por el pasillo, hasta encontrarse con su madre en la sala de estar. Ella tenía una expresión de angustia que no le cabía en el cuerpo, y Unai sintió su peso ingrávido al pasar de los brazos de su padre a los de ella.

El cristal de la ventana del balcón se había roto, el calor era insoportable y las llamas rugían al otro lado. Un color flamígero se colaba por entre la persiana, bañando la estancia con una luz estroboscópica como si aquello fuera un tiovivo del infierno.

Su padre cogió a su madre de los hombros para tranquilizarla, pero parecía un loco ermitaño mientras gritaba que no se acercaran a las ventanas y que llamaran a los bomberos.

Su madre llamó a los bomberos, y Unai le veía en la cara el esfuerzo que hacía por controlar su pánico, mientras cargaba con él en brazos e intentaba escuchar, con el teléfono acoplado entre el hombro y la oreja, una respuesta.

Su padre había abierto la ventana junto al balcón y lanzaba un cubo tras otro de agua para luchar inútilmente contra las llamas que lamían la fachada. Su madre gritó que lo bomberos estaban en camino, y Unai vio a su padre darse por vencido, cerrar la ventana y comerse la humillación entre jadeos.

En la calle, fueran cuales fuesen los demonios que bullían en su interior, Txiki se encargaba de exorcizarlos gritando órdenes como un maníaco:

—¡Al balcón, al balcón, al balcón!

Pipe apuntó al balcón y lanzó una nueva botella. Esta cayó de lleno e incendió unas sillas de plástico y un par de macetas. El toldo había prendido también, y la persiana que allá dentro alguien acababa de echar empezaba a derretirse.

Aquello ardía como una pira funeraria.

Los chavales se miraron los unos a los otros. Parecían brujas frente al altar de un fuego extraño, una hoguera que purificaba Euskal Herria y que los sometía a un estado hipnótico y excitante. Las llamas parecían luchar unas con otras y la noche resplandecía bajo un humo negro.

Pipe sintió el subidón de la adrenalina, el atractivo de correr con la manada y una lealtad feroz hacia la cuadrilla. Sentía la promesa y la seducción de pertenecer a una tribu.

Se oyó el ladrido de un perro y vieron las ventanas encenderse en el edificio de enfrente. Uno a uno, los chavales de la cuadrilla echaron a correr alejándose de allí. Primero Ibon. Luego Santi.

Pipe seguía embobado frente al balcón envuelto en llamas. El calor le acariciaba la cara, y él contemplaba el toldo ardiendo, los plásticos derretidos y el metal de la barandilla que se retorcía y chirriaba.

Txiki le agarró de la sudadera y tiró de él.

—¿Qué haces? —exclamó—. ¡Vamos, hostia, vamos!

Los dos se alejaron perdiéndose en la noche. Sabían por dónde huir porque conocían las calles a la perfección.

Una hora más tarde, el fuego estaba apagado y los bomberos recogían las mangueras en el camión tras dejar la calle anegada de agua. Xabi estaba en pantuflas y albornoz en medio de la vía, con el pelo chafado y el semblante serio, acompañado de Salva, que se había presentado en el lugar en cuanto recibió la llamada. Los dos departían con la pareja de *ertzainas* que realizaban el atestado.

—Puede que el fuego haya causado daños en la vivienda inmediatamente superior...

—Habrá que verlo...

—Y esperar a la valoración del perito...

Elena estaba junto al portal. Sostenía a Unai en brazos y conversaba con su comunidad de vecinos en pleno y parte de la del edificio de enfrente. Las miradas de comprensión de unos se alternaban con los gestos de desaprobación de otros.

—Nos estáis poniendo a todos en peligro —se quejaba el vecino del segundo que en ese momento sacaba a pasear al perrito como todas las mañanas.

—Por favor, a ver si sabemos de qué hablamos —replicó una vecina—. La culpa es de esa gentuza, no de Elena y su marido.

—Pues que hagan algo —alegó un tercer vecino que solía ver la tele a todo volumen a altas horas de la madrugada—, que estoy harto de que el inhibidor del escolta no me deje abrir el garaje con mi mando a distancia.

Xabi decidió que ya había escuchado lo suficiente; así que dio un par de zancadas hasta colarse en el círculo de afectados y, casi chocando su pecho contra el del vecino del tercero, se dispuso a afearle la conducta.

—Tú, ¿qué, Pello? ¿Pasando a saludar?

El hombre retrocedió de forma instintiva, pero Elena no dio tiempo a más. Se acomodó a Unai en la cadera, agarró a Xabi de la mano y, tirando a la fuerza de él, le arrastró con ella hacia el portal de casa. Mientras se perdían en el interior del edificio les llegaban, cada vez más distantes, las quejas:

—¡Elena, tu marido está mal de la cabeza! ¡Está mal!

Cuando los patrulleros finalizaron el atestado, Salva subió al piso y se encontró a Elena y Xabi en plena discusión.

—¡Mírame!

—¡No! ¡No podemos seguir así! ¡No podemos!

Podía verlos a través de la puerta de la cocina, gritándose y gesticulando, hasta que no tardaron en darse cuenta de su presencia y uno de los dos la cerró de un portazo.

Mientras oía la disputa amortiguada al otro lado, Salva se quedó quieto, sin saber qué hacer. Por una parte, no tenía el menor interés en seguir allí, siendo testigo del momento íntimo de una pareja en una situación de crisis. Pero al mismo tiempo, temía que, si se marchaba sin más, algo se quebraría en aquella casa.

En silencio, se dio media vuelta y deambuló por el pasillo. No tardó en ver a Unai en el sofá de la sala de estar, sus pies balanceándose sin llegar al suelo. Alguien le había dejado la tele encendida en un intento vano por ahogar los ecos de la discusión que llegaba desde la cocina.

—Has sido muy valiente —le dijo Salva, y se sentó junto a él.

Unai siguió mirando al frente, como ausente, sin decir nada.

Salva manoseó su riñonera con cierto nerviosismo e intentó sonreír.

—Ya no habrá más fuegos artificiales como los de esta noche.

El niño se sorbió los mocos.

—¿Y mañana? —preguntó con su vocecilla.

Salva atinó a negar con la cabeza, sabiendo que quizá mentía.

—Claro que no, ya nunca más.

—Vale —contestó Unai con cierto alivio.

—Así que no hay que tener miedo.

—No tengo miedo —dijo Unai, aunque parecía a punto de llorar.

—Eso está bien, porque poco a poco... —Salva se detuvo, frustrado y en cierto modo avergonzado por su ineptitud para establecer algún tipo de vínculo con el niño—. Verás, poco a poco... poco a poco te darás cuenta de que en la vida hay gente maravillosa, que solo sabe aportar cosas buenas. Yo digo que son un poco como las ovejas.

—Las ovejas dan lana —remarcó Unai.

—Y son amables, y solo pueden herirse unas a otras por accidente.

Unai asintió como si comprendiera.

—Pero también hay lobos ahí fuera, Unai, andando por el mundo.

—Yo quiero ser un lobo.

—Tú nunca serás un lobo.

—¿Por qué? —preguntó el niño—. Yo quiero ser como tú.

—Bueno..., siempre puedes ser un buen perro ovejero.

Salva se remangó la camisa hasta el hombro y mostró un bíceps que parecía una sandía. Sobre la piel lucía un tatuaje que representaba un pastor alemán, sabio y sagaz, pero también algo deslustrado, producto tal vez de una mala decisión tras una noche de borrachera.

Unai se quedó alucinado mirando el tatuaje.

—¿Y el lobo? —preguntó con los ojos muy abiertos.

—El lobo —Salva le guiñó un ojo—, que se vaya preparando.

Unai hizo una mueca de asombro y le miró a los ojos con la ilusión de un niño que comparte un secreto con un amigo y sabe respetarlo.

Los dos permanecieron así, cómodos el uno en compañía del otro, hasta que las voces atenuadas de la cocina alcanzaron su cenit. Oyeron una puerta abriéndose de golpe y unos pasos ligeros que se acercaban.

Elena entró en la sala de estar. Tenía los ojos húmedos y las mejillas coloradas. Se movía a trompicones y presentaba tal expresión de pena que Salva no se atrevió a decir nada. Elena ni le miró, cogió a Unai en brazos y desapareció con él en dirección a su dormitorio.

Tuvo que pasar más de un minuto para que Xabi regresara desde la cocina. Arrastraba los pies y llevaba dos vasos tintineando en una mano. De la otra le colgaba una botella de chacolí. Con gesto apesadumbrado, se sentó en el sofá, en el mismo lugar que antes había ocupado su hijo.

Llenó los vasos con el vino, entregó uno a Salva y los dos empezaron a beber. Xabi mantuvo todo el rato la mirada perdida en algún lugar entre su vaso y la televisión, y no dijo nada.

Salva tampoco. En realidad, no había nada que decir.

44

A ver si dan lo nuestro

La cuadrilla se deshizo de las pruebas incriminatorias en los contenedores de basura de un oscuro callejón, dejó las mochilas en el *gaztetxe* y a la una de la madrugada ya estaba celebrándolo en la *herriko.*

El lugar estaba lleno de gente que se resistía a despedir el día de fiesta, y los chavales se apostaron en la barra y empezaron a rebajar la adrenalina con más alcohol. Txiki estaba eufórico y cada dos por tres callaba a los demás para ofrecer el primer brindis que se le ocurría.

—*Gora Euskadi Ta Askatasuna!*

—*Gora Euskadi Ta Askatasuna!* —acompañaban los otros alzando los vasos de forma poco solemne, entre divertidos e intoxicados.

—¡Y me cago en la madre que parió a todos los *maketos* que vienen a chupar del bote y a españolizar Euskal Herria!

En medio del jolgorio y del choque de vasos y de las risas, Pipe se volvió a mirar la televisión del bar, que, montada en una esquina, emitía en silencio las noticias internacionales en el *teleberri* de la madrugada.

—¡Y que le den por culo al cabrón del alcalde, por blando! —añadió Ibon.

—¡Español el que no bote, *ez, ez*! —gritó Santi.

Txiki dejó a Ibon y a Santi brincando entre risas y se acercó hasta Pipe. Le pasó el brazo por encima del hombro y le sonrió. Parecía macerar algo en su mente. Se lo llevó hasta una esquina de la barra y, bajo el ruido de las otras conversaciones del local, le susurró al oído:

—Ando dándole vueltas a la *gambara*, tú.

Pipe no apartaba los ojos del *teleberri*.

—Qué peligro.

—Desde que hablé con Fiti, el que se metió en «la Familia».

—¿Fiti el de Andoain? Si no sabe ni dónde tiene la mano derecha.

—Es un puto gudari, como tu *osaba* Txarli.

—Y un *tontolapiko*. Una cosa no quita la otra.

Txiki pareció mosquearse.

—Bueno, eso da igual. Lo importante es que dice que no hay cantera, que los del *arrantza* andan jodidos y que no tienen ni banquillo.

—Escasean las vocaciones, ya te dije.

—Sí, ya me dijiste. ¿Y sabes lo que yo te digo? —Txiki dio un trago y se limpió la boca con la manga de la sudadera—. Que ya hemos pegado demasiados carteles y demasiadas pegatinas. Aquí se habla mucho y se hace muy poco, Pipe, y al final, «la Familia» es la única que da la cara por nosotros, porque el resto está de brazos cruzados. Por eso te digo que lo que toca ahora es mojarse y dar el paso. No queda otra.

Pipe se inclinó hacia delante, pensativo, y por un momento pareció que la *herriko* dejaba de existir y que los dos estaban solos en el mundo.

—¿Estás diciendo... que crucemos la *muga*? ¿Es eso?

—¿Tú qué crees?

Pipe soltó un bufido.

—Poca hostia, tú.

Txiki volvió a mirar a un lado y a otro y, metiéndose la mano bajo la sudadera, sacó un trapo mugriento que llevaba enganchado al cinto. Lo desenrolló sin más, y le mostró a Pipe la pieza que ocultaba. Era una pistola con el logo de la S&W bien visible en la empuñadura escamosa.

—¡Hostia! —exclamó Pipe—. Pero ¿dónde vas con eso?

Txiki la mantuvo bajo la barra, mostrándosela con calma.

—Ya te he dicho. Estuve con Fiti y me la dio. Es un regalo.

—¡Guarda eso! ¡Guárdala!

Pero Txiki no la guardó, y los dos se quedaron embelesados contemplando cómo la negra aleación de aluminio captaba la escasa luz del local haciendo que el arma reluciera como un diamante.

—*Polita*, ¿eh? —dijo Txiki, y sus ojos parecían tan engrasados como la propia pistola.

Pipe cogió el arma de manos de Txiki. La acarició con la yema de los dedos y la empuñó con fuerza. Habría seguido con ella un buen rato, de no ser porque su amigo alargó el brazo y se la arrebató.

—Trae para acá, que te acostumbras.

Tras observar cómo Txiki volvía a envolver la pistola en el trapo y se la guardaba en el cincho bajo la sudadera, Pipe le advirtió:

—Este paso no tiene vuelta atrás.

—Este paso —repuso Txiki— es lo que diferencia a los que están por la causa de los que van por ahí con un activismo de salón y que, en cuanto vienen mal dadas, dan la espalda a los gudaris que lo dieron todo por la puta libertad. Eso es lo que significa este paso.

Y Pipe no pudo menos que asentir. Ese era el peso que cargaban y que la gente que cuestionaba la lucha armada y la llamaba terrorismo nunca entendería, porque todo era muy fácil para aquellos a los que jamás les habían robado el orgullo ni la dignidad. Si se esforzaba, Pipe casi podía escuchar en su cerebro la voz de su madre desanimándole, acusándole de estar loco por pensar tan solo en esa posibilidad. Pero el empuje del alcohol que corría por sus venas y la aventura que habían vivido aquella noche pesaban más, casi tanto como el hecho innegable de que los hijos tienen que rebelarse contra los padres.

Fuera lo que fuese, Pipe miró a su amigo con ojos achispados.

Txiki le entendió a la perfección y, sonriendo, le dio una palmada en la espalda tan entusiasta que casi le tira por encima de la barra.

—¡Ya le dije yo que respondía por ti! —le dijo mientras alzaba su vaso en dirección a la tele—. Vamos, y ahora, a ver si dan lo nuestro.

Se pusieron a ver el *teleberri* mientras esperaban a ver si daban «lo suyo». El noticiario andaba enredado con las noticias internacionales, y en la pantalla se veían unos niños palestinos lanzando piedras o lo primero que pillaban contra un poderoso tanque israelí en medio de una ciudad en ruinas en la franja de Gaza.

Observando las imágenes ensimismado, Pipe se puso a acariciar el pañuelo en torno a su cuello en un gesto inconsciente. Era un pedazo de tela blanca con cuadros negros muy parecido a las kufiyas que llevaban aquellos desesperados al otro lado del mundo.

TERCERA PARTE

Una pedrada al estanque

45

El hombre del espacio

La patria son los recuerdos con los abuelos, pero Lucien Vallée todavía no lo sabía. Tendría conciencia de ello años más tarde, cuando siendo ya un adulto se detuviese a mirar hacia atrás con nostalgia. En ese momento, a sus siete años, solo sabía que adoraba esos días de verano en los que sus padres, a veces por necesidad otras simplemente por evadirse, le dejaban al cuidado de su abuelo. A Lucien poco le importaba que su abuelo extendiera sus batallitas hasta la extenuación, o que le oliera el aliento a vino desde por la mañana. Para Lucien, el jardín y la piscina de mosaicos desgastados de la casa de su abuelo eran un universo paralelo donde podían ocurrir cosas extraordinarias.

Como, por ejemplo, avistar a un hombre del espacio.

Desde luego, había sido una semana de aventuras. Lucien se había entretenido con el Cinexin y las películas más desternillantes del Pato Donald y había jugado en el columpio de hierro de la parte de atrás. Se había bañado en la piscina durante horas y el abuelo, al verle los labios azules y la tiritona, le había pedido que se saliera.

—No, abuelo, que ahora salgo.

Y el abuelo había dado su brazo a torcer. Y al salir del agua con el estómago rugiendo, Lucien se encontraba un bocadillo de Nutella que devoraba con esa mezcla de chocolate y cloro de la piscina. El abuelo le había contado historias de De Gaulle y de la flor que el bastardo tenía en el culo, tal que así, porque al abuelo le gustaba decir palabrotas cuando su madre no estaba. Y por las noches, el abuelo le dejaba cómics del aventurero espacial Valerian para que Lucien se pasara las horas disfrutando de sus aventuras con una linterna bajo las sábanas.

El sábado por la tarde, mientras el abuelo preparaba la cena, Lucien se puso a jugar con la pelota, y un bote traicionero la coló en la finca de al lado. Allí siguió botando, bajó por una rampa y acabó aporreando con un golpe seco la persiana metálica de un garaje.

—*Merde* —susurró Lucien.

Su abuelo le había dicho que sus vecinos eran unos turistas españoles muy majos que habían alquilado recientemente la casa, así que se dispuso a saltar la empalizada para recuperar su balón.

Lucien se aupó sobre la cerca, pero de ahí no pasó.

Se quedó a medio camino, a horcajadas, porque en ese momento la puerta accesoria del garaje se abrió y una figura con un traje plateado, largos guantes y una oscura escafandra emergió envuelta en una luz potente y un bramido mecánico lleno de ritmo.

El hombre del espacio le devolvió la pelota lanzándola al otro lado de la cerca y desapareció de nuevo en el interior del garaje, y Lucien se quedó con la boca abierta y una historia extraordinaria para compartir el lunes en el patio del colegio.

Dienteputo regresó al ruido sordo e infernal de la maquinaria y de las voces humanas en el interior del garaje. Se ajustó las gafas de protección, el mandil de cuero y los guantes, y se dijo que si Arrano le hubiera sorprendido en el exterior de aquella guisa, habría recibido una reprimenda por no haber respetado sus protocolos de seguridad. Por suerte, Arrano estaba en su refugio desconocido y no regresaría hasta más tarde, y Dienteputo se alegraba de no tener que aguantar sus broncas y su talante de mierda.

El etarra atravesó las lonas de plástico que colgaban de techo y paredes y que amortiguaban el ruido, y llegó hasta una zona del garaje con focos montados sobre dos trípodes que combatían la oscuridad. La improvisada cabina albergaba a Brujilla, Gorka y Zapa, atareados en torno a la Berlingo. Habían alquilado aquel garaje a las afueras de Bayona con el objetivo de ocultar la furgoneta robada, y desde hacía días trabajaban sobre ella de forma sincronizada, moviéndose en torno al vehículo con precaución, como cirujanos escenificando una danza macabra.

Dienteputo se subió al interior de la furgoneta. Encendió un soplete de acetileno y continuó cortando líneas sobre las ollas metálicas. Zapa pasó frente a él mientras rodeaba la furgoneta. Llevaba un mono de trabajo, mascarilla respiradora y una pistola pulverizadora con la que empezó a pintar de azul la carrocería. En una esquina, Gorka soportaba el traqueteo de la troqueladora mientras grababa números y letras, que casaban con el modelo de la furgoneta, sobre una matrícula virgen.

Más allá, entre barreños y cubetas, Brujilla manipulaba el nitrato amónico, el polvo de aluminio y el nitrometano. Llevaba enfundados guantes de nitrilo hasta el antebrazo y una mascarilla le tapaba la parte inferior de la cara. Intentaba ignorar las miradas de reojo de los otros mientras terminaba la delicada tarea que se traía entre manos, intentando no pensar en la mezcla y en su inherente volatilidad.

Tenía la cara empapada de sudor. Y no era por el calor.

Arrano apareció a la mañana siguiente. Lo hizo por sorpresa, como era habitual en él. Los miembros del comando ya habían ubicado el explosivo en las ollas y Dienteputo, el único que seguía enfrascado en su tarea bajo una lluvia de chispas, apagó la sierra eléctrica. El garaje quedó en silencio y desde fuera se oían los sonidos de una mañana de domingo.

Arrano inspeccionó el cableado eléctrico y el cebado de las ollas, comprobó su colocación para enfocar la onda expansiva y se mostró satisfecho con la Berlingo y todo su potencial destructivo.

—Con esto —dijo— podéis hacer saltar por el aire todo el vecindario.

Sus gudaris comprendieron que alababa el trabajo realizado.

—La mezcla pierde pronto sus propiedades, así que la *ekintza* tendrá lugar muy pronto. El plan sigue adelante. Esperad mis instrucciones.

Y se marchó como había llegado, sin hacer ruido.

Dienteputo accionó de nuevo la sierra para emplearse en los últimos retoques, ahogando el repiqueteo de las campanas de una iglesia cercana y las risas de los niños que jugaban en la calle.

46

Los *txakurras* son siempre bienvenidos

Gamboa regresó de su misterioso exilio y volvió a aparecer por la *herriko* con su actitud campechana y la misma tranquilidad de siempre. Según Capote y Cruchet, que se habían puesto a vigilar de cerca el bufete de Jone Larrucea, la abogada también había acudido a trabajar esa misma mañana.

Así pues, después de pasar varias horas en paradero desconocido, los dos objetivos de la investigación habían regresado a Mondragón con caras inocentes y renovadas ganas de trabajar. Alkorta y Reyes se sentían frustrados. Habían permitido que Gamboa y la abogada se reunieran con quien fuera al otro lado de la frontera y no habían aprendido nada, ni siquiera habían sido capaces de extraer un ápice de información.

Solo contaban con un testimonio que no servía de gran cosa; si acaso para demostrar que Gamboa sabía lo que se hacía. Dieron con el tipo gracias al soplo de Pantxo Torres, un compañero de la Brigada Provincial de la Policía judicial de San Sebastián con el que Alkorta jugaba la pachanga de solteros contra casados de los sábados por la tarde. El partido era una excusa, claro. Después de las faltas, los goles, los gritos y las risas, los policías acababan de bares hasta las tantas, y en uno de ellos, Torres explicó a Alkorta que tenía un «confite» en nómina, un tal Ezequiel, que casualmente trabajaba como mecánico en el taller donde Gamboa había dejado su coche antes de partir a Francia.

Encontraron al tal Ezequiel en la barra de uno de esos bares de toda la vida; con sus palillos, sus ceniceros, sus fotos de la fiesta nacional y sus bufandas de equipo de fútbol.

Era un hombre robusto con la cara picada de una viruela mal curada y se veía atrapado en su mono de poliéster con manchas de aceite en una calurosa tarde, dispuesto a disfrutar de la cerveza que tenía ante él, cuando Reyes se deslizó en el taburete de su izquierda.

—¡Hola, Ezequiel!

Ezequiel la exploró de arriba abajo con ojos de felino depredador.

—¡Hola, reina! —le contestó con idéntico entusiasmo.

Reyes aguantó aquella mirada durante un momento y le preguntó:

—¿Me dejas con algo puesto?

—¿Cómo dices, reina?

—Que tengo frio, que dejes de desnudarme con la mirada.

—Te gusta, ¿eh? ¿Quieres oír un piropo?

Se inclinó hacia ella y le susurró algo al oído.

Reyes ni se inmutó. Le miró con cara de póquer y le dijo:

—Demasiado para esa boquita, campeón. Mira, mejor céntrate, que tengo que hacerte unas preguntas.

La sonrisa empezó a esfumarse de la cara de Ezequiel, y desapareció por completo cuando Alkorta se sentó en el taburete de su derecha.

—¡Hola, Ezequiel, amigo! ¿Cómo estás?

Y Ezequiel no tardó en comprender de qué iba el asunto. Se volvió hacia el camarero y, muy serio, le ordenó:

—Tú, cóbrame.

Pero el camarero andaba despistado al otro extremo de la barra.

—¡Que me cobres, coño! —insistió Ezequiel.

El camarero se volvió hacia ellos, pero Alkorta se quedó mirándole y negó lentamente con la cabeza. Fue solo una vez, pero con eso bastó.

Viendo que el camarero permanecía al otro lado de la barra para evitarse problemas, Ezequiel resopló y, haciendo un gesto ostensible, extendió las muñecas cruzadas ante los policías.

—Aquí tenéis. Engrilletadme ya si queréis. Pero os advierto que sea lo que sea, no fui yo. Estoy limpio. Una multa de tráfico en Tudela. Eso es todo. Y fue porque el radar estaba mal.

—Suele pasar —repuso Reyes—. Háblanos de tu trabajo en el taller de los hermanos Siles, anda.

Ezequiel alzó las cejas y su expresión se ensombreció. Descruzó las muñecas, miró de reojo a uno y otro lado, y volvió la vista al frente.

—Largaos de aquí si no queréis buscarme la ruina.

Reyes insistió:

—Se trata de un coche que os han dejado hace unos días. Un Mercedes gris con asientos de cuero y lunas tintadas.

—No sé de qué pollas habláis.

Ezequiel fue a dar un sorbo a su cerveza, pero Alkorta se la quitó de las manos y la dejó en la barra.

—Así mal vamos, Ezequiel —le advirtió Alkorta.

—Os juro por mi libertad que no sé nada de ningún Mercedes.

—Es una pena —comentó Alkorta—, porque tendremos que ir a ver a un amigo en común. Se llama Pantxo. Pantxo Torres. ¿Te suena? Por la cara que pones veo que sí. Verás, el problema es que está ahora en comisaría, pero bueno, oye, tenemos el coche fuera, te llevamos. Seguro que su presencia te refresca la memoria. No sé si será porque le quieres mucho o porque te tiene bien cogido de los huevos a cuentas del asunto ese de hace unos meses en El Juncal. —Alkorta se volvió hacia Reyes—. ¿Cuántos años te pueden caer por kilo y medio de *speed*?

—Siete. Año más, año menos —contestó, solícita, su compañera.

Ezequiel adoptó un recogimiento tan radical que daba la impresión de que había dejado de respirar.

—Si queréis saber mi opinión —dijo—, me parece vergonzoso que acoséis de esta manera a un ciudadano inocente como yo.

—Sí, muy vergonzoso —repuso Reyes.

—Y muy inocente —añadió Alkorta—. Ezequiel, compi, vamos a llevarnos bien.

—¿Bien, de qué? Estas no son maneras, hombre, no son.

Alkorta ondeó la mano ante las narices del mecánico-camello.

—El Mercedes, Ezequiel, el Mercedes.

Ezequiel dio un nuevo trago a su cerveza y decidió que aquel no era su día de suerte. Sin dignarse a mirar a sus interlocutores, a regañadientes y avisándolos de que a él ni le iba ni le venía todo aquello, les explicó que no era la primera vez que Gamboa les dejaba el coche en el taller. De hecho, lo hacía cada tres o cuatro meses y siempre pedía que se realizara una inspección completa al vehículo a la búsqueda de balizas o chips de radio. Y había más, en una ocasión, Ezequiel escuchó al tal Gamboa agradeciendo a su jefe, amigo del susodicho, cierta discreción porque quería viajar seguro a Francia.

—Eres un buen ciudadano, Ezequiel —afirmó Alkorta cuando terminó de anotar en su libreta.

—Y vosotros, unos buitres —espetó Ezequiel antes de volver a una cerveza que no le sentaría tan bien como se había imaginado unos minutos antes.

—Adiós, rey —se despidió Reyes tras apretarle el hombro en un gesto comprensivo y levantarse del taburete.

Después de aquello, Alkorta y Reyes continuaron con el mismo enfoque y retomaron las vigilancias en la *herriko*. Los días transcurrían sin incidentes, hasta que, a la semana, todo cambió.

Fue en el turno de Reyes.

Como era habitual en la rutina que se había marcado, ella desayunaba su café con churros a las nueve y media de la mañana. Sin embargo, nada más llegar a la taberna había notado algo raro en el ambiente, y conforme pasaban los minutos, un cierto nerviosismo había ido asentándose en su estómago.

Gamboa permanecía junto a la caja registradora todo el tiempo, observándola, y en un momento dado llamó al único camarero que tenía con él esa mañana y le dijo algo al oído. Era el chaval bajito, ese al que Alkorta había calificado como «más problemático», y desde ese instante, el chaval no dejaba de mirarla y en su cara no se leía nada bueno.

Reyes agachó la cabeza, y si hubiese podido la habría metido en la taza de café que tenía frente a ella. Quizá por eso no se dio cuenta de que el chaval bajito había abandonado la barra. El chico se le acercó y plantó un chocolate a la taza en su mesa.

—A este invita la casa.

Reyes alzó la vista. Los ojos del chaval estaban llenos de malicia y ese detalle hizo que ella se agarrara a la silla.

—¿Cómo?

—Que estás invitada.

Reyes titubeó antes de forzar una sonrisa.

—Gracias.

—De nada. Así somos nosotros por aquí.

Se dio cuenta de que la mayoría de los clientes, algunos de ellos acodados en la barra, presenciaban la escena con curiosidad. Un hombre con el ojo a la virulé se había acercado el vaso a la boca y se había quedado a medio camino, como esperando a ver qué pasaba. Otro hombre, este con venillas en la nariz, había dejado de jugar a la máquina tragaperras y se había girado expectante.

—¿Y sabes por qué? —El chaval la miraba sin moverse de allí, como si le estuviera cavando la sepultura.

Reyes no respondió.

—Porque aquí los *txakurras* como tú son siempre bienvenidos.

Reyes aguantó la mirada del chaval, pero carecía de sentido seguir con la charada. Miró a su alrededor, y vio que los clientes la observaban expectantes, esperando algún tipo de reacción.

El chaval bajito seguía a su lado.

—Echa un trago, mujer, que no es para adorar como al Niño Jesús.

Y los clientes estallaron en risas.

Reyes se levantó y dejó el dinero de su desayuno sobre la mesa.

Gamboa la observaba impasible desde la caja registradora, pero el camarero bajito le lanzó un beso y las risas acompañaron a Reyes hasta que la agente recogió su bolso y sus libros y salió del local.

Anduvo unas seis manzanas. Se sentía cabreada y humillada a partes iguales, pero iba pendiente de que nadie la siguiera. Llegó a la calle donde había dejado aparcado el Mégane, se montó y encendió la radio para aislarse del mundo exterior. Pasó unos segundos respirando hondo y luchando contra el abatimiento. Se preguntó cómo era posible que hubiera quemado su tapadera en el bar. A pesar de haber actuado de forma cautelosa, evitando correr más riesgos de los innecesarios, Gamboa debía de haber visto algo en ella que no le cuadraba. Quizá fuera la ansiedad o alguna mirada hurtada a destiempo reflejada en el espejo tras la barra. Quizá fuera porque el viejo tabernero sabía más por viejo que por diablo, o quizá había regresado de su viaje más en guardia que nunca. Tal vez todo fuera más simple y la tapadera de opositora de Reyes, para empezar, no había sido tan consistente. La cuestión era que algo la había delatado.

Al cabo de un rato, Reyes sacó el móvil y se vio con fuerzas para llamar a Alkorta.

—Luis, he dado el cante —dijo en cuanto oyó descolgar el aparato.

—¿Qué?

La voz de Alkorta sonaba somnolienta, como si tuviera los reflejos embotados. También oyó el sonido gutural y el susurro de una voz femenina. Reyes sabía que Alkorta no era un monje, y que cambiaba de amigas con derecho a roce como quien cambia de ropa interior. Desechó un leve sentimiento de pudor, y también algo de celos que no tenían ningún sentido, y le soltó:

—Me han mordido. Solo me ha faltado sacar la chapa.

—¿En la *herriko*?

—Sí.

—Estarás de broma.

—Qué más quisiera.

—Joder.

Alkorta se quedó pensativo al otro lado de la línea telefónica, pero enseguida debió de intuir el orgullo herido de su compañera, porque se recompuso y, con calma, le dijo lo que ella necesitaba oír:

—No es tu culpa. Ese pajarraco está metido hasta la médula.

—¿Qué hacemos?

—Vamos a pasar al contraataque.

47

Almendras amargas

Aquella mañana, Xabi agradecía la caricia cálida del sol en el cuello mientras mojaba el estropajo en un cubo de agua con amoníaco y se afanaba en frotar las pintadas que los vándalos le habían dejado en los soportales del edificio. Debajo del FATXISTA + ESCOLTA = ETA MÁTALOS, otra mano más romántica, tal vez al margen de la lucha, había añadido un AMAIA, TE QUIERO y un gran corazón. Parte de la fachada del balcón seguía ennegrecida, a pesar de que ya había usado un cepillo rígido y agua a presión, y Xabi andaba pensando en el agente del seguro del hogar y en la llamada para anunciarle que las nuevas condiciones de la póliza no iban a hacerle ninguna gracia a su bolsillo.

La realidad era que Xabi se sentía agotado, en el sentido físico y en el emocional. Llevaba varios días con una nube negra sobre la cabeza, con una tristeza que le consumía y con la que se levantaba cada mañana. Era como si estuviera en un tren de la bruja en el que todos los escobazos se los llevara él. Estaba harto de su vida caótica y todo parecía ir a peor. Cada día, los escoltas le imponían rutas diferentes: un día salía de casa a las siete de la mañana; otro día, a las doce; un día abandonaba el ayuntamiento por una salida; otro día, por otra. Estaba harto de ir por la calle con los sentidos alerta y de hacerse especialista en mirar de reojo. Estaba harto de no poder poner jamás el punto muerto en los semáforos porque siempre había que tener una posible huida a izquierda o derecha. Estaba harto de tener que mandar a Elena y al niño dos calles más allá para que le esperaran a lo lejos cada vez que arrancaba el coche. Estaba harto de olfatear el correo a la búsqueda de un olor a almendras amargas, y todo porque Salva le había explicado que así era como olían los explosivos. Estaba harto de tener miedo en el cuerpo, de que le vieran tener miedo, de que le lanzaran la mirada de «qué pena, le ha tocado».

Sobre todo, estaba hasta los cojones de ir acojonado.

Su mujer no estaba mejor. De hecho, estaba peor. Se pasaba todo el día de los nervios, y no cesaba de decir que Unai seguramente empezaba a darse cuenta de muchas más cosas de las que creían. Había obligado a Xabi a mudar el dormitorio del niño a la habitación más alejada de la calle —por si acaso—, y cada vez que oía una ambulancia, enseguida le llamaba angustiada para asegurarse de que se encontraba bien. Y con lo que a ella le gustaba la calle, ahora parecía que le había entrado una especie de fobia social. Llegaban a un restaurante y la veía con unas sudoraciones y unas ansiedades que no la dejaban tranquila. Y nunca nunca podían comer de espaldas a la puerta.

Todo aquello estaba afectando al matrimonio. Pasaban días sin hablarse, o discutían todo el rato. Las disputas en torno a la posibilidad de marcharse se repetían cada vez con más frecuencia. Elena le decía que conocía a gente que se había marchado por piernas, y él le contestaba que muchos se ponían tan malos viviendo fuera que acababan regresando. Entonces Elena se enfadaba, le gritaba que ella también sabía de otros que, aun regresando, volvían a marcharse de nuevo, pero esa vez en ataúd, y se despedía dando un portazo.

Xabi se pasó el brazo por la frente para limpiarse el sudor y apartar los malos recuerdos. Dando un paso atrás, comprobó que no quedaba rastro de la pintada. Estaba cansado y tenía la camisa empapada, pero notaba una sensación de victoria rayana en la euforia, como si hubiera luchado contra aquellos que le habían hecho la pintada y les hubiera ganado.

En ese momento pasó un hombre por la acera de enfrente. Iba muy ufano, con el *Marca* recién hecho bajo el brazo.

—*Apa!* —le saludó.

Xabi alzó la mano que sujetaba el estropajo y le devolvió el saludo con un simpático gesto de circunstancias en la cara.

Entonces la sonrisa en la cara del hombre se agrandó.

—¡Sí, tú borra, borra, que ya te hemos visto! —Y el hombre se marchó con una sonrisa más estridente, y ciertamente más siniestra.

Xabi decidió salir a tomar algo para quitarse el cabreo sordo con el que cargaba, y como en esa nueva vida que llevaba necesitaba carabina, apareció en un bar del barrio acompañado de su eterna escolta.

Salva se asomó al interior y echó un vistazo, escudriñando cada rincón del local. Satisfecho, permaneció apostado en la puerta mientras Xabi se acercaba a una mesa donde poteaban un par de caras conocidas. Eran dos habituales del barrio que apuraban las tardes bebiendo, dos candidatos ideales para olvidarse de los problemas y pasar el rato.

Xabi se sentó a su mesa sin pedir permiso.

—Vaya sorpresa veros por aquí.

Los saludó sonriente y con una expresión de júbilo desesperado incapaz de ocultar por más que quisiera, pero a los otros dos se les cambió la cara nada más verle.

—Xabier, majo, nos pillas mal... —dijo nervioso uno de ellos.

Le dio un codazo al otro hombre, que levantó la muñeca como si de repente le hubieran entrado muchas ganas de mirar su reloj.

—Sí, qué tarde —apostilló este—. Y mi mujer está que trina.

Se levantaron de la mesa con movimientos torpes y apresurados, pagaron en la barra y, mirando atrás de refilón, salieron del bar.

Xabi miró a su alrededor, buscando un gesto de solidaridad, quizá de simpatía. Pero los otros clientes no estaban por la labor. Unos le devolvieron la mirada con indiferencia marmórea, y otros la apartaron con esa máscara de residentes de buena fe que intentaba ocultar el miedo.

Se puso en pie, se acercó a la barra y pidió un *zurito*. Se quedó anclado en un taburete, sintiéndose profundamente solo, pero sin poder estar solo ni un minuto. Echó la vista a la puerta, y vio allí a Salva.

Salva aceptó la invitación de Xabi y, a pesar de que el sentido común desaconsejaba beber estando de servicio, se sentó junto a él en la barra. Aquello tampoco venía en el manual, pero terminó cediendo porque había aprendido que, a veces, no servía de nada ser intransigente. Lo hizo porque parecía buscar su apoyo, o su bendición. Lo hizo por lástima.

Llevaban ya un par de rondas cuando Xabi rompió por primera vez el silencio.

—En el fondo, los entiendo —masculló, y agachó la cara para contemplar su vaso de cerveza como si quisiera zambullirse en ella.

—¿El qué? —preguntó Salva.

—Lo de no significarse, para no ser marcados.

Salva alzó la mano para indicar al camarero que les sirviera otra ronda y el camarero no tardó en ponerles dos *zuritos* frente a ellos.

—Cada uno se protege como puede —subrayó el escolta—. Si no opinas, puedes vivir. Y si opinas, depende de frente a quién lo hagas.

Xabi se dedicó a manosear el posavasos y permaneció un momento en silencio hasta que se atrevió a confesar lo que rumiaba en la cabeza.

—A lo largo de los años he dado muchos disgustos a mi mujer, ¿sabes? No soy el marido perfecto, bien lo sabe ella. Y en cuanto al niño, pues ahí también he fallado unas cuantas veces. Se merecía que le hubiera dedicado más tiempo y muchas veces, la verdad, no he estado.

—Ajá —respondió Salva, sin tener ni idea de adónde conducía aquello, y quizá por eso, en previsión, dio un buen trago a su cerveza.

—Quiero decir que no soy ningún santo, eso está claro, y puede que me haya equivocado, pero creo que tengo derecho a vivir..., digo yo.

Salva se volvió hacia un lado y, después de eructar, contestó:

—No eres de la mafia vasca, pero eres de esta sociedad.

—Desde luego, solo tú sabes cómo tocar la fibra sensible.

—A ver, eres un españolazo, y a veces no me caes especialmente bien, pero yo estoy orgulloso de defenderte.

Xabi meneó la cabeza muy despacio y musitó:

—La verdad, ya no estoy seguro de nada. No hago más que perder amigos y no he hecho ninguno nuevo. Y además —añadió—, me siento como la mujer a la que le pega el marido y encima se avergüenza.

Salva observó a su protegido durante unos segundos y, con al parecer cierto esfuerzo, apretó los labios y dijo:

—Sí... sí que has hecho nuevos amigos, hombre.

Xabi esbozó una débil sonrisa.

—Decirlo ha debido de costarte lo suyo.

—La misma vida —dijo Salva.

Oyeron un leve pitido. Era el inhibidor de frecuencias.

El escolta echó mano del bolsillo de la camisa, extrajo un dispositivo electrónico no más grande que un paquete de tabaco y le echó un vistazo. El aparato emitía una lucecita roja parpadeante, y Salva lo golpeó un par de veces sobre el mármol de la barra del bar hasta que la luz se volvió verde. Se quedó un rato mirándola, cuestionándose quizá si la avería del modelo podía ir a más, y tras unos segundos sacó el móvil del bolsillo y marcó un número de teléfono.

—Iñaki —dijo Salva.

—Dime —contestó este al otro lado del teléfono.

—Oye, el inhibidor falla.

—Ya lo sé, he registrado la incidencia en la central.

—¿Y qué te han dicho?

—Que no tienen ni idea.

—¿Van a pasar la revisión?

—Yo qué sé, hostias; ya sabes cómo son.

—Pues espabila y se lo recuerdas.

Salva colgó sin despedirse. Volvió a golpear el dispositivo contra la barra y masculló unas palabras ininteligibles. Luego se volvió y vio que Xabi observaba sus movimientos con recelo.

—¿Qué? —le preguntó el escolta.

—¿Piensas solicitar uno nuevo?

—Eso pensaba hacer.

—Espero que sigamos vivos cuando llegue.

—Con lo que tardan, vete tú a saber.

—Seguro que llega, Salva, no me jodas.

Pero ni siquiera Xabi parecía convencido de sus propias palabras.

Salva volvió a su *zurito*, y con aires filosóficos apuntó:

—Sea lo que sea, si vienen a por uno, caemos los dos.

48

Nunca sabes hasta dónde puede salpicar

Habían perdido el factor sorpresa, pero tenían pruebas suficientes. Alkorta y Reyes contaban con datos de un contacto de la compañía telefónica sobre llamadas a Francia registradas en los repetidores de la zona del bar. Además, los compañeros de la Unidad de Delincuencia Económica y Fiscal les habían informado acerca de una investigación que se estaba llevando en paralelo sobre un posible fraude fiscal. En ella, casualmente, se estaba rastreando una firma de abogados de Liechtenstein responsable de la creación de una fundación a nombre de Gamboa y su mujer. Aquello sonaba a blanqueo de capitales, y a mucho más dinero de lo que podía generar su taberna.

Necesitaban ver a Camaño cara a cara. Una llamada telefónica no bastaría para que el viejo comisario les concediera lo que necesitaban y por ello Alkorta y Reyes viajaron una vez más a las oficinas de la Brigada Central en Madrid.

El viejo comisario se hallaba reunido, y su secretaria tuvo que anunciar la presencia de los agentes por el interfono. Le oyeron disculparse en el interior del despacho antes de salir a atenderlos con su mala leche de siempre y sin esforzarse en disimular su contrariedad.

—Ya venís a pedirme algo... —dijo el comisario.

Alkorta fue el primero en abordarle.

—Es por la historia del tabernero y la *herriko*.

—Coño —replicó Camaño—, ¿todavía seguís con eso?

Alkorta asintió.

—El tipo se reunió con una abogada *abertzale*. Jone Larrucea. Nos dieron esquinazo al mismo tiempo y viajaron a Francia por separado. Está todo en nuestro informe.

—Sí, ya lo leí. ¿Tenéis pruebas?

—Pruebas no, indicios.

—Indicios —repitió Camaño —. De acuerdo. Pues adelante con el operativo.

—No podemos —contestó Reyes.

Camaño se llevó la mano a la cara y se alisó las bolsas bajo los ojos.

—¿Te estamos dando la lata? —preguntó Alkorta.

Camaño le miró y sonrió fríamente, pero no dijo nada.

—Comisario —continuó Alkorta—, estamos vigilando a pelo. Nos pasamos el día encima de ellos. Se van a dar cuenta de lo que nos traemos entre manos y se nos puede ir todo al carajo. Por eso, insisto, necesitamos un mandato judicial para machacar el móvil del tabernero y colocarle una chicharra en la trastienda, que es donde se cuece todo.

Camaño les dedicó su sonrisa de colmillo retorcido.

—¿Qué tenéis, Alkorta? Os lo digo yo: nada. Tan solo a un tío que tiene un bar muy popular. No me hagáis hacer el ridículo, por favor. No es suficiente para colocarle un micrófono. No, con la situación que tenemos ahora.

—¿Qué situación? —preguntó Reyes.

—¿No os habéis enterado?

Los otros dos se miraron.

—Pues no —respondió Reyes.

Camaño resopló.

—El juez que se atreve a autorizarnos estas cosas está de vacaciones y su sustituto no se moja. Tendréis que esperar.

Reyes meneó la cabeza.

—Si Garzón no se hubiera mojado para mirar con lupa todo el cotarro..., ¿dónde estaríamos?

Camaño basculó hacia delante y hacia atrás sobre los talones con impaciencia y replicó:

—Mira, bonita, no me toques los cojones que hoy no tengo el día.

Alkorta se apresuró a intervenir para templar los ánimos.

—Camaño, tienes razón. Unos juzgados son más diligentes que otros. Mira, normalmente no me importaría esperar a que el juez que pueda dar buena marcha a esto esté de guardia, pero...

—Me esperan dentro —dijo Camaño mientras metía barriga y se abrochaba la chaqueta.

—Sin un mal pinchazo estamos vendidos —prosiguió Alkorta—. Por esperar a tener más datos, nos arriesgamos a quedarnos colgados. Si todo esto es lo que parece, y mi olfato me dice que lo es, podemos asestar un golpe brutal, tanto al aparato de financiación como a los comandos.

Era el último recurso: apelar a las expectativas de éxito, aunque estas fueran exageradas. Camaño se quedó mirándolos. Daba la impresión de que esperaba algo mejor, pero finalmente asintió y dio una palmada a Alkorta en el hombro.

—Está bien, hablaré con el juez —dijo, y apretó el puño y agitó el dedo índice extendido como si los estuviera reprendiendo—. Pero quiero una minuta sobre mi mesa todas las semanas con cada novedad. Cualquier nombre importante, cualquier conversación comprometida, me lo contáis *ipso facto*, ¿entendido?

Los agentes asintieron.

—¿Qué hacemos con Jone Larrucea? —preguntó Alkorta.

—¿Quién? —preguntó a su vez Camaño.

—La abogada —contestó Reyes con paciencia.

El comisario hizo un ademán displicente con la mano.

—Olvidaos.

—¿Cómo que olvidaos? —preguntó Alkorta.

Camaño movió ligeramente la cabeza y se le aclararon los ojos.

—Es la nueva doctrina en Interior. Dar la del pulpo a los duros de la banda y dejar que los blandos tomen las riendas.

Y sin mediar palabra, se volvió y entró en su despacho.

En los escasos segundos en los que Camaño tardó en cerrar la puerta tras de sí, Alkorta vislumbró la presencia de un par de tipos que debían de estar reunidos con su superior.

Uno de ellos respondía al nombre de Javier Rendueles y contemplaba de pie las orlas de la pared. Vestía un traje gris impecable y llevaba el pelo peinado hacia atrás. Alkorta sabía que era un cargo de Interior, pero no recordaba muy bien el puesto que ocupaba.

El otro hombre, encaramado sobre el escritorio de Camaño, era Víctor Lozano, jefe de seguridad de Moncloa. Alkorta le conocía de vista porque se había pasado años dando tumbos entre el Cuerpo Nacional de Policía y el Cuerpo Nacional de Inteligencia. Tenía un aspecto demacrado, y Alkorta recordó que el hombre gozaba de una mala salud de hierro que no terminaba de tumbar un cáncer particularmente agresivo que venía padeciendo desde tiempo inmemorial.

Alkorta ocultó su sorpresa y no dijo nada. Se dio la vuelta y echó a andar por el pasillo que los alejaba del despacho del comisario.

Reyes apretó el paso para no quedarse rezagada.

—¿Ahora tienen alergia a las escuchas? —preguntó.

—Son las grabaciones —contestó Alkorta con aire distraído, quizá porque en su cabeza merodeaba la imagen que acababa de presenciar.

—¿Qué problema hay?

—En principio ninguno, pero les gusta tenerlas controladas.

—¿Controladas?

Alkorta miró a Reyes de soslayo.

—Una vez echan a rodar nunca sabes hasta dónde puede salpicar la mierda.

49

Eunucos en un puticlub

Ginés hizo sus deberes. Consiguió los planos del garaje de Pelopintxo a través de un contacto del ayuntamiento y descubrió que, por su estructura y dimensiones, podía albergar un par de vehículos y disponer al mismo tiempo de espacio libre para trabajar sobre ellos. Investigó los movimientos de Jorge Borrego, alias Pelopintxo, retrocediendo hasta el mismo año en que abandonó la cárcel, y encontró que había adquirido una troqueladora de modelo y tamaño idénticos al de las máquinas que ETA solía usar para manipular las matrículas de los vehículos. No era la única compra en todo ese tiempo. También había hecho acopio de herramientas, tubos de metal y muchísima chatarra que podría permitirle confeccionar granadas caseras.

El *ertzaina* comparó notas con compañeros que llevaban otras investigaciones y descubrió que se había incautado una agenda a un etarra en Navarra. En ella se daban instrucciones para cebar coches bomba y mantenerlos en garajes de la comarca del río Deba. También se había interceptado una comunicación que sugería el traslado del Titadine robado en una fábrica de dinamita en

Grenoble a una zona cercana de Mondragón. Los agentes sospechaban de un comando robacoches en la zona del Goierri que servía vehículos a miembros liberados. Estos solían actuar en la zona, y algunos de los coches utilizados durante el último año y medio en diferentes atentados habían sido robados en lugares próximos a la comarca.

Toda esa maraña de datos apoyaba la misma hipótesis: que Pelopintxo se dedicaba al cebado de vehículos con explosivos o, cuando menos, a la fabricación artesanal de lanzagranadas. El problema era que, hasta el momento, no habían observado la entrada o salida de coches o armas del garaje. La realidad era que no disponían de indicios claros. Necesitaban centrarse aún más en el objetivo.

Para ello, Ginés y su grupo de *ertzainas* empezaron a pasar largas jornadas controlando el garaje de día y de noche.

Unas veces realizaban las vigilancias a bordo de una unidad móvil camuflada como furgoneta de fontanería con matrícula comercial. Otras se subían al techo de un hangar de camiones en desuso desde el que se divisaba el garaje. No consiguieron nada, a excepción de muchas horas de aburrimiento y de quedarse con el cuerpo molido.

Decidieron estrechar más la vigilancia, aun a riesgo de poner a Pelopintxo sobre aviso.

Recurrieron a disfraces para deambular sobre el terreno, turnándose y rotando para no ser descubiertos. Ginés se vistió con chándal durante un par de semanas y hacía como que corría por el barrio. Llegaba a echarse agua por encima para simular el sudor de la camiseta y pasaba todos los días cerca del garaje y de la casa. Observaba sus balcones y sus ventanas redondas, el uso elegante de la piedra de sus fachadas, el ladrillo de los muros exteriores y el contador de la luz cubierto de telarañas, y aquello no arrojó nada interesante.

Al cabo de las dos semanas, Ginés cambió de disfraz. Se vistió con una pelliza andrajosa, una camiseta rota y sucia y unas botas que no había vuelto a ponerse desde que hizo el servicio militar. Disimuló su reconocible calvicie con un gorro de lana raído y se puso a rebuscar en los cubos de basura de la casa como si de un vagabundo se tratara. La gente se alejaba cuando le veía, pero una semana de búsqueda a la caza de facturas y de sobras de comida produjo los mismos nulos resultados y Ginés desistió de seguir por ese camino.

Al llegar la última noche a su casa, enfadado consigo mismo y con el convencimiento de que ya no volvería a disfrazarse, Ginés se desvistió en la entrada. Lo hacía allí para no ensuciarle el suelo a su mujer, que solía quejarse, y con razón. Ella, que volvía esa noche de poner el mantel en la mesa del salón, se quedó mirándole con curiosidad.

—Vas muy elegante.

Y sin decir más, siguió por el pasillo llamando a cada uno de sus seis hijos para decirles que ayudaran a poner la mesa para la cena.

—Uno hace lo que puede —murmuró él mientras se descalzaba las botas llenas de barro.

Viendo que el baile de disfraces no conducía a nada, decidió cambiar de estrategia. Para ello diseñó una vigilancia en la que los agentes se apostaban en unos arbustos cercanos a la parte trasera del garaje en turnos de doce horas para evitar ser descubiertos. Doce horas inmóviles entre los matorrales. Casi nada.

Los días se sucedían y a nadie satisfacía aquella situación. Ni a Josu Fernández, el jefe de Ginés, ni a sus subalternos en el operativo.

Un día, ocultos tras los arbustos, con los cuerpos entumecidos, un joven agente que había jurado el cargo hacía apenas unos seis meses llegó a resumir de forma bastante acertada el sentir de todo el equipo.

—Eunucos en un puticlub.

—¿Cómo dices? —dijo Ginés mientras se rascaba la espalda.

—Eso es lo que somos, mi sargento. Eunucos en un puticlub. Todo el día mirando sin poder hacer nada.

Pelopintxo vivía por y para la Organización. Se consideraba un militante entregado y era muy consciente de la responsabilidad que entrañaba la nueva misión que le habían encomendado los jefes.

Aquello nada tenía que ver con las tareas de épocas pasadas. No se trataba de hacer de enlace o de soplón pasando información. Tampoco de actuar de vulgar huésped, como la vez en que le obligaron a ocultar durante meses a un par de parásitos de la peor calaña. Aquel fue un trabajo muy ingrato, y eso que Pelopintxo limpió la casa y llenó el frigorífico para que se sintieran como en su hogar. Eran un chico y una chica sin medida ni modales, unas sabandijas que lo mismo le cogían el coche que le martirizaban con sus ruidos o le echaban de su propia casa cuando querían mantener relaciones sexuales. Por fortuna, pudo perderlos de vista cuando ejecutaron a su objetivo y huyeron a Francia.

A diferencia de las misiones anteriores, la tarea que le ocupaba en la actualidad no consistía en hacer de comparsa. Esta vez su rol era de vital importancia, y si todo llegaba a buen puerto, los jefes le tendrían para siempre el respeto que alguien como él merecía.

Solo había un asunto que le preocupara. La salud de su madre había empeorado y le costaba compaginar las dificultades operativas de su misión con el cuidado de la buena mujer. Era una situación complicada e intensa, los dos compartiéndolo todo encerrados en aquella casa. Si era franco consigo mismo, a veces creía estar cerca de perder la cabeza. Se sentía una fiera atrapada que se mordiera su propia pata.

Atrás quedaban las noches de sábado viendo juntos *Salsa rosa* y criticando la vida de los famosillos que salían en el programa. Atrás quedaban las discusiones de siempre, como cuando su madre le preguntaba una y otra vez por qué no se había casado, por qué no salía con una mujer en condiciones o por qué era tan egoísta que no le quería dar nietos. Atrás quedaba todo aquello. El presente era cuidarla y darle de comer. Nada más. Sopa y dieta blanda, lo único que la mujer podía digerir. Solía bañarla cada dos días, frotaba su piel llena de escamas y limpiaba su escaso cabello con un champú suave para que sus ojos no le escocieran. La vestía con un camisón de felpa para llevarla a la cama, y antes de que se quedara dormida le limpiaba la saliva de los labios y le acariciaba la mano. A veces, su madre le sacaba de quicio con sus manías y con esos gestos displicentes que le recordaban el trato indiferente que recibió de ella en su niñez y que el ictus no había conseguido erradicar. Otras veces hacía que se derritiera, como cuando le daba palmaditas cariñosas en la cara con sus manos delicadas y venosas llenas de manchitas aquí y allá.

La realidad era que su madre le preocupaba cada vez más. Había engordado y pesaba como el plomo, y tenía miedo de que en la noche se le olvidara darle la vuelta para que respirara mejor y se le ahogara.

Dios, quería a su madre y la odiaba a partes iguales. Con locura.

50

Cinco botellas y media

Camaño cumplió su palabra y en cuanto la orden judicial y las autorizaciones salieron de la oficina del juez, se pusieron en marcha.

Pincharon el teléfono fijo del bar y el de la cabina desde la central, sin necesidad de que un técnico tuviera que cambiar las terminales.

En cuanto a la trastienda, en una semana ya habían conseguido colocar el micrófono de sonido ambiental. Aprovechando una baja temporal en la cervecera que abastecía a la taberna, Capote se personó como acompañante del mozo de reparto en una de las furgonetas de la distribuidora. El agente cargó y descargó cajas de cerveza en el establecimiento durante días, sin levantar sospechas, hasta encontrar el momento adecuado. Tan solo le hicieron falta cinco minutos en los que Avelina le dejó a solas para fijar el diminuto dispositivo tras una caja de fusibles en la trastienda.

Alquilaron un pequeño apartamento en la misma calle de la *herriko* para usarlo como piso base de vigilancia. La vivienda tenía una ventana con visión directa a la entrada del local y a la puerta de la trastienda.

Establecieron turnos continuos de doce horas entre Capote y

Cruchet y Alkorta y Reyes para grabar las escuchas y tomar fotografías de todos los que entraban y salían del establecimiento. Tan solo abandonaban el piso base a primera hora de la mañana o a última hora de la noche, para evitar ser vistos en el barrio. La vigilancia era una tarea monótona y rutinaria, y el cansancio derivado de la escucha de horas y horas de conversaciones banales no tardó en hacer mella en sus estados de ánimo. Se alimentaban de bocadillos y cervezas, y de sopas recalentadas en un microondas, y en menos de una semana Reyes podía oler la mezcla agria de café, tabaco, sudor y estrés. Alkorta, sin embargo, no parecía afectado por las condiciones en las que se hallaban, y mataba el tiempo haciendo crucigramas y jugando a las cartas.

Al principio, las escuchas no reflejaban indicios de que se estuviera desarrollando una actividad ilegal. Se dedicaron a escuchar conversaciones en las que Gamboa hablaba con una hija —que vivía en Valencia—, llamaba a líneas eróticas a escondidas de su mujer o se quejaba con amigos hosteleros del exceso de inspecciones sanitarias o de los criterios de control dispares a los que le sometía el ayuntamiento. El resto de las llamadas guardaban relación con el negocio del bar y, sin excepción, parecían a todas luces legítimas. Si acaso, Gamboa se revelaba en dichas conversaciones como un tipo práctico que apretaba a sus proveedores y no atendía a excusas relacionadas con los sobrecostes o la inflación.

Gamboa parecía todo un hombre de negocios, irrefutable.

Ocurrió al cabo de una semana, en el turno de noche, cuando Reyes y Alkorta relevaron a Capote y Cruchet. A primera hora, Reyes fue a un supermercado cercano y cuando regresó, Alkorta ayudó colocando la compra en una pequeña neverita, en un remedo de matrimonio que se conociera a la perfección.

—Has tardado.

—No me hables.

—¿El súper estaba lleno?

—El cajero se quedó sin papel y no me imprimía el tíquet.

Alkorta se echó a reír mientras apilaba el último embutido de la charcutería en la nevera.

—Pues lo pagas de tu sueldo.

—Sí, tú ríete, pero he tenido que remover Roma con Santiago para que me hiciera una factura.

Reyes le enseñó el papelito y, con la calma que le confería tener el importantísimo documento en su poder, ocupó su puesto frente al circuito adaptador de la línea telefónica al ordenador portátil y verificó que los conectores y los *jacks* de audio estaban a punto. Podía oír de fondo el sonido de voces que llegaban al micrófono oculto de la trastienda.

—Algo tenebroso —dijo Reyes, imitando el típico tono de voz grave de los tráileres de las películas— ocurre en esa casa... Nuestros héroes no pararán hasta descubrir de qué se trata...

Alkorta se rio por lo bajo. Se había dejado caer en una silla de camping y había empezado a jugar al solitario con unos naipes.

—Es admirable —comentó.

—¿El qué?

—Cómo lo vives.

—Me encanta este trabajo. ¿A ti no?

Alkorta se encogió de hombros.

—No te aburres, aprendes cosas.

—No seas cínico —replicó Reyes antes de desperezarse y volverse hacia su compañero—. Es un trabajo sacrificado, pero cuando metes a gentuza de la peor calaña en la cárcel, sientes el subidón.

—Ah, ¿sí? ¿Y cuánto dura?

Reyes se cuadró y adoptó un tono seco.

—Supongo que hasta que te acuerdas de los muertos y sus familias.

—Pues eso.

—Sí, por ellos no podemos hacer nada —susurró Reyes.

Permaneció un rato en silencio.

—¿No te pasa a veces que piensas en ellos?

—¿En quiénes?

—En los etarras que están en la cárcel y no se arrepienten.

Alkorta no dijo nada.

—Yo sí —prosiguió Reyes—. Pienso a veces. Me los imagino disfrutando de sus tratamientos de fertilidad y de sus carreras universitarias, rebajando condenas con ese tuneo que se traen de los expedientes universitarios cuando... —Notó la mirada de Alkorta, que había dejado de echarse las cartas, las había depositado a un lado y la observaba con expresión molesta—. Debes de pensar que estoy loca.

—No, no, por favor, sigue.

—Pues eso..., que ellos a lo suyo mientras a las familias que han perdido a sus seres queridos solo les queda una vida triste, sin esperanza..., como, qué sé yo..., una zapatería de oportunidades en la que ya solo quedan... pares sueltos.

Alkorta se quedó mirándola fijamente con una expresión que reflejaba cierta tristeza.

—Reyes, está bien que te alimentes de tus emociones, pero nuestro trabajo no va a arreglar el problema de fondo.

—¿A qué te refieres?

Alkorta negó con la cabeza y suspiró.

—Me refiero... Mira, antes o después se produce el atentado, llegan los funerales y las manifestaciones. Con un poco de suerte, detenemos a los miembros del comando responsable. Éxito policial, ¿verdad? Pero la realidad es que hay jóvenes haciendo cola para encumbrarlos y otros ocupan su lugar. Y luego, otro atentado. Acción, represión, acción.

—¿Y qué propones? —preguntó Reyes—. ¿Qué nos rindamos?

—No, pero debemos ser conscientes de que al final de todo esto hay un problema político que se tendrá que resolver con la política.

—Eso será al final. Mientras tanto, cuantos más metamos en la cárcel, mucho mejor para todos.

—Así no se resuelve nada. ¿No ves que hay una sensibilidad detrás de todo esto, una razón detrás de tanta rabia? Aquí se ha sufrido mucho. Sí, no me mires así. Aquí la gente todavía recuerda los tiempos en que una correa de reloj verde, blanca y roja era sospecha suficiente para que lo metieran a uno en la cárcel y lo molieran a palos.

—Claro, se trata entonces de dejar que los que fueron puteados se dediquen ahora a putear. Es eso, ¿no?

—No, pero esas cosas difícilmente se olvidan. Aquí, Franco hizo mucho daño.

Reyes alzó los brazos al cielo.

—¡Ya estamos! Tardaba en salir.

—Es la verdad.

—¿Sabes cuál es la verdad, Luis? Que mi abuelo sigue en alguna cuneta de este país y no por eso voy pegando tiros en la nuca a la gente. ¿O te crees que al acabar la Guerra Civil los jornaleros andaluces y extremeños iban de la mano de los falangistas, bailando en círculo y con flores en el pelo? ¿Quieres la verdad? ¡Pues esa es la puta verdad!

—A mí no tienes que darme lecciones de historia —replicó Alkorta—, que estudié el bachillerato en Pamplona en los años de plomo, cuando todos los días había pelotazos y botes de humos en la parte vieja. Solo digo que no podemos ganar esta guerra; es imposible la derrota únicamente por vías policiales. Yo lo sé y tú lo sabes, y cuanto antes seamos todos conscientes de ello, mejor nos irá.

Reyes no se molestó en ocultar su decepción.

—No me lo puedo creer, ¿estás pensando en tirar la toalla?

Alkorta volvió su atención a las cartas, quizá para no mirarla.

—Hace tiempo que quería decírtelo. Cuando acabemos este operativo, puede que me baje a Madrid y me ponga a bailarles el agua.

—¿Qué dices?

—Llevo demasiado tiempo persiguiendo a descerebrados.

—¿Qué coño vas a hacer tú en Madrid?

—Ya veré. Por lo pronto, buscar un despachito en Estupefacientes. También tengo un colega en el sector privado, pagan de puta madre en temas de seguridad.

Reyes se cruzó de brazos; encontraba las palabras de su compañero tan apáticas que no podía creérselas.

Alkorta se cansó de sus cartas y las dejó sobre la mesa.

—Y tú deberías hacer lo mismo, por tu salud mental. Antes o después esta mierda que vivimos todos los días acaba afectándote.

Reyes apartó la mirada y se concentró en la pantalla del ordenador.

—Tú vete a Madrid, yo me quedo a trincar al puto Jefe Comanche.

—¿Y qué hay de tu marido? ¿Y de tu peque?

—¿Qué hay de qué?

—¿Cuántas cosas se están perdiendo de ti?

Aquel era un golpe bajo, y los dos lo sabían.

—Mi marido lo acepta —dijo ella, visiblemente enojada—. Y la peque está rodeada de cariño y amor, como tiene que ser.

Los dos se quedaron en silencio, como si hubieran franqueado una línea roja que no debían haber traspasado. Habrían permanecido así, desafiándose con la mirada, de no ser porque el programa en el ordenador detectó una llamada, se activó y empezó a decodificar los tonos.

Ninguno se movió durante unos segundos.

—Luis.

—¿Qué quieres?

La llamada seguía dando tonos.

—Puede ser importante.

Los dos se colocaron los auriculares mientras la cinta de la grabadora rechinaba y comenzaba a grabar. Reyes ajustó el volumen y el suave siseo se transformó en un conjunto de sonidos de fondo viajando felices y rebotando, entre ellos el ruido de platos chocando en la barra y las voces de la gente del bar gritando para hacerse oír.

—¿Sí? —dijo una voz adolescente al otro lado del hilo telefónico.

—Dile al *aita* que se ponga —oyeron decir a la voz filtrada y llena de indiferencia de Gamboa.

—No está. Es que aquí se trabaja, ¿sabes?

—A ver si te crees que los demás nos tocamos los cojones.

—No, se los tocáis a los demás.

—Mira, chaval. Dile al *aita* que, si no arregláis lo del pedido de cajas de vino cuanto antes, tendréis problemas.

Se hizo el silencio.

—Espera —pidió la voz adolescente.

Pasaron unos segundos y una voz más adulta, y ciertamente más desesperada, se puso al teléfono.

—Por favor, necesitamos más tiempo.

—No lo tenéis.

—Mesedez izan erruki.

—Cinco botellas y media. Eso, o ateneos a las consecuencias.

Clic. La comunicación se cortó.

Alkorta se quitó los auriculares.

—Cinco botellas... —repitió.

—¿... y media? —preguntó Reyes con la misma expresión de desconcierto.

51

Puede que no sepa mucho

El traqueteo del autobús la tenía adormecida. También ayudaba el soniquete del carrusel deportivo que escuchaba en la radio de un abuelo que se sentaba unos asientos más atrás. Los pasajeros de más edad dormían la siesta, agazapados como podían en los estrechos asientos. Algunos incluso hacían almohadas de sus chaquetas.

Felisa se arrebujó en su jersey y abandonó la vista del mar de olivos tras la ventanilla.

—¿Sabes lo que me contaron de Edurne?

Era Tere, su vecina de asiento.

—¿Qué Edurne? —preguntó Felisa.

—La hija de la difunta Inés, la prima de Eleuterio.

Felisa asintió vigorosamente y Tere prosiguió:

—Guárdeme yo de pensar mal de la gente, porque lo que dice Pedro de Juan dice más de Pedro que de Juan —se explayó—, pero resulta que su marido avisó a Prisiones de que dejaba la banda. Total, que la Edurne, en cuanto se enteró, se presentó en un vis a vis con el marido y no paró hasta convencerle de que volviera a hablar con la Dirección de la cárcel y diera marcha atrás. ¿Cómo te quedas?

—No sabía que era tan fanática.

—Si no lo es. Resulta que, estando el marido preso, ella se ha echado un querido, uno que no tiene nada que ver con la ETA. Bueno, querido, que dicen que es una relación casi oficial y todo. Y claro, Edurne lo que no quería es que el marido volviera al pueblo.

—*Josú*.

—Pues sí. —Tere se revolvió en su asiento y se puso a leer un libro de Corín Tellado que Felisa le había prestado—. Qué paliza, oye. No veas cómo llevo los riñones.

Tere era otra madre más con un hijo con demasiados años de condena por delante. Sin embargo, a diferencia de las otras madres con las que había trabado relaciones durante los viajes y las reuniones del colectivo, Felisa sentía que podía debatir con ella sin partir de dogmas absolutos y demás monsergas.

—Tere —dijo Felisa.

—Dime.

—Me pregunto si no será pecado mortal.

—No será pecado mortal, ¿el qué?

—Pues... la lucha armada.

Tere se encogió de hombros.

—Ay, hija, ¿qué sé yo? Según el cura, en cuanto consigamos nuestros derechos habrá paz, así que no lo pienses más.

—¿Y la amistad? ¿Serán capaces de forzarla algún día?

—¿La amistad?

—La amistad para que saquen a los nuestros a la calle.

—La amnistía.

—Eso.

—Es lo que nos dicen siempre, ¿no? —Tere cerró el libro dejando la solapa de la portada como marcapáginas—. Que *amnistía da bakea*, y que hagamos número en las marchas. —Se quitó las gafas y ajustó el cordón para dejárselas colgadas sobre el pecho—. Qué quieres que te diga, yo voy porque no tengo otra, pero que sepas que a los de la banda le importamos un pimiento.

Tere dejó de hablar porque una señora que iba ofreciendo croquetas a diestro y siniestro desde la parte trasera del autobús llegó por fin hasta ellas.

—Probadlas. Las ha hecho la *amona*.

Felisa y Tere probaron las frituras.

—Riquísimas.

Satisfecha, la señora siguió pasillo adelante, y, solo cuando se había alejado una distancia suficiente, Tere prosiguió:

—Solo les interesa tener atadas a las familias y poder movilizar a la gente. Pero ¿los presos? Nunca les ha interesado su bienestar.

—¿Tú crees?

—Autodeterminación, socialismo... ¿Tú crees que la gente se mueve por esas cosas? Por eso echan mano de los presos. —Tere bajó la voz y se inclinó hacia ella—. Solo nos quieren para la primera fila de las manifestaciones. Si a la banda le quitas los presos, no le queda nada.

—Ya. Pero dime tú qué podemos hacer.

—Cada una tiene sus circunstancias. Ya me gustaría a mí que mi hijo diera el paso.

—¿El paso?

Tere volvió a echar la vista atrás para asegurarse de que nadie las escuchaba. Luego se volvió a Felisa y bajó la voz.

—Arrepentirse y pedir los beneficios penitenciarios. Pero en mi casa tenemos una discusión tremenda.

—¿Tu marido?

—No quiere ni oír hablar. Dice que en casa no entra la palabra «reinserción». Fíjate tú, que en la última visita le dijo: «Hijo mío, si lo dejas, nos matas». ¿Tú te crees?

—Madre del amor hermoso.

—Con decirte que ahora dormimos en camas separadas.

—*Josú.*

Felisa se quedó con esa imagen rebotando entre las paredes de su mente mientras en la radio del abuelo el locutor cantaba un gol del Betis.

Lierni llevaba tiempo sin recibir carta del Valentín. En su última misiva, ella le había escrito una frase que esperaba respuesta: «Sé que vivimos de una manera en la que nos será imposible acabar nada, pero sé también que el intentarlo está en nosotros y te pido que no me olvides».

Y no hubo contestación.

«Putos hombres niñatos —pensó Lierni—. Siempre sintiéndose entre la espada y la pared y con miedo de ser receptores de más amor del que esperan».

Telefonillo en mano, desde el otro lado del grueso cristal, Felisa la ponía al día hablándole de tonterías y cotilleos del barrio. Con particular entusiasmo, le había hablado del aparatito que le había visto al conductor del autobús para hablar al teléfono y que por lo visto se llamaba Bluetooth. El aparatito, no el conductor. Y su madre lo había trufado todo de esos refranes que tanto repetía.

Pero Lierni no estaba aquel día para bromas. Quizá porque se preguntaba cuántos inventos habría por descubrir que ella se perdería hasta poder salir. Miró a su madre y sintió que la rutina se le escurría por el cuerpo haciéndosele más pesada de lo normal.

Se quedaron sin tema de conversación porque su madre se cansó de hablar. Luego, Felisa sonrió y le dijo que todo iba a salir bien, aunque las dos sabían que eso no era cierto.

—¿Sabes tú algo del Valentín? —preguntó Lierni de repente cuando ya no aguantaba más.

—Ay, niña, yo qué voy a saber.

—Lleva ya un mes sin escribirme el muy...

—Pues no, no. Más quisiera el gato que lamer el plato.

Lierni podía verlo en los ojos de su madre.

—*Ama*, nunca se te dio bien mentir —le dijo mientras se entretenía en rascar con la uña la silicona de una esquina del cristal—. Da igual, me vinieron con el cuento. Le han visto con otra en los Sanjuanes.

Felisa apretó el bolso en su regazo y, no sabiendo qué decir, debió de parecerle buena idea cambiar de tema.

—Esta semana ni acudiste al teléfono. ¿No querías hablar? Tampoco soy tan pesada, digo yo.

Lierni se encogió de hombros.

—Tocaba *txapeo.*

—¿Eso qué es?

—Nada, *ama*, que nos encerramos.

—Sí, no aclares que oscureces.

Lierni ni se inmutó. Daba la impresión de estar deseando que un muro se alzase en torno a ella para aislarla aún más del exterior.

Felisa siguió divagando.

—Me han dicho que tenéis un taller de teatro. ¿No te apuntas? Una pena, tanto que te gustaba salir en las obras de la ikastola... Una pena, sí. Pues ¿sabes qué?

Sin apartar la mirada de la silicona y de su aspecto tan interesante, Lierni contestó:

—No sé qué, *ama*, se me rompió la bola de cristal.

Y volvió a su ensimismamiento.

Felisa ignoró el desplante y fingió alborozo al hablar.

—Que resulta que mi pueblo no está muy lejos de aquí. —Se dio la vuelta, como si pudiera ver a través de las paredes de la cárcel—. Debe de andar por allá, en lo alto de un cerro rodeado de olivos. Allí conocí a tu *aita*, en las fiestas del Espárrago Blanco. —Se echó a reír—. El pobre nunca había salido del caserío, pero le habían destinado aquí por culpa del sorteo del servicio militar. Si le vieras en aquella época. Vaya brazos, fuertes fuertes, y esos ojos tan noblotes que tenía. Me sacó a bailar agarrados, y como estaba sordo del oído por lo que tú ya me contaste, nos fuimos abrazando más y más para hacernos entender, y aquello fue el principio de todo. Yo no estaba de mal ver, niña, ni falta de pretendientes. Por eso a mi madre se la llevaban los demonios cuando se enteró de que nos hablábamos. Me decía: «¿Qué haces con ese forastero que no tiene ni oficio ni beneficio?». Pensaba que era otro más que se dedicaba a hacer las mayores barrabasadas con la excusa de hacer la mili lejos de casa. Y me repetía una y otra vez: «Seguro que se vuelve luego para su tierra con el rabo entre las piernas, que nunca un dicho ha venido tan a cuento, y si te he visto, ni me acuerdo».

Se hizo un largo silencio. A cada lado del cristal, ambas mujeres mantenían el auricular pegado a la oreja.

—A mí todo eso me daba igual —prosiguió Felisa—. Estaba enamorada y a la tierna edad de diecinueve años, pues qué quieres que te diga, no entendía de prejuicios. Así que tu *aita*, que a veces era muy bruto pero otras veces, muy romántico, se me llevó tres días a Úbeda y acabamos forzando el casamiento. Yo iba con un velo y un rosario, y él, con un traje de domingo que le había dejado un compañero de barracón. Y después, pues nos venimos para acá. Mi madre erre que erre, siempre me decía que volvería más pronto que tarde, entre llanto y crujir de dientes. Que me esperaban muchas desdichas en aquella tierra, decía. Pero la verdad es que tu *aita* solo hizo que hacerme feliz, el pobre. Me enseñó a sentir profundamente todo lo vasco, a participar en las fiestas y a integrarme en los orfeones. Me dio amor, complicidad, treinta años de risas y alguna lágrima. Y el mejor regalo de mi vida, que eres tú.

Lierni seguía callada, como indolente, y Felisa se fijó en sus patas de gallo, en las que no había reparado antes. Se fijó en las ojeras, en la aflicción. El tiempo en la cárcel empezaba a hacer mella y su hija se le estaba pudriendo como una manzana echada a perder en el fondo de un cesto.

—Si supieras lo que me quema no haber visto esto desde el principio... Si te digo la verdad, cuando te detuvieron hasta me quedé tranquila.

Al oír eso, Lierni despertó de su letargo y murmuró:

—Así que así están las cosas. Por lo menos te has quitado la careta.

—Y otra cosa te digo, he estado informándome y hay programas de reinserción.

Aquello sí que le sentó como una navajada trapera.

—Mira, *ama*, cállate porque tú no sabes nada de eso. Tú no sabes nada de política, nada de ideología ni nada de nada.

—Escúchame, niña. Seguramente habrá muchos de tus amigos que sean más cultos que yo. Por mí como si son catedráticos u obispos. A mí sus razones me dan igual. Ellos sabrán. O no. Lo único que te digo, a ver si se te entra en la mollera, es que nosotras no podemos seguir así, nos tenemos que desenganchar.

—¿Tú te estás oyendo? ¿Qué quieres? ¿Que me expulsen?

—Pues un favor que nos harían.

—Estás loca.

—Si los demás prefieren que sus hijos sigan enfermos de odio, allá ellos. Pero yo no. Yo no lo voy a consentir.

—¿Enfermos de odio? ¿De odio? ¿Qué coño sabrás tú de odiar?

Felisa se acercó al cristal. Un ramalazo inesperado de ira le había oscurecido el semblante.

—Óyeme bien, ya soy muy mayor y eso pensaba yo: que nunca podría odiar a nadie. Pero mira tú por dónde, resulta que sí, que puedo odiar mucho más de lo que imaginaba. Si supieras a cuánta gente odio. —Se llevó la mano al jersey y se lo agarró como si quisiera rompérselo—. Odio a los de la banda. Odio a los que los jalean. Odio a los que los reciben con el chaparrón de aplausos en los *ongi etorris*. Odio a los que los disculpan. Odio a los que miran a otro lado porque les conviene. —Empezaron a rodarle unas lágrimas lustrosas por las mejillas y ella ni siquiera se daba cuenta—. Los odio con todas mis entrañas por robarme algo tan mío y tan hermoso, y arruinarla para usarla en su propio beneficio.

No había nada racional en ella. Solo desesperación, rabia y dolor. La voz le había salido a borbotones, como si algo primario, algo que su hija jamás había presenciado, anidara en su seno y necesitara salir. Parecía avergonzada, pero, al mismo tiempo, dueña de un extraño alivio.

Felisa se separó del cristal y se limpió unas motitas de saliva que tenía en la comisura de la boca.

—Puede que no sepa mucho, niña, pero eso lo sé.

52

Deja al *osaba* Txarli en paz

Jone entró en casa y dejó el bolso en la entrada. Se descalzó, se echó una copa de vino tinto y fue a tumbarse en el sofá del salón. Ansiaba disfrutar del efecto relajante del vino después del estrés, el ruido y la que arrastraba de todo el día. Estaba harta de ver a demasiada gente y anhelaba un poco de paz. Pronto arrancaría el juicio por la muerte del aficionado del Athletic que había fallecido tras recibir un pelotazo de goma disparado por la Ertzaintza. Había sido una labor descomunal, pero finalmente iban a conseguir sentar en el banquillo de los acusados a los cuatro miembros del cuerpo.

Parte del éxito de tamaña proeza se debía a Asier. El joven había trabajado hasta lo indecible y su buena labor era una de las razones por las que Jone creía tenerlo todo atado y bien atado. La idea era solicitar varios años de prisión e inhabilitación para los acusados por un delito de homicidio por imprudencia grave profesional, y solo quedaba esperar que el juicio no fuera un paripé.

A pesar del cansancio, el caso también servía para apartar de su mente el regusto amargo del viaje a Francia. La reunión con la cúpula de la Organización la había dejado abatida y con un poso de frustración, y encima, desde su regreso, había notado que era objeto de una vigilancia policial. Tampoco es que esos seguimientos le preocuparan. A ese lado de la frontera nadie podía relacionarla con la banda.

Tras concederse una tregua de unos minutos, Jone se dirigió a su dormitorio, pero al pasar frente a la habitación de Pipe tuvo que volver sobre sus pasos y asomarse al cuarto.

—Qué desastre —murmuró—. De esta te enteras, Pipe.

Una bolsa de patatas fritas yacía abierta sobre el escritorio. Pilas de CD acumulados en una esquina. Un pantalón por el suelo y una sudadera tirada sobre la cama sin hacer. El cuarto de su hijo era un campo de batalla tan desordenado como la relación que mantenían.

Se puso a recoger la habitación pensando que, siendo hijo único como era, Pipe siempre había hecho las cosas a su manera. Su crisálida autoimpuesta era producto del entorno de su infancia, y no conocía otra cosa. Desde que era un adolescente, le encantaba rebelarse. Cuando Jone le pedía que estuviera en casa a cierta hora, Pipe se quedaba fuera más tarde. Cuando le sugería que se vistiera de cierta manera, hacía lo contrario. Hasta ahí todo era normal. Pero de un tiempo a esa parte, aquella rebelión aparentemente inocente de su hijo había tomado un giro siniestro y, además, desde que Jone había regresado de Francia, las cosas entre ellos iban a peor.

Al volver a pegar un póster que estaba descolgado, Jone se detuvo a contemplar las paredes tapizadas de pasquines y carteles. Un mural protagonizado por un personaje del *Gernika* de Picasso parecía ser estrangulado por las banderas española y francesa. Otro póster lucía unas estrellas rojas relucientes. Una banderola anticapitalista exigía la repatriación de los presos a Euskal Herria.

Le dieron ganas de arrancarlos.

¿Debía haberse esforzado más en ayudarle a navegar entre toda esa mezcla de denuncias, influencias revolucionarias y parafernalia adolescente? No dejaba de preguntárselo un día sí y otro también. En su fuero interno temía que el comportamiento de su hijo se debiera a un posible déficit como madre, y quizá a un reproche tardío por la ausencia de un progenitor. En toda su vida, solo habían hablado del tema en una ocasión, cuando le explicó que nombraba a Gamboa como tutor ante notario por si a ella le ocurría algo. En ese momento le reveló la verdadera identidad de su progenitor, y fue muy clara. No cayó en la tentación de edulcorar las cosas, porque la realidad era que aquel hombre nunca quiso saber nada de ellos y siempre pensó que Pipe poseía madurez suficiente para asimilarlo.

Sin embargo, con el tiempo, Jone había ido temiendo más y más que la indiferencia se hubiera convertido en desengaño y el desengaño, en una rabia embotellada, y que todo aquello hubiera contribuido a alimentar el fuego de las actividades extraescolares, fueran estas las que fuesen, a las que Pipe se dedicaba.

Sin darse cuenta, sus pies tropezaron con una mochila que asomaba bajo la cama y un bote de espray rodó por el suelo.

Jone se agachó a recoger el bote y no pudo evitarlo; sin pensárselo dos veces, sus manos se pusieron a inspeccionar el contenido de la mochila con febril actividad. Allí había un par de cuadernos, el pañuelo palestino que su hijo llevaba a todos lados y una lata de líquido inflamable. También había un molde metálico manchado con restos de pintura roja. Tenía la forma de la serpiente en torno al hacha.

Jone pasó unos segundos examinando la pieza en la palma de la mano. Luego, con mucho cuidado, la devolvió al lugar donde la había encontrado y dejó la mochila en su sitio, bajo la cama, como si temiera que la serpiente enroscada estuviera dispuesta a saltar como un muelle y atacarla.

Esa noche, Pipe llegó a casa y los dos cenaron en silencio. En teoría, su hijo se había pasado el día en clase, pero ella ya no se fiaba. Tantas cosas sobre las que hablar, y parecía que nunca había tiempo.

—Escucha —dijo Jone de repente—, sé que andas metido en cosas.

Había atacado sin dar más detalles porque temía adentrarse en la gravedad de «esas cosas».

Pipe dejó sus cubiertos sobre la mesa y le devolvió la mirada, como si fuera a él al que le debían explicaciones.

—Ya empezamos con la Gestapo. ¿Qué he hecho yo ahora?

—Dímelo tú.

—No hay nada que decir.

—Claro que lo hay. Óyeme. Me da igual lo que se traigan Txiki o el resto de tu cuadrilla entre manos, pero no me gusta un pelo.

—Otra vez. ¿Te pregunto yo adónde vas o con quién te juntas?

—No quiero que te metas en líos.

—Toma. Ni yo.

—Solo quiero que me prometas que no te vas a meter en líos.

Pipe guardó silencio.

—¿Tan difícil es? —insistió Jone.

Le había salido como un exabrupto, y enseguida se arrepintió porque las palabras sonaban a ruego desesperado.

—Prométemelo —rogó Jone, en tono más calmado.

Pipe la miró a los ojos y no le prometió nada.

Jone sintió que aquello era la pesadilla de cualquier madre. Decidió recular, extendió el brazo hacia él y le cogió la mano.

—Sabes que eres lo más importante para mí.

Pipe se quedó mirándola, y aunque sus rasgos se habían dulcificado, parecía incómodo con esa declaración de amor maternal.

—Lo sabes, ¿no? —insistió ella.

—Lo sé —respondió él por fin.

Jone cerró los ojos y suspiró. Cuando volvió a abrirlos, le dijo:

—A veces me pongo a recordar y pienso en todo el tiempo perdido, atendiendo a otras cosas en vez de estar contigo. Primero con el *osaba* Txarli, luego todo lo demás...

—*Ama*, no.

—Tanto tiempo perdido... La verdad, no sé si ha merecido la pena.

Pipe apretó la mano de su madre con cariño.

—Claro que ha merecido la pena. El *osaba* Txarli estaba tan orgulloso de ti..., siempre me decía que tu trabajo era tan importante... Siempre le tengo presente, si vieras lo que me acuerdo de él...

Jone sonrió con tristeza.

—Y yo.

Pipe sonrió también, y sus ojos, empañados por los recuerdos, podían iluminar la habitación.

—Me acuerdo cuando me sentaba en sus rodillas y me contaba historias del Cabra y de los que se echaron al monte. O cuando me decía que esto no iba de política, que esto iba de lo que sentía uno en las manifas cuando coreábamos *Gora Euskadi askatuta!* y todas esas cosas...

—Pipe...

—... con la adrenalina a tope, mientras los pelotazos de los *beltzas* silbaban por encima *nuestra* y a nosotros nos la sudaba...

—Pipe, deja al *osaba* Txarli en paz, por favor.

Pipe se detuvo.

—¿Por qué?

La mirada de su madre reflejaba un poso de amargura.

—Porque sí.

Pero Pipe le dedicó una mirada fría y prosiguió:

—Me acuerdo de que cuando se ponía a contarme que ser euskaldún no iba ligado a saber euskera *mutiko*, o a no saberlo, que uno era más vasco que un *arrantzale* de Elantxobe por nacimiento, por cultura, por sentimiento...

—Pipe, déjalo...

—... de cuando nos llevaba al Gorbea de acampada y dormíamos allí y contábamos historias de fantasmas y...

—¿Y de cuando le metieron preso en Basauri?

La pregunta había restallado como un látigo.

Jone se aclaró la garganta.

—De eso no te acuerdas, claro. ¿Y de las visitas? ¿De eso tampoco? ¿Y de cuando cayó enfermo?

Pipe parecía un saco lleno de avispas. Se quedó mirándola con una mezcla de ira e incomprensión y gritó:

—¡Pues claro que me acuerdo!

Jone sintió un nudo en la garganta. Deseaba que calara el mensaje, deseaba abrazar a su hijo y dejar que sus emociones sacaran lo mejor de ella, pero no hizo nada de eso.

—Me alegro —masculló—, porque con un gilipollas en la familia ya es suficiente.

53

Aquí no hacen falta más héroes

Por supuesto, había sido toda una vida juntos, desde que se comían los mocos en los salesianos. Su amistad venía de pequeños; la madre de Juanmari fiaba cosas de la tienda que regentaba a la madre de Xabi y, en un ejercicio de economía circular, la madre de Xabi cosía los pantalones de Juanmari y de sus hermanos. Xabi y Juanmari iban a todos lados juntos y no pasaban desapercibidos. Juanmari, alto y espigado; Xabi, bajito y regordete. El punto y la «i». Eran los mejores gastando bromas a los curas y más de una vez se llevaron una colleja sin rechistar por alguna travesura que había hecho el otro. Compartieron vinos y choripanes y los vecinos los vieron crecer juntos en las calles del pueblo. Jamás se separaban. Jugaron al fútbol en el Pedrusco y defendieron y se pelearon por el Athletic y la Real en los bares. Cuando Juanmari se marchó a estudiar fuera, siguieron carteándose. Y cuando Juanmari volvió para ocupar el puesto de director de la oficina bancaria del pueblo, era como si se hubieran visto el día antes. Compartieron novias y se fueron a celebrarlo cuando las mujeres de sus vidas les dieron el sí quiero. Uno fue testigo de la boda del otro, y fue Juanmari quien animó a Xabi a meterse en política. «Deja de quejarte y actúa», le dijo.

Todo aquello quedaba tan atrás que parecía pertenecer a otra vida. Ahora Juanmari iba pavoneándose con sus corbatas rimbombantes, pero para Xabi siempre sería el amigo al que tenía que cuidar después de las borracheras porque no sabía de qué lado de la cama se meaba.

El día que recibió la visita de Juanmari en Aretxabaleta, Xabi estaba junto a los otros obreros, manchado de yeso y enlucido, en lo alto del andamio en la fachada del edificio en construcción. Juanmari entró en el recinto de la obra con sus zapatos elegantes y la raya bien marcada de los pantalones e intercambió un escueto saludo con Salva. El escolta se quedó mirándole mientras permanecía apoyado en una de las vallas de promoción del perímetro, y Juanmari se paró a esperar junto a una hormigonera que descansaba sobre una cama de gravilla.

Al percatarse de la figura trajeada de Juanmari haciendo contraste con el ambiente allí abajó, un obrero se puso a silbarle con admiración y sus compañeros se echaron a reír. Entretanto, Xabi cogió una botella de plástico, bajó del andamio y se reunió con su amigo a pie de calle.

—Qué simpáticos —comentó Juanmari cuando este llegó a su lado.

—No hagas caso, hoy no tienen el día. —Xabi se quitó el casco y los guantes, y aprovechó para beber agua de la botella hasta acabarla y desecharla en un contenedor—. ¿A qué se debe el honor?

Juanmari hizo un gesto con la mano para quitarle importancia.

—Me pillaba de camino y pensé en recordarte que mañana toca mus y que quien pierda, paga el poteo.

—Pues ya te aviso de que, como no ganemos, me cambio de pareja.

Juanmari agachó la cabeza y se atareó en ahoyar un pequeño agujero en la gravilla con la punta de su inmaculado zapato.

—También hay algo más.

—Tú dirás.

Hasta ellos llegaba el trajín de los obreros y los golpes y el ruido de los martillazos. Juanmari alzó la mirada y reparó en Salva, que los observaba desde la distancia, y luego se volvió de nuevo hacia Xabi.

—Esto se te ha ido de las manos —le dijo.

—¿Esto?

—Esto, Xabi, esto. Te has dejado marcar, y estos no son los chicos de la gasolina o la banda del tempranillo. Estos no avisan.

Xabi no dijo nada y empezó a sacudir el polvo de los guantes.

Juanmari bajó la voz.

—Entiendo que defiendas tus ideas, entiendo que eres la hostia, pero, dime, ¿de qué te ha servido ir por ahí armando bronca?

—No sabía que se trataba de no enfadarlos.

—Se trata de no pasarse uno la vida con un par de tíos pegados al culo, con la familia amenazada, con la casa quemada. De eso se trata.

—Si me vas a hablar así, ya te puedes ir por donde has venido.

—Estoy aquí, Xabi, para decirte que deberías pensar en dejarlo.

—La verdad, no me veo de jubilado, dándole a la petanca.

—Parece que no te quieras enterar. Esto es serio, ¿sabes?

—No, los que no queréis enteraros sois vosotros.

—No jodas.

—Sí, porque así vivís mejor.

Juanmari meneó la cabeza y tuvo que alzar la voz para hacerse oír a través del ruido de golpes que llegaba desde las alturas del andamio.

—Estás jodiendo a mucha gente, majo.

Xabi inclinó la cabeza hacia un lado y se quedó mirándole.

—¿Estoy jodiendo a tus amigos?

—No son mis amigos. Me debo a mi partido, y si me mandan a otear el panorama de ese mundo, yo voy, lo oteo y punto.

—Y vuelves con el síndrome de Estocolmo.

—Pues una cosa te digo: con algunos has ido al colegio y hasta has compartido pupitre.

—Entonces deben de ser gente majísima.

—¿Qué te digo? ¿Que son unos hijos de puta? Pues sí, lo son.

—Pero son nuestros hijos de puta.

—Vete a la mierda, Xabi. Mira, te han hecho juicio en Francia, por sectario y por ir contra el pueblo, así que tú verás. Quizá se pueda arreglar, pero tienes que taparte un poco, tienes que dejar de dar caña.

La mirada perdida de Xabi y un leve contoneo de cabeza indicaban que ni siquiera le estaba escuchando. Al cabo de un rato, se volvió hacia Juanmari y su voz recuperó su brío habitual.

—Mi *aitona* estuvo preso en Santoña tras la Guerra Civil...

—Xabi, no me vengas con esas...

Xabi le hizo un gesto levantando la mano, como si tuviera que sacar todo lo que llevaba dentro so pena de callar para siempre.

—Allí le torturaron a base de bien, pero era fuerte mi *aitona*, de los de antes, y nunca quiso hablar de aquello. Cuando por fin salió de la cárcel, tuvo que agachar la cabeza y se pasó lo que le quedaba de vida en el mar, partiéndose los cuernos para sacar adelante a la familia. Hasta que un día, allá por el ochenta y tantos, no sé, uno de los años de plomo, ETA le mató a su mejor amigo. De eso ya no se recuperó, Juanmari. ¿Y sabes qué me dijo antes de morir? Que entre los fascistas de antes y los de ahora, le habían dejado huérfano de libertad toda su puñetera vida.

Juanmari alzó la pierna y se quitó a manotazos el polvo de la gravilla del zapato. Luego alzó los ojos y dijo:

—Aquí no hacen falta más héroes, el cementerio ya está lleno.

Xabi se colocó el casco y se enfundó los guantes.

—En qué país estamos si uno es un héroe por decir lo que piensa.

—Sé muy bien dónde estamos. Por eso te digo que, no sé tú, pero yo pienso seguir vivo cuando esto acabe.

Xabi se encogió de hombros y comenzó a escalar el andamio, subiendo alturas y haciéndose cada vez más y más pequeño.

Sin saber qué más decir, Juanmari dio media vuelta y se marchó de allí. Al pasar junto a Salva, que seguía estoico junto a la valla, ninguno se molestó en ocultar el desprecio mutuo que se profesaban.

Aquella noche en casa, Xabi no dijo esta boca es mía. Tampoco se notó mucho, porque la casa, como tantas otras noches desde hacía ya demasiado tiempo, parecía un funeral. Xabi se pasó la cena ensimismado, y las croquetas de chipirones se quedaron vírgenes en su plato. Nadie decía nada. Solo se oía a Elena animando a Unai a masticar mientras ella misma hacía chocar su tenedor, ausente, sobre el mantel. Xabi se imaginó que seguía enfadada con él, tal vez con el mundo. ¿Qué importaba ya? Desde luego, Elena fingía que no le importaba, aunque Xabi la sorprendió más de una vez mirándole de reojo. También se percató de que Unai movía la cabeza de un lado a otro, observando a sus progenitores como si intentara descifrar en sus rostros lo que ocurría, como si fuera consciente de la batalla soterrada que se estaba librando. Al dar por finalizada la cena, Elena se levantó y se puso a lavar los platos en silencio en la cocina. Mientras lo hacía, Xabi hizo un par de muecas a su hijo y consiguió que sonriera. Luego llegó Elena y se llevó a acostar al niño, dejándole a solas, y Xabi salió al balcón y al frío de la noche.

Vio un trozo de pedal de la pequeña bicicleta de su hijo, derretido en una esquina. Se agachó a recogerlo y lo guardó. Luego se fijó en una mancha de hollín, todavía aceitosa en la ranura entre las baldosas de la pared, y se preguntó si estaba en condiciones de irse a la cama aquella noche con otro «a por mí no van a ir, habiendo tantos, no me va a tocar».

Dejó de mirar aquella mancha de hollín que parecía burlarse de su impotencia, y se agarró con fuerza a la barandilla del balcón. Hizo un esfuerzo por sosegarse y se puso a contemplar el firmamento vestido de unas pocas estrellas. Permaneció un rato escuchando el zumbido de los cables de alta tensión, la campana del camión de la basura en una calle lejana y el audio cruzado de las televisiones de las casas vecinas.

Elena apareció junto a él. Debía de llevar un rato observándole.

—¿Qué haces?

Xabi se vio incapaz de responder. Detestaba que le viera así, con ese estado de ansiedad. Además, no tenía ganas de discutir ni de luchar.

Sin embargo, ella se acercó hasta él. Le cogió de la barbilla y le obligó a mirarla. Él abrió la boca para decir algo, pero su mujer le silenció con un gesto y le abrazó. Quizá era su manera de hacer las paces, y él se sintió un niño desvalido capaz de ahogarse en aquel abrazo.

—No estás solo —le susurró ella al oído.

Xabi encontró refugio en su cuerpo. Sus caras se acercaron la una a la otra y la distancia entre sus labios se desvaneció. Le recordó al primer beso que se dieron, hacía ya tantos años un día lluvioso de verano. Se abrazaron con fuerza y permanecieron así un rato, perfilados contra la oscuridad de la noche y las luces distantes de los edificios.

Por primera vez en semanas, aquella noche hicieron el amor. Con vértigo, desorden y pasión. Y al terminar, cuando le había pasado la pierna por encima y sentía la respiración dormida de Elena sobre su pecho, Xabi se quedó en la cama mirando al techo, pensativo, sin poder conciliar el sueño.

54

No abramos abismos

Durante los siguientes cinco días no hubo nada que reseñar, y de repente, al sexto, fueron testigos de la primera cita.

Aquella mañana, Reyes tomó una secuencia de fotografías con teleobjetivo desde la ventana del piso base cuando los dos hombres —el cocinero Andoni Irizar y su acompañante, un tipo encorbatado al que no conocían— entraban en la taberna de Gamboa por la puerta trasera.

Alkorta miraba a través de la persiana.

—Coño, el cocinero.

Reyes se apartó la cámara del rostro.

—El otro, el de la corbata, ¿le conoces?

—Ni puta idea.

En la trastienda de la *herriko*, Gamboa, el buen anfitrión, saludó a sus visitantes de manera afable y les hizo sentarse en torno a una mesa que ocupaba el centro de la estancia.

—Sentaos, por favor, sentaos.

Mientras Gamboa manipulaba la clave de la caja fuerte que tenía empotrada en la pared, Juanmari y Andoni se pusieron a admirar la panoplia de artículos que los rodeaba. Allí había de todo: botellas de vino, paelleras, trajes de flamenca, ikurriñas, *lauburus*, polvorones de Estepa y Sanpancracios sobre conchas de vieiras.

Juanmari se reclinó en su silla y rompió el hielo.

—¿Cómo va esa próstata, Ramón?

Gamboa sacó su libreta Moleskine y un talonario de la caja fuerte.

—Ahí va, ahí va —dijo mientras se sentaba a la mesa—. El médico me dice que no me preocupe, me dice que eso no es nada, pero debe de estar acojonado, porque me llama todos los días.

—No será para tanto, hombre.

—Esos doctores retorcidos te ponen en pompa y empujan y pinchan ahí con esos instrumentos y... —Gamboa sacudió la mano, como para alejar la imagen de semejante asunto de sus cabezas—. No quiero ni contároslo.

Los otros asintieron, imaginándose un dolor sin igual.

—Pero dejémonos de monsergas —dijo Gamboa—. A ver, contadme qué os trae por aquí.

Gamboa se quedó mirándolos. Con Juanmari siempre había tenido un trato cordial y era de fiar. En cambio, Andoni, el cocinero, le ponía nervioso con ese aire que se gastaba, preso de la angustia y la ansiedad.

Juanmari sacó una carta arrugada, la alisó con la mano y la dejó sobre la mesa para que los tres pudieran verla. En el encabezado del papel se podía leer *Euskadi Ta Askatasuna*, y a pie de página figuraba una despedida con los *goras* de rigor a la Euskal Herria libre y socialista.

—Ya sabes por qué hemos venido —dijo Juanmari con el tono de alguien experimentado en esas lides—. Andoni no es un cualquiera y no tiene por qué aguantar las cartas chapuceras que le habéis enviado.

—La última carta les llegó a mi hijo y a mi mujer —añadió Andoni con amargura.

—No hay de qué asustarse —observó Gamboa.

—Verás, el tono era un poco fuerte —repuso Andoni.

Gamboa alzó la mano en son de paz, acarició la tapa con piel de topo de su libreta y apartó el elástico que la cerraba. La abrió por una página que contenía la palabra «*egurra*» (leña) como encabezado, y un listado de nombres y apellidos, con sus direcciones y teléfonos, agrupados bajo tres epígrafes: «Morosos», «Delatores» y «Voluntarios». A continuación, aplastó con la mano el lomo de la libreta y trazó con su estilográfica una línea imaginaria en una de sus páginas hasta llegar al nombre de Andoni Irizar en la tercera columna. Luego alzó la mirada y dijo en tono pausado:

—Sabemos que Andoni está a favor de Euskal Herria. Por eso el impuesto se le pidió por las buenas y en tono amistoso.

—Amistoso, mis cojones —replicó Juanmari—. Todos sabemos que, si no se paga, hay una amenaza implícita.

—Por favor, Juanmari.

—Exigimos una rectificación, Ramón.

Andoni hizo un gesto reflejo, como si detestara cualquier discusión y aquello le diera dentera; pero Gamboa se mantenía tranquilo. Para él, aquello no era más que un teatrillo en el que todos ellos eran figurantes.

— Habrá sido un error por nuestra parte —apuntó Gamboa—. Es verdad que en la Organización hay gente que anda jodida de los cascos y no respeta nada. Pero, insisto, no somos responsables de las malévolas interpretaciones que se hacen de nuestras acciones.

—Bueno —dijo Juanmari, más calmado—, la cuestión es que Andoni ha tocado a mi puerta y por eso estoy aquí. Me conocéis, os conozco. Estamos entre *abertzales*, y un *abertzale* cumple su palabra, respeta el trato y no miente.

En el piso base, Reyes resopló indignada y se acomodó los auriculares.

—Vaya compadreo.

Alkorta se frotó los ojos y miró a Reyes de soslayo.

—Unos dicen que no hay tu tía. A otros les entra el tembleque. Unos tienen más escrúpulos; otros, menos. Es humano.

—Es humano, pero también hay jueces, periodistas y concejales amenazados y no se callan.

—¿Qué harías tú? Los chantajeados son unas víctimas más. El Gobierno te dice que no pagues, pero ese mismo Gobierno no es capaz de asegurar tu seguridad y la de tu familia si no pagas. El miedo es libre.

—Que sí, que se quitan de encima el miedo... para traspasárselo a mucha gente más. A todos los que acabarán asesinados con los explosivos y las pistolas compradas con el dinero de los que sí han pagado.

—¿Qué quieres que te diga? Es una fascinante cuestión moral para la que no tengo respuesta, pero desde luego no querría estar en su piel.

Reyes frunció los labios y se miró las manos.

—¿Cómo se llamaba aquel empresario? —preguntó.

—¿Quién?

—El que dijo que si le pasaba algo a los suyos, ciertos *abertzales* que tenía en una lista irían detrás.

Alkorta se pasó la mano por la barba durante unos segundos.

—Olarra.

—Sí, ese. ¿Cómo lo hizo?

Alkorta alcanzó una cerveza de la neverita, pegó el cuello del botellín contra un borde y abrió la chapa de un golpe seco con la mano.

—Envió a la banda una copia de un depósito bancario en favor de unos sicarios de la mafia marsellesa. O, al menos, eso contó.

—Ya no quedan tipos así.

Alkorta dio un trago a la bebida e hizo una mueca de desagrado, alargó el botellín hacia su compañera y declaró:

—Reyes, nunca ha habido muchos tipos como Olarra.

Ella meneó la cabeza rechazando el botellín, pero el gesto de Alkorta parecía ahuyentar el mal rollo que reinaba entre ambos después de la discusión de los últimos días.

En la trastienda de la *herriko*, la negociación proseguía y los ánimos se apaciguaban. Gamboa se dirigía en ese momento al cocinero Andoni.

—Valoramos que os hayáis puesto en contacto con nosotros y hayáis usado las vías adecuadas —dijo—. Por eso te damos facilidades. Se ha dejado de tu mano las fechas de pago y las cuotas.

—En la última carta metíais un cinco por ciento de recargo —se quejó Juanmari.

—Hay unos intereses de demora —repuso Gamboa.

—Joder —exclamó Juanmari—, mucho socialismo de boquilla, pero estáis hechos unos capitalistas de la hostia.

—Lo siento —se disculpó Gamboa—, yo no impongo las reglas.

—Es que este trimestre vamos un poco ajustados —alegó Andoni.

Gamboa se volvió hacia él, y dándose aires, replicó:

—Andoni, sabemos que eres algo más que un sencillo trabajador.

El cocinero se volvió a su vez hacia Juanmari y este le dedicó una mirada a Gamboa pidiéndole comprensión.

El viejo tabernero procedió a golpearse la barbilla con la yema de los dedos, fingiendo una disyuntiva que solo existía en su imaginación.

—Si os parece, dejamos en vuestra mano tanto la cantidad como la frecuencia, que es lo que hacen muchos *abertzales*.

Juanmari se quedó mirándose las uñas como si fueran a decirle algo, hasta que asintió un par de veces para sí y alzó los ojos.

—Mira, yo estoy aquí para tocar todas las cuerdas necesarias y para que seáis benevolentes con él. —Señaló a Andoni e hizo una pausa—. ¿Te parece bien si lo reducimos a dos pagos fraccionados para la cuota anual de veinticinco mil euros?

La propuesta nacía con el beneplácito de Andoni, y Gamboa lo sabía. Aun así, creyó conveniente guardar silencio para dejarse querer.

—Ramón —le conminó Juanmari—, no abramos abismos entre hermanos.

Gamboa corrigió su posición en la silla y adoptó una postura relajada.

—Podemos ceder —contestó finalmente.

Juanmari se volvió hacia Andoni.

—¿Tú cómo lo ves?

El cocinero parecía incapaz de borrarse el desasosiego de la cara.

—Bueno, es mejor que una patada en salva sea la parte.

Gamboa dio por buena la respuesta. Arrancó una hoja del talonario, escribió sobre ella y entregó el recibo a Andoni.

—Con esto, nadie de los nuestros te volverá a molestar.

Mientras Andoni se guardaba la hoja en el bolsillo, el tabernero escribió una anotación en su libreta junto al nombre de Andoni: «Debe anularse, porque ya se ha puesto en contacto».

Juanmari se inclinó hacia Gamboa y anunció:

—El primer pago lo haré yo en su nombre en dos semanas. Andoni es conocido, y la gente enseguida te pone la etiqueta.

—Nosotros, chitón, como siempre —respondió Gamboa.

Los tres se pusieron en pie con parsimonia.

Gamboa se frotó las manos, como proclamando que la gestión llevada a cabo se había hecho de forma adecuada, y exclamó:

—¡Bueno, una cosa menos!

Juanmari se balanceó sobre los talones, y aprovechando que el ambiente parecía relajarse, le preguntó con genuino interés:

—Oye, tú que estás metido... ¿Hay movida o no hay movida?

—Pues mira —contestó Gamboa—, a mí me trasladan los de arriba que un empujón más y llegamos al apaño con el Gobierno.

—No sé yo —Juanmari movió la cabeza mostrando su escepticismo—, en Madrid no terminan de enterarse. No quieren pensar en soluciones, no tienen nada que ofrecer.

—En Madrid hay gente cabal, oye —admitió Gamboa.

—Prudencia —dijo Juanmari—, mucha prudencia.

—La señorita Prudencia es muy sabia —convino Gamboa.

—Dios os oiga —repuso Andoni, sumándose al coro de prudentes.

Gamboa extendió el brazo y los condujo hacia el umbral de la puerta interior de la trastienda.

—Caballeros, no pueden marcharse de aquí sin comer. Invita la casa —proyectó su voz hacia la zona del restaurante—. ¡Avelina!

A los pocos segundos, su mujer apareció en el marco de la puerta de la trastienda que comunicaba con el pasillo.

—Mujer, acompaña a mis amigos a una mesa —le pidió Gamboa—. Yo me uniré en un momento.

Avelina, seguida de Juanmari y Andoni, desapareció por el pasillo que llevaba al restaurante, pero no tardó ni cinco segundos en regresar ella sola.

—Ramón —le dijo asomada a la puerta—, que digo yo que les voy a poner la lubina al horno. Hoy la tenían muy fresca en el mercado.

Gamboa, que estaba marcando un número de teléfono en el aparato sobre su mesa, puso cara de fastidio y se pegó el auricular al hombro.

—Como tú veas, *potxola*. ¿No ves que tengo que llamar?

—Vale, vale, ya me voy.

—Pues eso, que te vayas, que estoy llamando te he dicho.

—Tengo que llamar, tengo que llamar... —protestó Avelina—. Pero ¿quién te crees que eres? Ni que estuviera casada con el lendakari.

—Mujer, no des voces.

—¡Llama al papa, hombre, llámale! —gritó ella mientras abandonaba la trastienda, molesta con tanto desplante por parte de su marido.

Gamboa meneó la cabeza y volvió a ponerse el auricular al oído.

En el piso base, los dos agentes se echaron a reír.

—Menudo chaparrón —dijo Alkorta—. La tiene contenta.

—Ella es una santa —respondió Reyes—. Por aguantarle.

—A él se le ve muy relajado. Ha hablado de pagos sin tapujos.

—Y encima invita, el muy cabronazo.

—Está muy suelto, como si no sospechara.

Reyes se crujió una vértebra y se apoyó en el respaldo de su asiento.

—A lo mejor se siente inmune y piensa que no estamos encima.

—O está contento y la alegría le ha vuelto más temerario.

—Alkorta se desperezó y apoyó los pies sobre una caja—. No sé, la verdad. Desde luego, el de la corbata ha hablado con más cuidado. Es más listo.

—Da igual, los tenemos cogidos de los huevos —replicó Reyes—. Aquí hay extorsión, pertenencia y colaboración con banda armada. ¡Champán para todos!

En ese momento el programa del ordenador detectó la llamada que estaba realizando Gamboa desde el teléfono de la trastienda. Reyes hizo un gesto a Alkorta y los dos se ajustaron los auriculares. Durante unos segundos, solo oyeron los tonos del teléfono y el chirrido del arrastre de la bobina en la grabadora, hasta que alguien descolgó un auricular al otro lado.

—El tío Ugarte al habla —dijo la voz de Gamboa.

Reyes abrió su bloc de notas y garabateó: «Tío Ugarte = ¿¿¿TUG???». Al enseñarle la libreta a Alkorta, este asintió.

El interlocutor al otro lado del hilo telefónico no contestó, pero se oía su respiración y se sentía algo más, como una presencia implacable.

—He conseguido los medicamentos para el colesterol —prosiguió la voz de Gamboa—. Te los llevaré el mes que viene. Tienes que hablar con el médico. Te daré su número. —Y se puso a dictar con deliberada lentitud—: Nueve, cuatro, tres, ocho, tres, seis, dos, siete, nueve.

Y sin más, Gamboa colgó el teléfono y la conversación telefónica llegó a su fin. La llamada ni siquiera había durado treinta segundos y la identidad de su oyente había quedado envuelta en un halo de misterio.

Reyes se quedó mirando al vacío con expresión pasmada.

—Copón bendito —exclamó—. ¿Qué te parece?

—Que el tío Ugarte, ni es tío ni se llama Ugarte —respondió Alkorta.

—Estás muy fino. —Reyes se levantó y caminó hasta la ventana para mirar a través de la persiana—. ¿Qué coño estarán tramando?

—No sé, la conversación es críptica.

—Los primeros números coinciden con el prefijo de Guipúzcoa.

—El resto podría ser una clave para una cita. Día y hora.

—Ha mencionado el mes que viene. Nos falta el lugar.

—Vete a saber. El número ocho puede indicar la ciudad o un código postal; el tres, la calle, y así sucesivamente.

Reyes abandonó la ventana y regresó junto a Alkorta. Parecía energizada por la llamada y las posibilidades que entrañaba. Le dio una palmadita en el hombro a su compañero y le dijo en tono animoso:

—Alegra esa cara, Luis.

—Es la que tengo.

—Estamos sobre la buena pista.

—¡Claro que sí! —exclamó Alkorta.

Ambos alzaron los brazos y chocaron la palma de las manos. Sabían que estaban jugando a la larga, que debían dejar proceder a Gamboa con el fin de estudiar todo el entramado que se abría ante ellos. Una vez más, la paciencia era la cualidad fundamental.

55

Al acecho

Arrano colgó el auricular y se apoyó en el respaldo de la cabina telefónica a las afueras de Cauterets. El viento soplaba con fuerza y entraba a través del resquicio de la puerta abatible, y el jefe militar se subió el cuello de la pelliza y esperó a acomodar sus pensamientos. Tocaba ponerse en marcha. Tocaba golpear, crear el mayor caos posible y desaparecer por unos meses, al menos hasta la siguiente entrega de dinero acordada con Gamboa.

Desde la misma cabina, Arrano telefoneó al piso franco. Preguntó por una tal Violette y una voz, en esta ocasión la de Zapa, le dijo una vez más que allí no vivía ninguna Violette. Arrano colgó y esperó escuchando la alocución grabada de *Allo Service Public.* Luego volvió a llamar a la cabina de teléfonos de la calle Brigadier Muscar y, en cuanto Zapa se puso el aparato, le transmitió las órdenes de manera clara y sucinta.

—No olvidéis dejar bien limpio el garaje —finalizó—. Antes de emprender el viaje, comprobáis la suspensión de la furgoneta. Que no esté muy baja, no vaya a levantar sospechas. Evitad las cámaras de videovigilancia del paso fronterizo de Dantzari-Nea.

Una vez ejecutéis la *ekintza*, no perdáis tiempo en hostias. Volvéis a la *kaiola* y os quedáis allí hasta nueva orden. *Jo ta ke.*

Aquella tarde, los etarras acudieron al garaje, lo limpiaron y se marcharon para no volver más. Brujilla sacó la furgoneta e hizo sonar el claxon hasta que los niños que jugaban a la pelota en medio de la calle se apartaron. Luego abrió la puerta del copiloto y Dienteputo subió con él. Zapa y Gorka conducían un Peugeot 307 y Gorka colocó el coche por delante de la furgoneta. Los dos vehículos se pusieron en marcha y los niños volvieron a ocupar la calle con sus juegos infantiles.

La caravana de la muerte abandonó Bayona ya entrada la noche. A medio camino, pararon para escuchar a través del escáner de ondas de radio alojado en el Peugeot 307 la cháchara monocorde de un control de carreteras. Evitaron a los policías desviándose por la carretera nacional 636, y realizaron el resto del trayecto por una carretera estrecha, serpenteante y descuidada. Condujeron con prudencia por la calzada desierta a esas horas de la madrugada, en medio de una tierra de nadie, muda incluso de interferencias de un extremo a otro del dial.

A eso de las cinco de la madrugada, las antenas y los tejados del horizonte urbano bajo y escuálido de Aretxabaleta empezaron a ascender por el parabrisas de los vehículos. La furgoneta y el 307 circularon por las calles desiertas del pueblo, respetando semáforos y señales, hasta llegar al aparcamiento situado frente a la parada del autobús. La Berlingo maniobró y aparcó entre dos coches, y Brujilla se aseguró de dejar la parte trasera bien encarada hacia la acera.

Brujilla y Dienteputo bajaron de la furgoneta, la cerraron con llave y cruzaron a la calle adyacente, donde esperaba aparcado el Peugeot 307. Se acomodaron en su interior, en los asientos traseros.

Zapa y Gorka, sentados delante, dominaban con la vista toda la extensión del aparcamiento. Los cuatro hombres contemplaron el lugar mientras los alientos se condensaban en la cara interna del parabrisas y el motor del 307 crujía y se enfriaba.

Aquellas eran las peores horas de una *ekintza*. La espera y el tedio podían jugar una mala pasada. El hecho de estar toda la madrugada sentados y moviendo el cuello para no anquilosarse no era bueno para la faena que les esperaba. No debían perder el ímpetu ni la concentración. Ya llegaría el momento de volver a tener la mirada limpia y la frente despejada, de bromear con amigos y abrazar a los seres queridos. Ahora no, ahora estaban en otra parte, en un lugar mental que quizá ni ellos supieran distinguir.

Una hora más tarde chequearon las vías de escape y se mantuvieron atentos a la búsqueda de alguien que pudiera andar husmeando.

—¿Cómo dices que se llama el objetivo? —preguntó Dienteputo.

—Ni puta idea —respondió Brujilla.

Dienteputo se volvió hacia Gorka.

—Mira a ver.

Gorka cogió la maltrecha carpeta que tenía en el compartimento lateral de la puerta y extrajo una fotocopia con anotaciones en letra manuscrita. El documento iba acompañado de varias fotografías grapadas e impresas en papel. Eran las mismas fotografías furtivas de la persona que había pasado los datos de Xabi.

—«Xa-bi-er I-ra-o-la» —leyó Gorka de las anotaciones.

—Iraola —repitió Zapa—. En mi pueblo hay dos hermanos que se llaman Iraola. Se dedican al surf y no les va mal.

—Cojonudo —respondió Dienteputo.

Las horas transcurrían con una lenta extenuación. En un momento dado, Gorka se sirvió café de un termo y Zapa dio una ligera cabezada. El interior del vehículo estaba sumido en la oscuridad, tan solo aliviada por la luz del letrero de neón de una tienda cercana, y los primeros entrepaños de luz empezaban a colarse por una brecha entre las faldas del monte Udalaitz. Aquella mezcla de tenues luces naturales y artificiales hacía que los ojos de los cuatro jóvenes adquirieran un tinte eléctrico, como de alimañas al acecho.

Pronto sería el momento de actuar, de la adrenalina y de la huida.

Amaneció y comprobaron que el parabrisas del coche tenía vestigios de insectos incrustados en el exterior. Dienteputo bajó del vehículo, limpió el cristal y regresó al interior.

Zapa sacó una moneda y la lanzó al aire. La atrapó y la posó sobre el dorso de la otra mano, tapándola y mirando hacia Brujilla.

—¿Cara o cruz?

—Cara.

Zapa apartó la mano mostrando la moneda. Cruz.

Le tendió el radiotransmisor a Brujilla y este lo tomó con delicadeza. Parecía capaz de acunar el dispositivo electrónico entre sus manos de dedos cortos y gruesos.

—Una bala tiene un nombre, es una carta de amor —declaró Zapa, de repente—. Un coche bomba, por otro lado...

Y se quedó callado.

Dienteputo alzó una ceja.

—Un coche bomba, ¿qué? —inquirió

—Un coche bomba es un «a quien pueda interesar».

Los otros guardaron silencio, ponderando quizá las implicaciones.

Dienteputo meneó la cabeza.

—Necesitas medicación.

Transcurrió otra media hora y empezaron a ser testigos del

despertar lento y tímido del barrio. Un panadero abría la persiana de su local; la pareja de barrenderos terminaba su turno y se retiraba de la calle; unos jóvenes alegres regresaban de alguna fiesta; una mujer arrastraba el carrito de la compra.

La mano de Brujilla acariciaba nerviosa el radiotransmisor. Dienteputo tamborileaba los dedos sobre el salpicadero. Todo era espera y silencio. La ansiedad lo impregnaba todo.

—Hostia puta —murmuró Gorka.

—¿Qué? —contestó Dienteputo.

—Hay mucha gente, tú.

—Ya, tenemos la negra.

Se hizo el silencio.

—Aprieto el botón, aunque vea pasar a mi puta madre por delante.

Brujilla, el filósofo que así se manifestaba, notó que le sudaba hasta el dedo que tenía sobre el botón del aparato electrónico.

A eso de las ocho menos cuarto, Gorka reparó en el concejal y en su escolta. Doblaban la esquina y se acercaban en una trayectoria diagonal hacia la furgoneta.

Gorka bajó la vista y miró por enésima vez las fotografías en su regazo.

—Es él —confirmó.

El ambiente en el interior del vehículo pareció sufrir una convulsión y todos se pusieron en alerta. Dienteputo consultó su reloj.

—Pon en marcha el motor —ordenó.

Zapa obedeció y metió la primera marcha. El Peugeot 307 empezó a separarse de la acera, alejándose lentamente del aparcamiento.

Dienteputo controlaba con la mirada al objetivo y calculaba la rapidez con la que se acercaba a la furgoneta bomba.

—*Kontuz orain* —advirtió.

Zapa activó el intermitente del coche y giró al llegar a la esquina de la calle. El Peugeot 307 se alejaba más y más de la zona y sus ocupantes seguían al objetivo con la mirada en medio de la gente.

Todos contenían la respiración.

Los cuatro vieron que el objetivo caminaba entre los coches del aparcamiento y pasaba junto a la furgoneta bomba.

—¡Ahora! —exclamó Dienteputo—. ¡Dale, dale, dale!

Brujilla apretó el botón del mando a distancia.

Por un instante pareció que la gente, allá fuera en la calle, se congelaba en mitad de sus quehaceres como en una instantánea para la posteridad.

56

Una felicidad sin estridencias

El despertador marcaba las seis y media de la mañana y Xabi ya estaba despierto. Los primeros rayos del sol atravesaban las rendijas de la persiana e iluminaban las motas de polvo que flotaban en el aire. Su mujer se arrulló a su lado y escondió la cabeza bajo las sábanas para arañar unos preciosos minutos de sueño.

Xabi meneó la cabeza sonriendo y saltó de la cama.

Se dio una ducha reconfortante, se puso una camisa y unos zapatos de ocasión de costuras laterales, regalo de su suegra hacía ya más de un lustro, y fue al dormitorio del niño.

El cuarto estaba hecho un desastre, y tuvo que recoger un dinosaurio de peluche que andaba tirado por el suelo y un libro de cuentos de piratas. Luego despertó a Unai, le vistió en un santiamén y le puso en marcha. Desayunaron juntos, él y su hijo, y juntos bajaron a la calle, donde los esperaba el Seat Córdoba de Salva.

Por el camino fueron hablando de sus cosas mientras el escolta conducía en silencio y, casi sin darse cuenta, ya estaban allí, a la puerta de la ikastola. Aparcaron en doble fila junto a la acera, donde niños y padres se agolpaban a la entrada, y Unai se alejó arrastrando su pesada mochila.

Xabi sostuvo la sonrisa, la mano lista para un último adiós mientras el niño se perdía entre el coro de chavales. Pero Unai no se volvió y Xabi dejó caer la sonrisa impostada, miró su reloj e indicó a Salva con un gesto que ya podían marcharse.

Circularon en dirección a Aretxabaleta en un silencio cómodo de matrimonio bien avenido, con el gusto radiofónico en el mismo dial. Si alguna vez alguien les preguntara, seguramente ambos lo negarían, pero compartir los mismos reveses diarios, las mismas heridas y adversidades había forjado entre ellos algo parecido a la amistad.

Aparcaron frente a la parada del autobús y echaron a andar en diagonal por el aparcamiento hacia la obra del edificio en construcción. Por el camino se cruzaron con un oficinista, una madre con sus dos hijos y un grupo de trabajadores vestidos con monos azules que trabajaban en una empresa eléctrica situada en las inmediaciones. Todos ellos acababan de descender del autobús que se había detenido en una parada cercana hacía tan solo unos segundos.

El débil sol de la mañana empezaba a iniciar su ascenso sobre los tejados de las casas más cercanas, revistiendo el aparcamiento de un color dorado y recubriendo las copas de los árboles cercanos de un tono rojizo casi incandescente.

Xabi andaba unos metros por delante de Salvador, sumido en sus pensamientos y apartando las dudas que le asaltaban.

Después de los acontecimientos de los últimos días, tenía la sensación de que las cosas podían mejorar. Iban a mejorar. No sabía por qué, pero se sentía más optimista, más fuerte. Era feliz, o todo lo feliz que uno podía llegar a ser. Era la suya una felicidad sin estridencias, acompañada de la certeza de saber que no importaban las cartas que a uno le diera la vida, porque se trataba de jugarlas.

La libertad era elegir, y cuando la gente elegía, se ponía a la intemperie. Y si bien era cierto que vivir es un oficio jodido, merecía la pena rebelarse e intentar cambiar lo que a uno no le gustaba.

Acompañado de esta última reflexión, Xabi sintió un deseo irrefrenable de acabar pronto su jornada de trabajo. Estaba deseando que llegara la noche para regresar a casa, cenar con su mujer y arropar al niño. Y cuando le arropara, se quedaría con él sentado en la cama, apagándole la luz a sus fantasmas y diciéndole que...

57

Una pedrada al estanque

Pipe reposaba la cabeza en el cristal del autobús. Tenía la misma cara de hastío matutino que el resto de los pasajeros habituales.

Los trabajadores de la empresa iban adormilados y uno de ellos disimuló un bostezo con la mano. El consultor leía un libro forrado con papel de regalo y se guardaba bien de mirar hacia Pipe. La madre calmaba el llanto de su hijo más pequeño, y el mayor, que seguía con sus juegos imaginarios, miró a Pipe en un momento dado, como buscando su aprobación. Su inocencia le conmovió, y Pipe apartó la mirada.

Chirriaron los frenos y el autobús se detuvo en la parada. Las puertas se abrieron con un chasquido y un adormilado Pipe siguió al resto de los pasajeros que se apeaban. Todos descendieron del transporte público y empezaron a dispersarse por el aparcamiento.

Pipe, rezagado y arrastrando los pies, llevaría poco más de un centenar de metros andado cuando se cruzó con el concejal facha. Iba con su escolta como si fuera su perrito faldero.

No tenía ganas de problemas, agachó la cabeza y siguió caminando. Se sentía triste. En el fondo andaba pensando en el comportamiento extraño de su *ama*, en la forma en la que le miraba últimamente, en sus ojos a medio camino entre el susto y la esperanza. Le invadía cierta desazón por la forma en que las palabras que había pronunciado sobre el *osaba* Txarli se habían hundido en él hasta apretarle con fuerza el corazón.

Entonces sintió una sacudida eléctrica y un vacío en el aire.

Vio por el rabillo del ojo el reflejo de un resplandor en los cristales ahumados del escaparate de una tienda cercana, y un microsegundo más tarde esos mismos cristales reventaron en mil pedazos y él sintió una onda expansiva que le martilleó contra el suelo sin piedad. Se quedó un rato besando el asfalto, y en medio de una densa nube de polvo y cascotes que empezaban a llover del cielo acertó a oír un zumbido que tintineaba en sus tímpanos conmocionados.

Se tocó los oídos, y sobre el pitido empezó a identificar una cacofonía de sonidos. Las alarmas estridentes de los coches rasgando el aire al mismo tiempo. Los primeros balbuceos incoherentes, y luego poco a poco una o dos voces más claras. Luego gritos. Después llantos.

Miró al vacío, incapaz de enfocar la mirada. Se sentía aturdido y vio que el vello se le había puesto de punta. Se pasó la mano por el pelo y comprobó que lo tenía manchado de gris. Se llevó las manos a la cara y las apartó manchadas de polvo y sangre. Tragó saliva. Algo sabía a metálico en el paladar. Aspiró una bocanada y era como fuego y hollín.

Aun así, todo reverberaba como si estuvieran bajo agua, como si alguien hubiera arrojado una piedra al estanque de la realidad y las ondas expansivas hubieran hecho ondular la textura misma del universo.

El aire estaba envuelto de un humo oscuro y aceitoso que empezaba a morderle en los ojos y que se arremolinaba y danzaba, creando formas siniestras entre la gente que empezaba a divisar a su alrededor. Solo veía siluetas, perdidas en la niebla del humo. Siluetas que se retorcían como él, que intentaban ponerse en pie, se tambaleaban y se miraban las heridas, tosían y se quejaban cegadas por el polvo. Algunas se tapaban la boca y la nariz con pañuelos. Otras, rociadas de cristales, gemían y se lamentaban pidiendo ayuda. Pero Pipe no podía oírlas. Solo oía el zumbido agudo que le reventaba la cabeza, como un sacacorchos afilado que le atravesara el cerebro de oreja a oreja devanándole la masa gris.

Pipe se incorporó y tuvo que apoyarse en el capó de un coche para sostenerse. Se tambaleó, hincó rodilla al suelo, se empujó con la mano y se levantó de nuevo, y tuvo que volver a sentarse sobre el asfalto. Sintió que no estaba herido y, poco a poco, el sonido empezó a retornar, y con él, unos gritos histéricos, como de ultratumba. Al principio eran vagos y distantes, y poco a poco iban cobrando más y más fuerza.

—¡Levántate, hijo de puta, levántate! ¡No te me mueras aquí!

El humo se aclaró y Pipe contempló el panorama a su alrededor.

La furgoneta bomba, o lo que quedaba de ella, era un amasijo de hierros retorcidos que ardían con furia y lanzaban remolinos de un humo negro y mantecoso hacia el cielo gris.

Había un socavón ancho y profundo, y el asfalto se levantaba alrededor del cráter. Todo era un vómito de escombros incandescentes y matrículas arrancadas, plástico derretido y hormigón desnudo mostrando sus armaduras. El suelo estaba cubierto de cristales rotos procedentes de las lunas de los coches y de los escaparates, de las marquesinas y ventanas que se habían quedado colgando en una fachada cercana.

Aquello parecía el cuarto de juegos de un niño caprichoso que hubiera abandonado sus juguetes rotos.

—¿Me oyes? ¡Ni se te ocurra morirte aquí! ¡Ni se te ocurra!

Los gritos continuaban, y Pipe identificó por fin su origen.

Pertenecían al escolta.

El hombre parecía un demente que iba desnudo y tiznado de negro, o quizá fuera que su ropa, hecha jirones, se había fundido con su piel. Andaba a gatas, sin fuerzas apenas, y se esforzaba en tirar del cuerpo que estaba tendido cerca de los restos de la furgoneta bomba.

Pipe se quedó contemplando la escena hasta que sus ojos y los ojos enloquecidos del escolta se cruzaron. Entonces, sin reflexionar, quizá porque le salió lo humano, Pipe caminó hasta él. Por enésima vez, aspiró con dificultad y casi le tumba el olor. El hedor acre de la gasolina y de la carne humana chamuscada se ancló en sus fosas nasales y penetró en lo más hondo de su alma.

Uno cogió el cuerpo de la solapa; el otro, de los brazos.

Juntos y aturdidos, Salva y Pipe tiraron del cuerpo, alejándole a impulsos de las llamas anaranjadas y el humo negrísimo que lo envolvía todo. Le arrastraron por encima de los cascotes y de los cristales y del fragor y rugir del fuego hasta llevarle a la acera más cercana, bajo la sombra de unos arbustos.

Pipe se desparramó exhausto sobre la acera, tosiendo y maldiciendo, mientras Salva ponía el cuerpo que habían arrastrado boca arriba y, como un poseso, empezaba a practicarle las maniobras de reanimación. Le bombeaba el tórax intentando un masaje de compresión torácica, poniendo la base de una mano sobre la otra, de forma rápida y fuerte, a la desesperada.

Pero estaba claro que no había nada que hacer. El cuerpo, o lo que quedaba de él, ni se movía ni se iba a mover. Le había reventado la onda expansiva y estaba muy hinchado, como un trozo de carne sin forma.

Salva seguía y seguía golpeando el pecho, en un frenesí sin sentido, incapaz de aceptar la realidad y galvanizado por la histeria, hasta que dos hombres que acudían a socorrer se echaron encima y le apartaron del cadáver. Mientras Salva se arqueaba bajo su peso, sus ojos se encontraron con los de Pipe.

Y Pipe tuvo que apartar la mirada.

Un hombre se acuclilló frente a él. Llevaba segundos hablándole. Tenía la cara tiznada y moteada por un fino rocío de sangre, como pintura de guerra. Quizá fuera la suya, quizá no lo fuera. El hombre hablaba y Pipe no le entendía. Sacudió la cabeza, como si pretendiera sacudirse las telarañas, y por fin pudo escuchar:

—¿Estás bien?

Tras pensarlo un momento, Pipe dijo que sí con la cabeza.

El hombre le palpó el cuerpo a la búsqueda de heridas y, satisfecho, le abandonó para socorrer a otros en peores condiciones.

Pipe alzó la vista y se puso a observar la tierra de nadie, marchita y devastada, que se extendía a su alrededor.

Vio a uno de los trabajadores de la empresa eléctrica. Tenía el torso desgarrado y se llevaba la mano al pecho como si sus pulmones no dieran más de sí. Tropezó, cayó al suelo y ya no se movió más.

Vio a otro trabajador, uno de sus compañeros, maldiciendo al cielo sin parar. Un buen corte le atravesaba la frente, la sangre le chorreaba hasta el hombro y por la cara que llevaba debía de estar pensando si aquel no sería un buen momento para volverse loco.

Vio a la mujer con su hijo más pequeño en brazos. Llevaba el pelo cubierto de ceniza y parecía avanzar en un estado catatónico. De hecho, cojeaba como si intentara llegar a casa de una pieza con los pies descalzos y un tacón en la mano.

Vio al consultor vomitando sobre la acera. Parecía despistado y tenía un brazo desollado. Su pierna descoyuntada asomaba con todos los tendones visibles entre los cascotes como un hueso de pollo en el borde un plato.

Vio a un hombre en shock, gateando sobre las rodillas y la mano de un brazo. Del otro brazo tan solo colgaba un muñón. Le vio sentarse y echarse a reír, de forma tan cómica como siniestra.

Posara donde posase sus ojos, Pipe solo veía dolor y rezos sin respuesta. Las caras de los heridos parecían estar en todos lados y, los colores rojo y negro abundaban. Era como si alguien le hubiera cogido de la mano para tomar un desvío por las afueras del infierno, para mostrarle las lindes del averno y a todos sus monstruos saludándole. El ruido y el caos eran increíbles, y todos intentaban agarrarse a la cordura con la punta de los dedos. Parecían hallarse inmersos en un paisaje onírico, en una pintura barroca y dantesca, vagando por la playa sin saber dónde guarecerse, víctimas todos de un naufragio inesperado.

Pipe encogió las piernas y se agarró las rodillas, y permaneció así, sentado sobre la acera, en medio de la hecatombe, viendo el mundo arder a su alrededor.

El ruido del fuego y los gritos se oían cada vez con menos fuerza, como réplicas y temblores secundarios de un terremoto ya olvidado. No sentía nada, porque no había nada que sentir, solo el golpe del trauma.

Oyó una vocecita desesperada en la parte trasera de su mente, susurrándole: «Mala suerte, chaval, te tocó esta lotería».

Un niño apareció en su campo de visión.

Era el hijo mayor de la pasajera del autobús.

Se detuvo frente a él y se quedó mirándole. No parecía pasarle nada, tan solo le miraba como esperando algo. Tal vez una respuesta.

Poco a poco, acercándose, se empezó a oír el ulular amortiguado de las sirenas de las ambulancias, y Pipe hizo una inhalación como si acabara de salir a la superficie desde aguas profundas.

58

Las tres letras

La planta del Servicio de Urgencias del Hospital del Alto Deba disponía de un gran ventanal y la disposición del ala hospitalaria permitía que el sol lánguido de la mañana llegara a los pacientes, a sus familiares en la sala de espera y a los médicos de camino a los boxes de exploración.

Elena se disponía a atender a un abuelo que acababan de ingresar, cuando ella y todos los demás vieron un pequeño destello a lo lejos, perdido entre los edificios bajos al otro lado de la ciudad, y enseguida oyeron un sonido retardado muy leve, como de trueno lejano. Se notó una ligerísima sacudida, como si la mano de un gigante acariciara suavemente la fachada de ladrillo del hospital, y el gran ventanal vibró con suavidad.

Al principio, todo resultó confuso, por lo menos en su cabeza. En los años venideros recordaría que una columna de humo se elevó entre las casas más bajas, y en el transcurso de unos minutos empezaron a escucharse las sirenas y los teléfonos comenzaron a sonar en la propia sala del hospital. El suyo y los de los demás, en un goteo inacabable. Mondragón despertaba al horror y el rumor se propagó, antes incluso de que apareciese en las noticias. Un atentado en la ciudad. Una furgoneta bomba. Que se prepararan porque no sabían lo que podía llegar al hospital.

Llamó a su marido hasta en tres ocasiones, pero no obtuvo señal. Intentó permanecer tranquila y se dijo que seguramente era cuestión de los repetidores colapsados. Consiguió llevar al anciano a su habitación, y cuando estaba de vuelta al pasillo el bolsillo en su pijama vibró.

Era Juanmari y enseguida se dio cuenta de que algo iba mal. El amigo de su marido era un hombre muy centrado y en ese momento sonaba terriblemente afligido, como si le pesara ser el portador de las palabras que iban a arruinarle la vida.

—Elena..., ha sido Xabi —acertó a decir Juanmari una vez que los nervios le dejaron hablar—. Es seguro... Es él.

El horror que solo vivía en el rincón más recóndito de la mente de Elena, ese terror de tantas noches en vela, se había hecho realidad. Pero aquello no podía ser. No podía ser porque no era verdad. Esa misma mañana, ella y su marido habían bromeado en la cama.

Juanmari le pidió calma y le aseguró que, por el momento, no sabía más. Enseguida hubo otra llamada, esta de la Ertzaintza. Le comunicaron que su marido, aunque malherido, todavía vivía, y ella se agarró a esa esperanza como a un clavo ardiendo.

La esperanza duró el tiempo que tardaron los *ertzainas* en recogerla. Uno de ellos se quitó la boina roja, agachó la mirada y soltó las funestas palabras:

—La acompaño en el sentimiento.

Elena empezó a balbucir y notó que los pies le fallaban. Apoyó la espalda contra la pared y se desmoronó como un animal herido. Sus compañeros del hospital acudieron en su ayuda, pero ella se llevó las manos a la cara porque no quería oír, no quería ver.

No podía ser verdad. Esa mañana habían bromeado en la cama.

La joven profesora se detuvo con la tiza en la mano y observó el paso del convoy de coches de policía y ambulancias por la ventana. Los alumnos alzaron la vista de los cuadernos, pero ella no tardó en recabar su atención, continuaron con un dictado y eso fue todo.

Al cabo de media hora, la puerta del aula se abrió y la directora entró con muy mala cara. Susurró algo a la profesora y esta se puso pálida hasta que pareció recordar dónde estaba, se aclaró la garganta y, volviéndose hacia la clase, dijo:

—Unai.

Este alzó los ojos.

Vio que la profesora intentaba sonreír para ocultar su tristeza y una pizca del desasosiego que se le había metido en el cuerpo. Era una maniobra que Unai ya había visto hacer a los adultos cuando algo andaba mal, como si así creyeran ser capaces de cubrir con un velo ese mundo de secretos extraños en el que se manejaban y del que nunca hacían partícipes a los niños.

—Anda, coge tus cosas y vete con la directora.

Unai procedió a meter su estuche y su libreta en la mochila, mientras pensaba que, de un tiempo a esa parte, todos andaban muy raros por casa. Si sonaba el teléfono y su *aita* no estaba en casa, su *ama* se preocupaba y pegaba un pequeño respingo. En ocasiones, su *aita* se retrasaba y aparecía más tarde de la cuenta, y entonces su *ama* le regañaba. ¿Por qué sus padres se gritaban ahora tanto si antes no lo hacían?

A veces, Unai observaba a su *ama* cuando ella no se daba cuenta y la veía ausente y mirando fijamente a sitios que él no alcanzaba a ver. Muchas veces ella ni le oía, a no ser que él le repitiera las cosas dos o tres veces. Había muchas cosas que le desconcertaban, como la costumbre de cantar los números de las matrículas de otros coches para ver quién tenía mejor memoria. O esa manía de no decir dónde vivían o dónde trabajaba el *aita*, si alguien preguntaba. No comprendía por qué el *aita* miraba cada dos por tres hacia atrás cuando le llevaba de la mano por la calle, y no entendía por qué tenía que agacharse bajo el coche antes de subirse, porque ningún día habían encontrado al gato.

Los adultos se creían que él no se enteraba de nada, pero Unai ya sabía que algo malo y oscuro se escondía tras esas tres letras que los mayores temían tanto pronunciar. Por razones que Unai no comprendía en su totalidad, cada vez que esas tres letras aparecían en las noticias de la tele, su *ama* decidía cambiar de canal o irse en silencio al otro lado del piso y, tras las puertas cerradas, cuando pensaba que nadie la oía, se echaba a llorar.

Todo el mundo sabía lo que eran aquellas tres letras. Lo decían los niños mayores en el patio del recreo, y su amigo Ander le contó una vez que estaban relacionadas con las extrañas pintadas frente a su casa.

«Claro que me entero de lo que pasa, que tengo seis años y el año que viene, siete», pensaba Unai.

Y como todos los mayores estaban raros, Unai intentaba portarse bien para evitar recibir más regañinas de la cuenta. Por eso abandonó su sitio sin rechistar y echó a andar entre los pupitres de sus compañeros. Iba con los hombros caídos, arrastrando las zapatillas como si tuviera cadenas atadas a los tobillos, y antes de salir, la profesora dobló las pantorrillas y le plantó un beso en la mejilla que resonó en toda la clase.

Los otros niños le vieron partir con curiosidad, y Unai todavía podía oler la fragancia fresca y suave de la profesora mientras la directora se lo llevaba por el pasillo. Ella le agarraba bien fuerte de la mano, como para que no se escapara, y Unai no pudo reprimir una pequeña sensación de abandono.

El ambiente era distendido y ciertamente alegre. Jone se hallaba en un elegante restaurante de Donosti al que solían acudir periodistas y empresarios. Los comensales se hallaban a punto de disfrutar de un suculento desayuno y Asier y el resto de los abogados del bufete estaban presentes.

Celebraban la dulce victoria en el caso contra los antidisturbios responsables de la muerte de aquel aficionado del Athletic, y Jone tenía razones para sentirse orgullosa. Durante el juicio había demostrado que la carga con pelotas de goma había sido un fusilamiento en toda regla, y el juez de la Sala Segunda del Tribunal Superior de Justicia del País Vasco había condenado a los cuatros policías a cuatro años de cárcel y seis de inhabilitación por homicidio imprudente. Era cierto que le sabía a poco, pero también era cierto que sentaba un precedente. Era algo de la justicia que había prometido a los padres de un joven que adoraba a su equipo y que jamás debió morir.

Jone aceptaba los cumplidos de sus colegas con una sonrisa y andaba decidiendo con qué acompañar la buena noticia y su chocolate artesano a la taza, cuando la televisión del restaurante comenzó a dar las primeras imágenes del atentado en Mondragón.

El telediario escupía las imágenes del amasijo de hierros, de la gente aturdida sentada en las aceras, de los rostros desencajados de los testigos, del caos de policías y bomberos, de los destrozos en edificios y coches colindantes, de los heridos y quemados siendo introducidos en las ambulancias, de un pie descalzo asomando bajo una sábana blanca.

Las cámaras captaban esa cruda realidad y el locutor informaba de que el vehículo bomba se había cobrado tres vidas y que había dejado heridos de diversa consideración, y todo sonaba a conocido y parecía impregnado de un halo de *déjà vu* triste y gris.

Jone volvió la mirada a su plato e intento probar bocado, pero fue en vano. Se fijó mejor en las imágenes de la televisión y se percató de que la zona no estaba muy lejos del instituto de Pipe.

—¿Qué han dicho? —preguntó Jone, a nadie en particular.

Se puso en pie y sintió que tenía el cuerpo descompuesto.

—¡Jone! —exclamó Asier—. ¡Jone! ¿Qué te pasa?

Pero Jone ya estaba marcando en el móvil y se alejaba de allí corriendo, sin darse cuenta de que había vertido la taza, esparciendo el chocolate sobre la mesa.

Como otros compañeros del cuerpo, Ginés supo del atentado a través del sistema de comunicaciones interno de la Ertzaintza. Las noticias llegaban con cuentagotas a la emisora de radio, pero enseguida supo de taxistas que trasladaban a los heridos y de médicos pidiendo donantes de sangre.

A lo largo de los minutos, el cómputo macabro subía.

Dos heridos. Cuatro. Diez.

Una víctima. No, que son dos. No, que son tres.

Para cuando abandonó su puesto de trabajo y pudo acudir a echar una mano a la zona cero, el perímetro ya estaba acordonado por los patrulleros que andaban en las proximidades. El graznido de los megáfonos y de los radiotransmisores llenaba el ambiente. Los artificieros ya habían verificado la zona y descartado la presencia de otros explosivos, los bomberos apagaban las llamas y las ambulancias se habían llevado a los heridos. Incluso el juez de primera instancia deambulaba junto a algunos agentes que se aplicaban en el levantamiento de tres cadáveres, distanciados unos de otros por la onda expansiva.

La marquesina de la parada del autobús estaba acribillada por la metralla. Había cristales rotos en la acera, a ambos lados de la calle y hasta en un pequeño jardincillo con setos de aligustre. Los cristales estaban siendo barridos y la sangre esparcida por el asfalto se limpiaba a base de manguerazos y de sacos de serrín. Los coches en la zona tenían los neumáticos y cristales reventados, y la metralla había hecho agujeros en las carrocerías con la forma de monedas incrustadas.

Ginés vio a una vecina asomada a la ventana de un edificio cercano. El inmueble estaba hecho de ladrillo rojo y madera barata, pero parecía haber resistido bien el embate de la explosión. La ventana, eso sí, tenía los cristales rotos y el marco estaba descolgado. La mujer lloraba y no parecía atemorizada, ni siquiera molesta, tan solo derrotada.

Ginés agachó la cabeza y se puso a merodear entre los restos destripados de las carrocerías. El fatalismo y la aceptación fría se respiraban por doquier entre los policías. Los técnicos del equipo forense metían objetos en bolsas de plástico, las cerraban herméticamente y anotaban en ellas con los rotuladores. Ginés llegó hasta uno de ellos, un tipo de cara plana y ojos saltones que se hallaba agachado entre los restos carbonizados.

—Bernad.

El técnico forense alzó la vista y saludó a Ginés con un golpe de cabeza. Tenía tres carteras deformadas entre las manos, y estaba echando un vistazo a las tarjetas de crédito y a los carnets de identidad en el interior de estas.

—¿Son de los cadáveres? —preguntó Ginés.

Bernad asintió y abarcó con el movimiento del brazo el desastre a su alrededor.

—Menuda sopa de tropezones. Van a sudar para identificarlos porque no los va a reconocer ni la madre que...

Ginés hizo una mueca de disgusto.

—Hostia, Bernad, ahórrate los comentarios.

Bernad se encogió de hombros y alzó la mano mostrando una tarjeta que había extraído de una de las carteras.

Ginés se enfundó unos guantes de látex. A la luz del sol frío y ya sin fuerza de la mañana, tomó la tarjeta y leyó el texto que figuraba en ella en voz alta.

—«Carnet de afiliado del sindicato LAB». —Ginés apartó la mirada de la tarjeta plastificada—. ¿Este también? ¿Es uno de los muertos?

Bernad asintió.

—Un *abertzale* ejemplar.

Ginés meneó la cabeza.

—A lo mejor esta vez condenan.

El forense negó con la cabeza mientras desechaba esa posibilidad con un aleteo de la mano.

—No creo. Esos tienen ya muchas tragaderas.

Ginés se interesó por una de las carteras que sostenía el forense y extendió la mano enguantada.

—Déjame ver.

Bernad le entregó la cartera en cuestión.

Era de un cuero oscuro, y parecía sobada por mil inviernos y veranos. Presentaba un aspecto deplorable, agrietada y aplastada por la onda expansiva de treinta kilos de amonal.

Ginés la abrió y sacó un carnet de conducir. Estaba maltrecho hasta el punto de presentar los bordes quemados y ennegrecidos, y las letras aparecían difuminadas y corroídas. Una espiral negra tapaba parte de la fotografía. Sin embargo, se podía identificar el óvalo de la cara de su propietario.

Era Xabi Iraola, reconocible en toda su humanidad.

—¿Le conocías? —preguntó el forense.

Ginés acarició el carnet con la yema de sus dedos enguantados y sintió una punzada fría en el pecho.

—Una vez —susurró—, hace tiempo.

59

Díselo a ese

Alkorta y Reyes tenían la mañana de descanso, ya que el turno de vigilancia en la *herriko* correspondía a Cruchet y Capote. Aun así, decidieron personarse en el lugar del atentado poco antes del mediodía. Llegaron hasta la zona precintada por la Ertzaintza y esperaron a que un agente encapuchado se comunicara con Ginés por su *walkie*.

Los vecinos y curiosos se agolpaban tras las cintas de plástico del cordón policial y los periodistas entrevistaban a los testigos. Algunos niños se ponían de puntillas y se alzaban tras las cabezas de los entrevistados para intentar salir por la tele, quizá porque ya habían interiorizado la normal anormalidad de todo aquello. Tal vez tantos años de convivencia con bombas y disparos desde la más tierna infancia acostumbraban a cualquiera.

No había gran cosa que ver. O tal vez demasiadas, como la miríada de carteles amarillos dispuestos en el suelo con números que indicaban la situación de los trozos de metralla. O la legión de especialistas de la Ertzaintza tomando fotografías y filmando vídeos, haciendo diagramas y apuntando datos en portafolios, midiendo distancias y analizando puntillosos las diversas pruebas en la escena del crimen.

El *ertzaina* que custodiaba el acceso recibió el visto bueno por un transmisor que no dejaba de crepitar y dejó pasar a los policías.

Alkorta y Reyes echaron a andar y miraron a su alrededor hasta que encontraron a Ginés junto a un grupo de agentes, no muy lejos de los restos calcinados de la furgoneta bomba, rodeado de charcos de alquitrán y de una maraña de neumáticos derretidos.

Al verlos, Ginés se despidió de los *ertzainas* con los que conversaba y se llevó a Alkorta y a Reyes a un sitio donde pudieran hablar.

Los tres se saludaron con gesto derrotado y con el peso del mundo sobre los hombros. Los acontecimientos no solo los habían superado, sino que más bien los habían atropellado pasándoles por encima.

Fue Alkorta el primero que se atrevió a hablar.

—¿Qué se sabe?

Ginés resopló.

—Poca cosa. —Se inclinó hacia delante y se quedó mirando durante un rato la amplia extensión de aparcamiento que los rodeaba—. Se han llevado a tres por delante. El concejal era el objetivo. De regalo, dos que pasaban por allí. Y más de una docena de heridos de diversa consideración. Eso, de momento.

Los tres movieron la cabeza y miraron a su alrededor.

—Menudo panorama —comentó Reyes.

—Rescatamos el número del chasis —explicó Ginés—. Han intentado borrarlo de los bastidores, pero daremos con la serie. La furgoneta seguramente sea robada.

Ginés miró más allá de sus cabezas y siguió dando detalles.

—Como veis, eligieron bien el lugar. —Alzó el brazo e indicó las rutas de escape—. Salidas hacia el norte y hacia el este, y las rampas de entrada a la autopista no muy lejos de aquí. Montamos la jaula en un santiamén, a los diez minutos de la llegada del primer patrullero. —Volvió a alzar el brazo para indicar—. Cercaron ahí y detrás de ese promontorio, pero no dieron con ellos, yo creo que por poco.

—Qué pena —exclamó Alkorta.

—Estuvimos cerca, pero fue visto y no visto —contestó Ginés lacónico—. A estas horas estarán en Francia.

—¿Y la bomba? —preguntó Reyes.

—Activada por remoto. Debieron de esperar a que apareciera el objetivo.

—Fiable y seguro —afirmó Reyes—. Y no corres riesgos.

—Encontramos un inhibidor de frecuencias —apuntó Ginés—. Debía de llevarlo el escolta, así que han hecho un trabajo fino.

Los tres se quedaron un rato en silencio, sin mirarse a la cara.

—Lo tenéis claro, ¿no? —preguntó Alkorta.

Ginés cruzó una mirada con Alkorta y asintió con vigor.

—Todo coincide —aseveró Ginés—. El tipo de explosivo. Acceso a salidas rápidas para esconderse en Francia. El *modus operandi*. Es el único comando que opera en Guipúzcoa ahora mismo, y el golpe con bomba accionada a distancia lleva su sello particular.

—Son los nuestros —convino Reyes—. Es el comando Ularra.

Los tres asintieron, y por un rato pareció que nadie tenía nada más que añadir.

—¿Cómo lleváis a Pelopintxo? —preguntó Alkorta.

Ginés se pasó la mano por la cara para quitarse el cansancio.

—Seguimos con el garaje; pero hasta ahora, nada.

Alkorta vio que Reyes alzaba el mentón. Sus ojos almendrados brillaban de una forma que le resultaba familiar.

—Vamos a echarles el guante —sentenció Reyes—. A todos.

Y se alejó de allí.

Alkorta y Ginés cruzaron una mirada de resignación.

—Ya la has oído —dijo Alkorta.

Ambos se despidieron con gesto resignado y Alkorta echó a andar hacia Reyes. Mientras se acercaba hasta su compañera, su móvil se puso a vibrar con energía en el bolsillo. Alkorta observó en la pantalla que se trataba de Camaño y lo cogió sin más dilación.

—Dime.

La voz de Camaño parecía encorsetada por la presión.

—¿Cómo está eso?

Alkorta caminaba entre cascotes.

—Como para perdérselo.

—Manda huevos... ¿Cómo lleváis esa historia del cobrador?

—Está mordido. Los gabachos están sobre aviso.

—Si tenemos detenciones en la nevera, hay que descongelarlas.

—Pronto cruzará la *muga* para hacer una nueva entrega.

—¿Cuándo?

—En unas semanas, comisario; no te puedo decir más.

—Alkorta, después te cuento mis miserias, si quieres, pero tengo al delegado del Gobierno subido a la chepa. Daos prisa. Es lo único que te pido.

—Mira, Camaño, no me...

Pero Camaño ya había colgado sin despedirse.

Alkorta resopló; se había quedado con ganas de recordarle a Camaño aquello de que los tiempos políticos no eran los mismos que los policiales, pero ya poco podía hacer. Alzó la vista y divisó a Reyes junto a unos restos incandescentes; sola en medio de todo aquello.

Se acercó hasta ella y vio que tenía los ojos húmedos.

Reyes le indicó con la mano que no se acercara, pero Alkorta la rodeó con el brazo y ella se asió con fuerza a su cazadora hasta que se calmó. Nunca la había visto llorar en su presencia y no sabía qué decir, pero Reyes le ahorró el mal trago. No tardó en limpiarse las lágrimas con la palma de la mano y aclararse la voz.

—Estoy bien —dijo ella tras un leve carraspeo.

La tarde pasaba despacio y el cielo se oscurecía. A lo lejos, la cima nevada del Gurutxeberri se iba perdiendo en las sombras. Se podía sentir un regusto metálico en la parte de atrás del paladar, y un aroma dulzón se olía en el aire: la mezcla de amonal y sangre.

Alkorta se encogió de hombros.

—Esto es así, Reyes, antes o después viene el hostión de esta gente.

Reyes estaba mirando un zapato huérfano junto a un charco de serrín empapado en sangre. Tenía las costuras laterales y parecía holgadito, como deformado por alguna fuerza invisible.

—Ya lo sé, Luis.

—Nosotros necesitamos suerte todos los días —insistió Alkorta—. A ellos, con un día, les basta.

Reyes señaló el zapato con un gesto de la barbilla.

—Díselo a ese.

Tras realizar la llamada telefónica a Elena, Juanmari se echó a llorar. Lloró nuevamente cuando le confirmaron la muerte de su amigo, y ya no le quedaban más lágrimas por derramar cuando llegó al pleno extraordinario que se había convocado en el ayuntamiento a las doce de la mañana. Se habían suspendido todas las actividades del día y el salón de actos, con dotación de *ertzainas* incluida, estaba a rebosar.

La sesión empezó ya en un clima de tensión que empapaba los

paneles de madera tallada, los candelabros y las sillas, y el ambiente crispado fue a más cuando llegó el turno de Jokin Chamizo. El concejal *abertzale* estaba nervioso y Juanmari se dijo que nunca le había visto así.

Era para estarlo.

Parecía que, esta vez, los *ertzainas* estaban para proteger al *abertzale* en lugar de a los constitucionalistas. Al parecer, y como siempre, su partido no comulgaba con el escrito de condena suscrito por el resto de los partidos del ayuntamiento y le habían encargado leer un comunicado alternativo. Tal como estaba la atmósfera en el interior del salón de actos, aquello era un marrón y de los gordos.

—«No... No vamos a entrar en la rueda loca de las condenas...».

Chamizo leía de forma entrecortada un papel que no dejaba de manosear con las manos, horizontal y verticalmente.

—Pero ¿cómo vais a condenar? —Se oyó gritar una voz al fondo—. ¡Si lo habéis hecho vosotros!

Chamizo titubeó un instante antes de seguir:

—«... Lo ocurrido hoy en Arrasate... es una expresión más, dolorosa, del conflicto político que lleva arrastrando este país y que sigue sin resolverse... Cualquier condena sería estéril mientras los gobiernos de Madrid y de París nieguen los derechos de Euskal Herria y un escenario de democracia y paz para que...».

—¡Con los cuerpos todavía calientes! —Una segunda persona se alzó entre el público—. ¡No tenéis vergüenza!

Se oyeron otras voces, cada vez más, uniéndose a la primera.

—¡Echadle coraje!

Aquello desembocó en un intercambio de insultos y forcejeos. Al final, los *ertzainas* tuvieron que intervenir y Chamizo y los otros dos ediles que conformaban la coalición *abertzale* del ayuntamiento acabaron abandonando el salón por la puerta de atrás.

—¡Un aplauso para Xabi Iraola! —gritó un vecino.

Se oyeron unos tímidos aplausos, pocos y tristes, pero Juanmari ni siquiera los oyó. Sintió de nuevo el calor de una lágrima silenciosa rodándole por la mejilla. Se pasó la mano para secarse la lágrima, pero la honda tristeza que le embargaba no se iba, y con esa desazón que no dejaba de rondarle decidió abandonar la sala.

A la salida del ayuntamiento había una jauría de periodistas de Madrid que pretendía arrancar alguna declaración a la fauna local. Juanmari vio de pasada a Severino, que, como otros paisanos, parecía contrariado por la invasión de los reporteros. Andaba apesadumbrado, cerrado en bloque e intentando huir de los micrófonos y de las cámaras.

—Que no, que no —decía Severino—. Que uno dice una cosa y luego otro la aumenta y es mejor la paz.

«¿Qué paz, Severino?», pensó Juanmari, consciente, mientras seguía andando, de que las desgracias de unos eran las noticias de otros.

Se fue al hospital y estuvo acompañando a Elena. La consoló como pudo, mientras en su interior se hacía más y más grande el impacto de la pérdida y la nostalgia.

Se puso a recordar con sensación sombría los días felices de infancia compartida con su amigo. Podía verse de pequeño gritándole para que se asomara a la ventana, quedando con él en la calle, jugando juntos al escondite y a policías y cacos en un solar del barrio. En esa visión se imaginaba maldiciéndole mientras corría a su vera. «Eras la mosca cojonera, Xabi. Te creías el azote de los violentos y eras el tocacojones por excelencia. Tú y tu cruzada contra el sistema. Siempre nadando a contracorriente. No podías quedarte calladito, no. Tenías que dar tu vida por tus ideales. Era superior a tus fuerzas. Valiente gilipollas». Lo pensaba, escuchaba las palabras restallar en su cerebro como una descarga insoportable mientras se sentía fracasado y vulnerable.

Cuando le despacharon del hospital, Juanmari se dirigió a la partida de mus. A pesar de lo ocurrido, no había querido anularla. Quizá porque no quería pensar. Se juntó con Severino y otros compañeros en el *txoko* de siempre y empezaron a echar las cartas sobre la mesa entre comentarios resignados.

—Era uno de los nuestros.

—Si hasta hablaba euskera.

—Coño, mejor que tú.

—En fin, a ver quién es el siguiente.

Juanmari oía los comentarios como un lejano murmullo.

—No me creo que tengamos los hígados de quedarnos aquí.

—¿Y qué hacemos? ¿Apedrear la *herriko*?

—El problema es que hemos tragado ya tanto...

—Si es que no hay que meterse en política.

—Yo la política me la paso por el forro de...

Juanmari cortó el comentario de un codazo.

—Baraja, que hoy no estoy de humor.

Los jugadores se centraron en sus cartas y el silencio se cernió sobre la mesa, y Juanmari sintió que la partida de mus, como el pueblo, como la vida, seguía su curso anestesiada. Envido. Miro. Chica. Paso...

Lierni, Soledad e Idoia se reunieron a mediodía con Carmen en la intimidad de su chabolo.

—¡A otro que le dan la jubilación forzosa! —exclamó Carmen.

Vieron las noticias en el televisor. Micrófono en mano, una periodista con *blazer* y falda informaba desde el lugar del atentado y aventuraba que fuentes de la investigación apuntaban a una autoría del comando Ularra. Su rostro era circunspecto y venía a decir que, a pesar de los rumores de contactos entre la banda y el

Gobierno para firmar un acuerdo y abandonar las armas, había ETA para rato.

—¡Claro que no vamos a abandonar! —exclamó Carmen—. ¡El que la sigue la consigue!

Se volvió hacia Lierni, se frotó las manos y, como si compartiera un secreto con ella, declaró:

—Esto levanta la moral, ya verás. Sus lloros son nuestras sonrisas y acabaremos descojonándonos de risa. ¡Hay que celebrarlo!

Imbuida de una extraña hiperactividad, Carmen empezó a rebuscar en un pequeño armarito. Sacó *snacks*, bollos y embutidos y comieron las cuatro juntas como si estuvieran de pícnic y fueran unas adolescentes despreocupadas. Bebieron también, regándolo todo con un buen vino almibarado que Soledad tenía guardado desde hacía meses.

Cuando acabaron el almuerzo, Lierni se disculpó y se marchó a dormir la siesta. Empezó a caminar por los pasillos, pensando en todo y en nada, y sin darse cuenta acabó de nuevo frente a la ventana que daba a la Unidad de Madres. Se quedó allí en silencio, contemplando su propia cara reflejada en el cristal, sabiendo que jamás se desvanecería.

Pipe había sido atendido en la parte trasera de una ambulancia en los momentos posteriores al atentado.

—¿Vas a vomitar? —preguntó el paramédico.

—No —contestó Pipe, y acto seguido agachó la cabeza y vomitó el desayuno de esa mañana y parte de la cena de la noche anterior sobre la manta isotérmica de plástico plateado con la que le habían cubierto.

El pitido en sus oídos había remitido y el dolor de cabeza y los vértigos se habían apaciguado; aun así, los profesionales de emergencias insistieron en llevarle al hospital. Allí le tuvieron en observación, le evaluaron con una audiometría, le dijeron que no tenía rotura de tímpanos, ni siquiera un desgarro, y le dejaron marchar a casa con la obligación de presentarse para chequeos posteriores.

Llegó a casa y se duchó, y cuando Jone apareció, desquiciada tras haberse pasado todo el día en su busca, era como si a él no le ocurriera nada. Pipe la tranquilizó y negó que hubiera visto algo; le dijo que ya estaba en clase cuando todo ocurrió. ¿Por qué le ocultó aquello? No tenía respuesta para esa pregunta. Quizá porque se sentía como un zombi incapaz de mostrar sus emociones. Quizá porque si no hablaban de ello, era como si no hubiera pasado.

Esa noche, Pipe se fue a la cama temprano. No consiguió conciliar el sueño y, al rato, Jone entró en su dormitorio a oscuras. No dijo nada, tan solo se sentó en la cama y le apoyó la mano en la espalda como solía hacer cuando era pequeño.

Ella susurró su nombre, y él se hizo el dormido; aunque en realidad permaneció escuchando cada segundo de la respiración de su madre hasta que ella le acarició el pelo y se marchó. Cuando oyó la puerta cerrarse, Pipe abrió los ojos y se quedó en silencio, con su confusión y su tristeza, para el resto de la noche.

60

La esfera agrietada

Durante las primeras horas tenía tantas pastillas en el cuerpo que, si le preguntaban cómo se llamaba, igual ni lo sabía. Pero a la hora del funeral, decidió coger las riendas porque quería que las cosas se hicieran a la manera de su marido. Ya tendría tiempo de llorar.

Hubo rabia, no siempre contenida, durante todo el día. En la capilla ardiente la gente se fundía en abrazos y maldecía a los asesinos a partes iguales. Elena agradeció para sus adentros que los políticos importantes se mantuvieran en un respetuoso segundo plano. Juanmari y un compañero que había sufrido un atentado en el pasado encabezaron el séquito que portaba el féretro a hombros, y por encima de sus cabezas ondeaba un gran mosaico de fotos con la leyenda TODOS SOMOS XABI. Había coronas y ramos de flores a las puertas del consistorio y las campanas tañían a muerto.

El sacerdote que ofició la misa mostró su «indignación» por la «violencia» y en su homilía mencionó palabras como «tragedia» y «tan joven» y «futuro por delante», palabras que Elena no oyó porque estaba en su mundo.

El alcalde, que jamás acudió al lugar del atentado, ni se pasó por la posterior concentración de rechazo que se celebró el mismo día, y que no hizo pública su condena hasta cinco horas más tarde, tuvo que salir por la puerta de atrás de la iglesia para evitar el clima de rechazo que ya se estaba generando contra él. En la plaza, algunos de los suyos trataron de reconvertir aquel funeral en un desagravio al alcalde, y gritaron «¡Alcalde *aurrera*!» a voz grito. Otros vecinos se lo recriminaron, también a gritos, y así, en vez de gritar todos fuerte contra la banda, aquel día las gentes del pueblo terminaron gritándose los unos a los otros.

Tampoco es que en la plaza hubiera mucha gente, más bien estaba medio vacía, y a la salida con el féretro, Elena notó que la emoción de los presentes contrastaba con la indiferencia del pueblo. Solo unas decenas de vecinos se atrevieron a salir a la calle, mientras otros seguían el cortejo desde las ventanas entreabiertas de sus casas.

Los periodistas y locutores de los telediarios contarían que, tras el oficio religioso, los restos mortales del concejal fueron enterrados en el cementerio municipal en la más estricta intimidad. La mañana se había vuelto fría y ventosa, y el chirimiri y el viento barrían sin piedad aquella ciudad de los muertos llena de cipreses, tumbas y nichos.

Elena sintió a los familiares y amigos y a la gente que la arropaba. Los niños lloraban, pero solo porque veían a las madres llorar. Sintió abrazos y manos apretándole el hombro, intentando confortarla, pero no sabía ni de quién eran. Oyó gemidos y sollozos que no eran los suyos. Se veía incapaz de llorar. Llevaba un vestido negro que le picaba, y al darse cuenta de que andaba pensando en ello, se avergonzó.

Permaneció de pie mientras metían al hombre de su vida en aquel agujero. Los albañiles sellaron el sepulcro y los últimos ladrillos taparon el cuerpo haciéndole desaparecer de este mundo para siempre. Elena abrazó a Unai contra la barriga y, si había lágrimas en su rostro, se confundían con las gotas de lluvia.

La casa se llenó de conversaciones a media voz. Unai deambulaba por el salón acompañado de unos primos de su edad y Elena escuchaba los recuerdos sobre el difunto que hacían aflorar las sonrisas.

—Era el perejil. Estaba en todas las salsas.

—Siempre iba de frente. Era de fiar.

—Preparaba las meriendas, las cenas; era el delegado de pelota e incluso participaba como «reina» en los caldereros.

—Era *cashero* como pocos. ¡Y muy cercano!

—Lo que le gustaba andar por el monte, coger la bici y comer tortilla de patatas con sidra...

—Era político y, lo que quieras, además era un currelas. Siempre de aquí *pa* allá.

—Es una pena. Una verdadera pena.

Vieron un programa especial en la televisión y las calles de diversas ciudades llenas de gente manifestándose en silencio. Elena tuvo que alejarse del televisor porque lloraba por dentro con un sentimiento, no sabía, como de agradecimiento al mundo. Por un momento pensó que no estaba sola, que había mucha gente allá fuera que estaba con ella.

Luego, los visitantes se fueron marchando poco a poco, como por goteo, y dejaron la casa en absoluto silencio y a Elena a solas con Unai. Los dos durmieron juntos en la cama aquella noche. Esa y muchas noches más, cuando la oscuridad hacía que la soledad se sintiera aún más profunda.

A la semana del entierro, la Ertzaintza le hizo llegar las pertenencias de su marido en una bolsa azul de plástico. Elena esperó a que Unai se quedara dormido, y se fue con ella al salón. Vació el contenido y espació sobre la mesa una cartera deformada por la onda expansiva, un pañuelo con sus iniciales manchado de sangre, un manojo de llaves y su reloj.

Elena abrió la cartera y vio que contenía calderilla y una fotografía arrugada: Xabi, con Unai sobre los hombros, y ella cogida del brazo, apoyados sobre una trainera varada en la playa. Xabi le estaba haciendo muecas y ella intentaba quitárselo de encima.

Dejó la foto, cogió el reloj y se lo abrochó en la muñeca. Tenía la esfera agrietada, parte del metal de la carcasa estaba abollado como si lo hubieran golpeado con un martillo, y las manecillas, paradas a la fatídica hora, ni se movían.

Elena se dirigió al sofá y se recostó en posición fetal. Vio su imagen reflejada en la pantalla apagada del televisor y pensó que los muertos solo sabían una cosa: que era mejor estar vivo. Y así, se echó a llorar en silencio.

61

Cada equis tiempo se pasa un bache

Fue un gesto minúsculo, pero para ella significó un mundo. Quizá el bombazo en el pueblo tuviera algo que ver. Quién sabe.

Cuantos más detalles conocía sobre el concejal —por no hablar de los dos trabajadores de la empresa eléctrica—, más cercana se le hacía a Felisa su muerte, y más duro resultaba seguir pensando ciertas cosas.

«Ese es uno de los opresores, un inmovilista, un siervo de Madrid, un crispador que no quiere resolver el conflicto y... ¡y un aguafiestas!», le habían dicho algunas madres del colectivo, y ella se había regocijado en ese sentimiento tan familiar de conmiseración hacia su hija y hacia ella misma, y se había repetido que por culpa de ese hombre estaban como estaban.

Pero ahora ya no estaba tan segura. Ponerle cara a la gente tenía eso. Que una empezaba a sentir sus muertes de otra forma.

Fue ver la foto del concejal en la tele, e inmediatamente supo quién era. No haría más de un par de años había estado haciendo unas chapuzas con su cuadrilla de albañiles en la vivienda inmediatamente superior a la suya. Y a su mujer también la conocía. Era enfermera y la atendió en el hospital de forma muy humana, una vez que resbaló en la plaza de Kale Txiki y se dio un cabezazo contra la acera. Ella la había agarrado de la mano y le había sonreído mientras le daban siete puntos de sutura.

Y así, Felisa le daba vueltas a la cabeza y se sentía culpable al acordarse de la que le habían liado a esa mujer y a ese hombre en las fiestas del pueblo, cuando casi les queman la casa. Y ya no podía entender que tantos a su alrededor se empeñaran en colgarles la etiqueta de culpables del conflicto así, sin ninguna razón de peso.

Ese día, como tantos otros, Felisa fue al mercado con el carrito y pasó bajo la gran pancarta en la que la fotografía de su hija aparecía con el nombre de *Txalaparta*. La enorme imagen mostraba a una Lierni joven y bonita, pero Felisa pensó que el tiempo se agotaba. A medida que su hija se hiciera mayor, más y más puertas se le irían cerrando. Porque, aunque las posibilidades parecieran infinitas a los veinte años, antes o después había un momento en la vida en el que se tomaba la decisión equivocada, y ciertas posibilidades no se presentaban más. Y de repente uno era ya esa persona, y esa era su vida. Hasta que llegaba el día en el que ya no había más elecciones posibles, todas las que quedaban eran malas y cada consecuencia, peor que la anterior.

Tras cruzar la plaza, Felisa se detuvo en un semáforo y, mientras esperaba a que se pusiera en verde, apareció al otro lado del paso de peatones una patulea de niños que venían del colegio. Las criaturas no debían de tener más de diez años, y andaban enredados en sus juegos, con sus risas y sus gritos. El semáforo se puso en verde y los niños cruzaron, pasaron alrededor de Felisa y se alejaron. Ella permaneció inmóvil, pensando en otros niños en cajitas blancas mientras el ruido del tráfico y la vida de la calle vibraba a su alrededor.

En el mercado, una vez más, el pescadero le regaló las lubinas.

—Para la madre de *Txalaparta* —dijo el hombre con una sonrisa y ese delantal que dejaba sus brazos peludos a la vista.

Pero Felisa, que no estaba para bromas, quizá por la pena que la embargaba, cogió las lubinas y las aporreó contra el mostrador.

—¡Qué *Txalaparta* ni *Txalaparta*! —exclamó—. Se llama Lierni, a ver si os enteráis de una puñetera vez ya.

Y dejando las lubinas ahí, muertas de risa, se marchó pensando que estaba harta y sintiendo que, a veces, de tanto que una intentaba aclarar las cosas, las oscurecía.

La mañana había amanecido gélida en la cárcel de Jaén cuando Lierni llegó a la celda de la Negra con un libro en las manos y se dejó caer en su camastro. La Negra echó un vistazo al libro y leyó el título de su portada en voz alta.

—«*Los días de Argel. Crónica de las conversaciones entre ETA y el Gobierno español*». —La Negra alzó los ojos—. ¿Qué mierda es esto?

—Es un buen libro —contestó Lierni en medio de un bostezo.

La Negra subió el volumen de la música africana que, desafiando al gris que las rodeaba, sonaba en un radiocasete con alegría.

—Si no dejan viajar la mente, no me gustan —dijo—. Ya te dejaré yo algún libro de la biblioteca. Ahí tienen algunos que te caes de culo.

La Negra abrió una cajita y sacó una mina de bolígrafo, una aguja de coser y un motorcito artesanal. Se puso a ensamblarlos e indicó a Lierni que se incorporara.

Lierni se sentó y se bajó el cuello de la camisa hasta el hombro, con lo que dejó a la vista un tosco tatuaje de un reloj enredado en una telaraña.

La Negra se sentó a horcajadas en una silla y la arrastró hasta acercarse a Lierni. Con su kit de tatuaje preparado, empezó a girar la muñeca para calentarla, y Lierni pudo apreciar un tatuaje que decía ARMEL, QUERERTE SIEMPRE, OLVIDARTE NUNCA envuelto entre rosas con espinas sobre su negra piel.

—Echa la cabeza a un lado. Ahí, quieta.

La Negra fijó el hombro desnudo de Lierni con una mano y con la otra activó el motor y empezó a darle toquecitos suaves con la aguja en la piel. Lierni cerró los ojos, abrazó el dolor de forma estoica y se dejó llevar por la música mientras la artista hacía su trabajo.

Sus gustos musicales se habían vuelto más eclécticos, cortesía de la gabonesa. Seguía escuchando a los Negu Gorriak a Fermín Muguruza y demás sospechosos habituales, pero ahora también se dejaba deleitar por el cante de Camarón, los ritmos subsaharianos y el afropop. Toda la música le encantaba y la hacía delirar, y eso era mucho en esa mierda en la que vivía.

Cada vez pasaba más tiempo con la Negra. Esta le decía, en broma la mayoría de las veces, en serio una noche que estuvo a punto de ocurrir algo entre ellas, que se sentía atraída por Lierni por tres razones: sus buenos modales, su aseo exquisito y su nombre extraño. Para Lierni, la Negra era como ella: un alma solitaria en busca de una conexión humana en medio de un abismo sin fin. Era curioso, pero estaba convencida de que tenía más en común con esa mujer criada a miles de kilómetros entre antílopes y elefantes que con la propia Carmen, que, casualidades de la vida, había nacido en un caserío del Alto Deva a un par de kilómetros de su casa.

—Ya está —dijo la Negra, y le escupió sobre la piel irritada del hombro y le limpió la tinta con un trozo de papel higiénico—. ¡Divina!

Lierni se levantó de la silla, se plantó ante un espejo abollado de hojalata y admiró su nuevo tatuaje: un grupo de estrellas bordeando el reloj y la telaraña. El resto de su cuerpo también se reflejaba en el latón, y Lierni pensó que no se parecía en nada a aquella novata orgullosa que entró un día en la cárcel hacía ya un tiempo. Ahora, con su camiseta sin mangas que dejaba al descubierto sus sólidos bíceps y sus tatuajes talegueros, parecía una autóctona avejentada. Se miró de arriba abajo y pensó que las curvas de su cuerpo, víctimas de una decadencia lenta pero implacable, ya no desobedecían las leyes de la gravedad.

—No te mires tanto, *chérie*.

Lierni hizo un esfuerzo y le dedicó una sonrisa. Luego cogió su libro y se dispuso a salir de la celda.

—¿Adónde vas? —le preguntó la Negra.

—A devolver esto —respondió Lierni, mostrando el libro.

—Espera, anda, que tengo una sorpresa.

La Negra se volvió hacia una repisa y empezó a rebuscar entre sus cosas, como un fumador reformado a la caza de una colilla perdida.

—El blanco es dueño del reloj de oro —sentenció—, pero el africano es dueño del tiempo. Y tú, ahora, eres más africana que nadie.

Se giró con una sonrisa y le mostró una pelota de tenis. Hizo presión sobre ella y una pequeña hendidura se abrió mostrando su interior relleno de bolsitas de hachís.

Juntas se lo fumaron. Y mientras el humo mudaba de blanco a gris, la Negra le contó que la Tripona había intentado suicidarse aquella mañana. No lo había conseguido y ahora estaba con el psicólogo, contándole que lo había hecho para acabar con todo y liberar la mente.

—Por lo visto andaba diciendo por ahí que le entraban ganas de aullar a la luna —dijo la Negra, y aspiró el humo.

—La cabeza es una trituradora —comentó Lierni mientras sentía crecer en ella, como una buganvilla trepadora, las sensaciones que andaba buscando con el cannabis.

—La prisión es el cuerpo —asintió la Negra.

Lierni lo podía entender. Usaba cada vez más la ayuda del hachís de mierda que fumaban para hacer volar la mente, muchas veces sin necesidad. En sus escapadas mentales se imaginaba flotando sobre las tierras altas del Goierri, pero el problema era que la ensoñación duraba poco y al final del viaje una se encontraba de nuevo entre cuatro paredes.

La Negra encendió unas bombillas con forma de estrella que decoraban una de las paredes. Continuaron fantaseando y filosofando junto a ese cielo estrellado, y a Lierni se le antojó que aquellas estrellas brillaban en ese cielo de plástico en la pared como el amor de Dios. «Frío y distante», pensó. Ella nunca había creído en Dios, si acaso en el universo. Y el universo era un gran cabrón, vaya que si lo era. Un ente frío, oscuro e indiferente ante cualquier cosa que el hombre hiciera sobre este triste peñasco que llamamos Tierra.

Así se lo hizo saber a la Negra, entre calada y calada.

—El universo puede pasar de nosotras —admitió la gabonesa—. Pero nosotras podemos darle sentido a nuestra vida.

—Sentido a nuestra vida... —repitió Lierni.

—La vida no viene envuelta en un lacito. Aun así, es un regalo.

Lierni asintió y permaneció pensativa.

—¿Sabes qué es la palma de Talipot? —le preguntó la Negra.

—¿Una planta?

—Es una planta tan bonita que la tierra sonríe cuando florece.

Lierni se imaginó una planta de semejante belleza.

—¿Y sabes qué pasa cuando la siembras?

—No, pero algo me dice que me lo vas a decir —exclamó Lierni entre risas—. Por Dios, Negra, si es que eres más redicha que mi *ama*.

—Seguro que es una gran mujer —dijo la Negra, y se echó a reír un buen rato, luego dio otra calada, se le fue pasando la risa y pudo continuar—. Verás, cuando siembras una semilla de esa palma, durante seis años no pasa nada. Incluso llegas a pensar que se ha muerto. Y luego, al sexto año, en unas pocas semanas, crece veinticinco metros.

Lierni dio una última calada y le pasó el porro a la Negra, que lo cogió entre los dedos con largas uñas rojas y anunció:

—Tenemos que ser como la palma de Talipot, Lierni. Hemos echado una semilla y tardará en crecer. Si a la palma le metes prisa, no brota. Hay que abonarla, regarla y tener paciencia porque está echando raíces. La mía tardó siete años, pero se han ido asentando y en unos meses treparé por encima de los muros de esta cárcel y dejaré todo atrás.

Después de la sesión de hierbas y meditaciones en compañía de la Negra, Lierni se fue a buscar a Carmen. Encontró a la *arduraduna* paseando por el patio, y tras entregarle el libro, se puso a caminar junto a ella.

—¿Estás bien? —le preguntó Carmen.

—Mmm, sí.

—¿Te hace falta ropa? Mira que bajan la calefacción y aquí hace un frío que pela.

—No, gracias —contestó Lierni, y sintió que los efectos del hachís le nublaban la mente—. ¿Qué tal el menisco?

Carmen se tocó la rodilla e hizo un gesto fatalista.

—El inútil del matasanos dice que la resonancia estaba bien, pero he pedido copia del informe. No me fío. Aquí la burocracia es lenta hasta hartarse, parece que van todos con su ritmo caribeño. —Tomó a Lierni del brazo y se detuvo—. Hablando del Caribe, ¿qué tal con tu amiga la Negra?

Lierni se encogió de hombros y no dijo nada.

Carmen se quedó mirándola, como si fuera una profesora que se enfrentaba a una alumna con problemas de compresión.

—No veo mal que hables con las «costras» —le dijo—. Pero no olvides que son eso, «costras», y que se pegan a ti por interés.

—La Negra me salvó la vida —se apresuró a decir Lierni.

—Sí, pero tu verdadera familia somos nosotras, no ella. —Carmen le levantó la barbilla para que la mirara a los ojos, y lo que vio allí debió de entristecerla—. Chiqui, sabes que puedes contar conmigo, ¿no?

Lierni vaciló unos instantes. Quería decirle que a veces sentía que se iban cerrando las puertas allí dentro como si se le cerrara la vida. Quería decirle que los barrotes, el olor de viejo, de sucio, de todo lo malo, le cortaban el aire. Pero temía que Carmen se diera cuenta de que iba fumada después de un comentario tan esotérico, si no se había dado cuenta ya, y en vez de eso, le preguntó de forma abrupta:

—Carmen, ¿tú no piensas a veces en la gente que hemos matado?

Carmen asintió un momento en silencio, como diciendo: «Así que era eso...». Luego acarició a Lierni en la mejilla y deslizó una mano hasta apoyarla en su hombro.

—Nosotras no hemos matado a nadie, cariño —le contestó, y en su voz se percibía una gran dulzura—. Nosotras hemos ejecutado.

—¿Y qué diferencia hay?

—No es lo mismo.

Lierni se encogió de hombros y pensó que tanto más le daba ya esa o aquella construcción mental.

—Matar —prosiguió Carmen— es enfrentarte a hostias con alguien y que ese alguien caiga y muera. Matar es cuando lo haces por un lucro personal. ¿Tú has obtenido un lucro de lo que has hecho?

—No.

—Pues yo tampoco. Y encima lo estamos pagando con la cárcel.

—Ya, pero, no sé...

—No sabes, ¿el qué?

—¿No sientes a veces... arrepentimiento?

Carmen se echó a reír.

—¿Es que ahora te has hecho católica? —Cogió a Lierni del brazo y la obligó a seguir andando junto a ella—. No te digo yo que no haya gente nuestra que disfrute matando. Psicópatas hay en todos lados.

—¿No te vienen los recuerdos de las *ekintzas*..., de la gente?

—¿Qué gente?

—Ya sabes qué gente.

—No me viene ningún recuerdo —negó Carmen—. Y si algún día vienen, pues joder, que vengan. Por lo menos podremos insultarnos y echarnos una partida al chinchón.

Pareció decirlo como en una ocurrencia tardía, un intento de aligerar el tono de la conversación, pero Lierni sintió de repente que le desagradaba enormemente tener una conversación tan vacía.

—Cada equis tiempo se pasa un bache, Lierni —continuó Carmen—. Solo tienes que mantener los esquemas en la cabeza. Hicimos lo que teníamos que hacer, no hay más. Cuando entramos en la Organización, ya sabíamos lo que tocaba. Muerte, prisión o irse lejos. Y lo sabe también tu compañero, que está a lo suyo ahí fuera pero que un día te puede decir: «Mira, chica, que me he buscado a otra porque tú vas a estar aquí dentro para mucho».

—Valentín me da ya igual —anunció Lierni, y casi al mismo tiempo fue consciente de que era verdad.

La expresión en el rostro de Carmen se dulcificó.

—Vamos, vamos, no te calientes más la cabeza. —La veterana pasó el brazo por el hombro de la más joven—. Ayer me trajeron algo en una de las visitas.

Cuando regresaron al chabolo, Carmen entregó a Lierni un canutillo de papel cebolla. Aquella noche, Lierni se echó en el camastro y leyó el nuevo boletín interno de la Organización.

Buscaba algún pasaje que la reconfortara.

62

Una mierda de ángel

Cuando despertó en la UCI, Salva solo percibía pitidos intermitentes, el ruido amortiguado de respiradores y figuras recortadas contra una luz fría muy brillante. Tenía la cabeza como si se hubiera ido de juerga y solo recordaba una pesadilla en la cual se asfixiaba.

La primera persona a la que vio con nitidez era la intensivista cariñosa que le ajustaba la vía en el brazo. Su *ama* estaba al lado, mirándole afectuosa por encima de las gafas mientras le pasaba un hielo por la boca para que los labios no se le cuartearan. Era una mujer fuerte, a la que había visto trabajar muy duro toda su vida. Una vez se fue de una boda familiar porque tenía una vaca que estaba de parto. Era un pilar de su comunidad, muy buena para la charla trivial y no era mucho de llorar. Su *aita* sí que lloraba. Estaba detrás, como siempre discreto, sin decir ni mu y limpiándose las lágrimas en un pañuelo.

Pasaban las semanas y Salva seguía agotado. Una vez se rompió varios huesos en un accidente de moto, y aquello le dolió durante un tiempo. Pero no tenía nada que ver con lo que sentía ahora; lo de ahora era como si le hubieran metido en un saco y le hubiesen molido a palos. Y eso que le habían enchufado analgésicos como para dormir a un tigre de Bengala. Solo le venía un pensamiento a la mente: «Ya no más». No tenía ganas de vivir; tan solo quería arrastrarse de vuelta a la cuna en la que dormía de pequeño y que le dejaran en paz.

Al principio estaba muy flojo y no mejoraba. Tan mal se sentía que todo le daba igual. Su madre le lavaba con cariño y le decía su nombre, y él lo agradecía mucho. Se había quedado en los huesos, con lo fuerte que había sido siempre, y se sentía como una balsa a la deriva entre las sábanas de la camilla, el suero intravenoso, las vendas que cubrían sus quemaduras y los tubos que drenaban sus heridas.

Un médico dijo que tenía alterada la analítica, pero que iba bien.

—¡Ay, doctor! Está hecho un Lázaro —decía su madre.

Le dijeron que tenía pérdida de memoria a corto plazo como consecuencia del shock. Una noche le asaltó el primer recuerdo. «¿Qué hago aquí?». Y el despertar a la realidad. «Fue una furgoneta bomba».

Tenía una ventana por la que veía los árboles y el cielo azul que tanto le alegraban. A veces los sentía lejanos, menos reales. Por ahí seguía la vida. Aparecía el sol o estaba nublado. Se hacía de noche.

Todos los sonidos parecían amortiguados. Poco a poco, fue enterándose de su estado. «Tampoco estamos tan mal, teniendo en cuenta las circunstancias». Tenía las córneas quemadas, pero no iba a quedarse ciego. Pérdida total de audición en un oído. Los pulmones, también tocados. Y de pasada, ya le habían avisado de que en los meses siguientes tendrían que hacerle diversos injertos de piel en torso y espalda.

Una noche pensó que se moría. «Por fin —se dijo— voy a enterarme de qué hay más allá». Pero no sentía angustia, ni tristeza.

Le quitaron la intubación. A veces estaba más tontito; otras, más espabilado; todo el mundo pasando por delante y hablándole, pero muchas veces no entendía nada. Dormía mucho por el día. Por la noche le daban Zolpidem y aquello era una maravilla. A veces le colocaban boca abajo para limpiarle las quemaduras.

Vinieron a verle sus hermanos y primos y tíos. Toda la familia Guerrero. Le gastaban bromas y le hacían tonterías. ¡Qué grandes eran!

—Macho, estás hecho un cristo.

—Que no. Estás magnífico.

Iñaki también le visitó. Su compañero era un paño de lágrimas y al final fue el propio Salva quien tuvo que animarle. Quería decirles a todos que los quería, le parecían maravillosos. Y así... qué buen rato pasó.

Por fin salió de la UCI, aunque siguiera en el hospital. A pesar de estar allí aislado tantas horas, era como el seno materno. No quería ver la tele. No solo por todas las noticias, que eran horrorosas; sino porque la cabeza no le daba para eso, ni para nada.

Aun así, sentía que había renacido.

Le quitaron las vías y el oxígeno y ya se podía mover con naturalidad. Había recuperado el apetito. Tanto, que había empezado a comer más de la cuenta. Él, que estaba ilusionado con perder la barriguita, y ¡ni siquiera! Le pusieron a hacer ejercicios de rehabilitación respiratoria y muscular.

Abrió los ojos un día y vio que sus padres sonreían. Movió la cabeza con torpeza sobre la almohada, como un juguete sin baterías, y se percató por fin de la presencia de Elena al otro lado de la cama. Al parecer, no era su primera visita, pero él no tenía recuerdo al que agarrarse.

Ella tenía los ojos enrojecidos y muchas ojeras, pero intentó sonreír.

—Pero qué bien estás, no te imaginaba así de bien —comentó, posiblemente para darle ánimos.

Salva abrió la boca e hizo un esfuerzo sobrehumano por hablar. Su voz era ronca, sedada, y en nada se parecía a la suya.

—Menudo... ángel... de la guarda...

—Chist —susurró Elena—. Mira quién ha venido a verte.

Agarrado a la falda de su madre, Unai le miraba con unos ojos llenos de miedo y curiosidad.

—No podía dejarle en casa —dijo Elena mientras cogía al niño de la mano y le ayudaba a acercarse a Salva—. Todo el día preguntando por ti.

Unai se mordía el labio y le saludó con un gesto tímido.

A pesar de los dolores y los sedantes, Salva esbozó una sonrisa. Era una sonrisa de verdad. La primera desde que había despertado.

Elena le estuvo animando y le dijo que no quería verle entregado. Salva la había visto *cansaílla*, pero en todo el tiempo no perdió el buen ánimo. Ella y Unai se pasaron el resto de la tarde haciéndole compañía.

Tendrían que pasar varios días hasta que alguien le contara con todo detalle lo que había pasado.

Fue Iñaki, en otra de sus visitas.

—Los médicos dicen que has tenido mucha suerte, Salva, teniendo en cuenta el foco de la explosión y la distancia a la que estabas.

Salva asintió levemente. De repente recordó que el puñetero inhibidor había fallado los días previos al atentado, pero enseguida llegó a la conclusión de que no cabían reproches. Cuando querían ir a por uno, no se podía hacer nada.

—Te habría dado de lleno toda la sobrepresión de la onda expansiva de no ser por Iraola —continuó Iñaki.

Eso hizo que Salva reaccionara. En todo ese tiempo nadie le

había dicho una palabra sobre Xabi. Con voz muy débil, Salva preguntó:

—¿De... de no ser... por él?

Iñaki respiró hondo y habló en un tono que pretendía ser reconfortante.

—Bueno... Iraola... Verás, Salva, su cuerpo se llevó todos los traumatismos y contusos con materiales lanzados por la explosión y tú... tú estabas justo detrás...

Durante una fracción de segundo, Salva cerró los ojos y sintió una brutal sensación de náusea. Pareció que su cuerpo se desinflaba y se hundía entre las sábanas, y su expresión pasó por el asombro y la conmoción hasta adquirir una repentina conciencia de lo que le habían hecho a ese hombre. La única realidad era que el cuerpo de su protegido había actuado de barrera llevándose la mayor parte del impacto y, al mismo tiempo, le había salvado la vida.

Salva volvió a abrir los ojos y en ellos solo había rabia.

—Lo... lo siento —dijo Iñaki—. Pensé que lo sabías.

Salva hizo un gesto débil con la mano, para que le dejara en paz.

Aquella noche, cuando todos se marcharon, Salva permaneció despierto durante mucho tiempo, a solas en su cama, contemplando el cielo vacío de estrellas a través de la ventana del hospital.

—Eso es... —murmuró para sí—, un ángel... de mierda.

Y se aferró con tanta rabia a la barandilla que sus nudillos se pusieron blancos y la cama empezó a temblar.

63

En las entrañas de la ballena

El equipo de Ginés había conseguido colocar cámaras con tubos en el tejado de una casa próxima con el fin de captar imágenes cercanas del garaje y la vivienda de Pelopintxo. Se ubicó un centro de operaciones en una sala de la comisaría, y Ginés y sus agentes empezaron a controlar el garaje a través de una pantalla de monitores. Lo peor de las vigilancias eran las horas muertas, y las imágenes de vídeo se sucedían día y noche sin terminar de revelar nada.

Ginés era el que más tiempo pasaba visionando el mosaico digital en blanco y negro que mostraba el garaje de Pelopintxo. Se había convertido en un notario de su anodina vida, anotando sus idas y venidas en informes diarios que no solían diferir unos de otros. «Pelopintxo entra en el nido. Sin indumentaria de trabajo ni mono de herramientas. Permanece tres horas en su interior. Sale al Eroski a comprar. Vuelve a casa. Se pasa la tarde cuidando de la madre. Se levanta el servicio».

Al menos, la vuelta al trabajo y a la supuesta normalidad le servían para desembarazarse de ese desasosiego perenne que parecía haberse pegado a él como una lapa. Era un malestar que no le soltaba en casa cuando estaba en compañía de su mujer y de sus hijos, ni en el trabajo. Las imágenes del atentado le rondaban por la cabeza, se filtraban en su cerebro y se propagaban en su subconsciente, creándole una extraña sensación de desconsuelo. Para eludirlas, se dedicaba a hojear la prensa y los periódicos deportivos. Leía sobre la política del momento y sobre cualquier dato que tuviera que ver con la Liga de fútbol, incluso controlaba los líos amorosos de las figuras.

Cuando los periódicos no bastaron, se propuso aprovechar el tiempo aprendiendo algún idioma y para ello desempolvó la colección de cuentos infantiles en inglés que ninguno de sus seis hijos había acabado usando y que guardaba en casa porque los regalaba el periódico. Su mujer le miraba con cara extrañada cada vez que se marchaba a trabajar con *Puss in boots* o *Cinderella* bajo el brazo, pero a él no le importaba.

Todo, con tal de no pensar.

Y, sin embargo, de pensar se trataba. Porque los días pasaban y Ginés se imaginaba a Pelopintxo, allá dentro en su garaje cual hormiguita laboriosa, trabajando sin descanso para que una nueva máquina de la muerte estuviera pronto en la calle.

Ginés se aferraba a su teoría. Era una teoría que pocos compartían, y se basaba en la idea de que Pelopintxo, bajo esa apariencia de vida anodina, tramaba algo importante.

Todos los días bajaba al garaje, de forma puntual y casi religiosa, lloviera o tronase. Si seguía manteniendo el taller de fresador, no tenía sentido; era un chiringuito que carecía de actividad. Pelopintxo acudía al garaje los domingos y durante las fiestas de guardar, cuando nadie trabajaba y todo estaba cerrado. Entraba y salía, daba de comer al perro y poco más. El can le servía para avisar de posibles merodeadores y para aparentar impresión de normalidad. Le sacaba a pasear por la zona y de vez en cuando los agentes le observan a través de las cámaras escudriñando los alrededores.

El objetivo era detenerle, a él y a sus compinches, y había que sorprenderlos con las manos en la masa, porque no se podía detener a nadie por ir a un garaje o pasear al perro.

Aun así, Ginés intuía que había algo que se les escapaba. Era un pensamiento que le eludía, algo que zumbaba en su mente como un moscardón molesto difícil de atrapar.

Una tarde, cansado de pasarse las horas frente a los monitores que mostraban el garaje de Pelopintxo bajo una neblina irregular, se quedó dormido con *Pinocchio* en su regazo. Le despertó el golpe del cuento al caer sobre el parquet, y al agacharse a recogerlo, una imagen hizo que se detuviera a contemplar la página ilustrada por la que se había abierto.

Era una acuarela que mostraba al bueno de Geppetto.

El viejo carpintero llevaba la ropa rasgada, parecía asustado y sostenía una triste vela que apenas iluminaba la oscuridad de las entrañas de la ballena. Parecía que llevaba allí muchos meses, en ese sitio de luces mortecinas, rodeado de la grasa pegajosa del leviatán que, imaginaba Ginés, se le debía de adherir a todo el cuerpo.

Ginés no pudo quitarse aquella imagen de la cabeza en todo el día. No lo consiguió en el camino de vuelta a casa. Ni durante el caos que formaron sus seis hijos en la cena y al que él no prestó atención. No lo consiguió mientras se cepilló los dientes, ajeno a la mirada preocupada que su mujer le lanzaba en el espejo. Tampoco cuando se sentó en el váter y se puso a leer la trasera del bote de champú para distraerse. Y siguió pensando aquella noche en la cama, mientras él comía techo y su mujer dormía, como de costumbre, dándole la espalda.

«Ahí dentro puede haber gente oculta».

«Pueden ser miembros de un comando en formación o liberados a la espera de una orden».

Pero no era eso lo que más le preocupaba. «Dilo, atrévete».

La banda tenía secuestrados en aquel momento a un empresario y a un funcionario de prisiones.

«Y es eso lo que no te deja dormir, Ginés».

Había diversos indicios que contradecían esa hipótesis. Tener un hombre retenido en ese garaje no casaba con dejarse abierta la verja exterior, como hacía Pelopintxo a veces, o que no le importara hacer ruido y se le viera. No se escondía, actuaba con naturalidad. Y en ocasiones ni siquiera bajaba al garaje a la hora de la comida, como tendría que hacer imperiosamente si tuviera a alguien a quien alimentar. Además, las compras de las últimas semanas habían consistido tan solo en yogures y sopas, y eso casaba más con la dieta blanda que debía de seguir la madre de Pelopintxo que con cualquier otra persona.

Y sin embargo...

La noche en que Ginés no podía dormir pensando en aquello, Pelopintxo tenía otras preocupaciones en la cabeza.

Esa noche decidió hacer una visita al garaje. Llevaba una bolsa llena de comida, y al entrar, la bombilla desnuda que colgaba del techo inundó de sombras el interior del lugar: un par de bicicletas, diversas herramientas y, en un rincón, un cilindro pesado de acero y hormigón que colgaba de una cadena y encajaba en el suelo de cemento.

El espacio era amplio, más de lo que podría parecer desde el exterior, y no estaba en muy buen estado. Había goteras y el suelo estaba lleno de manchas aceitosas aquí y allá.

Su querido Lagun estaba esperándole. El perro enfocó las orejas hacia delante, meneó el rabo y empezó a roer el hueso que le tiró su dueño. Pelopintxo depositó la bolsa con la comida sobre el masivo torno, se agachó tras una mesa de madera llena de surcos y tanteó hasta encontrar una clavija. La conectó en el enchufe de la pared y palpó bajo la mesa hasta pulsar un interruptor camuflado que activó un sistema hidráulico.

El torno se desplazó lentamente hasta descubrir un anillo de metal relleno de hormigón integrado en un torno revólver en el suelo.

Lagun empezó a excitarse.

—*Ospa!* —le espantó Pelopintxo.

El perro se alejó a un rincón y observó con curiosidad a su dueño mientras este abría la tapa y empezaba a descender por la escalerilla fijada a las paredes de un tubo vertical.

Pelopintxo bajó los peldaños con cuidado. En una mano llevaba la comida y con la otra se agarraba a los pasamanos de la escalera para no caer.

Llegó al fondo, a una antesala donde la luz del garaje se colaba de forma tenue alumbrando techo y paredes de madera. La súbita humedad y el frío le hicieron rechinar los dientes.

Echó a andar encorvado para evitar el techo. Llegó a una puerta con cerrojos y abrió los pestillos. La puerta apuntalaba la separación a un nuevo compartimento con varias estanterías atiborradas de cachivaches que ocupaban los laterales. Dejó la bandeja sobre una de las estanterías, junto a un tubo de aerosol paralizante y un inmovilizador eléctrico para el ganado, y sacó unas llaves con las que abrió la cerradura de una puertecita de madera.

La segunda estancia estaba oscura como la boca de un lobo.

Pelopintxo llegó hasta una puerta metálica situada al fondo. Abrió la bolsa que llevaba y extrajo una botella de agua, un yogur blanco y una pequeña olla de acero inoxidable con sopa de cebolla. Depositó todo ello en una de las dos bandejas que descansaban junto a la puerta metálica. En la otra bandeja había otras dos ollas. Arrugó la nariz y las cogió a peso. Estaban llenas a rebosar. Las guardó en la bolsa que había llevado con sumo cuidado, y cuando terminó la operación golpeó con el puño sobre la puerta y dio un paso atrás.

Al otro lado se oyó el chirrido de los muelles de un colchón.

Luego, unos pasos que se arrastraban, viejos, tristes y agotados, y el crujido de unos huesos al arrodillarse. La trampilla inferior de la puerta metálica se elevó, transmitiendo una ráfaga de hedor, y unas manos con las uñas muy sucias se asomaron y empezaron a tantear la bandeja.

Pelopintxo oyó una respiración rasposa y entrecortada, y un suspiro que acompañó un murmullo desolado.

—Qué tragedia... —dijo la voz al otro lado de la puerta.

Y luego, sin emoción, casi sin ganas, la voz añadió:

—Es todo tan absurdo...

Pelopintxo creyó oír un sollozo y se volvió porque no le gustaba ver triste al pájaro; esperó a que las manos desaparecieran arrastrando con ellas la comida de la bandeja y se dio la vuelta otra vez.

Regresó por donde había venido: atravesó las dos estancias, escaló por la escalerilla y subió al garaje. Una vez arriba, accionó de nuevo el sistema hidráulico para cerrar la tapa que disimulaba la existencia de la ratonera. Luego abrió un arcón herrumbroso lleno de herramientas y trapos sucios, y rescató un par de revistas pornográficas. Lo más probable era que al volver a la cama le apeteciera masturbarse para dormir a pierna suelta.

Pelopintxo cerró la puerta del garaje y salió a la noche con Lagun retozando a su lado. Se acercó a un entrante de la fachada oculto al exterior. Allí vertió el contenido de las ollas sobre un pequeño desagüe. Eran sobras de comida, orín y heces.

Cubriéndose la boca y la nariz, se agachó e inspeccionó estas últimas. Su textura descompuesta, con signos de diarrea, le permitió diagnosticar que la salud del pájaro empeoraba a una velocidad alarmante.

Se incorporó pensando que aquello iba a ser un problema. El pájaro se negaba a comer y la humedad del riachuelo cercano entraba por oleadas en su pequeña cárcel del pueblo. Había cosas contra las que uno no podía luchar. Cada vez que bajaba, le oía quejarse. Incluso se había visto obligado a inyectar Valium a los alimentos para apaciguarle y que pudiera dormir.

Pelopintxo abrió la llave del agua y limpió los detritus del suelo con un par de ráfagas de la manguera.

Se sentó en un banquito de madera bajo las escalinatas que conducían a la casa. Sacó un papel y una bolsa con tabaco y disfrutó del ritual de hacerse un cigarrillo.

Lagun le frotó el hocico contra la pierna y una primera gota le cayó a los pies. Luego otra. Y otra. Enseguida, una lluvia fina y pertinaz. El chirimiri ya estaba ahí.

Pelopintxo acomodó las revistas bajo el trasero para evitar que se mojaran, pateó a su perro con cariño y se fumó un cigarrillo mientras contemplaba la fina lluvia caer.

La humedad, ese iba a ser el problema.

64

Cuestión de perspectiva

Txiki recogió a Pipe a la salida de la ikastola en Aretxabaleta. Pasaron por un ultramarino regentado por un chino, compraron pipas y se sentaron sobre el respaldo de un banco en un extremo del aparcamiento.

Había pasado una semana desde el atentado, y a esa hora de la tarde la vida continuaba, la gente salía de su trabajo y regresaba a su hogar. El sol empezaría pronto a ocultarse tras la marquesina de la parada del autobús, nueva y reluciente, que reemplazaba a la destrozada. La mayoría de los desperfectos en el mobiliario ya habían sido arreglados y un grupo de jardineros plantaban nuevos rosales en los jardines adyacentes. Aun con todo, los esqueléticos tendederos metálicos de una fachada cercana estaban derretidos y en algunas zonas del aparcamiento permanecían manchas oscuras donde alguien había echado serrín y donde antes de eso charcos de color granate impregnaban el asfalto.

Txiki pelaba las cáscaras con gusto, pero Pipe, que siempre había sido un auténtico vicioso de las pipas, apenas mostraba apetito.

—Míralos —dijo Txiki, y escupió un par de cáscaras y señaló con el mentón hacia el lugar del atentado.

Pero Pipe ya estaba mirando en esa dirección, y entre el grupo de personas que se apilaba en torno a una farola recién ubicada descubrió a la mujer y al hijo del concejal. Ella prendía una vela y se la entregaba al pequeño para que la colocara en la acera. Otras personas en el grupo depositaban coronas de flores o las sustituían por otras que ya estaban marchitas. Alguien había colocado fotos de las otras víctimas, como si eso fuera un altar improvisado.

—Así aprenderán —masculló Txiki, y escupió unas cáscaras.

La puesta de sol no tardaría en llegar, el aire teñido de rojo refulgía a lo lejos como la seda y la escena parecía revestida de un halo mágico.

Pipe se volvió hacia él, y por primera vez en su vida no entendió lo que había tras aquella mirada.

—Dime —le contestó—. ¿Qué cojones se supone que deben aprender?

Txiki debió de captar la marejada de sentimientos que removía a su amigo, porque acercó la cabeza a la de Pipe hasta que casi se rozaron.

—Dime tú, ¿qué hostias te pasa?

Pipe apartó la vista.

—Ya sabes lo que me pasa —respondió.

Txiki le puso la mano en el cogote y le apretó de forma cariñosa.

—Mira, cada vez que hay sacudidas, ya sea tema Hipercor o lo de Zaragoza, nos buscan las cosquillas.

—Tú no estabas allí, no viste lo que pasó.

—Sabía yo que ibas a decir eso. ¿Es que ya no crees en la lucha?

—Claro que creo, pero...

—Pero ¿qué?

Txiki soltó un suspirito y pareció armarse de paciencia.

—Pipe, te entiendo, de verdad que sí. Por una parte, te alegras de que su merecido se lleva, pero por otra, dices, no está bien. Dices, hombre, a tanto no deberíamos llegar. Pero piensa una cosa: esto va a seguir ocurriendo mientras exista el conflicto, porque para hacer tortilla hay que romper unos cuantos huevos, y si queremos alcanzar una paz duradera para todos ya sabemos que hay que asumir ciertas cosas.

Pipe sintió que le ardían los ojos; posiblemente era el cansancio. Se aclaró la garganta y, en voz baja, se preguntó:

—¿Paz? ¿Qué paz puede haber al final de esto?

Txiki observó la amplia extensión de aparcamiento frente a ellos y asintió un par de veces para sí mismo.

—Quizá tengas razón —dijo—. Habría que hacer algo de autocrítica.

Pipe ladeó la cabeza y miró a su amigo. Sonaba razonable, y eso le permitió albergar una esperanza, aunque fuera momentánea.

—Habría que evitar las *ekintzas* —prosiguió Txiki—. Por lo menos en zonas céntricas. Habría que montarlas en los barrios de las afueras de las ciudades. Así cuando llegan las cámaras y se ponen a grabar, las ambulancias ya han limpiado el tinglado y lo que quedan son solo los destrozos.

Pipe se quedó mirándole, preguntándose qué era lo que Txiki tenía dentro, preguntándose qué era lo que él mismo tenía dentro. De repente veía la muerte de una persona como una tragedia devastadora cuando antes la de cientos le parecía un precio asumible, cuando no una estadística aburrida.

Todo era cuestión de perspectiva.

Si en la tele daban la noticia sobre tres criminales endurecidos que salían de la cárcel, todo el mundo temía por la seguridad de su familia y esperaba que el trío fuera detenido de inmediato. Pero cuando se trataba de Clint Eastwood y sus compinches escapando de Alcatraz, uno se sentaba con sus palomitas de maíz y su refresco, y rezaba para que escaparan.

«¡Cuidado, Clint! ¡El guardia está justo detrás de ti!».

No tenía ningún sentido. Y todo el sentido del mundo.

Pipe quiso decir algo, compartir todos esos pensamientos que le atormentaban, pero no sabía cómo hacerlo, y se contuvo.

Txiki malinterpretó la expresión jodida en su cara.

—Sí, Pipe, parece una gilipollez, pero tienes razón. Ganas en lo mediático y evitas esas imágenes que impresionan a la gente, y a los nuestros, quieras que no, les pueden crear contradicciones con la lucha armada. La Organización debería fijarse en ese tipo de detalles.

Pipe dejó caer la cara con resignación y ni siquiera le contestó. Se levantó del banco y se marchó con la cabeza gacha, dejando a Txiki mirándole como un perro confuso miraría a su dueño.

Aquella tarde, Pipe regresó a casa caminando desde Aretxabaleta. Ascendió por una pista asfaltada y llegó a un sendero, cubierto de árboles, que transcurría entre preciosas vistas al valle de Aramaio de un lado y a un mar de horribles antenas del otro. La pista le era familiar porque la había recorrido en incontables ocasiones de niño con el *osaba* Txarli.

Mientras marchaba a través de la oscuridad que arrojaban los anchos robles, resbalando en alguna cuesta traicionera y soltando más de una palabrota en voz baja, a Pipe le dio por pensar que la vida era una bromista que jugaba con aquellos que creían saber el chiste sin saber que ellos mismos eran el hazmerreír de la burla. Era como si alguien allá arriba se divirtiera con una de esas máquinas de *pinball*, golpeando los botones, viendo las vidas chocar como bolas guiadas por el azar mientras el marcador vomitaba histéricas luces y sonidos de *subwoofer.*

Para cuando pasaba bajo la cubierta de uralita del frontón de

Makatzena y junto a los murales de grafitis del barrio, Pipe ya había llegado a una certeza en lo más hondo de su interior. Quizá siempre había estado ahí, pero tenía que despertar. Se había pasado toda la vida celebrando la sopa que servía ETA hasta que la casualidad le había agarrado de los pelos y le había obligado a lamer el fondo de aquel plato frío y amargo. Es más, empezaba a ver que había algo obsceno en querer que los demás tragaran mierda como ellos habían tragado, de hacer daño de forma deliberada para ver si los otros reaccionaban.

Casi sin darse cuenta, Pipe empezó a intuirlo.

Tarde o temprano, había cuestiones que uno se planteaba, cuestiones que ni siquiera dependían de verse a uno u otro lado de la onda expansiva de una bomba o del cañón de una pistola.

65

El maquinista de la General

—Ha llegado el momento de tomar responsabilidades. Nosotros, los primeros. No podemos estirar más el chicle. Los duros se van a caer con todo el equipo porque nadie los entiende ya. La gente los odia y los teme a partes iguales.

Estaban los dos solos, en el despacho de Jone. Asier recostado en una silla. Ella, de pie. El resto de los trabajadores del bufete se había marchado hacía ya tiempo a casa.

—Jone... —la reconvino Asier.

Jone dejó de mirar por la ventana y se volvió hacia Asier, levantó el dedo, advirtiéndole para que la dejara continuar, y añadió:

—La gente está hasta el moño de tantos muertos y tanta sangría. En las reuniones agachan la mirada o se ponen colorados, pero las caras deberían haberse caído al suelo de vergüenza hace ya mucho tiempo.

—Los que mandan en la Organización...

—Los que mandan —repitió Jone, y negó con la cabeza en señal de pasmo—. Los que mandan llevan tantos años en la clandestinidad que hay un abismo entre ellos y el pueblo. No verlo es estar ciego.

Asier se quedó callado, ordenando tal vez sus pensamientos. Habían alcanzado ese grado de confianza mutua que permitía convertir los silencios incómodos en momentos de reflexión que respetar.

—Los otros nos tienen convencidos de que bajamos todos del monte, o no baja nadie —prosiguió Jone—. Y por eso los más rezagados nos marcan el paso, porque quieren acallar las críticas internas y convencer a la gente de que la victoria está al alcance de la mano.

Jone se puso a deambular por el despacho en ese modo hiperactivo que muchas veces se apoderaba de ella.

—No quieren verlo, Asier, porque llevan un tren desbocado. Es como esa película muda, la de ese actor cómico de ojos saltones...

Jone se quedó pensativa y Asier echó mano de sus conocimientos cinematográficos y de cierta condescendencia para contestar.

—*El maquinista... El maquinista de la General.*

Jone abrió más los ojos y las pupilas le danzaron.

—¡Esa! Somos como el tipo que va en la locomotora y está a punto de descarrilar y aun así sigue quemando toda la madera que encuentra y aumentando la velocidad. Solo que nosotros tenemos muchos maquinistas, uno detrás de otro. Y antes o después, a cada maquinista le tiran a las vías o salta él por su propio pie. Y entonces le sustituye otro maquinista que viene detrás, que quema todavía más madera para desbocarse aún más, antes de saltar o de que le tiren. Y se pone el siguiente. Y sigue empeorándolo aún más. Y así nos va.

Asier no parecía muy impresionado.

—Gamboa piensa que hay que trabajar en otros frentes.

Jone hizo un gesto de desdén con la mano.

—Gamboa sigue con el aparato de recaudación porque esa maquinaria no se puede parar y hay muchos intereses de por medio.

—Aun así, deberíamos hablar con él.

—No, con Ramón no se puede contar. Hace falta alguien que frene a los suicidas que conducen la locomotora.

Asier torció la cabeza y dio un resoplido.

—Ese alguien poca hostia puede hacer, antes le pegan un tiro.

Jone le señaló con el dedo.

—Pues en ese caso, necesitamos valientes.

—Hemos sido valientes —exclamó Asier indignado—. Hemos lanzado propuestas, y la prensa y los partidos nos han escupido a la cara.

—Porque movemos el dedo gordo del pie y pensamos que es una gran apuesta por la paz, pero todo eso son monsergas.

—Venga ya.

—Asier, la gente de a pie está harta de tanta sangría estéril. O dejamos las armas, o el tiempo de hacer política se nos acaba.

—Para eso siempre habrá tiempo.

—No, no lo habrá.

—¿Cuánto te apuestas? —la desafió Asier.

—Nos vamos a quedar solos. Fíjate en los de Aralar, que empezaron reprobando los atentados por no condenar y ahora mira qué lejos están.

—Bah, a esos no los vota ni Dios.

—Si seguimos así, empezarán a hacerlo, créeme.

Asier resopló con fuerza y meneó la cabeza.

—Nos van a tratar de herejes, Jone.

—Asier, antes o después, la lucha armada se va a acabar. Y cuando acabe, ¿quién te gustaría ser? ¿El maquinista? ¿O un pasajero del furgón de cola?

Asier entrelazó las manos y las apoyó sobre la barriga. Las

inercias eran muy fuertes, tanto como las costumbres. Pero las evidencias estaban ahí, Jone las había puesto delante de sus narices.

—¿Por qué yo?

—Por dos razones. La primera es que confío en ti y me debes una.

—Eso son ya dos razones.

—De acuerdo, listillo. La tercera es que no confió en nadie más.

Asier dejó de mirar sus manos entrelazadas.

—Mierda, tienes toda mi atención. Si quieres que me tire a la piscina, yo me tiro, pero dime por lo menos qué tienes pensado.

—Vamos a hablar con quien teníamos que haber hablado desde el principio, el único que se atreve a acabar con esta pesadilla.

—¿Santamaría? —se atrevió a murmurar Asier.

Jone asintió.

Por un momento ninguno de los dos dijo nada, y el nombre de Santamaría pareció resonar de forma lúgubre en el pequeño despacho, como si el eco los avisara de los peligros a los que se exponían.

—Jone, deberíamos pedir permiso antes —murmuró Asier.

—¿Permiso? Mejor hagamos las cosas y ya pediremos perdón.

Asier apartó la mirada y la volcó en sus manos. Se quedó en esa pose durante unos segundos, hasta que se atrevió a preguntar:

—¿Y... los jefes en Francia?

Jone se acercó hasta su pupilo y le cogió con suavidad de los hombros.

—Asier, ¿no lo ves? Nos vamos a saltar a todo dios.

66

Bienvenue en France

Aquel día, dos llamadas se sucedieron entre la oficina del grupo AT de la brigada antiterrorista en San Sebastián y el despacho de Camaño en Madrid. La primera fue efectuada por Alkorta y Reyes a las diez de la mañana.

—Comisario, el intermediario en el pago del chantaje al cocinero ha aparecido otra vez por la *herriko taberna* —informó Alkorta.

—¿Le habéis identificado? —preguntó Camaño.

Reyes apretó el botón de manos libres del teléfono y Camaño pudo escuchar su voz junto a la de Alkorta.

—Se llama Juan María Aguirre, comisario —declaró Reyes—. Es concejal en el Ayuntamiento de Mondragón, un tío discreto y, por lo que sabemos, miembro de la ejecutiva de su partido.

—¿Y qué coño pinta en esto? —replicó Camaño.

—Todavía no sabemos si se trata de un caso puntual o de si actúa por sistema —contestó Reyes.

—El susodicho entró en el bar —continuó Alkorta—. Iba solo. Llevaba un par de periódicos entre los que asomaba un sobre abultado de color manila. Se tomó un café con Gamboa, y cuando salió del bar ya no llevaba ni el sobre ni los periódicos.

—Ya veo —comentó Camaño.

—Aún hay más —agregó Alkorta—. Creemos que esta ha sido una de las últimas entregas de dinero que esperaba Gamboa.

—¿Cómo estáis tan seguros? —preguntó Camaño.

—El tabernero está cada vez más en guardia —dijo Reyes—. Prepara algo o teme algo. Ha aumentado las medidas de contravigilancia como si estuviera otra vez en alerta o hubiera una cuenta atrás.

—Observa la calle antes de salir de la taberna o de casa —añadió Alkorta—. Da vueltas a la manzana cuando Capote y Cruchet le siguen por su barrio. A veces cree ver a alguien sospechoso y se pone a deambular y espera a que, quien sea, se retire.

—Eso no es lo mejor —apuntó Reyes.

—Sorprendedme —indagó Camaño.

—Esta mañana ha llevado el Mercedes al taller —expuso Reyes.

—¡Jesús! —exclamó Camaño.

—Eso es —dijo Alkorta—. Una nueva entrega es inminente. Muy pronto, él, o alguien de su red de colaboradores, cruzará a Francia. —Hizo una pausa—. Camaño, necesitamos que judicialices la operación al otro lado de la frontera y que lo hagas ya.

Transcurrieron unos segundos hasta que Camaño respondió:

—De acuerdo, os llamo en cuanto tenga algo.

La llamada se hizo esperar a lo largo de toda la jornada, hasta que Camaño volvió a telefonearlos a eso de las ocho de la tarde.

—A ver, hablé con el juez de la Audiencia Nacional —dijo Camaño con voz cansada—. El hombre estuvo de acuerdo en que el operativo requiere una coordinación absoluta con la policía francesa. Se ha puesto en contacto con su homóloga en Francia, la jueza instructora de la sección antiterrorista del Tribunal Superior de París. Han estado todo el día trabajando en el asunto y ya tenemos algo.

—Joder —remarcó Alkorta—, el engranaje judicial no siempre funciona, pero cuando lo hace va a toda hostia.

—Ambos jueces van a constituir un equipo conjunto de investigación con un responsable policial del operativo a cada lado de la frontera. Les he dado tu nombre, Alkorta. Estarás al frente del equipo español.

—Qué honor —exclamó Reyes, y le dio un codazo a su compañero.

—Qué graciosa —repuso Alkorta, pero en el fondo se alegraba de que ella recuperara algo de la alegría de la que carecía desde el día del atentado.

—El capitán Guil Matival será vuestro enlace en el lado francés —expuso Camaño—. Vais a verle y hacéis el jueguecito habitual para dar buena impresión y que no nos toquen mucho las pelotas. Sonreíd, comed todo lo que os pongan y no rompáis ningún plato.

—Eso se nos da muy bien —respondió Alkorta.

—Luis Alkorta y Reyes Bravo, ¿verdad? *Enchanté, enchanté.*

Haciendo gala de un fuerte acento que no deslucía su perfecto castellano, el capitán Matival los recibió al día siguiente en la jefatura de la Policía judicial de Bayona. Les estrechó la mano con fuerza y, tras invitarlos a tomar asiento al otro lado del escritorio de su despacho, permaneció observándolos durante unos segundos con una media sonrisa, como si aquel *tête à tête* hubiera sido en el fondo idea suya.

Era un hombre pegado a una gran nariz, y sus ojos inquisitivos parecían reflejar una especial simpatía por sus visitantes. Matival era un *bon vivant* enamorado de la gastronomía y las mujeres del país de sus ancestros. Además, guardaba gratos recuerdos de los veranos de su adolescencia en el Penedés y quizá por esa simple razón iba a tratar a sus colegas españoles como a iguales, o al menos todo lo igual que un ciudadano de una democracia con más de doscientos años a sus espaldas podría tratar a sus vecinos del sur de los Pirineos. Si le hubieran preguntado su opinión sobre el «problema vasco», el capitán francés habría respondido que no entendía nada de la guerra fratricida que mantenían aquellos bárbaros del otro lado de la frontera. Para él era una lucha sin sentido que duraba ya generaciones, como si el odio mutuo de uno y otro bando se gestara en los etarras, guardias civiles y policías desde que flotaban en el líquido amniótico en el vientre de sus madres. Pero nadie le preguntaría, y en realidad lo único que incumbía a Reyes y a Alkorta era su predisposición para el trabajo y una hoja de servicios con más de veinte años de labor pública abnegada en la lucha contra el delito.

La reunión duró buena parte de la tarde y en ella se acordaron los términos de la cooperación. Los españoles desempeñarían trabajos de seguimiento, investigación y localización de etarras, y las detenciones solo serían llevadas a cabo por Matival y su equipo de la Policía judicial.

—Ya me imagino el titular en *Le Figaro*. —Matival extendió los brazos ante él con las palmas abiertas, como si pegara un póster en la pared—. «La profesional policía francesa ayuda a los pobrecitos españoles con la captura del comando Ularra». *C'est superbe.*

Reyes le miró de forma escéptica.

—Entonces, ¿no pintamos nada?

—*Bien sûr!* —contestó Matival—. Realizarán tareas de apoyo.

—¿Qué tareas? —quiso saber Alkorta.

Matival hizo un vago aleteo con la mano.

—Colocación de balizas para el control de vehículos, instalación de micrófonos... Ese tipo de tareas.

—No puede ser verdad —repuso Reyes.

—Me temo que sí. —Matival esbozó una sonrisa y cambió de tercio—. Veo que van armados. —Alargó la mano y castañeó los dedos—. ¿Me permiten?

Reyes frunció el ceño antes de llevarse la mano a la sobaquera. Con delicadeza, sacó su pistola de la funda y se la entregó.

Matival se puso a examinar el arma con destreza, levantando y bajando el brazo para sopesarla.

—*Elle est magnifique* —musitó—. ¿Una Heckler & Koch?

—Modelo USP, nueve milímetros parabellum y recarga por retroceso corto —aclaró Alkorta, no sin cierto recelo.

Matival sonrió y devolvió la pistola a su dueña.

—*Très bien* —declaró—. Deben saber que aquí irán sin ellas.

Reyes no se esforzó en disimular su incredulidad mientras introducía el arma de vuelta en su funda.

—¿Y qué usamos? —planteó—. ¿Palabrotas o buenos modales?

—No usarán nada, *madame*. Pasarán desapercibidos y no hablarán con sospechosos. Gracias a la generosidad de *la France*, tendrán a su disposición un coche con matrícula reservada que evitará su identificación en una hipotética consulta informática.

—¿Y en el caso de que se produzca un tiroteo? —insistió Reyes.

—Se agachan y se cubren la cabeza —precisó Matival.

—No nos deja en una posición cómoda, Guil —terció Alkorta.

—*Mes amis* —dijo Matival—, son órdenes de París. No habrá detenciones hasta que la investigación toque techo, y ningún cuerpo ajeno a la Policía judicial francesa portará armas en mi demarcación.

Alkorta resopló y Reyes meneó la cabeza.

Matival sonrió de oreja a oreja, se puso en pie y, como si estuviera encantado de haber conocido a esos simpáticos españoles, exclamó:

—*Bienvenue en France, mes amis!*

Durante el viaje de vuelta a Mondragón, Reyes se pasó la mitad del tiempo de mal humor. Miraba por la ventanilla mientras Alkorta, bastante más satisfecho, ponderaba los resultados de la reunión.

—Se puede contar con los gabachos, Reyes. Son buenos sabuesos, profesionales como los que más. Trabajan a conciencia, ¿sabes? No quieren que se les enquiste el problema. Esto ya no es como en los ochenta, que se implicaban de boquilla y los etarras campaban a sus anchas. Imagínate, por la mañana se cepillaban a cualquiera en Durango y por la tarde estaban comiendo mejillones en San Juan de Luz.

—Ya, que tú estabas allí. ¿Que ibais? ¿Con escudos y espadas?

Alkorta ignoró el comentario y siguió con su perorata.

—Y los gabachos hacían la vista gorda, ya te digo. Solo colaboraban si el Gobierno les compraba material bélico o cuando los hijoputas del GAL se la liaban con secuestros y asesinatos en su patio de atrás.

—Venga, Luis, cuéntame ahora algo de los cartagineses.

Alkorta se volvió hacia ella.

—¿Qué coño te pasa? Estamos para calar al comanche, Reyes.

—Nos van a dar hasta en el cielo de la boca, lo sabes, ¿no?

—No podemos hacer nada. Aquí son otros los que ponen el cascabel al gato.

—Esto no está pagado.

—No jodas. —Alkorta agarró el volante con las dos manos y volvió la vista al frente—. Si fuera por sueldo no llegábamos ni a la frontera.

67

A ver lo fuerte que te haces

Aquella mañana, tras levantarse de una cama que antaño se le antojaba estrecha y que ahora sentía enorme en su soledad, Elena salió de casa y dio un paseo hasta el ayuntamiento para pasarse a recoger las pertenencias de su marido. Se veía con fuerzas para ello. Ya había estado metiendo sus ropas en cajas, y en los armarios de su dormitorio solo había dejado colgada alguna camisa que conservaba su olor o a la que tenía cariño porque le recordaba un momento especial.

La visita a Salva en el hospital la había removido por dentro, pero a la semana ya había sabido volver al piloto automático de su nueva rutina. La parte animal hacía que tuviera hambre y que cayera derrotada tras volver de las guardias del hospital; la parte maternal la obligaba a centrarse en su hijo, a vestirle, llevarle al parque y darle de comer. Los momentos con él eran su único bálsamo, pero en el fondo solo había una amargura que la envolvía y la seguía a todas partes como una nube tóxica. La realidad era que ya jamás volvería a vivir, y a saber si aprendería a sobrevivir. Porque se trataba de eso. De sobrevivir. Simple y llanamente.

Así pues, caminó en dirección al ayuntamiento por calles llenas de gente, sintiéndose sola y vacía, y llegó al consistorio y allí estaba esperándola Juanmari de pie junto a la entrada.

—¿Cómo estás? —le preguntó este mientras la abrazaba.

De repente, Elena se dio cuenta de que aquel no era un sitio que estuviera deseando visitar. De hecho, maldecía el ayuntamiento porque bien sabía ella que era la causa de que Xabi estuviera ahora donde estaba. Aun así, se encogió de hombros y se limitó a decir:

—Ahí vamos.

—Ven, terminemos con esto de una vez.

Subieron hasta la buhardilla del edificio, y Elena tuvo que reprimir la lágrima fácil al verse en el despacho en el que su marido había pasado tantas horas de su vida. Todo allí era evocador y peligroso.

Entre las hojas de un libro encontró dos Compostelanas, una plegada sobre la otra, que le recordaron aquel Camino de Santiago que hicieron juntos. En la funda de uno de sus discos halló la tarjeta de un bistró del Quartier Latin, y en su mente aparecieron las imágenes de un fin de semana en París la mar de romántico a pesar de que durmieron en un hostal lleno de chinches. Se le removieron todas las capas geológicas de recuerdos, y decidió que lo mejor era empacarlo todo y que ya le echaría un vistazo en casa.

Andaba de regreso por los pasillos del ayuntamiento, con la caja a cuestas y acompañada de Juanmari, cuando se cruzó con el alcalde y el concejal Chamizo. Ambos le dieron el pésame, y mientras el *abertzale* permanecía en un discreto plano, el alcalde tomó sus manos y le dijo:

—Elena, sé que nada de lo que te diga puede valer, pero que sepas que aquí todos le apreciábamos mucho.

Ella asintió y se dispuso a marcharse, pero el hombre no terminaba de quitarse de en medio.

—Te ayudaremos en lo que haga falta porque queremos que salgas adelante. Verás que aquí se puede vivir muy bien.

Y ella pensó que se trataba de un desliz. Hablarle de un país idílico cuando a su marido le acababan de asesinar, con ese ambiente de chantajes y amenazas día sí y día no, esos tiempos de odio y rencor, solo podía ser fruto del nerviosismo del momento.

—Vamos a poner una placa homenaje junto al lugar donde está enterrado, por todo lo que ha hecho por este pueblo.

Elena acertó a balbucir algo ininteligible.

—¿Cómo dices? —preguntó el alcalde.

—Digo que... que a mí también me podéis enterrar.

El alcalde agachó la cabeza y asintió como si comprendiera.

—Aunque teníamos nuestras diferencias —dijo Chamizo—, nos llevábamos bien. Casi amigos, ya te digo.

Elena parecía ausente. Ni siquiera le miró al replicar:

—Con amigos así... quién necesita enemigos.

Chamizo respiró hondo por la nariz, pero no dijo nada. Elena sintió cierta vergüenza y se preguntó por qué era así, cuando quizá a los que tenía que darles vergüenza era a los dos hombres que tenía frente a ella.

El alcalde levantó la vista y Elena pensó que no sería tan torpe como para seguir hablando. Pero lo fue.

—Verás, Elena, esto es el principio —le dijo con una voz meliflua—. A veces va más rápido; otras, más lento. Pero debes ser fuerte.

—Tengo que ser fuerte —repitió Elena como si estuviera ida.

—Eso es.

Elena sacudió la cabeza y pareció despertar de su estupor.

—Dime una cosa, Iñaki. ¿Cómo está Isabel?

El alcalde pareció experimentar una repentina incomodidad.

—¿Isabel...?

—Pronto hacéis las bodas de plata, ¿verdad?

—No, no sé... —entonó el alcalde— qué pinta mi mujer en...

Elena se acercó más a él.

—Imagínate que te la destrozan viva. Imagínate que la meten en un agujero, que le echan tierra encima. Imagínatelo un momento y a ver lo fuerte que te haces.

El alcalde, escandalizado, alzó las manos y dio un paso atrás. Chamizo observó a Elena con ojos inmóviles e inexpresivos. Juanmari se disculpó con un gesto y, siguiendo una tendencia que ya había comenzado hacía unos segundos, cogió a Elena del brazo y se la llevó de allí.

«Adiós a la dulce Elena —pensó ella mientras se dejaba llevar por Juanmari—. Esto es lo que queda».

Aquella noche, en mitad de la madrugada, Elena oyó una vez más el eco de los lloros. Marchó al dormitorio del niño y, a la luz de la luna que se colaba por la ventana, se sentó a su lado en la cama y vio que Unai estaba despierto y asustado. Ella le acarició el pelo hasta que se serenó.

—*Aita juanda?* —le preguntó Unai.

Estaba medio dormido, pero su voz revelaba un profundo sentimiento de traición. A Elena le dio por recordar la capacidad de asombro de su hijo ante cosas tan simples como el canto de un pájaro o el verde de una hoja, y se dijo que era una cualidad que ya apenas atesoraba. Desde el entierro, Unai parecía haber descubierto que el mundo real era más terrible de lo que le habían contado. Porque la realidad era que el *aita* los había dejado, y aunque Elena querría decirle que los miraba desde el cielo, estaba segura de que seguía bajo tierra.

Miró hacia abajo y comprobó que Unai se había quedado frito.

—Sí, hijo —susurró—. *Aita juanda.*

Unai se despertó en mitad de la noche, y al ver que ya no sentía el peso de la mano de su *ama* sobre la espalda, le entraron ganas de llorar. Pero no lloró. Se contuvo. Tenía que ser fuerte, como le dijo el *aita* aquella vez que le puso mercromina en la herida tras caerse de la bici.

Lo que Unai echaba más de menos de su *aita* era que con él todo resultaba más fácil. Ahora su *ama* intentaba explicarle las cosas, pero Unai ya sabía lo que pasaba. Morirse era un asunto feo que conectaba con hospitales y enfermedades, *aitonas* y tumbas. Morirse no era dormir un sueño muy largo, como decían algunos niños de la ikastola, ni irse volando con los angelitos, porque él y su amigo Ander se habían pasado el día mirando hacia arriba cuando se murió su *amona* y no habían visto nada. Morirse era lo que le pasó a aquella paloma cuando las ruedas de un coche la atropellaron, o cuando Ander pisó un insecto grande y feo y en la suela de las zapatillas solo quedó una masa viscosa. Esa era la realidad. Cuando uno se moría se quedaba quieto y frío, sin vida, y ya no trinaba ni zumbaba las alas.

¿Por qué mentían los adultos? ¿Creían que los niños eran tontos? Unai no lo sabía, pero sabía cuándo algo no iba bien, a pesar de que las primas de su *ama*, que se presentaban en casa sin avisar cada dos por tres, le dijeran que su *aita* estaba mejor ahora donde estaba. Porque si su *aita* estaba ahora tan bien, ¿por qué entonces lloraba todo el mundo?

68

Iboga y *karrakelas*

Lierni veía cada vez menos la tele. De un tiempo a esa parte los medios hablaban sin parar de negociaciones entre la Organización y el Gobierno y no sé qué historias de la falsa paz, y eso la desquiciaba. Se sentía una espectadora cautiva mientras el mundo de fuera continuaba sin ella.

Pero aquella noche se trataba de una ocasión especial, una de las cadenas emitía un programa cuyo presentador, un tipo simpático con bigotón y mochila a la espalda, recorría a pie las ciudades y las zonas rurales del país. Aquella noche los televidentes podrían gozar de los maravillosos paisajes de Euskal Herria, la realidad de sus habitantes, su cultura y sus costumbres. Y aunque la televisión nunca incluía Iparralde, en su lavado de cerebros continuo para obviar la realidad de las siete provincias vascas, esa noche Lierni pensaba disfrutar.

Por eso invitó a la Negra a su chabolo y juntas se dispusieron a ver el programa tiradas en su colchón.

La emisión comenzó y se sucedieron las imágenes, una tras otra.

Los niños con helados y los padres con jerséis al hombro en la Aste Nagusia. Las filas para entrar en el Guggenheim. Los ciclistas en los *bidegorris*. Las terrazas de la calle Ledesma llenas de jóvenes dando cuentas de pinchos a precios exagerados. Los turistas asaltando la Parte Vieja de Donosti. De la Iglesia y Bajo-Ulloa posando en el Zinemaldia. La gente comiendo changurros en el Ratón de Guetaria como si no hubiera un mañana. Los excursionistas en la cascada de Gujuli. Los abuelos con los cucuruchos de *karrakelas* haciéndoseles más llevadera la tarde. Los jubilados echando migas a los patos del parque de Doña Casilda. Y así, un sinfín de tiernas postales.

A lo largo de la emisión, Lierni comentaba mil y una anécdotas y sonreía cada vez que desfilaban imágenes de sus rincones favoritos. La Negra la escuchaba divertida y parecía feliz de verla así.

Cuando acabó el programa, se fumaron unas bolitas de hachís y hablaron de sus cosas de forma dispersa, como niñas que persiguieran mariposas en un arroyuelo. La Negra le contó que ella ni siquiera quería emigrar a Europa y que se había metido a hacer de mula para sacar de la miseria a su familia. O esa era la idea.

—La verdad era que yo no me tenía respeto, y andaba con cualquiera —dijo la Negra mientras exhalaba el humo por la nariz—. Y uno de esos cualesquiera vio mi punto débil y me enredó. Armel Mokube, se llamaba. Con sus gafas de sol y su pendiente de Air Jordan, con su voz engolada y esa sonrisa perfecta. —Alejó la mirada y empequeñeció los ojos—. Por él dejé atrás a mi familia y puse rumbo a Marruecos, y a él le compré la genial idea. —La Negra sonrió, pero no a Lierni, sino a alguien que veía en su mente en esos momentos, a lo lejos—. El muy *bandit* me decía: «Edith, está chupado, esto es entrar, salir, hecho. Y veinte mil euros para cada uno». «Si es tan fácil, hazlo tú», le dije yo. Y él: «*Chérie*, el tipo no espera un bellezón». «Vete a tomar por culo, Armel». Pero la verdad es que nunca pensé que fuera capaz de jugármela, por eso me tragué las pepitas y me embarqué. Él iba en el mismo ferry, pero en cuanto me echaron el guante en la Aduana, desapareció.

La Negra se encogió de hombros, como diciendo: «Es lo que hay».

Lierni se quedó mirando al frente con esa mirada entre temeraria y despreocupada de las reclusas veteranas.

—Hijo de puta —fue su único comentario.

Enunció el insulto con deliberada lentitud. No sabía si estaba hablando de Armel Mokube o del Valentín o de todos los hijos de puta, y se preguntó cómo dos mujeres como ellas podían haberse dejado arrastrar por hombres como aquellos. Pero enseguida se dijo que no, que quizá su situación actual tenía poco que ver con esos hombres y mucho con esa pulsión autodestructiva y temeraria que anidaba en su interior. Una pulsión de la que siempre había sido consciente y que veía reflejada en la Negra en no pocas ocasiones. Carne de cañón.

—A mí nadie me enredó —dijo Lierni—. Lo hice yo solita.

—Eso es un alivio —concedió la Negra.

—La única que enredó a Lierni fue Lierni, sí señora.

—Pues deberías darte una vuelta por el patio y tener una conversación contigo misma.

—Amén, hermana.

La Negra se quedó mirándola. Había algo más.

—De verdad, me gustaría saber cómo te enredaste.

—De verdad, te lo he contado mil veces.

—Ya, pero ¿por qué decidiste matar en la calle? Aquí en el comedor se os ve tan serias y dignas...

—No somos monstruos.

La Negra se llevó el porro a unos labios carnosos y se quedó mirándola.

—Por eso mismo. Lo veo muy curioso. Ya te dije que la vida es un regalo, y arrebatar ese regalo a otro ser humano no es algo *léger*. No lo es en África, y tampoco lo es aquí.

Lierni titubeó un instante, quizá porque le cansaban ese tipo de preguntas. O porque no le gustaba hacérselas a sí misma.

—Pues no sé, chica, una cosa lleva a la otra. No hay una única razón, eso te lo aseguro. —Agitó las manos en el aire en un repentino ataque de impaciencia—. Está la falta de libertad..., la negación de nuestros derechos..., la opresión por parte del Estado...

Estaba tan claro... ¿Es que no podía verlo?

La Negra apuró la chusta y asintió sin concederle la razón, pero tampoco sin quitársela. Se quedó mirándola fijamente a través del humo con unos ojos pálidos y, al cabo de un rato, empezó a hablarle del mundo del que ella venía. Era el suyo un mundo de mujeres abusadas durante generaciones y de jóvenes sin futuro llenos de *iboga* y rabia. Un mundo de padres avergonzados incapaces de calmar el llanto hambriento de sus pequeños y de niños desesperados que buscaban su ración diaria de comida entre montañas de basura e indiferencia. Un mundo de dictadores que humillaban a sus hermanos de color igual que el hombre blanco había humillado a sus ancestros durante siglos. En definitiva, un mundo oprimido. ¿Oprimido como el de Lierni? Eso no lo dijo.

La Negra dejó de hablar y Lierni no dijo ni pío. Prefirió agachar la cabeza y centrarse en juguetear con un pequeño hilillo de su camiseta que amenazaba con deshilacharse, y así las dos se quedaron en silencio durante un buen rato, una al lado de la otra, como si las dos hubieran optado por disfrutar del efecto plácido de la fumada.

Cuando Lierni se atrevió a alzar la vista, la Negra seguía allí, mirándola sin desvelar sus intenciones. Pudiera ser que deseara besarla, y Lierni no la habría disuadido. Pero también detectó cierto reproche y, sin saber por qué, sintió que todo el amor y toda la amistad que habían labrado en ese tiempo corría el riesgo de esfumarse con un simple gesto.

La Negra se levantó del camastro y anunció:

—Me voy, *chérie*, mañana empiezo temprano en la lavandería.

Y se marchó.

Lierni se quedó echada en el colchón, con la percepción del tiempo aletargada por los efectos del hachís, pensando en la Negra, en Euskal Herria y en las imágenes del programa de la tele que acababan de ver. Pensó sobre todo en ese montón de vascos felices y despreocupados a los que ella aspiraba a salvar de la opresión y que no tenían, mira tú, el menor aspecto de necesitar ser salvados.

«¿Salvarlos de la opresión? —se preguntó—. Si acaso, de tantas grasas y carbohidratos».

Pero no, Lierni decidió que la Negra no lo entendía porque no había vivido lo que ella había vivido. Además, llevaban cuarenta minutos de imágenes idílicas de un programa financiado por el Gobierno vasco y la televisión española. La Negra no tenía ni puta idea de la historia de lucha que arrastraba Euskal Herria.

Aquello no era la realidad.

No podía serlo.

69

Al borde del precipicio

—¿Cómo van las secuelas físicas? —preguntó el psicólogo. Era un tipo pequeño y avispado que lucía gafas bifocales y un rodapié de pelo bajo la calva.

—Estupendamente —contestó Salva—. ¿No me ve?

—Esas se curan, sí. Lo que no se cura es lo otro, ¿verdad?

Su mirada le atravesó el rostro, y Salva bajó los ojos.

—No hay de qué avergonzarse, Salvador. Es normal lo que le pasa.

Salva le devolvió una mirada descreída, a pesar de que no tenía la menor duda de que el psicólogo era un tipo bienintencionado. Procedía del centro extrahospitalario de la Diputación en Santutxu, y se había especializado en tratar a pacientes con problemas «derivados del conflicto». Por su consultorio pasaban víctimas de la violencia, amenazados, mujeres de guardias civiles, antiguos encarcelados, represaliados que volvían a casa porque nadie los estaba buscando, amenazados e incluso un par de personas con manía persecutoria.

—No me pasa nada —dijo Salva con total calma.

Era lo que siempre le decía desde que empezó a visitarle al

abandonar el hospital. El cuerpo iba respondiendo y no tenía problemas en aceptar sus cicatrices. El problema no era la recuperación física, no.

Por toda respuesta, el psicólogo abrió una libreta y empezó a leer las anotaciones que tenía hechas sobre el historial clínico de su paciente.

—«Las palpitaciones, el cuadro de ansiedad...».

—Solo cuando juega el Athletic —interrumpió Salva.

—«... la ausencia de apetito, la pérdida de deseo sexual...».

—Bueno, eso nos afecta a muchos vascos.

El psicólogo, sorprendentemente, pareció interesarse por aquello.

—Ah, ¿sí?

—Claro, en este país se folla poco. Ese es el verdadero conflicto.

El psicólogo frunció el ceño, pero siguió leyendo de su libreta.

—«La incapacidad para relacionarse con los demás, el no pasar página, el insomnio...». ¿Sigo? —Dejó la libreta a un lado, y su tono de acoso y derribo se esfumó—. Salvador, tiene todos los síntomas de un trastorno por estrés postraumático. Por eso necesita tratamiento terapéutico y por eso necesito que ponga de su parte...

Salva alzó la mano y chocó varias veces los cuatro dedos con el pulgar, pronunciando «bla, bla» e imitando la boca de un charlatán.

Exasperado y molesto, el psicólogo se echó para atrás en su silla.

—Dígame entonces qué espera de estas sesiones.

—¿Hablamos en serio? —le propuso Salva.

—Por favor.

—Lo que espero es que me eche una mano.

—Para eso estamos, para desprendernos de la hostilidad, para emprender un nuevo viaje a...

Salva se inclinó y apoyó los codos sobre las rodillas.

—Lo que espero es que me dé el alta médica. Necesito recuperar mi licencia de armas, necesito un escrito que diga «curación total», «apto para llevar arma de fuego», lo que sea que ponen en los papeles.

El psicólogo le miró con incredulidad.

—¿Para qué quiere llevar un arma?

—Para volver al curro; es mi herramienta de trabajo.

—Usted no está para trabajar. Desde luego, no como escolta.

—¿Ese es su diagnóstico?

—Es la realidad, no está para ir con un arma por ahí, Salvador.

—¡No lo entiende, hostias, no lo entiende!

Salva cerró los ojos, intentó serenarse y volvió a abrirlos.

—Es lo único que sé hacer —prosiguió desesperado—. Necesito salir ahí fuera y mantener la mente ocupada, sentirme útil otra vez.

—Puede hacerlo buscando nuevas metas. No puedo ayudarle con más. Iría contra mi *ethos* profesional, por no decir contra mi conciencia.

Salva se frotó la frustración bajo los ojos antes de continuar.

—Verá, todos los domingos subo al caserío de mis *aitas*. Almuerzo con ellos, pasamos el rato, se echan la siesta... La mejor parte del día es cuando me quedo solo y me pongo a mirar la escopeta de caza que cuelga sobre la chimenea. Me pongo a pensar en a qué sabrá el metal del cañón si me lo meto en la boca, sabiendo que el día menos pensado doy el pasito al precipicio y acabo con todo, porque solo así me veo encontrando la paz. Y si eso ocurriera, dígame, ¿cómo quedaría su conciencia?

El psicólogo se ajustó las gafas sobre la nariz y se quedó observando la extraña desesperanza que irradiaban los ojos de su paciente.

—Eso es chantaje emocional, lo sabe —repuso el psicólogo.

—No se preocupe, eso también se cura.

El psicólogo lanzó uno de esos suspiros en los que uno, si lo necesita, puede refugiarse, pero su tono al hablar fue duro y monocorde.

—Lo siento, Salvador, no puedo ayudarle con eso. Seguiremos con las sesiones. Según el diagnóstico final, llegado el caso, tendrá usted derecho a una pensión por incapacidad laboral transitoria o por enfermedad profesional, además se le exigirá un...

Salva desconectó porque no podía escuchar más. Sentía que su vida se hacía añicos ante él, que se disolvía y se perdía por el desagüe.

Esa noche, ya en Musakola, Salva paró en el bar Barroja, su *txoko* de confianza. El sitio estaba lleno de familias que empezaban a cenar y de algunos niños que correteaban entre las mesas.

El camarero, que le conocía bien, le saludó con amabilidad.

—¿Solo, Salva?

—Como la una.

—Pues tan a gusto, oye. ¿Un zurito?

—Chacolí. Y mejor ponte una botella.

No tardó en bebérsela, a pesar de que era un vino blanco de mesa de lo más barato. A su alrededor todo eran risas y retazos de conversaciones agradables, pero él apenas las entendía y miraba al vacío con expresión ausente. Le costaba seguir el ritmo de la gente, de las risas, como si fuera el último en entender un chiste. Tan solo oía los latidos de su propio corazón, bombeando cada vez con más ahínco.

Su móvil sonó un par de veces.

Era Iñaki, pero no cogió la llamada. Quería estar solo, beber solo y solo adentrarse en un olvido que le aliviara. Pidió otra botella de chacolí. Estuvo bebiendo hasta que sus ojos se tornaron vidriosos, otro borracho buscando la compañía de una botella, y siguió bebiendo hasta que el camarero tuvo que mandarle a casa porque cerraban el local.

Durmió unas horas en su cama hasta despertarse de madrugada, temblando y empapado en sudor. Era la pesadilla de siempre, aquella en la que oía en su cabeza el llanto de la gente, le perseguía el olor a amonal y a carne chamuscada, y sentía que sus pulmones se llenaban de humo. Permaneció unos segundos en la cama, con el sonido de la explosión retumbando aún en sus oídos, y marchó al cuarto de baño.

Se quitó la camisa del pijama para echarse agua en la cara y lavarse las axilas, y al hacerlo se quedó mirando frente al espejo el mapa repleto de quemaduras y cicatrices en el que se había convertido su torso. Se tocó un bulto junto a la clavícula y comprobó que era una ampolla blanda con algo duro y pequeño en su interior. Rascó sobre ella sin importarle el dolor, el pus o la sangre que empezaban a fluir, y finalmente sus dedos rescataron una diminuta esquirla ensangrentada.

—Sabía yo que andabas por aquí —murmuró.

No se asustó. Su cuerpo venía supurando elementos extraños desde la primera operación y el médico le había dicho que podían ser partículas de metralla o fragmentos de hueso despedidos de otras víctimas. Se preguntó a cuál de ellas pertenecería aquella esquirla.

Sus dedos la soltaron y esta se escurrió sobre el esmalte del lavabo. Sin saber por qué, se echó a reír, pero luego le dio por pensar que, en la vida, la pasta de dientes ya no se puede devolver al tubo. Se miró la cara. La tenía hinchada por el sueño o la bebida, o por ambas cosas. Alzó la mano y acarició las oscuras cuencas bajo sus ojos. El reflejo en el espejo le mostraba a un hombre al borde del precipicio.

70

Sal en la herida

Pipe encontró a la cuadrilla sentada en el sofá del *gaztetxe* a eso de las once de la noche. Txiki e Ibon pelaban pipas y fumaban pitis mientras Santi intentaba pasar de pantalla en un juego de la consola. Una mesa cercana estaba cubierta de botellines de cerveza vacíos.

—Tú por aquí... —anunció Txiki mientras cruzaba una mirada cómplice con Ibon.

—Ya ves —repuso Pipe, abriendo los brazos y sin ganas de historias.

—Olvidados nos tenías, Pipe —intervino Ibon.

—¿Quieres una partida? —le preguntó Santi mientras le alargaba el mando de la consola.

—No, gracias.

—¿Birra? —ofreció Ibon.

Todos estaban muy amables. Tal vez demasiado.

—Paso, no tengo ganas.

Txiki se incorporó del sofá de un salto y recogió una mochila que había a sus pies. La sopesó un momento entre sus manos y se la lanzó a Pipe, que a duras penas la cogió al vuelo.

—Venga, Pipe, que hoy nos vamos a divertir.

Txiki salió por la puerta y Pipe se quedó inmóvil. Sintió que el aire de la noche olía a alcohol y a peligro y notó que se le erizaban los pelos de la nuca, porque a veces la idea de pasarlo bien que entendía Txiki era muy distinta de la idea que podía tener el resto de la gente.

—Espabila y muévete, hombre —le dijo Ibon mientras pasaba a su lado seguido del fiel Santi.

Pipe agachó la cabeza, se colgó la mochila al hombro y se marchó tras ellos.

Pronto sus sospechas se vieron confirmadas, el tiempo de recorrer varias calles a la luz de las farolas y averiguar que la diversión consistía en visitar el cementerio. Llegaron al camposanto, y cuando saltaron el muro del recinto Pipe decidió que aquello no le gustaba nada.

—¿Qué hostias hacemos aquí? —preguntó.

—¡No seas *acojonao*! —exclamó Txiki.

Pasaron los edificios de la entrada y enfilaron por la vereda principal que conducía a la parte más alta. Iban alumbrándose con linternas, pero casi no hacía falta. El reflejo plateado de la luna iluminaba las lápidas y tumbas, los claustros y los enterramientos bajo pórtico. Podían ver perfectamente, incluso sus sombras, mientras se desviaban por un estrechísimo sendero con cipreses a ambos lados.

Cruzaron junto a panteones que ocupaban los principales espacios, de gente a quienes les fue mejor en vida, y junto a nichos humildes, reservados a aquellos que lo tuvieron más difícil. Pipe se puso a pensar en los llantos, las despedidas, y las preguntas que se habría hecho la gente en ese lugar a lo largo de los años, y en que no era verdad aquello de que la muerte igualaba a las personas.

La cuadrilla se detuvo frente a una de las lápidas.

Tenía un jarrón con flores y una placa con un *lauburu* y un nombre. Pipe no pudo leer de quién se trataba porque sus amigos apagaron las linternas.

—¿Qué os parece esta? —preguntó Txiki, y posó la mano sobre la lápida.

—¡Eh, Txiki! —dijo Pipe—. Pasando, ¿vale?

Txiki ignoró la petición de Pipe, le arrebató la mochila que portaba y la dejó caer a tierra. Luego sacó un par de botes de espray y se los lanzó a Santi e Ibon, que los cazaron al vuelo y empezaron a pintar Gora ETA por doquier.

—¡Txiki! —exclamó Pipe—. ¿Me oyes?

Pero Txiki no parecía oírle, estaba demasiado ocupado destapando una bolsa de plástico. Cuando desenvolvió el martillo de bola que llevaba envuelto en ella, lo agarró por el mango de madera y se lo ofreció a Pipe.

Este entendió lo que pretendía de él y no se lo pudo creer. Sintió que una tristeza profunda le embargaba porque él no era así y, en el fondo, Txiki tampoco.

Pasaron unos segundos hasta que quedó claro que Pipe no iba a hacerse con el martillo.

—Tú mismo —concedió Txiki, y una expresión oscura, como una sombra, cubrió su rostro.

Sin más ceremonias, pateó el jarrón que había sobre la tumba y pisoteó las ofrendas florales. Luego describió un arco en el aire con el martillo y lo descargó sobre la lápida, con lo que abrió una grieta en el mármol.

Pipe cogió una de las linternas del suelo e iluminó brevemente la lápida, o más bien lo que quedaba de ella. Bajo el escueto texto que rezaba TUS AMIGOS Y FAMILIA NO TE OLVIDAN se podía leer el nombre inscrito en ella: XABIER IRAOLA.

Mientras Txiki alzaba y descargaba el martillo una y otra vez hasta destrozar la piedra sepulcral, Pipe dejó de mirar aquel nombre y describió un arco con el brazo. La linterna apuntó hacia la pared donde Ibon había dejado una pintada y el haz de luz enfocó un blasfemo XABI, JÓDETE.

«El asesinato no es suficiente», pensó Pipe.

El monstruo pedía más, había que destruirlo todo, hasta la lápida, para que los familiares tuvieran que llevarse los restos de sus seres queridos fuera de allí.

Pipe murmuró:

—Esto no está bien... Esto no está nada bien...

Txiki acabó con la lápida y dejó el martillo a un lado. Estaba sudando y sus ojos tenían un extraño fervor. Entonces se bajó la bragueta y se acercó a la tumba.

En ese momento, Pipe lo tuvo claro. Algo se movió en su interior y decidió que no tenía estomago para ello, que no podía quedarse quieto mientras Txiki orinaba sobre el recuerdo de aquel hombre.

—¡Parad ya! —gritó, y su propio grito le hizo salir de su estupor.

Se abalanzó con rabia sobre Txiki y los otros hasta alejarlos a empujones de la tumba.

—¿Os parece un chiste? —exclamó Pipe—. ¿Eh, os parece?

Pipe se quedó mirándolos uno a uno. A Txiki. A Ibon. A Santi.

—¡Pues no tiene ni puta gracia!

Pero ninguno de sus amigos parecía tomarle en serio. Sobre todo Txiki, que tenía una risa estampada de oreja a oreja.

—Venga, Pipe, no jodas —intervino Ibon.

Pipe se dio media vuelta y se alejó entre las quejas de los demás, la grava crujiendo bajo sus pies.

—¡Joder, Pipe!

—¡No seas aguafiestas!

Txiki se marchó tras él. Sonreía y meneaba la cabeza, pero sus ojos parecían algo turbios.

—¡Este Pipe, que se coge un rebote de tres pares!

—¡Déjame en paz!

El eco de sus voces retumbaba con estridencia en la soledad de aquel lugar, y ambos tenían la cara abotargada de tanto gritarse.

Txiki le cogió del hombro y le obligó a darse la vuelta.

—¡Alegra un poco esa cara, hostia, que pareces un puto *amargao*!

Intentó abrazarle, y Pipe pudo oler su sudor y su aliento a cerveza.

—¡Mira quién fue a hablar!

Se quitó a Txiki de encima y, sin saber por qué, le soltó un puñetazo que le tiró al suelo.

Ibon y Santi se quedaron lívidos, sin saber cómo reaccionar.

Sentado de culo en el suelo, la sonrisa alcohólica de Txiki se transformó en una mueca agria. Se quedó allí unos segundos hasta que, de forma lenta y deliberada, se puso en pie.

El momento se llenó de tensión y Pipe ni siquiera recordaba cómo había empezado todo aquello. Hacía media hora estaban en el *gaztetxe* y ahora veía al grandullón de Ibon apretando los puños con rabia, a Santi con la boca abierta y a Txiki mirándole con ojos oscuros y pequeños.

Por un momento pareció que la pelea era inevitable, pero de repente oyeron las voces de un operario y el ladrido de un perro, y los chicos pusieron pies en polvorosa y salieron huyendo de allí en estampida, cada uno por su lado.

71

Tú sigue hablando de chorradas por teléfono

Gamboa abrió la caja fuerte empotrada en la pared de la trastienda, traspasó el dinero que contenía a su perenne mochila con el logo de EUSKADI, VEN Y CUÉNTALO y se la echó al hombro. Cuando salió al bar, Avelina estaba desalojando los pinchos sobrantes del día de la vitrina sobre la barra.

—Vuelvo dentro de un par de noches —anunció Gamboa.

Avelina asintió haciendo ver que se daba por enterada y Gamboa sintió algo que le molestaba en su actitud. Quién sabe, tal vez fuera la comodidad de las mentiras de la que parecía disfrutar en su vida diaria.

—A ver si puede ser que me tengas una cena en condiciones cuando regrese —le soltó el tabernero.

—Y tú a ver si puede ser que dejes de hablar de chorradas por teléfono, que a los de Marbella los pillaron así.

Gamboa se quedó sin palabras. Molesto, se despidió lánguidamente con un gesto y salió a la calle concentrado en la tarea que se traía entre manos. Cogió un taxi que le llevó hasta el taller de automóviles y salió de él conduciendo su Mercedes-Benz. A eso de las diez de la mañana ya enfilaba la autopista rumbo a Bayona. Se mantenía atento y vigilaba de vez en cuando a través de los espejos retrovisores. Pasó Elgoibar y tomó la AP-8 hacia San Sebastián.

El Renault Mégane de Alkorta y Reyes le seguía cuatro coches por detrás. Reyes conducía. Alkorta miraba con unos prismáticos a través del parabrisas y comprobaba que el Mercedes no hacía maniobras raras.

—Estás muy cerca, reduce —dijo Alkorta.

—Más lejos y lo pierdo —contestó Reyes.

—No sé —admitió Alkorta—. A lo mejor es que estoy nervioso.

Aun así, Reyes aminoró la velocidad.

Cerca de Irún, Gamboa se topó con un accidente en el que había tres vehículos implicados y esperó detenido en su carril. Luego continuó unos cuantos kilómetros. Antes de llegar a la frontera, se desvió y el Mercedes entró en un área de descanso.

En ese momento, Alkorta y Reyes seguían al Mercedes seis coches por detrás. Alkorta dejó los prismáticos en su regazo. Su rostro no se inmutó cuando Reyes continuó sin desviarse por la autopista y pasó de largo por la salida que había tomado Gamboa.

Alkorta cogió el transmisor.

—Corzo uno-uno —dijo por radio—. Próxima salida que os vais a encontrar. Una estación Repsol.

Enseguida sonó la voz de Capote por el *pocket* de transmisiones.

—Aquí corzo uno. Recibido. Procedo y cierro.

El Ford Focus en el que viajaban, a su vez, Capote y Cruchet, unos doscientos metros por detrás del Renault Mégane, se desvió del tronco principal de la vía y entró en el área de descanso. El aparcamiento era muy amplio, con camiones y tráileres estacionados aquí y allá.

Gamboa había aparcado en mitad del aparcamiento, junto a otros turismos. El motor del Mercedes estaba apagado y él esperaba dentro.

Capote y Cruchet dejaron su Ford Focus cinco hileras de coches por detrás, alejados del Mercedes-Benz. Se bajaron, miraron de forma casual a un lado y a otro, y entraron en el restaurante del área de descanso. Tan solo una pareja más que paraba a descansar. Se sentaron a una mesa junto a una ventana, pidieron un almuerzo y se pusieron a observar el aparcamiento de forma disimulada. El Mercedes estaba a una distancia considerable, y con sus lunas tintadas era difícil distinguir la silueta de Gamboa en su interior.

—¿A qué se dedica? —preguntó Capote.

Cruchet se encogió de hombros y esa fue toda su respuesta.

A los cinco minutos, la puerta del Mercedes se abrió. Gamboa abandonó el coche y caminó a lo largo de una fila de vehículos aparcados hasta llegar a un Opel Corsa. Abrió el hueco de la trampilla del depósito de gasolina y rescató las llaves que alguien había dejado allí. El tabernero se montó en el Opel, arrancó el motor y el tubo de escape emitió un humo azulado. El vehículo salió del lugar donde estaba aparcado, recorrió el aparcamiento muy lentamente, como si estuviera vigilando que nadie le siguiera, y de repente aceleró por la rampa que incorporaba a la autopista y desapareció en el tráfico.

Nada más abandonar el aparcamiento, Capote cogió su teléfono y marcó un número.

—Opel Corsa gris metalizado —dijo Capote al auricular—. Anota la matrícula.

El Renault Mégane en el que viajaban Alkorta y Reyes circulaba por la autopista a unos discretos cien kilómetros por hora. Alkorta terminó de apuntar la matrícula y Reyes, al volante, empezó a reducir la velocidad.

El tráfico era fluido y tendrían que pasar otros quince minutos hasta que Reyes divisara el Opel Corsa por el espejo retrovisor. Reyes dejó que Gamboa los adelantara. El Opel Corsa se puso un par de vehículos por delante y Reyes aumentó la velocidad para seguirle a distancia.

No tardaron en pasar el cartel azul con estrellitas amarillas de la Unión Europea que les daba la bienvenida a Francia, y a la una del mediodía avistaron las primeras casas de Bayona. Gamboa aparcó el coche en una calle del barrio de Delacroix; y tan pronto se alojó en el hotel Des Hautes Pyrénées, Alkorta llamó por el radiotransmisor e informó del paradero del tabernero.

Aquella noche, Capote y Cruchet se apostaron en el coche y establecieron una vigilancia sobre la puerta del hotel.

Al mismo tiempo, Alkorta y Reyes se reunieron con Matival en un parque cercano. Las farolas de la calle disipaban la oscuridad y los agentes hablaban en voz baja mientras paseaban en torno a un monumento en honor a los soldados rodeado de arbustos y bancos de madera.

—¿Sabemos la habitación? —preguntó Matival.

—La 104, en la primera planta —contestó Alkorta—. Tengo a un par de agentes vigilando la puerta.

—¿Llevaba mochila?

—La llevaba al entrar en el hotel —respondió Reyes.

—Me preocupa una cosa —declaró Matival.

—¿Solo una? —preguntó Alkorta.

—Suponemos que va a verse con activistas —expuso Matival—. Miembros de un comando.

—Esa es la teoría —replicó Reyes.

—En ese caso —dijo Matival—, ¿quién nos asegura que no estén haciéndole una contravigilancia? *Je veux dire*... Puede que Gamboa no se dé cuenta de que le seguimos, pero si hay alguien de los suyos vigilándole antes de la cita, seguro que nos va a cazar.

Matival esbozó una ligera sonrisa mientras se alisaba la corbata.

—Entonces, ¿qué? —repuso Reyes—. ¿Abortamos el seguimiento?

—*Au contraire* —contestó Matival—. He pensado algo.

El francés se detuvo y los otros lo hicieron con él.

—El hotel tiene fama por su *petit déjeuner*. No puede hospedarse en ese lugar sin dejar de probarlo. Seguro que mañana por la mañana acude al comedor. Podríamos aprovechar el momento para entrar en su habitación y colocar un dispositivo de seguimiento en la mochila.

—Una baliza —dijo Alkorta.

—*C'est ça*. Una *balise GPS*.

—¿Se puede hacer? —preguntó Reyes.

—Soy el capitán del Servicio Regional de la Policía judicial de Bayona —replicó Matival—. *Moi, je peux faire ce que je veux*.

—¿Y si no se separa de la mochila? —planteó Reyes.

—Unamos las manos y recemos juntos —dijo Matival.

Alkorta se encogió de hombros.

—Por probar, no se pierde nada.

A la mañana siguiente, Gamboa bajó al comedor sin la mochila, pero con toda la buena voluntad de darse un homenaje a base de *tartines* con mermelada y mantequilla, varias piezas de *pain au chocolat* y un *café crème* mientras disfrutaba de la lectura de la prensa local.

Sentado en un sillón del vestíbulo frente a la entrada al comedor, un policía de paisano que leía a su vez el periódico *Le Monde* se llevó el dedo a la oreja mientras parecía hablar consigo mismo. Ni el recepcionista ni los huéspedes que iban y venían del vestíbulo al comedor o de regreso a las habitaciones se percataron de la entrada de Matival segundos después. El capitán francés vestía cazadora ancha y se movía con cierta parsimonia. Como si fuera un huésped más, cruzó el vestíbulo y subió la escalera que conducía a la primera planta. Una vez allí, recorrió el pasillo alfombrado y bordeado por puertas con espejo de popa hasta detenerse frente a la habitación 104.

La cerradura de la puerta se abría con tarjeta magnética, pero de un rápido vistazo pudo ver que la seguridad dejaba bastante que desear. Sacó un alambre curvado de la cazadora, lo metió por debajo de la puerta, tiró de la manilla y listo. En un segundo se deslizó dentro de la habitación y cerró tras de sí.

La estancia tenía las cortinas echadas. Matival bajó el volumen del radiotransmisor que llevaba pinzado al cinturón del pantalón y sacó una pequeña linterna para iluminarse. Se asomó entre las cortinas y el resplandor de la mañana le iluminó de forma momentánea. Se apartó de la ventana, empezó a tararear una canción de George Brassens y se puso a registrar palmo a palmo el lugar.

—*Et c'est être habités par des gens qui regardent / le reste avec mépris du haut de leurs remparts...*

Iba equipado con una pequeña cámara e iba haciendo fotos de cajones y armarios, los inspeccionaba y volvía a dejarlos tal como estaban ayudándose de la imagen previamente fotografiada por la cámara. Iluminó el escritorio. Un reloj despertador. La pantalla plana del televisor. El minibar. Rebuscó en el aseo, entre las toallas. No tardó en encontrar la mochila bajo el somier de la cama de matrimonio. Comprobó que el dinero estaba en su interior y se puso a descoser el pespunte del dobladillo del bolsillo superior. La tarea le llevó unos diez minutos. Acabó, colocó en su interior un chip muy pequeño, del tamaño de una moneda de euro, y cosió con otro pespunte para disimularlo. Luego se aseguró de que dejaba la mochila y el resto de la habitación en orden, y, justo cuando iba a salir, oyó la puerta abrirse.

Un adolescente con acné y una camiseta de Les Inrockuptibles entró en la estancia silbando. Llevaba en brazos una colada limpia, y al ver a Matival se quedó muy quieto.

—*Qui êtes-vous?* —preguntó el chaval.

Matival indicó el teléfono sobre la mesilla de noche.

—*Réparation du téléphone.*

En un instante, el adolescente calibró el alambre en la mano de Matival y las cortinas corridas de la habitación, y la suma no le salía.

—*C'est très tôt* —replicó el adolescente, y la voz se le quebró.

—*Oui, je sais* —contestó Matival, y su mirada, que habitualmente expresaba una gran bonhomía, se endureció.

El adolescente tiró la colada por los aires y echó a correr hacia la puerta. Estuvo a punto de abrirla, pero Matival se echó sobre él y le estampó contra la pared.

—*Mon ami* —susurró Matival—. *C'est n'est pas une bonne idée.*

El radiotransmisor de Matival crepitó por dos veces de forma seca y cortante. Era la señal convenida con el agente apostado en el vestíbulo. Gamboa debía de haber acabado su desayuno y en cualquier momento podría aparecer por la habitación.

Aprisa y corriendo, Matival cacheó al adolescente y le encontró un carnet de identidad en el bolsillo trasero de los vaqueros. A continuación, sin ningún tipo de miramiento, cogió al chico del pescuezo y le obligó a mirarle. El joven estaba aterrado y a Matival no pareció importarle mientras leía en voz alta la dirección que figuraba en el documento:

—*Rue de Baltet le numéro cinq.*

Luego, para hacer más evidente la amenaza, alzó el carnet ante los ojos del chico y se lo guardó en su propio bolsillo, señaló la habitación con el dedo y se lo llevó a los labios.

—*C'est compris?*

El adolescente tardó en asentir entre temblores, pero también es verdad que le costaba concentrarse. Matival hizo una soga con el alambre en torno a su brazo, apartó al adolescente a un lado y salió de la habitación. Se apresuró por el pasillo, pasó de largo junto al ascensor, dobló la esquina y esperó tras una columna.

Al poco, oyó el timbre del ascensor y los pasos de Gamboa alejándose por el pasillo. Matival se asomó tras la esquina y vio al joven salir de la habitación justo en el instante en que Gamboa se disponía a abrirla.

—Ah —dijo Gamboa—. *Bonjour.*

—*Bon... bonjour, monsieur* —contestó el adolescente, y parecía a punto de echarse a llorar—. *Votre linge est faite.*

Gamboa sacó un billete de su cartera, el adolescente lo aceptó con dedos temblorosos y se fue antes de que el viejo pudiera decir algo más. Este vio alejarse al chico, meneó la cabeza y, sin más, entró en la habitación, sin percatarse de que, pegado a la pared, Matival exhalaba un suspiro de alivio y procedía a bajar de tres en tres los escalones que conducían al vestíbulo.

Al día siguiente, Gamboa se dedicó a hacer turismo por la ciudad. Iba con su mochila a cuestas y no se separaba de ella. Se sentaba en terrazas o cafeterías, tomaba algo y se ponía a leer. Aunque parecía un turista solitario, los agentes que le observaban desde la distancia se percataban de que estaba ojo avizor. Peinaba el terreno con los ojos, revisaba mentalmente las salidas y entradas a las calles y estudiaba a la gente que paseaba aquí y allá. La ciudad estaba tranquila, era difícil ver en Bayona el ajetreo y bullicio de ciudades cercanas como Biarritz y San Juan de Luz. A veces dejaban de ver a Gamboa cerca de la catedral de Santa María, y luego volvían a avistarle por el mercado de Les Halles. Para evitar cualquier sospecha por parte de un hipotético comando de apoyo que estuviera observando al perseguido, el equipo franco-español de policías decidió abandonar la vigilancia directa, por muy laxa que esta fuera, al término del primer día.

Durante las dos siguientes jornadas, los agentes decidieron pecar de prudencia y se limitaron a localizar las idas y venidas de Gamboa en tiempo real mediante la señal de la baliza. Al tercer día, los agentes perdieron de vista al tabernero en las inmediaciones de un cibercafé y hubo momentos de incertidumbre. Luego se volvió a detectar la señal y la baliza GPS pareció abandonar el lugar, cruzó media ciudad a velocidad de vehículo y llegó al barrio de Saint-Esprit, lo que condujo a los agentes hasta un edificio de la calle Brigadier Muscar.

La baliza emitía desde una torre de seis plantas que albergaba una veintena de apartamentos. Gamboa permaneció en el inmueble esa noche, y los agentes detectaron su salida al día siguiente a eso de las once de la mañana. El viejo regresó al hotel en taxi, hizo un almuerzo copioso regado con abundantes dosis de un buen vino blanco, recogió su coche y puso rumbo a Mondragón. Llevaba su mochila a cuestas, pero todos los agentes coincidieron en que parecía mucho más ligera.

Aquella tarde, envueltos por el aroma salobre del mar cercano y apoyados en la barandilla del puente que cruzaba el río Adur, Matival, Alkorta y Reyes discutieron sobre qué pasos seguir. Las siluetas de las casas cercanas se reflejaban en la superficie del río, rizada a impulsos de la brisa, y sus aguas, oscuras y limosas, parecían ocultar algún secreto.

—Tengo a dos equipos de cuatro hombres vigilando el edificio de la calle Brigadier Muscar —declaró Matival.

—Bien —añadió Alkorta—. Capote y Cruchet están sobre Gamboa. Llegó hace unas horas a Mondragón y no se ha movido de su casa.

—¿Qué queréis hacer con él? —preguntó Matival.

Un camión pasó haciendo ruido y el puente vibró bajo sus pies.

—Por ahora queda fuera de la ecuación —contestó Alkorta—. Que se sienta seguro. No queremos que alerte a sus contactos de aquí.

—Cuando se den las condiciones operativas —dijo Matival—, se harán detenciones simultáneas. Los vuestros en España y nosotros aquí.

—Solo falta lo más importante... —los interrumpió Reyes.

Alkorta y Matival se volvieron hacia ella.

—... Saber quiénes se esconden en ese edificio de la calle Brigadier Muscar.

Nadie dijo nada, quizá porque nadie sabía con certeza la respuesta.

CUARTA PARTE

El último gudari

72

El último gudari

El caserío de piedra y madera rehabilitadas se hallaba rodeado de verde y bruma en pleno centro del Duranguesado. Su arquitectura merecía palabras de cinco sílabas y las vistas al valle, tan asombrosas como las de la ermita de San Juan de Momoitio, parecían baratas en comparación.

Jone y José Luis Santamaría paseaban por un sendero que avanzaba entre los nogales mientras el sol empezaba a ponerse en el horizonte. Caminaban de regreso al porche acristalado situado en la parte meridional del caserío, donde una hora antes habían dejado a Asier con la tía de Santamaría y su mecedora, sus nietas y el gato de la casa, que no dejaba de ronronear.

La abogada vestía con un abrigo de viaje, pero Santamaría iba a cuerpo gentil y en mangas de camisa. Su poblada barba blanca le hacía parecerse al abuelo de Heidi, pero aún más cascarrabias, y su perenne expresión sombría no podía ocultar el hecho de que muchas veces se hallara lejos de allí, en su vida anterior. Jone le había encontrado más flaco y más frágil desde la última vez en que se vieron, y eso la entristecía.

La niebla se deslizaba ante ellos por las laderas del valle, tan esotérica como las damas mitológicas del país, y Jone creyó oír el eco de las espadas y las saetas procedentes de las luchas encarnizadas entre gamboínos y oñacinos. Como sonidos provenientes del pozo del tiempo, de otras guerras y de otros gudaris, aquellos fantasmas parecían susurrarle la eterna pregunta a través de los siglos: «¿Mereció la pena?».

Después de unos minutos en los que cada uno iba pensando en sus cosas, Jone se atrevió a romper el silencio de aquel lugar encantado.

—Es lo de siempre, José Luis, no somos capaces de cortar de raíz y hay un sectarismo de ahí te quedas.

Santamaría se toqueteaba el labio inferior con unos dedos finos que acababan en unas uñas de perfecta manicura, y, como si rememorara algo que solo él conocía, comentó:

—Y en cierto modo, es humano. Ellos piensan que, si todos estos años de sufrimiento solo han servido para hacer política otra vez, pues para eso haberlo hecho antes, cuando estaba Idígoras en el Parlamento.

—Lo que nos habríamos ahorrado.

—Además, ¿qué esperabas? —dijo Santamaría mientras esquivaba un charco con dificultad—. De todos los jefes que han pasado, ni uno solo ha escrito una línea sobre Euskal Herria o un proyecto de país.

—¿No publicó algo Ternera?

—Un libro de recetas de cocina.

—¿Esa es toda la actividad intelectual que se le conoce?

—Esa es. —Santamaría alzó una ceja—. Así que calcula el nivel.

Llegaron a una zona de nogales tan maduros que el suelo estaba lleno de nueces. Santamaría se detuvo y sacó una navaja de bolsillo, recogió un par de nueces rugosas de color pardo rojizo y las abrió.

Tras entregar una nuez a Jone, los dos degustaron el sabor seco y dulce de los frutos mientras echaban de nuevo a andar.

—Durante años nos hicimos trampas al solitario, Jone —prosiguió Santamaría—. Nos creímos la esencia metafísica del pueblo y justificamos la lucha armada, aun en contra de la mayoría, pensando que así seríamos capaces de moldear la realidad. Pero no es lo mismo la gente de Bizkaia que la de Araba o la de Nafarroa, ni es lo mismo la zona minera que la ribera navarra. Ni siquiera el *bizkaitar* de Gernika es igual al *bermeotarra* o al de Lekeitio, aunque estén al lado, y ni te cuento ya de los emigrantes que vienen de tierras lejanas. Aquí hay vidas, tonalidades y contradicciones de tal magnitud que resultan imposibles de condensar en un todo homogéneo. Los vascos somos una mezcolanza, y nadie tiene la potestad para decidir quién es un gudari y quién un alemán en Mallorca.

Santamaría adolecía de un aire de místico iluminado, pero Jone, normalmente tan pragmática, prefirió no echárselo en cara.

—Porque ya puestos —prosiguió Santamaría—, cabe preguntarse ¿quién es aquí el último gudari? ¿El libertador alucinado que ama su tierra y mata a su hermano en tu nombre y en el mío, se pasa veinte años en el trullo y regresa al *ongi etorri* de su pueblo? ¿O el *joxemaritarra* con su saco de legumbres en su pequeña tienda de la Guipúzcoa profunda, que amando su tierra, por lo menos igual que el otro, se ve apretado con el impuesto y aun así saca su carácter vasco y se rebela contra los violentos, defiende al amenazado y dice en voz alta «Estoy contigo»? —Santamaría sonrió, y sin embargo era una sonrisa llena de amargura—. Ah, querida amiga, he ahí una cuestión apasionante.

Jone guardó silencio.

Los últimos rayos de sol brillaban sobre el caserío y pudieron ver a Asier y a las niñas saludándolos desde un porche que había dejado de parecer tan lejano. Alzaron las manos para devolverles el saludo y continuaron avanzando por el sendero.

—Hay una cosa que no llego a comprender —comentó Santamaría, de forma un tanto distraída—. Yo me siento culpable de la creación del monstruo; pero tú, ¿por qué demonios te vas a meter en este embrollo?

Jone se encogió de hombros y aventuró:

—Llevamos tanto tiempo... y nadie hace nada, nadie dice nada. Hablamos de sufrimiento y nos ha resbalado el sufrimiento de los demás.

—Ya lo dijo Lévi —remarcó Santamaría—: La humanidad se detiene en la frontera de cada tribu, de cada grupo lingüístico, en el borde de cada aldea. El otro no es víctima... porque ni siquiera es humano.

Jone guardó un silencio meditado y, al cabo de un rato, confesó:

—Hay otras motivaciones, seguramente más egoístas.

—Tu hijo.

Jone asintió.

—Creí que podría mantener todos los malabares en el aire, pero no tengo ni idea de qué está pasando en su cabeza.

—¿Te preocupa?

—Me aterra.

Santamaría andaba con la cabeza gacha y las manos a la espalda, y Jone registró de forma vaga aquel momento de reflexión.

—Estamos criando a nuestros hijos en medio de esta locura —volvió a decir Santamaría— y ellos intentan adaptarse a una sociedad enferma, y eso, en sí, es una paradoja que no tiene sentido. Lo primero es reconocerlo, como los alcohólicos o los adictos.

—Yo solo sé que ya no puedo esconderme más de las cosas que he hecho o que he dejado de hacer.

Santamaría asintió; no hacían falta más explicaciones.

Jone se volvió hacia él.

—¿Y tú? —le preguntó—. ¿Qué te hizo cambiar?

Santamaría se distrajo por un alimoche que los sobrevolaba allá en lo alto. Luego se llevó la mano a la cabeza, como si forzara a su memoria a recordar, y bajó los ojos de nuevo para ver por dónde pisaba.

—Quién sabe —contestó, encogiéndose de hombros—. En la cárcel uno llega a la conclusión de que no se pueden alterar las leyes naturales, y la primera de ellas es el derecho a la vida. Allí dentro tenía conmigo a Tagore, a Luther King y a los filósofos de las civilizaciones clásicas. Cuando uno empieza a comparar a un filósofo griego con un legionario romano, sabe que no le queda mucho en la Organización.

Jone le dedicó una mirada escéptica.

—No, si ahora va a resultar que la solución para que abandonen los hierros es ponerlos a estudiar...

—Pero, amiga, he ahí el quid de la cuestión. Con Franco decíamos que la revolución vasca debía comerse a sus hijos, y ten por seguro que en estos cincuenta años el mito de Saturno se nos ha quedado pequeño.

Jone suspiró y dijo en voz baja:

—Eso parece.

—El problema no es empezar a pegar tiros, sino en saber cuándo parar. Los héroes de entonces son los villanos de hoy.

Tras esas palabras, Santamaría se detuvo y pareció percatarse por primera vez de la expresión dolida de Jone, de su mirada hambrienta.

—Pero tú no has venido aquí a escuchar los desvaríos de un viejo —añadió, y se echó un último trozo de nuez a la boca.

—He venido a que me ayudes.

—¿Qué quieres realmente, Jone?

—Quiero parar al monstruo.

Santamaría contempló el sol anaranjado en el horizonte y esperó unos instantes, como si estuviera desechando sus escrúpulos.

—Hay una treintena de presos —declaró—. Están dando pasos, han roto con la banda, pero no quieren que se sepa. Ya sabes, hay mucho periodista que quiere sacarlos en las portadas. Pero son sinceros, Jone, y hace más ruido un árbol que cae que un bosque que crece. La Organización teme que se haga público porque hay varios históricos; es mala publicidad y no quieren que la gente se haga preguntas.

—¿Hasta dónde estarían dispuestos a llegar?

—El cielo es el límite y tú puedes volar tan alto como una paloma.

Jone sintió una inseguridad repentina, como si pisara arenas movedizas y ya no tolerara con tanto ánimo las extravagancias de Santamaría.

—¿Me ayudarás? —preguntó con un punto de desesperación.

—Tienes mi bendición.

—Dime qué debo hacer.

Santamaría le sostuvo la mirada durante un instante.

—Te ayudaré a redactar una nueva propuesta. Viaja a Nanclares y fomenta el debate a través de ellos. Esos arrastrarán a los demás.

Jone asintió en agradecimiento y se dispuso a seguir andando hacia el caserío, pero Santamaría no se movió del sitio, como si una fuerza invisible le hubiera anclado.

—Jone, no bajes la guardia —le advirtió—. No bajes la guardia porque en la Organización los halcones siempre se han comido a las palomas.

Jone se volvió lentamente para dejar de darle la espalda. Sus ojos se encontraron con los del viejo gurú, y en las sombras de la tarde el anciano parecía aún más enjuto, y su rostro, más inquietante.

—Sobre todo, si no los ven venir.

Anochecía cuando Jone y Asier se despidieron de Santamaría en la entrada del caserío. Asier había hecho buenas migas con la familia y las nietas no querían que se marchara. La abogada y su ayudante caminaron a solas un trecho sobre el pavimento de gravilla. Atravesaron el pórtico de entrada a la finca y continuaron avanzando en silencio hasta llegar al Volkswagen GT de Jone que los esperaba aparcado junto a una alambrada. Asier no pudo disimular su excitación.

—Y ahora, ¿qué hacemos?

—Tomar la temperatura.

—¿Quién tiene fiebre?

La explicación quedó en el aire; algo había atraído la atención de Jone. Asier se percató de que la abogada miraba por encima del hombro y no tardó en volverse en esa dirección.

A unos trescientos metros de donde se hallaban, justo en la curva que daba acceso a una vía de servicio asfaltada, había una figura inmóvil apoyada en el capó de un coche estacionado. Su silueta se hallaba bajo el haz de luz ambarina de una farola cercana, pero apenas se distinguía por la ligera neblina que a esas horas ya empezaba a levantarse en toda la comarca.

Sin embargo, una cosa era segura: parecía observarlos.

—¿La *taxacurrada*? —preguntó Asier, y esta vez en su tono apareció una súbita angustia.

—Todo es posible —respondió Jone con voz mortecina.

Los dos se quedaron un rato sin apartar la mirada de la enigmática figura, hasta que, nerviosos y con el pulso agitado, se montaron en el coche y se alejaron de allí.

73

Dune

Lierni se escabullía con mayor frecuencia de la compañía de Carmen. Había empezado a pasarse su censura —sobre qué libros leer, sobre qué personas tratar— por el arco del triunfo. Las conversaciones con la *arduraduna* no conducían a nada, nunca iluminaban nada. Lierni sentía una inquietud crecer en ella y anhelaba obtener respuestas.

La Negra tenía razón: la cárcel albergaba una cantidad ingente de libros. Lierni se dejaba caer a menudo por la pequeña sala llena de mesas y estantes, y se pasaba las horas leyendo entre la paz que destilaban sus paredes. No es que la cárcel la hubiera convertido en lectora. Desde que era pequeña, su madre, que podía tener muchas faltas de ortografía pero nunca había dejado de leer a Corín Tellado, le había inculcado ese hábito bajo uno de sus constantes dichos: «Si quieres aventura, lánzate a la lectura». Y aunque dejó de seguir ese consejo, y tantos otros, en su adolescencia, en esos momentos lo recordaba mientras buscaba refugio entre las páginas de los libros.

Empezó con libros sobre viajes y otras culturas, y retomó el gusto por disfrutar de mundos nuevos y de nuevas formas de ver las cosas.

Los libros tenían un efecto curioso: la impelían a tirarse de cabeza a territorios inexplorados de su conciencia y a cuestionarse todo lo que creía saber. Y de los libros sobre viajes pasó a los libros de historia.

Le impactó especialmente uno que había elegido de la biblioteca al tuntún, sin razón aparente, quizá porque le llamó la atención aquella portada en blanco y negro con unas traviesas horizontales y una vía del tren huyendo en perspectiva hacia la nada. Sin saber por qué, o quizá sabiéndolo demasiado bien, se sintió hipnotizada por el testimonio de un tal Rudolph, sobre el que la autora hablaba en varias de sus páginas. Rudolph era un teniente coronel simple y gris que organizaba pedidos de Zyklon-B y trenes a Treblinka porque se lo mandaban. Resultaba que el bueno de Rudolph solo cumplía con su obligación de funcionario porque era su deber, como si en la oficina le hubieran dicho que organizara un pedido de grapas.

De Rudolph, Lierni pasó a las novelas de fantasía y ciencia ficción. Y aquello fue una verdadera revelación. La enganchaban y se empapaba de ellas, permitiéndole evadirse a mundos exóticos lejos de la cárcel y de sus muros. Y de entre todas ellas hubo una novela en particular que la cautivó.

Era un ejemplar hecho polvo de *Dune*, pero su lectura la agarró de las tripas y la conmocionó. Se zampó las más de setecientas páginas en tres días. Así, de golpe. Los conceptos del libro se impregnaron en su mente de forma imborrable, haciéndole ver las ideas más profundas que estaban detrás de sus imágenes, mostrándole el poder de la mitología que se hallaba presente en otras narraciones, como los cuentos sobre las brujas de Zugarramurdi o el Olentzero que le contaba su *aita* de pequeña antes de dormir. Como los cuentos sobre la lucha armada que les habían contado a ella y a tantos otros, ya cuando eran más mayores.

Porque, y ahora era plenamente consciente de ello, les habían contado un cuento, y todos se lo habían creído.

Los habían convencido de que Euskal Herria era poco menos que Arrakis, el lugar clave de todo el universo que albergaba la codiciada especia *melange*; que el Estado español era la casa del ambicioso y despiadado barón Harkonnen; que el pueblo vasco era el clan de los Fremen, a la espera de la transformación de Euskal Herria en un ecosistema maravilloso. Aún había más. Los oprimidos euskaldunes eran los audaces cabalgadores de los gusanos gigantes que horadan las dunas. Arrano, o el que tocara en cada momento, era el líder, profeta y mesías Muad'dib. Y por último la Organización, con su mítica y su romanticismo, era la sociedad secreta de las Bene Gesserit que había venido a liberarlos.

Luego llegarían la clandestinidad, el vivir como cucarachas y el apretar el gatillo y reventarle la tapa de los sesos a un ser humano y vivir con ello; pero al principio todo era épico, y los jóvenes se lo creyeron.

Se lo creyeron todos. A pies juntillas.

Todos vitoreaban las tres siglas en los conciertos de Kortatu, como cuando acompasaban la música de «Aizkolari» para que la gente alzara los brazos y siguiera gritando «¡ETA!» mientras se partían de risa. Las mismas risas que se echaban cuando pasaban frente a la pintada de la plaza de ETA, LES DESEA FELIZ NAVIDAD. TURRONES DE LA VIUDA, parida por la mente ingeniosa de algún colega.

Se veían a sí mismos envueltos en un halo de gloria. Había algo de glamour, de rebeldía chic en todo aquello. Los chicos iban pavoneándose con un heroísmo de saldo y presumían de los destrozos de la *kale borroka*. Las chicas vestían con estilo, llevaban una pistola escondida bajo la chupa de cuero y desarmaban al que fuera con una sonrisa. Eran gudaris, y todo eran méritos. No había mayor honor, el subidón era máximo. Las gentes del barrio los miraban con orgullo y les estaban agradecidos. Y luego, diez, veinte, treinta años después, esa misma gente los recibía con aplausos en el *ongi etorri*, y así cerraban el círculo.

Lo de los demás era violencia y represión, pero lo de los suyos era autodefensa y lucha popular, y por eso se justificaba que mataran a la gente como a conejos. Y todos se apuntaban. Vaya que si lo hacían. Viviendo de *ekintza* en *ekintza*. Robando coches a punta de pistola. Al límite, al día. Era excitante. Les hicieron creer que se alistaban por la libertad y que aquellas ideas eran tan sagradas que estaban por encima de la vida de otras personas. Que había que regar de sangre las calles y las rampas de los garajes hasta que todos los que estorbaran dieran su brazo a torcer. Les prometieron la luna y que Euskal Herria iba a ser el puto paraíso en la Tierra con los cuatro que quedaran. Y todos a cumplir órdenes sin pensar, en un acojonante alucinamiento colectivo. Todos haciendo acrobacias mentales en las conciencias, para justificarse en sus acciones.

Pero no, había decidido que ya no más, que ya no se lo tragaba.

La conversión podía deberse a la cárcel, a los libros, al trato con otra gente que no vivía en aquella burbuja, a lo que fuera. Pero, como la *melange*, algo había expandido su mente.

Empezaba a pensar que sus ganas de alistarse por la libertad se podían explicar por todos aquellos cuentos y discursos, por las borracheras y por el vínculo emocional con la cuadrilla. Por el anhelo, siendo una persona insegura, de pertenecer a algo más grande. Había asumido un mundo tan pequeño de supuesta lucha y opresión que no pensaba que había otro mundo más allá, de miras más anchas.

Y en ese momento, después de contribuir a hacer del país un

charco de sangre, después de convertir su amada tierra en un puto infierno creyendo unos cuentos que no eran ciertos, se iba a convertir en un cacho de carne en un agujero de tres por cuatro.

«¡ETA, mátalos!», gritaban algunos de los suyos, irreductibles, en las contramanifestaciones que veía por la tele.

«Mátalos tú, hijoputa —les contestaba ella en su pensamiento—. Pasa treinta años en la cárcel y luego me lo cuentas».

Pero no, nadie decía nada. Ni ella ni tantos otros. Durante treinta años. Todos callados, pasando en prisión lo que deberían ser los mejores años de sus vidas, pudriéndose entre rejas como muertos vivientes.

74

Más de trescientos días

No podía explicarse cómo, pero lo habían pasado por alto. Ginés y el resto de los agentes que conformaban el operativo.

Pelopintxo compraba víveres en abundancia.

Se podía ver que en las bolsas de la compra llevaba mucha comida. Algunos productos eran yogures, leche, verduras y huevos; alimentos blandos que podían ser consumidos por una anciana que no pudiera masticar. Pero otros eran carne, pescado, fruta y barras de pan. Varias barras de pan al día. Demasiado para un solo hombre de mediana edad y su perro. Y eso avalaba su tesis de que en ese garaje había vida.

Los movimientos se repetían con frecuencia y la presencia del perro no justificaba tantas entradas al garaje. Además, una semana antes, Pelopintxo hizo obra en su interior, con trasiego de sacos de cemento y carritos de mezclas, y un tubo de aireación para espacios cerrados.

Ginés consultó de nuevo los planos del lugar. La ubicación del garaje era perfecta: situada en un núcleo urbano, pero a las afueras, lejos del control ciudadano; con un emplazamiento a ras de suelo que permitía haber perforado un hoyo para construir el hipotético zulo.

Se abrían dos posibilidades: que Pelopintxo escondiera a un miembro no legal de algún comando establecido o en formación, o que en verdad hubiera un ser humano enterrado en vida en aquel garaje. Si tenía a alguien secuestrado, razonó Ginés, ese alguien podía ser el empresario Arizaga. Y si era así, llevaba más de trescientos días sin ver la luz del sol y podía estar en tal estado de depresión que ni comiera o lo rechazara todo por mucho que sus secuestradores le insistieran.

Ginés informó a sus mandos y el operativo cambió de la noche a la mañana. Había que desechar una de las opciones, y si había un secuestrado, actuar con celeridad. Se tomaron imágenes del garaje con cámaras de calor y de infrarrojos. Se recurrió a un aparato de ultrasonido, a otro de rayos X para detectar volúmenes y oquedades. Y nada. Ninguna de las búsquedas arrojaba un resultado satisfactorio.

Su superior, el intendente Josu Fernández, se asomaba de vez en cuando por su despacho, se limitaba a mirarle con ojos cautos y expresión escéptica, y se marchaba sin decirle nada.

Pelopintxo estaba loco de contento. Los jefes le habían felicitado porque el secuestro estaba dando sus frutos. La familia aún no había pagado el rescate, era cierto; pero, en un gesto que pretendía facilitar la liberación del empresario, el Gobierno había acercado con discreción a cuarenta y cinco presos de la banda a cárceles cerca de Euskal Herria.

Aun así, Pelopintxo había asumido que Arizaga moriría en sus manos. Si no era a causa del larguísimo encierro, lo sería por culpa de la insalubridad del zulo. Para Pelopintxo no era la primera vez, ya había retenido a otra persona antes, y aunque ese rehén solo estuvo cuatro meses en el zulo, cuando le liberó —previo pago, claro— estaba tan perjudicado que sabía que nadie podía aguantar tanto.

Y Arizaga llevaba ya más del doble de cautiverio.

Habían pasado más de trescientos días desde aquella mañana lluviosa en la que, con la ayuda de otros dos paisanos, asumió la encomienda que le habían encargado. Tenían bien estudiadas las rutinas del empresario, sabían que solía ser el último en marcharse de su oficina, y allí le asaltaron a primera hora de la noche, junto a la nave donde dormían los autobuses de su empresa de transporte. Se lanzaron a por él y le redujeron. Le chutaron un sedante y le ocultaron en el maletero de un automóvil. Condujeron por las calles de la ciudad hasta traspasarle a un camión, y le introdujeron en un habitáculo que simulaba ser un compresor en la parte trasera. Durante el traslado, a la salida de Mondragón, los pararon en un control rutinario de tráfico. Pelopintxo temió por su vida, pero los *txakurras* jamás sospecharon, y al devolverle los papeles del vehículo y permitirle el paso, se permitió una pequeña sonrisa mientras aceleraba y veía como se alejaban por el retrovisor.

Tras cargar con el rehén hasta el zulo, sus compañeros desaparecieron y ya no volvería a verlos más. Ahora toda la responsabilidad era suya. Él era el guardián y Arizaga, su preso.

El primer día comprobó una y otra vez que todo funcionaba: el dispositivo de la luz, el altavoz y el sistema para remover el aire. El cautivo despertó y Pelopintxo le llevó su primera comida. Le enseñó la pistola y se sentó a hablar con él. Le informó en manos de quién estaba y de que aquel zulo sería su nueva casa hasta que su familia pagara. Le proporcionó las instrucciones pertinentes sobre la comida y sobre cómo debía hacer sus necesidades, y tras demostrarle quién estaba ahora al mando, se sintió de nuevo estupendamente.

Al mes, Pelopintxo recibió instrucciones de los jefes. Bajó al zulo con una cámara, arrojó el *Gara* del día a su rehén y le hizo varias fotografías. Tuvo que repetir la operación porque Arizaga no quería colaborar y Pelopintxo tuvo que enseñarle los dientes. Al final lo consiguió, aunque al abandonar el garaje se acordó de sus lamentos y se sintió mal.

Era su cuidador. No, era algo más que eso. Era, por qué no decirlo, su pequeño Dios. Le daba la luz de una pequeña bombilla, agua, comida y dos marmitas: una para hacer sus necesidades y otra para asearse.

Era una fina línea sobre la que tenía que caminar. Se mostraba magnánimo si se portaba bien, y como alguien a quien temer si se empeñaba en darle problemas. Usaba premios y castigos, como si fuera un niño pequeño al que hubiera que educar. A veces intentaba tejer cierta relación amistosa para que se portara bien. Captó pronto sus debilidades y las usaba a su favor. A veces era cruel; otras, compasivo. Unas veces se mostraba cercano; otras, riguroso.

Si Pelopintxo había tenido un mal día con su madre, se cabreaba y lo pagaba con el prisionero. Bajaba al garaje con la única intención de abroncarle. Le decía que era un explotador de la clase trabajadora y le explicaba por qué merecía estar en una cárcel del pueblo.

Algunas veces descargaba la pistola y se presentaba con ella en el zulo, tras haberse bebido una botella. Alzaba el arma ante él y jugaba a ponérsela en la sien, y eso le llenaba de una perversa y traviesa satisfacción. En momentos así, le veía apagarse y perder el poco brillo que le quedaba. Era como si sintiera curiosidad por ver cuál era el punto límite de un ser humano. Era algo escabroso; era el primero en admitirlo, y cuando se levantaba al día siguiente de resaca, la culpabilidad estaba muy presente.

La realidad era que aquel era un trabajo duro, y cuando pasaba tiempo sin noticias de Francia o de Gamboa, le daba por pensar que sus jefes tampoco le valoraban. Eran tantos los requisitos de su tarea...: recordar las comidas como si de alimentar a un bebé se tratara, enfundarse la capucha cada vez que bajaba para que el prisionero jamás le viera la cara, cuidar de que no escapara, de que no cayera enfermo, o por lo menos no más enfermo de lo que ya estaba...

Se le hacía cuesta arriba y su madre se lo notaba. Aunque parecía ida la mayoría del tiempo, a veces, mientras Pelopintxo la enjabonaba en la bañera y notaba como las venas azuladas de sus brazos pulsaban con más velocidad, su madre parecía recobrarse del ictus que la tenía postrada desde hacía años. En esos momentos se volvía lúcida y miraba a su hijo con una escalofriante sensación de desprecio que le traía los recuerdos fríos de su infancia.

En esos momentos, Pelopintxo lo notaba en la mirada de su madre. ¿Qué veía? ¿Qué sabía ella? Fuera lo que fuese que ocupaba las horas de su hijo allá abajo en el garaje, bajo tierra, día sí y día también, ella lo repudiaba. Y así llevaban ya más de trescientos días.

75

Los hombres de los carteles

Aquella tarde lluviosa los dos estaban tranquilos en el salón de casa. Es verdad que antes se dio cuenta de un par de detalles que le llamaron la atención, pero tampoco les concedió demasiada importancia. Al pasar los dos cogidos de la mano por la plaza, Unai se había quedado mirando la gran pancarta con las fotos de los «héroes» que colgaba de una fachada. Fue solo un instante, porque enseguida Elena tiró de él, siguieron hacia casa y el niño no dijo nada. Y luego se cruzaron con dos señoras y las oyeron comentar en voz baja a sus espaldas:

—Mira, esa es a la que han hecho la putada.

—Pobrecilla.

Y Elena notó como Unai le apretaba la mano con más fuerza, pero ya no hubo nada más que reseñar.

Así pues, ahí estaban, en el salón un par de horas después, Unai jugando con sus coches de juguete sobre la alfombra y ella intentando leer en un sillón junto a la ventana. El tiempo había empeorado y las gotas de chirimiri acariciaban el cristal. Elena se preguntaba cómo podrían pasar página si el mundo que había a su alrededor no los dejaba, y de vez en cuando hurtaba alguna mirada hacia su hijo.

Le miraba, y era como si le viera a él. Había tantas partes del niño que le recordaban a su marido... Hablaban mucho sobre Xabi. Siempre sobre los buenos recuerdos. Jamás hablaban sobre lo que pasó, ni de los hombrecillos que les habían hecho aquello. Ellos habían hecho su daño y se habían ido de sus vidas y no había mucho más que decir.

Al menos, esa era la idea.

—*Ama*.

—¿Qué? —dijo ella mientras continuaba leyendo.

—¿El *aita* era malo?

Fue una aseveración más que una pregunta, y había sido tan repentina que Elena sintió un pequeño estremecimiento.

—¿Y eso a qué viene? —preguntó ella mientras dejaba el libro en su regazo y se volvía hacia él.

Unai no la oyó o hizo como que no la oía. Seguía jugando con sus juguetes y ni siquiera parecía tener interés en mirarla.

—A ver, ¿tú qué crees? —insistió Elena.

—Que no —contestó por fin el niño.

—¿Entonces?

—Entonces —replicó Unai—, ¿por qué?, ¿eh?, ¿por qué?

Su voz sonaba a desafío y a desengaño, y Elena se dijo que no se trataba de quitarle su dolor, sino de intentar que lo compartiera. No quería que fuera el olvidado de lo que había pasado, quería hacerle hablar, porque siempre había pensado que los niños adoptaban la muerte de forma más natural que los adultos. Solo había que decirles la verdad. La cuestión era: ¿qué verdad?

A veces, Unai le hacía preguntas difíciles que no sabía contestar, y al final había optado por no complicarse y decírselo directamente: «No lo sé». Era mucho mejor reconocerle que no tenía todas las respuestas a inventarse algo. Otras veces, el niño le hacía las mismas preguntas una y otra vez, y ella intentaba tener paciencia. Tenía paciencia con las preguntas y con sus bruscos cambios de humor. Le reconvenía con delicadeza para que no volviera a chuparse el dedo y para que no se orinase en la cama; pero, por lo visto, aquello no era suficiente.

La realidad era que, cada día que pasaba, el niño iba a peor. Ya no solo eran las pesadillas y las noches en las que tenía que dormir con él o que hubiera vuelto a mojar la cama. Era que ya no parecía tan extravertido, le había cambiado la personalidad, se había vuelto más retraído con ella, hablaba menos y estaba más huraño. La psicóloga de la ikastola le estaba haciendo un seguimiento especial, y en una de las citas le había dicho que empezaba a no dar pie con bola en clase y que había visto un cambio en las relaciones con sus compañeros. Se había convertido en una especie de celebridad en el patio. Los niños podían ser crueles, y para algunos ahora era el mono de feria, el niño del padre al que habían puesto una bomba.

Era difícil criar a un hijo así, sabiendo de dónde venían, y con lo que estaba pasando. ¿Qué significaba hacerlo bien, o mal, o regular, quién decidía eso? Ella lo hacía lo mejor que sabía y, aunque creía que lo controlaba todo, no controlaba nada. Como en aquel momento en que Unai se frotaba su nariz de botón y sus ojos la miraban queriendo saber, y a ella le parecía más niño, más pequeño y más duro e indescifrable al mismo tiempo.

—Anda, ven, ven aquí.

Unai dejó sus juguetes y acudió a regañadientes.

Ella se lo sentó en el regazo y le abrazó, y Unai se dejó hacer.

—Ya hemos hablado de esto, ¿no? —susurraba Elena.

Sí que habían hablado. Largo y tendido. A veces, incluso le leía libros que le había recomendado la psicóloga, libros para procesar el duelo que hablaban de cosas tan poéticas como de caracoles que se morían dejando su concha vacía, o de árboles que albergaban recuerdos.

—¿Le echas de menos? ¿Es eso? Yo también... Lo siento.

—No es tu culpa —se limitó a contestar Unai.

El niño se frotó los ojos con el puño del jersey y, tras deshacerse del abrazo de su madre, volvió a la alfombra y siguió jugando con sus juguetes.

Elena respiró aliviada y se dispuso a coger el libro.

—Yo sé quiénes han sido —dijo Unai.

Y Elena se vio obligada a dejar el libro.

—¿Cómo?

—Que yo sé quiénes han sido —respondió él, todo lo serio que podía parecer un niño de seis años.

—¿Quiénes han sido... qué?

—Los que mataron al *aita*.

Elena se quedó de piedra, y todas las alarmas se encendieron en su mente. «Tienes miedo a no hacerlo bien —pensó—, miedo de alimentar la espiral, miedo a no ser capaz de criar a tu hijo sin odio ni rencor. Tienes miedo de que crezca y de que quiera hacerle a otros lo que le han hecho a él, como esos pederastas a los que también alguien acortó brutalmente en su día la infancia».

—Han sido los hombrecillos de los carteles —añadió Unai—. Pero tú no tengas miedo, que cuando sea mayor... se van a llevar un buen susto.

Y mientras allá fuera el cielo se oscurecía y el chirimiri se tornaba en tormenta, Elena se quedó mirando a su hijo en la alfombra con sus coches de juguete, y se preguntó qué se estaría cociendo en el horno de esa cabecita.

76

Las pesadillas a veces ayudaban

Pipe se levantó temprano aquella mañana, pero en vez de dirigirse a donde tenía pensado, se detuvo en un parque porque no se atrevía a dar el paso. Se sentó en un banco y, para que nadie le reconociera, se cubrió la cabeza con la capucha de la sudadera. Aquello solo le sirvió para taparse, porque los remordimientos seguían triturándole la moral mientras observaba a la gente a su alrededor.

El parque estaba lleno de vida: madres tomando el sol y charlando con sus carritos de bebés; un grupo de jubilados se quejaba de sus pensiones mientras jugaba a la petanca; niños persiguiéndose entre quiebros y risas y esa frenética energía que parecía un pozo sin fondo. Los sonidos del barrio. Gente viviendo. Sonaban a alegría.

Al otro lado del parque, un hombre colgó una alfombra de la ventana de su piso y empezó a sacudirla. El polvo se elevaba en nubes efímeras, llegando hasta el balcón del vecino de al lado, de donde colgaban un par de carteles: ASKATASUNAREN BIDEA y AMNISTIA DA BAKEA. «En el camino a la libertad». «La amnistía es la paz».

Pipe permaneció un rato ahí sentado. Creía vivir una pesadilla desde el atentado, pero las pesadillas a veces ayudaban: eran capaces de despertar a uno y de hacerle pensar en cosas que no veía antes. Como, por ejemplo, que existía otra forma de ver la vida fuera del gueto *abertzale*, que había algo más que ideología y violencia, y que, quizá, otro pueblo era posible.

Pensaba en todo ello y en hacer lo correcto. Pero ¿qué era lo correcto? Había aportado su granito de arena para hacerle la vida imposible a un hombre hasta que otros se habían encargado de quitársela. Y ahí estaba, con su sentimiento de culpa, sin poder olvidar aquel cuerpo despedazado al que tuvo que arrastrar, queriendo borrar lo imborrable. Solo le quedaba la posibilidad de hacer algo simbólico, aunque no sirviera para nada. Solo le quedaba tomar responsabilidades.

Sin ser apenas consciente, Pipe se echó la capucha hacia atrás y cruzó el parque en dirección a la comisaría de la Ertzaintza que había enfrente.

Ginés salió de su despacho tras acabar su turno del día.

—Vaya añito que lleváis, Ginés —le comentó un agente con el que se cruzó por el pasillo.

—Y lo que nos queda —contestó este.

Devoraba un bocadillo de tortilla y llevaba la misma cara hastiada de las últimas semanas. Siguió por el pasillo de comisaría y llegó a la entrada, y se dirigía a la puerta principal para salir a la calle cuando oyó a su espalda:

—Ginés.

Este se detuvo.

Le llamaba el agente de guardia, un joven imberbe de pelo rapado que se encontraba tras la mesa desvencijada que había junto al estrecho arco de seguridad de la puerta.

—¿Qué quieres? —preguntó Ginés.

—Es este chaval, que no sé qué hacer con él.

Al lado del joven agente de guardia, sentado en uno de los bancos para las visitas, Pipe esperaba con la vista puesta en las baldosas blancas y negras del suelo.

—¿Cómo que no sabes? —dijo Ginés—. Venga, hombre, siempre igual. A ver si espabilamos, que parece que el uniforme lo regalan.

—Es que ha venido por un delito.

—Pues rellenas la ficha con sus datos personales. Luego le pasas y que le tomen declaración. Yo me marcho a casa.

Y empezó a empujar la puerta de salida.

—Es que dice que es el autor.

Ginés se detuvo.

—¿Cómo?

—Que dice que viene a autoinculparse.

Ginés se volvió sobre los talones y se acercó hasta Pipe y el agente.

—¿Un delito relacionado con qué?

—*Kale borroka* —musitó el agente.

Sin soltar el bocadillo de tortilla, Ginés se quedó mirando a Pipe. Este parecía estar esperando al juicio final con expresión resignada.

Ginés parpadeó un par de veces y un pensamiento claro le golpeó la cabeza: «Euskadi se ha vuelto loca».

77

Y no sabes cuándo volverás a verle

Por las mañanas, Alkorta y Reyes se apostaban en un coche camuflado en las rotondas de los alrededores del piso franco de Bayona. Los vehículos que circulaban se veían obligados a aminorar la velocidad y ellos obtenían fotografías de las matrículas que después cotejaban para confirmar datos y evitar sorpresas.

Por las tardes, solían trabajar con Matival y su equipo en la sala de conferencias de la comisaría de la Policía judicial de Bayona. Los agentes galos actuaban de forma eficiente, y no habían tardado en localizar el número de apartamento en el que se hallaban los miembros del comando etarra en el edificio de la calle Brigadier Muscar. Para ello examinaron los contratos de alquiler de los inquilinos del edificio en el Bureau du Centre des Services Fiscaux. Descubrieron que la totalidad eran franceses, excepto un joven español que había arrendado un apartamento situado en la cuarta planta y había hecho frente al alquiler con el pago de un año por adelantado. Dos agentes franceses, haciéndose pasar por operarios de mantenimiento del inmueble, habían conseguido colocar una microcámara con fibra óptica en el sensor de humos del rellano de la cuarta planta. Gracias al dispositivo empezaron a disponer de imágenes de los ocupantes entrando y saliendo del apartamento. Eran imágenes de baja resolución, borrosas y distorsionadas por la lente de ojo de pez, pero mostraban a los miembros del comando de forma clara y concluyente.

A la semana, Camaño viajó de Madrid a Bayona para verse con el equipo conjunto de investigación. Hizo el paseíllo y recorrió las instalaciones de la comisaría, pasó revista a sus agentes y alabó la buena cooperación que parecía regir entre las policías de ambos países.

Luego tuvo lugar una reunión en la sala de conferencias, y todos se situaron con las cabezas muy juntas en torno a una gran mesa ocupada por callejeros del barrio de Saint-Esprit, mapas de carreteras del distrito y planos del edificio en cuestión. Las paredes de la sala estaban llenas de fotografías tomadas con teleobjetivo y de imágenes de cámaras de seguridad de los bancos y supermercados de la zona. En algunas se veían a Dienteputo caminando con una carpeta bajo el brazo por una acera del barrio, a Gorka y Brujilla comprando en un supermercado, a Zapa saliendo de una cabina de teléfonos, y a todos ellos entrando y saliendo del piso franco.

—Conseguimos identificarlos gracias a las imágenes —explicó Matival—. Los cuatro están fichados y cargan con un largo historial de acciones terroristas.

Camaño se inclinó para inspeccionar mejor las fotografías.

—Míralos, parece una puta feria. Etarras entrando y saliendo con total alegría.

Alkorta carraspeó.

—La tapadera del turismo o de los estudiantes es perfecta. En

Bayona hay mucho movimiento de jóvenes. La presencia de gente nueva no llama la atención. Estos van y vienen, tiene un coche en una plaza alquilada en el aparcamiento del edificio y se dejan ver lo imprescindible.

—¿Entra alguien más en ese piso? —preguntó Camaño—. ¿O son los únicos integrantes del comando?

Matival cruzó una mirada con Alkorta y Reyes.

—Eso es —prosiguió Camaño, a quien le importaba un bledo las miradas—. Mi gente me ha comentado que tenemos un peso pesado.

Por un momento muy breve, los ojos de Matival se mantuvieron quietos e inexpresivos. Luego hizo un gesto para que le acompañaran y todos salieron de la sala, cruzaron un pasillo atestado de vitrinas con placas, trofeos y banderas de *La France* y entraron en una oficina.

En ella se hallaba un agente sentado ante una mesa oscura y estilizada, y, por encima de él, varios monitores reproducían grabaciones en blanco y negro e imágenes en directo del rellano del apartamento.

—Estas son en tiempo real —explicó Matival mientras señalaba unas imágenes determinadas—, y estas otras, grabadas. —A continuación, apoyó la mano en el hombro del agente—. *Trouve moi le mec.*

El agente rebobinó el vídeo, llegó a la secuencia que buscaba, la congeló y la amplió. La imagen, apenas una sombra pixelada, mostraba a un tipo con la mano derecha en el bolsillo y un pequeño sombrero que le tapaba la cara. Estaba en un escorzo forzado respecto al tiro de cámara que le había captado, y la granulosidad dificultaba su identificación.

Matival se volvió hacia Camaño.

—Estas son imágenes de un quinto hombre. Este quinto inquilino aparece de vez en cuando por el piso, pero todavía no hemos sido capaces de identificarle. Apenas se deja ver, siempre que sale a la calle va con sombrero y gafas de sol, y evita las esquinas y cajeros con cámaras de videovigilancia.

—A veces desaparece durante días —añadió Alkorta— y de repente, un día, le vemos otra vez en las cámaras del descansillo o su silueta en una ventana del piso franco y no sabemos ni cómo entró ahí. No sabemos si lo ha hecho por el garaje o en el maletero de algún coche que no tenemos controlado.

Matival hizo un gesto de asentimiento.

—Parece un experto en el arte de pasar desapercibido —puntualizó—. No hay *de rythme et du rime* en sus visitas, ni parece seguir rutinas. Cuando le seguimos a pie, se detiene sin previo aviso o parece mirar el reflejo de los escaparates.

—Esas técnicas son propias de alguien escurridizo, comisario —agregó Reyes—; alguien que tiene mucho oficio.

—Un tipo bregado... —comentó Camaño mientras entrecerraba los ojos y miraba la imagen con intensidad.

El comisario permaneció así durante unos segundos. Luego levantó la vista del monitor y, dirigiéndose a todos, se atrevió a poner la cuestión encima de la mesa.

—¿Es o no es Arrano?

Matival extendió el mentón.

—*C'est une question ouverte*, para que cada cual eche por su camino. Si lo es, ahora le tenemos ubicado en un sitio cerrado.

—¿Alkorta? —preguntó Camaño.

—Podría ser —dijo Alkorta.

—Podría ser, no —remachó Reyes—. Es él.

Tanta seguridad hizo que todos se volvieran hacia ella.

—Todos los elementos nos dicen que es el jefe —prosiguió Reyes—. Ha sido capaz de dar esquinazo fácilmente a policías experimentados en las pocas veces que le hemos visto. El hecho de que ni siquiera sepamos quién es refuerza la posibilidad de que sea él. Además, fijaos en la mano.

Los otros se movieron para apreciar la imagen de la pantalla desde más cerca.

—La lleva en el bolsillo, en una posición extraña, para nada natural. Sabemos que Arrano tiene un muñón en la mano izquierda, un recuerdo de manipular explosivos en unas algaradas callejeras en Hernani.

Durante unos momentos, a nadie se le ocurrió qué decir.

—Y, si es él, ¿dónde está ahora? —preguntó, por fin, Camaño.

—*Qui sait?* —contestó Matival.

—Ayer le teníamos localizado en un Peugeot 207 y le perdimos —adujo Alkorta—. Hacía dos veces cada rotonda, seguramente para detectar si le seguían, y no quisimos hacer ningún movimiento brusco. No sabemos si lo hizo para despistar o porque sospechaba algo.

—Posiblemente se dirigiera a las Landas —sugirió Matival.

—Está bien —concluyó Camaño—. Según lo veo, o entramos y detenemos ya a los integrantes del comando Ularra o esperamos a saber si tenemos a la gran ballena blanca para pescar a la familia al completo.

—El quinto inquilino toma demasiadas precauciones —afirmó Alkorta—. Podría morder el operativo y que se jodiera el invento. Todos sabemos que esto requiere constancia, pero creo que es nuestra oportunidad.

Camaño se volvió hacia Matival.

—¿Usted qué opina, capitán?

—*Je suis d'accord* —convino Matival—. Por lo que sabemos, podrían estar preparando la ruta de escape. Si esperamos, asumimos el riesgo de perderlos a todos. Y cobrarse la pieza del comando Ularra supone ya un éxito para el Gobierno español, y para el francés.

—Yo propongo que esperemos —dijo Reyes mientras cruzaba los brazos—. Es verdad que llevamos mucho tiempo trabajando sobre ellos, pero Arrano es nuestro objetivo principal. Y si algo hemos aprendido con Arrano, es que le ves un día y no sabes cuándo volverás a verle.

Terminada la reunión, Camaño se empeñó en llevarse de cena a sus pupilos. El lugar elegido resultó ser un restaurante chic de cocina valenciana donde la botella de vino más barata era de ochenta euros. Alkorta no quiso saber el tipo de dietas que Camaño manejaba, y Reyes se pasó la noche intentando obtener información por parte del comisario. Los rumores eran cada vez más insistentes. Se hablaba de una negociación entre el Gobierno y la banda. Camaño iba a lo suyo, como siempre, y solo sabía porfiar sobre conspiraciones, puñaladas por la espalda y codazos con sus homólogos en la Guardia Civil, sobre sus deseos de levantarles el terreno y sobre la dureza de mantener largos operativos en el tiempo con los medios de los que disponían. Aun así, a fuerza de insistir, Reyes consiguió que el comisario soltara algún dato.

—Algo hay —dijo mientras chupaba la cabeza de un carabinero sin importarle el ruido o los modales—. Ternera y gente del Gobierno con carnet y membrete de presidencia se están viendo en el hotel Wilson de Ginebra y en un chalet a las afueras de Oslo. De ahí a que haya movimientos, nadie lo sabe, ni siquiera ellos mismos, supongo.

Reyes y Alkorta cruzaron una mirada. «¿Qué estaba pasando?».

Tras la cena, Alkorta y Reyes dejaron a Camaño en la recepción del hotel en el que se hospedaba. Antes de despedirse, este se acercó a Alkorta, le dio un par de palmaditas en el hombro y le dijo con aires de filósofo borracho:

—Por eso nunca llegarás a nada en el cuerpo, Luis, porque eres demasiado directo. —Ahogó un eructo—. Y la verdad es que es una pena.

Alkorta se encogió de hombros, pero no se lo tomó mal.

Le divertía ver a Camaño con la guardia baja, e incluso se sorprendió a sí mismo pensando que quizá fuera cierto aquello de que solo los niños y los borrachos decían la verdad.

En el coche, de camino al dúplex en el que se habían instalado desde su llegada a Bayona, Alkorta y Reyes decidieron hacer una parada frente al piso franco. Aparcaron en la esquina más alejada de la calle Brigadier Muscar, con las luces apagadas, y permanecieron en silencio contemplando una de las ventanas iluminadas del edificio.

Allá dentro, tras las cortinas, se adivinaba el resplandor de un televisor encendido rebotando en la porción de techo visible y, de vez en cuando, alguna silueta al contraluz.

Reyes se apartó su ensortijado pelo de la cara.

—Si es Arrano...

—Si es Arrano, ¿qué?

—Si le detenemos, se acabó.

Alkorta soltó un bufido.

—Esto no es como el ajedrez. Ya te puedes cepillar al rey, que no se acaba la partida.

—No, pero detienes a un miembro importante, con experiencia, y su relevo nunca tiene la misma valía. Además, adquieres información de utilidad y paralizas a la banda durante unos meses. Chúpate esa.

—Puede ser, Reyes —repuso Alkorta con calma—, puede ser.

Reyes le lanzó una mirada socarrona.

—No te hagas el duro; sé que esto te pone tanto como a mí.

Alkorta sonrió a su pesar.

Podría ser Arrano. Podría ser. Sentía que estaban tan cerca..., después de una operación desarrollada durante meses, con la participación de tantos recursos y agentes... Y, sin embargo, cuando uno estaba tan cerca era cuando debía tener más cuidado.

78

El paria

Nada más cruzar el patio interior del *gaztetxe* con su monopatín bajo el brazo, Pipe supo que algo iba mal.

Kepa y Eneko, los críos de Herminia que siempre andaban haciendo pintadas y saludándole como si fuera un héroe, dejaron de dar patadas al balón con el que jugaban y se quedaron mirándole.

—*Apa!* —dijo Pipe.

Pero enseguida lo vio, y además los niños no hicieron ningún esfuerzo por ocultar el desprecio repentino que latía en sus miradas. Pipe tenía la mano en alto junto al hombro, dispuesto a saludar, pero la bajó cuando Kepa se volvió hacia Eneko para susurrarle algo al oído.

—La que te va a caer —le soltó uno de los dos.

Y sin más, los dos hermanos le dieron la espalda y se marcharon con su balón a otra parte mientras Pipe suspiraba y emprendía la subida de la escalera hacia el *gaztetxe*.

La bienvenida de la cuadrilla no fue mejor. Ibon y Santi estaban en la sala de la segunda planta. Ibon se hallaba de pie junto a una mesa, despiezando una bombona de camping gas según las instrucciones que leía de un pequeño manual. Santi, como siempre, mataba el tiempo echado sobre el sofá con el mando en las manos y la consola enchufada.

—¿Qué coño haces aquí? —gruñó Ibon.

—A ti qué te importa —repuso Pipe.

Ibon meneó la cabeza, pero siguió enfrascado en la tarea que se traía entre manos como si fuera su mecano de juguete.

Santi parecía más contento de verle.

—El otro día te perdiste una buena.

—Vaya —dijo Pipe sin perder de vista a Ibon y su mecano.

—Acabamos en las *txosnas* de Tolosa. Nos disfrazamos y todo. Estuvimos echando unos tragos y haciendo el payaso. Yo iba de pingüino e hice pues... lo que hacen los pingüinos.

Y se echó a reír.

Pipe no le acompañó. Señaló la bombona que estaba manipulando Ibon y preguntó:

—¿Qué vais a hacer con eso?

—Es para la Bordatxo —respondió Ibon, cada vez de peor humor.

—Vamos a darle un aviso al dueño —añadió Santi.

—¿La vais a colocar en la discoteca? —se sorprendió Pipe—. Joder, a ver si en la nueva Euskal Herria no se van a admitir a los camellos.

—No mezcles cosas —replicó Ibon—. Es un incentivo para que paguen el impuesto.

Pipe meneó la cabeza, y se volvió hacia Santi.

—¿Dónde está Txiki?

—Aquí, donde siempre —contestó una voz a su espalda.

Pipe se volvió y vio a Txiki junto a la puerta de la otra habitación. Tenía una extraña expresión en la cara, acentuada quizá por el moratón en la mejilla donde Pipe le había golpeado.

—¿Dónde has estado tú? —le preguntó.

—Escucha, quería decirte que lo siento por lo del...

—¿Estás sordo? Que. Dónde. Has. Estado.

A Pipe se le secó la boca y se le tensaron los brazos.

—Por ahí. Quería hablar contigo.

Txiki hizo un exagerado gesto con la mano.

—Hablemos, pues.

Pero Pipe no sabía ni por dónde empezar.

Txiki se echó a reír y se volvió hacia Santi e Ibon.

—La gente es la hostia, ¿sabéis? Nuestro Pipe, siempre tan *espabilao*, ha cambiado de cuadrilla y no dice ni pío. ¿Qué os parece?

—No sabía que te daba por seguirme —dijo Pipe, y balanceó el peso de su cuerpo.

Txiki se apartó de la pared y, tomándose su tiempo, empezó a acercarse hasta su amigo.

—Te veía tan raro, Pipe, que me tenías preocupado. Y fíjate tú que tenía yo razones para estarlo.

Ibon dejó de manipular la bombona y preguntó con súbito interés:

—¿De qué coño estás hablando?

Pipe no le contestó. Miró a Txiki y le conminó:

—Si tienes algo que decir, dilo ya.

—Pensaba que eras tú el que venía a decirnos algo —soltó Txiki—. ¿O cómo es eso de que ahora eres amigo de los cipayos?

—¿De qué coño estás hablando? —repitió Ibon, y esta vez parecía que se le iba a saltar una vena del ojo.

Pipe se volvió hacia Ibon y se apresuró a aclararle:

—Todo tiene una explicación

Txiki seguía avanzando hacia él, y la extraña expresión en su cara había mutado en una sonrisa aún más extraña. Sus ojos echaban chispas.

—La única explicación que se me ocurre es que nos hayas delatado porque eres un puto soplón.

—¿Qué?

—Ya me has oído.

—Tranquilo, sé lo que hago y eso no es así.

—Convénceme.

—Es muy fácil, yo...

Pero Txiki ya había llegado hasta donde estaba Pipe, y la sonrisa se había desvanecido de sus ojos. Pegó su nariz contra la de Pipe y, sin mediar palabra, le enganchó del cuello y los dos comenzaron a forcejear ante la mirada atónita de Santi y la sonrisa torcida de Ibon.

—¡Eres una puta rata!

—¡Déjame en paz!

Los dos se hacían el abrazo del oso y los otros asistían al enfrentamiento sin querer intervenir.

—No podías estarte calladito, no. ¡Tenías que irles con el cuento!

—¡Suéltame!

—¡Calla la puta boca! ¡Nos has vendido!

—¡Yo no he vendido a nadie!

—¡Eso no te lo crees ni tú! ¿Qué cojones hacías en la comisaría?

—Quería aclarar las cosas. Mis cosas. Pero no he largado nada.

Txiki agarró a Pipe de la pechera y le situó el puño a dos centímetros de la cara.

—Asegúrame que es verdad. Asegúramelo, Pipe.

—No he largado nada de vosotros.

Por fin, Pipe consiguió zafarse de Txiki de un empujón.

Los dos mantuvieron la distancia mientras recuperaban el aliento.

—¡¿Le vas a dar de hostias o no?! —gritó Ibon con impaciencia.

Txiki se volvió hacia él.

—¡Cállate! —le soltó—. ¡Cállate o te reviento a ti también!

Ibon agachó la cabeza como un niño grande y se puso a murmurar entre dientes.

Txiki volvió a clavar su mirada en Pipe.

—¿Cuánto te han pagado tus amos?

Pipe paseó la mirada por los rostros desconfiados de sus amigos.

—He hablado con los cipayos, es verdad... —comenzó.

Ibon, escandalizado una vez más, lanzó los brazos al cielo.

—¿Le habéis oído? ¡La puta hostia!

—Pero solo les hablé de mí —se apresuró a aclarar Pipe—. Les dije que si buscaban a quien tiró los cócteles a la casa del concejal, ahí estaba yo. Y no he dado un nombre más. De verdad. Por eso vine. Quería que lo supierais.

Lo había intentado, pero sus palabras no parecían muy convincentes. A Ibon parecía que se le llevaban los demonios. Santi solo acertaba a mirarle de forma confusa. Txiki parecía un muelle comprimido dispuesto a saltar.

—¡Dios, Pipe! Pero ¿quién te has creído que eres? —se lamentó Txiki—. Nunca te has enterado de nada. ¡De nada, hostias! No sabes lo que has hecho; has colaborado con el enemigo.

Pipe estaba cansado y empezaba a cabrearse.

—¡Claro, el enemigo! Cuidado con verlos de otra forma. No vaya a ser que algún día nos entren ganas de irnos de *txikitos* con ellos en vez de pensar en quemarles el *txoko*.

—¿De qué cojones hablas?

Pipe se tocó la sien de forma compulsiva con los dedos.

—Piénsalo, Txiki, piénsalo. ¿De verdad te crees toda esta mierda? ¿De verdad no estás harto? ¡Porque yo estoy hasta los cojones!

Por un momento, pareció que Txiki iba a hacer algo violento. Ahí mismo. En ese preciso instante. Pero no hizo nada. Hizo un gesto de asentimiento, como si aceptara la deslealtad, incluso la traición.

Se limitó a decir:

—Esto no te va a salir gratis. Quien traiciona a un gudari suele tener problemas de salud.

—Claro, Txiki, claro.

Le entraron ganas de reír. Txiki tenía esas cosas, a veces era así de infantil. Soltaba sus frases de tipo duro de película, ocurrencias que invitaban a no ser tenidas en cuenta.

—Yo que tú —le aconsejó Txiki—, me marchaba ya de aquí.

Pipe se quedó mirándole.

—No te preocupes, eso tenía pensado.

—Ahora mismo —ordenó Ibon, y dando un paso se acercó de tal forma que sus hombros quedaron a la altura de los ojos de Pipe.

Pipe abandonó el *gaztetxe* como el paria en el que se había convertido. Aún no lo sabía, pero esa sería la última vez que vería a Txiki en mucho tiempo. A la semana siguiente, la gente del barrio empezó a comentarlo. En la carnicería. En la peluquería. En el mercado. «Txiki se ha marchado». Sin despedirse. El rumor era que había cruzado la *muga*.

Todos lo sabían, pero nadie quería hablar de ello.

79

La aizkora

Lo que empezó como un breve memorándum se había convertido en un documento de más de cien páginas que pesaba como plomo fundido. Jone había parido una propuesta capaz de aunar a presos y exiliados, y suponía una andanada brutal contra la ortodoxia de la banda.

De repente, todo estaba claro. Había que renunciar de forma inequívoca a la violencia e iniciar la puesta en marcha de un proceso de superación del conflicto. Se trataba de ir a las raíces y buscar una salida en condiciones pacíficas, respetando la realidad de Euskal Herria y la Declaración Universal de los Derechos Humanos.

Se había sentido más viva que nunca en aquellas noches en vela. Después de volver del bufete y cenar con Pipe, solía encerrarse en su despacho y se pasaba horas en plena efervescencia, con la cara pegada a la pantalla del ordenador, los dedos volando sobre el teclado sin importarle el cansancio. Sentía como si hubiera una línea directa entre su corazón y las palabras que plasmaba, y juraría que sus ojos llegaron a humedecerse en más de una ocasión. Recordaba los ideales por los que había empezado en todo aquello y escribía las verdades que llevaba tantos años queriendo gritar a los cuatro vientos, por mucho que dolieran.

Se sentía llena de luz, se sentía joven.

Aquellos días no estuvieron exentos de preocupación; había algo raro en el ambiente. Se sentía observada desde el encuentro con Santamaría y creía notar ciertas miradas, ciertos silencios en su vida diaria. En la asociación del colectivo de presos. Con compañeros en su propio bufete. ¿Estaría volviéndose paranoica? ¿O eran solo los nervios? Sería una ironía del destino que la policía la detuviera justo ahora que intentaba acabar con todo aquello desde dentro. Cosas más raras se habían visto. Ella misma se había acostumbrado a mirar por encima del hombro. Nadie estaba al corriente. Y sin embargo...

Aquella tarde, Jone abandonó el bufete más tarde de lo habitual. Asier llevaba tres días sin aparecer por culpa de un mal resfriado que no terminaba de curar, y ella empezaba a cansarse de posponer la visita a Nanclares de Oca por esperar a su reincorporación.

El sol de octubre continuaba luchando una batalla perdida contra la llegada del frío, y Jone, que iba sin chaqueta, se apresuró a entrar en el coche. El parabrisas estaba empañado y se disponía a deslizar la mano para limpiarlo cuando vio una sombra por el espejo retrovisor.

De repente se abrió la puerta y algo oscuro y pesado se sentó junto a ella en el asiento de su derecha.

—Qué casualidad, Jone. Cuánto tiempo sin verte.

Era Arrano.

Su voz parecía amable y casi invitaba a relajarse, pero cuando le posó la mano sobre el hombro, Jone sintió un escalofrío que le recorrió la espina dorsal.

—Tranquila, no hagas ninguna tontería.

Jone miró a un lado y a otro. A pesar de que su mente trabajaba a mil por hora, era incapaz de procesar la realidad de la situación. ¿Cómo era posible que el mismísimo Arrano se materializara así, con total impunidad, a ese lado de la frontera?

—Mi... mi hijo... me espera para la cena.

Agarró el bolso, pero su intento por parecer relajada había acabado sonando a forzado. Arrano se lo arrebató, rebuscó en él y encontró el móvil. Alzó la vista y, cruzando una mirada con ella, le dijo:

—Que espere, o hazte a la idea de que no le vuelves a ver.

Arrano guardó el móvil en el bolsillo de su chaqueta y palpó los costados y bolsillos de Jone hasta quedar satisfecho.

—Adelante. Vamos a dar una vuelta.

La obligó a conducir hasta la frontera. Jone tenía la seguridad de que iba armado y supo que no tenía alternativa. A lo largo de sus años como abogada había defendido a mujeres maltratadas, y nunca entendía la razón por la que muchas de ellas no se enfrentaban a sus abusadores, o pedían ayuda, o escapaban. Pero ahora, viendo a Arrano a su lado, entendía perfectamente ese terror que paralizaba, que impedía pensar.

Atravesaron el paso de Dantzari-Nea. Se adentraron en las Landas, y Arrano le dio instrucciones para que se desviara por un camino rural. Había tanto silencio que Jone pudo oír el crujido de las hojas invernales y la tierra helada bajo los neumáticos. Circularon durante un buen trecho hasta que pararon en una zona flanqueada por árboles sombríos en donde no había un alma.

Una neblina llorona envolvía la campiña, empañando de nuevo los cristales del coche, y la humedad amortiguaba los sonidos lejanos. Parecía como si estuvieran en otro mundo, un mundo bajo agua.

Arrano se recostó contra el cristal de la ventanilla, y antes de hablar observó a Jone durante unos segundos.

—Así que los del *mako* creen que van a marcarnos el paso a los de fuera. Y con las hostias que nos están dando por todos lados, tú vas a ir a escucharlos.

Jone intentó un gesto despreocupado, alcanzó su bolso y encendió un cigarrillo. Luego abrió un poco la ventanilla para que saliera el humo.

—Solo he sondeado posibilidades a título personal.

—Aquí nada se hace a título personal. Lo primero es Euskal Herria, todo lo demás es secundario.

—¿También el derecho a la vida? —preguntó Jone con valentía. Se había tragado el miedo, y se puso a mirar el humo que salía por la ventanilla para evitar mirar a los ojos de Arrano.

La cara de este pareció metamorfosearse en una expresión de profunda simpatía, y de nuevo esbozó aquella sonrisa extraña.

—Verás, Jone, ahora todos condenáis la violencia y sois unos demócratas de la hostia, pero en el fondo sabéis que poner muertos sobre la mesa funciona. Nadie lo dice en voz alta porque está mal visto; pero en el fondo, cuando estáis en el *txoko*, con la gente de vuestra cuerda o en la intimidad de vuestros dormitorios, lo reconocéis.

Arrano miró por la ventanilla mientras continuaba hablando y su voz cargaba un vórtice de crueldad.

—Con la lucha armada hemos parado autovías y centrales nucleares. Cuando las sacudidas de Ermua se armó mucho jaleo y los nuestros se asustaron, sí, pero dimos una patada al hormiguero y conseguimos Lizarra. Fuimos capaces de llevar al Estado a una grave crisis territorial y arrastramos a todos los demás. Ahora ya nadie se conforma con menos de la autodeterminación y la independencia. Hay más pueblo y más convicción, porque todos están más politizados. Vete a Álava si no y lo compruebas.

«Me va a matar —pensó Jone—. Es capaz y ya lo ha hecho antes».

Arrano chasqueó los dedos frente a ella.

—Jone, ¿estás aquí?

Jone se atrevió a mirarle a los ojos.

—Si eso es así —dijo—, ya habéis hecho vuestro trabajo.

Arrano sonrió.

—Alguien tiene que vigilar que el pueblo no abandone por cansancio o dejadez.

—Algunos creemos que es hora de cambiar esa estrategia.

—Es cierto. Yoyes también lo creía.

La mención de aquel nombre suponía una amenaza implícita y, quizá por ello, el cigarrillo entre los dedos de Jone empezó a temblar.

Arrano se volvió para mirarla. El cabello se le había pegado a la frente y le hacía parecer un querubín con una curiosa barba perfectamente recortada. Se inclinó hacia Jone, y la forma en que hablaba daba grima cuando dijo:

—Es curioso lo que pasó con Yoyes. Cuando esa traidora a la que ahora tanto encumbráis pensó que podía reírse de la Organización, la Dirección consultó con los presos del *mako*, y esos presos que tú tanto adoras votaron a favor de que se usara la *aizkora* para dar ejemplo a los demás. Los propios presos lo votaron, de verdad. ¿Qué te parece?

—Por favor... —susurró Jone.

Pero Arrano ya había tenido suficiente.

Se deslizó de su asiento y abrió la puerta del coche, rodeó el vehículo, agarró a Jone del pelo y la sacó a rastras. Tiró de ella a través del bosque, y Jone se asió al puño que aferraba su cabello para no caer. A trompicones llegaron a una especie de vaguada embarrada por las recientes lluvias. Era una zona tan frondosa que el suelo estaba cubierto de escarcha y el aroma a pino ahumado se filtraba a través de las fosas nasales.

Arrano soltó a su presa y Jone cayó de rodillas.

El cadáver descompuesto de un tejón descansaba a escasos metros de ellos. Los elementos se habían empleado a fondo con el cuerpo del animal y las larvas se habían dado un festín.

Jone tuvo que apartar la vista.

Arrano escudriñó a lo lejos para asegurarse de que en los próximos segundos no aparecían invitados inesperados, y preguntó:

—¿Quién más, aparte de Santamaría?

Jone guardó silencio y se quedó mirándole, se quedó mirando esos ojos vidriosos y apagados y en ellos no vio nada.

Arrano se colocó detrás de ella y miró otra vez a su alrededor. Sacó su Beretta del 22 y comprobó la recámara mientras hablaba.

—Solo te lo preguntaré una vez. Dime quién más está metido en esto o juro por mis muertos que la Parca viene a darte la extremaunción.

Jone inspiró aire varias veces. En ese momento, que Arrano le pegara un tiro y esparciera sus sesos por el bosque, haciéndola abandonar toda esa mierda que entre todos habían creado, le pareció una posibilidad muy real. Deseó ser capaz de enfrentarse a aquello, pero no lo consiguió. No podía hacer frente a la muerte. Ahí estaba, de rodillas en un bosque, y en cualquier momento una bala iba a entrarle por la nuca para quedarse alojada en su cerebro. Y adiós a la vida, y ya no volvería a ver a Pipe. Todo llegaría a su fin y era incapaz de afrontarlo.

—Por favor —susurró Jone.

Hacía frío y Arrano iba en camiseta, pero no parecía notarlo.

—¿Quién más?

—Nadie... Nadie más... Lo juro...

Jone notó el frío cañón de la pistola rozándole el lóbulo de la oreja. Casi podía percibir el olor de la pólvora y del aceite de la pistola, tan bien untada por Arrano. Este movió ligeramente la muñeca, desplazó el cañón y se lo apretó contra la nuca. Alargó la otra mano y cogió a Jone del cuello. Torció su propia muñeca para que la cara de Jone apuntara directamente hacia el suelo, como si estuviera buscando el punto de impacto perfecto, y ella empezó a sollozar.

—No juegues conmigo —dijo Arrano.

—Solo él... Lo juro por mi hijo... Lo juro... Lo juro...

Las lágrimas corrían por sus mejillas.

Transcurrieron unos segundos agónicos.

—Solo un idiota muerde la mano que le da de comer —escupió Arrano—. Tienes suerte. La Dirección todavía te necesita.

Y sin más, le retiró el frío metal de la cabeza. Se alejó a grandes zancadas hacia el coche y dejó a Jone arrodillada y luchando inútilmente contra las arcadas que la empujaban a vomitar.

80

La polilla cerca del fuego

Estaba tumbado en el sofá, dando lingotazos a lo poco que quedaba de la botella de whisky. La cama estaba sin hacer y las paredes, pobladas de certificados de la academia de tiro, de cuadros con diversas máximas de la asociación de escoltas —«Vive como entrenas, entrena como vives» —y de títulos de defensa personal, parecían burlarse de él. Las persianas habían permanecido bajadas durante todo el día y las cortinas extendidas, así que las sombras reinaban en la casa y casi no se distinguía la noche del día. La televisión era la única fuente de luz en la sala de estar, y el resplandor de la pantalla se reflejaba en sus ojos vidriosos.

Era sábado por la noche y no tenía mucho que hacer, así que se puso a navegar con desidia entre los distintos canales: un programa de teletienda, un *magazine* de noche con las risas machaconas del público y la película *El mago de Oz*. Nada que hacer y todo el tiempo para pensar, y eso que él siempre había sido más de actuar. Por su cabeza rondaban pensamientos lúgubres que atravesaban su mente como anguilas en una caverna oscura y sumergida.

Salva levantó su cuerpo enjuto del sofá y tropezó con el desastre de cajas de pizza vacías que había tiradas por el suelo. Se dirigió a la cocina y abrió la nevera, y dejó que le adormecieran la luz de su interior y el runrún de los ventiladores. Salió de su ensueño con esa especie de golpecitos que hacen las láminas de acero cuando se dilatan o se contraen y sacó varias tabletas de pastillas. Con la dejadez que proporciona la rutina, seleccionó una de Valium, otra de hidroxicina y una tercera de Microdacyn. Se las echó todas a la boca y las bajó con un último trago de whisky.

Regresó al sofá y siguió viendo al hombre de lata, al león cobarde y al espantapájaros acompañando a Dorothy por el camino dorado. De forma inconsciente, los dedos de su mano giraban y giraban en torno a la botella, y se sentía cada vez más tenso, como una dinamo a punto de saltar. Dentro de él había algo que le mantenía en marcha, aunque no hubiera razón alguna para hacerlo. Había llegado al convencimiento de que seguía y seguía cuando seguir ya no parecía tener ningún sentido.

«Mi vida ya no es vida», pensó.

Las voces que llegaban a través de la bajante del baño le hicieron perder el hilo de sus pensamientos. Pertenecían al vecino del tercero, un pilar de la comunidad, entrenador del equipo de benjamines del barrio, que solía salir con el santo al hombro en las fiestas del patrón y había adoptado no hacía mucho a una niña china por la que él y su mujer se desvivían. El hombre también mostraba una sana comprensión con los hermanos descarriados, cuando no decía directamente que estaba muy de acuerdo en que ETA matara a todo hijo de puta.

Y a Salva no le sorprendía. Sabía de la violencia innata al ser humano y nunca se había hecho muchas ilusiones sobre lo que los hombres eran capaces de hacer. De hecho, lo sabía de primera mano por las historias que había mamado desde pequeño de boca de sus abuelos. Uno era rojo y anarquista; el otro, facha y requeté. No tenían nada en común, salvo hallarse en el momento justo en el lugar equivocado. Uno presenció los desmanes y matanzas al principio de la guerra; el otro, las represalias y el ajuste de cuentas cuando la contienda llegó a su fin. Y lo que el impresionable y pequeño Salva oía de aquellos viejitos dulces y desdentados a los que tanto quería tenía un aroma similar: los mismos asesinatos y las mismas ejecuciones en masa cometidas por vecinos, primos y hermanos; por mecánicos, doctores y zapateros; por hombres honrados que habían dedicado su vida a ayudar a sus comunidades en el pasado y que, de repente, se veían una tarde en un claro en el bosque a las afueras de Ondarreta, o de Eibar, sosteniendo un fusil contra la cabeza de un padre sin afeitar y su hijo adolescente en alpargatas, tan solo dos más de la docena de vidas que se habían llevado por delante aquel día.

Sí, en determinadas circunstancias, cualquiera era capaz de perpetrar la mayor de las atrocidades.

En la televisión, *El mago de Oz* llegó a su fin y a Salva le asaltó un pensamiento: que la vida no tenía un arcoíris y un caldero lleno de oro al final, y ni siquiera se dio cuenta de lo que estaba haciendo hasta que echó el brazo hacia atrás.

—*Kabenzotz!*

La botella se estrelló contra el televisor.

Lo hizo con tal fuerza que destrozó la pantalla y el aparato cayó del mueble. Hubo un chisporroteo eléctrico que duró poco y Salva permaneció mirando las entrañas del aparato y el zócalo del tubo destrozado, mientras lo que quedaba de sus entrañas electrónicas chispeaba su electricidad almacenada.

Al darse cuenta de lo que había hecho, se levantó y soltó un bufido. Respiró pesadamente y desconectó el enchufe. Se le ocurrió que ya no tenía más whisky en el piso, y decidió que debía salir de allí, porque el ambiente del espacio cerrado seguía oprimiéndole y no sabía de lo que sería capaz.

Se enfundó un chándal que ahora le quedaba dos tallas más grande, porque entre otras cosas había pasado de noventa y dos kilos de músculo a sesenta y seis de pellejo, y no había sido por estar a dieta. Le pasaba con toda la ropa que tenía, y esa circunstancia le hacía sentirse como un mal remedo de *El increíble hombre menguante*.

Con el chándal puesto se adentró en el sábado noche de Mondragón. Pensaba ir dando un paseo hasta el casco antiguo, pero decidió marchar hacia los bares cerca de la puerta del Portalón. Caminó por las calles, cruzándose con parejas y familias que habían salido a disfrutar de la noche, y sintió que la muchedumbre le rodeaba y aun así estaba tan aislado como siempre.

Siguió caminando hasta toparse con una taberna. Era una *herriko* con un gran ventanal y el símbolo de un águila en la puerta.

Se detuvo a contemplar la luz que emanaba del interior del local y escuchó las risas de los clientes que llegaban hasta la calle. Se imaginó que estaban descojonándose y que se pavoneaban como si fueran los dueños del pueblo, y algo comenzó a hervir en su interior. Aunque el alma se le emponzoñaba pensando en toda esa violencia que los envolvía y con la que se habían acostumbrado a vivir, se sintió como una polilla que quisiera volar cerca del fuego, y cuando quiso darse cuenta, ya estaba dentro del bar.

Gamboa se sentía mucho más animado desde que había vuelto de Francia. Después de cada entrega de dinero, solía sentir una sensación reconfortante, y no era solo que se alegrara de poner distancia entre él y Arrano. Siempre sentía una pequeña intranquilidad en el sur de Francia, como una picazón que solo se aliviaba al volver al Estado español. A este lado de la frontera conocía el medio, se desenvolvía como pez en el agua y, sobre todo, circulaba libre de carga tras haber abandonado la prueba del delito. Todo eso le invitaba a estar más tranquilo.

Esa tranquilidad de la que disfrutaba no le impedía estar atento. Por eso, cuando vio entrar a Salva en su taberna con ese aspecto desaliñado y esa cara taciturna y demacrada, supo que le traería problemas. Aun así, oye, este es un país libre, y Gamboa se limitó a echarle un ojo mientras el tipo pedía una botella de chacolí y ocupaba una de las mesas.

Aquella noche, Pelopintxo había acabado yendo a la taberna para disfrutar, junto al resto de los parroquianos acodados en la barra, de un partido del Eibar contra el Barça.

En todo el bar, Salva era el único que no miraba la televisión fijada a la pared. Sus ojos alcohólicos parecían más interesados en contemplar otras cosas más interesantes, como las fotos de los presos, la hucha, la propaganda.

El partido llegó al descanso y dio paso a los anuncios de apuestas y a un telediario condensado. A una noticia sobre los atuneros vascos le siguió otra sobre el empresario secuestrado, y el presentador, con gesto fatigado, comenzó a narrar las vicisitudes y la desesperación que empezaba a adueñarse de la familia.

Detrás de Salva, Pelopintxo estalló de repente y dio un puñetazo en la barra.

—¡Que se joda!

Hubo un par de parroquianos que asintieron con desgana.

Pelopintxo, que aquella noche parecía estar de mal humor, dio otro trago a su cerveza y pareció envalentonarse.

—Estos de la caverna mediática son la hostia, solo saben manipular —explicó en voz alta a quien quisiera escucharle—. Arizaga está secuestrado. ¡Pues claro que lo está! Hasta que pague, y si no, que se joda. Por oligarca, por colaboracionista, por opresor y por y por...

—¡Y porque te sale de los huevos!

Salva sonrió. Estaba con los brazos abiertos, y se había puesto de pie en medio del ruido del bar.

Gamboa, Pelopintxo y los otros clientes se giraron sorprendidos.

Salva miró a unos y a otros sin alterarse en lo más mínimo, y guardó silencio hasta posar su mirada en Pelopintxo.

—Sigue —le dijo Salva—, no te cortes.

Pelopintxo le miró desde su taburete y frunció el entrecejo.

—¿Qué? —preguntó.

Salva se balanceó como un boxeador grogui y volvió a sonreír.

—Que sigas, tontolaba.

Pelopintxo se quedó boquiabierto, pero enseguida se recompuso y le dio un codazo a su vecino de barra.

—Mira este.

El vecino de barra, un tipo cuya nariz estaba decorada por un conjunto de venillas muy visibles, se volvió hacia Pelopintxo y le dijo:

—Déjale, ese se llevó lo suyo en el petardazo de Aretxabaleta. —Y volvió su atención a la tele.

—Así que se llevó lo suyo —repitió Pelopintxo.

Un parroquiano delgaducho con un ojo más alto que el otro gritó desde el extremo de la barra en el que se hallaba apostado:

—¡Pregúntale a qué se dedica!

Algunos clientes se rieron.

Pelopintxo se levantó de su taburete, se acercó hasta Salva con ojos achispados y desafiantes, y le miró detenidamente.

—¿Trabajando duro? Pues a ver si tenemos un poquito de respeto. A ver qué va a pasar aquí.

Avelina, que acababa de salir de la cocina, no tardó en darse cuenta del percal. Tardó aún menos en acercarse a su marido tras la barra para susurrarle al oído:

—A esos échamelos, que luego se forman tanganillas de borrachos.

Pero antes de que Gamboa pudiera hacer nada, Pelopintxo agarró a Salva del brazo y todo se desencadenó; Salva se revolvió tirando un par de taburetes al suelo y se tambaleó hasta parar frente a un tablón lleno de carteles y propaganda.

Allí, se volvió hacia los presentes y balbució:

—A lo mejor es que no hay solución.

Extendió el brazo y arrancó un cartel *abertzale* que llamaba a la lucha contra la represión. Luego echó mano de otro. Y de otros dos. Siguió tirando al suelo todos los carteles que encontraba.

—¡Eh, tú, desgraciado! —exclamó el tipo del ojo a la virulé.

Pero la realidad era que Salva parecía menos borracho y mucho más peligroso. Nadie entre los presentes se atrevía a acercarse a un metro de distancia, y menos aún cuando Salva empezó a hacer una serie de giros lentos y ofuscados que le acercaron a la vitrina acristalada con las fotos de los presos.

Allí se detuvo y captó su propio reflejo en ella. Lo que vio no debió de gustarle, porque lanzó el codo contra el cristal y lo hizo añicos, bañando el suelo de esquirlas con forma de aleta de pescado y haciendo que Gamboa, Pelopintxo y los otros se echaran atrás.

—¡Hostia!

—¡Será cabrón!

Salva paseó su mirada vidriosa entre los presentes.

—A lo mejor tenemos que jugar todos a lo mismo, con las mismas reglas.

Tenía varios cortes en el brazo. La sangre brotaba escurriéndole por los nudillos y golpeaba con gotas el suelo cubierto de baldosas de cerámica, pero a él no parecía importarle. Se echó a reír como alguien que no tenía miedo a nada porque ya lo había perdido todo.

—¡Ojo por ojo! —gritó mientras cogía una silla.

Se dirigió con ella a la barra y todos se alejaron.

—¡Cuidado, tú!

Alzó la silla por encima de su cabeza y destrozó de un golpe el dispensador de cerveza, llevándose por delante vasos y botellas.

—¡Diente por diente! —volvió a gritar como si estuviera poseído.

Siguió arremetiendo contra el mostrador hasta destrozar con la silla los otros ornamentos del bar, y cuando se dio por satisfecho, dejó caer la silla de sus manos y se apoyó en una pared.

Alguien intentó acercarse, y Salva describió un arco con el brazo que salpicó con gotas de sangre a los que se encontraban más cerca.

—A que jode, ¿eh? —Cayó sobre un taburete de la barra y se quedó allí sentado, sujetándose el brazo ensangrentado con los fragmentos de cristal clavados en los tendones y en la piel, mirando a la nada y aullando sin voz—: ¡Pues joderos todos!

Gamboa abrió los brazos para que no se acercaran a Salva, aunque nadie tenía la mínima intención de hacerlo.

—Llama a los cipayos —le dijo a Avelina, y bajando la voz se volvió hacia Pelopintxo—: Y tú, desgraciado, desaparece de aquí.

La pareja de *ertzainas* no tardó en llegar. Se presentaron en el lugar extrañados y en guardia, con los verduguillos puestos para ocultar el rostro, pues sabían de sobra que se hallaban en una reconocida *herriko* llena de simpatizantes por la causa. Pelopintxo ya había desaparecido, y tan solo encontraron a aquel borracho al que nadie se atrevía a acercarse.

Salva estaba sentado en el taburete. Tenía los hombros caídos y se contenía la hemorragia del corte en el brazo con un torniquete que él mismo se había hecho con la parte superior del chándal. Había alcohol en sus ojos y apenas permanecían abiertos, y cuando los *ertzainas* le cogieron del brazo para esposarle, se revolvió un poco como si le hubieran despertado de un mal sueño.

—Os lo lleváis directo a la Audiencia, ¿no? —preguntó el parroquiano de las venillas en la nariz—. Esto es... por lo menos, por lo menos... terrorismo.

—¡Siete años te van a caer, por gilipollas! —gritó el tipo del ojo a la virulé.

Los *ertzainas* se lo llevaron entre los insultos y la indignación de los presentes, y Salva no opuso resistencia. En el coche patrulla, cuando ya habían dejado la *herriko* atrás, los agentes se quitaron los verduguillos. Uno de ellos se volvió en su asiento y, a través de la mampara de plástico que los separaba, se dirigió a Salva.

—Tienes mi admiración —le dijo—, pero eres un completo idiota.

Salva alzó el antebrazo empapado en sangre y sonrió como si le acabaran de decir «Eres grande». El *ertzaina* se quedó mirándole, meneó la cabeza y envainó su compasión. Eso hizo que Salva se sintiera algo culpable, pero no dijo nada y se pasó el resto del trayecto mirando por la ventanilla del coche.

Al llegar al hospital le quitaron las esposas y le dejaron sentado en la camilla de un box de exploración. Mientras esperaba a que alguien fuera a atenderle, Salva empezó a notar el dolor de la resaca y del orgullo herido.

—Una compañera me dijo que eras tú.

Alzó la vista y sus ojos, perdidos hasta entonces, se electrificaron al toparse con Elena. Ella, vestida con su pijama de enfermera, le miraba con semblante serio.

—Mírate cómo estás —dijo mientras tomaba el brazo de Salva entre sus manos y le echaba un vistazo.

—¿Quién lo diría, eh? —dijo él—. Tiene gracia cómo he acabado, ¿no?

—No —sentenció ella.

Elena le dijo a los *ertzainas* que se haría cargo del detenido y estos salieron a esperar tras las cortinas. Salva agachó la cabeza, avergonzado, y ella siguió inspeccionándole unas heridas que casi pasaban desapercibidas entre las numerosas quemaduras cicatrizadas que le poblaban el brazo. Si la visión de aquel tejido escarificado le traía malos recuerdos, Elena no dio señales de ello.

—Esto no es ninguna tontería —dijo mientras sacaba un paquete de vacunas de un armarito y lo colocaba sobre una encimera—. Unos milímetros más y podías haberte seccionado la arteria humeral. Has tenido mucha suerte.

Salva se encogió de hombros.

—Compraré lotería.

Elena le dedicó una mirada severa.

—Te voy a limpiar y a poner suero antitetánico, no te muevas.

—No duele... Augh.

Elena le lavó las heridas, las secó con una toallita antiséptica y les aplicó yodo. Se desenvolvía con una eficiencia fría y determinada.

—¿Te parece bonito la que has liado?

—Me he quedado en la gloria.

—No seas infantil.

—Es la verdad.

—Y encima estás borracho.

Elena abrió el envase del suero y sacó una ampolla. Salva miró por la cortina entreabierta a los *ertzainas* que esperaban en el pasillo.

—Parece que esto se acaba —comentó en voz baja.

Elena le miró calibrando lo profundo de su dolor: el físico y el otro.

—Mejor, así no habrá más gente que sufra lo que nosotros hemos sufrido.

—Los que antes nos mataban dicen ahora que nos traen la paz.

Elena preparó la inyección sin decir nada, porque no quería seguir hablando del tema. Golpeó la jeringuilla con la uña del dedo, le cogió el brazo y le inyectó la dosis hasta administrársela por completo. Sacó la aguja, la tiró a una papelera y se quitó los guantes de látex.

—Da igual cómo llames a las cosas —dijo cuando terminó—. Todos queremos que acabe.

—Y cuando los suelten y nos los tengamos que cruzar, ¿qué?

—No podemos impedir que circulen.

Salva hizo una mueca de disgusto.

—Después de lo que han hecho, encima te miran como perdonándote la vida, como si los culpables fueran los que ponían la nuca. Hablan todo el tiempo de derechos humanos, pero parece que esos derechos solo los tengan los asesinos. —Echó la cabeza a un lado—. Lo que es cierto es que te pueden matar de verdad, y te pueden matar por dentro.

Elena terminó de vendarle.

—Ya está.

Descorrió la cortina y los *ertzainas* entraron en el box. Salva se bajó de la camilla, y mientras se lo llevaban del brazo sintió hervir de nuevo la vergüenza en su interior.

—*Agur*... y gracias.

—Salva —le reclamó Elena, y Salva se detuvo, de espaldas a ella.

Elena metió las manos en los bolsillos de su pijama y, con la voz un tanto quebrada por la emoción, añadió:

—Unai siempre pregunta por ti... Pásate algún día a vernos.

81

Camino a Damasco

No hubo resplandor en el cielo en Damasco, ni caída del caballo. Por no haber, no hubo ni sonido de fanfarrias. Simplemente fue una toma de conciencia que le acarició suavemente en la cara, como una brisa, y se quedó con ella.

Ocurrió en el pasillo de la Unidad de Madres. Lierni había acabado de nuevo frente al ventanal, en otro de sus paseos solitarios. De repente, una primera pregunta crepitó en los recovecos de su cerebro, y esa primera pregunta se convirtió en muchas más.

Sintió una desazón terrible, y mientras al otro lado del módulo veía a una madre riendo y gateando tras un niño, y a otra reclusa amamantando a su bebé, Lierni empezó a sollozar. Se tapó la boca, pero no pudo contenerse. Miró a un lado y a otro, temerosa de que alguien la viera. Pero era inútil, el sollozo se tornó en llanto, y después de aquello los días y noches se volvieron borrosos en su mente.

Todo eran luces inmóviles y colores desteñidos. Comía sola y evitaba a Carmen y a las otras etarras. También a la Negra. Descendió a un pozo sin fondo, sin ganas de nada. Solo pensaba en salir de allí, en que se acabara aquella pesadilla que la dislocaba existencialmente hasta los huesos. Tan solo deseaba esconderse y encontrar un lugar oscuro donde la luz no pudiera alcanzarla, para acurrucarse y llorar su odio y su asco hacia sí misma.

No había manera de apartar la idea de su mente, había que asumirla y hacerle frente, porque era una realidad que no iba a marcharse. Desde luego, no iba a hacerlo para las familias de sus víctimas. Ellas no podrían hacer como el resto de la gente: leer la noticia en tal o cual aniversario y sacudirse el malestar distante pasando la página a la sección de «Deportes». No, las familias oirían el silencio estruendoso de las risas y los llantos, y los juegos que no serían nunca más. Ellas recordarían que les habían quitado todo lo que tenían, y todo lo que podrían llegar a tener, día tras día, por el resto de su vida.

Sí, había otros que estaban peor que ella. Mucho mucho peor.

«Así que cállate, Lierni —se decía—. Cállate y jódete».

Carmen apareció un día en su chabolo, como si fuera un fantasma. Lierni estaba leyendo un libro echada en su colchón, tan absorta en su lectura que no reparó en la *arduraduna* hasta que esta le habló desde el otro lado de la puerta.

—Últimamente no se te ve el pelo.

Lierni levantó la vista hacia ella y la saludó con un movimiento de cabeza.

—He estado ocupada —le contestó.

Y agachó la mirada para seguir leyendo el libro.

Carmen la observó un largo momento antes de hablar.

—Te he traído algo. Nos llegó ayer.

La *arduraduna* comprobó que nadie las vigilaba y dejó en el regazo de Lierni otro papel cebolla enrollado.

—Te veo en la cena —dijo a modo de despedida.

Y se marchó.

Decir que su relación se había enfriado era quedarse corto.

Lierni se quedó observando el diminuto *Ekia* durante unos minutos. Al cabo de un rato, sintió que la mera presencia del documento la molestaba. Cogió la tira de papel cebolla entre dos dedos como si fuera un trozo de basura maloliente, se incorporó y la arrojó al retrete metálico. Tiró de la cadena y contempló como desaparecía. Se quedó así un buen rato, contemplando la espiral de agua sucia del inodoro.

Se lo contó en la siguiente visita a su madre, entre las ráfagas de conversaciones de los locutorios vecinos, y Felisa cerró los ojos y debió de darle gracias a Dios, porque creyó que por fin había llegado el momento por el que tantas y tantas noches en vela había rezado.

—No era ideología, *ama*, era... un sentimiento. La gente en la calle..., se los veía tan orgullosos..., te hacían sentir importante... Una cosa llevó a la otra... Ahora no estoy tan segura... Me doy cuenta de que no sabía nada de la vida, *ama*... Nada.

—Dale tiempo al tiempo, que lo cura todo —susurró Felisa—. Y preocúpate de ser más libre aquí dentro de lo que jamás fuiste fuera.

Apoyó la mano sobre el cristal y su hija la imitó apoyando la suya. Así, palma contra palma, como si con ese gesto estuvieran sellando su salida de la Organización. Era una salida subrepticia, de puntillas, sin decírselo a nadie. Pero era salir, al fin y al cabo.

82

Harás lo que se te diga

Arrano la llevó a la misma casa rural de las Landas en donde habían celebrado aquella reunión que ahora se antojaba tan lejana. La dejó en una antesala, aséptica como salita de tanatorio, frente a una escalera que llevaba a la planta superior.

—Espera aquí.

Junto a ella había un par de hombres; la forma de las pistolas al cincho visible bajo las camisas. La observaban en silencio y Jone decidió agachar la mirada. Se miró las manos y vio que todavía le temblaban. Tenía la impresión de haberse cruzado con el mismísimo diablo en un callejón y de que encima había sido su día de suerte. El diablo le había matado cualquier esperanza y después se había alejado lentamente sin perder esa sonrisa mientras ella se quedaba impotente, sabiendo que, una vez más, no podía hacer nada.

Jone alzó la vista hacia la planta de arriba. A través de la balaustrada de la escalera podía ver una puerta de cristal esmerilado y cuatro siluetas en el interior de la habitación. Parecían charlar de forma acalorada.

La puerta se abrió y Asier salió estrechando la mano de Cubero. Gamboa iba detrás, como un perrito faldero. Arrano fue el último en abandonar aquella habitación.

En realidad, la visión de aquellos cuatro hombres juntos, tratándose como buenos camaradas, no cambiaba mucho las cosas para Jone. Si acaso, consolidaba en su mente la conspiración que venía intuyendo desde su encuentro con Arrano. Se sorprendió al darse cuenta de que la única traición que le dolía era la de Asier. Tanto tiempo juntos..., había aprendido a apreciarle. Lo de Gamboa, extrañamente, no le afectaba en la misma medida. Bajo su apariencia afable, siempre poniendo sobre la mesa su amistad, Jone reconocía por fin la verdadera naturaleza de su amigo entrañable. Cuando se trataba de su piel o la de los demás, su sonrisa de abuelo bonachón se borraba revelando su verdadero carácter: el de un hombre, quizá ni mezquino ni depravado, tan solo preocupado por su propia supervivencia.

Gamboa agachó la cabeza al verla. Arrano apenas le prestó atención; después de haber estado a punto de acabar con ella, parecía ir pensando en otros temas mucho más importantes que la mera presencia de Jone.

Asier, en cambio, dio un par de pasos hacia la balaustrada y se quedó mirándola de forma impasible.

—Ya hablaremos —dijo el joven con una voz nueva, extrañamente empoderada—, pero a partir de ahora harás lo que se te diga, y quizá aprendas algo por el camino.

Los cuatro descendieron la escalera. Cubero se metió en la sala de reuniones y los otros tres se marcharon por la puerta principal.

Jone se quedó en silencio, pensando en la manera tan poco elegante con la que su antiguo ayudante le había escupido su propia cita de tanto tiempo atrás. ¿Cuándo lo habrían planeado todo? ¿Cuándo vieron que ella era tan ingobernable que andaba hablando con Santamaría? ¿Antes, cuando Gamboa le fue con el cuento de Usabiaga? ¿Fue siempre Asier el tapado? Poco importaba ya.

Enseguida la hicieron entrar en la sala de reuniones. Esta vez faltaba la sábana con el anagrama de la Organización en la pared. Jone comprendió enseguida lo que iban a llevar a cabo. Era una teatralización, una especie de juicio sumarísimo. Izaskun estaba sentada en un sofá; Cubero, apoyado en la mesa, y Sergio paseaba intranquilo de un lado a otro. Durante un momento nadie dijo nada, y Jone permaneció de pie con las manos entrelazadas frente a ella, como una empleada díscola ante el comité ejecutivo de una empresa.

Cubero fue el primero en tomar la palabra.

—Somos personas con distintas sensibilidades, Jone. Personas que persiguen un mismo objetivo, razón de más para ser honestos unos con otros. —Descruzó los brazos y la miró fijamente—. Se le ha dado un toque a Santamaría. No se va a mover. Estás sola en esto.

Izaskun, que parecía más predispuesta a perder la paciencia, añadió con un gritito estridente:

—¿La rendición por la rendición? ¿Para ocupar las instituciones?

Cubero pidió calma con la mirada a Izaskun y se volvió de nuevo hacia Jone en un tono conciliador.

—En el fondo coincidimos contigo, Jone. Toca retirarse a los cuarteles de invierno y hacer una reflexión profunda. A la fuerza ahorcan. Ningún idiota se cree ya lo del empate infinito con el Estado.

Izaskun señaló a Jone con el dedo.

—En parte gracias a vosotros —le espetó—. Habéis sido torpes de cojones y no habéis sabido ni movilizar a las bases. Estamos en guerra y el pueblo no se ha enterado, todo el día de pinchos y potes. No vemos que explotéis la grandeza de su democracia. Teníais que haber denunciado más, poner en marcha a nuestra prensa, a los colectivos juveniles, a algún partido oportunista, que siempre lo hay. ¿Qué hostias habéis estado haciendo todo este tiempo?

Cubero alzó la mano pidiendo, de nuevo, paciencia. Luego se acarició la dentadura postiza con la lengua, y pareció que esta se deslizaba de un lado a otro.

—Ya llegará el momento de repartir las culpas —dijo, y echó el cuerpo hacia atrás cruzando de nuevo los brazos sobre el pecho—. Ahora hay que prepararse para lo que viene. Puede que algún día los *txakurras* caigan sobre Arrano, Jone; pero hasta entonces nuestros queridos camaradas políticos no nos pueden dejar solos.

Jone escrutó a Cubero sorprendida. ¿A qué venía ahora esa actitud? ¿Trabajaban ellos también al margen de Arrano? Aquello era un nido de víboras y Jone preferiría masticar cristales rotos antes que hablar con esa gente.

—¿No erais vanguardia? —preguntó.

Sergio dejó de pasear de un lado a otro.

—No te preocupes, tomaremos la iniciativa. Hay que recoger el fruto de tantos años de lucha y no dejar que se pudra.

Cubero se quitó una pelusa de la pernera del pantalón y dijo:

—Vamos a controlar un proceso de negociación política en el que nosotros seamos protagonistas y podamos capitalizar las correspondientes contrapartidas. Un proceso administrado con mesura, con pequeños pasitos, con mediadores internacionales y haciendo caja con cada gesto.

Jone negó con la cabeza.

—No sé cómo creéis que podréis hacer eso —refunfuñó.

—Oh, tú no te preocupes —replicó Sergio—. Seguiremos trabajando en todos los frentes, como hasta ahora. El aparato de recaudación seguirá activo; los comandos, en espera; y al mismo tiempo inflaremos el muñeco político para que nos lleve a un nuevo proceso de diálogo.

Su tono de condescendencia y sus recalcitrantes aires de seminarista provocaron en Jone unas ganas irrefrenables de cogerle de los hombros y sacudirle.

—Lo que decís no tiene sentido —aseveró Jone.

Había algo más que no le habían contado. Los dos más jóvenes miraron a Cubero. El veterano etarra seguía alisándose la pernera del pantalón. Tras unos segundos en silencio, alzó la vista y dijo:

—Tenemos un canal abierto con el Gobierno, Jone. Nos van a facilitar la salida. No lo van a llamar así de cara a la opinión pública, pero el tema está sobre la mesa.

Jone hizo un esfuerzo por ocultar su sorpresa, pero no lo consiguió.

—Como lo oyes —agregó Sergio—. Están todos en la pomada. Y el «Lelokari» también va a mirar para adelante. El gobierno que consiga acabar con la lucha armada tiene mucho que ganar.

Jone los miró sin parpadear, y en apenas un susurro anunció:

—Quiero el finiquito.

Sergio meneó la cabeza.

—No es el momento, querida.

—No estás en posición de elegir —añadió Cubero.

El veterano dirigente dio un par de pasos hacia Jone y la abogada pudo oler hasta el olor de la crema facial que le envolvía.

—Tu marcha —explicó Cubero— es un lujo que no podemos permitirnos. Esto no puede ser un sálvese quien pueda; las bases confían en ti y te necesitamos para dar las explicaciones que hagan falta. En eventos a gran escala como el que protagonizamos, una derrota puede llegar a ser indistinguible de una victoria. Basta con recordar a la gente que en ETA no caben grietas. Si perdemos la batalla militar, la del relato la tenemos que ganar.

Izaskun se levantó del sofá.

—A partir de hoy reportarás a Asier. ¿Queda claro?

Jone le devolvió la mirada.

—*Bai* —se rindió Jone.

Sergio se llevó la mano a la oreja.

—Perdona —dijo—, o no te he oído o no suenas muy convincente.

—*Bai*, Sergio, *bai*.

Cubero se pasó la mano por su espesa pelambrera, abandonó el gesto grave que le caracterizaba y sonrió.

—Alégrate, Jone. Si con un alto el fuego conseguimos trescientos mil votos, imagínate cuando traigamos la paz.

Jone hizo un esfuerzo considerable para tragarse la bilis que pugnaba por salir de su garganta. Lentamente, la realidad de la nueva situación se fue abriendo paso y se asentó en su interior. Tras mirar durante unos instantes al trío que tenía delante, acabó apartando los ojos.

83

Sin darte cuenta, ya estabas dentro

Del molotov a la pistola y, sin darte cuenta, ya estabas dentro y quemando etapas a toda pastilla.

A través del *Gara* y de una clave en la sección de «Anuncios» del *Merkatu*, su colega de «la Familia» le había citado en una cruasantería en Biarritz. Txiki cruzó la *muga* y allí que se presentó, con un petate al hombro en el que cabía toda su vida, la pistola que le había regalado Fiti y su cara de no haber salido nunca del pueblo. Estaba dispuesto a no mirar atrás.

Un hombre de tez ajada le recogió y le llevó a una zona boscosa en medio de las Landas. Allí pasó varios días en un chalet que funcionaba como academia de cursillos intensivos, aprendiendo sobre el manejo de armas y explosivos. Conoció a otros cuatro chavales de su edad, nuevos reclutas recién alistados como él. Uno había sido portero de discoteca. Otro, asistente social. Otro, escayolista. Y el cuarto solía ganarse la vida vendiendo ganado en las ferias de los pueblos. Pero eso era antes, claro, ahora todos ellos eran gudaris.

Pasaron cuatro días apretados en pequeños pupitres en el sótano del chalet, asistiendo al cursillo impartido por un instructor al que apodaban el Rizos; un visionario estrafalario que se paseaba por clase en camisa hawaiana y chancletas y se cubría el rostro con un pasamontañas incongruente bajo el que asomaba una larga cabellera ondulada.

El Rizos acompañaba sus explicaciones con el visionado de un vídeo casero de pésima calidad, y otras veces con réplicas de PVC con las que les enseñaba a montar los artefactos explosivos. Les enseñó a colocar fiambreras cargadas con Titadine en los bajos de los coches, a llevar los detonadores dentro de la exonita siempre que estuviesen cortocircuitados, a coger al objetivo a la par para que los explosivos no perdieran su fuerza y a pensar nuevas ideas que permitieran ejecutar las *ekintzas* de la forma más eficiente y segura.

—Esto es una bomba lapa —dijo el Rizos, mostrando en su mano un dispositivo metálico del tamaño de un paquete de cigarrillos—. Robáis un modelo de coche semejante al del objetivo, descoséis el reposacabezas del asiento, lo introducís y volvéis a coser. Luego, solo tenéis que abrir el coche del objetivo, sustituís el reposacabezas y esperáis. —Sus hombros se encogieron—. La eficiencia es máxima; una cantidad mínima de explosivo es capaz de arrancarle la cabeza al conductor.

Los alumnos se miraron.

—Puto genio —murmuró uno de ellos.

Txiki atendía a las lecciones y tomaba apuntes con una avidez de la que jamás había hecho gala en la escuela. Nunca se le habían dado bien los libros y, ahora, ahí estaba haciendo su máster en muerte.

En la cuarta jornada del cursillo, el Rizos los llevó a una zona apartada en lo más profundo del bosque, ladera arriba de una cuneta embarrada. El profe entregó un arma a cada uno de los pupilos, y a Txiki le devolvió la Smith & Wesson que llevaba encima desde que salió de Arrasate. Se había asegurado de que la pistola no estuviera registrada ni de que incriminara a Fiti de Andoain o a cualquier otra persona de la Organización, y al ponerla de vuelta en manos de Txiki le dijo:

—*A ze parea, karakola ta barea.*

Menudo par, el caracol y la babosa.

Txiki empuñó la pistola, apuntó a una víctima imaginaria y sonrió, sintiendo que había encontrado la vocación de su vida.

Realizaron prácticas de tiro. Aprendieron a disparar con y sin protectores auditivos, tumbados, cuerpo a tierra, de pie, flexionando las rodillas y extendiendo los brazos. Txiki disparó con la Smith & Wesson y con una Firebird con silenciador y, como se había portado tan bien y demostrado tanta destreza, le dejaron finalizar las prácticas con un Cetme.

A media mañana llegó el momento que jamás olvidaría, cuando recibieron la visita del jefe militar. Txiki le vio llegar desde lejos, una figura imponente andando sobre las hojas marrones que cubrían el suelo en medio de los rayos de luz solar que se colaban entre la copa de los árboles. Vestía todo de negro, con gafas de sol y jersey de cuello vuelto, y su complexión era muy delgada.

Al principio, Arrano solo habló con el Rizos, y el resto del día se limitó a observarlos cruzado de brazos desde un discreto segundo plano.

Por la tarde, los alumnos se enfundaron los pasamontañas y, mientras el Rizos los filmaba con una videocámara, Txiki y compañía dispararon una salva de ráfagas contra la carrocería de un coche abandonado y sobre varias chapas de silueta humana ataviadas con tricornios.

Al final de la jornada hicieron un pequeño campamento de noche para dormir al raso y compartieron un rancho de alubias en lata que les sentaron mejor que bien. No fue hasta entonces cuando el Rizos les presentó al invitado, y en presencia de una figura de tal envergadura los chavales se sintieron deslumbrados. Txiki no podía creérselo; en su barrio había efigies pintadas con su imagen.

El líder etarra se sentó junto a ellos y los encandiló con su carisma mientras explicaba cómo evitar las detecciones, los seguimientos y las vigilancias de los *txakurras*. Les habló de revisar los bajos del coche para localizar cualquier micro y de las maneras de eludir los equipos direccionales de sonido que podían grabar sus propósitos. Les recomendó alejarse de las autopistas que disponían de cámaras de videovigilancia y evitar registrarse con la novia en tal o cual hotel.

Luego compartió con ellos porros y batallitas, y con apenas un guiño y una sonrisa fue capaz de que todos le juraran lealtad. Llevaba una bolsita con su ración de hierbas a cuestas, y fumaron un poco de hachís. Aquello los indujo a un estado relajado, cosa que los alumnos agradecieron para paliar el estrés al que se habían visto sometidos durante el entrenamiento, y Txiki acabó recogiéndose en su saco de dormir sintiendo un valor que le inundaba el pecho.

A la mañana siguiente, bien temprano, cuando los otros aún dormían, Txiki sorprendió a Arrano y al Rizos bebiendo café en tazas de latón en torno a los rescoldos de una pequeña hoguera. Conferenciaban en voz baja, y Txiki pudo oír que Arrano pedía refuerzos. El Rizos comentaba que sus alumnos estaban algo verdes, pero luego dio su brazo a torcer y acabó pronunciando su nombre.

Txiki no se hacía ilusiones. Sabía que no le elegían por su experiencia. Ahora buscaban gente limpia que no figurara en las fichas policiales por detenciones de *kale borroka* o manifestaciones en favor de los presos. Aun así, se emocionó. Esperaba no decepcionarle.

Arrano le estrechó la mano con fuerza y le dio la bienvenida. Se montaron en el coche y juntos pusieron rumbo a Bayona. Txiki estaba más que feliz. Iba a ser el nuevo miembro del comando Ularra.

84

«*Txoria askatu*» o «*Txoria bota*»

—¿Qué quiere? ¿Que le dé la enhorabuena? Pues no, yo no soy de ir por ahí felicitando. Me pasa el marrón, y a ver qué coño hago yo.

Con sus hombreras rígidas, sus emblemas de grado y todas sus dudas para tramitar una autorización judicial, Josu Fernández se mantenía impasible.

Ginés miró a su jefe y le contestó con su calma habitual:

—Le he expuesto los indicios que justificaban, a mi juicio, un registro del garaje.

—Entiéndame, usted viene con conjeturas, no con pruebas.

—Le entiendo, pero pregúntese: ¿y si, después de meses delante de nuestras narices, se nos va de las manos por no habernos atrevido?

Fernández se acarició la ceja y carraspeó, y ese gesto tan simple hizo que Ginés sintiera deshincharse el globo de la esperanza.

—No me malinterprete —dijo Fernández—. Canta al cielo que el tipo trama algo en ese garaje, pero no sabemos qué.

—Tiene a un secuestrado. Estoy seguro... al cincuenta por ciento.

Fernández expresó su malestar con un bufido.

—Pero, en su informe, usted mismo dice que otra posibilidad es que estén cebando un coche. ¿Qué posibilidades hay de que esto sea cierto?

—Otro cincuenta, y eso era hace unas semanas. Como usted comprenderá, si el empresario está allí, significa su libertad.

—O no. ¿Y si detenemos al tal Pelopintxo y hacemos el registro en un punto sensible de ETA? ¿Y si, después de tocarles los cojones, resulta que Arizaga no está allí? ¿Qué decimos: «Ustedes perdonen, nos hemos equivocado de garaje»?

—Es un riesgo —admitió Ginés.

—Un riesgo con el que podemos provocar que otro comando, el que de verdad tenga al secuestrado, le ejecute. Y a ver quién da la cara.

—Lo sé —repuso Ginés—, pero ante la duda razonable de que ese hombre esté allí, tenemos que actuar. El tiempo se agota, Pelopintxo se puede poner nervioso y hacer una barbaridad.

Ginés sintió cierta desesperación que se le enroscaba al cuello como si fuera su propia vida la que estuviera en juego.

—Actuar... bajo su responsabilidad —deslizó Fernández.

Fernández nunca se mojaba. Quizá por eso era jefe.

—Bajo mi responsabilidad —contestó Ginés.

El pájaro se había revelado como un desagradecido y, después de tanto tiempo juntos, su relación se había deteriorado de manera irreparable. No valoraba la forma en que le había estado alimentando ni el hecho de que se hubiera jugado el cuello por su bienestar. Pelopintxo se preocupaba por el pájaro y le había hecho llegar libros cuando se portaba bien, medicinas cuando las requería, el *walkman* con música, y una bayeta y una palangana como armas para luchar contra la mugre y la humedad. Y todo a escondidas de sus jefes.

El pájaro ya solo comía fruta y verduras. A veces ni eso. Por supuesto, ya ni se saludaban porque si lo hacían acababan discutiendo y entonces Pelopintxo se veía obligado a dejarle sin periódico y sin luz. Carecían de trato y solo le veía cuando le llevaba la comida o le retiraba la mierda del cubo de las heces. Quién sabe, quizá fuera un mecanismo de supervivencia para ambos. O quizá era que ambos habían perdido toda esperanza.

El pájaro estaba llegando al límite de su aguante y no solo era que se le pudiera morir, sino que le veía muy bajo de moral. Pelopintxo le había descubierto un crucifijo hecho con papel de plata entre sus pertenencias y temía que aquel hallazgo fuera un síntoma de que tenía fecha para suicidarse. De hecho, en una de las inspecciones periódicas le había encontrado unas bolsas con basura trenzadas con un pequeño mecanismo de seguridad para no fallar. En otra ocasión, comprobó que se había hecho incisiones en las venas con el afilado puente metálico del *walkman*, como para «probar». El pájaro había estado atareado elaborando un plan, y aunque Pelopintxo ignoraba si tendría los redaños suficientes para llevar a cabo semejante disparate, tenía claro que no iba a darle esa opción. Un desenlace como aquel solo podría desatar la ira de los jefes, porque solo ellos eran dueños de su destino final.

«*Txoria askatu*» o «*Txoria bota*». Dejar libre al pájaro o dispararle. Todos los días leía el *Gara* a la búsqueda del anuncio en clave, deseando encontrar la orden para poner en libertad al rehén porque se había producido el pago y temiendo que encontraría la orden para ejecutarle.

Pelopintxo no se tenía por un monstruo o por un psicópata sin remordimientos; él era un ser humano sensible, y había llegado a desarrollar una nada despreciable dosis de empatía y afecto hacia su pájaro. Pero la realidad era que la misión empezaba a pesarle y ya no tenía ganas de seguir con aquello. En parte era mejor así. Ni la confianza ni el afecto nublarían su juicio cuando llegara la hora de seguir los dictados de la Dirección. Tenía claro que, llegado el momento, seguiría la orden a rajatabla. Atrás quedarían los buenos ratos en los que el pájaro le había mostrado tal sumisión que solo le faltaba menear la cola como Lagun, o los días en los que todavía podían mantener cordiales conversaciones políticas sobre el futuro de Euskal Herria. Atrás quedaría la época de negociación en la que el pájaro comía y se mantenía relativamente sano, y Pelopintxo no tenía que anunciar malas noticias que pudieran soliviantar a sus jefes. Ahora, Pelopintxo había llegado a un punto en el que solo sentía resentimiento hacia el pájaro y las palabras pomposas que usaba para restregarle su educación cara y elitista, hacia todas las cosas —dinero, hijos, mujer— de las que el tipo había disfrutado cuando Pelopintxo no tenía nada.

Bien pensado, quizá no le costara tanto si veía aquel anuncio en el *Gara*. Bien pensado, se veía haciéndolo perfectamente. Bien pensado, estaba deseando hacerlo para dejar atrás aquel penoso trabajo y que los jefes por fin le encomendaran una tarea más acorde a sus capacidades.

«Txoria bota».

85

Si lo consiguen, han ganado dos veces

Aquella tarde, tras asearse, Salva se miró en el espejo del cuarto de baño. Contempló su propio cuerpo, las múltiples cirugías, las extirpaciones de piel quemada y los injertos de tejido trasplantado. Recordó las visitas sin fin al hospital y cómo había empezado a verlas como algo positivo, como un paso adelante para ayudarse a sí mismo y a sus cicatrices. Ya casi que no se imaginaba sin ellas, y en un testimonio de su continua recuperación había empezado a aceptarlas.

Se peinó con la raya a un lado y se vistió con su mejor camisa, que, como toda la ropa que tenía, le quedaba demasiado grande. Era consciente de que en los últimos meses su apariencia había distado mucho de ser presentable, y por primera vez esa circunstancia le importaba.

Se pasó por una tienda de deportes y compró una camiseta del Athletic de talla infantil. Cogió el coche, y todavía conducía por su barrio cuando se detuvo en un semáforo en rojo y vio una pared empapelada con pasquines. En ellos aparecía su fotografía, se le identificaba como la persona que había atacado la *herriko taberna* y se le increpaba con un lema claro y sucinto: ¡SALVADOR GUERRERO, AGRESOR FASCISTA! ¡FUERA DE EUSKAL HERRIA!

Salva ni se inmutó. Ya había visto los panfletos con anterioridad. De hecho, hacía ya más de una semana que las calles habían amanecido llenas de carteles con su cara. Permaneció un rato mirando la pared hasta que el sonido de la bocina de otro coche estalló detrás de él. El semáforo se había puesto en verde y Salva, hastiado por la falta de paciencia de la gente, metió la marcha y se alejó de allí.

Aquella tarde, Juanmari había decidido hacer una visita sorpresa dejándose caer por el piso de la viuda de su amigo. Llevó unas chocolatinas para Unai y Elena no le dejó marchar sin tomarse un café y un buen trozo del pastel que tenía sobre la encimera de la cocina. Juanmari solía visitarlos de vez en cuando, mostraba su cariño y afecto, y siempre preguntaba a Elena si les hacía falta algo. Hablaba con ella de libros, de la esposa y niños de Juanmari cuando estos no le acompañaban en las visitas, de conocidos que tenían en común. De todo, excepto de la política del momento. Elena era el tipo de persona con la que se podía hablar de cualquier cosa. Tenía interés por todo, y esa era una cualidad muy poco común. Además, había algo en ella que le confería cierto atractivo, aún mayor tras la tragedia. Siempre había sido una mujer inteligente, pero la tristeza en sus ojos y la belleza que perduraba la hacían todavía más interesante, como si fuera conocedora de respuestas que la mayoría de los hombres quisieran conocer. Juanmari no tenía duda de que, si quisiera, Elena podría volver a rehacer su vida con otro hombre. Él la animaba y le decía que tenía que volver a subirse al tren y continuar viviendo, pero ella argumentaba que pensar tan solo en aquello suponía traicionar el recuerdo de Xabi. A veces, Juanmari observaba a Elena en sus comportamientos y temía que la soledad estuviera afectándola.

—Hoy viene Salva —dijo Unai con una vocecilla alegre en un momento dado, como si no pudiera contener su excitación.

—¿Salvador? —preguntó Juanmari.

—El escolta —aclaró Elena, como de pasada—. Le hemos invitado a cenar.

Juanmari pestañeó y no dijo nada. Luego hurtó una mirada a su reloj y decidió que no quería extralimitarse ni abusar de la hospitalidad de su anfitriona. Acabó el trozo de pastel y se despidió de forma elegante. Le extrañó que Elena siguiera manteniendo el contacto con el escolta de su difunto marido, pero se contuvo de hacer ningún tipo de comentario. Al fin y al cabo, quién era él para juzgar qué tipo de vínculos se formaban entre las personas después de quedar unidas por un trauma como el que habían sufrido.

Mientras bajaba en el ascensor, Juanmari se puso a pensar en que sus visitas a aquella casa se iban espaciando cada vez más en el tiempo porque sentía que, en parte, respondían a una necesidad de expiar un sentimiento de culpa irracional que le embargaba. Era la culpa de alguien que siente que ha fallado a un ser querido. ¿Sería posible que Juanmari no hubiera luchado lo suficiente por ayudar a su amigo? Iba absorto pensando en todo aquello cuando salió del ascensor, atravesó el portal y abrió la puerta principal. Quizá por eso tardó un tiempo en reaccionar al darse de bruces con Salva.

—¡Hombre! —exclamó al reconocerle.

Enseguida compuso su sonrisa abierta de hombre agradable al que le gusta la gente y le estrechó la mano con fuerza.

—Cuidado, puede que me haga falta —repuso el antiguo escolta.

Juanmari le soltó la mano.

—Lo siento —dijo algo nervioso—. Le veo bien. ¿En forma?

—Ahí vamos.

—Me alegro.

Juanmari miró un par de veces el paquete que Salva llevaba envuelto en papel de regalo bajo el brazo y siguió sonriendo con más entusiasmo del apropiado, dada la situación.

Sin saber por qué, ya que el otro tampoco le había preguntado, Salva se vio obligado a dar alguna explicación:

—Vengo a...

—Sí, ya sé. Están esperándole...

Juanmari titubeó. La conversación de circunstancias no parecía llevar a ningún lado, y tras un corto silencio le dio una palmada a Salva en el hombro y dijo:

—Le dejo, que tengo que recoger al chico del entrenamiento.

—Sí, yo...

—Que le vaya bien.

Y se marchó con un andar rápido y la cabeza agachada. Mientras se alejaba por la acera, Juanmari sintió un pequeño resquemor y la culpa volvió a asaltarle. Intentaba comprender de dónde venía, pero no era capaz de ubicar su origen.

Pensando en lo maravilloso que era que un tipo como Juanmari le quisiera, Salva empezó a subir la escalera de aquel edificio en el que tantas veces había estado. De repente le golpearon los recuerdos del fatídico día, tuvo que agarrarse a la barandilla y respiró hondo. El momento no duró mucho y siguió ascendiendo hasta llegar al rellano, y la angustia acabó por disiparse en cuanto se abrió la puerta de la vivienda.

Elena le dio la bienvenida con una genuina expresión de afecto y Unai salió corriendo y se echó en sus brazos.

—¡La camiseta de Yeste! —exclamó el crío cuando abrió el regalo, y se puso la camiseta y no se la quitó durante el resto de la noche.

Cenaron la *piperrada* y los chipirones que había preparado Elena, y en los postres, tras una conversación trufada de risas y temas amables, Salva les anunció de forma tímida que había decidido tomar las riendas de su vida.

—Estoy pensando en opositar a profesor de secundaria —empezó diciendo con voz tímida.

Lo soltó de repente, y casi al mismo tiempo se dio cuenta de que aquella era la primera vez que lo decía en voz alta a otra persona. Se sintió inseguro y no supo si había sido una buena idea verbalizar ese anhelo que le rondaba.

—¡Salva! —exclamó Elena, y esbozó una sonrisa sincera.

—Todavía no es seguro. —Salva se frotó el cogote con una expresión avergonzada—. Estoy harto de no hacer nada.

—Es un sueño, un proyecto. Eso está muy bien.

—No sé..., siempre me gustó la enseñanza.

—Desde luego es un reto.

—Espero ser capaz de bregar con los chavales.

—Vas a poder con eso y más.

Salva sintió una pizca de orgullo.

Claro que sí, él era capaz de eso y de más. Y daba igual que los demás no dieran saltos de alegría o le desmotivaran con un «tanto estudiar para qué» o «lo que no tienes son ganas de trabajar y lo estás alargando». En ese momento, lo decidió: iba a prepararse unas oposiciones.

Se volvió hacia Unai y, guiñándole un ojo, exclamó:

—¡Voy a ser profe! ¿Qué te parece?

Unai se echó a reír, imaginándose tal vez a Salva como su profesor favorito, con esa aura de bondad que solo puede verse en los hombres corpulentos si se los mira con ojos infantiles.

Salva y Elena cruzaron sus miradas. A pesar de la risa de Unai, cada uno fue consciente del dolor que había en el otro. Al final, la risa del niño se fue apagando y solo quedó un silencio incómodo entre los adultos.

—Me dijeron lo que hicieron en el cementerio... —dijo Salva, al cabo de un rato—. ¿Cómo estáis?

—Oh, estamos bien... estamos bien —contestó Elena, encogiéndose de hombros y quitándole importancia.

Las cosas distaban de estar bien, y ambos lo sabían. Salva se fijó en el reloj roto de Xabi en la muñeca de Elena, y en Unai, que miraba a los dos adultos sin comprender.

Tras la cena, se sentaron en el sofá de la sala de estar, Salva con una taza de té y Elena con Unai. El niño se había quedado frito en su regazo y ella hablaba en voz muy baja a la tenue luz de la lámpara. En la penumbra de la habitación, su piel tenía un tono aceitunado.

—Ni verle me dejaron, aunque fuera para reconocerle... No sé, igual me alegro; mejor recordarle tal como era. —Su semblante se relajó ante los recuerdos—. Cuando salía del trabajo me iba hasta el túnel de El Antiguo a buscarle y paseábamos por la playa... Son tantos recuerdos..., le conocí con diecisiete años, una niña... Otras veces me da por pensar en tantas cosas que se va a perder... —Se volvió hacia Salva—. Tienes que aceptar que la vida no va a ser igual.

Salva miró hacia abajo, hacia su té, y respondió:

—No sé tú, pero yo me siento un cero a la izquierda..., un estorbo.

—No lo eres. Solo tienes que buscar algo a lo que agarrarte, lo que sea. —Se inclinó hacia él y le sonrió—. Y ahora tienes las oposiciones.

Salva asintió vigorosamente, pero luego alzó la cabeza y contempló a Elena con una especie de vehemente tristeza.

—¿Y tú? —le preguntó—. ¿A qué te agarras?

Elena bajó la mirada hacia Unai, le acarició el pelo y susurró:

—Cada día se parece más a él.

—Está hecho un campeón.

—Se da cuenta de muchas cosas, pero parece que lo tenga todo oculto en un cajón.

—Le entiendo. A veces sientes que hay algo, como algo pendiente que te come por dentro. Es para llorar de rabia e impotencia. No sé, que alguien diga algo, que alguien pida perdón.

Los labios de Elena formaron un pequeño mohín.

—Olvídate, no van a dar la cara.

Salva no parecía demasiado satisfecho con aquello.

—Entonces, ¿qué toca?, ¿borrón y cuenta nueva? Hacen como que no ha pasado nada, pero aquí han pasado muchas cosas. Que van a traernos la paz dicen, después de lo que han hecho todo este tiempo. Qué coño, si es que encima lo dicen como si te perdonaran la vida, sin un solo remordimiento.

—¿Y qué diferencia hay?

—¡La hay!

Enseguida se arrepintió de haber subido la voz más de la cuenta.

Unai se movió en sueños y Elena le respondió en voz baja:

—¿Te van a devolver tu vida? ¿Van a devolverme a mi marido?

Salva no supo qué decir. Era incapaz de comprender por qué Elena no sentía la misma indignación que a él le embargaba. No podía entender que, en aras de la reconciliación y de la paz, ahora pretendieran que todos se fueran juntos de *pintxopote* como si no hubiera pasado nada. No podía entenderlo cuando tanta gente había tenido que dejar su vida e irse de su pueblo por cuatro mal nacidos; cuando tantos se habían tenido que conformar con un «lo siento» a escondidas cuando le habían matado a algún ser querido; cuando lo poco que quedó del hombre que amaba la mujer que tenía enfrente, el hombre al que Salva consideró su amigo, lo habían tenido que recoger con escoba y recogedor. ¿O era ese el precio que debían pagar para que todo aquello llegara a su fin, el precio para que ya no hubiera más muertos, más acoso y más silencio cómplice?

Elena alargó la mano y le tocó la muñeca. Él la miró con los ojos furiosos y parecía como si no estuviera ahí.

—No necesitas su perdón, Salva —dijo Elena—. Tú mismo lo has dicho. Guardar rencor a los que nos hicieron esto es como tomarte veneno. Corta el cordón, no dejes que el odio te consuma. No te pueden hacer perder tu humanidad, porque si lo consiguen, han ganado dos veces.

Salva miró a Elena y vio en ella a una mujer valiente. Le habían arrebatado aquello que había amado con todas sus fuerzas y, aun así, había decidido que no tendrían su odio. Lo había decidido con firmeza, sin importarle las distintas maneras en las que le habían hecho tanto daño.

Media hora después, tras despedirse con la promesa de intentar verse más a menudo, Salva bajó a la calle y se montó en el coche. Agarró con fuerza el volante, y en vez de arrancar el motor miró hacia la parte de la fachada del edificio situado dos plantas más arriba y se imaginó a Elena acostando a Unai en la cama. Permaneció en silencio un rato, aislado de todo, como si estuviera en trance. Luego cerró los ojos y agachó la cabeza. Sus hombros se pusieron a temblar y unos lagrimones le rodaron por las mejillas, y entonces se puso a golpear el volante con rabia.

—¿Qué coño te pasa? ¡Eh! —se decía a sí mismo mascullando entre dientes—. ¿Qué cojones te pasa? ¡Hostia ya!

Se derrumbó, no como un niño, sino como un hombre.

Siguió sollozando, sin entender las emociones que dominaban su cuerpo, asustado por esa oleada de sentimientos que le golpeaba, hasta que consiguió tranquilizarse.

—Eso es —se dijo una y otra vez—, eso es...., eso es...

Se secó las lágrimas que le quemaban la cara, arrancó el coche y se marchó de allí.

86

Como la seda

Todo se precipitó sin remedio.

Alkorta consideraba que no se podían seguir postergando las detenciones. Gamboa había sufrido unos destrozos en su taberna y aquello podía llamar la atención sobre la recaudación del impuesto. Al mismo tiempo, los miembros del comando Ularra podían estar esperando una señal, una fecha, algo, para volver a actuar. Reyes se mostraba en desacuerdo. Seguía dudando de la oportunidad de hacer los arrestos, entendía que tenían controlado al *talde* en el piso franco y prefería esperar a que Arrano apareciera en el próximo encuentro. Sin embargo, ninguno de los dos iba a tomar la decisión, y fue Matival quien los llamó en la madrugada de aquel sábado para que acudieran a la comisaría de Bayona.

Cuando llegaron a la sala de conferencias, vieron que la estancia se hallaba repleta de agentes de asalto con chalecos antibalas sentados en torno a varias mesas. Hacían cena fría, comprobaban las armas y analizaban planos del piso franco. Todos tenían los mismos ojos de lince y las hechuras de profesionales con formación militar.

Matival estaba en el centro de todo aquello como si dirigiera el tráfico, tenso como un arco mientras varios analistas iban y venían llevándole nuevas piezas de información.

— Ah, *mes amis* —dijo al verlos.

No parecía haber tenido un buen día, se le veía ojeroso y olía a café barato. Se acercó hasta ellos y fue directo al grano:

—No podemos aguantar más tiempo este *impasse*. Llevo meditando todo el día y hemos decidido preparar el despliegue.

Había decidido que iban a entrar en el piso franco para detener a las personas que estuvieran allí, con la presencia del quinto inquilino o en su ausencia. El temor a seguir de brazos cruzados mientras presenciaban los preparativos para un nuevo atentado sin darse cuenta de ello, el riesgo de una huida precipitada o incluso la posibilidad de que se produjera una ensalada de tiros en una zona llena de vecinos si la vigilancia se prolongaba habían sido las causas determinantes que precipitarían el registro.

En cuanto Matival les trasladó los detalles, Alkorta llamó a Camaño para informarle: se iba a proceder a la detención del comando en Bayona en cuestión de horas. Según lo acordado, Camaño debía comunicarse con el juez español para que este autorizara la detención simultanea de Gamboa. Capote y Cruchet, que le tenían controlado en Mondragón, serían los que llevaran a cabo la operación. Al menos, esa era la idea. Sin embargo, hubo algo en la reacción de Camaño que no gustó a Alkorta. No era reticencia, era un cierto desasosiego en la voz del comisario, pero Alkorta no podía detenerse a analizar las causas porque la operación en Bayona estaba en marcha.

En Francia estaban prohibidos los registros domiciliarios nocturnos y esperaron unas horas más. Al alba, el equipo de agentes de asalto abandonó la sala de conferencias y se hacinó en un par de furgonetas camufladas de France Telecom. Las furgonetas abandonaron el aparcamiento de la comisaría y atravesaron la ciudad hasta penetrar en el barrio de Saint-Esprit. Circularon despacio por delante de las tiendas cerradas y los portales a oscuras, llegaron a la calle Brigadier Muscar y aparcaron frente al edificio del piso franco.

Alkorta y Reyes permanecían en el puesto de mando de la comisaría junto a Matival.

—*Que le bal commence* —ordenó el capitán francés por el radiotransmisor.

Y el baile comenzó. Los agentes de asalto se introdujeron con sigilo en el edificio y fueron tomando el bloque planta a planta hasta tener bajo control azoteas y ascensores. Matival escuchaba la evolución de los acontecimientos y ladraba órdenes con el radiotransmisor pegado a la oreja. Nadie más hablaba. Alkorta y Reyes ni siquiera se movían. Todos asistían expectantes a los movimientos de los agentes hasta que estos entraron en el piso franco y arrestaron a todos sus ocupantes.

Pasaron unos minutos de desconcierto hasta que la radio emitió de nuevo un sonido.

—*Poste de commandement.*

Matival cogió el auricular de la base y apretó el botón.

—*Ici poste de commandement. Vas-y.*

—*Les occupants sont arrestés.*

—*Combien il en y a?*

—*Quatre. Quatre hommes.*

—¿Cuatro? —preguntó Reyes.

Matival asintió.

Reyes movió la cabeza con cierta ojeriza.

—*Ont-ils été identifiés?* —inquirió Matival.

Hubo una larga pausa entre ruido de transmisiones eléctricas hasta que la radio volvió a replicar:

—*Pas encore.*

—*Vérifiez la description physique. Est-ce qu'il y a un individu grand et mince?*

—Que le miren las manos —dijo Reyes.

—*Vérifiez les mains des détenus* —repitió Matival sobre la radio.

—*Les mains...? Répétez s'il vous plait.*

—La mano izquierda —añadió Reyes—. ¿Alguno tiene un muñón?

Matival cerró los ojos un instante y se colocó el auricular contra la frente como si aquello le ayudara a ordenar los pensamientos. Luego lo retiró y se lo acercó a la boca.

—*Est-ce qu'il y quelqu'un qui manque des certains doigts sur la main droite?*

Hubo una pausa de incredulidad al otro lado y luego otra pausa aún más larga con ruidos de fondo, hasta que la voz del agente crepitó de nuevo en la radio.

—*Poste de commandement.*

Matival cogió el auricular.

—*Vas-y.*

—*Tous les détenus ont les mains... bien..,. eh..., complètes.*

Matival se volvió hacia los españoles y movió negativamente la cabeza. Alkorta cruzó las manos sobre el regazo, Reyes apartó la mirada y durante un rato nadie pronunció una palabra más.

Finalmente, Matival declaró:

—Arrano no está entre ellos, pero algo es algo. —Abrió los brazos y alzó las cejas—. *Petit à petit l'oiseau fait son nid.*

Y así acabó la operación, con aplausos y abrazos entre los policías en señal de alivio y reconocimiento. Más tarde, los detenidos serían llevados a comisaría. Allí se les tomarían las huellas dactilares y uno a uno serían identificados: Zapa, Dienteputo, Brujilla y Gorka. Los hombres más buscados, los temibles miembros del comando Ularra. A posteriori, las huellas encontradas en un neceser y los restos de ADN presentes sobre varias prendas de ropa confirmarían el paso de Arrano por el piso franco. El jefe etarra había estado entrando y saliendo del edificio ante sus narices y sin ser detectado. La existencia de un ventanuco en el rellano de la segunda planta permitía el salto a una ladera que subía casi pegada a la fachada trasera. Habían desechado esa posibilidad porque el salto era muy peligroso, pero estaba claro que a Arrano ese pequeño detalle le había traído sin cuidado.

Esa misma madrugada, Reyes se desplazó al piso franco para colaborar en las labores de registro. Por el camino iba pensando que el Jefe Comanche les había dado esquinazo mientras estaban convencidos de que le tenían. ¿Cuántas otras veces lo habría hecho durante las últimas semanas? ¿Cuántas veces habrían estado convencidos de que le vigilaban cuando en realidad él se hallaba en otro lugar planeando nuevas acciones? Pese a que esas y otras preguntas le rondaban por la cabeza, la satisfacción por el deber cumplido fue atemperando su decepción. Habían perseverado sin desfallecer ante los reveses durante meses de duro trabajo. ¿Qué más podían pedir? El comando Ularra estaba desarticulado y todo había ido como la seda.

87

Aviso con letrero luminoso

Sonó el portero automático, de forma insistente.

—*Bai?*

—¡Corre, baja! ¡Es tu *ama*!

—¿Qué?

—¡Que bajes! ¡Ha sido un coche! ¡Está aquí, en la calle!

La voz sonaba familiar, debía de ser un vecino, y Pipe bajó los escalones de cuatro en cuatro y salió al soportal de la calle.

No tardó en darse de frente con la pintada.

TRAIDOR, se leía en la pared. Al verse señalado, sintió en sus carnes la ironía y algo más, porque las gotitas de espray rojo rodaban frescas desde la línea vertical que marcaba la diana sobre la O.

Miró a un lado buscando a su madre, y en ese momento varias manos le engancharon y le arrastraron entre dos coches. Consiguió revolverse y soltar un codazo en la mandíbula de uno de los encapuchados, pegó un brinco y saltó por encima del capó de un coche.

No llegó a la acera.

Sus agresores le agarraron del pantalón y cayó al asfalto. Otras manos le cogieron del pelo y le estamparon contra un parachoques.

Luego, el suelo pareció levantarse y golpearle en la cara. Más figuras —dos, tres, nunca lo supo— se echaron sobre él y se emplearon a fondo, propinándole una lluvia desordenada de patadas y puñetazos. Intentó esquivarlos de primeras, pero al final no le quedó más remedio que encogerse en posición fetal y aguantar el chaparrón de golpes.

Lo que posiblemente durara solo unos segundos, para él se hizo eterno. Cuando todo acabó oyó las respiraciones entrecortadas de sus atacantes, y entre ellas, una voz conocida y juguetona que le interpelaba:

—¿Qué tal, Pipe? ¿Te sigues creyendo la hostia en verso? Ya te lo dijimos de forma amable. Oye, te estás confundiendo. Lo de ahora es un aviso con letrero luminoso, para cuando declares ante el juez. Y si no te portas bien, lo siguiente será que dejemos cócteles molotov con tus huellas para que te cojan. Tú verás lo que más te conviene.

Después de aquella advertencia oyó como las zapatillas de deporte de sus asaltantes golpeaban el asfalto mientras se alejaban corriendo, y luego la calle se quedó en silencio salvo por el gorgoteo del agua sucia en alguna alcantarilla cercana.

Pipe permaneció tendido sobre el asfalto, boqueando como un salmonete fuera de su elemento. Le dolía todo el cuerpo, pero no le importaba. Se puso a pensar en algo que se le escapaba mientras permanecía mirando los cables de alta tensión, combados por el peso, que cruzaban de un tejado a otro de la calle bajo un cielo nocturno virgen de estrellas.

Nunca resultaba fácil salir, ni queriendo. Por eso los que se distanciaban de aquello lo hacían con excusas, mucho cuidado y sin criticar. «Es que me voy a la Politécnica de Barcelona, a estudiar aparejadores», y demás. Y luego estaban los gilipollas como Pipe, que iban a comisaría y se autoinculpaban. De esos no conocía a ninguno, quizá porque les caerían algo más que amenazas.

Pipe se incorporó y escupió algo de sangre. Por fin cayó en el pensamiento que se le escapaba. Ya sabía a quién pertenecía la voz que había reconocido. Era la voz de uno de sus amigos. Era la voz de Ibon.

Diez minutos después, Jone entró en la casa. Volvía del despacho, y dejó su maletín de fuelles en la entrada. Oyó el grifo abierto, y mientras se dirigía al cuarto de baño le dio por pensar que estaba demasiado agotada para llorar y demasiado triste para irse a la cama. Otro día más que se preguntaba cómo podría hacer para salir de todo aquello. Sabía bien del delirio militarista que se gastaban sus compañeros, y desconocía si seguían observándola. Sobre todo, era incapaz de apartar de su mente la cara de Arrano. Desde aquel día en las Landas, no dejaba de tener pesadillas con él. Nunca con Asier. Ni con Gamboa. Parecía que Arrano se hubiera apoderado de sus sueños, y en ellos el jefe militar la observaba desde la oscuridad, con el pelo empapado por el sudor y aquella sonrisa que helaba la sangre; la sonrisa se convertía en un bramido y entonces ella se despertaba.

Al asomarse al cuarto de baño se encontró el panorama.

Pipe estaba frente al espejo, con la camiseta rasgada y algún diente suelto. Tenía un ojo hinchado con un moratón que le crecía por momentos, y todavía andaba enjuagándose la sangre de la boca.

—Pero, *maitia*, ¿qué ha pasado?

Jone se abalanzó sobre él, totalmente alterada.

Pipe bajó la barbilla hacia el pecho.

—Me he dado un hostión. Con la tabla.

—¿Con el patín? No te lo crees ni tú. ¡Si estás hecho un cristo!

Ella empezó a toquetearle de arriba abajo, buscando moratones ocultos o lesiones importantes, y Pipe se dejó hacer.

—No es nada..., en serio..., parece peor de lo que es.

Pero Jone no se lo tragaba. Solo sabía que su hijo la necesitaba. Parecía tan débil... Tenía los ojos asustados, la cara sudorosa y pálida.

—Vamos ahora mismo al hospital y que te vean.

Pipe no tenía fuerza ni para hablar, y Jone no quería separarse de él. Le cogió la cara entre las manos y, con suma ternura y delicadeza, le inspeccionó las heridas del rostro.

—Dime la verdad.

Pipe la miró con una expresión triste y confusa.

—La he cagado, *ama* —confesó.

—Si no me dices qué te pasa, no puedo ayudarte.

—Es que no puedes.

—Pipe... —musitó Jone.

—No. No puedes.

Pipe se deshizo de las manos de su madre y salió del cuarto de baño, y Jone apoyó las manos sobre el lavabo ensangrentado y se quedó mirándolas como si no estuviera segura de cómo habían llegado allí.

88

¿De verdad tenéis permiso para esto?

Esa mañana, Avelina estaba viendo el programa de las mañanas en una pequeña tele en la cocina de casa cuando Gamboa y su viejo albornoz aparecieron en la cocina.

—¿Se puede saber por qué no me has despertado?

—Ayer me diste la murga porque te desperté y no te dejaba dormir —replicó Avelina sin dejar de ver la tele—. Hoy me dices que por qué no te despierto.

—Tengo que abrir, mujer, no quiero tener a los clientes esperando.

—A ver si te aclaras, Ramón.

Gamboa se rascó el trasero bajo el albornoz y dio la conversación por terminada. Desayunó, y tras volver al dormitorio se cambió y sacó el Mercedes del garaje. Mientras conducía, se puso a pensar en sus asuntos, y el mal humor se le fue pasando. La situación con Jone había sido reconducida y ahora todo estaba en manos de Asier. No habría querido llegar a aquello, pero las circunstancias le habían forzado y, al menos, ahora todos podían respirar un poco más tranquilos. El seguro se había hecho cargo de los destrozos que aquel loco le había ocasionado en el bar, y había aprovechado para poner una nueva serpentina de cerveza y renovar parte del mobiliario. No tenía razones para quejarse. Todo iba viento en popa y no había nubes en el horizonte. De hecho, se sentía tan contento y relajado que cuando se estaba acercando a la calle de la *herriko* iba silbando y con una media sonrisa en la cara.

Por eso se sorprendió tanto al doblar la esquina y ver aquel coche parado en medio de la calle.

Un tipo bajito con gafas reflectantes y pinta de *txakurra* le esperaba de pie junto al capó. Llevaba las manos cruzadas a la espalda y las piernas separadas en una irritante pose de superioridad. Gamboa detuvo el Mercedes en seco y se quedó mirando al frente. El tipo no hizo nada, y Gamboa pensó: «Qué extraño».

De repente, sintió que el corazón le daba un vuelco. Oyó una serie de chirridos y vio varios coches que frenaban a su alrededor bloqueándole cualquier escapatoria. Un grupo de agentes de paisano, algunos con chalecos reflectantes, otros con pasamontañas, salieron de los vehículos y le encañonaron. Gamboa abrió la puerta y quiso echar a correr, pero ya no tenía mucho de atleta y acabó arrojándose al suelo.

Capote y Cruchet aparecieron entre los policías.

—¡Ramón Gamboa! —exclamó Cruchet, como si le conociera de toda la vida.

Capote se acuclilló y chasqueó los dedos frente al tabernero.

—Te veo lento hoy, Ramón —observó—. ¿Te preocupa algo?

Gamboa los miró y, sin poder ocultar su sorpresa, dijo:

—Pero ¿de verdad tenéis permiso para esto?

Capote empezó a cachearle.

—Joder —exclamó—. Os creíais intocables.

Mientras le registraban, Gamboa miró a su alrededor buscando alguna cara comprensiva, y no vio ninguna. Un transeúnte miraba el espectáculo desde la puerta de una lavandería. Una familia que salía de una panadería también se había detenido a observar el follón. Y una señora, cerca de una farmacia. Los arrasatearras le miraban con curiosidad, cuando no indiferencia, y nadie entre las personas que se suponían que eran «su» gente movía un dedo para ayudarle.

Capote metió la mano en el bolsillo del chaleco de Gamboa, se hizo con la Moleskine y le echó un vistazo. Luego le puso la libreta frente a la cara y, hoja tras hoja, fue enseñándole sus propias anotaciones: cuentas de balance, listados con fechas, cifras, entregas de dinero y pagos.

Gamboa apartó la mirada y los agentes le pusieron en pie. El tesorero escupió la gravilla que le colgaba de la barbilla y sintió una aflicción muy profunda. Su valiosa libreta, el trabajo de toda una vida, había acabado en manos de aquel tipo cuya cara le sonaba, pero al que no sabía ubicar con certeza.

89

El último en echar la persiana

La Negra siempre había temido que la expulsaran. No conocía a nadie allá fuera y a veces bromeaba diciendo que prefería evitar su inevitable paso a la libertad condicional. «En cuanto ponga el pie en la calle con los permisos de fin de semana, me echan», llegó a decir más de una vez.

Pero no solo no la expulsaron, sino que, nada más salir con el tercer grado, una asociación de monjas se ocupó de ella. La Negra encontró trabajo en una peluquería en Manresa, se empadronó e incluso se echó novio, un chaval tímido y con buena planta que trabajaba en una fábrica de montaje de todoterrenos.

Una mañana a mediados de octubre, la Negra volvió a la cárcel, pero esta vez para visitar a su antigua amiga. Iba acompañada de su novio y, por la forma en que este le cogía la mano y le sonreía, se veía a la legua que era un tipo sin trampa ni cartón, que la quería. Lierni le dio el visto bueno, y los tres estuvieron riendo y recordando anécdotas. Pasados unos minutos, el chaval comprendió que les gustaría estar a solas y se marchó del locutorio con la excusa de que iba a estirar las piernas.

—Treinta y siete palos —dijo la Negra, ya a solas frente a Lierni, con esa sonrisa eterna— y empiezo a soñar. ¿Qué te parece?

—Que me encanta verte así —respondió Lierni con alegría.

—Después de tantos años, abro los ojos y sonrío al estar viva. No necesito para moverme ninguna mierda de las que tomaba.

—Tienes mucho ganado.

—Sé perfectamente lo que no quiero hacer —reconoció la Negra, y miró a Lierni con esos ojos almibarados—. ¿Y tú?

Lierni se encogió de hombros y contestó:

—La única solución es levantarse un día y decir: «Quiero dejarlo».

La Negra sonrió la sonrisa más bonita que Lierni jamás vería en su vida. Luego, alzó la mano, con uñas alargadas perfectamente decoradas con estrellitas, hasta los labios, la besó y la pegó contra el cristal. Fiel a su esencia, no pudo reprimir compartir una última perla de sabiduría:

—Ser valiente no consiste en no tener miedo, *chérie*. Ser valiente es tener miedo y aun así hacer lo correcto.

Al día siguiente llovió durante toda la mañana y las temperaturas bajaron de forma considerable. Lierni regresaba de clase. Llevaba bajo el brazo un ejemplar ajado de *El Señor de los Anillos* y sus cuadernos del curso de la Alianza Francesa. En los últimos tiempos se había dedicado en cuerpo y alma a estudiar cursos de ofimática en las aulas del Sociocultural y a realizar talleres de soldadura y montajes eléctricos. Si algún día salía al exterior y le preguntaban por su formación, querría poder decir algo más que «llevo toda mi puta vida en esto».

Carmen la interceptó en medio del patio.

—¿Piensas seguir así? —le soltó de sopetón.

Llevaba a Soledad e Idoia detrás. Mamá Pata y sus patitas.

—Así, ¿cómo?

—No abuses de mi paciencia.

Hacía un frío vigorizante y de sus fosas nasales emanaban nubes de un vaho eléctrico.

Soledad se acercó a Lierni, le arrebató el libro y se puso a hojearlo.

—¿Adónde vas con esto? —le preguntó.

—De viaje.

—¿De viaje? —Soledad alzó la vista y le dedicó una sonrisa burlona—. ¿A la playa o a la montaña?

Lierni recuperó su libro de un zarpazo.

—Viajo con la imaginación, *txotxola*.

Intentó seguir su camino, pero Carmen no la iba a dejar partir con tanta facilidad.

—Tengo un problema con tu actitud.

—¿Qué problema? —pregunto Lierni, cansada.

—Dímelo tú.

Lierni esquivó su mirada y suspiró. No tenía ganas de discutir.

—Estás dando mal ejemplo —le advirtió Carmen—, y no ganas nada saltándote las huelgas y los *txapeos*.

—¿Y si me dejáis en paz? Solo estoy haciendo mi vida.

Carmen pareció arrepentirse de sus maneras y suavizó el tono.

—Si una desobedece, ya se está marcando, para bien y para mal. Escucha, estas iniciativas son importantes, valen...

—Solo valen para tenernos controladas.

—No es malo tener expectativas.

Lierni ahogó una risita amarga.

—¿Qué expectativas, Carmen? No digas chorradas.

—Puede que pronto consigamos una negociación, ¿sabes? Que esto se arregle y decidan cerrar la persiana a cambio de la amnistía y todos a casa. Y al salir a la calle que podamos decir: «¡Vaya satisfacción!».

Su tono era tan jovial que sonaba a hueco, pero Carmen leyó en la cara de Lierni que su táctica no estaba surtiendo efecto y las facciones de su rostro se endurecieron. Por un instante, recordó a la etarra sanguinaria que pintaban los medios de comunicación.

—Pero mientras eso llega —añadió—, hay que aguantar para poder salir todos juntos sin que nadie nos reproche nada.

Carmen echó un vistazo hacia Soledad e Idoia, y volviéndose de nuevo hacia Lierni moduló su tono de voz y le dijo:

—¿No lo ves? Todo esto, todo el sacrificio, no vale para nada si no nos arropamos unas a otras y le damos un sentido al tiempo aquí dentro.

Lierni dio un paso para seguir su camino.

—Eres tú la que no ves. Yo no quiero esconderme en el rebaño.

Nunca vio que Carmen moviera la mano, pero sintió que la *arduraduna* la enganchaba del brazo y que sus uñas se le clavaban en la piel.

—¿Vas a abandonar? —le susurró Carmen al oído—. ¿Es eso? ¿Es que ya te han venido con el cuento del traslado a Nanclares? —Meneó la cabeza y le lanzó una mirada de lo más ácida—. La cárcel te ha vencido. Vas a justificar tu fracaso personal ridiculizando el movimiento y a toda la gente que le respalda. Que sepas una cosa: si crees que con esos traidores tienes futuro, es que estás loca, ¡loca!

Soledad e Idoia asistían incrédulas a la conversación, observando a la una y a la otra, y al duelo que se traían.

Lierni se quedó mirando fijamente a la *arduraduna*. De repente, se le antojó que era una pobre mujer que no sabía ni cómo salir adelante en la vida, una mujer mediocre y amargada que parecía tan vulnerable que daban ganas de abrazarla.

—Puede que yo esté loca, Carmen, pero el último que se quede a apagar la luz y a echar la persiana, ese será un gilipollas.

Carmen se mordió el labio y pareció quedarse sin saber qué decir. Tenía los puños apretados y temblaba de ira. Le sostuvo la mirada durante un rato y al final clavó los talones en el cemento, dio media vuelta y se marchó seguida de sus dos acólitas.

Lierni se quedó mirando a las tres mujeres mientras se alejaban por el patio lleno de charcos. Supo que no volvería a hablar con ellas y se sintió más sola que nunca.

90

Un manto mágico

Arrano conoció la caída del comando mientras conducía de la casa clandestina de adiestramiento de las Landas al piso franco en Bayona. Las noticias en la radio del Peugeot 207 eran contradictorias y todavía no se conocían todos los datos.

—¿Qué hacemos ahora? —preguntó Txiki.

Miró a Arrano buscando una respuesta o un gesto de ánimo, pero el rostro de este permaneció impasible.

De repente, Txiki sintió que la Smith & Wesson le quemaba en los pantalones. ¿Se sentía nervioso? «Qué va», se dijo. Una concesión en vísperas de la batalla, llegado el caso, nada más. Pero la realidad era que Txiki no contaba con que vinieran tan mal dadas nada más empezar su misión de gudari. ¿Quién sabe? Tal vez Arrano decidiera dar marcha atrás para dejarle en un sitio seguro. En su desesperación, se aferró a esa posibilidad.

—*Bietan jarrai.*

La voz de Arrano, implacable, le hizo bajar de las nubes. Y con la misma certeza con la que sentía su propio sudor, Txiki supo que Arrano jamás se echaría atrás, que sería capaz de solventar cualquier dificultad que se le pusiera por delante. Solo le quedó agachar la cabeza, mientras el jefe militar aceleraba el coche hacia una Bayona repleta de policías.

Arrano necesitaba concentrarse y trazar su próxima línea de actuación. No le importaba tanto la suerte de sus camaradas de armas —al fin y al cabo aquello era una guerra y en toda guerra había bajas— como el revés estratégico que suponía para la Organización. Por otro lado, el destino le mostraba de nuevo que le acompañaba de la mano; esta vez se había salvado por su excursión a las Landas, por culpa de ese asunto molesto con la abogada y por su visita a la casa de adiestramiento para reclutar a Txiki. El destino velaba por él, de lo contrario a esas horas ya estaría engrilletado como los miembros del comando Ularra.

En realidad, solo unos segundos le habían bastado para decidir que seguiría hasta Bayona. A pesar de que acercarse al piso franco era meterse en la boca del lobo, precisamente eso era lo que tenía en mente. No iba a correr y a desaparecer en alguno de los refugios que la Organización tenía repartidos por Hendaya o Burdeos. Pensar que haría eso era no conocerle. Su trayectoria de éxitos se basaba en su temeridad, y aunque eventualmente tendría que ocultarse, todavía pensaba que podía salvar algo de la debacle. En el garaje del edificio del piso franco, cargados en el maletero de un Seat Ibiza con matrícula falsa, descansaban cinco preciados bidones de nitrometano que esperaban a ser descubiertos. La plaza que ocupaba el vehículo había sido alquilada a otro particular y no estaba vinculada al propietario del piso franco. Si algo tenía claro Arrano era que no iba a dejar que aquel botín cayera en manos de la gendarmería.

Llegaron a Bayona y aparcaron en un aparcamiento público

situado junto a un café. Arrano dejó a Txiki esperando en el local y recorrió a pie las seis manzanas que conducían al piso franco situado en la calle Brigadier Muscar.

El lugar bullía con una actividad inusual, y vecinos y curiosos poblaban la calle. Aunque el registro del piso debía de haber terminado y el operativo se estaba desmontando, todavía había mucha presencia policial. El acceso a toda la manzana estaba cortado y los agentes cargaban las últimas cajas con material incautado en furgones. Un helicóptero de la policía sobrevolaba las cabezas molestando con el zumbido de sus aspas en cada pasada.

Arrano se coló entre la multitud y paseó entre los gendarmes que iban de un lado a otro. Caminaba sin un atisbo de preocupación, con una confianza arrogante. Sentía que le cubría un manto mágico que le hacía invisible, y la sonrisa torcida detrás de sus oscuras gafas de sol se mantuvo hasta llegar a la cinta policial.

Allí adoptó su mejor apariencia de ciudadano ejemplar y se dirigió hasta un gendarme veterano con el pelo chafado y una mancha de café sobre el uniforme, que impedía el acceso al edificio con gesto cansado.

—*Bonjour, monsieur. Est-ce que nous pouvons y accéder?*

El gendarme le miró con suspicacia.

—*Non.*

Arrano insistió.

—*À quelle heure peut-on rentrer?*

—*Monsieur, attendez comme tout le monde.*

Estaba claro que el policía no iba a colaborar.

Arrano miró hacia la acera de enfrente, y allí vio, prestos a ser usados como cómplices involuntarios, a una pandilla de adolescentes magrebíes sentados en torno a un ciclomotor. Vestían con elásticas de fútbol apretadas y comentaban con inocencia las pasadas del helicóptero policial entre los edificios.

Fingiéndose un miembro indignado de la comunidad de aquel barrio, Arrano empezó a desbarrar.

—*J'en ai marre. C'est les jeunes encore une fois de plus. Ce quoi cette fois? C'est à cause des gangsters, n'est pas?*

El gendarme seguía en silencio.

Arrano siguió con su papel y sus lamentos, lanzando alguna sonrisita de vez en cuando.

—*Toujours la même histoire, eh. Ils ne se sent pas compris, mais ils gâchent tout pour tout le monde. Ça nous a pris des années pour ramener une clientèle dans ce quartier et ils continuent à souiller notre image.*

El gendarme soltó una risita hipócrita, como si el comentario le hubiese congraciado con un alma gemela. Pero no era suficiente.

Arrano le acompañó en la risa y volvió a insistir.

—*Au moins, allez-vous nous débarrasser de la racaille?*

Y de nuevo la risita hipócrita, y el gendarme por fin respondió:

—*C'est n'est pas la racaille.*

—*Ah, no?*

—*C'est les terroristes basques. L'*ETA.

—*Mon Dieu!*

El gendarme le miró por un instante y pareció apiadarse de él.

—*Vous-êtes résident de la propriété?*

—*Non, je suis commerçant, monsieur. Mon magasin est juste à côté. Je dois récupérer ma bagnole du garage.*

Llegó la risa confiada del gendarme, picando el anzuelo.

—*Ne vous inquiétez pas. On autorisera l'accès dans deux heures. C'est promis.*

—*Merci, monsieur.*

Arrano agradeció una vez más al gendarme por su gentileza y se dio la vuelta. Con la información en su poder, dejó caer la máscara fingida de su cara y se alejó de allí con la misma tranquilidad con la que había llegado. Contaba con dos horas para planear el rescate del vehículo y su posterior huida. Se veía capaz de sacar adelante la operación, pero lo primero era volver a la cafetería donde había dejado al nuevo recluta. Allí tendría una conversación consigo mismo para decidir si Txiki podía estar a la altura. No tenía prisa.

Se cruzó con otros policías que llegaban y sintió, de nuevo, que su audacia elevaba aún más el triunfo de su libertad. Caminaba entre ellos y ni siquiera se daban cuenta. Con todos sus recursos y su moderna tecnología, los *txakurras* no podían atraparle. Él era mejor que ellos, y saberlo le llenaba de satisfacción.

Dejó a los gendarmes atrás, en una oleada preñada de sin sentido.

Reyes acababa de abandonar el piso franco tras participar en el registro. Había examinado los documentos más perentorios que pudieran ser utilizados con urgencia: nombres, citas, enlaces o algún número de teléfono. Se dirigía a pie hasta su coche, pensando en que tendría que sortear todo el tráfico de la mañana hasta llegar a la comisaría donde habían llevado a los cuatro detenidos. Allí asistirían al interrogatorio para ver lo que se podía sacar mientras permanecían a la espera de los resultados del registro de la *herriko* de Mondragón. Cruchet había llamado hacía unos minutos. Gamboa había sido trasladado en la parte trasera de uno de los coches policiales cubierto con una manta, y el resto del día permanecería a buen recaudo en los calabozos de una comisaría en San Sebastián, hasta que se hiciera pública su detención.

Reyes andaba pensando en que todo iba acorde al plan cuando se cruzó con Arrano por la acera. Sus brazos casi se rozaron, pero ella no reaccionó de inmediato. Siguió andando unos pasos más, hasta que su subconsciente le tocó en el hombro y la hizo detenerse.

Reyes se volvió y escudriñó la figura de aquel tipo delgado, vestido de negro, que se alejaba en medio de la multitud. Tenía a Arrano tatuado en la memoria, pero desde esa distancia y de espaldas podía tratarse de cualquiera. Sin embargo, el sombrero y las gafas de sol, y ese atrevimiento que cuadraba con el personaje, la hicieron decidirse.

Mientras echaba a andar tras él, Reyes se enganchó el pinganillo al oído y activó el *pocket*.

91

Familiares de los pájaros

Al principio todo fueron sonrisas y buenos modales. Sin embargo, Felisa notaba algo raro entre Jone y Asier. Se había producido un vuelco en el balance de poder y estaba claro que Jone había caído en desgracia. Lo notaba en el ambiente de aquel bufete de abogados, en la postura del uno y de la otra, en cómo él uno se dirigía a la otra. Tras una breve charla, Jone se excusó alegando que debía hacer unos recados, y Asier condujo a Felisa al antiguo despacho de la abogada.

Allí, el joven cerró la puerta, la invitó a tomar asiento y rodeó la mesa de madera maciza con las figurillas de la Justicia para ir a sentarse en el sillón al otro lado.

«Se sienta —pensó Felisa—, como un príncipe en su trono tras echar al rey, o a la reina en este caso».

—¿No esperamos a Jone? —preguntó desorientada.

—Felisa, aquí somos todos viejos amigos. —Asier se acomodó en la silla—. Veamos qué tenemos por aquí.

Alzó ante sí una carpeta que descansaba sobre la mesa. En la portada alguien había escrito con bolígrafo «*Txorien senitartekoak* /

Familiares de los pájaros». En su interior había un informe, y Asier tuvo que pasar varias páginas hasta encontrar lo que andaba buscando.

—«Lierni Gil —leyó en voz alta—. Bajo grado de compromiso... Riesgo de desenganche...». —Pasó una página y miró a Felisa—. ¿Qué te parece esto? «Cercana a Aralar...». —Pasó otra página y le guiñó un ojo—. Y esta es buena, escucha... «Ojo con la madre, que no vaya a los vises».

Dejó la carpeta sobre la mesa y sonrió con aire relajado.

Felisa le miró con temor, y agachó la vista.

—Así que tu hija —prosiguió Asier— se pasa el día haciendo cursos en la cárcel. —Escrutó el rostro de Felisa—. Y según me cuentan, tú has dejado de ir a las marchas con los otros familiares.

Felisa se atrevió a mirar a Asier; pero, al hablar, el joven tuvo que aguzar el oído para oírla.

—Sigo yendo... a algunas marchas contra la dispersión..., pero no me gusta ir enseñando la foto de mi hija por las calles.

El joven se inclinó y le dio unas palmaditas en la mano.

—Ay, Felisa, Felisa, Felisa... Hay que exhibir con orgullo las fotos de nuestros mártires, porque la denuncia forma parte de la lucha.

Felisa se agarró a su bolso con fuerza. Parecía perdida.

Las facciones de la cara de Asier se suavizaron y se hicieron más amables.

—Escúchame, Felisa. La cárcel es un instrumento de represión muy eficaz. Consigue que de Madrid para abajo estén como locos por firmar lo que les pongan por delante. Todo, con tal de obtener los beneficios penitenciarios. Pero el abandono de la militancia se considera colaboración con el enemigo, y colaborar con la Justicia supone delatar a otros compañeros. ¿Y cómo crees que nuestros presos y nuestros queridos compañeros se van a tomar eso?

—No muy bien —admitió Felisa.

—Eso es.

Asier le dedicó una breve sonrisa de dientes perfectamente alineados.

—No quiero que os quedéis sin nada, Felisa —le dijo con dulzura—. No quiero que tú y tu hija os convirtáis en unas apestadas, porque ya sabes cómo es la gente por aquí. —Se puso en pie y apoyó sus rollizas manos sobre el borde de la mesa—. Si os desvinculáis, ya no podré prometerte la paga mensual de la que disfrutas ni el apoyo de nuestros abogados. Tampoco podrás subir a nuestros autobuses, y hacer los miles de kilómetros en soledad puede ser duro, y más para una mujer de tu edad. —Se aferraba a la mesa como si le hubiera cogido el gusto a la nueva poltrona, y parecía acariciar cada palabra que pronunciaba—. Nada me apenaría tanto como que Lierni fuera expulsada de forma oficial. Ya te digo: no respondo de cómo la reciba la gente cuando salga. De hecho, te digo que hay gente que desearía ver a los suyos entre rejas antes de verlos en la calle como traidores.

Asier se quedó mirando detenidamente a Felisa. La mujer había ido encogiéndose y parecía una cosa diminuta agarrada a su bolso, una mosquita muerta. Sin embargo, al alzar la vista, sus ojos traicionaban aquella supuesta debilidad, y Asier se quedó sorprendido con la fuerza y vitalidad con la que aquella mujer le devolvía la mirada.

—¿Has terminado? —preguntó.

La salida de tono sorprendió a Asier con el pie cambiado.

—¿Qué?

—Que si has terminado.

—No has entendido nada de lo que he dicho, ¿verdad?

—Oh, yo creo que sí.

Felisa se puso en pie y agarró el informe que yacía sobre la mesa.

—Esto que os parece tan importante no es ni chicha ni *limoná*, ¿sabes? Vuestro problema es que pregonáis aceite y vendéis vino, pero en el fondo solo sabéis escupir sobre una tierra que hemos construido todos los trabajadores con nuestro sudor. Y encima creéis que os debemos algo. Que os debemos algo, ¿de qué?

Asier miró a Felisa con indiferencia, casi con desdén.

—Felisa, esperaba mucho más de ti, de verdad que sí.

Felisa dejó caer el informe sobre la mesa y se inclinó hacia él.

—Me alegro, niño; me alegro mucho.

Le devolvió una palmadita en la mano y se marchó del despacho.

Jone no había ido muy lejos. Se hallaba de pie, fumando en el portal de mármol sin pulir que daba robustez a la entrada del edificio del bufete. Se sujetaba el codo del brazo que sostenía el cigarrillo y miraba al vacío, achacando quizá el malestar que sentía a la mezcla de miedo y desesperanza que no la abandonaba desde que le habían dejado las cosas claras, tanto a ella como a su hijo.

Oyó el ascensor al detenerse y se le aclararon ligeramente los ojos. Cuando las puertas se abrieron, apagó el cigarrillo y atravesó la espiral de humo que había dejado para salir al encuentro de Felisa.

—¿Qué tal ha ido? —se interesó Jone.

—Hemos pasado de castaño a oscuro.

—¿Tan mal?

Felisa le quitó importancia con un ademán de la mano.

—También te digo una cosa, Jone, si un *txorroborro* como Asier ha llegado tan arriba, es que ETA está en las últimas.

Las dos sonrieron a expensas del joven.

—¿Y tú? —preguntó Felisa—. ¿Cómo estás?

—Estoy bien, estoy bien.

—¿Qué ha pasado?

—Nada. —Jone apretó los labios y pareció ahogar un súbito acceso de emoción—. Nunca te di las gracias por enseñarme a conservar los *perretxicos* en vinagre.

—Pues verás cuando te enseñe a hacerlos confitados.

Las dos sonrieron de nuevo, ya con menos ganas.

—Tienes que entender algo, Felisa —prosiguió Jone—. Si los presos se acogen a beneficios o salen a hacer cursos, se cargan la imagen de estado de guerra que vende la Organización. —Esbozó una sonrisa, pero sus ojos parecían ensombrecidos por una tristeza infinita—. A mí, ni dimitir me han dejado, pero vosotras tenéis una salida.

—No digas eso, mujer. Siempre hay una salida para todos.

Jone se quedó pensativa.

—Tal vez.

Echó mano del bolso y extrajo aquella tarjeta que hacía tanto tiempo estuvo a punto de entregarle. Extendió el brazo y Felisa la aceptó.

—Es de un abogado de Amnistía Internacional —explicó Jone—. Ha acercado de forma discreta a varios presos a las cárceles de Euskal Herria.

—Ay, Dios te oiga.

—Tú llámale.

—¿Estás segura?

—Escúchame bien. Tu hija solo tiene que desvincularse, disculparse de forma sincera por medio de una carta o colaborar con la Justicia. Cualquiera de las tres formas es válida.

Felisa acarició la tarjeta en la mano, la rúbrica tan profesional y elegante, y la contempló como si contuviera una promesa de esperanza.

—Felisa, no te fíes, ¿vale? —le pidió Jone.

La mujer alzó la vista.

—¿De quién?

—De nadie, Felisa. —Y recalcó—: De nadie.

Jone la abrazó de manera escueta y se marchó hasta el ascensor. Pareció dudar al entrar en la cabina, como si hubiera olvidado algo o quisiera darse la vuelta, pero las puertas se cerraron y los destinos de las dos mujeres se separaron para siempre.

92

El lobo está dentro de mí

—¿Estás seguro de que no te importa?

—Seguro.

—Lo siento mucho; mi hermana me ha fallado, la vecina viene dentro de media hora y no he encontrado a nadie a tiempo.

—No hay problema —dijo Salva, alzando la mano para restarle importancia.

—De acuerdo, voy a coger mis cosas. Ahora vuelvo.

Elena abandonó la sala de estar mientras iba recogiendo rápidamente sus cosas del hospital y batallaba para meterlas en el bolso, y Salva se quedó con Unai, cada uno centrado en la tarea que tenía por delante. El niño, tumbado boca abajo en el suelo, estaba dibujando en silencio en una libreta rodeado de lápices de colores. Salva estaba sentado a una mesa, con su pila de apuntes, normativas y temas de las oposiciones abiertos frente a él.

La tele estaba encendida, y de fondo se oían las risas entusiastas y enlatadas de un *sketch* de *Vaya semanita* en el que dos marionetas de felpa parecidas a Epi y Blas parodiaban las cuitas y desventuras de una pareja de *borrokas* radicales.

Salva se echó a reír y señaló a la pantalla con un bolígrafo.

—Estos tíos son geniales. ¿No te parece?

Miró hacia abajo y se topó con la mirada de Unai. El niño no le dijo nada, apartó la vista y continuó coloreando su dibujo.

—Y a ti, ¿qué te pasa ahora?

Unai ni contestó, seguía a lo suyo.

—No hablas mucho últimamente, ¿eh?

Nada, ni caso.

—Bueno, te entiendo —susurró Salva al cabo de un rato.

Volvió la cabeza y empezó a pasear la mirada por la sala de estar. En una mesita había una foto en la playa de Elena con Xabi llevando a hombros a Unai. Tiempos felices. En lo alto de un aparador descansaba una hilera de botes de pastillas de Valium y Trankimazin y una pequeña hoja de papel de color amarillo pegada con franja adhesiva en el borde de una estantería con el recordatorio para las dosis.

«Buscas la ayuda que necesitas —pensó Salva—, y si necesitas tomar pastillas, las tomas, porque no hay otra forma de estar».

—Yo también me paso el día pensando —murmuró.

Lo había dicho más para sí mismo que para el niño, pero Unai, que estaba dando los últimos retoques a su dibujo, se volvió a mirarle y preguntó:

—¿Piensas en los lobos?

La pregunta le pilló totalmente desprevenido, y la cara se le crispó ligeramente al oír aquello.

—Los lobos... —repitió Salva.

—Pero nosotros somos los perros pastores, ¿no?

—¿Los perros pastores...?

Salva sonrió con tristeza, y se dio cuenta de que veía al niño como se veía a sí mismo: débil y asustado, pero también siendo tan bondadoso como una persona podría ser, y quizá odiándose a sí mismo por no ser mejor. De repente, lo único que le importaba era que Unai no manchara esa inocencia y esa bondad. Era la única forma en que su vida tenía sentido, protegerle para que pudiera continuar, para que pudiera tener la razón de vivir que él ahora no encontraba.

—Verás —dijo Salva, dejando sus apuntes a un lado—, aquello que te dije una vez de los lobos no... no...

—¿Es mentira?

Para Unai no sería la primera vez que un adulto le mentía.

—Pues..., es... es todo un poco más complicado.

Unai le miró, haciendo un visible esfuerzo por comprender.

—Verás... —comenzó Salva—, en todo este... último tiempo... me he dado cuenta de algo..., me he dado cuenta de que las ovejas y los perros pastores... deben tener mucho cuidado.

—¿Por qué?

—Porque también ellos pueden convertirse en lobos.

—¿Por qué?

—Pues... pues porque en todas las personas hay una lucha... una lucha terrible..., y es entre la oveja y el perro pastor y el lobo, que están todos al mismo tiempo dentro de nosotros... Esos animalitos están dentro de nosotros y se pelean por ver quién lleva la voz cantante... Y esa pelea está dentro de ti, Unai. Y dentro de mí... Dentro de todos.

Unai le había escuchado sin decir nada, asintiendo tras cada frase, intentando asimilar esa nueva y desconcertante información.

—Ya, ya sé —prosiguió Salva con una sonrisa insegura—. Pero... pero es así.

Unai cogió su libreta y se puso en pie.

—¿Y quién gana?

—¿Qué?

—¿Quién gana de todos los animalitos?

—No lo sé...

Salva parecía perdido y miraba más allá de la televisión.

—Supongo que al que más alimentes —dijo con voz queda.

Unai asintió y se quedó un rato en silencio. Luego se acercó hasta él y dejó la libreta encima de la mesa. Sus ojos estaban puestos en la piel cauterizada que asomaba bajo el dobladillo de la camisa de Salva. El crío se quedó contemplando el archipiélago de tejido escarificado que casi ocultaba el tatuaje del pastor alemán y, poco a poco, se atrevió a extender el brazo hacia él. Fascinado, lo acarició con sus dedos y le preguntó:

—¿Duele?

Salva sonrió con dulzura y contestó:

—Duele.

El niño asintió de nuevo y se remangó el pantalón hasta la rodilla y le enseñó una pequeña cicatriz sobre la tibia.

—Me la hice jugando al escondite en el recreo.

—Vaya.

—Tienes que echarle saliva y soplar encima.

—Muy buen remedio, sí, señor.

—Sí, y con el tiempo se cura.

Salva vio que el niño le miraba con tanta compasión que le hizo sentir diminuto en toda su corpulencia maltrecha y deslucida.

—Sí, supongo que tienes razón. Con el tiempo se cura.

—Mira, ya he terminado.

Unai giró la libreta hacia Salva y le mostró su obra maestra. El dibujo representaba a dos monigotes, un hombre y una mujer, con un niño de la mano bajo un sol sonriente del que salía un bocadillo que preguntaba: «¿Te gusta?», y dos recuadros para marcar: «¿Sí?» o «¿No?».

Salva sintió un nudo en la garganta.

—Está muy bien —le alabó—. A ver esos cinco.

Salva levantó la mano y Unai se la chocó.

—Eso es, campeón.

Salva le frotó el pelo.

—Anda —le dijo—, ven aquí.

El crío rodeó la mesa y se acercó.

Salva le abrazó con todas sus fuerzas, y en ese mismo instante todos los años y todo el dolor que llevaba a sus espaldas parecieron alcanzarle, y por unos segundos se sintió viejo y cansado.

Elena regresaba por el pasillo, cargando con el bolso, el busca y las llaves. Llegaba tarde al hospital e iba agobiada, pero se detuvo en el umbral del salón y de ahí no se movió. Sin que la vieran, apoyó la cabeza en la jamba de la puerta y se quedó contemplando a ese niño solitario y a ese hombre herido, dos almas fundidas en un abrazo del que no se querían separar. Era un momento sereno, un momento que ella decidió no interrumpir.

93

De un tiro en la boca no se muere nadie

Alkorta sostenía un café en la mano y departía con Matival junto al espejo semitransparente de la sala de interrogatorios de la comisaría. Discutían sobre el cuestionario de preguntas que habían elaborado de manera conjunta y la mejor forma de abordarlas mientras observaban a Dienteputo, al que tenían sentado y esposado a una mesa fija en el suelo.

Las vibraciones del *pocket* de Alkorta interrumpieron la conversación.

—Reyes —dijo Alkorta mientras se llevaba el micro a la boca—. ¿Dónde andas? Vamos a empezar los interrogatorios...

—Luis, ¿Luis?...

Alkorta oyó que ella decía algo de manera atropellada.

—¿Reyes? No te oigo. Sal de donde estés y repite el comunicado.

Hubo un sonido de interferencias. Luego, nada.

—... a pie —dijo Reyes—. Siguiendo a un sospechoso.

—¿A un sospechoso?

—Puede ser Arrano. Repito, puede ser Arrano.

Alkorta tuvo un instante de titubeo.

—¿Arrano?

—Estaba rondando el piso, actitud sospechosa, misma fisonomía.

Su voz filtrada sonaba nerviosa.

—¿Cómo es posible? ¿Estás segura?

—Afirmativo... —Hubo una larga pausa—. Bueno, no lo sé. Se dirige en dirección este por el boulevard Jean Jaurès. Permanece atento al *pocket*.

—No, no, no... No hagas nada. ¿Me oyes?

—No podemos dejar que escape.

—Reyes, cago en todo, ni se te ocurra.

—No te preocupes, esto está lleno de polis. Voy a proceder a su identificación. Sin tomar riesgos. Cambio y corto.

Y colgó.

Alkorta se pasó la mano por la cara. Estaba descolocado. Perdió dos o tres segundos pensando que, con toda seguridad, Reyes llamaría desdiciéndose. No podía ser Arrano. Era ser demasiado atrevido. Era creerse intocable. Y, sin embargo, una certeza empezó a abrirse paso en su mente, y entonces, como si hubiera sufrido un espasmo, el café se le vertió al suelo y tuvo la súbita seguridad de que su compañera corría un grave peligro.

—Guil —dijo de forma apresurada—. ¡Es Arrano!

Matival le miró con recelo, pero enseguida su cara se volvió blanca como la pared.

—*Mon Dieu!*

Alkorta ya había echado a correr, y Matival siguió detrás de él.

Reyes cortó la conexión. Estaba en movimiento. Andando, andando, tras el sospechoso. Si veía que el hombre solitario del sombrero trilby se alejaba, trotaba para no quedarse rezagada. El tipo caminaba rápido entre la multitud, y ella se hallaba sumida en un estado de excitación, miedo y ansiedad en el que solo percibía una especie de visión en túnel, como si el mundo se hubiera borrado de su pensamiento. Solo tenía ojos para su objetivo. El Jefe Comanche parecía hallarse al alcance de la mano, y tenía claro que no iba a perderle.

Caminó tras el sospechoso por las calles empedradas con coquetas tiendas de chocolate y mucho *charme* francés, manteniendo la distancia sin dejarse ver. El aire de la mañana era fresco y se cruzaron con un par de vendedores de helados ambulantes. Niños con corbatas azules y niñas con faldas a cuadros jugaban en los patios de las escuelas. Siguió al tipo espigado a través de un pequeño aparcamiento público repleto de coches, y al llegar a una cafetería Reyes se vio atrapada en un *cul-de-sac*.

Alkorta salió corriendo de la comisaría. Iba tan rápido que nada más pisar la acera dio un patinazo y se cayó de bruces al suelo. Matival llegó tras él y le ayudó a ponerse en pie al mismo tiempo que un Citroën ZX de la Policía judicial se detenía ante ellos con un chirrido de frenos.

Alkorta se montó en la parte trasera del vehículo y Matival saltó al asiento del copiloto.

—*Allez! Allez!* —gritó al conductor.

El coche aceleró quemando llantas y se incorporó al tráfico.

Reyes entró en la cafetería y, durante unos segundos, le costó localizar al sospechoso entre las mesas llenas de gente y los clientes que hacían cola para pedir cruasanes y cafés para llevar. Por fin le vio sentándose a una mesa al fondo, frente a un chaval bajito que parecía esperarle y se mostraba muy nervioso. Ambos se hallaban protegidos de las miradas indiscretas por una mampara y podían controlar todo el movimiento de las puertas y ventanas del local.

Reyes decidió ponerse en la fila de personas que esperaban frente al mostrador. La fila avanzaba a buen ritmo, y pronto podría ver de perfil el rostro del sospechoso. Este discutía con el chaval, y después de un intercambio de palabras, en el que el chico debió de llevar las de perder, el chaval abandonó la mesa cabizbajo y se dirigió a los aseos que estaban al fondo del local.

La cola avanzó, y Reyes avanzó con ella. La mujer mayor que le precedía se volvió, la miró de arriba abajo y, ajustándose unas gafas bifocales que le colgaban de la nariz, le preguntó de forma muy amable:

—*S'il vous plait, madame. Une pharmacie proche?*

—Verá..., no entiendo...

—*Vous ne comprenez pas?* —preguntó la mujer, y enseguida su expresión benevolente se volvió arisca y antipática—. *Voulez-vous que je vous répète la question? C'est ça?*

Con el rabillo del ojo, Reyes pudo ver que el objetivo seguía en su mesa, mirando por la ventana que daba a la calle de tal forma que resultaba imposible apreciar sus facciones. Al mismo tiempo, la señora seguía atosigándola con cuestiones que no entendía, y Reyes decidió cortar por lo sano.

—Que le den, señora. Tire usted pa'lante.

—¡Oh! —exclamó la mujer.

En ese momento, el chaval bajito regresó del baño. Seguía con la cabeza agachada y se abrochaba la bragueta del pantalón. Al llegar a la altura de Reyes, alzó los ojos y el tiempo pareció detenerse.

Solo fue una fracción de segundo, pero los dos creyeron verlo al mismo tiempo en sus respectivos rostros. Txiki reconoció a Reyes como la *txakurra* de la *herriko*, y Reyes se percató de que Txiki la reconocía. Ninguno parecía estar seguro, era tan solo el germen de un recuerdo; pero a medida que los dos empezaban a comprender, ambos notaron en el otro la certeza de saber que sus identidades habían sido reveladas.

El tiempo pareció volver a fluir. Txiki pasó de largo junto a ella y llegó hasta la mesa. Reyes se volvió y le vio susurrar al oído del sospechoso. El hombre alto y delgado se rascó el mentón, y, al hacerlo, Reyes pudo ver que su mano carecía de los dedos índice y pulgar.

Alkorta sentía el rugido del motor y el vaivén del coche lanzado a toda velocidad. El conductor conducía tan rápido que el tapacubos de una de las ruedas delanteras salió disparado.

Matival se volvió y le pasó una sirena. Alkorta asomó medio cuerpo fuera del coche y, aunque el viento y el vaivén le dificultaban la tarea, consiguió colocar el dispositivo en su lado del techo. La sirena empezó a ulular con estridencia, y cuando volvió a meter el cuerpo, Alkorta pudo observar por el espejo retrovisor que los coches de la policía francesa que iban detrás hacían lo mismo y se formaba una procesión de luces rojas y azules en movimiento que los seguían.

Reyes apartó la mirada y agachó la cabeza. Sintió que le palpitaban las sienes, y oyó a su alrededor el ruido de fondo de decenas de conversaciones y las voces que los camareros lanzaban a la cocina comandando las órdenes.

«Cálmate —se dijo—. No pierdas los nervios».

La parálisis le duró solo unos segundos. Cuando volvió a mirar, Arrano había arrojado unas monedas sobre su mesa y estaba saliendo del establecimiento. Txiki iba detrás de él, pegado a sus talones. Se movían deprisa, pero sin llamar la atención.

En ese instante, Reyes echó mano del micro para pedir ayuda.

Alkorta estaba viendo como Matival gritaba indicaciones al conductor para acortar, pero dejó de prestar atención al escuchar la voz apresurada de Reyes filtrada a través del *pocket*.

—Identificación positiva —dijo Reyes—. Notifica a Matival.

La voz de Reyes sonaba en un tono muy bajo, como lejana.

—¿Arrano? Confírmalo.

—Afirmativo. Arrano y un acompañante. Manda refuerzos.

—¿Dónde estás?

—En un aparcamiento en el 12 de la rue Vainsot.

Alkorta repitió la dirección a Matival. El capitán francés agarró la radio del coche y transmitió la información a todas las unidades mientras Alkorta se ponía cada vez más nervioso.

A través del ventanal de la cafetería, Reyes vio a los dos etarras perderse entre un mar de coches en el aparcamiento. Sin pensarlo más, abandonó la cola del establecimiento y salió a la calle. Empezó a andar entre los vehículos en el aparcamiento y se dio cuenta de que casi todas las plazas estaban ocupadas. El sol brillaba a media altura y se reflejaba en los cristales y las lunas de los coches, y Reyes se llevó la mano a la frente para hacer visera. Distinguió a Txiki a una treintena de metros de donde estaba ella. El chaval pululaba por el aparcamiento como si estuviera perdido.

—Sospechosos a pie —dijo a su micro—. Sigo a uno de ellos, no veo a Arrano...

A su espalda, notó unos pasos que se le acercaban y vio el reflejo de Arrano en el parabrisas de un coche. Reyes clavó la suela de sus zapatillas en el asfalto y se dio la vuelta para hacerle frente.

—*Bonjour, madame...*

Trotaba hacia ella con la más inocente de las miradas y hasta su respiración era silenciosa.

Reyes se palpó la axila sabiendo que no llevaba la cartuchera ni su arma reglamentaria, y maldijo para sus adentros todos los protocolos de colaboración policial.

—*... pourriez-vous m'indiquer...?*

Cuando quiso darse cuenta, Arrano ya estaba encima, abordándola con una pistola que había aparecido en su mano como por arte de magia.

A través del *pocket*, Alkorta escuchó la voz filtrada de Reyes junto a la de otro hombre, y los pelos de la nuca se le erizaron. Empezó a golpear el reposacabezas delantero y el conductor, a pesar de que ya iba como un rayo, pisó el pedal del acelerador hasta el fondo, lanzándose por una calle que iba pendiente abajo.

—Las manos —advirtió Arrano—. Ni te muevas o te dejo seca.

Dirigió a Reyes a empujones hacia el estrecho espacio entre dos coches, y esta se vio arrastrada muy a su pesar.

Reyes fingió que no entendía qué estaba pasando, porque el miedo no hacía falta que lo fingiera. En realidad, tenía la mente en blanco. Sentía la sangre alterada y que le sudaban las palmas de las manos.

Txiki no tardó en aparecer junto a ellos, y Reyes se dio cuenta enseguida. El joven estaba igual de asustado que ella. Arrano, en cambio, mantenía una calma fría, y Reyes supo de forma definitiva quién de los tres estaba al mando de la situación. A pesar de todo, sin que los otros se percataran, Reyes apagó el retorno y alcanzó a subir el volumen del sonido del *pocket* para que Alkorta pudiera oírlos.

—Dime —dijo Arrano—, ¿no me suena tu cara de alguna parte?

Alkorta oyó la frase horrorizado mientras dejaban atrás el claxon de un camión con el que habían estado a punto de chocar. El conductor del coche policial giró el volante y sorteó una caravana de vehículos metiéndose por un callejón en cuesta. La aguja del velocímetro marcaba ciento diez mientras subían. Aun así, se tragaron un semáforo en rojo y el conductor esquivó a una mujer que se hallaba en medio de un paso de cebra.

Arrano estampó a Reyes contra el lateral de uno de los coches y el codo de la policía quebró el espejo retrovisor. Mientras Arrano la encañonaba, Txiki empezó a cachearla de arriba abajo.

Reyes sintió una oleada de náuseas y miró con rabia al jefe militar.

—No me mires —dijo Arrano—, o te meto un tiro.

Arrano empezó a palparla a su vez; los tobillos, los muslos, el bulto que le hacía el *pocket* en el bolsillo. Arrano se fijó en su oreja y vio el pinganillo, y entonces sonrió. Había pescado una buena pieza. Arrano desabrochó la cazadora de Reyes con un tirón violento y comprobó el cable que le subía por el cuello.

—¡Te lo dije! —exclamó Txiki mientras alzaba la cartera de Reyes con la placa de policía como si fuera un trofeo—. Es la *txakurra*.

Arrano clavó su mirada en Reyes. Parecía sudar odio.

Luego miró a su alrededor. Las familias iban y venían por el aparcamiento. Un hombre con varias bolsas de comestibles pasó de largo junto a ellos sin percatarse del drama que se estaba desarrollando.

Las ruedas delanteras del coche se comieron un bordillo y las de atrás derraparon un par de veces. Pasaron a toda velocidad bajo un paso elevado y giraron con brusquedad hacia la derecha. Por un momento, la dirección pareció bloquearse y dio la impresión de que el coche estaba a punto de volcar, pero tras unos instantes de indecisión las ruedas se agarraron bien al asfalto y cogieron tracción, el motor rezongó y enfilaron hacia delante como una saeta.

—Aguanta, Reyes —musitó Alkorta—. Ya llegamos.

De repente, Alkorta vio que Matival le miraba con preocupación y comprendió que no iban a llegar a tiempo.

Reyes cerró los ojos y se culpó de su torpeza. No podía hacer nada. Estaba superada en número, en tamaño, en armas. Aun así, se esforzó en contener el miedo. Sabía que debía mantener la calma. Abrió los ojos y eso es lo que intentó hacer.

—No seáis idiotas, tengamos la fiesta en paz —dijo con calma—. ¿Creéis que estoy sola? No lo estoy —y repitió—: No lo estoy.

Arrano se quedó mirándola. Sus ojos parecían bailar en sus cuencas. Alzó el brazo y la agarró del cuello, obligándola a mirar hacia abajo.

Luego le hizo un gesto a Txiki.

El chaval tenía la expresión desencajada y estaba hecho un manojo de nervios. Transpiraba efusivamente, se limpiaba el sudor de la frente y no paraba de lamerse el labio superior. Echó mano de su Smith & Wesson, la misma pistola que mostró a su amigo Pipe en una noche de San Juan, pero de primeras la culata se le quedó enganchada en el cinturón y se negaba a salir. Forcejeó unos instantes y por fin pudo sacar el arma. La asió con fuerza y encañonó a Reyes.

Ella lo supo enseguida. Presintió que el chaval iba a apretar el gatillo a pesar de que no quería hacerlo. Le habían enseñado que al otro lado del cañón no había un ser humano, le habían prometido que llevando a cabo ese rito se estaba acercando a la tierra de sus sueños.

Arrano clavó los ojos en su pupilo y asintió.

Pero Txiki parecía no tenerlo tan claro; era incapaz de moverse.

—No... no lleva hierro —dijo.

Sonaba a ruego y a excusa al mismo tiempo.

Pero Arrano no iba a aceptar un no por respuesta. Y de nuevo, aquellas dos palabras:

—*Bietan jarrai.*

Parecía en calma, pero tenía el gesto desencajado. Arrano clavó la mirada en el chaval y ya no hubo más que hablar.

Reyes alzó la cabeza con fría resignación.

En el espacio de una fracción de segundo que duró para siempre, miró también al chaval, a su mano temblando con el dedo en el gatillo, como si estuviera haciendo el esfuerzo por encontrar el coraje, el odio, las ganas, o lo que sea que convierte a un joven en un asesino, y supo que en esa pistola había una bala con su nombre. Justo en ese momento, unos pájaros se levantaron de unos arbustos cercanos y sobrevolaron el aparcamiento. Reyes se volvió entonces hacia Arrano, y llena de tristeza y de su rebeldía de eterna luchadora acertó a pensar: «Dame fuerzas para sacudirle al menos una patada en los cojones».

—¿Por qué no te...? —comenzó a preguntar.

No consiguió acabar la frase.

Txiki apretó el gatillo y el fogonazo del disparo a quemarropa atronó en el espacio entre los coches. Reyes sintió un picotazo abrasador que le atravesaba la mandíbula, salía de su cuerpo y levantaba un penacho de esquirlas y alquitrán delante de sus zapatillas.

«Joder, me han pegado un tiro».

Reyes se apoyó en el larguero de las puertas del automóvil más cercano y una cálida sensación le chorreó por el cuello. Sus piernas cedieron bajo su peso. Se sintió caer, como una marioneta a la que hubieran cortado las cuerdas, y su mejilla tocó el asfalto del aparcamiento.

Empezó a perder la sensibilidad por todo el cuerpo, y volvió a pensar, con alivio: «Bueno, de un tiro en la boca no se muere nadie».

Con toda la calma del mundo, Arrano basculó por encima del cuerpo que yacía sobre el suelo. Se tomó su tiempo para situarse sobre Reyes, que yacía boca abajo, apuntó con su pistola y le descerrajó un tiro en la nuca. El cuerpo sufrió un par de espasmos irregulares y ya no volvió a moverse.

Txiki, que seguía con la pistola en alto, paralizado, se quedó contemplando lo que habían hecho. No le dio mucho tiempo para deleitarse en el horror. Arrano tiró de él hasta sacudirle de su estupor y los dos echaron a correr.

Mientras ellos huían, el cerebro de Reyes acertó a recibir los estímulos de los sonidos que violaban la tranquilidad del aparcamiento: los gritos de la gente, la puerta de un coche al cerrarse, el chirrido de unas ruedas y el ruido de un motor alejándose. Y ya no le llegó nada más, porque todo quedó sumido en tinieblas.

Los coches de la policía llegaron unos minutos más tarde. Alkorta saltó del vehículo en marcha y corrió hacia el lugar donde se apilaba la muchedumbre. A sus espaldas quedaron el resto de los vehículos de la comitiva policial, que iban deteniéndose de forma errática a uno y otro lado con sus retumbantes sirenas aullando al cielo.

Alkorta alcanzó el grupo de personas y vio que se agolpaban en torno a una figura tendida en el suelo. Se agachó jadeando y, al confirmar de quién se trataba, el corazón pareció saltarle del pecho y rodar por el suelo.

Lo que parecía una flor líquida de color carmesí se esparcía lentamente bajo los cabellos de Reyes; florecía y abría sus pétalos sobre el pavimento con una delicadeza inevitable.

Alkorta recogió el cuerpo de su compañera en su regazo y trató de taponar la herida enmarañada de cabellos de su cabeza mientras se manchaba la ropa con su sangre. Empezó a acunarla, y pensó que no tenía por qué preocuparse de su propio corazón porque parecía que se le había inmovilizado para siempre.

—¡Vas a salir de esta! —dijo desesperado—. ¡Ya verás!

Matival, que estaba dando órdenes a los otros agentes para que se dispersasen por el aparcamiento a la búsqueda de los etarras, regresó al trote y se quedó paralizado al contemplar el sangriento retablo.

—¡Una ambulancia! —gritó Alkorta, aunque una ambulancia estaba ya en camino.

94

Saliendo de la tumba

Aquella noche, con la noticia del atentado en Francia sonando en todas las radios y televisiones, Ginés salió de comisaría y fue a casa a coger algo de ropa. Se encontró a su mujer en medio del pasillo y, aunque no le había contado nada, tantos años de matrimonio hicieron que ella detectara en su gesto una pizca de ansiedad.

—No sé lo que podemos encontrar —se le ocurrió decir.

—Encomiéndate a la Virgen del Carmen —repuso ella.

—Mujer, esa es la patrona de los *arrantzales*.

—Pues por eso, para que no vengas con las redes vacías.

Ella debió de notarle emocionado porque, sin pedir cuentas, le besó antes de salir a la calle, y Ginés se marchó sabiendo que su mujer estaría pendiente del teléfono y de la radio toda la noche y toda la madrugada si hacía falta.

La casa y el garaje de Pelopintxo estaban rodeados por un jardín cubierto de malas hierbas y un huerto muy bien atendido. Había algo inquietante en ese contraste. Reinaba un profundo silencio, solo quebrado por el aullido de un viento extraño que iba y venía a lo largo de la calle. La dotación de la Ertzaintza al mando de Ginés y los agentes de élite de la Unidad de Intervención permanecían a la espera en un puesto de mando alojado en un autobús acondicionado para ello. El vehículo permanecía oculto, aparcado tras el hangar desde el que se había estado vigilando durante horas desde que se decidió que aquella sería la noche.

Ginés no aguantaba más y salía de vez en cuando al exterior, donde el ulular del viento le envolvía mientras repasaba en su cabeza el rompecabezas de todo lo que podía salir mal: si había un tiroteo, tendría que dar la cara; si el secuestrado no estaba allí y la banda le ejecutaba en represalia, el responsable sería él.

A las dos de la madrugada apareció el juez que estaba de guardia y que había dictaminado el mandato judicial para la entrada. El hombre iba acompañado de una pequeña comitiva de su juzgado. Se había atrevido a otorgar la orden a pesar del riesgo, y observaba de reojo a Ginés como si anduviera ponderando, como él, los riesgos que todo aquello entrañaba.

—El angelito duerme —dijo una voz por el radiotransmisor.

Era el agente apostado junto a la casa, y aquella era la clave acordada para comunicar que todas las luces se habían apagado.

Ginés dio la orden.

Un pelotón de agentes de Intervención cruzó la calle en fila de a uno, abrió la verja de elegantes figuras con mucho cuidado para no hacer ruido y pisó las malas hierbas del jardín antes de subir la escalinata del porche de la casa. Un segundo pelotón se dirigió hacia la entrada trasera. Alguien hizo una señal y ambos pelotones echaron las puertas abajo con arietes.

Encontraron a Pelopintxo dormido en el sofá del salón con la tele encendida, y a la madre despierta y asustada en su dormitorio. Ante la presencia de aquellos desconocidos, la pobre mujer adoptó una expresión de soledad repentina tan desgarradora que a Ginés le removió la conciencia. El médico que los acompañaba se quedó con ella, y el juez, Ginés y el resto de los agentes salieron de la casa con Pelopintxo esposado y en pijama.

Bajaron al garaje y abrieron la puerta. Ginés apretó el interruptor de la luz y un estrepitoso resplandor blanco impactó sobre todos ellos. El voltaje del fluorescente era industrial, y Ginés y el resto de los agentes tuvieron que cerrar los ojos varias veces antes de acostumbrarse. El perro había acudido al encuentro de su amo y no paraba de gimotear al verle rodeado de otros seres humanos y en aquellas condiciones. Alguien sacó al animal, y Ginés y el resto de los agentes empezaron a inspeccionar el lugar.

Las ráfagas de viento del exterior se escuchaban como lamentos en el interior de aquel espacio que era, al mismo tiempo, almacén y taller. Había una cocina, ruinosa y sucia, con restos de comida y platos sin fregar; también había un coche tapado con una lona, una troqueladora muy pesada, una grúa, herramientas y muchísima chatarra. Todas las posibilidades permanecían abiertas, desde que Pelopintxo fabricara lanzagranadas y explosivos artesanales hasta que troquelara placas de matrículas para vehículos.

Y, por supuesto, que tuviera a una persona allí retenida.

Sentaron a Pelopintxo en una bancada.

—Ya se imagina usted qué hacemos aquí, ¿no? —le dijo el juez.

—¿Yo? —Pelopintxo se encogió de hombros—. Yo qué me voy a imaginar.

—¿Hay alguien aquí dentro? —le instó el juez.

—Solo un perro. ¿No le han visto?

El juez le dedicó una mirada que no consiguió reblandecerle.

—Bien, en todo caso, usted está aquí para presenciar el registro.

Siguieron así un rato: el juez interrogando y Pelopintxo, cabizbajo y somnoliento, negándolo todo, en un toma y daca que no conducía a ningún lado.

Al mismo tiempo, los agentes empezaron a moverse. Registraron palmo a palmo, incluso el vehículo bajo la lona; golpearon las paredes y los suelos en busca de un hueco; buscaron alguna portezuela o trampilla camuflada que revelara el acceso al hipotético zulo, y empezaron a desquiciarse al no encontrar nada.

—Aquí no hay nadie —murmuró uno de los agentes.

—No se ve a nadie —matizó Ginés—, no es lo mismo. Buscamos un zulo, y eso no es fácil de encontrar. Aquí hay vida. Venga, sigamos.

Continuaron con la búsqueda, ya sin la misma energía del comienzo. La frustración empezó a provocar gritos entre los agentes, y también miradas ofuscadas dirigidas contra Pelopintxo. Ginés notó como la desilusión empezaba a cundir mientras las primeras luces del alba se colaban bajo la puerta del garaje.

—Qué mala suerte, con la que hemos montado —murmuró el mismo agente de antes.

Y Ginés ya no supo qué decir.

Pidieron una máquina de volúmenes, y cuando la llevaron y esta no arrojó resultados, Ginés empezó a comprender que el registro no tardaría en darse por concluido. Sus compañeros estaban cansados y algunos habían dejado ya de buscar.

En cuanto a Pelopintxo, a medida que la búsqueda se revelaba infructuosa, su actitud inicial, indiferente y timorata, se había ido transformando en una pose cada vez más atrevida.

—Os estáis metiendo en un lío —les advirtió.

—Ah, ¿sí? —preguntó Ginés.

—Sí, no tengo nada que ver con lo que estáis buscando.

Ginés se quedó mirándole. Pelopintxo parecía muy seguro de sí mismo.

—Sí, sí —insistió Pelopintxo—. Os estáis equivocando, y a saber ahora quién me va a pagar los desperfectos que me estáis haciendo.

Ginés le ignoró y siguió a lo suyo. Suponía que un zulo que se abre todos los días debía de tener rendijas, e instigado por esa presunción comenzó a dejarse las uñas entre las hendiduras como un hombre poseído. Pasaron otros treinta minutos hasta que el propio Ginés se detuvo y se dejó caer contra la pared. Tenía los faldones de la camisa del uniforme por fuera del pantalón y estaba empapado en sudor.

—¿Está bien, mi sargento? —preguntó uno de los agentes.

Pero Ginés no respondió, y durante unos segundos se quedó recuperando el aliento con la mirada perdida.

—Sargento —le dijo el juez—, ¿está usted seguro de que se encuentra en este garaje?

Ginés tampoco contestó. El viento golpeaba con fuerza la persiana del garaje y él miraba al frente, más allá de las paredes de la nave.

De repente, se puso en pie y abandonó el lugar.

Pasaron un par de minutos y, ante la sorpresa de todos, regresó con el perro de Pelopintxo en brazos. Lagun saltó al suelo y corrió hacia su dueño. Le lamió las manos esposadas y comenzó a acariciarle con las patitas.

—*Lasai*, Lagun —le calmó Pelopintxo—. Eso es, tranquilo, tranquilo.

Lagun, tan vivaracho, se deshizo del abrazo de su dueño y se puso a dar vueltas por el garaje.

Ginés no despegaba los ojos de él.

El perro merodeaba por allí, meneaba el rabo más allá, hasta que de pronto se detuvo e hizo algo curioso. Empezó a olisquear en torno a una esquina, en un reducido rincón situado entre la pared y la troqueladora, y ya no se movió de allí.

Poco a poco, la sonrisa en la cara de Pelopintxo fue tornándose en una mueca de incredulidad. El detenido frunció los labios para llamar al perro con un silbido...

—Ni se te ocurra —le amenazó Ginés.

Lagun no se apartaba de la esquina. Parecía excitado, como si señalara algo, la equis, el lugar.

Ginés se volvió hacia Pelopintxo y este agachó la cabeza y apartó la mirada mientras esperaba a ver en qué quedaba todo aquello.

Pero ya era tarde.

—¡Vosotros! —gritó Ginés al grupo de agentes—. ¡Ayudadme!

Ginés se agachó en el reducido espacio junto a la troqueladora. Todo estaba cubierto por una fina capa de polvo, salvo un lateral que parecía haber sido limpiado recientemente por el uso. Ginés golpeó con los nudillos junto a la base de la maquinaria y creyó detectar un eco distinto. Los agentes le ayudaron a empujar y entre todos corrieron la máquina hacia un lado.

Se levantó un murmullo entre los presentes.

Incrustada en el suelo, de forma disimulada bajo la máquina, había una tapa circular.

Los agentes se agolparon alrededor del armatoste. Alguien llevó una palanca y Ginés la usó para intentar mover la pieza. Sintió que el metal se deslizaba sobre el metal y que presionaba contra algo, y al seguir forzando con la palanca se le dobló el enganche y el émbolo dejó de moverse.

Ginés maldijo en voz alta y los agentes empezaron a ponerse nerviosos.

—¿No decías que no había nadie aquí? —chilló uno de los policías más jóvenes—. ¿Cómo se abre esto? ¡Venga, dilo de una puta vez!

Pelopintxo los miró sin inmutarse, se había refugiado en sí mismo, en un sitio oscuro y recóndito donde los demás no podían alcanzarle.

—Debe de haber algo —dijo Ginés a los agentes—, una puerta secreta o un sistema de apertura disimulado. Bajo el suelo seguramente haya un agujero; buscad algo que permita abrir la portezuela.

Decidieron emplear la fuerza. Los agentes acercaron la grúa que había en la otra parte del taller y empezaron a remover el émbolo poco a poco. Transcurrieron otros veinte minutos de esfuerzo y Ginés pudo vislumbrar por fin lo que había debajo.

La desagradable luz del garaje iluminó un tubo cilíndrico de acero y hormigón que perforaba el suelo. Debía de medir medio metro de diámetro y estaba oscuro, y el olor de marea baja que ya se respiraba en el garaje fue sustituido por algo peor: el hedor a humanidad degradada y a putrefacción.

—¡Es aquí! —gritaron los agentes—. ¡Lo tenemos! ¡Es aquí!

Uno de los agentes se dejó llevar por la alegría del momento.

—¡Que alguien avise a su mujer!

—Y si está muerto, ¿qué? —contestó otro—. ¿Se lo dices tú?

Ginés se acercó a Pelopintxo. El hombre se había vuelto del color de la leche cortada y no dejaba de sudar a mares.

—¿Tienes la zona trampeada?

—No.

—¿Hay alguien de los tuyos ahí abajo custodiándole?

—No.

—Pero ¿hay alguien?

—Sí.

—¿Quién?

—Ya sabes quién.

Pelopintxo agachó la cabeza, y cuando volvió a levantarla sus ojos parecían llenos de emoción. Un mechón de pelo encrespado le caía por la cara, y la descacharrante luz del garaje le hundía las mejillas.

—Que alguien cuide de mi *ama* —dijo muy dulcemente—. Es una buena mujer y no merece tantos disgustos como le he dado.

Ginés no supo qué decir, ni siquiera estaba seguro de que pudiera hablar. El juez le sacó de su congoja al volverse hacia los otros agentes.

—El que baje, que lo haga con mucho cuidado —les advirtió.

Sin pensárselo dos veces, Ginés dio un paso al frente.

Los otros agentes sujetaron a Ginés por la cintura y este se introdujo cabeza abajo por el claustrofóbico interior del tubo cilíndrico.

—¡Cuidado, con cuidado!

Casi no cabía por culpa de su panza.

Llevaba una pistola en una mano, una ganzúa en la otra y una linterna en la boca. Se contorsionó como pudo y descendió por el tubo hasta acabar en una antesala de madera, húmeda y fría, y lo primero que vio fue una puerta al fondo.

—¡Limpio! —gritó—. ¡Hay una puerta de acceso!

Se puso en pie, pero enseguida se encorvó porque el techo era muy bajo, y empezó a avanzar con cautela, como un gato sobre suelo mojado. Llegó hasta una puerta y vio una estantería en la que reposaban un aerosol paralizante y un inmovilizador eléctrico. Se percató de que había una clavija y la introdujo en un enchufe en la pared. Apretó un interruptor, la puerta se abrió y dio paso a las tripas de una tumba oscura como boca de lobo.

Llegó hasta una puerta metálica situada al fondo, y empezó a forzarla con la ganzúa. Tras varios minutos de pugna, lo consiguió. La puerta se abrió con un rechinar de goznes y Ginés asomó la cabeza. Permaneció un instante en el umbral del zulo, escuchando el silencio y el crepitar de la madera húmeda. En el suelo vio una pequeña bandeja con un plato, comida enmohecida y un par de cucarachas peleando por los restos.

Se cubrió la boca y la nariz porque le llegó una nueva vaharada de olor, un hedor a defecaciones y humedad. Se preguntó si encontraría allí vivo a alguien y, en caso de que así fuera, en el grado de deterioro en el que se hallarían su cuerpo... y su mente.

Ginés dio un paso al frente. Algo le arañó la cabeza y se asustó. Apuntó el haz de la linterna hacia arriba y vio que era la cadena de una bombilla desnuda. Tiró de la cadena y la estancia se iluminó de forma tenue.

Había una camilla de camping con un colchón pelado y un saco de dormir. Un pequeño espejo y tres pósteres burlones colgaban de las paredes. El primero era de verano en Donosti; el segundo, de invierno en Donosti, y el tercero, un cartel con el anagrama del hacha y la serpiente, recordaba a quien allí viviera quiénes eran sus guardianes.

Las paredes eran de papel rasgado, abombadas por la humedad y cubiertas por un material esponjoso que debía de actuar de insonorizante. Había migajas y manchas por todos lados. Varias bolsas de plástico colgaban de un colgador, y sobre una balda de madera había varios periódicos atrasados. Un plato con restos de comida y una palangana con excrementos a su lado descansaban sobre el suelo cubierto de sintasol.

Ginés extendió los brazos y se sintió emparedado en vida. El habitáculo era tan estrecho que sus manos tocaban al mismo tiempo las dos paredes y sentían la humedad y el frío que se colaban por las rendijas.

—¿Vais a matarme ya? —dijo una voz sorprendentemente grave.

Provenía del rincón más oscuro del zulo.

Ginés recogió los brazos. Todavía no le podía ver, pero oía su respiración, la respiración de un ser humano. Silbaba, bronca y rasposa, como si las paredes de aquellos pulmones fueran de lija, y se imaginó que alguien le miraba como un animal asustado.

—Si lo vais a hacer, hacedlo de una puñetera vez.

El hombre dio un paso al frente y salió de las sombras, y a Ginés le dio un vuelco el corazón.

Arizaga era un saco de huesos demacrado, con una barba frondosa que le llegaba hasta el pecho y una mirada vidriosa que hizo que Ginés se hiciera una minúscula idea de su sufrimiento. Estaba ante un hombre al que habían arrebatado todo salvo su existencia, y algo se rompió en su interior y supo que aquel recuerdo le acompañaría para siempre.

—No somos sus secuestradores —farfulló Ginés.

El hombre parpadeó sin comprender.

—No somos de ETA —aclaró Ginés—. Venimos a sacarle.

El hombre entornó los ojos con una expresión encontrada de temor y alivio y, con una dignidad que no cuadraba con aquel lugar, dijo:

—Soy Joxe Mari Arizaga.

— Lo sé —contestó Ginés mientras guardaba la pistola.

El hombre miró a su alrededor con gesto confuso y encontró fuerzas para decir:

—Me estaba pudriendo en este maldito agujero, ¿sabe?

Ginés extendió la mano hacia él.

—Venga conmigo. Todo ha terminado.

El vendaval iba amainando y las sirenas en el techo de los vehículos situados a la puerta de la casa de Pelopintxo bañaban de luces azules y blancas la cara de los paramédicos y *ertzainas* que iban de un lado para otro en un frenesí de actividad.

Ginés esperaba sentado en los escalones de entrada a la casa con un café caliente en la mano, asistiendo al nacimiento de un nuevo día. A su alrededor, los agentes se abrazaban con una euforia desbordada, pero él solo tenía ojos para Arizaga.

En ese momento, el hombre era acompañado hasta la ambulancia medicalizada de la Cruz Roja que estaba aparcada en la rampa del garaje. Le llevaban un par de paramédicos en volandas, y Josu Fernández, el oficial al mando de Ginés, le hablaba al oído. Había acudido al lugar una vez tuvo constancia de que la operación de rescate había resultado un éxito. Arizaga llevaba un abrigo. Alguien lo había llevado y se lo había puesto encima. El empresario se mantenía en pie con dificultad, un alma en pena saliendo de la tumba en la que le habían enterrado vivo.

Le metieron en la ambulancia y le colocaron un gotero. Antes de que le tendieran en la camilla, Arizaga volvió la vista y escudriñó en la distancia hasta que su mirada se cruzó con la de Ginés. El hombre le dedicó una débil sonrisa en señal de agradecimiento y el *ertzaina* alzó su vaso de café para devolverle el saludo.

Josu Fernández se acercó hasta Ginés. El jefe apoyó un pie en el escalón y un codo en la rodilla flexionada, y masculló:

—Así que...

—Así que... —repitió Ginés.

—Supongo que tendré que darle la enhorabuena.

—Creía que no era de esos que iban por ahí felicitando.

—Bueno, hágame el favor y que no se corra la voz.

—Lo haré..., y se lo agradezco.

Los dos se quedaron en silencio, viendo como los paramédicos cerraban la puerta de la ambulancia.

—Qué tío este Arizaga —comentó Fernández mientras veían el vehículo partir con el ruido de las sirenas gimiendo a toda marcha—. Iba con las caderas deshechas, diciendo que lo único bueno que ha sacado del encierro es que ha dejado de fumar. —Alzó las cejas asombrado—. Y luego va y dice: «Bueno, pero volveré rápido a fumar, en algo me tengo que vengar». Hay que joderse.

Ginés meneó la cabeza y, sonriendo, convino:

—Tremendo.

—Esas fueron sus palabras.

Ginés sintió un leve temblor y sorbió café de su vasito. Miraba al vacío como si Arizaga y la ambulancia todavía siguieran frente a él.

—No le han roto —afirmó.

—¿Cómo dice?

—Todo lo que ha pasado —explicó Ginés—, y con él no han podido. Ha pasado trescientos cuarenta días y sus noches en un agujero lleno de oscuridad y la más absoluta soledad. Debe de haber perdido mucha vista y, así a ojo, por lo menos, veinte kilos. Y acabo de oír decir al médico que posiblemente presente un cuadro de problemas intestinales y atrofia muscular. Por no hablar del estrés y la depresión, que tendrá que hacérselo mirar. Casi le vuelven loco y, sin embargo, mírelo, yendo por la vida con ese sentido del humor. No han conseguido romperle.

Fernández asintió con la cabeza.

—La gente de este pueblo tiene mucho aguante —expresó en voz baja.

Ginés bebió otro trago de café y se fijó en el sol que, todavía bajo, iluminaba el horizonte con un arco de color púrpura que lo cubría todo.

—¿Cree que lo superaremos? —planteó de repente.

Fernández frunció el ceño.

—¿A qué se refiere?

—Pues... A todo esto.

Ginés abrió los brazos e hizo un gesto que quería abarcarlo

todo, aunque no sabía si hablaba de ellos dos, de los vascos, de la violencia o de la humanidad.

Fernández sonrió con tristeza y negó con la cabeza.

—No lo sé, la verdad...

Una pequeña ráfaga de viento sopló con fuerza y pareció llevarse las palabras, y los dos hombres compartieron una mirada de respeto mutuo. Sin decir nada más, Fernández dejó a Ginés en los escalones y se dirigió hacia un grupo de *ertzainas* que se afanaba en sacar a la luz del nuevo día la chatarra que se acumulaba en el garaje.

Ginés Sigüenza, orgulloso padre de seis hijos, amantísimo marido, objeto de no pocas bromas en el cuerpo de la Ertzaintza a causa de su carácter dulce y bobalicón, se puso en pie y echó a andar. Atravesó la verja de la entrada de la casa y salió a la calle. Las luces de las sirenas se reflejaban en su agotado rostro.

Se topó con Pelopintxo en la acera. Un par de agentes le introducían en un coche patrulla. Sus miradas se cruzaron, pero ninguno de los dos dijo nada. Ginés se imaginó que le llevarían a comisaría y, seguidamente y con toda seguridad, al lugar al que siempre había estado destinada su existencia fanática y ridícula. Sin saber por qué, sintió una gran pena por los momentos malgastados y las vidas malvividas, y siguió andando calle abajo.

Al llegar a su casa, todos dormían.

Ginés se quitó los zapatos en la entrada mientras sentía que su inocencia, o lo que quedaba de ella después de veinticinco años de oficio, se había hecho añicos. Visitó las habitaciones de sus hijos y, uno a uno, los besó sin que ninguno se despertara. Luego se metió en la cama y se acurrucó junto a su mujer. Ella le abrazó sin decir nada y Ginés se lo agradeció en lo más profundo de su ser, porque sabía que solo ese abrazo podía salvarle de la oscuridad que acecha al mundo.

95

Encuentra lo que amas y deja que te destruya

Sentado en un banco del pasillo, Alkorta tenía la cara entre las manos y solo escuchaba el chirrido de la suela de los zapatos sobre el linóleo y los sonidos de los altavoces llamando a algún médico.

La mañana amaneció desapacible y con muchas nubes, y él presentaba un aspecto desaliñado. Tenía profundas ojeras bajo las cuencas de los ojos y parecía que había envejecido varios años en solo tres días. Eso por fuera. Por dentro la culpa le consumía y no hacía más que darle vueltas a la cabeza. Los etarras podrían haber huido sin problemas. O haber tomado cualquier otro rumbo de acción. No era necesario matar. Había sido un acto de odio puro. «Odio puro y destilado».

Reyes llevaba dos días en coma conectada a una máquina en la Unidad de Cuidados Intensivos del hospital Côte Basque de Bayona. Su cuerpo parecía lánguido y etéreo. En todo ese tiempo, Alkorta solo se había separado de ella para ir al aseo o para bajar a la cafetería. El resto se lo pasaba mirándola en silencio.

Había recibido muchas llamadas de amigos periodistas. A todos les había colgado. No estaba para confirmar historias.

Camaño también se había puesto en contacto.

—Se ha creado una célula de crisis —le trasladó el comisario por teléfono—, en un despacho de Interior, liderado por el mismísimo secretario de Estado. Antes de que se produzca el desenlace que ninguno desea, Luis, vendrá conmigo a visitarla en el hospital.

«Para hacerse la foto», pensó Alkorta.

El bueno de Matival también le llamaba todos los días, informaba de las labores de rastreo y ofrecía cualquier novedad, por minúscula que fuera, sobre el paradero de los fugitivos. Estaban peinando todo el sur de Francia a la caza del hombre. En una de las llamadas, transcurridos unos minutos de conversación, su voz se quebró.

—*C'est ma faute*, Luis.

—No —le dijo Alkorta.

—Se enfrentó a la muerte desarmada.

—La culpa es de los etarras, de nadie más.

—Nos coordinaremos mejor con vuestros agentes... Cambiaremos los protocolos de seguridad en territorio francés... Te lo prometo.

—Está bien, Guil —murmuró Alkorta sin fuerzas—. Está bien.

Reyes estaba luchando como una jabata. Los doctores pensaron que la perdían un par de veces, y la volvieron a recuperar.

La primera noche, los dos a solas, Alkorta le cogió la mano. Estuvo así unos minutos, con su rostro opaco y barbudo iluminado por las pequeñas luces procedentes del monitor de signos vitales. Alrededor de la cama, la oscuridad se cernía sobre los dos.

—En el 97 ya no era un novato, Reyes —empezó a susurrarle—. Llevaba ya cinco años destinado en Eibar. Cinco o seis, ya no me acuerdo. Ese 10 de julio, la noticia nos cayó como un cubo de agua fría. No tardaron en movilizarnos. Guardia Civil, Ertzaintza, los servicios de inteligencia y nosotros. Nos dividimos en zonas, todos a una para encontrarle.

Alkorta reculó ligeramente la cabeza y las lucecitas parpadeantes de los dígitos del monitor dejaron de iluminarle. Su rostro se sumió en la oscuridad mientras continuaba:

—Trabajamos a destajo, forzando la máquina, porque sabíamos que cada segundo era vital y que no se iban a echar atrás con el ultimátum. Echamos mano de todos los confites, de todas las escuchas. Buscamos en casas, bajeras, naves abandonadas, hasta en furgonetas y remolques de camión. Íbamos en silencio, concentrados, nadie decía nada. Aquello era un laberinto de caminos y carreteras comarcales, y el tiempo iba en contra. Así pasamos horas y horas. Los dos días estuvimos sin dormir. Éramos conscientes de que era buscar una aguja en un pajar, pero creí, Reyes, creí que tendríamos un golpe de suerte y le encontraríamos con vida. Aunque fuera una lotería. A todo esto, la gente se iba calentando y el día se cargaba de manifestaciones. La movilización era brutal, no había visto nunca eso. Las calles a reventar, las velas en las plazas, a medianoche. Jóvenes. Mayores. Notábamos a la gente con nosotros, dándonos aliento. Gente que salía del caserío y nos daba un bocata para comer. Parábamos en un café para espabilarnos y seguir, y no nos dejaban ni pagar. Era como si el chaval perteneciera a todos. —Alkorta alzó la vista y el número digital que indicaba la estabilidad de la presión sistólica en el monitor le iluminó de nuevo la cara—. Al principio había más planificación, pero el 12 de julio el rastreo era a todo trapo. Íbamos como pollos sin cabeza, sin saber ni qué hora era ni dónde nos hallábamos exactamente. Estábamos desesperados. Por la tarde, un cazador dio el aviso en un descampado. Roberto Ferrandis, un compañero mío de Orense que estaba peinando muy cerca, me avisó. Alguien le había dicho que el chico estaba vivo, que solo tenía un tiro en la rodilla. Enseguida aparecimos y ya había allí más agentes. —Guardó silencio, como rememorando la escena en su cabeza—. Da igual, la cuestión es que el cuerpo estaba ahí, tendido boca abajo, apoyado ligeramente sobre las pantorrillas. Parecía que estaba dormido, hasta se le oía respirar. Cuando los de la Cruz Roja le pusieron en una camilla... Roberto se fue a vomitar en unos arbustos, tal vez fuera la impresión... Tenías que haberlo visto, Reyes. Tenía las manos atadas por delante, con cable eléctrico. Apenas... apenas era un chaval. Tenía la piel amarillenta y un ojo morado, y se veían los surcos de lágrimas resecas... de haber llorado durante dos días. Aun así, esa cara de niño no se la quitaba nadie.

Alkorta sintió que se le secaba la garganta y se le cerraba el estómago. A pesar de ello, continuó en voz baja:

—Hace poco fue el juicio, y me acerqué un día a la vista oral. Sí, ya sé, sabiendo cómo eres, no quise decirte nada. Te aseguro que no tenía ningunas ganas de ir, pero fui. La madre lloraba contando al tribunal el día a día de su hijo antes del secuestro, y el forense explicaba las conclusiones de la autopsia. Imagínate las caras de los que estábamos allí. Entonces me fijé en la pecera. Ahí estaban los dos. Ella y él. Puede que un poco nerviosos, pero nada más. Estaban de charla, distraídos, y se los veía bien. Parecía darles igual todo lo que habían hecho, todo el dolor que se respiraba en aquella sala. Qué cojones, en su día les había dado igual que todo un país, su país, se hubiera echado a la calle pidiéndoles que no lo hicieran. Y ahí estaban, bromeando, rozándose con las piernas, hablándose con complicidad. Se miraban a los ojos y se sonreían. Se sonreían... como si todo fuera bien en el mundo. No sé de qué hablarían. Quizá de la familia, o de los planes de futuro cuando salieran. Lo que tengo claro es que no pensaban en lo más mínimo en aquel chaval al que dejaron agonizando en un descampado con la cara arrasada de lágrimas. No supe qué hacer de eso, te juro que no lo sé. ¿Cómo te enfrentas a ese tipo de humanidad? Sentí... sentí como un vacío dentro de mí.

La voz de Alkorta flaqueó, y el cambio rutinario en los dígitos del monitor hacía que su cara entrara y saliera de las sombras.

—Hoy tengo claro que aquella víctima consiguió que la gente perdiera el miedo, que la sociedad dijera: «Hasta aquí». Recuerdo las imágenes de los vecinos pidiendo cuentas frente a las *herrikos*, los *ertzainas* quitándose los verduguillos y llorando y siendo besados por las amas de casa... Incluso dentro de la banda, algunos gudaris se dieron cuenta de que su tiempo estaba ya contado. Tengo claro que fue el principio del fin... Aun así, no se me olvidan esas sonrisas... —Se dio cuenta de que le temblaba la barbilla, y se recompuso—. Crees que ya estás de vuelta de todo, y ETA te enseña algo aún más oscuro y retorcido que te pilla por sorpresa.

Solo se oía el ruido del respirador de la máquina.

—Así que ahí lo tienes...

Finalizó con un susurro:

—Mi patito de goma.

Comprobó que no había doctores ni enfermeras a la vista. De forma torpe levantó la mano de Reyes y, llevándosela a su mejilla, cerró los ojos y la mantuvo en contacto con su piel.

Al día siguiente llegaron las hermanas de Reyes y su marido con su hija pequeña, y Alkorta dejó su sitio a la familia. Se retiraba a beber café en el pasillo o a fumar algún cigarrillo en la salida del hospital, a pesar de que había dejado de fumar hacía ya más diez años. Nunca era tarde para volver.

«Encuentra lo que amas y deja que te destruya». Como le había pasado a Reyes. Como le había pasado a él.

Esa noche, el pronóstico de Reyes pasó de crítico a peor sin que, en todo aquel tiempo, llegara a recuperar el conocimiento. La perdieron de madrugada, y los médicos desconectaron el cuerpo. Toda ella era un puro fallo orgánico. Cesaron en las medidas de soporte vital y le quitaron las vías. Un médico habló en un tono amortiguado y los familiares se pusieron a consolar a un hombre destrozado. El hombre llevaba en brazos a una niña de tres años con leotardos y unos zapatitos con los cordones desatados.

Alkorta vio todo aquello desde la cortina y se alejó, pensando en aquel viudo al que todos abrazaban y en el papelón que tenía por delante. Solo acertó a pensar que no le gustaría verse en su piel, teniendo que dar explicaciones a aquella niña que lo miraba todo con ojos muy abiertos y que cargaba con un muñeco apretado contra el pecho. Se detuvo en una fuente, bebió agua como un hombre que acabara de atravesar un desierto y fue a sentarse en un banco.

«Ha sido por tu culpa», le decía la voz que estallaba en su mente como una ola contra un acantilado. Él la había empujado a dejarse la piel, a darlo todo como si aquello fuera algo venerable, porque la causa lo merecía, aunque en realidad fuera tan solo un trabajo mal pagado. Todo ese tiempo, tanto que deseaba protegerla, la había arrojado a los leones. «Tú la has matado».

—*Je suis desolé.*

Era Matival, con una carpeta bajo el brazo. Ni siquiera le había oído llegar. El capitán francés le dio un abrazo y, tan fuerte y alto como era, se le escapó un sollozo.

Luego se sentó a su lado y se quedó en silencio, acompañándole.

Alkorta no se dio cuenta de cuánto tiempo permanecieron allí, con las cabezas inclinadas y las bocas abiertas, hasta que Matival habló:

—No sé qué decir, Luis.

—Yo tampoco, Guil.

—Tenemos a uno. Ha caído en Saucats, cerca de Bordeaux.

Alkorta se estremeció. Era como si Reyes se hubiera mantenido con vida, pensó, su alma agarrada a un cuerpo inerte, sobrevolándolos y huyendo de la guadaña durante unas horas más, hasta poder tener la certeza de que la investigación estaba encarrilada.

—Quién es.

—El más joven. Es un activista sin causas pendientes.

—¿El otro es Arrano?

Matival asintió, pero Alkorta ya sabía la respuesta. Dar el paso de matar en Francia de la manera en que lo habían hecho solo podía decidirlo un dirigente de la banda.

—Ha desaparecido sin dejar rastro. —La voz de Matival sonó a cabreo y resignación. Hizo una pausa, y al volver a hablar pareció agarrarse a un hilo de esperanza—. Dimos con su apartamento en Cauterets. Lo registramos durante horas, y esto es importante: puede que hayamos encontrado algo.

Matival abrió la carpeta que llevaba y le mostró varias fotografías del interior de un dúplex. En las imágenes se apreciaba que era confortable y acogedor, pero había algo extraño en la distribución, con algunos rincones que parecían haber albergado algún mueble que ya no estaba.

Alkorta pudo ver una novelita barata sobre la mesilla de noche. Un libro de cocina sobre una estantería. Un billete de Interrail pegado sobre la puerta del frigorífico con un imán.

«¿Qué esperabas encontrar, Luis? —se preguntó—. ¿La guarida del lobo? ¿Una ventana a su alma?».

Su imaginación se puso a calibrar la medida de ese hombre que había derramado tanta sangre. No veía nada extraordinario en él, tan solo una cualidad cruel y resistente despojada de toda moralidad. Le inundó una profunda desazón por la forma en que los sueños —los suyos propios y los de Arrano— podían convertirse en pesadillas ajenas, y esperó durante un rato a que aquella congoja se calmara. Cuando lo hizo, empezó a sobrevenirle otro sentimiento, algo que le atraía y le repugnaba por igual. Era una sensación familiar que hacía años no sentía. Era un sentimiento de rabia brutal.

—Había armas y documentos de identidad falsos —prosiguió Matival—. Pero eso es lo de menos.

Alkorta tenía la mirada perdida, sin mostrar el más mínimo interés en todo aquello. Tan solo deseaba que terminara aquel trámite lo antes posible y que nadie le dijera nada más.

Matival tuvo que insistirle:

—Luis, mírame.

Alkorta giró la cabeza.

Matival le mostraba una secuencia de fotografías de detalle del dúplex. En ellas se apreciaba un viejo mueble, un doble cajón falso y una agenda junto a un legajo de papeles manuscritos.

—Esto que ves aquí, estos papeles de Arrano —Matival señalaba con su dedo en la fotografía con un punto de desesperación—, *c'est enorme, mon ami*. Estos documentos pueden ser muy importantes.

—Pueden ser, sí —convino Alkorta, pero su mente se hallaba en otro lugar—. Dime una cosa, ¿dónde tenéis al detenido?

Matival se puso muy serio y cerró la carpeta con las fotografías.

— *Laisse tombé*, Luis, no puede ser.

Los ojos de Alkorta se engarzaron en los del francés.

—Me lo debes, Guil, y voy a cobrarme esa deuda.

Tras esa mirada latía una pulsión tan intensa que Matival sintió un escalofrío.

96

Abandonado a su suerte

Txiki se sentía cansado y asustado, podía oler su propio hedor dulzón a hojarasca enmohecida y a miseria después de haber pasado cuarenta y ocho horas a la intemperie. No percibía la luz de la calle, no sabía dónde estaba ni qué hora era, y el tiempo que había pasado en una celda no había podido dormir en el catre. Ahora permanecía esposado en la pequeña oficina de la comisaría de Toulouse, donde le habían trasladado, mientras un policía galo leía un ejemplar de *Le Monde* con los pies sobre su escritorio.

Sentado en una silla incómoda y con el halógeno parpadeante que le estaba dando dolor de cabeza, Txiki se puso a recordar.

La huida había sido un desastre, una concatenación de errores. Huyeron en coche del aparcamiento, sabiendo que en breve tendrían a media Francia tras ellos, y no llevaban veinte kilómetros cuando se salieron en una curva y se estrellaron contra un árbol.

Echaron a andar y llegaron al aparcamiento de un área de servicio. Allí secuestraron a punta de pistola a una mujer que había detenido su Citroën familiar. Atrajeron su atención golpeando el cristal de su ventanilla con el cañón de la pistola, y ahogaron sus gritos de histérica metiéndola en el maletero. Al montarse en el coche, descubrieron un bebé en su sillita en el asiento de atrás. Como si nada pudiera salir ya peor.

Arrano condujo como una furia por las carreteras secundarias mientras Txiki desmantelaba el móvil de la mujer y tiraba el chip por la ventanilla. La radio del coche no cesaba de hablar de ellos y Arrano se iba poniendo más y más nervioso por momentos. Llegaron a un bosque y abrieron el maletero.

La mujer tenía la cara manchada de rímel y el pelo adherido a las mejillas tras pasar varias horas maniatada en su interior. Seguía gritando y preguntando por su bebé, y Arrano apuntó con la pistola hacia el coche y amenazó con matar al recién nacido si no dejaba de chillar.

La mujer se calló y Arrano aprovechó para meterle un gorro en la boca mientras le decía:

—Así tendrás una historia que contar a tu hijo cuando crezca.

Luego cerró el maletero.

Txiki dejó al bebé tapado con una manta en su sillita en el asiento trasero del coche y echaron a andar. Recorrieron varios kilómetros a pie, hasta llegar a las afueras de Talence. Arrano hizo una llamada desde una cabina de teléfonos y a la media hora apareció un hombre al volante de un Citroën DS. Tenía la nariz chata y cara de bruto.

Era el rescatador.

—¡Baldo! —gritó Arrano, y aquella fue la única vez que Txiki le vio expresar algo parecido a un sentimiento.

Arrano se volvió hacia Txiki, y su rostro, de nuevo, no registraba la más remota expresión. El jefe militar le entregó un plano de carreteras y doscientos euros en efectivo, se montó en el coche con su lugarteniente y el Citroën DS se alejó de allí envuelto en una estela de gravilla.

A Txiki le costó varios segundos asimilar lo que había sucedido. Se quedó varios minutos inmóvil, y no pudo reprimir una sensación de orfandad. Los suyos le habían abandonado a su suerte.

Recordó el número de teléfono del chalet donde había realizado el cursillo. Volvió a la cabina e hizo la llamada, y cuando le contó al Rizos lo que había pasado, este montó en cólera, le recriminó su torpeza y le culpó de que tuviera que abandonar el chalet por miedo a que los gendarmes hubieran trazado la llamada.

Txiki se fue de allí y vagó durante horas. Llegó la noche e intentó asaltar una vivienda. Encañonó al propietario y este, con unas copas de más, le mandó a tomar por el culo sin dejarle entrar en la casa. Tras ese episodio, robó ropa de un tendedero, dejó su jersey a cambio y durmió a la intemperie. Se despertó por la noche acordándose de lo que había visto y de lo que había hecho, y sintió que estaba dando tumbos y que su huida no tenía sentido. Echó a andar y llegó a un pueblo. Para entonces ya había amanecido y creía que todo el mundo le observaba. No sabía si era realidad o su vena paranoica, pero iba tan pendiente de otras cosas que a las afueras se tropezó con dos gendarmes que no tardaron en pedirle el carnet de identidad.

—*Les noms de tes parents?* —preguntó uno de ellos mientras examinaba su identificación.

Y ahí se acabó todo, con esa simple pregunta.

Porque Txiki no se había preocupado de memorizar los nombres de sus falsos progenitores a pesar de que el Rizos le había entregado la documentación falsa hacía más de una semana.

Txiki echó a correr, pero no sirvió de mucho.

A los diez metros ya estaba en el suelo con la rodilla de un gendarme hincándose en la espalda. Ni siquiera opuso resistencia. No merecía la pena, todo había acabado.

97

Favores mutuos

Alkorta marchaba con paso rápido por el pasillo junto a Matival. En sus manos llevaba la carpeta que el francés le había entregado con toda la base documental relacionada con la investigación del atentado: la ficha policial con los datos del detenido, informes de los testigos, fotografías de la escena del crimen, análisis de huellas dactilares, pruebas de balística y fotocopias del informe del forense.

La puerta estaba custodiada por dos policías.

Matival se detuvo y se volvió hacia Alkorta. Le lanzó una mirada de advertencia y esperó a que Alkorta asintiera para abrirle la puerta.

El policía que acompañaba a Txiki en la habitación dobló su periódico y salió dejándolos a solas con el detenido.

Matival se apoyó en una pared con las manos a la espalda.

Alkorta depositó la carpeta abierta sobre la mesa y se sentó en una silla frente a Txiki. En ese preciso instante, su mandíbula estuvo a punto de tocar el suelo. No podía creerlo, debajo de aquella pelambrera sucia y desordenada asomaba la cara de aquel chico que le había servido innumerables cervezas en la taberna de Gamboa.

Txiki se le antojaba más joven que la última vez que le había visto, y eso le hizo sentir un desánimo aún más profundo.

Alkorta se recompuso como pudo y trató de conciliar su estupor.

—«Cándido Fernández Gallastegi...» —leyó directamente de su informe, y alzó la cabeza para mirarle—. Cándido, Cándido, Cándido...

Txiki se sobresaltó al oír su nombre. Se hallaba en tal estado de fuga disociativa que no pareció reconocerle como el tipo al que vendió la maría de Otxarcoaga hacía tanto tiempo ya, casi en otra vida.

Alkorta se frotó las muñecas para serenarse. Tenía al chico frente a él, cansado y asustado, tal como lo quería.

—Te llevo ventaja, Cándido.

Txiki alzó la mirada, pero no dijo nada.

—Yo he visto pasar por delante de mis narices a decenas de etarras. Para ti, este es tu primer interrogatorio. ¿Estoy en lo cierto?

Txiki, muy a su pesar, asintió.

—Es verdad que cada uno sois de vuestro padre y de vuestra madre —prosiguió Alkorta—, pero al final necesitáis aliviaros. ¿Quién sabe? Después de esto, lo mismo quedamos como enemigos cordiales, despidiéndose con un «la has jodido, pero suerte con el juez» y estrechándonos la mano. O quizá todo siga igual de jodido y en cuanto pases por tus abogados de confianza, y te reintegres en la tribu, te vuelvas duro como una piedra y no quieras saber nada más de mí.

Txiki se masticó el pellejo en torno a la uña del dedo. Evitaba el contacto visual y tenía los hombros caídos, pero estaba escuchando. Alkorta estudiaba estos y otros detalles de su lenguaje corporal y no tardó en llegar a una conclusión: el chaval estaba totalmente superado por los acontecimientos.

Ayudándose de los recuerdos de su paso por la taberna de Gamboa y de los datos de la ficha policial que Matival le había entregado, Alkorta empezó a desgranar ante Txiki todo lo que sabía de él y de su vida cotidiana antes del comienzo de la pesadilla en la que ahora se encontraba. Le hizo ver que era un novato y le recordó que ni siquiera tenía causas pendientes, tan solo un delito de faltas por insultar a dos policías locales cuando estaban disolviendo un botellón. Poco a poco iba desarmándole, haciéndole entrar en una especie de síndrome de Estocolmo que Alkorta conocía bien por su experiencia en otros interrogatorios.

Cuando terminó, sacó un paquete de cigarrillos y se tomó su tiempo, dejando que Txiki rumiara todo lo que había escuchado mientras él se encendía el cigarrillo con parsimonia.

—Ahora —dijo tras dar una calada—, con lo que has hecho, te enfrentas a pasar más años entre rejas que los que llevas de vida. Quiero que te pares a pensarlo por un momento. Piénsalo. —Alargó la mano mostrándole el paquete de cigarrillos—. ¿Fumas?

Txiki asintió tímidamente y Alkorta encendió otro cigarrillo, se lo acercó a una de las manos esposadas y dejó que Txiki diera un par de caladas nerviosas antes de proseguir.

—Podemos ir haciéndonos favores mutuos, Cándido —dijo Alkorta—. Tú respondes a mis preguntas con sinceridad y yo te puedo dar una llamada a la familia para que se quede tranquila, ropa limpia y, qué cojones, incluso una cerveza.

Txiki dio una nueva calada y, como si hubiera decidido que no hacía daño a nadie por hablar, murmuró:

—Ya era hora de que me cogierais. No soy un chorizo, soy un militante de ETA.

Había un repunte de orgullo en su voz, pero su tono agudo, de adolescente, le quitaba cualquier épica a la declaración.

—Claro, Cándido, claro.

Alkorta cruzó una mirada con Matival, y prosiguió.

—Cándido, en tu mochila hemos encontrado anotaciones manuscritas con esquemas para componer explosivos y montajes eléctricos.

Txiki se encogió de hombros y puso la mirada en sus esposas.

—Volvía de un cursillo —contestó—. Era para pasarlo a limpio en un cuaderno, pero no terminé.

—Hemos encontrado varios casquillos de bala en el primer coche que usasteis para la fuga.

—Tuvimos prácticas de tiro hace un par de días.

—Bien. Algunos de los casquillos presentaban las mismas características que los de las dos armas empleadas en el asesinato.

Ahí Txiki no dijo nada y mantuvo la cabeza agachada.

—En el mismo vehículo hemos encontrado huellas y restos orgánicos. Tuyos y de tu jefe. También tenemos pruebas odorantes de vuestra mesa en la cafetería...

—¿Pruebas de qué?

—Odorantes, hechas por perros especializados. Da igual, Cándido. ¿Empiezas a ver por dónde va el asunto? Sabemos al cien por cien que erais dos, pero solo te tenemos a ti. ¿Te vas a comer tú solo este marrón? Tal como yo lo veo, el jefe se ha puesto a salvo y tú, al pie de los caballos. —Se volvió hacia Matival—. Putos jefes, eh, Guil. La historia de nuestra vida.

Matival, que seguía apoyado en la pared con el rostro serio, asintió.

Txiki miró a Alkorta con suspicacia, pero no dijo nada.

—Cándido, ayúdanos a encontrarle y te prometo que haremos lo posible por que te caigan el menor número de años, y que en cuanto sea posible te trasladen a una prisión cerca de casa.

Txiki volvió a mirarle, pero guardó silencio.

—¿Dónde está Arrano? —preguntó Alkorta.

—¿Arrano...? —repitió Txiki.

—Sí, el jefe.

—No sé.

—Sí que lo sabes, esfuérzate un poquito, anda.

Solo hubo silencio.

—¿Dónde puede haber ido? —insistió Alkorta.

—¿Qué?

Alkorta le hizo las mismas preguntas una y otra vez, insistente, pero Txiki se fue haciendo más pequeñito y más solitario, y sus confusos ojos se limitaban a mirar ensimismados hacia la mesa.

—Cándido, no quiero que me hables de reuniones, objetivos o compañeros de comando. No quiero que me sueltes lo que comiste ayer o cuándo fue la última vez que dormiste. Solo quiero que nos digas dónde puede haberse escondido Arrano.

Y Txiki seguía sin decir nada, quizá porque en el fondo temía más a Arrano que al policía que tenía delante.

Alkorta abrió la carpeta. Tomó el expediente, haciendo como que lo leía, ganando tiempo, pensando. Frunció el ceño, y como si aquello le supusiera un esfuerzo sobrehumano, fue depositando en la mesa las fotografías de la escena del crimen en el aparcamiento.

Los casquillos de bala bajo un coche. La huella ensangrentada de la palma de una mano sobre la ventanilla del vehículo. Un primer plano del charco de sangre, negruzca y reluciente sobre el asfalto. Más rojo fulgor de sangre salpicada sobre la puerta de otro coche.

A Alkorta le temblaban las manos, pero consideraba que era necesario. Quería que Txiki reviviera todos los detalles, que cobraran realidad en su fuero interno las consecuencias de sus acciones. Matar a una persona es siempre un asunto duro, y quizá la mera visión de aquella truculencia le pasara factura por muy blindado que se sintiera.

Txiki intentó apartar la vista.

—Míralas —le ordenó Alkorta—, porque si no nos dices dónde está Arrano, tú solito vas a cargar con esto.

Notó que Matival se estremecía, no sabía si por culpa de las fotografías o por el efecto que ellas pudieran causar en el propio Alkorta.

—No... no me siento bien —balbució Txiki. Su voz se trastabillaba e iba perdiendo firmeza.

—¡Concéntrate!

La voz de Alkorta fue tan fuerte que incluso Matival se sobresaltó.

A pesar de su autocontrol, Alkorta sentía que la ventana de la que disponían se cerraba, y eso empezó a desquiciarle. Arrano podría estar oculto en algún lugar cercano, pero en cuestión de horas habría desaparecido para pasarse meses escondido en cualquier ratonera de Francia.

Pero Txiki solo acertaba a balbucir, desarmado.

—No... no sé nada...

Alkorta notó un sudor frío. Temía que aquel juego no condujera a nada y era consciente de que el shock por la muerte de Reyes estaba sacando lo peor de sus instintos. La expresión pusilánime de Txiki tampoco ayudaba.

—Piensa. Algo que dijera, alguna dirección, algún dato. En cuanto ha podido, él no ha dudado en dejarte tirado.

Pero era inútil. Txiki había entrado en bucle; estaba claro que se hallaba bloqueado y nada ni nadie iban a sacarle de esa zona mental.

—Necesito... necesito una ducha.

—¿Quizá algo en Dax?

—No sé...

—Y una mierda. No te hagas el tonto. ¿Un piso franco allí?

Matival se revolvió incómodo. Aquello se estaba deslizando por unos derroteros que no le gustaban.

—Ellos me llevaban de un lado a otro... —Txiki se pasó la mano por su sucio pelo—. Yo no sabía ni dónde estaba...

Cansado ya de fingir, Alkorta le apartó la mano de la cara y estalló:

—¡Dime un lugar, inútil! —vociferó—. ¡Un lugar!

Estaba en pleno derrumbe, perdiendo la batalla del interrogatorio. Temiendo que perdiera algo más, Matival se despegó de la pared.

Txiki levantó una mano, y las esposas arrastraron la otra.

Se atusó el cabello aplastado en la cabeza y murmuró:

—Tengo la boca seca..., quiero agua.

Y volvió a la cueva de sus pensamientos.

Alkorta asintió, y durante unos segundos pareció adentrarse en una especie de calma zen. Se acarició la muñeca y entonces, de repente, apoyó una mano sobre la mesa, se lanzó por encima de ella y se abalanzó sobre Txiki, empujándole y volcando la silla sobre la que se sentaba.

—¿Por qué lo hicisteis? —bramó.

Matival tardó tan solo un segundo en saltar sobre Alkorta.

—¡Luis! *Non!*

Pero Alkorta había enganchado al chaval y no le soltaba.

—¡No había necesidad! ¿Me oyes?

Txiki empezó a chillar y la puerta de la habitación se abrió, revelando las caras sorprendidas de los policías que custodiaban fuera.

—*Aide moi!* —gritó Matival a los agentes.

Alkorta tenía las venas del cuello hinchadas y los ojos enrojecidos y zarandeaba a Txiki de un lado para otro sin parar. Los dos policías se echaron sobre él y forcejearon junto a Matival durante unos segundos interminables hasta que, por fin, todos juntos, consiguieron desengancharle del detenido.

—¡Tenía una hija! —vociferaba Alkorta—. ¡Una hija!

Mientras Matival y los policías sacaban a Alkorta de la habitación y le arrastraban hasta el pasillo, Txiki se recogía en el suelo en posición fetal. No paraba de gimotear y balancearse como si sonara una música que solo estaba en su cabeza. Una mancha apareció en su entrepierna, bajó por la pernera del pantalón y empezó a mojar el suelo.

Matival y los agentes arrinconaron a Alkorta contra una esquina del pasillo y aun así se veían incapaces de contenerle. Otros cuatro agentes acudieron al rescate y entre todos consiguieron reducirle.

Matival estaba asustado por las repercusiones de lo que acababan de vivir en aquella habitación.

—*T'est malade, Luis? Putain! Tu sais qu'est-ce que t'as fait?*

Matival siguió agarrando con fuerza a Alkorta hasta comprobar que empezaba a calmarse. Solo entonces pidió con un gesto a los otros policías que le soltaran.

—*Calme-toi, mon pote, calme-toi...*

Alkorta quedó libre. Resoplaba con fuerza y empezó a moverse de un lado a otro como una fiera enjaulada.

—La pillaron a contrapelo... No acabo de entenderlo... Podían haber huido... No tiene sentido... La pillaron a contrapelo...

Matival cogió a Alkorta de los hombros e intentó que le mirara.

—Nada nos devolverá a Reyes, *mon pote*... Tienes que aceptarlo.

De repente, Alkorta se desmoronó.

Se agarró a Matival y buscó refugio en su hombro. El odio y el miedo le habían llevado a perder todos sus principios, y esa certeza y la vergüenza que la acompañaba parecieron embargarle.

Matival le pasó la mano por la cabeza y empezó a consolarle. Los otros policías que andaban por el pasillo se quedaron mirándolos.

98

En una *herriko* desangelada

Todavía no eran ni las seis, no había un cliente a la vista y Pipe y Santi ayudaban a Avelina con la limpieza de la taberna. El sitio estaba vacío, con el televisor anclado en la esquina en marcha, pero sin sonido. Sin Txiki, en paradero desconocido, y con Gamboa detenido e incomunicado desde hacía ya más de tres días, los dos chavales y la mujer parecían tres supervivientes en una *herriko* desangelada.

Avelina era la que peor lo llevaba. Estaba atemorizada y no ganaba para disgustos. El teléfono junto a la caja registradora no paraba de sonar, como venía haciéndolo desde que se supo la noticia. Unas veces eran periodistas insistentes a los que Avelina despedía con cajas destempladas. Otras, gente del pueblo que, a la vista del espectáculo, llamaba para interesarse y ver lo que podía olisquear.

—Mentira, todo mentira —explicaba Avelina al teléfono por enésima vez—. Si la extorsión esa va en contra de sus principios... ¡Claro, mujer! Mi marido es que tiene una imaginación desbordante. ¡No veas la de bolas que mete! —Miró a Pipe y a Santi con cara de «Pero ¿vosotros os lo podéis creer?»—. No, no eran cartas amenazantes, era publicidad, cartas para la entrega de entradas para partidos de pelota, para felicitaciones de Navidad y cosas así. —Se puso a fregar algunos vasos en la pila de la barra—. Si alguna vez, que yo no lo sé, algún conocido de alguien extorsionado le mencionó un aprieto, seguro que él intentó convencerle de que no pagara... ¿La taberna? Pues tres cuartos de lo mismo. No sabemos nada. Nada. Estuvieron registrando y se llevaron de todo, pero vete tú a saber qué va a pasar. Y dime de qué vamos a vivir... —Fregó el último vaso y cerró el grifo—. ¿Ramón? Allá en Madrid. Ni hablar con él me dejan. Sé que está pachucho por su abogada... Sí, le he hecho llegar con ella los chutes de antiinflamatorios para la próstata, a ver si se lo dan... Venga, tú también. *Agur*.

Avelina colgó el teléfono y, pasándose el dorso de la mano por la frente, miró a los chavales.

—La de la mercería de la calle Uranga. Otra arpía, que lo sepáis. —Suspiró—. Primero nos destrozan el bar. Luego lo de Ramón. ¡¿Qué más nos quedará que penar?!

Pipe se puso a secar los vasos tras la barra y Santi andaba enredado con la máquina cafetera cuando dos chicos entraron en el local y se acercaron a la barra. Pipe los conocía de vista porque eran del barrio, dos profesionales del trapicheo. Debían de andar sedientos porque pidieron dos *katxis* y otros dos tras beberse los primeros, y no pareció importarles que fuera temprano, que el suelo estuviera recién fregado o que oliera a desinfectante.

Uno llevaba las patillas en caída libre y tenía una sonrisa falsa de comercial; un tic facial que no conseguía quitarse de encima. El otro llevaba toda una oreja perforada y tenía cara permanente de mosqueo, como si le debieran dinero. Ninguno de los dos tenía lo que se dice un aspecto dulce de cara a la galería, pero tampoco era lo que perseguían.

El de la oreja perforada tomó la iniciativa:

—Pipe, parece que te han acariciado la cara. —Y se echó a reír.

Las secuelas de la paliza todavía estaban frescas en su cara y Pipe sintió cómo le ardía el moratón en el pómulo, ya amarillento. «Seguro que lo saben», pensó mientras continuaba secando vasos como si nada. En el barrio, al final, todo se sabía, y más si era un asunto como aquel en el que alguien se alejaba de su cuadrilla con presiones de por medio.

El joven con el tic se sumó a la risotada.

—Hay que tener cuidado, Pipe. ¿Se sabe ya quién ha sido?

Pipe dejó de frotar el vaso, alzó la vista y comentó como si nada:

—Creo que fue tu madre, que cerró las piernas antes de tiempo.

Y la sonrisa, incluso el tic, se congelaron en la cara del otro. De hecho, parecía afligido al responder:

—Eso no es verdad.

Pipe clavó la mirada en el chaval. Sabía que aquel postureo hostil era de cara a la galería, porque cuando uno quería soltar una hostia la soltaba y se dejaba de aspavientos. Y él no era de empezar peleas, pero sí de acabarlas, aunque tuviera el cuerpo molido como lo tenía.

—Déjalo, no merece la pena —dijo el de la oreja perforada.

Y, efectivamente, la cosa no llegó a más, porque el chaval del tic facial se limitó a jurar en arameo y acabó por acodarse junto a su amigo en el otro extremo de la barra.

Cuando se calmó el asunto, Santi se acercó hasta Pipe con un trapo y empezó a ayudarle con los vasos.

—Se han cogido un rebote de tres pares.

—Ya se les pasará —contestó Pipe.

Siguieron cada uno a lo suyo, limpiando sin pronunciar palabra.

—¿Qué hay de lo tuyo? —preguntó Santi, mirándole de reojo.

Todos sabían las razones que justificaban el haber recibido la paliza. Igual que sabían que la declaración que los cipayos le habían tomado en la comisaría había acabado en tiempo récord en el juzgado.

—Un año de libertad vigilada y tres meses de servicios a la comunidad.

—No has salido muy trasquilado.

Pipe se encogió de hombros.

—El juez de menores tuvo en cuenta el arraigo familiar.

—Jo, qué suerte, o cómo te lo has currado.

Pipe volvió a encogerse de hombros.

—Pues no veas la parrafada que me soltó. Que si en el pecado está la penitencia, que si incendiar y destruir nuestra tierra es de bárbaros...

—Es lo que dicen siempre. Debía de tener más años que Matusalén.

—Total, a hacer servicios al hospital de Cruces.

—Pues ni tan mal, oye.

—En la Unidad de Quemados.

—Hay que joderse.

Pipe se quedó mirando a Santi durante un largo rato. Era lo más parecido a un amigo que le quedaba. Quizá por eso añadió:

—Santi, te lo aseguro, se te quitan las ganas de ir por ahí haciendo gilipolleces y quemando contenedores.

Y ya ninguno dijo más. Terminaron con los vasos, y se estaban empleando en retirar juntos el barril de cerveza para limpiar los tubos y las tomas cuando Avelina llegó sofocada desde la cocina.

—¡Poned La 1! ¡Rápido!

Santi cambió de canal y en la televisión ya estaban dando la noticia. La foto en blanco y negro del telediario era la de Txiki, y las imágenes, las mismas que se venían repitiendo los últimos días desde que se había producido aquel extraño encontronazo entre policías y activistas en un aparcamiento de Francia.

Santi dio un puñetazo sobre el barril y fue el primero en romper el silencio con una voz llena de rabia:

—¡Hostias, no! ¡Joder, no, no!

Avelina se persignó.

—¡Jesús, María y José!

Santi se dirigió a la televisión y gritó:

—¡Putos fachas de mierda! ¡Euskal Herria, resiste! *Aurrera!*

Avelina hizo un gesto para que bajara la voz mientras se secaba las lágrimas en el delantal.

—Por lo menos ha caído luchando —susurró Santi con convicción—. Seguro que los *txakurras* le buscaban y le tendieron una emboscada.

Avelina le dedicó una mirada entre afectuosa y escandalizada.

—¡Calla ya, a ese qué le iban a buscar!

Santi se volvió hacia ella con cara de bobo.

—A ese —le espetó Avelina— solo le buscaba su *ama* desde que desapareció de casa.

Santi se quedó sin saber qué decir y miró hacia Pipe, pero este no estaba para nadie. Se limitaba a apretar el tubo del barril entre las manos y miraba con horror la foto en blanco y negro de Txiki en la televisión. En esa foto, la expresión en la cara de su amigo era de una ausencia total, como si estuviera a punto de fundirse con los píxeles de la pantalla.

99

Iba a enviar una carta

Un domingo por la mañana, a solas en su celda, Lierni escribió una carta. Iba a enviarla, lo tenía decidido. Era una carta muy especial.

> He querido escribirles esta carta desde hace mucho tiempo, pero tenía miedo. ¿Miedo de qué? No lo sé. Quizá de que mis palabras infecten sus heridas.

Nadie la había obligado y no sabía para qué podría servir, pero algo dentro de ella le decía que era lo correcto.

> No sé si servirá para algo, pero quiero que sepan que soy consciente de la terrible desgracia que les he causado, de cómo les he destrozado la vida. Sé que no hay forma humana de enmendar el dolor tan profundo que sienten en estos momentos, solo sé transmitirles mi vergüenza y mi culpa por todo lo que hice. Ni siquiera sé por dónde empezar, pero me he prometido que por lo menos quería intentarlo, para ayudar en algo, si se puede, a cicatrizar sus heridas y, quizá egoístamente, también las mías.

Pensaba mucho en los muros que la retenían hasta que algún día pudiera volver a la libertad. Eran los muros de la prisión, y sus muros internos hechos de fanatismo, disciplinas militares y miedos. Quería gritar, y que ese grito traspasase esos muros, y su eco, batiendo las alas, remontara el vuelo camino de Euskal Herria.

> Mis acciones solo han generado sufrimiento: a ustedes los primeros, y en segundo lugar a mi familia.

La carta pasaría por la junta de tratamiento y el comportamiento de Lierni sería examinado por funcionarios, psicólogos y pedagogos. Allí nadie se fiaba. La política del sistema era la de riesgo cero y el Gobierno no iba a permitir reinserciones interesadas. Lierni sabía bien lo que aquello suponía. Estaba a punto de convertirse en una arrepentida para el Estado. Ya era una traidora para los suyos. Quién sabe si seguiría siendo una puta etarra para la mayoría.

Y todo ello se haría público. Y ahí estaba el quid de la cuestión. De la Organización era difícil salir, mucho más que entrar.

> Me despido no sin antes pedirles perdón de forma sincera y diciéndoles que, si algún día pudiéramos vernos, yo estaría dispuesta a responder a todas sus preguntas.

Finalizó las líneas, aunque se le hacía cada vez más cuesta arriba.

Miró la carta, sintiendo que diversas fuerzas en su interior se habían declarado la guerra y tiraban de ella para un lado y para otro.

La dobló y la metió en un sobre, pero toda la energía que había sentido al escribirla pareció desvanecerse.

Se puso en pie y se quedó quieta en medio de su celda, contemplando lo que acababa de escribir y lo que se veía incapaz de hacer. Apartó su vista del sobre en su mano y miró por la ventana. A juzgar por el manantial de luminosidad que se colaba entre los barrotes, debía de hacer un día radiante y despejado.

Oyó el arrullo y el cloqueo de las palomas, y se imaginó cómo descolgarían su retrato de la vitrina con las fotos de los presos en la *herriko* de Gamboa. Se imaginó las calles de su pueblo llenas de pasquines con su foto informando de su expulsión de la Organización por «colaboracionista con el enemigo». Se imaginó la gran pancarta que adornaba aquella fachada de la plaza de Arrasate, y su foto manchada de pintura roja y amarilla. Se imaginó a su madre en el mercado con su carrito de la compra, aislada y sola, objeto de las miradas torvas, del bisbiseo magro, de los gestos de desprecio del pescadero y de la frutera. Se la imaginó sin la ayuda mensual del colectivo, haciendo mil carambolas para hacerle llegar algo de dinero. Se imaginó la banderola de Euskal Presoak en su balcón, cada vez más ajada por las inclemencias del tiempo.

La moneda estaba en el filo, podía decantarse hacia un lado o hacia otro. Pensó en la letanía de *Dune*, su amada novela, y en que el miedo mataba a la mente, pero no decía nada de lo que hacía en el corazón. ¿O es que ya no le quedaba? La realidad era que todo lo que se había imaginado le hacía imposible enviar aquella carta. Porque no tenía respuesta emocional para aquello y, lo que era peor, se dio cuenta de que quizá no tuviera respuesta posible.

De la misma forma en que había ido destilando el arrepentimiento en su fuero interno, empezó a decantarse en su cabeza que no podía hacerlo, porque para hacer aquello público era necesario más valor que para apretar el gatillo. La aterrorizaba la posibilidad de que los periodistas, carroñeros como eran, le dieran bombo a su caso y la usaran como un juguete roto para dar eco mediático a la historia.

Carmen tenía razón. Mejor salir de la cárcel, como habían salido tantos otros, calladita, con su vida anónima lejos de la Organización, para poder llegar al pueblo y vivir tranquila el resto del tiempo que le quedara. Y pensó en la gente. «Su» gente. ¿Qué explicaciones iba a dar al salir? Pensó en ella misma. ¿Qué sentido le iba dar al tiempo, a los años, a las décadas que le quedaran allí?

No, no podía. Y aunque ya no creía en nada, no tenía fuerzas para asumir responsabilidades, para salir de aquello. Se sentía desnuda sin unas siglas bajo las que escudarse y diluir la culpa.

Por eso Lierni cogió la carta, la arrugó y la rompió en mil pedazos y, como una vez hizo con el *Ekia* de Carmen, la echó al retrete y tiró de la cadena. Mientras miraba los pedazos huyendo en la espiral de agua sucia, Lierni empezó a retroceder lentamente hasta alcanzar una de las paredes de la celda. Dejó deslizar la espalda sobre ella y se quedó en cuclillas, con la mejilla pegada contra el muro.

Un domingo por la mañana, Lierni iba a enviar una carta, pero jamás lo hizo.

Amanecía en Mondragón y Felisa, que acababa de llegar a la parada del autobús, se detuvo bajo la marquesina. El resto de los pasajeros estaba ya dentro del transporte, esperándola, y la chica de los pendientes bonitos, de pie junto al conductor con la lista en la mano, la animaba a subir.

—Vamos, Felisa, que no llegamos.

La tarde anterior había recibido la llamada de su hija. Ni se iba a retractar ni iba a pedir perdón. Iba a seguir en aquella secta, aunque a Felisa le rompiera el alma. Recordaba las palabras de Jone. «No te fíes de nadie...».

Y ahora, ¿qué? ¿Qué podía hacer con su hija? ¿Abandonarla?

Felisa permaneció un momento en la acera y, con resignación, dio un paso y subió al autobús.

Cruzó el pasillo viendo a toda la gente con la que había congeniado todos esos meses atrás. Estaban todos: desde el abuelo que siempre llevaba la radio pegada a la oreja hasta la anciana que viajaba hasta el Puerto de Santa María para ver a su hijo.

Se sentó junto a su amiga Tere, y enseguida la señora de las croquetas se asomó desde el asiento de atrás. Esta vez viajaba sin táper.

—Se casa la Mirentxu —les comentó la señora.

—No lo sabía —dijo Tere.

—Lo mejor no es eso. Adivinad contra quién.

—¿Contra quién? —preguntó Tere.

—Tapaos los oídos —les advirtió la señora—. ¡Con un guardia civil de la Rábita!

—Oh, no —dijo Tere.

—Oh, sí —contestó la señora.

Felisa ni se molestaba en escuchar. Miraba por la ventanilla el amanecer y la luz de las farolas, todavía encendidas, reflejándose en los cristales. Mientras el motor del autobús carraspeaba al ralentí, le dio por pensar en que aquellas luces parecían trazar barrotes sobre sus caras, como si en realidad todos los familiares estuvieran también presos de todo aquello. A su lado, Tere también guardaba silencio.

—Eso es —corroboró la señora de las croquetas—. Montamos un circo y nos crecen los enanos.

100

Cuarenta años de matrimonio

Gamboa estaba sentado en una oficina de la Audiencia Nacional. Un policía nacional le custodiaba y él esperaba esposado y con su identificación de imputado colgando de su chaleco Lacoste.

Las últimas horas le habían dado para poner en orden los pensamientos en su cabeza. No quería ir a la cárcel. Con su delicado estado de salud. A su edad. Padeciendo de la próstata y con su principio de artritis, no quería ni imaginarse lo que sería pasar los últimos años en prisión. No quería acabar jugando a la petanca en el patio de Martutene. No quería comer lo que fuera que debían de servir allí. No quería morir encerrado entre cuatro paredes.

Jone entró en la oficina junto al joven ayudante del fiscal.

—Nos vamos, Ramón —le anunció ella con frialdad.

—¿Adónde? —preguntó Gamboa con voz temblorosa.

—A casa.

El ayudante del fiscal señaló las esposas y le dijo al policía:

—Quíteselas.

El policía obedeció. El viejo tabernero se masajeó las muñecas y lanzó a Jone una mirada de carnero degollado. No dijo nada hasta que el policía y el ayudante del fiscal abandonaron la oficina, y entonces, incrédulo, se atrevió a decir:

—Soltarme de esta forma, tan fácil... ¿Cómo es posible?

—Falta de pruebas —contestó Jone, que tampoco parecía creérselo—. El juez instructor ha tenido en cuenta que la Fiscalía ha informado a favor de tu libertad, pero aquí hay algo raro, algo que se nos escapa. —Suspiró y se dignó por fin a mirar a Gamboa—. De todos modos, esto no ha acabado. Estás en libertad bajo fianza de cuarenta mil euros.

—Cuarenta mil euros... ¿Quién ha pagado la fiesta?

—Pregúntale a Asier. Si por mí fuera, todavía seguirías allí.

Gamboa contuvo la emoción que le embargaba; pero cuando se reunieron con Asier, en un discreto asador vasco de la calle Recoletos, el viejo tabernero se fundió con él en un abrazo paternofilial.

En la televisión del restaurante, entre las novedades de siempre sobre el aumento del paro y la aparición de nuevos casos de corrupción, los faldones del telediario chillaban uno tras otro, en grandes letras, las últimas noticias relacionadas con ETA:

FALLECE LA AGENTE TIROTEADA EN FRANCIA.
ARIZAGA, LIBERADO. LA GENDARMERÍA BUSCA AL JEFE
DEL APARATO MILITAR. RUMORES DE TREGUA
UNILATERAL. EL GOBIERNO NIEGA VÍAS DE CONTACTO.

Gamboa, que llevaba tres días incomunicado, no daba crédito a la forma en que los acontecimientos se habían precipitado.

—Esto es... ¿Cómo hostias?

Y Asier no supo qué responder.

Las paredes de madera noble del viejo comedor estaban forradas de fotografías, un muro de la fama que mostraba a decenas de cantantes y futbolistas sonrientes y abrazados al propietario del restaurante. Ironías de la vida; se trataba de un viejo conocido.

—Coño, Andoni —dijo Gamboa.

—Es uno de sus restaurantes —corroboró Asier mientras esperaban a que el camarero los atendiera.

—Podía pasarse a saludar —comentó Gamboa mientras miraba a un lado y a otro.

Preguntaron al camarero, y este les dijo que Andoni no tardaría en pasarse a verlos, pero estuvieron esperando más de media hora antes de poder disfrutar de un magnífico carré de cordero cedral con setas y patatas, y Andoni no apareció ni por asomo.

—Seguramente no esté —aventuró Asier.

Pero Jone sabía que sí estaba, porque de camino al aseo había visto a Andoni saludando a los comensales de otra mesa en otro salón del restaurante. Entendía perfectamente que el cocinero no tuviera ninguna gana de verlos, igual que entendía que a ella misma se le hacía cada vez más duro estar al lado de aquellos dos hombres.

Con la ayuda de varias copas de un excelente chacolí elaborado en barrica de roble, Gamboa pareció ir olvidando su estancia en el calabozo y fue recuperando su valor.

—Que Andoni no se digne a saludar, no es de recibo —dijo mientras mojaba un trozo de pan en la salsa de verduritas y del jugo del cordero—. Seguro que ha andado invitando a todos esos famosillos. —Señaló con un dedo grasiento el mural de fotos de las celebridades—. Si no, ¿de qué se van a hacer la foto? Que sepáis que en mi *txoko* atendemos antes, comes a mitad de precio y el doble de rico.

La propia mención al hogar hizo que el corazón de Gamboa se ablandara. Sin ser consciente de ello, se giró el anillo de boda en el dedo un par de veces.

—¿Y Avelina? —preguntó en un momento dado.

—No ha querido venir —respondió Asier en un ejercicio de rotunda sinceridad.

Aquello golpeó a Gamboa más de lo que se atrevía a reconocer.

—Cuarenta años de matrimonio, para que veáis.

Sus ojos se dirigieron hacia Jone, y esta suspiró con fuerza y le dijo:

—Ha habido mucho revuelo y los periodistas no paraban de aparecer por el bar. La mujer necesita tranquilidad y tiempo. Ya harás las paces con ella. —Se quedó un rato mirando a Gamboa, contemplándole con una mezcolanza de decepción y tristeza—. Ni siquiera has preguntado por Txiki.

Las facciones de Gamboa adoptaron una expresión afligida.

—Es verdad, nos tienen locos. Todo este machaque es... es...

Jone le interrumpió antes de que se le hiciera de noche:

—Le van a enviar a Réau Sud Francilien, cerca de París.

Gamboa tartamudeó:

—La juventud de este país... es... es... una tragedia.

Luego movió la cabeza a un lado y a otro. Tras comprobar que las otras mesas del restaurante estaban lo suficientemente alejadas, se inclinó hacia sus dos comensales y bajó la voz.

—Lo que no entiendo es la forma en que se está acelerando todo el tema de la tregua. La prensa está haciendo mucho ruido con eso.

—Cubero dice que es una posibilidad —susurró Asier—. Los nuestros han cruzado una línea roja. Los franceses no van a parar hasta detener a cualquier represaliado en Francia que tenga cuentas pendientes con el Estado español. Además, la *ekintza* puede acabar con la solidaridad que nuestros hermanos de Iparralde nos brindaban hasta ahora.

—La decisión táctica de disparar y matar en Francia puede

convertirse en un error estratégico —dijo Gamboa sin revelar nada más, como si jugara al mus.

—Hay que empezar a poner distancia —afirmó Asier—. Vamos a lanzar un nuevo comunicado, para consumo interno y de la gente del colectivo. Uno que se alinee con la nueva estrategia. Jone se hará cargo.

Asier se volvió hacia Jone y su mirada la desafió a contradecirle. Ella apartó la vista y no se atrevió a decir ni pio, y Asier siguió mirándola con gesto complacido, como pensando: «Buena chica».

Gamboa asintió un par de veces más. Luego volvió a mirar a un lado y a otro y bajó aún más la voz.

—¿Se sabe algo de Arrano?

Asier se encogió de hombros.

—Los rumores le sitúan en el lugar del tiroteo en Bayona, pero nadie sabe dónde está.

—¿En paradero desconocido?

—Eso es.

Gamboa apretó el puño y frunció el ceño.

—¡Cago en Sos!

—Pues sí, tregua envuelta con un lacito —musitó Asier.

Se hizo el silencio y los dos hombres se volvieron hacia Jone. Ella los observaba con una mirada opaca que no dejaba traslucir nada.

—Sé lo que estás pensado —dijo Gamboa—. No somos unos insensibles, pero esto te venía grande, Jone, muy grande. Lo que hicimos, lo hicimos por un sentido de responsabilidad; lo hicimos porque estabas equivocada. —Gamboa se llevó la mano al pecho, acompañándola de nuevo con un gesto contrito—. Y a mí, personalmente, me pesó mucho.

Haciendo de tripas corazón, aún con la sensación de que todo su cuerpo arremetía contra ella misma, Jone se quedó callada.

Asier agarró a Gamboa de la manga para llamar su atención.

—Bien —le susurró—, lo primero ahora es hacer que todos se sientan cómodos con la versión a interiorizar. Tenemos que controlar la narrativa y ver cómo vamos a marcar el paso a los nuestros, tenemos que...

Los dos hombres siguieron departiendo al lado de Jone, planeando estrategias, construyendo castillos en el aire y moviendo peones humanos cuyas vidas no parecían resultarles de mucha importancia, pero ella hacía un rato que no los escuchaba.

Se preguntó cuáles podían ser las razones que la mantenían atada a todo aquello. Quizá seguía imbricada en el movimiento con el único fin de ir rascando, aunque fuera con una cucharilla, la arquitectura barroca de los discursos que tenían algunos con tal de no reconocer el daño causado. Sentía que en su mundo había gente que quería avanzar en ese sentido, aunque fuera como la paradoja de la tortuga de Zenón. Poquito a poquito, acercándose cada vez más. Quizá, permaneciendo en aquella burbuja en la que habitaban, Jone podría ayudar a construir una paz entre todos. O quién sabe, puede que todo fuera una mentira que se decía a sí misma porque no tenía el coraje de afrontar la realidad. Quizá le pasaba como a Avelina con Gamboa. Quizá esa era su propia derrota. Después de tantos años encamada con los que defendían el tótem de la lucha armada, solo le quedaba apretar los dientes y aguantar la compañía de aquellos dos mediocres que tenía a su lado.

101

El fontanero

Alkorta pasó junto a la secretaria del comisario y entró en su despacho como un toro desbocado.

—¡Oiga! —exclamó ella—. ¿Adónde cree que va?

Camaño estaba sentado en la silla tras su escritorio, y no estaba solo. Le acompañaban dos viejos conocidos: Javier Rendueles y Víctor Lozano.

Rendueles se apoyaba en uno de los brazos del sofá. Estaba distraído jugando con el móvil y su expresión era cordial. Lozano no sonreía tanto. Ocupaba la silla frente al escritorio de Camaño, tenía una pierna cruzada a la altura del tobillo y se había vuelto de forma incómoda para mirar a Alkorta.

La secretaria, consternada, asomó la cabeza por la puerta.

—¿Llamo a alguien? —preguntó.

—Sí —contestó Alkorta—, a los periodistas. —Clavó la mirada en Camaño—. Vamos a darles un buen titular: «Queda en libertad el responsable de la principal red de extorsión de ETA».

Rendueles levantó la vista del móvil y le miró alzando la ceja; no le había gustado mucho eso. Lozano se retorció aún más en la silla, como si el efecto que provocaban esas palabras le atornillaran en ella.

Camaño, en cambio, permaneció impasible y, sin alterarse en lo más mínimo, se dirigió a su secretaria:

—No te preocupes, Pili, vuelve a lo tuyo y cierra la puerta.

La secretaria cerró la puerta y Camaño se volvió hacia Alkorta.

—No te veía desde el entierro... —comentó el comisario.

—No me la juegues, Paco, no con esto.

—Anda, siéntate.

Alkorta permaneció de pie, demostrando que el encuentro no iba a ser fácil. Parecía llevar consigo el olor que acompaña a la gente desquiciada, y Lozano y Rendueles le miraban como si fuera contagioso.

—Luis —dijo Camaño al cabo de unos segundos—, la muerte de Reyes ha sido un mazazo para todos. Era uno de nuestros mejores agentes. Lo digo alto y claro porque es la verdad.

—Creía en lo que hacía —afirmó Alkorta—. No sé si se puede decir lo mismo de todos los que nos dedicamos a esto.

Camaño apartó la vista y echó la ceniza de su cigarrillo en un cenicero; acto seguido clavó la mirada en su subalterno y le advirtió:

—No vayas por ahí.

—¿Por dónde quieres que vaya? Me acabo de enterar de que han levantado las medidas cautelares al recaudador. Está en libertad.

—¿Por qué te importa tanto el recaudador?

—¿Que por qué me importa? ¿Por qué no te importa a ti?

—No es parte sustancial de la investigación.

—Es el único que nos puede ayudar a averiguar el paradero de Arrano. ¡Por el amor de Dios! Ha estado viéndose con él durante años.

—Luis, no se puede.

—Solo hay que hablar con el juez y apretarle las tuercas.

—No hay pruebas.

—¿Cómo que no hay pruebas? Tenemos las cintas.

El comisario se volvió hacia Lozano y Rendueles, que se removían incómodos en los asientos, y los calmó con un gesto.

—No os preocupéis —los tranquilizó—. Es de confianza.

A continuación, estrujó el cigarrillo en el cenicero y se volvió hacia Alkorta.

—Luis, con esto te cuento más de lo que debería. Lo que escuches aquí es estrictamente confidencial. —Bajó la voz adoptando un tono de conspirador barato que a Alkorta se le antojó ridículo—. El problema no es el cobrador, ese tipo nos la trae floja. Se trata de prevenir daños mayores, y por eso hay que proteger a uno de los implicados.

Alkorta sintió que toda la masa cerebral se le deslizaba hacia un lado de la cabeza. En ese mismo instante, cuando parecía que nada tenía sentido, lo entendió todo de golpe. Sintió que su mundo se tambaleaba y tuvo la necesidad de apoyarse en el respaldo de una silla.

—El intermediario —dijo, más para sí mismo que para los demás.

Camaño asintió.

—Por eso no se pueden usar las grabaciones para acusarle, Luis, porque implicarían a gente que no conviene implicar.

Lozano debía de encontrar ya su posición en la silla extremadamente incómoda. Se puso en pie frente a Alkorta y, echando mano de la hebilla del cinturón, se subió los pantalones.

—El intermediario —dijo Lozano— es un fontanero del partido en el Gobierno vasco. Digamos que es... su antena en el mundo de ETA.

Rendueles se miró las uñas.

—No es solo eso. Es un pata negra, con contactos en Ajuria Enea. Aparece en todo este lío porque quería recoger las impresiones reales de la banda sobre la tregua.

Alkorta ahogó una expresión de aturdimiento. Necesitaba unos segundos para asimilar todo aquello.

—Tanto ir por libre... —Lozano sonrió al creerle contra las cuerdas—. ¿Cómo se siente siendo el hazmerreír del cuerpo?

—Dímelo tú, que eres el payaso de Interior —repuso Alkorta.

Lozano se despidió de su sonrisita y Alkorta se irguió.

—Camaño... —dijo con incredulidad—. ¿Es que no has escuchado las grabaciones?

—Precisamente porque las hemos escuchado, Luis —dijo Camaño con calma—, no podemos dejar que se usen. Corremos el riesgo de que el juez impute también al fontanero por colaboración con organización terrorista, y entonces se liaría la marimorena. Su detención habría coincidido con el encuentro del presidente y el lendakari, justo ahora que los dos están en sintonía y han dado su respaldo a la negociación política entre el Ejecutivo y la banda. En Interior han saltado las alarmas. Han recibido presiones y nos han dado un toque para que le salvemos el culo.

Lozano, fino como un alambre, cambió el peso de su cuerpo.

—La intención no ha sido echar por tierra la operación policial, pero este caso dormirá en el cajón y de ahí no va a salir.

—Nuestras fuentes están convencidas —agregó Rendueles—; hay que tirarse a la piscina.

Alkorta se preguntó si quería seguir con aquello o si era mejor disfrutar de la comodidad de la ignorancia.

—En serio, ¿de qué cojones estáis hablando?

—Lo quieren dejar y debemos facilitarles el final —respondió Lozano—. Lo que prima es salvar el proceso de negociación.

Camaño se puso en pie y se dirigió al perchero. Sacó un paquete de tabaco del bolsillo de la chaqueta y se encendió un nuevo cigarrillo.

—Cuanto menos se hable de esto, mejor, pero las aguas se están moviendo y el Gobierno tiene a la oposición al tanto.

—Todos están de acuerdo en que hay que asumir el riesgo —dijo Rendueles—. No hay que generar otro problema de opinión pública, eso sí. Hay que negar que se esté avanzando, hay que insistir en que hasta que no abandonen las armas no hay nada que hablar de este asunto.

Camaño volvió a sentarse tras su escritorio y comandó la atención de Alkorta con los dos dedos que sujetaban el cigarrillo.

—Luis, se ha conseguido abrir brecha entre las víctimas y ya hay una asociación que le ha garantizado al Ejecutivo que no va a dar batalla, siempre y cuando se hagan las cosas bien y no se venda la piel del oso antes de cazarlo. —Hizo una pausa y estudió la reacción de su agente—. No sé por qué coño te rasgas las vestiduras.

Alkorta se quedó mirándole fijamente.

—No sé. Quizá porque pienso que los etarras dejarán las armas cuando se convenzan de que no pueden provocar más negociaciones.

Camaño ahogó una carcajada.

—Alkorta, por Dios, no seas ingenuo. Se trata de modular la respuesta. Y no, no es algo nuevo; siempre ha sido así. Si le hace falta al Gobierno, los terroristas pasan a ser el Movimiento de Liberación Nacional y se acercan los presos que haga falta, se congelan las detenciones o se mantiene a Ternera en paradero desconocido cuando todos sabemos el hospital en el que se hace los análisis. Y si hay que tapar las cifras del paro o la corrupción, se da otro bandazo y se vuelve a las detenciones. Y no solo es el Gobierno, también lo hace la oposición, siempre a punto con la cuchara del terrorismo para rebañar votos de donde sea.

Alkorta miró a aquel comisario que en su día había arrastrado la democracia por las alcantarillas, y supo que tenía razón.

—Tienes que admitirlo —prosiguió Camaño—. La gente está deseando acabar con esta barbarie para que no haya siempre cuatro locos pegando tiros. Y si hace falta, habrá que ser generosos.

Alkorta le señaló con el dedo de forma un tanto desesperada.

—Si hace falta, yo mismo llevaré las grabaciones al juzgado. Óyeme bien porque no voy a parar, pienso desmontarles el chiringuito.

Pero enseguida se percató de que era una amenaza débil, sin fuerza.

—Luis, no tienes acceso. —En la voz de Camaño había algo parecido a la compasión, o por lo menos toda la compasión de la que Camaño podía hacer gala—. Las cintas máster están archivadas.

Alkorta apartó la mirada y se topó con las fotografías enmarcadas en el despacho. Camaño con Aznar. Con el rey. Con Zapatero.

—No sé quién es peor —acertó a susurrar—. Al menos los etarras no se venden por una poltrona.

—Eso está por ver —replicó Camaño.

Alkorta permaneció de pie, intentando encajar el golpe sin aspavientos; parecía haberse olvidado completamente de dónde estaba.

—Luis —dijo Camaño—, tómate una semana de asuntos propios o de vacaciones. ¿Qué quieres?

Alkorta salió de su letargo y miró a su jefe fijamente.

—Champán para todos.

—¿Cómo dices?

—Nada, olvídalo.

Se marchó sin mirar atrás, sintiéndose un hombre sin lugar ni futuro en un mundo nuevo que estaba por venir.

102

Canto rodado no acumula musgo

Tras dejar a Txiki con un plano de carreteras y doscientos euros en efectivo debajo de un paso elevado a las afueras de Talence, Arrano, a bordo de un Citroën DS conducido por su fiel lugarteniente Baldo, tardó menos de tres horas en llegar a Cauterets. Aparcaron en un descampado situado al norte de la localidad, junto a un camping de autocaravanas, y permanecieron en el coche escuchando las conversaciones de los gendarmes por el escáner de la radio. El despliegue policial no tenía parangón. Se estaban montando controles en las entradas y salidas de los pueblos, y todo el sur de Francia estaba erizado de gendarmes armados con metralletas y de coches patrulla con las sirenas puestas a la búsqueda de una pareja de etarras con su exacta descripción.

Arrano sabía que debía tomar una decisión, y debía hacerlo rápido. Se sentía en la obligación de recuperar la documentación escondida en el doble cajón de su apartamento. Aquellos papeles tenían un valor incalculable para la Organización y no podían caer en manos extrañas. El dúplex, situado en el centro de la localidad, era el lugar menos comprometido de todos los pisos francos de los que disponía y no había razones que hicieran pensar que los gendarmes pudieran tenerlo localizado. Además, si estaban esperándole, se llevaría por delante a quien hiciera falta, no lo dudaría, todos juntos al infierno. Tenía su arma con él, y si algo tenía claro era que se marcharía de este mundo en un resplandor de gloria en lugar de pasarse el resto de su vida en la cárcel.

Sin embargo, mientras continuaba escuchando la cháchara de los policías en el escáner y el anochecer se echaba sobre los picos nevados de los Pirineos al otro lado del parabrisas del coche, algo empezó a moverse en su interior, algo que le impelía a desechar ese primer impulso.

Durante un rato, su mente continuó maquinando, evaluando los pros y los contras, y de forma gradual, sin apenas darse cuenta, llegó a una sorprendente conclusión:

«No estoy dispuesto a correr el riesgo».

Eso era. Ni la Organización ni Euskal Herria merecían que pasase el resto de sus días en la cárcel. Y en ese momento, un único objetivo empezó a recorrer su mente: mantenerse con vida. Y así fue como todas las ínfulas de liarse a tiros, todas las mentiras que se había dicho a lo largo de su militancia, se disolvieron en su fuero interno como un azucarillo.

—Un canto rodado no acumula musgo —gruñó.

—¿Eh? —inquirió Baldo, perro fiel.

Arrano se masajeó la frente y cerró los ojos. Cuando los abrió, ya había asumido que iba a cortar lazos y a desaparecer.

—Espera aquí.

Arrano bajó del coche y cruzó el camping hasta llegar a la cabina de teléfonos del recinto. Allí llamó a Cubero y le expuso sus intenciones. Este le pidió el número de la cabina, hizo una serie de gestiones y volvió a llamarle para trasladarle una dirección. Arrano regresó al coche, ordenó a Baldo que le llevara a Pierrefitte-Nestalas, una comuna cercana, y, tras despedirse de su lugarteniente, jamás regresó.

Poco después de las siete de la tarde, una pareja de venerables ancianos que solía prestar servicios ocasionales a la Organización le recogió en una pizzería cercana y le proporcionó cobijo en un trastero de la localidad. Arrano se vio obligado a permanecer durante dos días con sus noches en aquel altillo oculto tras una pared falsa construida con pladur mientras las televisiones no paraban de mostrar su fotografía. Durante ese tiempo fue incapaz de dormir, temiendo una posible redada o el chivatazo de cualquier vecino fisgón con ganas de protagonismo.

En la segunda noche de reclusión, los ancianos le entregaron un regalo de parte de Cubero: un kit de supervivencia con tres mil euros en efectivo, tinte para el pelo, ropa nueva, un pasaporte falso y un billete de avión.

Esa misma madrugada, Arrano abandonó su escondite. Un *mugalari* le cruzó los diez kilómetros de monte a través que los separaban de la frontera española y le dejó en Panticosa. Allí, un todoterreno conducido por un miembro legal no fichado de la banda, un tipo con cara de colibrí y chaleco de lana, le recogió y le llevó hasta Huesca. En la ciudad aragonesa, Arrano tomó un taxi que le llevó al aeropuerto de Barcelona y, tras cruzar milagrosamente la aduana, él y su pelo teñido de rubio parecieron desaparecer para siempre de la faz de la Tierra.

De su paso por Francia solo quedó su sombrero trilby, olvidado en el trastero, cogiendo polvo para siempre.

103

Si no mejores, al menos más humanos

Los encuentros tenían lugar en los bajos comerciales de un edificio anónimo a las afueras de Vitoria. Los organizaba un amigo de un amigo que era miembro de un foro social. Sin darle bombo al asunto, allí se juntaban víctimas de ETA, familiares de presos disidentes, alguna víctima del GAL y gente de la sociedad civil que quería dejar de mirar para otro lado. El local no daba para mucha parafernalia, tan solo había unas sillas de plástico y una mesa esquinera con zumo de cartón, bollería industrial y empanadas caseras servidas en platos desechables. Tampoco había mucha ceremonia, simplemente se sentaban y se ponían a hablar. Lo hacían sin pelos en la lengua, intercambiando perspectivas y todos los matices del mundo, porque lo único que les quedaba era intentar ponerse en la piel del otro.

—¿Y ahora qué? ¿A empezar todos con el contador a cero? ¿Es eso la reconciliación? Una cosa es avanzar y otra, la impunidad...

—Hay que investigar las torturas y visibilizarlas; no puede ser que siga pasando el tiempo y el Estado no diga nada...

—¿A alguien se le ocurre recibir a un violador que salga de la cárcel con *aurresku*, bengalas e ikurriñas después de haber violado a una del pueblo? ¿Seguimos locos o qué?

—Los afectados por el GAL no deben ser víctimas de segunda, merecen también el reconocimiento de las instituciones...

—Casi cuatrocientos asesinatos sin resolver... Van a prescribir y ETA no colabora. Los familiares se mueren y nunca se sabrá lo que pasó...

—La dispersión pena ya más a las familias que a los presos... Da igual Algeciras que Martutene; están entre cuatro paredes.

—El milagro es que nadie se haya tomado la justicia por su mano..., eso nos ha salvado a todos.

Elena y Felisa eran dos más entre la docena de asistentes. Si a cada una de ellas le hubieran preguntado por qué estaba allí, ninguna habría sabido dar una respuesta concreta. Tal vez coincidieran en la necesidad de llegar a algún tipo de verdad sobre lo que había pasado, algo que les ayudara a concebir un futuro en paz. Se trataba, decían algunos, de encontrarse en medio de esa destrucción y de recomponer los trozos de una sociedad que tarde o temprano tendría que volver a mirarse a la cara. Se trataba, aseguraban, de creer que podían salir de aquello, si no mejores, al menos más humanos.

Al acabar la reunión de aquel día, mientras la gente recogía sus cosas, Felisa se acercó hasta Elena y la saludó.

—¡Hola! —dijo, y se abanicó con la mano como para quitarse el agobio—. Esto es para no volver.

—Hola —sonrió Elena—. Sí, es todo muy intenso —reconoció.

—Tanta palabrería... —dijo Felisa—, ¿tú crees que servirá para algo?

—No sé yo.

—Dios bendito. La gente es dura de mollera, desde luego.

—Y algunas palabras duelen.

—Sí, y otras hacen que se te ponga la carne de gallina.

Elena asintió.

—Es verdad..., no sé...; después de todo, quizá eso signifique que estamos en el buen camino.

Felisa se miró los zapatos un momento. Luego levantó la vista y dijo de sopetón:

—Tengo una hija presa.

Se hizo una larga pausa que era en sí un comentario.

—Lo siento —dijo Elena por fin.

—Más lo siento yo. —Felisa movió la cabeza despacio—. Verás..., ella sabrá..., no, no sé si algún día será capaz de... Yo siempre traté de enseñarle sentimientos contrarios a todo lo que la llevó a hacer las cosas tan terribles que ha hecho, pero ella no...

Desistió de seguir por aquel camino, y en algún lugar de la reunión alguien preguntó si los asistentes querían algo del zumo que había sobrado. Ambas mujeres ignoraron el ofrecimiento y Felisa añadió:

—Solo quería decirte que conocía al Rubio...

—¿Al Rubio?

—Tu marido... Una vez trabajó con su cuadrilla de albañiles en mi misma calle. Le conocía de vista. Se veía que era un buen hombre. —Se le quebró la voz y parecía tener dificultad para encontrar las palabras, pero no había acabado—. Siento no haber estado a vuestro lado cuando nos necesitabais... Siento... no haber hecho algo cuando estabais más solos que la una. Lo que habéis penado... —Meneó la cabeza—. No me lo puedo ni imaginar...

Por primera vez, Elena luchó contra unas pelusillas que se le acumulaban en la garganta. Felisa dio un pasito inseguro hacia ella y Elena la agarró de la mano para compensar.

—Se nota —declaró Elena.

—¿El qué?

—Cuando una persona lo dice de corazón.

—No sé qué más decir.

—No tienes que decir nada más.

—¿Vendrás a la siguiente reunión?

—Supongo que sí.

—Si tú vienes..., creo que yo también vendré.

—Pues aquí nos veremos.

—Eso sí, las empanadas que nos las cambien. Demasiada grasa y poco relleno. Aún no sé cuál era la de carne y cuál, la de atún.

Y Elena no pudo evitar una sonrisa.

Aquella noche, al llegar a su pequeño piso de San Andrés, a su linóleo rayado y a su estampa de la Virgen de Linarejos pegada al frigorífico, Felisa se puso a pensar en Asier y en lo que le dijo aquel día en el despacho de Jone.

«Os vais a quedar sin nada».

Sin nada.

Al final, como todo en ese país, una cosa eran las apariencias y otra, la realidad. Su vida tampoco había cambiado tanto, seguía siendo la misma mujer mayor abrazada por la soledad.

«Que lo sepas, Fermín, no voy a parar hasta recuperar a tu niña —se dijo antes de darse la vuelta y ponerse de lado en su cama grande y fría—. Y otra cosa te digo: sé que algún día dará el paso». Se quedó mirando unos segundos la mesilla de noche sobre la que descansaba la tarjeta del abogado de Amnistía Internacional que Jone le entregó, y cerró los ojos.

Luego se arrebujó con la manta y susurró: «Porque solo está bien lo que bien acaba».

Elena ya había acostado al niño y se había metido en la cama. Como todas las noches, hizo el esfuerzo de ver la cara de Xabi antes de acostarse. A veces creía que se iba a volver loca del dolor. Aun así, poco a poco, palmo a palmo, intentaba ir ganando terreno cada día. Esa era la batalla después de la tragedia. Intentaba imaginárselo siempre sonriente, como el entusiasta de la vida que fue, con esa manera tan especial de conectar con la gente y hacerla reír. Sentía que siempre le llevaría dentro de ella, como un segundo corazón afligido y enfadado, pero también lleno de amor, que nunca dejaría de latir. Le oía en su imaginación diciéndole que las experiencias desafortunadas de la vida había que tomárselas como una oportunidad para aprender, y aunque doliera la pérdida, «Gordi, dale al interruptor y sal de esta porque no te queda otra, sal de esta y dale la vuelta y piensa que muchas personas no pudieron disfrutar tantos años de alguien como yo», y le guiñaba un ojo. Y ella se decía que tenía razón, que no tenía sentido quejarse de las cosas malas que les habían pasado y que no se merecían, porque también tuvo muchas cosas buenas y tampoco sabía qué había hecho para merecerlas.

Y antes de sucumbir al sueño, Elena susurró: «El Rubio...».

Y su mote sonó fresco en su boca, y Elena se durmió.

104

El sillón vacío

Jone, Asier y Jokin Chamizo ejercían de portavoces en la rueda de prensa que ellos mismos habían convocado. Ahí estaban, ante un mar de micrófonos, sentados a la mesa del salón de plenos del ayuntamiento bajo una pancarta en la que se leía TODOS LOS DERECHOS PARA TODAS LAS PERSONAS EN TODA EUSKAL HERRIA. Tras ellos, obedientes y prietas las filas, simpatizantes y activistas de las asociaciones de familiares de presos con camisetas de denuncia y pañuelos anudados al cuello se acomodaban como podían en una pequeña hilera de sillas. Era una heterogénea masa humana que hacía paisaje y observaba la sala con expresión fúnebre.

El lugar estaba repleto de vecinos, y por allí andaban también los periodistas de las televisiones, la prensa y las radios intentando informar desde el lugar. La detención de Txiki, la libertad bajo fianza de Gamboa y la reciente liberación del empresario secuestrado habían provocado un pequeño terremoto en el país y el municipio de Mondragón parecía el epicentro de todo aquello. El público llegaba hasta la parte trasera, donde Juanmari se había sentado, junto a su inseparable Severino Castillo, en la última fila cerca de la puerta del salón. Ahí también se sentía la excitación que se respiraba en el ambiente, y Juanmari se dijo que aquel teatro que representaban todos cada vez que había una detención o un atentado empezaba a molestarle en exceso.

Jone ajustó su micrófono y, tras mirar a las caras expectantes entre el público, las luces de televisión y los destellos de las cámaras, comenzó a leer el discurso que tenía preparado en las hojas de papel satinado que sujetaban sus manos.

—«Ante los últimos acontecimientos relacionados con el conflicto que sufre este país, queremos hacer públicas las siguientes reflexiones. En relación con la liberación del empresario Joxe María Arizaga, nos preguntamos cómo la oligarquía empresarial se atreve a levantar la bandera del sufrimiento. Arizaga y otros como él contribuyen ideológica y económicamente al conflicto y al sostenimiento del Estado opresor, así que no nos vengan con lazos azules».

Hubo murmullos, como siempre, y Jone continuó leyendo, eso sí, con un cierto esfuerzo.

—«Denunciamos la represión del Gobierno sobre personas que constituyen auténticos pilares de nuestra comunidad, como el hostelero Ramón Gamboa. —Jone hizo una pausa incómodamente larga, y Asier se dio cuenta de que el papel le temblaba en las manos—. Pedimos que se desactiven de inmediato los procesamientos judiciales que le mantienen en libertad bajo fianza».

Jone notó las miradas de Asier y de Chamizo sobre ella. La abogada miró de nuevo su discurso y continuó.

—«En relación con el enfrentamiento entre activistas vascos y miembros de las fuerzas de seguridad del Estado acontecido en Bayona, las y los integrantes del independentismo consideramos que ETA ha puesto sobre la mesa la necesidad de abordar con urgencia un escenario de superación del conflicto».

Jone se detuvo de nuevo. Su voz se apagaba y su rostro perdía color. No podía seguir, como si las palabras se le atragantaran.

—«Un conflicto que... que hace que jóvenes comprometidos con la política, como el vecino de este pueblo Cándido Fernández Gallastegi, se... se vean abocados en contra de su voluntad a enfrentamientos...».

Jone soltó un audible «maldita sea» y todos pusieron cara de alucinados. El público de vecinos y periodistas empezó a ser consciente de que algo no iba bien, y Asier, en un ejercicio desesperado para tapar aquel silencio, abrió los brazos para aplaudir.

—«... a enfrentamientos armados para defenderse de la estrategia represiva de los estados español y francés y...». —Jone se percató de que era incapaz de seguir y alzó la vista del papel—. No, no puedo.

Se puso en pie, dejando a todos —a los periodistas, a los vecinos, a sus compañeros de mesa— boquiabiertos y sin saber cómo reaccionar. No contenta con ello, descendió del estrado sin importarle los potentes focos de las cámaras que la seguían. Echó a andar hacia la puerta y se produjo un murmullo creciente. Sin importarle el acoso de los reporteros que le preguntaban mientras desenrollaban sus cables del micrófono, Jone los dejó atrás en el pasillo y desapareció tras la puerta del salón de plenos.

Asier la vio partir como las vacas que ven pasar el tren. Chamizo se quedó boquiabierto y perdió los papeles, literalmente. Solo cuando logró fijar su atención en las páginas desbaratadas que Jone había dejado sobre la mesa, alargó el brazo y empezó a recolocarlas ante sí. Cuando quedó claro que Jone no iba a regresar, los dos intercambiaron una mirada desamparada hasta que Chamizo, más versado de cara al público, se apropió del micrófono y carraspeó un par de veces.

—¿Se me escucha? —preguntó, aunque una vez más era evidente que sí—. Disculpen el contratiempo —prosiguió—. Nuestra portavoz se encuentra indispuesta, seguramente vuelva con nosotros en cuanto se recupere. —Alisó el papel arrugado que tenía entre las manos y, alejándoselo para ver mejor, continuó leyendo—: «Pedimos que cesen todas las actuaciones que impliquen vulneración o negación de derechos, pedimos el acercamiento de los presos, pedimos...».

Al finalizar la rueda de prensa, un periodista intentó hacer alguna pregunta, pero Chamizo negó rotundamente con la cabeza y explicó:

—Nadie tiene que darnos lecciones de democracia. Por eso vetamos cualquier pregunta, porque en Euskal Herria no hay democracia.

Los periodistas se miraron unos a otros para ver si alguien había entendido el razonamiento, pero el problema de comprensión que padecían parecía estar muy extendido. Se encogieron de hombros y, decepcionados, empezaron a recoger sus cámaras, libretas y micrófonos, y se dispusieron a volver a casa.

Asier y los otros representantes se marcharon y Chamizo se quedó posando para unos pocos periodistas amigos. Recibía con estoicismo los destellos de las cámaras sin alterar el gesto serio. Apretaba los dientes, y el pequeño pendiente que lucía en la oreja brillaba tanto que Juanmari pudo distinguirlo perfectamente desde el fondo de la habitación.

El edil *abertzale* abandonó la mesa de oradores y enfiló hacia la puerta seguido de sus acólitos, y Juanmari aprovechó para salir a su encuentro.

—Jokin —le llamó.

Chamizo estaba rodeado de sus simpatizantes, y antes de que estos se interpusieran les indicó con un gesto que todo iba bien. Luego sonrió a Juanmari y le preguntó:

—¿Qué te ha parecido?

—Vaya chapa nos has soltado.

—¿Tú crees, Juanmari? —repuso Chamizo, y se volvió hacia una persona de su entorno y ambos menearon la cabeza al alimón.

—Ni *mea culpa*, ni remordimientos, ni nada —insistió Juanmari—. Solo estrategia.

Por un segundo, Chamizo adoptó una mirada de animal acorralado, pero la expresión hostil que le colgaba de la cara mudó enseguida a una mueca afligida a la que solo faltaba la guinda de unas lágrimas de cocodrilo.

—Esa es tu percepción, Juanmari —le dijo—; pero, verás, todos tenemos una responsabilidad en el conflicto. Ha habido sufrimiento en todas partes y culpas en todas partes, y por eso la gente está deseando pasar página. Y en cuanto las pistolas se silencien, vas a ver que esa misma gente va a perder el culo por ir a votarnos. Es la realidad. ¿Has visto cómo se han puesto las encuestas con los rumores de tregua? Nos pronostican la intención de voto más grande de nuestra historia.

Se acercó a Juanmari, y tras darle dos toques en la corbata con un dedo largo y huesudo añadió vigorosamente:

—Y ya te vaticino que gobernaremos o, cuando menos, determinaremos el gobierno.

Juanmari se quedó en silencio, pensando que cada vez aguantaba peor ese adanismo del que hacía gala su interlocutor. Sus formas chulescas hacían que ya no quisiera más conversación, pero Chamizo se quedó ahí plantado medio minuto por lo menos, hasta que le vino en gana marcharse con su *entourage*.

Cuando se alejaron lo suficiente, Severino se acercó hasta Juanmari, que todavía seguía con la vista puesta en el edil *abertzale* mientras este abandonaba el salón de plenos.

—Estos salvapatrias —masculló Juanmari— tienen los codos

afilados. En nada, los tenemos intentando sentarse a la mesa de los mayores y tomando decisiones.

—No sé yo, siguen sin condenar.

Juanmari dejó de fijarse en Chamizo y se volvió hacia Severino.

—Le van a dar la vuelta a la tortilla —le dijo.

—No sé, te digo que no lo veo.

—Sí, hombre, los de las armas ya no les funcionan como antes, y si se descuidan, fuera de las instituciones y sin dinero. Ya le has oído, lo único que les queda es agarrarse a la tregua.

—Pues andan listos si se creen que se van a hacer los dueños.

—Como dejemos el país en sus manos, acabamos todos comiendo berzas.

—O marchándonos de aquí como los balseros comunistas.

Juanmari meneó la cabeza con poco entusiasmo. Su mirada se había visto atraída, como por un lazo invisible, hacia el sillón tapizado, viejo y vacío de la mesa de oradores. Era un asiento que nadie en el consistorio había querido ocupar en todo ese tiempo.

Era el asiento de Xabi.

La visión de aquel lugar vacío le hizo pensar en el amigo ausente. A veces se esforzaba en recordar la cara que ponía Xabi después de haber recibido alguna amenaza o de que le hubieran intentado quemar la casa, y se desconcertaba ante su propia incapacidad para fijar en la mente las facciones de su amigo, seguramente crispadas, durante aquellos episodios. La verdad es que solo conseguía ver un espacio en blanco, como si nada de eso hubiera ocurrido.

Solo perduraban los buenos momentos vividos con él, y Juanmari sabía que aquellos recuerdos le acompañarían, unas veces más intensos, otras más difusos, durante el resto de su vida. En los años venideros, sentados a la chimenea de su chalet en el paseo de Ondarreta, Juanmari le contaría batallitas a su hijo —el mayor, el que iría a estudiar a la Universidad Europea, el que crearía una familia en Madrid y ya solo volvería para verlos en vacaciones— mientras saboreaban un pacharán. Juanmari se pasaría la tarde hablando de Xabi y rememorando las travesuras que les hacían a los curas salesianos, y su hijo entornaría los ojos porque aquello no le interesaba. Y algunas tardes, paseando a solas por el monte o contemplando a la chavalería jugando al fútbol en la playa, Juanmari susurraría para sí mismo el nombre de su amigo de la infancia.

Sin saber por qué, Juanmari sintió una oleada de tristeza que casi le tumba.

—Vámonos de aquí —le dijo a Severino.

Quería volver a casa y darle a su hijo pequeño un libro que le había comprado. Tenía con el zagal unas peleas de aúpa a cuenta de que no leía ni para atrás. Tal vez debería intentar otra táctica. Decirle: «No, no quiero que leas». Seguro que empezaba a leer de inmediato el muy *jodío*.

105

En tecnicolor

—Joder, *ama*, la que has liado.

En la sala de estar de su casa, Pipe veía las imágenes del telediario y no daba crédito ante el bucle que repetía una y otra vez la espantada de su madre de la rueda de prensa.

Jone estaba echada a su lado en el sofá; se había puesto cómoda tras regresar del ayuntamiento, con sudadera y mallas, y todavía tenía el pelo húmedo de la ducha. Ella ignoraba el televisor mientras leía una novela de Ramon Saizarbitoria, y Pipe miraba de su madre a la tele y de la tele a su madre, sin creérselo.

—Eso parece —admitió Jone sin levantar la cabeza de su lectura.

Pipe cambió su postura, y alzando una ceja hacia la retransmisión de la rueda de prensa en la televisión comentó:

—Desde luego, los tienes que tener contentos.

Jone alzó la vista.

—La que tiene que estar contenta consigo misma soy yo.

Se encogió de hombros, como si aquello fuera lo más natural del mundo, y volvió a su lectura.

Pipe no sabía cómo encajar tanta paz de espíritu.

—¿Vas a volver con ellos?

Jone dejó el libro en su regazo y su mirada se suavizó. El tono de su voz era dulce cuando contestó:

—Ni hablar.

—¿Y por qué no, si se puede saber?

—Porque no.

—¿Es... por Txiki?

Al pronunciar su nombre, la voz de Pipe sonó débil y vulnerable.

Jone se inclinó ligeramente hacia delante. Las imágenes en la televisión la mostraban ahora abandonando el pleno y a Chamizo recogiendo el papel entre sus manos para continuar el discurso prefijado.

—Es por Txiki —admitió ella— y porque llega un momento en que una ya no puede seguir justificando y apoyando ciertas cosas.

—Esto no era muy distinto de lo que te he oído decir otras veces.

—Puede ser, pero por primera vez sentí vergüenza.

—¿Vergüenza de qué?

—De parecerme a un Chamizo de la vida, con su épica barata y su discurso marca de la casa. ¿O no veías como se refería a Txiki? Que si lucha por la libertad, que si fuerzas opresoras, que si enfrentamiento armado... Aquello parecía *Braveheart*.

Pipe apretó la mandíbula, pero no dijo nada. No parecía estar enfadado, tan solo triste, y tal vez algo decepcionado.

Jone creyó ver un resquicio en la fachada que su hijo presentaba al mundo exterior, y prosiguió:

—Enfrentamiento armado... —repitió, y meneó la cabeza lentamente, contemplándole con una expresión indescifrable—. Pipe, lo de Txiki estuvo muy lejos de ser un enfrentamiento armado.

Arrinconado en su lado del sofá, Pipe se quedó mirándola.

—No, no me mires así —dijo Jone—. Es lo de menos en esta tragedia, pero la mujer a la que mataron no llevaba pistola.

—Ah, ¿no? ¿Por qué? ¿Porque lo dice la prensa españolista?

—Porque me lo ha dicho una amiga estenógrafa que trabaja en la Audiencia. Cuando se levante el secreto de sumario sabremos más.

—¿Así de fácil?

—Así de fácil.

Pipe volvió la vista hacia la televisión.

—Eso no demuestra nada.

Jone volvió a negar con la cabeza, pero no iba a dejar escapar a su hijo tan fácilmente.

—Pipe, nos pasamos la vida dentro de un mundo cerrado y aceptamos sus valores sin dudarlo. Pero no podemos seguir huyendo de la realidad, hay que hablar de ello y enfrentarla. Bastante silencio ha habido ya entre tú y yo.

—¿A qué coño viene todo esto? No me vengas con esas.

—Sí, Pipe, sí. Nuestro Txiki huyó a la carrera, cagado de miedo después de haber matado de la forma más torpe y chapucera a una persona. A un ser humano. ¿O te has perdido esa parte?

—¡Le obligaron!

—No, Pipe; nadie le obligó a matar.

—No, no, no...; eso no es verdad...

—Él pudo poner pie contra pared y decir no desde un principio. Él pudo decidir, y decidió dejarse llevar.

—Txiki nunca lo haría así porque sí...

—Lo hizo... Pipe, lo hizo... Mírame, hijo.

Pipe volvió los ojos hacia su madre, no sin cierto esfuerzo.

Jone se echó hacia delante, con una pierna recogida sobre el sofá y la otra doblada debajo de ella.

—Le detuvieron —continuó ella— dos gendarmes que lo único que hacían era vigilar que nadie robara gallinas en su demarcación, y solo por eso se va a pasar los mejores años de su vida pudriéndose en la cárcel.

—No me jodas, *ama*, no me jodas…

—Sí, *maitia*, la realidad es así de sórdida y gris. Por eso los charlatanes de turno —y señaló hacia la televisión, cuyas imágenes mostraban a Chamizo enfrascado en su monólogo—, los que peinan canas como ese, salen por la tele dando estos discursitos y pintándolo todo de un heroísmo en tecnicolor…

Pipe empezaba a venirse abajo.

—*Ama*, déjame en paz...

—Hablan y hablan, Pipe, de una guerra que solo está en sus cabezas. Hablan con tal de inflamar los corazones de los jóvenes como tú y como Txiki y de todos los incautos que vengan por detrás.

—¡Que te calles!

Pero Jone ya no se iba a callar, no estaba dispuesta.

—Hablan de esa forma tan pomposa, usando palabras como «opresión» y «libertad», porque si llamaran a las cosas por su nombre ningún joven los seguiría. Porque si hay tanta opresión y tanta injusticia, ¿por qué no cogen ellos la pistola? Ya te lo digo yo. No lo hacen porque son como esos líderes barbudos que salen por la tele y que nunca se hernian poniéndose el chaleco bomba. Y no se hernian porque ya mandan a los jóvenes para que lo hagan en su lugar...

Pipe estaba llorando.

Jone dejó de hablar, le tomó en sus brazos y le sostuvo como el niño que era. Pasados unos segundos, Pipe envolvió a su madre entre sus brazos y la apretó con tanto afecto y amor que sintió su corazón latir y como un par de lágrimas de alivio caían por sus mejillas. Era como si todo volviera a estar bien en su pequeño mundo, aunque todo estuviera mal allá fuera.

Aquella noche, echado en su cama con los brazos entrecruzados bajo la cabeza, Pipe se puso a pensar en Txiki. Pensó en él y en toda esa gran cola de chavales dispuestos a inmolarse por Chamizo y por todas esas arengas y proclamas que no cesaban de ponerle adornos a la cosa.

Le costó dormirse, y cuando lo hizo tuvo un sueño muy extraño. En él seguía en la *herriko* y pasaba un trapo sobre la vitrina con las fotos de los presos. Soñó con el vídeo que, como destellos, lanzaba palabras como «cáncer», «convulsiones» y «epilepsia», acompañadas de los rostros de los presos enfermos como un bucle infernal. Y soñó que, entre aquella fila de almas martirizadas, la diminuta figura de Txiki se ponía de puntillas, alzaba los brazos y le saludaba desesperada desde el final.

106

Una promesa enharinada

Y varias semanas después, por fin llegó la tan ansiada tregua.

Aquella noche, Elena sorprendió al niño con la tele encendida mientras un presentador difundía el comunicado de ETA enviado a la radiotelevisión pública vasca. De fondo se veía un vídeo en el que aparecían los tres penitentes con boina, con un disfraz más cutre que ellos mismos, ante la sábana con el anagrama de la serpiente y el hacha. Parecía una parodia o una chirigota de carnaval. Y luego, las palabras rimbombantes: «alto el fuego permanente», «el objetivo es impulsar un proceso democrático en Euskal Herria», «la superación del conflicto, aquí y ahora, es posible», «este es el deseo y la voluntad de ETA»...

Y Elena apagó la televisión.

—*Ama!* —se quejó Unai.

Cada vez que aparecía una noticia sobre ETA, fuera esta la que fuese, Elena la quitaba. Por inercia.

—Ya has visto mucha tele.

—Cinco minutos y ya.

Elena sonrió, aunque en el fondo tenía ganas de llorar.

Se dio cuenta de que se tomaba la noticia tan esperada con una sensación agridulce. Por un lado, era un alivio inmenso y parecía que iba a llorar de alegría. Por otro, le entraban ganas de cruzar los dedos para que esa tregua fuera ya la definitiva. Y por otro, se decía: «Casi mil tumbas, decenas de miles de vidas rotas, de ausencias, de traumas para llegar... ¿a qué?».

—No —negó Elena—. A cenar.

—¡Venga ya!

—¡A cenar!

Tocaba «noche de pizza», y se pusieron a preparar una pizza casera. Era una tradición, un día por semana, que Unai disfrutaba una barbaridad, quizá porque irremediablemente siempre acababan de harina hasta arriba. Unai se sentaba como un indio sobre la encimera y la ayudaba, y los dos se dedicaron a amasar de manera aplicada.

—*Ama* —dijo Unai mientras estiraba la masa como un churro y la retorcía en espiral.

—Dime.

—¿Por qué has apagado antes la tele?

—Porque sí.

—¿Es por los hombrecillos malos?

Elena siempre se había considerado una mujer elocuente, pero cuando se trataba de explicar lo que pasaba a un niño de seis años se quedaba sin palabras, porque ni ella misma sabía lo que pasaba.

—¿Qué es lo que siempre te digo? —pregunto Elena con prudencia, como si anduviera sobre ascuas.

Unai se encogió de hombros y Elena respondió a la pregunta que ella misma había planteado.

—Que nosotros no pensamos en los hombrecillos malos.

Al cabo de unos segundos, Unai volvió a preguntar:

—¿Por qué?

—Porque al *aita* no le gustaría. ¿Sabes lo que le gustaría? Que fuéramos fuertes y no les tuviéramos miedo. Porque eso es lo que quieren los hombrecillos malos. Que nos quedemos con miedo, como paralizados.

Unai se quedó mirando a su madre con esa expresión con la que los niños miran a los adultos cuando sienten que les quieren dar gato por liebre. Se frotó la nariz, manchándosela de harina, y preguntó otra vez:

—¿Los hombrecillos malos van a volver?

—No lo harán —prometió Elena.

Pero, en realidad, ¿qué sabía ella? Los hombrecillos podían volver a romper otra tregua. Los hombrecillos podían quitar extremidades a la gente en una explosión, reventarle la cabeza a tiros a alguien o sacudir la convicción de los padres de que el mundo debería ser un lugar donde los adultos y los niños vivieran sin miedo. La existencia de los hombrecillos malos había hecho comprender a Elena que hoy podían estar bien y de la manera más tonta dejar de estarlo mañana, pero también le había enseñado a encontrar una nueva fuerza dentro de ella, una seguridad para vencer los obstáculos que se presentaran, y a encarar con valor la siguiente batalla.

—Mira, los hombrecillos que hacen cosas malas han dicho que quieren dejar de hacer cosas malas —prosiguió Elena—. Algunos se dan cuenta de que lo que hicieron no estaba bien, y a esos merece la pena escucharlos y ayudarlos en su camino. Al resto los tenemos que olvidar, igual que sus razones para odiar. —Cogió la cara de Unai entre sus manos y le miró a los ojos—. Y tú y yo nos tenemos que agarrar a las cosas buenas que nos enseñó el *aita*, y por eso quiero que me prometas algo.

—¿Qué?

—Quiero que me prometas que no vas a pensar tanto en ellos.

—Y si lo hago, ¿qué?

—Pues que, al menos, sea sin rabia ni miedo. ¿Me lo prometes?

Unai guardó silencio durante unos segundos agónicos.

—Te lo prometo —contestó por fin.

—No vale cruzar los dedos.

Unai alzó los brazos y mostró sus manos abiertas y manchadas de harina, y Elena decidió que los terrores más oscuros, los reales y los imaginarios, podían ser desterrados un día más con la promesa de un niño y su sonrisa sincera.

QUINTA PARTE

Los jabalíes de Oiartzun

107

Hojas de nogal

A primera hora del 30 de diciembre, Asier parecía muy nervioso y tenía la piel de un color cerúleo y sudaba a mares. Desde luego, no estaba para fiestas. Apretó el paso entre las familias cargadas con paquetes navideños, dejó atrás la calle y la fría luz del sol de la mañana y entró en la penumbra en la que estaba sumida la *herriko*.

El local estaba engalanado. Sobre la estantería de licores había oropel ensartado y en una esquina lucía reluciente un Nacimiento. En la barra descansaba un muñeco Olentzero y del televisor colgaba una escalerilla a la que se agarraba otro muñeco, este vestido de Papá Noel.

No había ningún cliente, pero Avelina no prestó atención a la entrada de Asier, estando como estaba pendiente de la televisión.

La pantalla mostraba varias imágenes de un gran aparcamiento con los forjados caídos. Se veían decenas de vehículos aplastados, luces de emergencia parpadeando y un montón de alarmas sonando sin cesar.

La voz del locutor apenas se oía con tanto estruendo:

«Permanecen desaparecidos... dos ciudadanos ecuatorianos que al producirse la explosión dormían en sus coches... El presidente ha dado por suspendido el diálogo para la paz...; sin embargo, el líder de Batasuna ha asegurado que, pese al atentado, el proceso no está roto».

Avelina apartó los ojos de la televisión y dirigió al joven que acababa de entrar una mirada en la que no sobraba el entusiasmo.

Asier no quiso saber nada de ella y se dirigió a la trastienda.

Allí encontró a Gamboa, sentado con indolencia tras su escritorio. Llevaba la camisa abierta hasta el ombligo, a pesar de las fechas, y tenía los pies en alto sobre el cojín de una silla. Su rostro mostraba evidentes signos de dolor y tenía la mano sobre la ingle como si eso le calmara.

—Siéntate.

Asier se sentó y vio como Gamboa se dedicaba a pelar dos dientes de ajo que tenía en un platito. El viejo empezó a masticar los ajos crudos con una mueca de desagrado y aclaró:

—La próstata.

Asier hizo un gesto de disgusto que superaba al de Gamboa.

—No te rías —prosiguió Gamboa—, ya te llegará.

Avelina apareció con una tetera, una cajita metálica y una taza. Lanzó otra mirada acusadora a Asier y se marchó. Gamboa abrió la cajita, sacó varias hojas verdes y las depositó en la taza.

—Cuéntame.

Asier tenía la cara desencajada.

—¿Qué quieres que te cuente? Han agarrado a todo dios por sorpresa. Hasta los nuestros están patas arriba. Por lo visto avisaron a la DYA de Guipúzcoa, pero estaban tan nerviosos que olvidaron reivindicar el nombre de la Organización.

—Eso pasa por mandar a chavales tan jóvenes.

—¿A quiénes vas a mandar?

Gamboa balbució algo ininteligible, y luego añadió:

—Tienes razón, ya no hay más... Ya te digo, los chavales...

Gamboa vertió el agua hirviendo de la tetera en la taza y explicó:

—Son hojas de nogal.

—Sí, ya sé, para la próstata —repuso Asier sin poder disimular su irritación—. A la media hora volvieron a llamar al SOS Deiak de Donosti, porque creían que no les habían tomado en serio.

Pero Gamboa parecía estar a otra cosa, o verdaderamente se había vuelto senil. Colocó el platito sobre la taza y dejó reposar la infusión.

—¿Por dónde iba? Ah, sí. ¿Qué esperaban? Después de tanta mesa técnica en Suiza y en Noruega, de avances, cabreos y reconciliaciones, van estos y mandan a los chicos a soltar el bombazo. ¿A quién demonios se le ocurre? Solo a estos ineptos.

—No es la primera vez que una tregua se rompe.

Gamboa cogió un colador. Pescó las hojas de nogal de la taza y las dejó en el platito.

—Créeme, esta vez han jodido la marrana. Han desperdiciado la mejor oportunidad que hemos tenido nunca para acabar con esto salvando la cara. —Se llevó la taza a los labios y dio un sorbo que pareció sentarle bien—. Si hasta podíamos haber llegado a un acuerdo. Paz por presos y el futuro político de Euskal Herria a discutir en una mesa entre los partidos. —Se inclinó hacia Asier y pareció regañarle con el dedo en alto—. Pero al final han podido los delirios de grandeza. ¡Mira que amenazar con traer un Vietnam, el imbécil de los cojones!

Asier asintió, aunque las palabras de Gamboa no parecieron ofrecerle mucho consuelo.

—Joder, Ramón.

—¿No se dan cuenta de que los moros están enseñando que se

puede ser más carnicero y con menos excusas? Vamos, ni regresando a los años de plomo son capaces de competir con eso.

Asier agachó la cabeza y, presa del desasosiego, murmuró:

—Si sale uno de los nuestros reivindicando esto, estamos perdidos. Si es así, me tengo que marchar de mi pueblo, cuanto antes.

Luego alzó la cabeza y miró a Gamboa como un niño que se hubiera perdido en el circo.

—Ramón, ¿qué podemos hacer?

—¿A mí qué coño me cuentas? Me han retirado el pasaporte y el mes que viene comparezco otra vez ante el juez. Todavía no sé si nos van a clausurar la taberna o si un administrador judicial se va a hacer cargo. Me queda por delante un calvario judicial. La justicia va lenta, pero esa zarpa te atrapa y no te suelta.

Gamboa se quedó mirándole y pareció apiadarse de él.

—Yo ya estoy fuera, Asier. Los años que me quedan, no deseo más sobresaltos. ¿Quieres un consejo? Como no espabiléis...

—¿Espabiléis?

—Óyeme bien. Como no espabiléis se puede desatar una marea que nos barra a todos. Ya se vio con Ermua. El Estado va a pasar a una ofensiva total. Irán a por los chicos de la *kale borroka*, a por el entramado de empresas, a por las *herrikos*, a por los periódicos como ya fueron antes. Por muchas agrupaciones electorales que hagamos, al menor descuido nos ilegalizarán de nuevo. Y encima ya no vamos a poder quejarnos porque la gente no se va a llevar las manos a la cabeza, ni nos acompañará a la calle a protestar. ¡Pensarán que nos está bien empleado! Y no tengas duda, los jueces mirarán todo con lupa. Todo el tinglado que construimos sin hacer ruido se lo van a cepillar. Todo va a caer como un castillo de naipes.

Asier le miró, preguntándose qué podía haberse producido en el interior del tibio Gamboa para que estuviera hablando así.

—Ya sabéis —prosiguió Gamboa—. Toca enfrentarse de una

vez para siempre a los de las pistolas. —Y repitió—: Al final, Jone tenía razón.

Gamboa parecía fatigado de tanto hablar. Se recostó en la silla y se limitó a proyectar un mal humor lleno de resignación.

—Y da gracias a que tienes la próstata sana, no digo más.

Sumido en sus propias preocupaciones, Asier se puso en pie.

—Un Vietnam, ¿eh? —dijo desconcertado—. *Urte berri on.*

—Eso es. Feliz año.

El joven se marchó sin más.

Gamboa se miró el pecho enrojecido. Permaneció un rato concentrado en sus pensamientos rotos y en su dolor, la única cosa que para él era real, hasta que Avelina volvió a entrar en la trastienda.

Le llevaba un vaso de agua y varias pastillas.

—Son muchas —se quejó Gamboa mientras las cogía una a una.

—Dale, cada una ya sabe para dónde tirar —respondió Felisa.

Él la miró con gesto agradecido. Sus ojos parecían aniñados y legañosos, cubiertos ya por una mácula de neblina.

—Sí, ya lo sé. No me digas que me lo dijiste.

—Te lo dije, Ramón, te lo dije.

Y sin más, Avelina se marchó, dejando a Gamboa en su trono, a solas en su imperio de Sanpancracios, paelleras e ikurriñas.

108

En La Txalupa

Arrano había vivido el anuncio de la tregua, los largos meses de negociación y el bombazo de la T-4 a más de seis mil kilómetros de distancia. Si hubiera podido, habría elegido otro destino, pero Cubero, que disponía de una red de amigos tan influyentes como discretos, le facilitó la única posibilidad de huida y no hubo más que hablar.

Cierto era que, desde que había emergido al otro lado del mundo, en Venezuela, le había costado adaptarse a su nueva vida. Una cosa era visitar el Caribe de vacaciones; otra, soportar por obligación esa asfixiante bolsa de humedad. Además, el país no marchaba precisamente bien. Los supermercados estaban llenos de gente con estómagos vacíos y la seguridad ciudadana tampoco era para echar cohetes. Había soldados armados en las esquinas, y en cualquier callejón le limpiaban a uno el forro y le echaban a la alcantarilla por un móvil o unas zapatillas.

Los refugiados etarras a ese lado del océano le echaron una mano, aunque no fue de buena gana. El colectivo era un conglomerado de tipos acomodados que no quería saber de disciplinas ni de aquella guerra que se vivía a miles de kilómetros. Tras citarle en una reunión en uno de los mejores restaurantes de Caracas, el delegado que coordinaba a los huidos se atrevió a levantarle la voz.

—Aquí tienes que seguir las directrices del comité —dijo este, un hombre bajito y atildado con una camisa sin cuello con motivos indígenas bordados que le sentaba francamente mal—. No nos gusta tu afición por colocarte en el centro de atención y no toleramos tus salidas extemporáneas.

Arrano, que no había aprendido dotes diplomáticas en su viaje transoceánico, sacó la pistola de calibre grande que se había agenciado en el mercado negro, la puso encima de la mesa y declaró:

—El comité ni tiene directrices ni tiene cojones.

Y desde ese momento, ni el delegado ni ningún otro huido le volvieron a rechistar. De hecho, le dieron dinero, le gestionaron los papeles legales con un nombre falso y, con tal de perderle de vista, le ayudaron a establecerse en la costa. Arrano montó un restaurante playero en Morrocoy, y en un arrebato poético le bautizó con un nombre bucólico que le agradaba: La Txalupa.

Con el tiempo se acostumbró a la buena vida y se aficionó a vestir en bermudas y camisa abierta. En unos meses le salió un tripón que no cuadraba con la complexión delgada que siempre le había caracterizado, y se echó una novia quinceañera de pelo azabache y mirada serena, a la que puso a trabajar de camarera en el local.

Era feliz y apreciaba la libertad de la que disfrutaba, sobre todo después de haberle visto las orejas al lobo. A pesar de ello, algunas mañanas, cuando abría las persianas de su negocio, no podía evitar sentir en la boca el regusto amargo de la derrota. En momentos como esos, la mente de Arrano se mudaba a un lugar lleno de nostalgia, a los tiempos gloriosos en los que eran capaces de poner un comando nuevo en la calle cada semana. Se entristecía viendo cómo se desvanecía aquella temible ETA, consciente de que esa época dorada, esos años en los que gozaban de tanto poder e inspiraban tanto respeto ya no iban a regresar.

Aun con todo, los momentos de zozobra no perduraban.

La vida le sonreía, y en solo unos meses ya había establecido nuevos contactos.

Uno era un antiguo miembro de las FARC.

El otro, un capo del cártel de los Soles.

Estaban dispuestos a pagar, y pagar bien, por conocer la tecnología de los coches bomba, y Arrano, que tenía claro que no le temblaría la mano a la hora de prestar sus servicios, se dejaba querer.

Ahí estaba, pues, disfrutando de la brisa marina que entraba por la puerta de su negocio, con las manos en los bolsillos y un gesto indolente, mientras veía las imágenes de la humeante debacle de Barajas en el televisor. El bombazo y las muertes provocadas no habían atemperado su entusiasmo aquella mañana. Más bien al contrario. Siempre había sido partidario de apostar por *ekintzas* a lo grande, y era de la opinión de que los resultados políticos había que valorarlos a un año vista. Quién sabe, quizá con esa vuelta de tuerca podrían volver a sentar al Estado en mejores condiciones a una nueva mesa de negociación.

A mediodía, cuando sirvieron las zarzuelas de marisco y los churrascos de pescado a los clientes, Arrano se fue a pasear por el malecón para reflexionar sobre el futuro y las distintas posibilidades que se le abrían.

Tenía tiempo y terreno por explorar, y se sentía dueño y señor de todo aquello.

No tenía prisas. Ya pensaría en algo.

109

Cinco minutos

La cárcel de Réau Sud Francilien estaba cerca de París. El cielo siempre estaba plomizo, como en la canción, pero no se oía la voz desgarrada de Édith Piaf ni el sonido de los acordeones. Un par de funcionarios le acompañaron el primer día. «*Le nouveau locataire*», decían, y otras gilipolleces en francés que hacían reír a los presos corsos y argelinos y que Txiki no entendió.

Las primeras noches todavía se sobresaltaba con el sonido de la puerta de barrotes cerrándose cuando estaba a punto de dormir. Solía mirar a su alrededor confundido, preguntándose qué hostias podía haber hecho para haber acabado ahí.

Con el paso de los meses en prisión, le dio por pensar en la implacable tiranía del tiempo y en la erosión que producía. Lenta, muy lenta. Tenía tiempo para pensar durante las veinte horas que pasaba en su celda de aislamiento de poco más de cinco metros cuadrados. Había aprendido a ver como un bien preciado y escaso las salidas al patio para hacer «*la promenade*» bajo el sol frío del norte de Francia. Como en un tiovivo, su mente volvía una y otra vez a los cinco minutos que transcurrieron desde que aquella *txakurra* salió de la cafetería hasta que le dieron *txumba*.

Cinco minutos.

En aquel lapso de tiempo podían haber tomado otra decisión, podían haber evitado el enfrentamiento, podían haber salido corriendo en vez de ir a buscarla. Pero no. Decidieron actuar. Decidieron apretar el gatillo. Decidieron rematarla. Esos cinco minutos eran tiempo suficiente para pararse a pensar, eran cinco minutos compatibles con una reflexión: cinco minutos por treinta años.

A veces, las cuentas no salían.

Ahora que todo estaba tan enredado, con la tregua en el espejo retrovisor, la vuelta a las armas y la detención de varios *taldes* muy próximos a la cúpula de la Organización en tan solo tres semanas, Txiki oía algo nuevo entre los compañeros de lucha. Se hablaba de dejarlo. Tal que así. Y no, no era la canción de siempre, era todo un nuevo estilo de composición musical. Al parecer, las cabezas pensantes lo tenían ya claro y se iba a decidir un cambio de estrategia. Se iba a tomar otro camino, porque el que habían llevado hasta entonces parecía que ya no valía. Según los jefes, la lucha armada ya había sembrado nuevas condiciones políticas y ahora era el pueblo vasco el que debía arremangarse y realizar el cambio.

«Pues de cabeza con eso», decía Txiki a los hermanos que andaban penando en otras cárceles y con los que se carteaba. Él era un *mandao*, y si los jefes habían optado por esa opción, quién era él para llevar la contraria. ¿Quién? ¿Eh? Aunque a veces, para sus adentros, le daba por pensar que, si todo estaba tan claro y la anterior estrategia no valía, bien podían haberlo dicho antes, más que nada para ahorrarse tanto sufrimiento.

«Pero, bueno, tranquilízate y piensa que treinta años para algunos son mucho, pero para la historia de Euskal Herria son pocos».

Y ese pensamiento le reconfortaba.

A veces.

Porque en otros momentos le daba por meditar sobre su situación. Lo hacía mientras daba vueltas al patio en soledad, o mientras intentaba dormirse haciendo caso omiso de los gritos y gemidos de los otros presos retumbando por el pasillo. Meditaba y meditaba y se quedaba con un sentimiento más terrible que el de haber tirado su vida por la borda: haber tirado su vida por la borda para nada.

Un día recibió una visita que no esperaba. El puto Pipe. Después de todo lo que había pasado entre ellos, el muy cabrón se había tragado los mil kilómetros para ir a verle. Le acompañaba Jone, pero ella no tardó en regresar al aparcamiento de la cárcel. «Para dejaros solos con vuestras cosas», dijo mientras se secaba unos ojos más húmedos de la cuenta y se marchaba del locutorio.

Pipe. Qué cabronazo. Le echaba tanto de menos... Cuando quiso darse cuenta, le pudo la vena sentimental y se echó a llorar. Y Pipe también. Y así se pasaron todo el reencuentro, entre bromas como las que se gastaban mientras fumaban sus porros en el callejón tras la *herriko* y alguna lágrima de pena. También se le escapaban lágrimas de la felicidad, pero enseguida la pena y la nostalgia acababan ganando la partida.

Soñaba mucho. Y eso que él nunca fue de soñar, salvo si cenaba queso por las noches. Pero en la cárcel no había queso Idiazábal, solo los putos tranchetes de mierda. Aun así, Txiki soñaba. Soñaba que volaba sobre los montes de Murugain y Udalatx o que se le caían los dientes, pero el más recurrente era el sueño del *ongi etorri* que le hacían en el barrio al volver a casa. Dentro del sueño se percataba de que estaba soñando, porque se miraba en un espejo y no veía a un cincuentón acabado. Seguía teniendo veinte años, como si el tiempo no hubiera pasado por su cuerpo. Imaginaba que se acercaba a su pueblo con coche, y allí estaban los vecinos aplaudiéndole a rabiar y llorando de felicidad por verle; que se bajaba del auto y todos corrían a abrazarle. «Anda, majo, *to pa* ti». Y que se ponía a hacer el pasacalles, al son de las campanas de la iglesia del pueblo y de un *aurresku* de bienvenida. Y las banderas, y los *goras*. Los niños y los abuelos, y toda la calle llena de gente. Y un niño, su sobrino Aitor, el pequeño de su hermana Amaia, que iba y le entregaba un ramo de flores y él se lo comía a besos. Y todos gritando: «¡Sin descanso, hasta ganar!», y: «¡La lucha es el camino!», y él levantaba el puño en alto, y lanzaba besos, y lloraba de felicidad mientras retiraban su imagen de la fachada de la plaza donde se recordaba a los presos.

Y cuando despertaba, se acurrucaba en el camastro, entre esas cuatro paredes que ahora le acompañaban día y noche, y solía echarse el primer piti de la mañana. Contemplaba el humo ascender por entre los barrotes, como si viera escapar entre ellos el fantasma de su juventud.

110

En una guerra demasiado larga

Ocho meses después de la mañana en la que Arrano pasaba revista a sus asuntos en el malecón de Morrocoy, Alkorta subía la escalinata del edificio que albergaba la Dirección General de Asuntos Consulares en la calle Pechuán de Madrid.

No tenía mal aspecto, pero cualquiera diría que llevaba días sin dormir. Desde luego, llevaba semanas sin afeitarse y presentaba la ropa tan arrugada que podría perderse algo entre sus pliegues. En comparación con el resto de los funcionarios pulcros que entraban y salían del edificio, parecía un robinsón, uno de esos soldados abandonados en una isla del Pacífico que no sabían que la Segunda Guerra Mundial había terminado. Era consciente de que se había convertido en un hombre quemado en una guerra demasiado larga, con la compañía constante de los que ya no estaban y a los que solo cabía recordar, y la verdad es que poco le importaba ya.

Pensaba en ella a menudo. Tan valiente y atrevida, capaz de soltar las verdades a quien fuera o de confesar sus pecados sin importarle lo que pudieran pensar los demás. La recordaba como una luz, desinteresada hasta el punto de autodestruirse, disfrutando el peligro, donde le gustaba estar, donde se sentía viva y realmente feliz. Se había peleado con todo y con todos, con él el primero, pero había vivido la vida que quería vivir.

Espoleado por los recuerdos, Alkorta caminó con paso decidido por el estéril vestíbulo del inmueble y no se detuvo hasta llegar a un mostrador de recepción protegido por un cristal antibalas.

—Luis Alkorta —anunció mientras mostraba su placa policial.

La recepcionista observó la insignia que le identificaba y su apariencia de policía-vagabundo como si fuera contagiosa.

—¿Le espera alguien?

—Rodrigo del Val. ¿Puedo pasar?

—No.

—Conozco el despacho.

—Espere aquí.

La desconfiada recepcionista hizo una llamada y dos minutos después un tipo de aspecto remilgado, vestido con traje azul con chaqueta cruzada, apareció en el vestíbulo y se acercó hasta Alkorta con una sonrisa almibarada.

—¡Luis! —exclamó mientras le ofrecía la mano.

Alkorta se la estrechó y señaló con el pulgar hacia la recepcionista.

—Desde luego sabe distinguir quién es trigo limpio.

Del Val desechó el comentario con un gesto.

—No hagas caso, ya sabes cómo son aquí con la seguridad.

Del Val le condujo por un largo pasillo alfombrado hasta llegar a un despacho ilustre que gritaba a los cuatro vientos la importante partida presupuestaria de la que disfrutaba aquella sede institucional.

—Podrías renovar el vestuario —comentó Del Val en cuanto los dos se sentaron a cada lado de una mesa de caoba de estilo inglés.

—No somos como vosotros, que nadáis en la abundancia.

—Alkorta señaló un par de pinturas de relumbrón que decoraban las paredes—. ¿Todo esto se paga con nuestros impuestos?

—No me extrañaría... —contestó Del Val sin perder la sonrisa—. Bueno, entonces, cuéntame, ¿cómo va esa guerra contra los etarras?

—Bien, no nos podemos quejar.

—¿Solo bien? Si los tenéis de rodillas.

Alkorta se encogió de hombros.

—Vamos, vamos —prosiguió Del Val—. Las cúpulas de la banda nunca habían durado tan poco tiempo, y los cuatro que quedan sabéis quiénes son y dónde están. Les estáis haciendo tal destrozo que en las últimas seis semanas han caído ¿cuántos?, ¿cuarenta, cincuenta miembros? —Miró a Alkorta con curiosidad—. ¿Cuál es el secreto?

—¿Qué secreto?

—Tanta efectividad. Parece que habéis metido la directa.

—Labor policiaca, investigación rutinaria... —comentó Alkorta sin darse importancia—. La suerte está enamorada del trabajo.

—Eso solía decirme mi padre. ¡Venga ya!

—Es la documentación de Cauterets. Todo parte de allí.

—Los papeles de Arrano —enunció Del Val lentamente—. ¿Se puede decir que los gabachos están colaborando?

—Se puede decir —reconoció Alkorta.

—¿Qué había en ellos? ¿Estructura, captación, legales?

Alkorta hizo una larga pausa. Parecía que le costara hablar.

—Todo eso y más —repuso al cabo de unos segundos—. Futuros captables, colaboradores y veteranos en la reserva. Los papeles no solo nos están mostrando la ETA del momento, sino también la del futuro.

Del Val le dedicó una sonrisa encantadora y se ajustó los puños de la camisa.

—Pues parece que os va muy bien, no sé en qué puedo ayudarte.

—No te subestimes.

Del Val se alisó la corbata y se puso en guardia.

—Soy todo oídos.

—Necesito varios contactos del CNI y sus estaciones en el exterior.

—¿Qué embajadas?

—Latinoamérica.

Del Val volvió a sonreír, pero Alkorta se mantuvo impertérrito y, poco a poco, la sonrisa en la cara del diplomático se fue esfumando.

—Luis, ¿sabes lo que me estás pidiendo?

Alkorta se inclinó hacia delante y, con una mirada de quieta intensidad, le hizo saber que sabía lo que le estaba pidiendo y que, además, no se movería de allí sin obtenerlo.

—Para empezar, México y Nicaragua —dijo Alkorta—. Y añade también a la lista nuestro personal en Venezuela.

111

Los jabalíes de Oiartzun

El profesor caminaba de forma apresurada por el ala norte de la ikastola, huérfana a esa hora de los bullicios habituales entre clases. Ni la cotidianidad del claustro ni la vida en el centro ocupaban sus pensamientos, como era habitual en él desde que había obtenido su plaza. Su mente andaba renqueante a cuenta de los nervios que se traía. Aquel no era un día cualquiera, y deseaba que todo saliera en condiciones.

Aquella mañana, al levantarse, recordó las largas noches de estudio para las oposiciones, aquellas en las que la desesperación le atenazaba y parecía que no le iba a soltar, y no olvidó el porqué de todo aquel esfuerzo. No se trataba de optar a un puesto de trabajo vitalicio o a un chollo en toda regla; sentía que alcanzar esa meta era su última oportunidad para recuperar las ganas de vivir y darle un sentido a todo aquello que había vivido. En las noches interminables a la luz del flexo, había visto las caras de aquellos chavales que odiaban con tanta intensidad, aquellos rostros juveniles llenos de nihilismo, seguramente tan capaces de dar amor a los suyos como de proyectar tanto odio hacia los «otros».

Saludó al bedel, que limpiaba los restos de chicles y maldecía a los alumnos, y siguió por el pasillo desierto y pasó junto a la escultura rodeada por una fuente sin agua. Dejó atrás el humo que se escapaba de los servicios donde algún chaval se había escondido a fumar, y a medida que sus pasos le acercaban empezó a reconocer el jolgorio inconfundible de los alumnos que llenaban su clase.

Al verle entrar, los chavales le saludaron entre risas. De solo un vistazo, cualquier observador imparcial podría intuir que allí había una buena conexión entre ellos y su profesor. A pesar de todo, Salva se andaba siempre con mucho ojo y no se dejaba adular porque los chicos eran muy listos y enseguida se aprovechaban.

El primer día que estiró el brazo para escribir en la pizarra, los chavales dedujeron su pasado a la vista de las quemaduras. Le habían honrado dándole un apodo, la Antorcha Humana, como el superhéroe de *Los cuatro fantásticos*. ¡Qué cabronazos! Pero él no se lo tomaba a mal, y se dio la rara circunstancia de que el apodo aumentaba la aureola de bondad que no tardó en rodearle desde su llegada.

La verdad es que los alumnos valoraban su amabilidad y su disposición a la escucha; los padres le agradecían que hubiera sabido ayudar a pensar por sí mismo a un hijo o ayudado a promover la creatividad de una hija; incluso en las evaluaciones al profesorado, Salva solía aparecer como el docente favorito —estricto, pero justo— de los alumnos. Y todo eso a pesar de que, en cuestión de exámenes, no dejaba pasar ni una. De hecho, sus alumnos bromeaban acerca de su proverbial mentalidad de delincuente, porque tenían un profe que se sabía todos los trucos: la tinta transparente, el bolígrafo con chuleta, el cambiazo o el forro de la chaqueta.

—Venga —dijo Salva—, que tenemos que empezar.

Los alumnos se sentaron en los pupitres y guardaron los móviles, y Salva se puso a escribir en la pizarra.

—¡Profe, el reflejo! ¡No se ve!

Y Salva se acercó a las ventanas y procedió a bajar las persianas mientras exclamaba, como si fuera el comandante de un submarino:

—¡Inmersión, inmersión!

Le gustaba hacer esas payasadas, casi tanto como aprender de ellos. Le gustaba pensar que colaboraba en el desarrollo humano de los chavales tanto como sus pupilos colaboraban en su recuperación anímica, porque, aunque se había reinventado como profesor, en realidad era él quien llenaba cada día su mochila de experiencias.

La luz filtrada a través de las persianas confería al aula un ambiente íntimo, y ahora todos pudieron leer el texto que Salva había escrito en la pizarra: «Plan de convivencia: *bakerako urratsak* (dando pasos hacia la paz). Historias que nos marcan».

—Un amigo me contó una historia —comenzó Salva mientras se volvía hacia sus alumnos—. Solía decir que menos mal que llegó el butano a Oiartzun, porque, si no, el jabalí habría visto peligrar su futuro. —Se escucharon algunas risas—. No, va en serio. Con tanto esquilmar el monte, los jabalíes de Oiartzun no es que vieran peligrar su futuro, es que iban derechos a la extinción. Y así habría sido de no ser por el butano. El butano entró en los caseríos, la gente dejó de salir a buscar leña, los arbustos crecieron y los jabalíes tuvieron donde guarecerse y criar. Así que los jabalíes se salvaron de milagro, por el butano.

Salva contempló su audiencia de caras adolescente; anhelaba captar su atención. Algunos parecían genuinamente interesados. Otros debían de andar pensando en el cigarrillo que se iban a fumar en el recreo, con quién iban a ligar aquella noche o si irían al monte el fin de semana.

—Con esta anécdota que os he contado quiero haceros ver que

nosotros, los vascos, no podemos ser como los jabalíes de Oiartzun, esperando que una casualidad, la policía, Madrid, el santo papa, llamarlo como queráis, venga a salvarnos. Solo tendremos futuro como sociedad si somos nosotros mismos quienes derrotamos a la ideología del terror. Si no es así, no habremos aprendido nada y siempre correremos el riesgo de que toda esta historia se vuelva a repetir.

Oyó un ruido en el pasillo y vio a través de la puerta abierta a las dos mujeres que acababan de llegar. Salva les guiñó un ojo y continuó hablando para la clase:

— Muchos jóvenes ingresaron en ETA llevados por un sentimiento idealista. No eran monstruos, eran gente normal, como nosotros. Quiero que penséis en ello y que saquéis vuestras propias conclusiones después del día de hoy. —Su voz se quebró por la emoción, pero solo él pareció darse cuenta—. El terrorismo deshumaniza a las víctimas y las convierte en proyecciones abstractas, por eso quiero que conozcáis a dos personas que vienen a compartir con nosotros su historia.

Salva se volvió hacia el pasillo y, con una sonrisa y un gesto, animó a las dos mujeres para que entraran en el aula.

—Vamos, adelante, adelante.

Las aludidas, Elena y Felisa, tan iguales y tan distintas, saludaron de forma tímida y nerviosa. Dieron unos pasitos y se colocaron junto a Salva, cerca del encerado. Allí se sometieron a las miradas de los alumnos, a la ronda de cuchicheos y a alguna risa a destiempo.

La violencia había marcado sus vidas a un lado y otro de una línea, pero ambas compartían la necesidad de tender puentes de afecto.

Eran dos mujeres contra el odio.

Primero habló una, y luego, la otra, y conforme entretejían su relato, uno de tantos, el miedo escénico pareció desvanecerse y un silencio reverencial se fue extendiendo por el aula.

Salva se quedó en un discreto segundo plano, a horcajadas sobre su mesa, observando de brazos cruzados las reacciones de todas esas caras adolescentes que poblaban la clase. Quizá, quiso pensar, algo estaba tumbando las barreras de la apatía y la indiferencia. Quizá, una vez más, todo podría ser un espejismo.

En la fila más alejada, perdido entre los alumnos situados al fondo de la clase, había un chaval de aspecto rebelde. El chico lucía un arete en la oreja y tenía el pelo revuelto, y, por razones que solo Salva acertaba a comprender, parecía escuchar con atención.

A veces se trataba de eso.

A veces no hacía falta nada más.

Agradecimientos

A mi familia, a Elena y a mis amigos. Les estoy más agradecido de lo que ellos puedan imaginar. A mi tía Jose y a mi tío Alfredo, por enseñarme a amar todo lo vasco, como el Fermín hizo en su día con Felisa.

A Íñigo Domínguez, Raúl Guerra Garrido, Florencio Domínguez, Chapu Apaolaza, Iñaki Ezquerra y Santiago González. A Arturo Pérez-Reverte, Juan Gómez-Jurado y Raymond Chandler. A todos ellos, por la inspiración.

A Raffaella Coia, por su paciencia y meticulosidad.

Del mismo modo, deseo expresar mi gratitud a una agente increíble, Sara R. Portela, y a una editora magistral como Aránzazu Sumalla. A ambas, además de por su profesionalidad, por hacer tan buen equipo y confiar en que el sueño era posible.

Nota aclaratoria

Cualquier lector que conozca la historia reciente se dará cuenta de que me he tomado algunas libertades con la descripción de ciertos hechos. En efecto, hubo un atentado de ETA en Santa Pola, pero no ocurrió en 2005, sino en 2002, y en él fallecieron el jubilado Cecilio Gallego y la niña Silvia Martínez Santiago. Tampoco hubo un atentado en Hernani en 2005, pero en 2003 ETA asesinó en Andoain al jefe de la policía municipal, Joseba Pagazaurtundúa, natural de Hernani. En Aretxabaleta tuvo lugar el doble crimen de los guardias civiles Ignacio Mateu y Adrián González en 1986, pero el atentado que más se asemeja al que narra la novela ocurrió en Martutene en 2001, cuando explotó un coche-bomba que hirió al concejal Iñaki Dubreuil y a otras seis personas, matando a Josu Leonet y a su compañero José Ángel Santos cuando acudían como todos los días a su trabajo en una empresa de material eléctrico de la localidad.

Todos estos hechos han sido alterados para adaptarse a la narrativa dramática propia de una obra de ficción. Cualquier parecido de los personajes y situaciones con personas reales, vivas o muertas, es fruto de la casualidad.

Índice

SEGUNDA PARTE

Fuego de San Juan

TERCERA PARTE
Una pedrada al estanque

CUARTA PARTE

El último gudari

QUINTA PARTE

Los jabalíes de Oiartzun